图书在版编目(CIP)数据

文化观念成熟时期的英国文学典籍研究/殷企平等著.—上海：上海外语教育出版社，2020
（文化观念流变中的英国文学典籍研究）
ISBN 978-7-5446-6558-2

Ⅰ.①文… Ⅱ.①殷… Ⅲ.①英国文学－近代文学－文学研究 Ⅳ.①I561.064

中国版本图书馆 CIP 数据核字（2020）第 190735 号

出版发行：**上海外语教育出版社**
（上海外国语大学内） 邮编：200083
电　　话：021-65425300（总机）
电子邮箱：bookinfo@sflep.com.cn
网　　址：http://www.sflep.com
责任编辑：潘　敏

印　　刷：苏州市古得堡数码印刷有限公司
开　　本：710×1000 1/16 印张 36.25 字数 553千字
版　　次：2020年12月第1版　2020年12月第1次印刷

书　　号：ISBN 978-7-5446-6558-2
定　　价：128.00 元

本版图书如有印装质量问题，可向本社调换
质量服务热线：4008-213-263　电子邮箱：editorial@sflep.com

国家社科基金重大招标项目
上海市促进文化创意产业发展财政扶持资金项目
文化观念流变中的英国文学典籍研究
British Literature midst Changes in the Idea of Culture

总主编：殷企平

国家出版基金项目
NATIONAL PUBLICATION FOUNDATION

卷 四

文化观念成熟时期的英国文学典籍研究

The Idea of Culture in British Literature:
Volume Four — *Maturation*

殷企平 等著

上海外语教育出版社
SHANGHAI FOREIGN LANGUAGE EDUCATION PRESS

总 序

　　学界对于"文化"观念的研讨方兴未艾,在过去的几十年中,专门探究"文化"的论著可谓汗牛充栋,可是在英国的语境中梳理文化观念发展轨迹的工作,一直不尽如人意。最令人遗憾的是,这些工作多着眼于抽象的理论概念梳理,或者说观念史的演绎,而较少介入文学典籍的研究。我们认为,文学典籍的研究实在不可缺席,因为它能提供对文化状况的细腻、丰满的把握,并且有助于充分阐释文学典籍在引领文化走向、塑造共同价值方面所发挥的作用。偏重抽象的理论概念梳理,忽视文学典籍的研究,这种不合理倾向有其背景,即学界对所谓"大观念"有一种痴迷。如克利福德·格尔茨(Clifford Geertz, 1926—2006)所说,当今世界常常会"有一种大观念(grande idée)的突然流行",而且"一些观念往往带着强大的冲击力突现在知识图景上。顷刻之间,这些观念解决了如此众多的重大问题,似乎向人们允诺它们将解决所有的重大问题,澄清所有的模糊之处"。[①] 姑且不论这种言论是否真有道理,我们至少不难想到,所谓"流行的大观念"必须是恰当的,否则不可能解决问题,遑论"重大问题",也不可能澄清模糊认识,遑论"澄清所有的模糊之处"。由此可知,对文化观念的研讨,必须做到恰当,而这个"恰当"离不开对文学维度的深入研究。

　　撇开上述缺憾不提,现存相关研究的时间跨度也不甚理想,不是局限于某个时代,就是拘囿于少数代表人物。即便在这种被框定的范围内,不少专论也是貌似举其荦荦大端,却难免标举不全,甚至有严重的破绽。例如,莱斯利·约翰逊(Lesley Johnson)的《文化批评家:从马修·阿诺德到雷蒙德·威廉斯》(*The Cultural Critics: From Matthew Arnold to Raymond Williams*, 1979)一书虽然较多地讨论了英国历史上的一些文化批评家,但充其量只是文化理论意义上的断代史,而且在论及19世纪的文化批评家时,只是浮光掠影

[①] 克利福德·格尔茨:《文化的解释》,韩莉译,南京:译林出版社,2014年,第3页。

地涉及托马斯·卡莱尔(Thomas Carlyle，1795—1881)，并且完全忽略了查尔斯·金斯利(Charles Kingsley，1819—1875)。再如，杰弗里·H. 哈特曼(Geoffrey H. Hartman，1929—2016)在《文化的重大问题》(*The Fateful Question of Culture*，1997)中追溯文化主义的思想源头时，虽然具体讨论了马修·阿诺德(Matthew Arnold，1822—1888)，但是对卡莱尔和约翰·罗斯金(John Ruskin，1819—1900)等重要作家的分析过于简短。又如，西蒙·杜林(Simon During，1950—　)编纂的《文化研究读本》(*The Cultural Studies Reader*，1999)收录了各路名家有关"文化研究"的作品，但其中提到阿诺德和威廉·莫里斯(William Morris，1834—1896)等文学/文化思想家的寥寥无几且着墨轻浅。

相对而言，雷蒙德·威廉斯(Raymond Williams，1921—1988)的《文化与社会：1780—1950》(*Culture and Society: 1780—1950*，1958)和《漫长的革命》(*The Long Revolution*，1961)是迄今为止最详细也最经典的关于英国文学的文化主义传统的研究。威廉斯最重要的发现是，19世纪思想史的一个重要产物是关于文化观念演变的假说。不过，他的研究有一个缺陷，即在选择研究对象时轻视乃至漏掉了许多对19世纪文化观念发展史做出重要贡献的文学家，如沃尔特·司各特(Walter Scott，1771—1832)、简·奥斯汀(Jane Austen，1775—1817)和艾尔弗雷德·丁尼生(Alfred Tennyson，1809—1892)等；就文化观念在20世纪的发展而言，其所涉作家则更加不够全面。同时，威廉斯仅侧重对文化观念的发展做宏观把握，虽然旁征博引，但是较少对具体文本做细致的研究。

在观念史研究方面，特里·伊格尔顿(Terry Eagleton，1943—　)的《文化的观念》(*The Idea of Culture*，2000)和《文化》(*Culture*，2016)是两部绕不开的力作。《文化的观念》在梳理了各种文化观念之后指出，无论在前现代还是后现代时期，文化都与社会生活密切相连。该书的最大优点是指出在19世纪初，"文化观念开始从'文明'的同义词转变成它的反义词"，[①] 并对这一转变过程做了分析。在《文化》中，伊格尔顿进一步对上述过程做了饶有趣味

[①] Terry Eagleton, *The Idea of Culture*, Oxford: Blackwell, 2000, 9.

的描述,并精到地指出"文明如今只关乎事实,而文化却追问价值"。① 伊格尔顿的观点超越了阿瑟·O. 洛夫乔伊(Arthur O. Lovejoy,1873—1962)、昆廷·斯金纳(Quentin Skinner,1940—)和以赛亚·伯林(Isaiah Berlin,1909—1997)等人,但是后三者的贡献也都具有里程碑意义。洛夫乔伊在《存在巨链——对一个观念的历史的研究》(*The Great Chain of Being: A Study of the History of an Idea*,1936)中指出,在西方思想传统中存在一些基本的"观念单元"(unit-ideas),即"在个体或一代人思想中起作用的、或多或少未意识到的思想习惯",而观念的最具活力的部分,往往活跃在富有想象力的著作中。② 这一论断实际上为本丛书的文学典籍③ 研究提供了学理上的依据。在洛夫乔伊工作的基础上,斯金纳进一步指出,"观念单元"并非固定不变的,因此更有价值的工作是追溯这一概念定义在具体历史语境中不断发生的变化。④ 伯林则认为不能把观念局限在具体的历史环境中,因为伟大的观念具有自身的生命力。⑤ 所有这些研究都能为我们提供借鉴,但它们毕竟不等同于本丛书立足于文学典籍所做的研究。

本丛书名为"文化观念流变中的英国文学典籍研究",关键词为"文化观念"和"文学典籍",因此有必要先对此二者做以下界定:

1) 本丛书所说的"文化观念",是限定在文学典籍视域中的文化观念,特指文学典籍中所体现的、具有针对现代文明的批判内涵的、支配一个民族总体生活方式的思想观念。在西方思想语境中,"文化"一词的含义有其逐渐展开与深化的过程,其基本脉络是从物质走向精神、从个体走向社会两种向度的延伸和转变。早在18世纪,欧洲启蒙思想家们就从社会变迁和历史发展的角度,直接或间接地论述了"文化"与"文明"这两个概念以及它们在语义上既紧

---

① Terry Eagleton, *Culture*, New Haven and London: Yale University Press, 2016, 10.
② 诺夫乔伊:《存在巨链——对一个观念的历史的研究》,张传有、高秉江译,邓晓芒、张传有校,南昌:江西教育出版社,2002年,第5页。作者Lovejoy现在多译为"洛夫乔伊",本书亦取此译法。外国人名翻译常因人因时而异,本丛书多遵循现行规范,对已出版的文献则尊重原状,如实著录。后文同类情况不再一一说明。
③ 关于"文学典籍"的含义,请参见本序下文中的定义。
④ Quentin Skinner, "Meaning and Understanding in the History of Ideas," *History and Theory* 8, no. 1 (1969): 35-36.
⑤ 贾汉贝格鲁:《伯林谈话录》,杨祯钦译,南京:译林出版社,2011年,第24页。

密相连、又相互抵牾的关系。在英国，"文化"（culture）一词最早使用于1420年，① 但是其语义跟如今广为使用的"文化"不尽相同。不过，在18世纪之前的英国，文化观念虽然还未正式形成，但是其内涵早已处于孕育期，并经历了漫长的萌芽/生发阶段，这一现象在文学作品中尤为明显（这也是本丛书着眼于文学典籍的原因之一）。自19世纪以降，由于卡莱尔和阿诺德等人的不懈努力，"文化"一词越来越具有针对现代文明的批判内涵，因而常被用来指涉人类完善自身的一种状态或过程，或者指涉人类精神领域的实践和成果，更指涉个体和社会大众的生活方式。广义的观念史，常常也被译为思想史，与英文 history of ideas 或 intellectual history 对应，而狭义的观念史则类似范畴史或概念史。本丛书取其折中，在宏观层面上力求通过对文学典籍文本的整理与阐释，辨梳文化观念的关键词如何借由文学典籍文本意义的衍射，来反映其思想内涵和发展过程的复杂性、多样性和矛盾性；同时也在微观层面上着力于描述文化观念及其范畴，以及它们对文学典籍生成的潜在规定和形塑影响。

2) 本丛书所说的"文学典籍"，是指受到"文化观念流变"这一关键词限定的、在文化观念流变中发生重要作用的文学典籍。它有别于文学经典，是一个比文学经典宽泛的概念；它不限于单纯的文学作品，而是拓展到与文化观念相关联的文学领域。凡是与文学相关的、在阅读史和社会发展史上有重大影响的、具有重大文化价值的文献，都是我们考察的对象。因此除了文学作品，它还包括文学批评著作、文学理论著作、文学流派宣言、文学刊物中的特写、文学传记，甚至包括文学翻译著作。所有这些典籍，既延续着本土文化的血脉和基因，又吸纳着外来文明的元素和精华。总之，文学典籍具有文化史和思想史的坐标原点价值，反映着一个广阔的领域，包孕着一个民族的历史、文化、风俗、道德、思想等多重文化观念，以及文学赖以作为媒介和手段的、记录着丰富文化资料的语言文字。

本丛书题目中的"文化观念流变"即"文化观念史"。顾名思义，本丛书侧重于"文学典籍"和"文化观念史"这两个关键词的互补、互释与互证：一是在

---

① "culture," in *Oxford English Dictionary*, 2nd ed., on CD-Rom (v. 4.0), Oxford: Oxford University Press, 2009.

欧洲思想史的背景下,在英国文化观念的系谱学演进历史中,来探讨英国文学典籍的生成、表现和发展;二是从英国文学典籍的整理、重释与研究入手,捕捉相关文本细节所衍射的文化观念以及它们所构成的思想语义场。这一研究不仅需要分析把握文学作品的细节,也需要把目光投向中西方近年来文化史研究的相关知识学背景。在设计框架和推进落实的过程中,我们注重文学作品的文本细节与相关文化理论的契合与互释,以期通过文本细读和观念细察,在爬梳文化观念流变的过程中勾勒作家、作品的"点",文学思潮与社会思潮的"线"以及英国社会变迁的"面",使三者深度结合,进而在整体感知与微观"厚描"之间保持一种思想上的张力,呈现一种学科互涉的知识学新景观。

近年来,新文化史研究在西方史学界方兴未艾,其研究思路为文学、社会学、心理学等关联学科的发展提供了新的范式借鉴。剑桥大学历史学者彼得·伯克(Peter Burke,1937—)致力于历史学与社会科学的沟通,采用跨学科的视角,在传统文化史研究的对象、方法和视域等方面多有挖掘,开拓了新的研究空间。在伯克看来,文化史在20世纪下半叶的复兴,得益于"内部研究"和"外部研究"两种方法的有机结合。前者"着眼于在本学科范围内来解决一系列问题",而后者则更倾向于"把历史学家的实践跟他们所生活的时代联系在一起"。[①] 伯克认为,以往文化史研究成果斐然,但"遗漏了某种难以捉摸却又非常重要的东西",而新文化史倡导的内部研究路径恰恰提供了一种"弥补手段",即强调"复数形式'文化'的整体性",这在一定意义上克服了"当前历史学科的碎片化状态"。[②] 与此不同,外部研究对当下学科拓展的意义则在于"它将文化史的兴起与政治学、地理学、经济学、心理学、人类学和'文化研究'等领域中发生的广泛的'文化转向'联系了起来",使得新文化史的研究兴趣"日益"转向了"特定群体在特定时代和特定地点所持有的价值观"。[③]

什么是新文化史视域中的文化?伯克认为,在人文社会学科"文化转向"的大背景下,"要把什么东西说成不是'文化',反倒变得愈来愈困难"。[④] 关于

[①] 彼得·伯克:《什么是文化史》,蔡玉辉译,北京:北京大学出版社,2009年,第1页。
[②] 同上,第2页。
[③] 同上。
[④] 同上,第3页。

如何以新文化史的视角观照文学典籍所折射的观念生成与变迁，伯克的《什么是文化史》(*What Is Cultural History?*，2004)一书不无启发作用。在伯克看来，经典是指"某一特定文化里的'经典书写'和'文化书写'"，也就是指"所有具有读写能力的读者拥有的'共同知识及其联想物'"；文学作品和"文化术语"的"经典化"，其目的在于帮助读者以阅读为阶梯，以沉淀观念为思想进路，成为"新文化体里的好公民"。[①] 对此，我们所要加以补充的是，任何真正的文学典籍——不一定是人们刻板印象中的"经典"——都是一种文化书写。

在国内学界，早在1998年，常金仓就指出，文化史研究的目的就是"从大量的事实中捕捉、发现、确定文化现象"。[②] 2011年，黄兴涛在《文化史的追寻——以近世中国为视域》一书中把文化史研究定位为一种"研究省思"。[③] 在他看来，所谓"省思"，即指一种包含三个层面的"深度追求"：

其一，一般性研究聚焦于"相对单纯的文化人物和事件"，虽然"综合度相对较低"，"却是进一步深化研究的基础"。[④]

其二，文化史研究更重要的命题在于"从各文化因素和门类的相互联系的视野中找出一些有意义的、相通相贯的共像和问题"，进而"揭示文化内部各因素的关系实态"，由此研究者务必具备"广博的知识储备和把握文化整体的能力"。[⑤]

其三，文化史的研究理路应该是从"文化与社会政治、经济的互动关系"和"对具体的文化现象和问题的解析中"展现"对文化时代精神的揭示及其文化社会功能的把握"。[⑥]

可以说，上述"深度追求"呼应了彼得·伯克的一个重要观点，即文化史研究应从"辩证的角度考察文化与社会之间的关系"。[⑦] 此外，上述三个层次的梳理还凸显了当下文化史研究"更注重揭示思想观念、文化价值的社会化过程、对社会的渗透和影响"这一趋向，[⑧] 这无疑对本丛书的思路设计和细节推进具

---

① 彼得·伯克：《什么是文化史》，第164页。
② 常金仓：《穷变通久：文化史学的理论和实践》，沈阳：辽宁人民出版社，1998年，第39页。
③ 黄兴涛：《文化史的追寻——以近世中国为视域》，北京：中国人民大学出版社，2011年，第1页。
④ 同上，第4页。
⑤ 同上。
⑥ 同上。
⑦ 同上。
⑧ 同上，第5页。

有启发作用。

在西方知识学系谱中,观念史与文化史关联密切,其研究成果和范式特质在西方学界积淀已久。在伯克看来,"1800年至1950年这一时期可称为文化史的'经典'时代",这一时期的文化史学家更多关注的是"艺术、文学、哲学、科学等学科中杰出作品的'典范'",这些经典作品也由此构成了观念形成与观念传播的"伟大传统"。① 在中国学界,较早引入观念史研究的学科是政治学和历史学。在《观念史研究:中国现代重要政治术语的形成》一书中,金观涛、刘青峰将观念史研究定义为"研究一个个观念的出现以及意义演变的过程"。② 在他看来,"观念"一词"最早源于希腊的'观看'和'理解'",观念即指"人用一个(或几个)关键词所表达的思想"。③ 人们通过这些特定的关键词来"表达某种意义",并在与他人沟通的过程中"使其社会化",从而"形成公认的普遍意义",以期在更为广泛的社会语境中"建立复杂的言说和思想体系"。④ 金观涛、刘青峰认为:一方面"观念作为意识形态的组成要素,比意识形态更基本",研究者"只有厘清观念的起源,才能理解意识形态的形成和演变";另一方面,"观念作为用关键词表达的可社会化的思想",研究者要分析其形成和变迁,"就必须去探讨表达该观念的关键词的出现,并分析其在不同时期的意义"。⑤

文化观念的内涵非常丰富,其梳理需要一种跨学科的知识积淀和学术视野。在历史学家爱德华·帕尔默·汤普森(Edward Palmer Thompson, 1924—1993)看来,"'文化'是一个笨重的词,它把如此多的属性纳入一个平常的包裹,实际上可能混淆或掩饰了应该在它们之间加以辨别的东西"。⑥ 在伊格尔顿眼中,"'文化'最先表示一种完全物质的过程,然后才比喻性地反过来用于精神生活"。⑦ 汤普森对文化观念的分析提醒我们应注意文学研究和文化研究在内涵与方法之间的平衡,而伊格尔顿的观点则启发我们应整体把握"文

---

① 彼得·伯克:《什么是文化史》,第7页。
② 金观涛、刘青峰:《观念史研究:中国现代重要政治术语的形成》,北京:法律出版社,2009年,第3页。
③ 同上。
④ 同上。
⑤ 同上,第5页。
⑥ 爱德华·汤普森:《共有的习惯》,沈汉、王加丰译,上海:上海人民出版社,2002年,第11页。
⑦ 特瑞·伊格尔顿:《文化的观念》,方杰译,南京:南京大学出版社,2003年,第2页。

化"一词在内容语义上的流动性,注重物质层面和精神生活的互释关联。

随着文化史研究领域的深化与拓展,"观念的文化史"研究也以其"杂糅"的特质松动了传统文学研究的学科边界束缚,在一定意义上实现了文化与文学在观念聚焦中的有机贯通。为进一步实现这种贯通,我们选择了以下10个关键词来勾勒文化观念的主要内涵:"转型焦虑""愿景描述""共同体形塑""审美趣味""心智培育""文学语言的创造""民族良心""道德伦理传统""工作/生活方式"和"秩序诉求"。这些内涵的萌芽、生长、成熟、拓展和裂变都可以在相关时期的文学典籍中得到印证。本丛书内容还涉及另外一些关键词,如"进步""财富""身体""性别""认同""地理""景观""精神""物质""阅读""传统""记忆"和"情感"等。可以说,对上述关键词在文学典籍中的复现进行重点研究,有助于重新勾勒文化观念在文学史中的嬗变轨迹。近年来,西方学界也有不少从文化史的视角来研究文学的尝试,蒂姆·阿姆斯特朗(Tim Armstrong)的《现代主义:一部文化史》(*Modernism: A Cultural History*,2005)即是一例。作者将文学上的现代主义和社会历史语境重新进行深度连接,从时间、新媒体、市场、消费、身体、自我、政治美学、感知、科技、种族、他者、帝国、审美情趣等文化史研究视角勾勒了现代主义的知识形态和文学谱系。在阿姆斯特朗看来,现代主义与现代性互为主体,近来的研究趋势是"将现代性放在文化范畴中","放在一切受文化影响的人类活动中来加以规定和诠释"。① 随着"后现代"和全球化的演进,学科"公认的界限已被打破","代之而起的是互为交融和相互关联",在这样的社会与知识语境中,"我们所理解的文化领域是由各种互为关联的活动所组成"的,因此,"对现代主义的研究势必与文化领域紧密相连"。②

在研究过程中,我们得益于人类学家格尔茨和新历史主义批评家斯蒂芬·杰伊·格林布拉特(Stephen Jay Greenblatt,1943—)提供的成果,前者的"厚描"理论和后者的"自我形塑"理论对于提升本丛书理论高度依然具有很重要的学理价值。在盛宁教授看来,所谓"厚描",即"把人置于他所处的环境

---

① 蒂姆·阿姆斯特朗:《现代主义:一部文化史》,孙生茂译,南京:南京大学出版社,2014年,序第1页。
② 同上。

之中、对他和他所处文化机制的关系反复加以描述",而"自我形塑"则意味着"在阐释文学作品所可能包含或表现的历史意义时,必须将文学作品纳入某种特定历史时期的生活范式"。① 格尔茨、格林布拉特和阿姆斯特朗的观点似乎都印证了一种新研究范式之出现,这种范式转型恰如彼得·伯克所言:"思想的创新常常是在躲避边界警察和跨进其他领土时取得的成果。"② 朱丽·汤普生·克莱恩(Julie Thompson Klein,1944—)在《跨越边界——知识、学科、学科互涉》(*Crossing Boundaries: Knowledge, Disciplinarities, and Interdisciplinarities*,1996)一书中指出,科际整合与知识碰撞已经成为一种新的学术潮流,"学科互涉"和"边界跨越"的趋势引领了传统研究的自我创新,有效地推动了人文社科领域中很多新概念和新范式的诞生。克莱恩在对文学的学科互涉问题进行了知识谱系考察之后,进一步指出,文学与历史是一种"毗邻关系",新历史主义既是一种"特殊的实践",也是一种"普遍的趋势",在很多学术著作中所体现的"不同联系和定位的融合"反映了近年来"知识的重大转向",这个转向意味着文化已不再是一个"单纯、连贯、整体性的系统",而是一个"倾向性、碎片性、冲突性的领域"。③ 克莱恩同时强调:"文学文本是历史、社会、政治和经济环境的产物,这些东西一度被认为是'外在于'文本,而现在必须将文本重新纳入其中。"④ 本丛书的撰写及前期研究也遵循了类似的思路。

雷蒙德·威廉斯指出,"文化"一词在19世纪的社会语境中蜕变出一种新的含义,既意味着"对自然成长的照管""社会智性之发展"以及"艺术的整体状况",也包括"物质、智性、精神等各个层面的整体生活方式"。⑤ 本丛书借鉴威廉斯对文化的这个定义,侧重从文学典籍的生成语境出发,考察文化观念与"整体生活方式"在文学作品中的互动,分析文化观念、语义变迁、话语转型和文学生产的深层关联,以期推动文学与历史学、社会学等相关人文学科之间的对话,通过点、线、面结合的跨学科研究,尝试深化对英国社会/文化的整体性

---

① 盛宁:《人文困惑与反思》,北京:生活·读书·新知三联书店,1997年,第151页。
② 彼得·伯克:《什么是文化史》,第136页。
③ 朱丽·汤普森·克莱恩:《跨越边界——知识、学科、学科互涉》,姜智芹译,南京:南京大学出版社,2005年,第200页。
④ 同上。
⑤ 雷蒙·威廉斯:《文化与社会:1780—1950》,高晓玲译,长春:吉林出版集团有限责任公司,2011年,第4页。

把握,推动"静态"的传统文学研究走向一种更具流动感的文化"实践"。

　　前文提到,本丛书内容涉及的关键词之一是"进步",意在指涉"进步"的异化和社会转型。在经历了19世纪相对漫长的一个稳定期的基础上,欧洲主要国家在20世纪初进入了相对的"太平盛世"。以法国为例,社会有机体虽然"有着各种弊端",但其"总体表现还算令人满意"。① 一方面,国家"体制似乎逐步稳固,国家的经济、殖民和外交地位尚未遭到挑战";另一方面,"法兰西文明的魅力又将大量的文人与艺术家引向了在当时堪称光明之城的巴黎",② 整个法国呈现出一种活力和自信。在奥地利作家斯蒂芬·茨威格(Stefan Zweig, 1881—1942)看来,"太平盛世"意味着"一切都那样稳固,在自己的位置上不可动摇","在既有的秩序中,一切都不会变"。③ 这是一个"理智的时代",理性是生活的主宰,"一切极端的、暴力的事情都不可能发生"。④ 这种"太平盛世"似乎赋予了生活一种"真正的价值",也是"大众一致的生活理想"。⑤ 茨威格显然把握到了那个时代最深层的社会心理结构——"人们深信自己一生都能阻止任何厄运闯进生活",这类想法如此普遍,如此深入人心,既代表了一种"令人动容的信念",又意味着社会心态上一种"巨大而危险的自负"。⑥ 在当时的很多欧洲人看来,时间的车轮刚刚驶过了几十年,"一切邪恶和暴力均被消灭","对于这种不断'进步'的坚信"在当时已经变成一种近乎牢不可破的"宗教信仰","普遍的繁荣已经越来越明显,越来越迅速,越来越丰富",以致"人们相信这'进步'已胜于相信圣经"。⑦ 在画家威廉·冈特(William Gaunt, 1900—1980)的眼中,此时的英国"生活费用不高,而且日渐兴旺",似乎和法国一样,也在经历着一个"镀金的时代";但是与这种"兴旺"相伴而生的却是一种"虚假的娱乐升平",人们情绪浮躁,精神领域里有很多东西"显得分外空洞,没有风

---

　　① 米歇尔·维诺克:《美好年代:1900—1914年的法国社会》,姚历译,长春:吉林出版集团股份有限公司,2017年,第378页。
　　② 同上。
　　③ 斯蒂芬·茨威格:《昨日世界:一个欧洲人的回忆》,史行果译,北京:作家出版社,2017年,第2页。
　　④ 同上。
　　⑤ 同上。
　　⑥ 同上,第3页。
　　⑦ 同上。

骨,也缺乏目标"。①

通观18世纪以来的欧洲社会历史,"进步"是对人们生活产生最大影响的观念之一,可是在进入20世纪之后,这一观念却面临着语义的分裂和多重的思想纠缠。人们既崇尚享乐却又"焦灼不安",因为前面有一个"并不理解的过去",而后面却必须要面对一个"难以应付的未来"。②不仅是英国,整个欧洲当时都面临着社会与文化转型的问题。社会转型必然带动文化观念的变化,而文化观念的变化也势必触发牵引社会转型的进程,这两者以何种方式在文学作品中构成了一种相互形塑的逻辑关联?这也是本丛书力图聚焦的一个问题。在社会学中,转型的"型"是一个"结构的概念",它包含三个层面:"社会与自然的关系""社会内部人与人的关系"以及"社会与其自身心理的、精神的和思想的关系"。③在社会学家看来,所谓"转型",也就是从一种结构类型向"另一种通常是更为高级的结构类型"的转变。④从社会与自然的关系来看,传统社会指的是"自然形成"的社会;从社会内部人与人的关系来看,传统社会指的是"各种各样自然形成的有机体、共同体社会";而从社会与自身关系来看,传统社会则是建立在心理、精神和思想三重维度上的"具备某种心理原型和共同心理的神圣社会"。⑤就此意义而言,社会转型也就是指"从自然形成的、神圣的共同体社会向文明创造的、世俗的政治社会的结构转型"。⑥

可以说,社会转型是现代社会学对历史进程的一种描写和判断,而"转型社会"则是指"介于传统社会与现代社会之间、处于结构性转型中的社会"。⑦对这种转型的回应就是一种文化,而且常见于文学典籍之中。社会转型是一个十分缓慢的过程,其漫长的轨迹则留在了文学作品里。前文所说的"太平盛世"和"镀金时代"并非一蹴而就,而是经历了几个世纪的准备阶段,而文学典籍在每个阶段都有相应的回应,这就是本丛书要从中世纪写起的原因。

"太平盛世"和"镀金时代"这两个词的内涵非常丰富,不仅概括了英、法两

---

① 威廉·冈特:《美的历险》,肖聿译,南京:凤凰出版集团,2005年,第238—239页。
② 同上。
③ 路杰:《转型社会的权威认同》,北京:国家行政学院出版社,2015年,第12页。
④ 同上。
⑤ 同上,第17页。
⑥ 同上。
⑦ 同上。

个主要欧洲国家在19世纪末、20世纪初的那种或隐或现的社会演进特质,也充分折射出一种个体对社会现实的精神感受和价值判断。这种感受和判断意味着,在大多数民众的心中,相信"进步"——从18世纪之前就开始慢慢形成的观念——已经成为一种具有主导性的社会心态。随着工业化、商业化和殖民化的进一步发展,英国社会的现代化程度不断提升,这些变化一方面佐证了"进步"一词在新时代的持续有效性,同时也迎来了文化思想界饱含质疑的反思。如诺斯洛普·弗莱(Northrop Frye,1912—1991)所说,这是一个"革命和嬗变的时代","一切过程都在加速运转"。① 在弗莱的眼中,这种"加速运转"本身也包含着时代的悖论,"任何想从过眼烟云似的景观中辨认出什么的努力,它本身就有一种使它过时的效应,因为一旦你们确认这是什么东西,它实际上就已经隐入过去了"。② 在论及变革对社会心理的影响时,弗莱指出现代世界"普遍存在着一种对于变化的惊恐情绪","事情的进展太快了,转瞬即逝,根本来不及细看"。③ 这种感受就像中世纪"狂奔逐猎"的传说,"死者的灵魂必须整日整夜地向前飞奔,却又不知该上哪儿去。谁如果体力不支而掉队,顿时就会化为齑粉"。④ 弗莱把这种对"进步"景观的感受和心态概括为一种"进步的异化",它意味着伴随着文明的进步,人类最终却迎来了无处安放自己灵魂的文化困境,"总有什么在催逼着你往前赶,越来越快,越来越快,致使你最终感到绝望"。⑤

波兰社会学家彼得·什托姆普卡(Piotr Sztompka,1944—)指出,自启蒙运动以来,西方语境中"进步"一词的外延和内涵得到了进一步的扩充与丰富,呈现出非常"复杂的现代意义"。⑥ 在社会学研究中,"阐释进步观念的演变过程"具有丰富的思想内涵,既是为了发现"现实与愿望、存在与梦想"之间的"永久鸿沟",也是为了探寻"人类状况的根本特征"。⑦ 在《社会变迁的社会学》

---

① 诺斯罗普·弗莱:《现代百年》,盛宁译,香港:牛津大学出版社,1998年,第7页。
② 同上。
③ 同上,第8页。
④ 同上。
⑤ 同上。
⑥ 彼得·什托姆普卡:《社会变迁的社会学》,林聚任等译,北京:北京大学出版社,2011年,第23页。
⑦ 同上。

(*The Sociology of Social Change*，1993)一书中，什托姆普卡梳理了进步观念在西方历史中的语义演进。在他看来，"进步观念"最早可以追溯到古希腊和犹太教传统：一方面，古希腊人对社会的"进步与改善"有着自己的体认和思考；另一方面，犹太教也始终强调"神意和天意"关于人类发展的进步逻辑。"两条思想线索"碰撞汇流，形成了"犹太-基督教传统"。这一传统赋予了"进步"一词最早的知识形态和思想内涵，同时也把进步观念变成了"基督教相信天意的一种世俗化观点"。① 到了中世纪，进步观念和"思想领域"以及"乌托邦"产生了新的关联，开始成为一种面向未来世纪的愿景想象。进入启蒙运动之后，"进步"一词延续涵括了以往不同时期的语义积累，同时也在历史、文学、宗教和科学的综合维度上凸显了自身在观念史层面上的与时俱进。在 1795 年出版的《人类精神进步史表纲要》(*Esquisse d'un tableau historique des progrès de l'esprit humain*)一书中，孔多塞(Marie Jean Antoine Nicolas de Caritat, Marquis of Condorcet, 1743—1794)把人类历史分为"十个时代"，并以历史哲学家的眼光梳理了从部落时代到科学复兴这一漫长过程中人类社会进步的诸多变化。在他看来，历史学的作用在于能"预见人类进步""指导进步"和"促进进步"，② 而"进步取决于人类理性的发展"，因此人类也有充分的理由"对未来寄予无穷的信心和希望"。③ 孔多塞还强调，"理性进步"和"科学与技术的进步"应"保持并驾齐驱"，④ 这种"人类不断进步"的观念带有浓郁的乐观主义色彩，并奠定了启蒙运动的基调，同时也对 19 世纪以后的现代进步观念产生了重要的影响。

在进入 19 世纪以后，"进步观念已成为常识"，不但"被哲学普遍接受"，而且也逐步"融入文学、艺术和科学"之中，逐渐辐射与沉淀为一种为普通大众所接受的主流价值取向。也正是在这一时代语境中，"浪漫的乐观主义精神和相信人类的理性和力量相伴而生"，人们开始接受并相信"科学和技术可以无限

---

① 彼得·什托姆普卡：《社会变迁的社会学》，第 24 页。
② 孔多塞：《人类精神进步史表纲要》，何兆武、何冰译，北京：生活·读书·新知三联书店，2003 年，第 9 页。
③ 同上，译者序第 3 页。
④ 同上，第 191 页。

扩展和进步"。① 在什托姆普卡看来,19世纪的这一充满乐观基调的进步观不仅渗入人类精神生活的各个微观层面,同时也在宏观维度上整体形塑了对未来社会的愿景。不过,随之而来的是对进步论的怀疑。1881年,英国人麦布里奇发明了世界上第一架电影放映机,这台机器改变了世人记录时空的方式,也对人类的情感与思想交流产生了深远的影响。1887年,德国社会学家斐迪南·滕尼斯(Ferdinand Tönnies,1855—1936)出版了《共同体与社会》(Gemeinschaft und Gesellschaft)一书,阐明了"共同体"与"社会"这两个概念在人类文明史框架中各自的发展形态和内在关联。什托姆普卡指出,对于梳理"进步"一词的语义系谱而言,滕尼斯此书的重要贡献在于它肯定了"早期传统共同体美德","预期"了"对进步的普遍失望",同时也表达了对社会变迁中"进步本性"的"怀疑",以此提醒人们关注"发展的副作用"。② 滕尼斯在书中指出,在世纪之交,社会学研究中的"共同体概念"已经"深深地浸入普遍的意识之中",已经成为现实生活中"生机勃勃的感情的中心点"。③ 不过,在社会生活实践中,工业文明和城市文明对传统共同体的瓦解作用也愈发明显。在大城市里,怀着"金钱欲、享受欲"的人们聚集到一起,"艺术追逐着面包","对传统事务的依恋松弛了","家庭制度也陷入衰落与瓦解";少数人凭借"意志的力量","在一个十分狭小的圈子里崭露头角,兴旺起来",而更多的人则沉浸在"生意"之中,在"利益"的驱动之下"远走他乡,分道扬镳"。④ 在滕尼斯看来,西方社会已经走入一个"鼓励竞相挥金如土的世界",这个社会"千方百计"要确保的是"资本家和商人的利益优先于一切需求","追求享受"不仅变得很普遍,而且似乎已是"天经地义",在这样的现实包围中,人的精神世界正在一步步走向衰退和荒芜,走向"毁灭和死亡"。⑤

滕尼斯的上述观点可以被视为对孔多塞进步观的回应。后者的核心是基于对知识进步的理性崇拜,但是在《人类精神进步史表纲要》出版后的一百年

---

① 彼得·什托姆普卡:《社会变迁的社会学》,第24—25页。
② 同上,第26页。
③ 斐迪南·滕尼斯:《共同体与社会:纯粹社会学的基本概念》,林荣远译,北京:北京大学出版社,2010年,第34页。
④ 同上,第74、262、264页。
⑤ 同上,第265页。

里,法国思想界对此反思的声音不绝于耳,并且在 1908 年乔治·索雷尔(Georges Sorel,1847—1922)出版的《进步的幻象》(*Les Illusions du Progrès*)一书中达到了高潮。新旧世纪之交,西方社会对未来世界充满着乐观与美好的愿景,而索雷尔却对延续了一个世纪的线性进步理论进行了系统的反思。在该书英译者约翰·斯坦利和夏洛特·斯坦利(John and Charlotte Stanley)看来,该书以其"反理性主义激进立场迎合了当时的风气",呈现出两种矛盾交织的思考面向。一方面是大西洋彼岸的美国后来居上,经过近两百年的发展与"扩张",国力蒸蒸日上;在"自由理性主义"的浸润之中,进步观念对于这一时期的美国人似乎具有"某种特别的魔力"。[①] 政治家们热衷于"我们所取得的巨大'进步'",而普通人也把进步当成"生活的几大目的之一"。[②] 那一时期的美国社会主流都乐于相信"新的发现都会有益于大众","人类理性的运用可以增进人类的福祉"。[③] 但是另一方面,在西方文明发源地欧洲大陆,很多文化圈中的知识人对于进步观念却意外地表现出一种冷静和淡漠。在这些人看来,"理性和科学并没有给人类带来解放,反倒奴役、贬低了人类"。[④] 1889 年,为了庆祝法国大革命一百周年,并赶超 1851 年伦敦世博会的耀眼光芒,法国人建成了埃菲尔铁塔。铁塔展现了 19 世纪进步观念下人类技术革命的伟大成功,但铁塔的建设也伴随着莫泊桑等三百多位法国文化名人的反对。1900 年,也就是铁塔建成后的第 11 个年头,第 9 届世界博览会在巴黎如期召开,再一次向世人展现了西方最新的工业成果和科技进步。这次博览会与往届不同,它第一次展示了很多殖民地"落后"而新奇的文化风俗;在特定的历史语境中,"先进"和"落后"并置,文明和原生态混杂,让会展充斥着一种居高临下的反差、猎奇和怪异。在熙熙攘攘的观会人流中,高耸的埃菲尔铁塔似乎变成了一种极具机械蕴意的新景观,变成了展示西方文明与进步的人造幕布;它所包含的"进步"意象在工业、商业、科技、殖民、环幕电影等交织而成的语境中起到了二律背反的作用,促使世人对西方文明进程进行反思。

[①] 乔治·索雷尔:《进步的幻象》,吕文江译,上海:上海人民出版社,2003 年,英译者导言第 8 页。
[②] 同上。
[③] 同上。
[④] 同上。

《进步的幻象》是进入 20 世纪后西方出版的第一本反思进步逻辑的著作。索雷尔通过该书分析了"进步"这一观念如何"发轫并且盛行于一个技术性的时代"。① 在他看来,"进步观念"之所以在 21 世纪显得如此重要,就在于它已经变成了一种"居主导地位"且同时"具有深远政治后果"的"意识形态"。② 对此,什托姆普卡也有相关的论述。他强调进步并非一个"超然、客观、纯描述性的概念",而是"属于价值观范畴","总是相对于一定的价值观而言的"。③ "进步"话语之所以在 20 世纪呈现出一种动摇与衰落、一种"觉醒和幻灭",一方面是因为这个观念本身就有"各种不协调、矛盾和不合理之处",另一方面是因为在经验层面也存在着一些"与其极为矛盾的历史事实"。④ 从社会学的角度来看,"进步"一词的核心逻辑其实是一种"反思性的观念",正是在与社会现实的多向互动之中,这种观念"在明显的繁荣期盛行,在问题期衰落"。⑤ 什托姆普卡此言呼应了索雷尔对进步观念的批判,切中了"进步"话语与社会变迁之间的关联实质,也为分析 20 世纪上半叶西方社会的文化矛盾和转型危机提供了独特的视角。

埃里克·霍布斯鲍姆(Eric Hobsbawm,1917—2012)是 20 世纪享誉思想界的史学大家,他的系列著作考察了英国和欧洲现代历史的重要变迁,分析了西方现代化进程的演进规律和思想特质。《断裂的年代:20 世纪的文化与社会》(*Fractured Times: Culture and Society in the Twentieth Century*,2013)一书立足于世界史的学科框架,以独特的杂糅视角勾勒了西方世界在 20 世纪的整个发展历程。细密的史料爬梳以及对历史碎片中关键概念的廓清,使得该书呈现出一种独特的思想深度和知识学广度。在霍布斯鲍姆看来,20 世纪是一个"失去了方向的历史时代",其社会表征就是一种文化"断裂":"欧洲资本主义在 19 世纪确立了对全球的统治,并通过武力征服、技术优势和自身经济的全球化改变了世界;但与此同时,它还带来了一整套强大的信仰和价值观,并自然而然地认为这套观念比其他的都优越。这一切加起来构成了

---

① 乔治·索雷尔:《进步的幻象》,英译者导言第 10 页。
② 同上。
③ 彼得·什托姆普卡:《社会变迁的社会学》,第 27 页。
④ 同上,第 28、31 页。
⑤ 同上,第 31 页。

'欧洲资产阶级文明',而这个文明在第一次世界大战结束后却再也没有恢复元气。"① 霍布斯鲍姆认为,如果要对欧洲历史和社会进程中的这种文化断裂有更深层次的把握,研究者还需要结合共同体的观念来进一步辩证思考。在霍布斯鲍姆看来,"19世纪社会学家提出的'共同体'或'社会'的概念填补不了这个浩大的虚空",这种断裂的后果之一即是一种社会心理和时代精神上的"认同危机"。② 这种认同危机意味着人类在如下一系列问题上陷入了困境:"我们在这个虚空中的位置是什么?我们在实际生活中处于人群中的什么地位?我们属于谁?属于什么?我们是谁?"③

从观念史的层面来看,霍布斯鲍姆的"文化断裂"也可以具体细化为一种"话语断裂"。在霍布斯鲍姆看来,产生断裂的原因大致可以归结为三点:1)"20世纪的科学和技术先是改变了、后又摧毁了过去谋生的方法";2)"西方经济的迅猛发展催生了大规模消费的社会";3)"大众作为选民和消费者获得了决定性的政治发言权"。④ 也正是"在这三重打击下,旧有的社会制度已完全无力招架"。⑤ 小说家 E. M. 福斯特(E. M. Forster,1879—1970)曾以颇带感性的文字描写了这种断裂感。在他眼中,维多利亚时代的英国"调子是温和的,地平线上悬浮的黑云也只有巴掌那么点儿大,可以说是快乐时光"。⑥ 在那个年代,人们"讲究博爱行善",言谈举止中都"洋溢着人文主义精神和知性的好奇心",大家都相信"人人各不相同且理应各不相同,对社会的日渐进化也深信不疑";而时至今日,"一切都大变特变了",生活再也不可能如以往那样"舒适惬意",旧日的"世界观"已经"危危欲坠于深渊悬崖的边缘"。⑦ 在福斯特看来,这种断裂感让人无所适从,变得焦虑和茫然,要想"成功地"应对这种"现代的挑战",就必须"调和新的经济概念和古老的道德原则"。⑧ 福斯特指出,19世纪下半叶以来的自由主义学说虽然在经济上取得了巨大成功,夯实了"进

---

① 艾瑞克·霍布斯鲍姆:《断裂的年代:20世纪的文化与社会》,林华译,北京:中信出版社,2014年,第Ⅴ—Ⅵ页。
② 同上,第208页。
③ 同上。
④ 同上,第Ⅸ页。
⑤ 同上。
⑥ 福斯特:《现代的挑战》,李向东译,北京:作家出版社,1998年,第58页。
⑦ 同上,第59页。
⑧ 同上。

步"话语盛行的物质基础,但同时也"导致"了"供求盲目和弱肉强食的资本主义丛林竞争"。① 在一波波社会变迁和观念大潮的冲击之下,很多人"已经不适应现在的物质世界",而传统的道德信仰则有可能为这"大乱之世"中"主义间的冲突"和"忠诚的分裂"找到某种救赎的良方。② 福斯特痛心于英国传统生活中那些"不可替代之物毁于一旦",他呼吁"为了世界不至于土崩瓦解",社会主流必须重扬精神生活的旗帜,务必在"新的经济关系"中,为艺术与人性的连接、为那些长期以来被物质文明所"轻蔑"的共同体元素"保有一席之地",唯有这些积极元素的维系、平衡和发展,才有可能使人类在不断的反思中"与野兽划出界线",从而在思想和文化层面"脱离原始的黑暗"。③

　　福斯特对上述"断裂"所做的回应,只是无数英国文学家所做回应的一个典型例子。前文提到,"进步"话语在20世纪呈现出了一种动摇与衰落,其原因在于进步观念本身就充满了矛盾,尤其是在经验层面存在着与其极为矛盾的历史事实。事实上,"进步"话语光环的褪去还有一个更重要的原因,这就是历代文学家对它的推敲和质疑。这不光是"19世纪英国小说的最强音",④ 而且不同程度地体现于不同时期、不同体裁的英国文学作品。对"进步"话语的推敲,就是对现代化/现代性的回应。英国是最早见证现代化的国家,也最早见证了现代性——与现代化相匹配的现代价值体系。童明曾经巧妙地用"赋格"一说来形容现代性以及质疑它的思辨策略。与现代化相匹配的"现代性"是以工具理性、科学主义、客观知识主体论以及以鼓吹"无限进步"的宏大叙述为特征的现代价值体系,而童明所说的"现代性赋格"则多见于文学著作,二者"恰如赋格音乐中的主题和对题,一问一答,相互追逐"。⑤ 鉴于童明的相关研究几乎不涉及英国文学,而是以探讨法国、俄罗斯和德国的个别代表性作家为主,因此我们有必要延伸这一话题,在英国文学领域找到突破性空间。

　　本丛书审视的对象,正是上述"赋格音乐"中的对题,即英国文学家/批评

---

① 福斯特:《现代的挑战》,第59页。
② 同上,第61页。
③ 同上,第62—63页。
④ 殷企平:《推敲"进步"话语——新型小说在19世纪的英国》,北京:商务印书馆,2009年,第3页。
⑤ 童明:《现代性赋格:19世纪欧洲文学名著启示录》,桂林:广西师范大学出版社,2008年,第1页。

家持续不断地从文化观念的视角对现代文明及其价值体系发出的质询。作为一种文化传统,对现代性的反思至少可以追溯到18世纪。如罗伯特·康·戴维斯(Robert Con Davis)和罗纳德·施莱伏尔(Ronald Schleifer)所说,18世纪就已经存在着一种"与启蒙理性'秩序'相对的文化秩序",① 但是更确切地说,"文化"的种子早在资本主义萌芽时期就已经埋下了,因而我们的视野将扩大到中世纪的一些作品,如《农夫皮尔斯》(The Vision of Piers Plowman, 1370—1390)和《坎特伯雷故事集》(The Canterbury Tales, 1387—1400)等——朦胧的文化意识早在那里就有迹可循了。也就是说,本丛书的研究范围远远超出了前文所说的威廉斯和约翰逊等人的著述。更具体地说,本丛书共由6卷组成,其总体框架如下:

卷一为《**总论**》,着眼于英国整个现代化转型时期文化观念和英国文学典籍之间互动关系的综述。本卷还负有一个前勾后连的使命,即引导本丛书其他各卷论证以下核心观点:就最主要的文化命题而言,伟大的英国文学家们在不同时期给出了相同的答案,即生活质量不在于发达的工业、诱人的科技经济指标,而在于共同体的和谐,在于精神与物质的互补和平衡。

卷二为《文化观念**萌芽**时期的英国文学典籍研究》,承接《总论》卷,追根寻源,展现早期英国文化观念和文学典籍之间的互动关系。时间跨度从中世纪后期开始,一直到1688年"光荣革命"。这段时期跨越了英国的近代早期(early modern)时期,是英国文化观念流变中的现代性和个人主义的源起时代。本卷的出发点之一,是承接《总论》卷中梳理的关键词,后者所代表的文化内涵有不少已经萌发于这一时期。例如,因田园文明向商业文明过渡而产生的"转型焦虑",早在杰弗里·乔叟(Geoffrey Chaucer, 1342—1400)的作品里就已经初现端倪。

卷三为《文化观念**生长**时期的英国文学典籍研究》,时间跨度从1688年"光荣革命"开始,一直持续到1815年英法战争结束前后,刚好跟所谓"漫长的18世纪"相吻合。自中世纪末期开始萌芽的文化观念在这一历史时期内快速生长,在农业文明和工业文明的撞击中不断修正、融合并且成形。继弗朗西

---

① Robert Con Davis and Ronald Schleifer, *Literary Criticism: Literary and Cultural Studies*, New York: Longman, 1998, 322.

斯·培根(Francis Bacon, 1561—1626)和托马斯·霍布斯(Thomas Hobbes, 1588—1679)之后,经验主义哲学在英国大放异彩,约翰·洛克(John Locke, 1632—1704)、乔治·贝克莱(George Berkeley, 1685—1753)和大卫·休谟(David Hume, 1711—1776)等人的本土哲学思想脉络深刻地影响了英国文化的构成,这种情况一直持续到19世纪二三十年代。自此之后,外来的德国浪漫主义哲学和文学思潮经由卡莱尔等人极大地影响到英国的文化观念与思想构成。就文化观念的流变而言,18世纪的文坛巨擘塞缪尔·约翰逊博士(Dr. Samuel Johnson, 1709—1784)和亚历山大·蒲柏(Alexander Pope, 1688—1744)等人与英国启蒙运动时期以来的洛克和沙夫茨伯里(Anthony Ashley Cooper, 3rd Earl of Shaftesbury, 1671—1713)等人一脉相承,为推崇理性与注重道德的文学传统注入了强大动力。新古典主义的长期盛行、18世纪前期小说的兴起和18世纪后期浪漫主义的崛起分别成为这一历史时期之内文化观念在英国快速生长与嬗变的征兆。除"转型焦虑"以外,其他一些关键词(如"审美趣味"和"心智培育")所指涉的文化内涵在这一时期渐现雏形。例如,塞缪尔·泰勒·柯勒律治(Samuel Taylor Coleridge, 1772—1834)已用"培育"来表示他心中的文化,而威廉·柯珀(William Cowper, 1731—1800)和威廉·华兹华斯(William Wordsworth, 1770—1850)甚至直接使用了"文化"一词。卷三对这些文化内涵雏形的揭示和分析,为卷四描写文化观念的成熟起了铺垫作用。

卷四为《文化观念**成熟**时期的英国文学典籍研究》,时间跨度基本与维多利亚时期吻合。这一卷重点探讨两个问题:1) 英国文化观念的成熟期为何是在维多利亚时期? 2) 维多利亚文学家们是如何扩充文化观念内涵,从而助推其进入成熟期的? 解答这两个问题的关键在于论证如下观点:就"文化"和"文明"观念而言,必须有众多文人学者致力于它们的语义区分,才能确保文化观念的成熟;恰恰是在维多利亚时期,几乎所有优秀的文学家都承担起了给"文化"和"文明"分家的工作,都奋起批判独尊"事实"的文明,都表达了含有价值诉求的文化思想。这一时期的文学家们对文化的观照,已经更自觉地表现为对秩序/共同体的诉求、对人类生活总体方式的观照、对人的全面发展状况(各种禀赋和潜能的协调发展)的观照,也表现为对追求单向度发展的"进步"

话语的强烈质疑。

卷五为《文化观念**拓展**时期的英国文学典籍研究》，聚焦从爱德华时期到二战结束之前英国文学与文化观念之间的互动。跟上一卷所关涉的历史时期相比，此时文化观念的内涵和外延更为丰富，而且有了一些新的特点。这一时期，英国社会的思想格局经历了世纪末的转变以及各种新思潮的碰撞与洗刷，而两次世界大战更是对英国民族的文化心理与身份意识产生了深远的影响，因此文学家们的文化之旅更加艰难。他们在上一时期文学家们所做工作的基础上，继续拓展文化观念的内涵，如对转型焦虑、共同体意识、文化身份和审美趣味的深度探索等。例如，伊丽莎白·鲍温（Elizabeth Bowen，1899—1973)的《心之死》(*The Death of the Heart*，1938)所呈现的转型焦虑，包含了趣味和伦理两个层面，是对转型焦虑的深度挖掘。鲍温等人继承了上一时期查尔斯·狄更斯（Charles Dickens，1812—1870)等人质疑"进步"话语的传统，而这一传统在二战之后又由格雷厄姆·斯威夫特（Graham Swift，1949—　）等人予以继承（见卷六）。由此，本卷承前启后的作用也得以彰显。

卷六为《文化观念**裂变**时期的英国文学典籍研究》。这一时期的文化观念受到了后现代主义思潮和经济全球化浪潮的强烈冲击，以致新一代作家必须回应这一冲击，而这种冲击和回应导致了文化观念的裂变。例如，关于"共同体"和"英格兰特性"的观念出现了多样化和多重性的趋向，甚至出现了"反文化"这样的一些术语。此时文学家们的文化诉求和道德关注呈现出有别于上一时期的新特点。也就是说，文化观念的新变迁影响了当代的英国文学典籍，从而得到了后者的反映和折射。剖析两者间的互动关系，尤其是它们在战后全球化背景下的互动，构成了本卷的主要任务之一。如何在经济高速发展的形势下营造共同文化？英格兰特性是否还存在？英国文学如何再现英格兰特性？这些都已成为英国知识界普遍关注的话题，也是本卷要回答的问题，而回答这些问题的同时，也是在对以上各卷做出呼应。特别值得一提的是，在众多当代优秀文学家的努力下，一种更加包容、更富有弹性的英格兰特性得以形成，而种族已经不再是（作为文化身份的）英格兰特性的标识。例如，在V. S. 奈保尔（V. S. Naipaul，1932—2018)的笔下，一些国外移民逐渐抵达并融入了英国文化，甚至比原居民更熟悉其所在地，更具有共同体情怀。更值得注意的是，像彼得·阿克罗伊德（Peter Ackroyd, 1949—   ）这样的一些作家用出色的创作表明：杂糅拼贴并非"后现代"的专利，而是英国文化遗产的一部分；正视多元化/多样性未必意味着混沌，而杂糅/包容可以成为一种绵延不绝的民族传统。另外，阿克罗伊德和奈保尔等人都重视语言的建构性，但是他们的语言不但没有解构传统，反而因其本身的稳定性成为维护与更新传统的力量。这一切对于所有面临建设多民族共同体任务的国家都具有深刻的启示意义。

在上述每卷的正文[①]之后，都附有与之相对应的代表性文学典籍的汉语译文，或首译，或重译。在英国文化观念史中，不少意义重大的文学作品尚未译出，而已经问世的译作有些则存在较多质量问题。本丛书的翻译部分（见各卷附录）旨在弥补上述缺陷，并为各卷的阐述提供更宽厚的佐证基础。[②]

最后，还有必要强调一下本丛书各个关键词的关联性。如前文所述，本丛书用以勾勒文化观念主要内涵的关键词分别是"转型焦虑""愿景描述""共同体形塑""秩序诉求""审美趣味""心智培育""文学语言的创造""民族良心""道德伦理传统"和"工作/生活方式"。它们彼此之间都有着内在的联系，甚至密不可分。例如，对于社会转型的焦虑除了是对上述"进步"话语的回应之外，还意味着人类的工作/生活方式（因转型）出了问题，或者说"礼崩乐坏"——社会秩序混乱，伦理道德败坏。本丛书所说的"文化"既因为"转型焦虑"而发生，又必须提供走出焦虑的途径，如描述各种愿景，包括共同体愿景、乌托邦愿景或者关于美好社会秩序的愿景等。而这些愿景的实现离不开心智的培育、民族良心的锻造和民族特性的构建以及提倡理想的工作/生活方式等。对于所有这些文化内涵的关联性、复杂性和丰富性，非文学典籍不足以充分表达。这就是本丛书的题目赖以立足的理由。

总之，从中世纪后期开始，英国文学伴随着近代社会的转型而演变；几个世纪以来的英国文学既是这一社会转型进程的产物，又积极影响着这个进程。从《乌托邦》（*Utopia*, 1516）到《一九八四》（*1984*, 1949），从莎士比亚到石黑一雄（Kazuo Ishiguro, 1954—   ），英国文学不断对侧重物质文明的现代价值体

[①] 本丛书部分正文章节已作为阶段性成果发表过。
[②] 本丛书（包括正文和附录）未注明译者的汉语译文为笔者自译，不再一一注明。

系发出质疑,通过展望理想的共同体生活,逐渐形成一个强大的文化主义传统。大量的文学典籍在争论与创新中以丰富多彩的文学意象不断地影响着民族的想象,打造着英国的公共文化,成为民族核心价值体系的建设者与守望者,帮助英国在世界各民族中相对顺利地完成了社会转型。

当代中国在现代化进程中处于重大的历史转折时刻,习近平总书记强调指出:"文化是一个国家、一个民族的灵魂","文运同国运相牵,文脉同国脉相连"。① 如今,建设"文化强国"这一目标已上升为我国的国策。在这样的时代背景下,对文化观念流变中的英国文学典籍进行充分的梳理、阐释和评价,以期提供借鉴,已经成为他山之石的当然之选。

殷企平　胡　强

---

① 习近平:《在中国文联十大、中国作协九大开幕式上的讲话》(2016年11月30日),《人民日报》2016年12月1日第2版。

本卷撰写分工说明

（按姓氏拼音排列）

陈礼珍：第四章（第一节）　文化、资产与社会流动：《远大前程》的财富观再判断

陈　敏：第五章（第一节）　《我们如今的生活方式》与英国文化流变中的伦理重构

陈彦旭：第九章（第一节）　无冕英雄的乌托邦：《奥尔顿·洛克》中的绅士愿景与共同体理想

陈正发：翻译审定　全部附录

　　　　翻译　附录3　写于雄伟的夏特斯修道院的诗章

　　　　翻译　附录4　诗歌研究

高晓玲：第一章（第二节）　乔治·爱略特的转型焦虑

　　　　第六章（第二节）　知识共同体：维多利亚文人的智性探求

管南异：第六章（第三节）　敏感的启蒙：《林地居民》中的文化对话

　　　　第七章（第二节）　"粗帆布文化"：《金银岛》上的冒险与秩序

胡　强：总序（合写）

李　靖：第七章（第一节）　拯救婚姻：《向西去啊！》的秩序寓意

　　　　第九章（第三节）　《乌有乡消息》：文化与休闲

毛　亮：第八章（第二节）　"良心"与"自由"：亨利·詹姆斯的《大使》

乔修峰：第四章（第二节）　罗斯金重诠"财富"

孙艳萍：第二章（第二节）　双重视野下的"英格兰特性"：从《一位女士的画像》中的庄园说起

　　　　第八章（第一节）　铸造有良心的民族语言与文化：评萨克雷小说《名利场》

王华勇：第一章（第三节）　阿诺德的文化焦虑：对19世纪社会转型的思考
　　　　第四章（第三节）　财富与文化：阿诺德诗文带来的变化
殷企平：总序（合写）
　　　　绪论　经由维多利亚文学的文化观念的流变
　　　　各章引言
　　　　第一章（第一节）　穆勒的幸福焦虑：《自传》与文化观念的流变
　　　　第二章（第一节）　"英格兰特性"与《我们共同的朋友》
　　　　第三章　共同体形塑
　　　　第六章（第一节）　从自我到非我：《丹尼尔·德隆达》中的心智培育之路
　　　　第七章（第三节）　文化即秩序：康拉德海洋故事的寓意
　　　　结语　新意向·新领域·新境界
应　璎：第五章（第二节）　吉辛笔下文人的工作态度
　　　　第六章（第四节）　生活首先必须关注心智：《瑟尔萨》中的文化之旅
　　　　第七章（第四节）　写小说比治理国家还要好吗：《失去归属者》的文化悖论
赵海虹：第五章（第三节）　《华伦夫人的职业》中的"工作福音"
　　　　第九章（第二节）　乌托邦中的转型迷思与想象共同体：从《埃瑞璜》到《重返埃瑞璜》
朱越峰：翻译　附录1　时代的标记
　　　　翻译　附录2　西比尔
　　　　翻译　附录5　透明性
　　　　翻译　附录6　道德骗子
　　　　翻译　附录7　富豪统治下的艺术
　　　　翻译　附录8　《晚期和早期抒情诗集》：我的辩解

目 录

绪　论　经由维多利亚文学的文化观念的流变 …………………………… 1
  第一节　成熟期的标志：与"文明"决裂　4
  第二节　文化观念内涵的拓展　9

第一章　转型焦虑：对"机械时代"的回应 ………………………………… 19
  第一节　穆勒的幸福焦虑：《自传》与文化观念的流变　21
  第二节　乔治·爱略特的转型焦虑　34
  第三节　阿诺德的文化焦虑：对19世纪社会转型的思考　52

第二章　建构"英格兰特性" ………………………………………………… 67
  第一节　"英格兰特性"与《我们共同的朋友》　69
  第二节　双重视野下的"英格兰特性"：从《一位女士的画像》中的庄园
    说起　82

第三章　共同体形塑 …………………………………………………………… 97
  第一节　丁尼生的诗歌和共同体形塑　99
  第二节　"多重英格兰"和共同体：《荒凉山庄》的启示　112
  第三节　想象共同体：《卡斯特桥镇长》的中心意义　128

第四章　"财富"引发的文化命题 …………………………………………… 141
  第一节　文化、资产与社会流动：《远大前程》的财富观再判断　143
  第二节　罗斯金重诠"财富"　156
  第三节　财富与文化：阿诺德诗文带来的变化　170

第五章　生活/工作方式的伦理意义 ………………………………………… 183
  第一节　《我们如今的生活方式》与英国文化流变中的伦理重构　185

第二节　吉辛笔下文人的工作态度　196
　　第三节　《华伦夫人的职业》中的"工作福音"　209

第六章　"心智培育"的文化意义　221
　　第一节　从自我到非我：《丹尼尔·德隆达》中的心智培育之路　223
　　第二节　知识共同体：维多利亚文人的智性探求　237
　　第三节　敏感的启蒙：《林地居民》中的文化对话　251
　　第四节　生活首先必须关注心智：《瑟尔萨》中的文化之旅　263

第七章　文学景观背后的秩序诉求　277
　　第一节　拯救婚姻：《向西去啊！》的秩序寓意　280
　　第二节　"粗帆布文化"：《金银岛》上的冒险与秩序　289
　　第三节　文化即秩序：康拉德海洋故事的寓意　303
　　第四节　写小说比治理国家还要好吗：《失去归属者》的文化悖论　314

第八章　渐入国民意识的"民族良心"　327
　　第一节　铸造有良心的民族语言与文化：评萨克雷小说《名利场》　329
　　第二节　"良心"与"自由"：亨利·詹姆斯的《大使》　340

第九章　不再空想的乌托邦　359
　　第一节　无冕英雄的乌托邦：《奥尔顿·洛克》中的绅士愿景与共同体理想　361
　　第二节　乌托邦中的转型迷思与想象共同体：从《埃瑞璜》到《重返埃瑞璜》　372
　　第三节　《乌有乡消息》：文化与休闲　388

结语　新意象·新领域·新境界　399

主要参考文献　404

附录1　时代的标记　435
附录2　西比尔　455

附录 3　写于雄伟的夏特斯修道院的诗章 ⋯⋯⋯⋯⋯⋯⋯⋯ 461
附录 4　诗歌研究 ⋯⋯⋯⋯⋯⋯⋯⋯⋯⋯⋯⋯⋯⋯⋯⋯ 470
附录 5　透明性 ⋯⋯⋯⋯⋯⋯⋯⋯⋯⋯⋯⋯⋯⋯⋯⋯⋯ 495
附录 6　道德骗子 ⋯⋯⋯⋯⋯⋯⋯⋯⋯⋯⋯⋯⋯⋯⋯⋯ 500
附录 7　富豪统治下的艺术 ⋯⋯⋯⋯⋯⋯⋯⋯⋯⋯⋯⋯ 507
附录 8　《晚期和早期抒情诗集》：我的辩解 ⋯⋯⋯⋯⋯ 528

索引 ⋯⋯⋯⋯⋯⋯⋯⋯⋯⋯⋯⋯⋯⋯⋯⋯⋯⋯⋯⋯⋯⋯ 535

绪 论

经由维多利亚文学的文化观念的流变

就文化观念流变史而言,英国维多利亚文学的地位至关重要,因为它见证了文化观念的成熟。

伊格尔顿(Terry Eagleton,1943—)不久前还强调,"'文化'一词直到19世纪才广泛流传"。① 对于这一点,学术界已经达成了共识。至于何时为文化观念的成熟期,至今仍无定论,因为迄今为止,连文化的定义都尚未达成共识。就如国内通用的一部教材所说,文化的定义"似乎是一个你不说我还明白,你一说我就开始糊涂的话题"。② 无论是当年的文化研究鼻祖雷蒙德·威廉斯(Raymond Williams,1921—1988),还是如今的权威人士伊格尔顿,都把"文化"视为"英语语言中两三个最复杂的单词之一"。③ 换言之,"很少有比'文化'更成问题的词语了"。④ 既然定义都如此成问题,那么相关观念的成熟期当然就更难界定了。不过,有一点可以肯定,即"文化定义因历史时期不同而不同,因学科不同而不同"。⑤ 几年前问世的《"文化辩护书":19世纪英国文化批评》(以下简称《辩护书》)一书曾提出,就西方文化批评史而言,在拓展文化观念的内涵方面,"卡莱尔(Thomas Carlyle,1795—1881)、阿诺德(Matthew Arnold,1822—1888)、罗斯金(John Ruskin,1819—1900)、金斯利(Charles Kingsley,1819—1875)和莫里斯(William Morris,1834—1896)等人做了根基性的工作"。⑥ 这一观点的含义之一是,文化观念经由上述五位维多利亚文人之手,进入了成熟期。不过,"成熟期"并未作为《辩护书》的关键词出现,甚至没有在该书中出现,而且推动文化观念走向成熟的,远不止上述五位哲人。

---

① Terry Eagleton, *Culture*, New Haven and London: Yale University Press, 2016, 10.
② 陆扬、王毅:《文化研究导论》,上海:复旦大学出版社,2006年,第1页。
③ 分别参见 Raymond Williams, *Keywords: A Vocabulary of Culture and Society*, Flamingo: Fontana Press, 1983, 87; Terry Eagleton, *The Idea of Culture*, Oxford: Blackwell, 2000, 1。
④ Patrick Fuery and Nick Mansfield, *Cultural Studies and the New Humanities: Concepts and Controversies*, Melbourne: Oxford University Press, 1997, XVIII.
⑤ 殷企平:《"文化辩护书":19世纪英国文化批评》,上海:上海外语教育出版社,2013年,第4页。
⑥ 同上,第3页。

有鉴于此,我们有必要探讨两个相关问题:1) 英国文化观念的成熟期为何是在维多利亚时期？2) 维多利亚文学家们是如何拓展文化观念内涵,从而助推其进入成熟期的?

第一节
成熟期的标志:与"文明"决裂

要确定某个思想观念的成熟期,首先要看它的核心内涵在何时成熟。那么,文化观念的核心内涵是什么呢?其成熟的标志又是什么呢?

上述《辩护书》中有一个核心观点:现代意义上的"文化"概念在19世纪英国经历了最重要的内涵演变,而这一演变根植于"现代性焦虑",即农业文明向工业文明转型而引起的焦虑。从卡莱尔到阿诺德,从罗斯金到莫里斯,英国文人们持续表达了对于"现代文明"的焦虑。换言之,工业文明引起的社会转型,激发了英国文学家们的回应,其内容和性质则在文化观念的流动轨迹中得到了生动的体现。《辩护书》虽然对上述轨迹进行了描述,并暗示"转型焦虑"这一核心内涵在维多利亚时期已经成熟,但是未能明确指出其成熟的标志,这不能不算作一种遗憾。

要弥补上述缺憾,我们不妨从伊格尔顿那里汲取灵感。伊氏在《文化的观念》(*The Idea of Culture*,2000)一书中指出,"文化"和"文明"原本好比一家人,因为"作为'文明'的同义词,'文化'隶属于启蒙精神",但是自19世纪初以降,"文化观念开始从'文明'的同义词转变成了它的反义词"。[①] 为什么会这样呢?按照伊氏的说法,"文明"一词本来"集事实与价值于一身",[②] 既标明某种社会生活形态,又隐含价值判断,如颂扬相关的生活形态及其精神诉求,或个人的全面发展、人际关系的和谐,以及国家的治理和昌盛,等等。换言之,"文

---

① Eagleton, *The Idea of Culture*, 9.
② Eagleton, *Culture*, 10.

明"的语义原有两个基本层面：一是描述层面，二是规范层面；前者关乎事实，后者关乎价值。假如这一情况保持不变，那么"文化"就会跟"文明"亲如一家——二者同源同根，因此常常被拿来互换，也是顺理成章的。然而，随着工业革命的兴起，"文明"的上述两个语义层面产生了分裂：它的描述/物质层面犹在，而它的规范/精神层面则丢失了，正如伊氏在另一本书《文化》(Culture, 2016)中所说，"文明如今只关乎事实，而文化却追问价值"。① 也就是说，"文明"丢失的语义/精神层面，完全落在了"文化"身上。更确切地说，"文明"原有的价值使命，如今只能由"文化"来承担了。导致这一分裂的，自然是前文所说的工业革命，或者说是以"机械崛起"为特征的工业革命，难怪伊氏说"是工业革命助产了文化观念"。② 关于这一点，伊氏还有另一段表述："与工业革命同时兴起的，是对文明本身的激烈反抗，因为后者在总体上已经精神沦丧了。"③ 伊格尔顿关于文化的阐述，正好为我们提供了这样一个启示：文化观念的成熟，难道不能以它与文明的决裂为标志吗？

说到"文化"与"现代文明"的对立，不能不提哈特曼(Geoffrey H. Hartman, 1929—2016)的一个著名论断："到了穆勒(John Stuart Mill, 1806—1873)、阿诺德和罗斯金的时代，对于文明的肤浅及其悖逆自然的效应的焦虑，开始赋予'文化'一词新的价值含义。"④ 这一论断无疑是正确的，可是哈特曼忽视了卡莱尔的贡献，而从时间的先后来考察，文化观念内涵的演变更早地根植于卡莱尔所表述的(社会转型)焦虑。⑤ 换言之，作为维多利亚文学早期代表人之一的卡莱尔，更早地给"文化"概念注入了新的价值含义，即对于机械式文明的焦虑，或者说明确地区分了"文化"与"文明"的语义。当然，任何思想观念的成熟，都不会仅仅凭借某人的一己之力。卡莱尔的文化思想根源可以追溯到歌德(Johann Wolfgang von Goethe, 1749—1832)、席勒(Friedrich von Schiller, 1759—1805)和诺瓦利斯(Novalis, 1772—1801)等人，而此三者

---

① Eagleton, *Culture*, 10.
② Ibid.
③ Ibid.
④ Geoffrey H. Hartman, *The Fateful Question of Culture*. New York: Columbia University Press, 1997, 207.
⑤ 殷企平：《"文化辩护书"》，第 57 页。

早在18世纪就已经表述过对于"现代文明"的焦虑,也就是表达了相似的文化观。①

不过,仅有少数人表达过同一种观念,还不足以标志它的成熟。就"文化"和"文明"观念而言,必须有众多文人学者致力于它们的语义区分,才能确保其成熟。正因为如此,把维多利亚时期看作文化观念的成熟期,这似乎是正确的——除了前文所说的卡莱尔、阿诺德、金斯利、罗斯金和莫里斯,还有许许多多的文人志士都奋起批判独尊"事实"的文明,都表达了含有价值诉求的文化思想。事实上,几乎所有优秀的维多利亚作家都有类似的贡献。更值得留意的是,他们或不约而同,或前呼后应地承担起了给"文化"和"文明"分家的工作。例如,狄更斯(Charles Dickens,1812—1870)在写下《艰难时世》(*Hard Times*,1854)后,直接用题献的方式把它献给了卡莱尔,并在小说中讲述了一个"事实文明"戕害人类灵魂的故事。小说主人公葛擂硬完完全全地生活在"事实"之中,或者说他所追求的唯一价值是"事实";无论是他的公共生活,还是私人生活,一律都是用事实堆出来的,或是用数字算出来的,这在他的一段(关于教育哲学的)表白中可见一斑:

告诉你吧,我要求的就是事实。除掉事实之外,不要教给这些男孩儿和女孩儿其他的东西。只有事实才是生活中最需要的。除此之外,什么都不要培植,一切都该连根拔除。要锻炼有理性的动物的智力就得用事实:任何别的东西对他们都全无用处。这就是我教养我自己孩子们的时候所遵循的原则,也就是我用来教养这些孩子的原则。要抓紧事实不放,先生!②

此处狄更斯所表达的,就是对于机械文明的焦虑,这跟卡莱尔的文化思想形成了有力的互动。狄更斯不光是抨击机械文明,而且用诗性的形式结构言说自己的文化思想,尤其是塑造了像西丝·朱浦那样闪烁着人性光辉的形象,以此

---

① 详见《文化辩护书》,第56—57页。
② Charles Dickens, *Hard Times*, Beijing: Foreign Language Teaching and Research Press, Oxford University Press, 1994, 1. 除个别文字作了更动外,译文参考全增嘏、胡文淑的译本(《艰难时世》,上海:上海译文出版社,1978)。

寄托人类的精神价值诉求。在葛擂硬的眼中,西丝只是一个事实/号码(第20号),但是她始终拒绝被简化为一个干巴巴的数字,她的故事就是对机械文明的拒斥。西丝这样的人物形象,其实就是文化的象征。这类形象不止出现于《艰难时世》,而是出现于狄更斯的所有小说,如《我们共同的朋友》(*Our Mutual Friend*,1865)中的约翰、《远大前程》(*Great Expectations*,1861)中的乔,以及《荒凉山庄》(*Bleak House*,1853)中的埃丝特和伍德考特,等等。同样的人物形象/文化象征还见于乔治·爱略特(George Eliot,1819—1880)笔下的德隆达和多萝西娅,阿诺德笔下的吉卜赛学者,特罗洛普(Anthony Trollope,1815—1882)笔下的罗杰,金斯利笔下的艾姆亚斯和奥尔顿·洛克,萨克雷(William Makepeace Thackeray,1811—1863)笔下的威廉·都宾,吉辛(George Gissing,1857—1903)笔下的瑟尔萨和魏玛克,史蒂文森(Robert Louis Balfour Stevenson,1850—1894)笔下的吉姆,哈代(Thomas Hardy,1840—1928)笔下的基尔斯,莫里斯笔下的迪克、罗伯特和哈蒙德,康拉德(Joseph Conrad,1857—1924)笔下的麦克惠尔和阿利斯图恩,以及詹姆斯(Henry James,1843—1916)笔下的伊莎贝尔和史莱瑟,等等。所有这些人物,对于机械文明来说,都构成了一种反叛形象,而同时又是文化的化身,象征着美好生活的价值诉求。一言以蔽之,这些人物形象的诞生,标志着"文化"和"文明"的决裂。

维多利亚文人们为推动文化观念走向成熟而所做的贡献,不仅表现为塑造了上述人物形象。他们采用的文类和形式不尽相同,却大都把批评矛头指向了单向度发展——重物质、轻精神——的文明进程。无论是小说和诗歌,还是戏剧和散文,都成了改写"文明"话语的重要场所。以穆勒的《自传》(*Autobiography*,1873)为例:循着该文本意义衍射的轨迹,我们可以捕捉文化观念在19世纪英国演变的轨迹。穆勒曾是一名"一往无前"[①]的改革者,即热衷于工业革命和物质文明,热衷于法制和社会机构的完善,却忽视精神/价值诉求,结果误入歧途(重理性、轻情感),因此他突然发现自己并不幸福。通过讲述个人精神危机的故事,穆勒揭示了整个维多利亚社会所经历的精神危

[①] 在《自传》中,穆勒用"一往无前"一语来形容自己当初的改革热情,并对此进行了反思。出处见 John Stuart Mill, *Autobiography*, London: Penguin Books, 1989, 25。

机;通过追问"幸福",他参与了文化观念内涵——"幸福"是人类生活质量的第一要素——的建构,而人的生活质量问题在维多利亚时代首次成了"文化"命题。① 同样拷问"幸福"的是罗斯金,他以精美的散文,如《报以灰尘》(*Munera Pulveris*,1872)和《芝麻与百合》(*Sesame and Lilies*,1865)等,从"财富"的角度探讨"文化"命题。他重新诠释财富概念,为的是揭示"财富"一语已丧失的"幸福/精神康乐"之义,其实质就是在揭示"文明"已丧失了世道人心,并昭示"文化"必将对其做出反拨。同样的文化反拨也见于维多利亚诗歌作品——且不说阿诺德和莫里斯,就连背负"御用诗人"罪名的丁尼生(Alfred Tennyson,1809—1892),也在许多诗行里讽刺"物界越来越大、人格越变越小的现实景象,体现出对今人之物欲的强烈忧虑"。② 物界越来越大,人格越变越小,这正是"文化"所要反拨的"文明"景象。至于戏剧领域,同样的反拨也在进行。萧伯纳(George Bernard Shaw,1856—1950)的《华伦夫人的职业》(*Mrs. Warren's Profession*,1894)就是一个明证:华伦夫人经营卖淫产业,女儿薇薇在一家法律事务所工作,各自都衣食无忧,或者说都享受着物质文明,但是她俩的职业在精神层面分别出现了十分严重的问题——华伦夫人的职业有悖于伦理,而薇薇则单纯从事没有创造性愉悦的数字计算,沦为冷冰冰的"工具人";她俩生活/工作方式折射出文明单向度发展的可怕后果。

  以上分析表明,维多利亚文学家们往往以生动的故事、诗性的语言和熠熠生辉的人物形象来传达自己的文化思想,亦即构建文化观念的内涵。他们的言说往往有一个共同点,即鲜明地采取了与"文明"决裂的战斗性姿态。采取这一姿态的人数之多,影响之广,言辞之激烈,是维多利亚时期之前所未见的。这种姿态由莫里斯的一句名言得到了诠释:"我一生的主要激情,过去和现在都表现为对现代文明的仇恨。"③ 可以说,"文化"与"文明"的决裂至此已经完成,而它就是文化观念成熟的标志。

---

  ① 根据阿尔梯克的考证,生活质量成为"文化"命题,是维多利亚时期才有的思想事件。详见 Richard D. Altick, *Victorian People and Ideas*, New York: W. W. Norton & Company, 1973, 238.
  ② 丁宏为:《"最悲惨的时代"——丁尼生的黑色诗语》,《国外文学》,2009 年第 4 期,第 63 页。
  ③ William Morris, "How I Became a Socialist," in *News from Nowhere and Selected Writings and Designs*, ed. Asa Briggs, London: Penguin, 1986, 36.

第二节
文化观念内涵的拓展

在上文的论证中,为方便起见,我们只聚焦了文化观念中"转型焦虑"这一核心内涵。事实上,文化观念的内涵极其丰富,除了"转型焦虑"以外,还有许多其他重要内涵,而且它们相互间密切相关,往往互为依存,甚至你中有我,我中有你。更具体地说,这些内涵往往是从"转型焦虑"中生发出来的。例如,要化解对于社会转型的焦虑,文化就必须提供走出焦虑的路径,以及这些路径所通达的目标,后者往往表现为某种愿景,如共同体愿景、乌托邦愿景,或者关于美好社会秩序的愿景。至于通往愿景的路径,可以是心智的培育、民族良心的锻造和民族特性的构建,也可以是对财富等概念的重新诠释,以及对理想的工作/生活方式的提倡,等等。所有这些文化内涵,都已十分普遍地蕴蓄在维多利亚文学中。换言之,维多利亚文学家们在拓展文化观念内涵方面,做出了不可磨灭的贡献。

上述内涵可以由一些关键词来勾勒,如"英格兰特性""共同体形塑""财富界定""工作/生活方式""心智培育""秩序诉求""民族良心"和"乌托邦愿景",当然还有"转型焦虑"。下文将围绕这些关键词展开讨论。

让我们选择从"转型焦虑"说起。在维多利亚时期,几乎所有的优秀文学家都出自对机械文明的焦虑,通过诗性的文学语言,向文化观念中植入了新的价值含义。上一小节已经提到卡莱尔的焦虑。学术界讨论卡莱尔的文化思想,大都以他的政论文《时代征兆》("Signs of the Times",1829)和《过去与现在》(Past and Present,1843)为主,然而在传递文化火炬方面,他的文学作品《拼凑的裁缝》(Sartor Resartus,1833—1834)——一部融小说、传记、散文札记和哲学政论文于一体的千古奇书——其实更为有效。大家都熟悉他的一句名言,即"假如我们需要用单个形容词来概括我们这一时代的话……只能

首先称它为'机械的时代'",①但是《拼凑的裁缝》在表达同一思想时更为生动。仅以下面这段描述为例:

> 在那可怕的蒸汽下面,在那弥漫着腐烂味道、难以想象的气体下面,有一只躁动的即将沸腾的巨桶!有人得意洋洋,有人心事重重……骄傲的大人物仍逗留在香气四溢的客厅里,或小憩在淡红色的幔帐后。可怜的人蜷缩在低矮的床上,饥饿的人在茅草棚中战栗……②

这段通过主人公托尔夫斯德吕克的双眼所呈现的景象,不但喻指上文所说的"机械时代"("蒸汽"喻指蒸汽机和工业文明),而且强烈控诉了"文明"背后的龌龊和贫富悬殊,这跟另一位维多利亚小说家迪斯累里(Benjamin Disraeli, 1804—1881)的"两个民族"一说形成了有力的呼应;后者在其小说《西比尔》(*Sybil*, 1845)中把富人和穷人比作"两个民族",即有钱人醉生梦死,而穷苦人却生不如死,犹如来自互相隔阂的不同民族。类似的焦虑弥漫于众多维多利亚文学家的作品中,其中最典型的除前面提到的狄更斯和乔治·爱略特以外,还必须一提的是阿诺德和穆勒,这是因为他俩用最生动、最确切的语言点出了"转型"和"焦虑"的意蕴。先让我们重温一下阿诺德的著名诗行:

> 徘徊于两个世界之间,
> 一个已经死去,
> 另一个还无力诞生。
> 我的头脑无处依靠……③

就抒发转型焦虑而言,再没有比以上更简洁的语言了。至于穆勒,其特殊贡献在于从自身的"幸福焦虑",演绎到整个维多利亚社会所经历的转型焦虑(参见

---

① Thomas Carlyle, "Signs of the Times," in *Socialism and Unsocialism*, vol. 1, ed. W. D. P. Bliss, New York: The Humboldt Publishing, 1967, 169.
② 卡莱尔:《拼凑的裁缝》,马秋武等译,桂林:广西师范大学出版社,2004年,第21页。
③ Matthew Arnold, "Stanzas from the Grande Chartreuse," in *The Poems of Matthew Arnold*, 2nd ed., ed. Miriam Allott, New York: Longman, 1979, 305-306.

上一节),而且他还是用"转型"来描述自己所处时代特征的第一人,这一点在霍顿(Walter E. Houghton,1904—1983)的笔下有过确切的说明:

> 这一时代(按:维多利亚时代)唯一能区别于其他时代的特点是一种共识,即"我们生活在转型时期"。这是当时几乎普遍存在的基本概念,而且是维多利亚时代所特有的概念。虽然所有时代都是过渡时期,但是此前人们从未把自己所处的时代看作一个由过去向未来转型的时代。在英国,这种意识确实是跟维多利亚时代同步的。约翰·斯图亚特·穆勒于1831年发现,社会转型成了他那个时代的主要特征:"人类进步得太快,以致旧体制和旧学说遭到了废弃,可是人类又还没来得及掌握新体制和新学说。"穆勒同时还注意到,这一特征"在几年前"只有少数具有远见卓识的人才能辨别,而如今"即使最没有观察力的人也不得不正视这一特征"。①

面对社会转型,用文学语言表达焦虑,这样的例子在维多利亚时期数不胜数。限于篇幅,我们此刻只能转向另一个问题:维多利亚文人们是怎样化解转型焦虑的?

他们最常用的策略是提供美好的共同体愿景,而与此紧密相关的是"英格兰特性"(Englishness)的建构,即描述或提炼英格兰民族的特色,其用意是促进民族身份的认同。根据兰福德(Paul Langford,1945—2015)的考证,"英格兰特性"一词"最早出现于1805年",② 这说明英国人在那以后才自觉地构建自身的民族特色。从维多利亚文学作品来看,这一自觉行为显然跟应对社会转型有关。狄更斯在《我们共同的朋友》里塑造了波德斯纳普这一富商形象,其影响如此深远,以致"波德斯纳普信条"(Podsnappery)成为家喻户晓的术语,用以指涉一种关于"英格兰特性"的极其褊狭、高傲的信条。在波德斯纳普眼里,像丽齐、贝蒂和珍妮那样的贫苦大众全被排斥在了"英格兰"之外。狄更

---

① Walter E. Houghton, *The Victorian Frame of Mind: 1830-1870*, New Haven and London: Yale University Press, 1957, 1.

② Paul Langford, *Englishness Identified: Manners and Character 1650-1850*, Oxford: Oxford University Press, 2000, 1.

斯此处揭示的其实就是前文所说的"两个民族"现象，而它又可看作社会转型危机的症候。针对波德斯纳普，狄更斯又塑造了约翰、贝拉和博芬夫妇等人物，他们的"英格兰"则包括了穷苦百姓。也就是说，狄更斯提倡的"英格兰特性"，包含着走出转型焦虑的路径。类似的文化想象散见于许多维多利亚作家的笔下，而且他们的手段可谓五彩缤纷，其中最值得一提的是詹姆斯笔下的"庄园"意象。《一位女士的画像》(*The Portrait of a Lady*，1881)中花园山庄和洛克雷庄园之间的张力，既提供了英格兰民族/历史连续性的象征，又揭示了英格兰民族身份认同中的阶级差异（从中我们可以听见"两个民族"的回声），同时还为处于转型焦虑时期的社会提供了具有整合作用的文化符码。

民族特性的建构，必然牵涉共同体想象。维多利亚时代，是共同体观念——亦即文化这个大观念中的小观念——空前生发的年代。之所以如此，也是因为社会的快速转型：维多利亚文学家们必须应对前所未有的困惑，即"一个（世界）已经死去/另一个还无力诞生"所致的迷茫（参见前文引用的阿诺德诗行），或者说要应对一个突然变得陌生了的世界。狄更斯、丁尼生和哈代等作家发现，最好的应对策略莫过于形塑一个可知的世界，即雷蒙德·威廉斯所说的"可知共同体"(the knowable community)。关于"可知"的含义，威廉斯在论述从狄更斯到劳伦斯(D. H. Lawrence，1885—1930)那一段小说史时有过这样的阐释："小说比其他任何有关人类经验的记载都更深刻、更早地捕捉到了一种问题意识，即对社会群体、人的本质以及可知的人际关系所引起的问题的认识。"[①] 威廉斯此处说的是小说，但是诗歌何尝不可以憧憬"可知共同体"?! 丁尼生的诗歌就是有力的例证。《悼念》(*In Memoriam*，1850)这类歌谣形式的诗篇，把民族认同感定位在"草根"阶层和中世纪的田园风光，暗示了对19世纪英国工业环境和帝国环境的拒斥，同时还通过歌谣格律"把个人和内心的东西改造成共有的、公众的东西，也就是变成可以辨认的、大家认可的文化话语的一部分"，或者说借助"带有民族特性的诗体来凸显共同身份的特

---

① Raymond Williams, *The English Novel: From Dickens to Lawrence*, London: Chatto & Windus, 1973, 191.

征,发出的其实是英国人民的文化之声"。① 诗人丁尼生是如此,小说家们更是如此。例如,狄更斯的《荒凉山庄》和哈代的《卡斯特桥镇长》(*The Mayor of Casterbridge*,1886)虽笔法不同,却都旨在引导同胞们重新想象英格兰,进而建设一个现实的美好共同体。

共同体愿景的描绘,离不开对财富的思考。更具体地说,离不开对下列问题的思考:财富是什么? 财富意味着什么? 应该由谁来掌管财富? 该怎样掌管? 在维多利亚时期,无论是小说家,还是诗人,或是散文家,都对以上问题提交过精彩的答案——狄更斯、阿诺德和罗斯金分别是这三方面的杰出代表。在狄更斯的《远大前程》中,主人公皮普依靠意外之财获得了"成功",可是他最终依然有赖于自己辛勤的劳动,以及诚实的品质,才真正看到了远大的前程。这个故事的寓意跟阿诺德许多诗歌的寓意完全相通,后者在《拉格比小教堂》("Rugby Chapel",1867)、《吉卜赛学者》("The Scholar-Gipsy",1853)、《博卡拉那病了的国王》("The Sick King in Bokhara",1849)、《怀念〈奥伯曼〉的作者》("Stanzas in Memory of the Author of 'Obermann'",1849)和《埃特纳火山上的恩庇道克利斯》("Empedocles on Etna",1852)等诗篇中都触及了财富话题,由此我们得以深入理解他在《文化与无序》(*Culture and Anarchy*,1869)② 中的文化思想,以及他为何批评"如今十个英国人中有九个"把"财富本身变成了宝贵的目的"。③ 对财富思考最深入的要数罗斯金。他不仅给出了"唯有生命才是财富"这个崭新的定义,④ 而且用瑰丽的语言——他的散文之精美,堪与我国唐宋八大家比肩——来演绎相关思想。他的《报以灰尘》《芝麻与百合》和《给这后来者》(*Unto This Last*,1862)等分别把诚实、同情心、公平心、道德、勇气和奉献精神等精神价值糅入了财富概念,而且把诚实奉为财富

---

① Anna Barton, *Alfred Lord Tennyson's In Memoriam*, Edinburgh: Edinburgh University Press, 2012, 14-15.

② 我国许多读者都熟悉该书,只是迄今大家都把它译成《文化与无政府状态》。我们认为,译成《文化与无序》更好,以后行文中此书也用此译名。出自此书的汉语引文若来自已出版图书,则根据来源著录书名。

③ Matthew Arnold, "Culture and Anarchy: An Essay in Political and Social Criticism," in *Culture and Anarchy and Other Writings*, ed. Stefan Collini, Cambridge: Cambridge University Press, 1993, 65.

④ John Ruskin, *Unto This Last and Other Writings*, ed. Clive Wilmer, London: Penguin Books, 1997, 222.

的"首要前提"。① 除了精美的散文,他还创作了童话故事《金河王》(*The King of the Golden River*, 1851),它虽未获得学界足够的重视,但是正如弗莱(Northrop Frye,1912—1991)所说,罗斯金"有关财富的论述在本质上都是对这部童话故事的一种评注"。② 总之,罗斯金跟狄更斯和阿诺德一样,都针对社会快速转型过程中物质财富和精神财富脱节的现象,表达了深深的忧虑。

　　对财富的关注,必然会导向对生活方式的关注,包括对工作方式的关注。再进一步说,前文所说的转型焦虑,就是对于(转型环境下)生活方式的焦虑。前文提到的《辩护书》中曾经指出,把工作视为生活方式,并且以崇敬的态度对待它,这是19世纪出现的一种新动态(其背后的主要推手是卡莱尔、金斯利、阿诺德、罗斯金和莫里斯),从中我们还可以发现文化观念从"工作福音"向"艺术福音"的嬗变。③ 须要补充的是,推动这一观念的还有许多小说家。例如,乔治·爱略特笔下的亚当就是"工作福音"的化身。尤其值得回味的是,有一部维多利亚小说干脆以《我们如今的生活方式》(*The Way We Live Now*, 1875)为题,其作者就是特罗洛普。这部小说折射出一种不安宁的生活方式,其背后是社会价值观的悄然变化:荣辱、信誉和择偶的标准都发生了变化,选择交往对象的尺度也发生了变化,而这一切全因"现金联结"④所致。与特罗洛普遥相呼应的维多利亚小说家有许多,其中又以吉辛和萧伯纳为最。吉辛在《新格拉布街》(*New Grub Street*, 1891)中,描写了转型漩涡中的文人百态,尤其是他们的工作方式,而萧伯纳则在《华伦夫人的职业》中描写了沦落风尘的女性,尤其是她们的"职业"。他俩描写的对象不同,角度不同,手法不同,却拥有共同的文化关怀:无论是贾斯珀的大众文化产业,还是华伦夫人的卖淫产业,都带来了物质繁荣,可是代价十分惨重——道德底线崩溃,审美趣味沦丧。扭转这种局面,重塑工作/生活方式,则是上述作品发出的心声。

　　要重塑生活方式,就得从心智的培育做起。我们前面所说的转型焦虑,其

---

　　① John Ruskin, *Unto This Last and Other Writings*, ed. Clive Wilmer, London: Penguin Books, 1997, 162.
　　② Northrop Frye, *Anatomy of Criticism*, London: Penguin books, 1957, 198.
　　③ 殷企平:《"文化辩护书"》,第242—244页。
　　④ 卡莱尔语,原文为cash-nexus,用以描述19世纪工业社会里的人际关系,即受自由放任的竞争和供求原则支配的关系。详见卡莱尔:《文明的忧思》,宁小银译,北京:中国档案出版社,1999年,第54—55页。

实也跟西方文明的根基脱离了心智的培育有关。应该说,在维多利亚时期之前,英国文学注重心智培育的特点就已十分明显,这在奥斯汀(Jane Austen,1775—1817)笔下就尤为突出。进入维多利亚时期之后,英国文学家比以往更注重心智培育,这是因为物质文明和精神文明脱节的现象日益加重。相对而言,乔治·爱略特在提倡心智培育方面走得最远。她的所有小说都涉及如何培育心智的问题,可是她并不说教,而是用精湛的小说艺术传播文化思想。在《丹尼尔·德隆达》(*Daniel Deronda*,1876)中,丹尼尔和关德琳之间的故事云谲波诡,情节无比复杂,可是道理却很简单,即心智培育有两个基本前提:爱心和知识,两者还必须融合。用丹尼尔对关德琳的话说,就是"在高尚的生活里,爱心穿戴着知识"。[1] 这爱心里还包括同情心、良心和羞耻心。小说最精彩的部分是关德琳从自我走向非我的故事,这一转变始于知耻,得益于从多次蒙羞的经历中吸取教训。叙事者曾说"她身上扎着良心之根",[2] 然而小说的情节告诉我们:正是羞耻心激发了她的良心之根。至于同情心,我们发现,当她从自己的痛苦进入别人的痛苦时,她自然而然地具备了同情心。简而言之,爱略特用生动的故事昭示了一个道理:羞耻心是心智培育的关键。爱略特的文化观在哈代名著《林地居民》(*The Woodlanders*,1887)里得到了呼应,后者通过基尔斯、格雷丝和菲茨比尔斯等人物的对比,也讲明了一个道理,即健全心智的培育,必须走出以自我为前提的心境。吉辛的小说《瑟尔萨》(*Thyrza*,1887)展现了女主人公心智培育的具体过程,尤其是她音乐才能的培育,因而跟前文所说穆勒的相关思想形成了呼应。后者认为"音乐的最佳效果……在于唤醒人类品格中潜在的那些高尚情感,并提升其强度",[3] 而瑟尔萨的故事几乎可以看作对此的诠释——她一生经历坎坷,却从未放弃提高人生品质这一目标,她的努力总是跟书中的音乐意象交织在一起。特别值得一提的是,《瑟尔萨》和《林地居民》中都出现了阿诺德的影子。《瑟尔萨》中直接出现过"光明与甜美"一语,[4] 后者正好是阿诺德所著《文化与无序》第一章的标题,这

---

[1] George Eliot, *Daniel Deronda*, Oxford: Clarendon Press, 1984, 421.
[2] Ibid., 623.
[3] Mill, *Autobiography*, London: Penguin Books, 1989, 119.
[4] George Gissing, *Thyrza*, Brighton: Victorian Secrets Ltd., 2013, 193.

分明是对阿诺德文化思想的一种响应。《林地居民》则展示了一种与《文化与无序》稍稍不同的文化图景：通过基尔斯的故事，"哈代让偏远乡村的'粗鄙'与来自'知识、判断和品味的正确中心'的'文化'发生密切的接触，从而与阿诺德的文化观进行了一次高价值的对话"；或者说哈代提出了如下质疑："阿诺德宣传的文化本身是否完美？文化追求完美的同时是否会产生傲慢？是否充分包含了对他人的考虑？"① 由此我们还可以瞥见文化观念成熟的又一条件，即文学家们彼此间的呼应、响应或回应。

秩序诉求，跟上述各关键词一样，构成了文化大命题的又一个侧面。就如维多利亚文人比前辈们更注重心智培育一样，这时期的文学更注重秩序的延续性，而这也是因为社会转型焦虑加深之故。相对而言，秩序主题在同时期的海洋文学中更为突出。一艘船，或是一个船队，犹如一个微缩的社会，一遇风浪，秩序就成为生死攸关的要事。在文化观念的所有内涵当中，秩序和共同体的关系恐怕最紧密，因为两者都有一个依靠什么来维系的问题。金斯利的《向西去啊！》(Westward Ho!, 1855)常被当作一个冒险故事，但是它暗含卡莱尔的文化思想，即共同体秩序的维系有赖于平民英雄及其诚恳等品质。探究秩序赖以维系的精神品质，尤其是责任意识，同样也是《金银岛》(Treasure Island, 1883)的特点。这部史蒂文森的代表作，树立了吉姆这一具有真诚责任感的形象，并使其与一大批用"责任"话语来为一己私利开路的人物形成对照。这至少折射出一个史实：作为秩序基础的责任意识，在维多利亚时期已深入人心。同样的责任意识也出现在康拉德的笔下。他在《"水仙号"上的黑家伙》(The Nigger of the "Narcissus", 1897)中塑造的船长形象，实际上回答了狄更斯当年（在涉及秩序问题时）常提的问题，即"统治者应该为被统治者做什么"。② 当然，表现秩序主题的远不止海洋文学。维多利亚时期在这方面独树一帜的是吉辛。他的《失去归属者》(The Unclassed, 1884)围绕主人公魏玛克的写作目标，引人入胜地把小说创作与治国理政相提并论，可谓别开

---

① 管南异：《敏感的启蒙——〈林地居民〉中的文化对话》，《杭州师范大学学报》，2015年第5期，第89页。
② 详见殷企平：《文化即秩序：康拉德海洋故事的寓意》，《外国文学》，2017年第4期，第104—111页。

生面。

民族良心与秩序、心智培育一样，也在维多利亚文学中得到了比先前更多的提倡。究其原因，无非也是转型焦虑比先前更为浓厚，因为社会生活方式的变化更剧烈，随之而来的困惑更多了。说到民族良心，学界耳熟能详的是乔伊斯(James Joyce，1882—1941)的一句名言，即"我将在灵魂的熔炉中，锻造出自己民族尚未炼就的良心"，[①] 不过许多作家在他之前就已经以此为己任，萨克雷(William Makepeace Thackeray，1811—1863)就是杰出的代表。他用以锻造民族良心的手段之一，是无情地鞭挞公德缺失的现象，尤其是那种有损民族形象的行为方式。例如，小说《名利场》(Vanity Fair，1847—1848)中的"克劳莱夫妇两手空空地在巴黎住了两三年，过得又快乐又舒服"，[②] 他俩之所以能靠"赊账"过日子，完全是靠诈骗和赖账鬼混。这类细节只是克劳莱夫妇"万般风光"中的一小部分。萨克雷的相关细节描写都隐含着深厚的意蕴，即鞭挞有悖于民族良心的生活方式。这样的描写显然是在呼唤民族良心，同时也从侧面反映出民族良心已经渐入英国国民的意识。建构一个民族的良心，就是建构一个国家能够共同认可并维系的价值体系，这是大多数维多利亚文人的自觉使命，这一点直到詹姆斯笔下还余波不断。后者的小说《大使》(The Ambassadors，1903)在时空两个维度上都超越了维多利亚英国，而主人公史莱瑟从接受纽瑟姆家族的"大使"使命开始，转而与纽瑟姆夫人决裂，并为此牺牲巨大个人利益的故事，其实是延续了阿诺德的文化命题，即一个民族重塑道德良心的可能性。

从民族良心，到乌托邦憧憬，其实只有一步之遥。所谓"乌托邦"，就是对于未来美好生活的一种构想、憧憬和愿望，因而跟我们前面所说的共同体、秩序、民族良心和心智培育等一样，都暗含化解转型焦虑的功能。文学中的"乌托邦冲动"(the utopian impulse)自古有之，但是就维多利亚文学而言，这种冲动烙上了一种特殊的(转型旋涡越转越快的)时代印记，这在金斯利、巴特勒(Samuel Butler，1835—1902)和莫里斯的作品中尤为明显。在金斯利的小说

[①] James Joyce, *A Portrait of the Artist as a Young Man*, New York: Oxford University Press, 2000, 213.

[②] 杨必：《名利场》，北京：人民文学出版社，1995年，第453页。

《奥尔顿·洛克》(Alton Locke，1850)中，主人公奥尔顿的"绅士理想"，代表了一种乌托邦梦想，它既蕴含着破除阶级/等级藩篱的愿望，又含有强烈的共同体诉求。这部小说的玄妙之处，在于贯穿其中的一个张力，即个体乌托邦和共同体理想之间的互动。忽略了它，无异于误读；把握了它，就贴近了作者苦心：奥尔顿个体的乌托邦已然梦碎，共同体的乌托邦理想犹存。在维多利亚时期，最能跟《奥尔顿·洛克》媲美的是巴特勒的《埃瑞璜》(Erewhon，1872)和《重返埃瑞璜》(Erewhon Revisited Twenty Years Later，1901)两部曲，以及莫里斯的《乌有乡消息》(News from Nowhere，1890)。巴特勒的上述两部曲必须对照着阅读，否则就会忽视巴特勒的总体设计，即正面乌托邦与异托邦的合体，更会忽视巴特勒本人的心路历程——他从挣扎于转型迷惘，转而重构共同体愿景，也就是走出了空想乌托邦的迷雾。这一时期最值得称道的乌托邦作品，要数莫里斯的《乌有乡消息》。该书呈现了关于人类总体生活方式的文化蓝图，并提出了实现这一蓝图的具体路径，即打破工作与休闲的界限，把普通劳动者的日常工作提升到艺术的境界。有心人会发现，书中几乎所有的故事都可以看作马克思、恩格斯如下一段话的图解："在共产主义社会里，任何人都没有特定的活动范围……上午打猎，下午捕鱼，傍晚从事畜牧，晚饭后从事文艺批评，但并不因此就使我成为一个猎人、渔夫、牧人或批评家。"[①] 正像马克思和恩格斯走出了空想社会主义一样，莫里斯走出了空想乌托邦。他的乌有乡，并非子虚乌有，而是实实在在的存在，有助于化解社会转型焦虑。

综上所述，欲知晓英国文化观念，须从维多利亚文学入手，否则就无以探寻其成熟轨迹，无以把握其成熟标志，更无以领略其千姿百态。许多涉及文化观念的高谈阔论，多局限于史学、社会学、人类学和政治经济学等视角，却无视或轻视文学这座宝库。殊不知离开了文学的作用，任何学者要探究文化观念的奥秘，都迟早会力不从心。就文化观念的成熟而言，维多利亚时期的文学话语，比其他领域里的话语更举足轻重。

---

① 马克思、恩格斯：《德意志意识形态》，北京：人民出版社，1961年，第27页。

第一章

转型焦虑：对"机械时代"的回应

如本丛书总序中所说,转型焦虑特指传统社会向现代化范型(modernization paradigm)社会结构转换所引起的焦虑。在维多利亚时期,这种焦虑突出地表现为从农业文明向工业文明转型所引起的焦虑。此时的英国见证了工业文明的空前发展,随之而来的一系列现代性问题,自然激发了文人学者们的回应,其内容和性质恰恰在文化观念的演变轨迹中得到了生动的体现。用哈特曼(Geoffrey H. Hartman,1929—2016)的话说:"[到了这个时代,]对于文明的肤浅及其悖逆自然的效应的焦虑,开始赋予'文化'一词新的价值含义。"① (详见本卷绪论第一节)本章的宗旨,就是要以穆勒(John Stuart Mill,1806—1873)、乔治·爱略特(George Eliot,1819—1880)和阿诺德(Matthew Arnold,1822—1888)三位文坛巨匠为例,审视他们传递的转型焦虑。作为这一时期的杰出代表,他们用精彩的故事、生动的人物形象和诗性语言,在文化观念中植入了新的价值含义。

第一节

穆勒的幸福焦虑:《自传》与文化观念的流变

在传记文学和文化观念的互动史上,穆勒的《自传》(Autobiography,1873)是一朵奇葩。遗憾的是,学界至今尚无人借由《自传》文本意义的衍射,来寻找文化观念的内涵在19世纪英国演变的轨迹。诚然,不少学者曾经肯定过这部作品在思想观念史上的作用。例如,英国学者拉斯基(Harold

---

① Geoffrey H. Hartman, *The Fateful Question of Culture*. New York: Columbia University Press, 1997, 207.

Joseph Laski，1893—1950)在为《自传》所撰写的前言中说它"记录了英国思想史上的头等大事"，① 还说"穆勒提高了他那个时代的精神高度，这是他的同代人中没有其他人可以做到的"。② 然而，还没有人真正从文化观念流变的角度来细读过《自传》。更令人遗憾的是，甚至有人否定这部作品的思想深度。例如，专治英国传记文学的考克舒特(A. O. J. Cockshut)认为它"叙事极富力量，而且反映真实，字里行间显示出传记家过去的一切历历在目，难以忘怀，但是不容否认的是它缺乏一定的深度"。③

我们认为，《自传》是一部很有深度的作品。说它有深度，是因为它极大地丰富了文化观念的内涵。

一、"幸福焦虑"即转型焦虑

《自传》中最富有戏剧性的事件是穆勒在他 20 岁左右时经历的一场精神危机：博览群书、智力超群的他风华正茂，在父亲詹姆斯·穆勒和偶像人物边沁(Jeremy Bentham，1748—1832，功用主义鼻祖)的激励下锐意改革，不料突然患了忧郁/焦虑症。由于这场精神危机直接产生于对幸福命题的思考，我们不妨称之为"幸福焦虑"。它的发生，就如书中所描述的那样：

> 事情发生在 1826 年秋天。我处于一种倦怠的精神状态……我对自己直接发问："假设你生活中的所有目标都实现了，你所期待的所有机构改革和思想变更都能在这一刻得以完成，你会因此而欢欣鼓舞并感到幸福吗？"一个不可压抑的自我意识清楚地答道："不！"我的心随之下沉了：支撑我生命的全部基础轰然倒塌。我全部的幸福原本都寄托于对上述目标的不懈追求。既然目标已经失去了魅力，那么对手段的兴趣又何以为继呢？我生活的意义似乎荡然无存了。④

---

① 穆勒：《约翰·穆勒自传》，郑晓岚、陈宝国译，北京：华夏出版社，2007 年，前言第 2 页。
② 同上，第 10 页。
③ A. O. J. Cockshut, "John Stuart Mill," in *Encyclopedia of Life Writing: Autobiographical and Biographical Forms*, ed. Margaretta Jolly, London & Chicago: Fitzroy Dearborn Publishers, 2001, 604.
④ John Stuart Mill, *Autobiography*, London: Penguin Books, 1989, 112. 以下该书引文均出自此版本，仅随文括注出处页码，不再一一详注。

从表面上看，这仅仅是一场个人的精神危机，然而透过这表面现象，我们可以看到整个英国社会在维多利亚时期所经历的精神危机。穆勒此处追问的"是否幸福"其实是一个文化命题——"幸福"是人类生活质量的第一要素，而人的生活质量问题在维多利亚时代首次成了"文化"命题，这一点已经由阿尔梯克（Richard D. Altick，1915—2008）的研究得到考证：

  在维多利亚时代，人民大众的生活质量第一次成了紧迫的社会问题，引起了关注。由工业化及其相关的社会发展造成的巨变促使人思考这样一个问题：社会该怎样改造并装备自己，才能给社会成员带来最大的内心满足，帮助他们充分发挥自己的才能？
  有人认识到，英格兰希望建成的美好社会有赖于某种叫作"文化"的东西。"文化"一词在19世纪上半叶经历的这种意义上的演变，表明社会思想领域出现了一种新的观念。①

穆勒所追问的"幸福"，跟阿尔梯克此处所说的"最大的内心满足"和"生活质量"并无二致，而《自传》中频频出现"文化"一词，足以表明穆勒直接介入了当时的文化语境建设。

  由穆勒来追问"幸福"，既具有典型意义，又具有特殊意义。谓其典型，是因为他所追问的也是卡莱尔（Thomas Carlyle，1795—1881）、狄更斯（Charles Dickens，1812—1870）、乔治·爱略特、阿诺德、罗斯金（John Ruskin，1819—1900）和莫里斯（William Morris，1834—1896）等人相继追问的。他们看到工业革命和启蒙运动以降的"思想进步"虽然带来了物质的繁荣，以及法制和社会机构等方面的完善，但是未能提供良好品质的生活，未能带来真正的幸福；在他们的笔下，"文化"一词慢慢演变成与"文明"相对的观念，以表达对于以"机械的崛起"为标志的"现代文明"的焦虑，也就是农业文明向工业文明转型而引发的焦虑。②

---

  ① Richard D. Altick, *Victorian People and Ideas*, New York: W. W. Norton & Company, 1973, 238.
  ② 分别参见殷企平《推敲"进步"话语——新型小说在19世纪的英国》（北京：商务印书馆，2009年）和《"文化辩护书"》。

谓其特殊,是因为穆勒曾是功用主义学派的核心成员。众所周知,功用主义观点中流传最广的是所谓"最大多数人的最大幸福",边沁称之为"功用原则"(the principle of utility)或"最大幸福原则"。① 假如我们只能用一个词语来概括穆勒从小所受教育的宗旨,那就是推行并实现"最大幸福原则"。他的父亲詹姆斯·穆勒是边沁思想最积极的推崇者,他把实现上述原则的希望部分地寄托在对孩子的教育上,因而从一开始就全方位地接管了教育小穆勒的任务。在他的精心辅导和监督下,小穆勒从3岁起就开始学习希腊语,不久又开始学习拉丁语,在7岁那年已经阅读了希腊语原著——色诺芬(Xenophon,前440—前355)的《回忆苏格拉底》(*Memorials of Socrates*)和柏拉图的6篇对话集,在8岁到12岁之间已经阅读了诸多拉丁语原著,如贺拉斯(Horace,前65—前8)的几乎全部作品、维吉尔(Virgil,前70—前19)的《牧歌》(*Bucolics*)和奥维德(Ovid,前42—后18)的《变形记》(*Metamorphoses*)等;13岁时他接触亚当·斯密(Adam Smith,1723—1790)的《国富论》(*The Wealth of Nations*,1776)和李嘉图(David Ricardo,1772—1823)的《政治经济学及赋税原理》(*On the Principles of Political Economy and Taxation*),14岁后开始独立阅读伯克利(George Berkeley,1685—1753)、洛克(John Locke,1632—1704)、休谟(David Hume,1711—1776)和边沁等人的哲学著作(27—70)。所有这些都寄托着老穆勒的最大心愿,即小穆勒拥有超强的思想武装,从而能担负起推行"最大幸福原则"的社会改革大任,可是后者还未给任何人带来幸福,就自己先掉入了沮丧的深渊——穆勒在《自传》中称柯勒律治(Samuel Taylor Coleridge,1772—1834)的诗歌《沮丧颂》("Dejection: An Ode",1802)"描写的正是我当时的情形":

没有剧痛的悲伤,空洞、黑暗而凄切,
令人倦怠、窒息、沉寂的悲伤,

---

① Jeremy Bentham, "An Introduction to the Principles of Morals and Legislation," in *Utilitarianism and On Liberty: Including Mill's "Essays on Bentham" and Selections from the Writings of Jeremy Bentham and John Austin*, ed. Mary Warnock, Oxford: Blackwell Publishing, 2003, 17-20.

> 找不到自然的发泄,找不到任何缓解,
> 文字、叹息和泪水都无奈彷徨。(112)

明明是要追求幸福,却恰恰走向了幸福的反面,这是文学作品中典型的情景反讽。①《自传》中这种事与愿违的反讽基调不仅让故事增添了文学趣味,而且凸显了穆勒的那场精神危机在当时文化语境中的重要性:从功用主义学派内部来反思幸福命题,这比从外部来反思的效果要强烈得多。

至于穆勒产生"幸福焦虑"的深层次原因,学术界大都把目光投向了他缺乏情感教育这一事实。例如,我国学者盛文沁强调,穆勒把自己"不会觉得快乐幸福"的原因解释为"父亲那种功利主义的分析习惯强化了原因与结果、方法和目的之间的联想,却削弱了情感,只能得到物质和感官的快乐"。② 又如,加拿大学者罗布森(M. Robson)认为,穆勒的解释是"他父亲对'情感'的贬低导致他在应付非理性个人动机方面缺少准备。这一解释的价值在于它指出了边沁式功用主义的一个常见问题,即难于连接目标(大众的幸福)和动机(个人的幸福)"。③ 这些解释都不错,但是穆勒的焦虑有着更深刻的原因,要从整个维多利亚社会的转型过程中去寻找,这一点在《自传》的卷首中有所披露:

> 在一个思想转型的时代,关注任何一往无前者的心智,考察其如何在各个发展阶段既学习各种思想,同时又祛除先前所学的某些思想,都是不无趣味和裨益的。(25)

此处的关键词是"思想转型"。任何社会转型都伴随着思想转型,或者说价值观和文化观念的转型。19世纪英国的社会转型打着各类"改革"的旗号,其中又以功用主义思想为突出代表。根据《自传》的记载,就在穆勒的幸福感发生动摇直至崩溃之前,他通过阅读边沁而"树立了一个可以真正称作人生目标的

---

① 殷企平:《小说艺术管窥》,天津:百花文艺出版社,1995年,第8页。
② 盛文沁:《19世纪英国自由主义的"品格"论:以约翰·密尔为中心》,《学海》,2014年第1期,第180页。
③ M. Robson, introduction to *Autobiography*, by John Stuart Mill, London: Penguin Books, 1989, 8.

理想：做一个世界的改革者"，而他"自己的幸福观跟这一人生目标完全一致"（111）。这里的"改革者"也就是上面引文中所说的"一往无前者"。须特别指出的是，穆勒在投身于改革大业时并未学会就改革的方式深思熟虑。他在《自传》中把当时的自己也归入"一往无前"的队伍，这明显地带有自我嘲讽的语气。换言之，他在写下上引文字时，是在对"一往无前"式的"改革"进行反思，这刚好与阿诺德当年质疑"行善"（社会改革）的热情形成了呼应：

　　行善的热情很容易过于急切……它迫不及待地要披挂上阵；这种热情又很容易将自己的构想和计划当成行动的基础，而因为这些构想是当前发展阶段的产物，故具有与此相适应的一切不完善、不成熟之处。文化同行善的热情之区别，就在于文化既具有行善的热情，也具有科学的热情……因此即便是为了纠错解惑和排忧解难的伟大目标，它也不会急于在思考之前就采取行动、着手规划；它会牢记，如果我们不了解该做什么以及怎样做，那么行动和规划就没有多大用处。①

无论是阿诺德所说的"迫不及待地披挂上阵"，还是穆勒所说的"一往无前"，都是那个社会转型期的特有现象。阿诺德从外部加以批判，而穆勒则作为一名曾经"一往无前"的改革者从内部加以反思，因而他的质疑更有影响力——他以自己在匆匆转型的改革洪流中突然失去幸福感来现身说法，这无疑是一种转型焦虑的生动表现。"转型"一词还出现在《自传》里的另一段话中：

　　当世上的哲人们不再相信自己的宗教，或者只相信被修正得本质全非的宗教时，一个转型时期就开始了。在这一转型期里，人们的信念虚弱了，智力瘫痪了，行为准则越来越松弛了，因而需要修复他们信念的基础，进而演变出他们真正能恪守的某种信仰——宗教信仰或世俗信仰都行。直到这时，转型期才会告终。在目前的情况下，所有的思想和著作都未能促进上述修复工作，因此至多只能昙花一现而已。鉴于公共人士的精神状况显然没有朝理想方向

---

① 马修·阿诺德：《文化与无政府状态：政治与社会批评》，韩敏中译，北京：生活·读书·新知三联书店，2002年，第8页。

演变的迹象,我(在 19 世纪 50 年代早期)对人类社会在近期得到改善的前景并不乐观。(180—181)

可见,让穆勒焦虑的根本原因在于他所处转型时期的信仰危机,在于世人(包括他自己)失去了"真正能恪守的某种信仰"。因为转型,穆勒那个时代的年轻人面临的是迷茫和困惑,这在金斯利(Charles Kingsley,1819—1875)的笔下有过生动的描写:

> 眼下年轻人的思想不正是支离破碎的吗?他们的言行不正是毫无连贯、自相矛盾的吗?他们所受的教育以及他们的思维习惯不正是杂乱无章的吗?虽然他们继承了各种老套的制度,但是这些制度正像冰雪消融时那样分崩离析,这难道不是事实吗?难道成千上万的现象和观念没有像洪水那样涌向他们,使他们无从分类辨别吗?——年轻人的思想完完全全地处于一种发酵状态,犹如绵绵春雨促成了山洪暴发,随着洪流倾泻的有石头、棍棒、泥浆、烂掉的松鸡蛋、淹死的鱼狗、造成肥料流失的泄盐,以及带有毒素的植物,还不时地夹杂着一片片毫无内容的泡沫,真让人担心!①

身处那种情形,凡是有思想的人不可能有幸福,有的只是困惑、痛苦和焦虑。穆勒的痛是时代之痛,他的焦虑是时代的焦虑,亦即转型焦虑。当然,这焦虑包含了他个人的焦虑,尤其是他情感生活的匮乏。

值得读者和穆勒共同庆幸的是,他最后走出了焦虑。他如何走出焦虑?他化解焦虑的策略和途径对世人有何借鉴意义?这将是我们以下要探讨的话题。

二、像呼吸空气那样呼吸幸福

根据《自传》的记载,穆勒慢慢走出了焦虑,也就是完成了某种转型。学界在讨论这一转折时,大都仅仅把目光投向法国百科全书派学者马蒙泰尔(Jean-

---

① Charles Kingsley, *Yeast*, London: Everyman's Library, 1976, 266.

François Marmontel，1723—1799)对他的影响。确实，从最直接的原因来看，阅读马蒙泰尔的《回忆录》给了穆勒走出焦虑的力量——《回忆录》中有一段专门介绍马蒙泰尔如何在父亲过世以后，勇敢地承担起安慰并照顾全家人的任务(尽管他自己当时还是个孩子)。穆勒写下了阅读那一段文字以后的情景：

……我感动得流下了眼泪。从那一刻起，我的负担变轻了。在此之前我以为自己所有的情感都死了，这种念头带来的压力消失了。我不再万念俱灰了……看来我仍然保留着一些素质，即品格的价值和幸福生活的能力所赖以生成的那些素质。先前始终压迫在心头的不快缓解了，我渐渐发现普通的生活事件又能给我带来愉悦了；我可以在阳光、空气和书籍中找到欢乐，可以在与人交谈中找到欢乐，还可以在公共事务中找到欢乐，尽管这些幸福感并不强烈，但是足以让我愉快。我再次兴奋了起来，尽管只是适度的兴奋，却足以激发我去实现自己的想法，去为公众的利益而奋斗。就这样，乌云逐渐散去，我又享受生活了。(117)

值得留意的是，穆勒此时只是刚开始找回"品格的价值和幸福生活的能力所赖以生成的那些素质"；要让这些素质真正生成全部品格的价值和幸福生活的能力，穆勒还有很长的道路要走。事实上，《自传》全书充满着这方面的思考，是有关化解"幸福焦虑"的策略和途径的一种探索，这种探索的深度远远不能为上引文字所囊括。

《自传》中，就在上引文字的下一个自然段落里，穆勒强调那段接触马蒙泰尔的经历促使他逐渐形成了一种新的人生哲学，后者"跟卡莱尔的反自我意识理论有很多共同之处"(117)。[①] 虽然穆勒说他当时还从未听说过卡莱尔的"反自我意识理论"，但是他在书中多次提到自己后来跟卡莱尔的交往，以及对其著作的阅读，并曾强调他在妻子哈丽特的帮助下较深刻地理解了卡莱尔。正

---

① 卡莱尔有一个著名的观点，即一个健康的社会就如健康的人体一样，是不会常常意识到自我的，而处于转型期的英国社会却有强烈的自我意识(self-consciousness)，因而是不自在、不健康的。参见 Peter E. Martin，"Carlyle and Mill：The 'Anti-Self-Consciousness' Theory，" *Thoth：Syracuse University Graduate Studies in English*，no. 6 (1965)：20-34。

是由于跟卡莱尔在思想层面的交汇,他才有了下面的认识:

> (我意识到)只有那些一心想着别的目标而非自己幸福的人,才是真正幸福的;幸福者只想到别人的幸福、人类的完善,甚至某种艺术或事业……一旦你问自己是否幸福,你就停止幸福了。唯一的机会是把幸福之外的某个目的——而不是幸福本身——当作人生的目标。让你的自我意识、自我审视和自我拷问穷尽于外在的目的;不要思考或纠缠于幸福本身,既不要因想入非非而预先阻止它,也不要因致命的盘问而把它吓跑,而是要超脱自身的幸福。如果你能实现这幸运的超越,那你就能像呼吸空气那样呼吸幸福了。这一理论现在成了我人生哲学的基础……(117—118)

像呼吸空气那样呼吸幸福,多么生动的比喻!这一比喻的提出,意味着一种思维范式的转换。穆勒是针对边沁的"快乐微积分"(the calculus of pleasures)这一比喻而提出自己的新比喻的:边沁的比喻代表了典型的工具理性思维范式,即把幸福/快乐与痛苦视作可以计算的东西,是不自然、不自在的,而穆勒的比喻代表了一种浪漫主义的思维范式,是对工具理性的质疑。①

不过,穆勒并没有全盘否定边沁和自己父亲的人生哲学,他自始至终都肯定他们为人类谋幸福的主张,并热情地追随他们的改革理想,只是他越来越意识到这种热情和理想——连同他们的哲思——需要修补和重塑。在《自传》中,他通过许多人生小故事来讲述他如何修补从边沁和父亲那里学来的人生哲学和改革思路。这些故事包括他跟前文所述的卡莱尔和哈丽特等人的交往,还包括他如何受华兹华斯(William Wordsworth,1770—1850)、雪莱(Percy Shelley,1792—1822)和柯勒律治的影响;正是这些影响,使他的改革思想中多了不少艺术元素。就像罗布森所总结的那样,转型后的穆勒"认为改革者要发挥两种作用,既要有'艺术家'的作用,又要有'科学家'的作用。艺术家确定并界定目标,科学家研究目标及其实现后的效果,探其原因,究其手段,然后就这些手段的实用性和道德性进行试验;最后再由艺术家把这些认可后的

---

① Mary Warnock, introduction to *Utilitarianism and On Liberty*, ed. Mary Warnock, Oxford: Blackwell Publishing, 2003, 3-15.

手段付诸实践。……穆勒驾驭全书的隐喻之一是'半人',这是他跟卡莱尔共同使用的隐喻。幸运的是,他的生活中出现了'互补式对应人物',边沁和柯勒律治就是绝配"。① 言下之意,在吸收柯勒律治的思想之前,穆勒只是拥有边沁思想的"半人"(half-man),而在这之后则成了全人。一个更确切的说法应该是:穆勒从分别以边沁和柯勒律治为代表的思想阵营中借鉴了许多人的思想,然后取其精华,去其糟粕,形成了新的哲思,并随之走出了焦虑——既然他当初陷入焦虑的根本原因是时代的信仰危机,是哲思的匮乏,那么走出焦虑的根本保证就是重塑人生哲学。

也就是说,重塑人生哲学是穆勒化解焦虑的基本策略。跟这基本策略配套的,还有诸多具体策略,而它们又可以概括为两大类:一是智力训练(the exercise of intellect),二是情感训练(the exercise of feelings)。

《自传》记载了许多智力训练的事例,并在多处暗示了智力训练的一个重要前提,即不能让单个思维模式或单个社交圈子主宰一个人的思维,否则必定会一叶障目。例如,穆勒在先后受到柯勒律治和奥斯丁(John Austin, 1790—1859)"非常有益的影响"之后,学会了"坚定地抵制偏见和狭隘,而由某个特定思维模式或特定社交圈子塑造出来的年轻人必有偏见,必定狭隘"(74—75)。事实上,上文所说的范式转换——从"微积分范式"转向"空气范式"——就是由狭窄变得开阔,其间少不了许多智力操练。至于智力训练的具体环节,书中还有很细的交代,如关于他和同伴们研讨政治经济学、逻辑学和心理学时的情景:他们总是"彻底地讨论每一个提出的问题","追寻每一个附带的思辨性话题","直到每一个结都被解开"(103);穆勒还通过跟同伴们的会话养成了一个"思维习惯",即"在解决困难时决不以偏概全;在困惑时决不放弃,而是一遍又一遍地回过头去,直至疑云消散;决不因为一个学科的某些角落十分晦涩,而且又显得不那么重要,因此就把它们束之高阁;决不认为自己准确地理解了某个学科的任何部分,直至融会贯通"(105)。虽然穆勒在经历精神危机之前就已经养成这一思维习惯,但是他强调自己"之前之后的所有思辨都归功于这一习惯"(105)。不过,光有智力训练不足以使他抵御精神危机,所以才有了后来

---

① Robson, introduction to *Autobiography*, 14 - 15.

的情感训练。

在世界文化史上,很少有人像穆勒那样不仅强调情感训练的重要性,而且深入地探讨了情感训练的具体操作环节。前文提到的阳光、空气、书籍、与人交谈,以及参与公共事务,都是穆勒实施情感训练的契机。他特别强调文学在情感操练中的作用,并且以华兹华斯的诗歌为例,具体谈到了美文和情感培育的结合点:

华兹华斯诗笔下的乡村美景有一种震慑我的力量,为我奠定了从他诗歌中汲取快乐的基础……不过,假如华兹华斯仅仅在我眼前呈现了自然美景,那么他本来不会对我产生任何重大影响。司各特在这方面要更胜一筹……华兹华斯的诗歌之所以疗治了我的心态,是因为它们不光表现外在的美,而且表现美感激荡下的情感状态,以及带有感情色彩的思想。这些诗歌似乎正是我所追求的情感文化,从中似乎能汲取源源不断的内心欢乐,一种人和万物一体同仁的愉悦。这种愉悦可以由全人类共享;它跟争斗或瑕疵毫不相干,却可以因人类的物质和社会状况的每一点改善而变得更为丰富。即便在生活中所有较大的邪恶都被祛除之后,我似乎仍然可以从这些诗歌中找到幸福的永久源泉。(121)

这段文字中有两处特别值得注意,即"祛除邪恶"和"情感文化"。穆勒寻觅在"生活中所有较大的邪恶都被祛除之后"的幸福源泉,这表明他的幸福观已经超越了边沁及其追随者的幸福观;后者简单地在人类的福祉与"祛除邪恶"的改革之间画了等号,而穆勒却把目光投向了改革之后:在人类祛除邪恶之后,亦即获得自由之后,幸福应该从哪里寻找?边沁的幸福观只关注客观世界的改造,而穆勒的幸福观则兼顾了人类主观世界的改造,因而要丰富得多,深刻得多。正因为穆勒高瞻远瞩,才有了"情感文化"一说——他把"情感"(feelings)跟"文化"(culture)搭配,也就是把情感提到了文化的高度,可谓用心良苦。除了主张通过文学来操练情感,他还特别强调音乐在情感升华方面的作用。他解释了音乐能陶冶情操的具体原因:"……音乐的最佳效果在于激发热情(就这一点而言,它也许胜过其他任何艺术),在于唤醒人类品格中潜在的那些高尚情感,并提升其强度。这种兴奋状态赋予升华了的情感一种光和热,后者最强烈的状态虽然短暂,却能在其他时间维持升华后的情感,因而弥足珍贵"(119)。穆勒此处的讨论对象是音乐,不过其着眼点跟他前面讨论文学时一样,仍然是人类的福祉。他坦承自己在经历那场精神危机之后,才"首次把个人的内在修养放在正当的位置,视其为人类福祉不可或缺的大事"(118)。这句话中"个人的内在修养"的原文是 the internal culture of the individual,其中 culture 的首要意义就是"文化",穆勒为文化观念注入新内涵的努力由此可见一斑。

须进一步指出的是,穆勒眼中的"文化"需要情感训练和智力训练的同时支撑,因而他在《自传》里的另一处还使用了"知性文化"(the culture of the understanding)一说。我们知道,"知性"是德国古典哲学家们用以与"理性"(reason)相对的概念。穆勒提出"知性文化",意在修正当时英国主流话语中理性至上的倾向。他在对比本国和欧陆(尤其是法国)的文化状况时,批评本国人"缺乏高尚的情感,这表现为对所有情感的展露嗤之以鼻",并且检讨自己"当初不会欣赏知性文化":

> 在欧洲大陆的好几个国家,从惯常的情感训练发展而来的知性文化深入社会下层,即便是教育程度最低的阶层,其知性文化水平也超过了英格兰那些号称受过教育的阶层,除非后者偶尔因良心而动一下柔情,可是这柔情随即就会化为围绕是非问题的习惯性智力操练。除了偶然的特殊情况,凡是不带私利的事物,普通英国人均不感兴趣;他们不习惯与人谈论任何自己不感兴趣的事情,甚至不习惯就此与自己交谈。这样的习性致使他们的情感和智能得不到开发,或者只是单向度地、极其有限地发展,从而蜕变为某种消极的生物,尽管他们自认为拥有精神生活。对此,我先前并无认识。(62—63)

这一段论述需要通盘理解——虽然首句中强调知性文化从情感训练发展而来,但是下文中显然肯定了智力操练的重要性;尤其是倒数第二句,暗示了情感和智能共同开发的重要性。

更进一步说,在穆勒的文化观里,情感与理智是不可分的,两者往往你中有我,我中有你。这在他的自省中得到了充分的体现:"为我心中的人类福祉付出热情,这是我当初最强烈的情感,并成了我所有情感的主色调。然而,在我的那段生活中,我的热情几乎就等于思辨的热情。它没有扎根于仁慈,或者说对人类的同情心,尽管这些品质在我的伦理标准中占有恰当的位置。"(96—97)让思辨热情——亦即依靠理性来进行社会改革的热情——扎根于仁慈和同情心,这标志着穆勒的文化观已臻完善,意味着他彻底走出了前文所说的幸福焦虑。此处尤其值得留意的是穆勒对同情心(sympathies)的强调,因为后者在他的幸福命题里占有至关重要的地位,这在他对本国文化的下列批评中特别明显:

> 事实上,由于英国人的性格和社会环境,他们通过调动同情心来获得幸福的可能性很小,以致英国人的生活方案中几乎没有同情心的立足之地,对此我们已见怪不怪了。在其他大多数国家,同情心是构成个人幸福的第一要素,人们理所当然地视其为天经地义,根本不需要用正式的文字来加以表述。然而,大多数英国思想家几乎把同情心视为有害的东西,只是迫不得已地允许其存在……(123)

这里,穆勒明确指出同情心是构成个人幸福的第一要素。前文提到,幸福是人类生活质量这一文化命题的第一要素,而此处穆勒又把同情心作为幸福的第一要素,其间的关系令人回味。写下这段文字时的穆勒已经走出了幸福焦虑,亦即转型焦虑,因为他找到了同情心这把通往幸福的钥匙,但是他的祖国仍然处于同情心匮乏的转型阵痛之中。因此,他呼唤同情心,指引国人化解焦虑,这不啻为一种文化建设。透过他的呼唤,我们还应看到一个以"同情心"为关键词的文化传统——从席勒(Friedrich von Schiller, 1759—1805)到卡莱尔,又从卡莱尔到乔治·爱略特,西方哲人针对机械文明的崛起,不断为"同情"这一术语注入了"共同承担痛苦"和"引发高尚行为"等新的内涵,[①] 进而使其成

[①] Deborah Guth, *George Eliot and Schiller: Intertextuality and Cross-Cultural Discourse*, Hampshire: Ashgate Publishing, 2003, 146-149.

为一种"认识精神世界的重要方式"。① 穆勒对同情心的呼唤,难道不是对这一文化传统的呼应?用同情心化解转型焦虑,难道不是文化观念的流变使然?

就文化史而言,《自传》堪比穆勒的另一部名著《论自由》(On Liberty, 1859)。芝加哥大学的卡汉(Alan S. Kahan)博士曾经这样高度评价后者:"假如您只能通过阅读一本书来了解现代西方文化,那么《论自由》会是一个很好的选择。"② 我们不妨说:《自传》也是一个很好的选择。

第二节
乔治·爱略特的转型焦虑

如何认识自己所处的时代,是困扰众多维多利亚文人的问题。他们就像乔治·爱略特笔下的麦琪一样,"需要一个解释",让他们能够理解从而承受"这不可知世界的重压"。③ 然而,他们又无奈地发现,这是一个难以界定的时代。阿诺德在诗中写道:"(人们)不知该相信什么,/因为什么也看不清楚,/他们什么也无法确定,/所以什么也不敢否定。"④ 从这个角度看,最贴切的解释或许来自穆勒,他在《时代精神》("The Spirit of the Age", 1831)中把自己的时代界定为"转型时代"(age of transition):"陈旧的体制和迂腐的教义已经不再适用,然而人们尚未找到可堪替代的新体制和新教义。"⑤ 维多利亚时代的

---

① 高晓玲:《"感受就是一种知识!"——乔治·艾略特作品中"感受"的认知作用》,《外国文学评论》,2008年第3期,第6页。
② Alan S. Kahan, introduction to *On Liberty: With Related Documents*, by John Stuart Mill, Boston: Bedford/St. Martin's, 2008, 2.
③ J. W. Cross, *George Eliot's Life as Related in Her Letters and Journals*, New York: Harper & Brothers, 1885, 65.
④ Matthew Arnold, "Empedocles on Etna," in *Selected Poetry and Prose*, ed. Frederick L. Mulhauser, New York: Holt, 1953, 21.
⑤ John Stuart Mill, "The Spirit of the Age," in *The Spirit of the Age: Victorian Essays*, ed. Gertrude Himmelfarb, New Haven: Yale University Press, 2007, 53.

转型不仅意味着社会结构的全面变革,还表现为思想层面的剧烈震荡——"这是一个充满怀疑、纷争、烦乱和恐惧的钢铁时代"。① 如何在纷杂碰撞的社会思潮中找到相对稳定的立足点,是维多利亚人面临的最大挑战,也是爱略特作品的核心主题。

一、激进的变革与责任焦虑

变革无疑是维多利亚时代的首要特征,以至于有学者把时代开端从女王登基的1837年提前至议会改革正式启动的1832年,其影响可见一斑。从1832年开始,以《改革法案》为动力的政治改革将英国带进了全面变革时代,政治改革的影响波及社会生活的各个层面,引发了全方位的改革浪潮。用评论家多林(Tim Dolin)的话说,这个时期的英国形成了一种"改革文化"(Culture of Reform)。② 多林的观点不无道理,19世纪英国社会生活的确是由目不暇接的改革法案串联起来的:1833年的《废奴法案》、1838年反谷物法联盟的成立、1846年《谷物法》的被取缔、1850年的《公共图书馆法》、1857年的《离婚法》、1870年的《初等教育法》和《已婚妇女财产法》等等。可以说,几乎没有哪个社会角落不曾被变革的车轮碾压过。

改革使越来越多的普通民众获得了民主权利,促进了社会公平,在相当程度上缓和了社会矛盾,人们也对改革前景充满了信心。而此时的爱略特却在狂热的变革氛围中看到了事情的另一面:激进分子正在将改革推进为破坏性革命,政治家们试图从改革中谋取私利,劳工阶层的无知和盲从使他们沦为政治工具,社会面临无政府状态和失序的危险……这些问题都让爱略特忧心忡忡。如何使改革成为社会稳定平衡发展的驱动力?如何使劳工阶层成为审慎负责的政治力量?爱略特通过社会小说《激进分子菲利克斯·霍尔特》(*Felix Holt, the Radical*, 1866)表达了对这些社会问题的集中思考。

这部小说虽然创作于1866年,却在开篇提示读者故事发生在35年前,暗示了1832年议会改革的社会背景。"改革"是彼时的热词,也是问题所在:"那个时候,热切的改革者们对政治革新的前景充满信心,他们的狂热几乎到了沸

---

① Matthew Arnold, "Memorial Verses," in *Selected Poetry and Prose*, 10.
② Tim Dolin, *George Eliot in Context*, Oxford: Oxford University Press, 2005, 48-49.

点。因此,当有些措施双方还都不敢确定、仍在商讨当中时,就被这种激情推入实施阶段。"①爱略特用"狂热""激情"等字眼来描述改革者的状态,显然是因为她在过去三十多年里目睹了社会变革喜忧参半的后果:1815年实施的《谷物法》在保护农夫与土地主利益的同时,损害了工商业资产阶级的利益;1838年激进分子成立反谷物法联盟,导致多地发生骚乱和冲突;1834年的《济贫法》修正案过于严苛的救济体制把济贫院变成了羞辱或训诫贫民的"巴士底狱",引发了激烈的抗议活动。

让爱略特担心的不仅是这些未经充分酝酿的改革措施,还有那些将改革当作工具的政治家。小说中查布和约翰逊等政治家打着改革的旗号,或贿赂笼络,或欺骗蛊惑选民,利用无知民众为自己和所在政党大肆掠取权力和利益,把改革变成了实现野心的工具。更糟糕的是,无知盲从的民众也成为政治牺牲品。他们缺乏政治智慧和责任意识,对改革的理解仅停留在简单粗陋的层面:"他们(乡村人)对'改革'的理解基本上就是干草焚烧机、工会、诺丁汉暴乱等堆砌在一起的混合物,大致凡是需要号召自耕农行动起来的就是改革。"(80)一点点蝇头小利或激情煽动就能决定他们的选择,把他们变成没有立场的墙头草:"有选票的人却不知道如何使用选票。有许多傻瓜,拿着选票,却拿不准该投给谁,给德波利,还是格斯丁,或是特兰瑟姆——一股小风就能让他们改了主意。"(230)

一旦改革的操纵者和参与者都缺乏必要的理性与责任意识,改革的后果就可想而知:"当他们高举怪兽尸体示众时,相随而至的并非智慧和幸福,而是更多的愚昧不幸,带来的是怀疑和沮丧。然而,在伟大的改革年代,人们满怀希望,对改革的美好期待甚至替代了酒精,成了选民的兴奋剂。"(271)爱略特想要提醒读者的是,狂暴的改革或者革命不一定意味着进步,外部环境的改变并不必然意味着精神世界的完满;酒精不仅意味着新鲜刺激,也意味着丧失理性的危险。爱略特对政治改革的担忧在描绘选举日骚乱的片段中得到了充分的表达,她把骚乱队伍形容为"一群愚蠢的暴民"(foolish units of a mob):"他们脑子里装的只有私欲和混乱的印象……走在队伍后面的人以为前面的人肯

---

① George Eliot, *Felix Holt, the Radical*, Harmondsworth: Penguin, 1987, 271. 后文出自此书的引文,将随文括注出处页码,不再一一另注。

定胸有成竹,而走在前面的人以为后面的人心里有数。至于究竟要做什么,没人知道。多数人类历史事件大致就是这样:前推后拥着就发生了。"(428)

"暴民"这一说法并不是爱略特的个人成见,而是传承自著名政治家埃德蒙·伯克(Edmund Burke,1729—1797)构建的守成主义传统。伯克相信"良好的秩序是一切美好事物的基础",① 主张循序渐进的温和改革,反对破坏性的暴力革命。在《法国大革命感想录》(*Reflections on the Revolution in France*,1790)中他提醒人们,革命并不必然意味着罪恶的消除,事实可能恰恰相反:"所有那些自认为正在和不宽容、傲慢和残酷作战的人,他们所触及的只是历史的表象或外壳,在憎恨老式党派的不良原则的伪装下,他们正在另一派别中认可并哺育着同样丑恶的祸害,或许还更丑恶。"② 他用 mob 或 swinish multitudes 形容那些恣意骚乱的激进分子,把他们看作不可预测、极不稳定的乌合之众。法国大革命的血腥经历犹在眼前,伯克担心类似的恐怖事件在英国重演。

爱略特目睹了维多利亚时期英国激进派在雅各宾派影响下制造的诸多暴力事件,她和伯克一样担心英国社会有可能陷入无政府主义的混乱状态。不过,与伯克的文化守成主义不同,爱略特并不认为通过维护既有的社会建制便能天下太平,她支持社会革新与全面变革。③ 她所强烈反对的并非改革本身,而是过于激进的政治改革。在她看来,如果不辅之以社会、道德以及精神层面的同步变革,政治改革将很难转化为推动社会进步的积极力量。在1856年评论德国哲学家里尔的《德国生活自然史》时,爱略特集中阐述了自己的变革观:"在历史中产生的事物也只能在历史中通过必然规律的逐渐作用缓慢消失。社会的外部环境是其成员——人类——世代传承形态的外在表现;内部条件与外部条件作为有机体和媒介互相关联,只有两者共同逐渐发展才会有真正意义上的发展。"④ 这段话强调了两点,首先是社会发展的渐变性,其次是精神

---

① 埃德蒙·伯克:《法国大革命感想录》,载《埃德蒙·伯克读本》,陈志瑞、石斌编,北京:中央编译出版社,2006年,第222页。

② 同上,第192—193页。

③ 关于伯克文化守成主义与爱略特思想的关联,参见 Evan Horowitz, "George Eliot: The Conservative," *Victorian Studies* 49 (2006): 23-25。根据多林的观点,爱略特之所以维护既有社会制度,是因为它们与历史大事件密切相关,同时她也关注普通百姓与社会机构的复杂纠葛(参见 Dolin, 146)。

④ George Eliot, "The Natural History of German Life," in *Essays of George Eliot*, ed. Thomas Pinney, New York: Columbia University Press, 1963, 287.

与物质平衡发展的重要性。爱略特之所以一再强调"逐渐""缓慢",正是出于对当时"搬山填海、无往不利"式革命激情的担忧。

在本质上,爱略特对变革的担心实际上是对"劳工阶层"(working classes)的担心。这里之所以用"劳工阶层"而非单数的"工人阶级"(working class),是因为在维多利亚时代的英国,这是个复杂且难以界定的社会群体。根据维多利亚研究学者希梅尔法布(Gertrude Himmelfarb,1922—2019)的说法,"劳工阶层"这个词在19世纪总是以复数出现,卡莱尔基本上把它作为"人民"或"穷人"的代名词。[①] 历史学家霍布斯鲍姆(Eric Hobsbawm,1917—2012)也专门分析了这一概念,对作为单数的"工人阶级"提出质疑:"我们能否把'工人'视为同一类型的人或阶级呢？不同的工人群体之间有着明显的区别:他们的环境、他们的社会出身、他们的形成、他们的经济状况,有时甚至他们的语言和风俗习惯都不尽相同。"[②] 霍布斯鲍姆指出,到了19世纪中后期,劳工群体随着各类工会组织的成立日趋分化,那些加入工会或互助会等集体组织的技术工人生活条件得到了改善,成为"受人尊重的人",而拒绝加入集体或接受组织帮助的人则成为"零散穷人",被看作"受人蔑视的人"。[③] "受人尊重"(respectability)暗示的是一种中产阶级价值观,包含了"英国绅士"所具有的冷静、理性、节制、怜悯等美德。在爱略特看来,这些恰恰是新获得选举权的劳工阶层所欠缺的品质,因为他们对政治改革的期待只停留在物质生活的改善方面,很少考虑自己作为政治生活参与者的社会责任。

在小说《激进分子菲利克斯·霍尔特》发表一年后,也是第二次《改革法案》出台后的1867年底,爱略特假托霍尔特的名义撰写了《菲利克斯·霍尔特致劳工辞》。这个想法来自出版商约翰·布莱克伍德(John Blackwood,1818—1879),他在1867年11月写信给爱略特,提议她就劳工阶层的社会责任撰写一篇致辞。布莱克伍德表达了自己的担忧:"新的改革法案一旦实施,劳工们将面临考验。如果他们行为欠妥,国家将会陷入困境,但不管怎样最终

---

① Gertrude Himmelfarb, introduction to *The Spirit of the Age: Victorian Essays*, ed. Gertrude Himmelfarb, New Haven: Yale University Press, 2007, 7 - 9.
② 艾瑞克·霍布斯鲍姆:《资本的年代:1848—1875》,张晓华译,北京:中信出版社,2014年,第260页。
③ 同上,第261页。

他们这个群体将会是最大的受害者。"① 根据阿萨·布里格斯(Asa Briggs，1921—2016)记载，尽管 1867 年的劳工阶层被吹捧为"未来的主人翁"(future masters)，却远不足以承担起政治角色：他们谋求政治权利的目的只是为了获取更多的物质利益。② 事实上，爱略特很早就思考过这个问题。在 1848 年给朋友约翰·希伯里的信中，她犀利地指出，英国劳工阶层缺乏法国人的社会责任感，常常把改革看作"你方唱罢我登场"的利益重新分配过程，在掌握政治权利之前，他们需要培养理性和责任意识。③

在这篇致辞中，爱略特重新界定了"阶级"(class)。她认为"阶级差别"不应基于利益划分，而应把**责任**分配作为核心；每个阶级都应该对国家尽职尽责。霍尔特在演讲中一再强调劳工阶层的"责任"："对我而言，我们应该考虑的第一桩事务应该是我们肩上重重的责任。换句话说，我们有重蹈覆辙的危险，我们有可能像别人对我们所行的那样，没有成就什么好事，却给人带来伤害。"④ 霍尔特提醒大家，在争取权利的过程中要保障社会秩序不遭到破坏，提防受压迫的历史重演。当政治家们试图利用劳工阶层，而劳工阶层也被吹捧为"改天换地的力量"时，这样的提醒无疑是冷静及时的。爱略特之所以特别强调劳工阶层的责任，是因为她看到这一群体的局限性。

她在致辞中指出，如果没有足够冷静的理性和责任感，那么"一切将陷入混乱，我们的要求将无法实现，我们将变成一群野蛮的乌合之众(brutal rabble)——整个国家将会起来对付我们，政府将变成枪炮，而我们将成为一群徒然送命的卑贱蠢货(ignoble martyrdom of fools)"。⑤ 文章发表后，布莱克伍德写信给爱略特，表达对文章观点的深刻赞同："如果他们(劳工阶层)任凭

---

① George Eliot, "John Blackwood to George Eliot, 14 Nov. 1867," in *The George Eliot Letters*, vol. 4, ed. Gordon S. Haight, New Haven: Yale University Press, 1956, 398. 本节中引用的《爱略特书信集》共九卷，编者均为 Gordon S. Haight，下文出现时不再一一注明编者和出版者。

② Asa Briggs, *The Age of Improvement, 1783-1867*, London: Longman, 1979, 522.

③ George Eliot, "George Eliot to John Sibree, JR., 8 Mar. 1848," in *The George Eliot Letters*, vol. 1, 1954, 254. 同时代很多思想家也表达过类似担心。例如，阿诺德划分三个阶级时把劳工阶层称为"群氓"(populace)，穆勒也担心民主会转化为多数人的暴政。

④ George Eliot, "Address to Working Men, by Felix Holt," in *Essays of George Eliot*, 417.

⑤ Ibid., 424.

暴民和暴民演说家误导他们,你展示的这幅画面就有可能变成现实。"① 爱略特清醒地意识到,如果只考虑个别群体或阶级的利益,或者只注重外部条件的改善而忽略精神层面的问题,必然会导致发展失衡,甚至是毁灭性后果。这就要求,每个阶层或群体能够超越一己诉求,把整体利益和社会责任放在首要位置。

　　责任和自我约束不仅是劳工阶层亟须培养的社会意识。在爱略特看来,它们也是社会每个阶层,乃至每个个体应该遵循的内在准则。1873年与迈尔斯谈话时,她描述了自己对"上帝、永生和责任"三个词的理解:上帝是难以想象的,永生是难以置信的,责任却是确定无疑和绝对的法则。② 爱略特小说主人公的顿悟时刻,也往往伴随着责任意识的觉醒:麦琪在爱情与亲情/友情发生冲突的痛苦时刻,选择忠于对家人和朋友的责任;德隆达则在犹太复国的责任中获得了身份认同;多萝西娅在对他人的责任中超越了个体痛苦,修复了心灵创伤。在爱略特笔下,责任不仅是一种道德诉求,也是能够促进社会融聚的力量。然而,社会融聚不仅需要个体承担起对他人和对社会的责任,还需要一种更为强大的纽带——同情心(fellow feeling)。这种同情心并非俯视众生的慈悲或怜悯,而是一种同理心或者说认同体验,它来源于对无处不在的冲突的认识。

二、冲突的普遍性与同情焦虑

　　读者常常会发现,爱略特对人物的关注常常超过对情节的关注。她塑造的女主人公热诚善良,却并非"家中天使"(angel in the house)之类的刻板形象。她们个性鲜明,细腻敏感,在物质至上、麻木自私的环境中,不仅感受到自己的痛苦,也能够同情他人的苦难。爱略特之所以把塑造这些鲜活的生命形象置于故事之上,和她对机械时代的忧思密切相关。

　　卡莱尔曾在《时代征兆》("Signs of the Times", 1829)中把维多利亚时代

---

① George Eliot, "John Blackwood to George Eliot, 6 Dec. 1867," in *The George Eliot Letters*, vol. 4, 1956, 403.
② Basil Willey, *Nineteenth-Century Studies*, New York: Columbia University Press, 1949, 214.

称为"机械时代"(Mechanical Age)。他认为机械化潮流不仅遍及物质生活，也浸透了精神层面，把人们的思维方式和情感体验都变得机械和僵化，从而导致生命活力和感受能力的丧失。① 爱略特也常常借用机器来比喻表达这样的担忧。比如在描述麦琪父亲塔利弗先生与律师威根姆先生之间的冲突时，她这样写道："我们可以相信，这个律师对他（塔利弗先生）的危害性，也只不过像一架巧妙的机器，在有规律地工作时对胆敢靠近它的莽汉的危害性一样，一个飞轮或是别的东西抓住了他，就出人意料地一下子把他碾成一堆肉酱。"② 这个生动却残忍的比喻，准确地描绘了工业时代人与机器的关系：生存竞争将人变成了机器——虽然力量强大，却没有生命、没有感情，丧失了人性；那些无法调整自己以适应这个法则的人，将不可避免地成为机械运作的牺牲品。在一定意义上，爱略特的这段话预见了此后逐渐在社会上通行的"丛林法则"。尽管有人提出"善者生存"，以对抗"适者生存"观点所包含的道德缺失，然而随着进化理论成为主流，这些微弱的声音很快被淹没无息了。③

不过，"机器"在当时的文字表述中并不具有稳定统一的隐喻意义。一方面，以爱略特、阿诺德、卡莱尔等为代表的作家反对机械主义，批评工业社会的去人性化趋向(dehumanization)，认为机械化造成思想的僵化、创造力的丧失和人性的病态失衡发展；另一方面，以赫胥黎（Thomas Huxley，1825—1895）为代表的另一派作家则把科学理性奉为圭臬，用按规律运转的机器来形容人类理性的完美境界。赫胥黎把"变成机器"作为他所谓"自由教育"的最高目标，并这样描述自己心目中的"人才"：

他从小受到这样的训练，以便使他的身体服从自己的意志，如同一台**机器**一样毫不费力地和愉快地从事他所能做的一切工作；他的头脑是一台无污垢的、周密设计的和结构合理的**发动机**，每个部件都发挥着各自的力量，工作程

---

① Thomas Carlyle, "Signs of the Times," in *Critical and Miscellaneous Essays, Collected and Republished*, vol. 2, London: James Fraser, 1840, 284.
② 乔治·爱略特：《弗洛斯河上的磨坊》，祝庆英、郑淑贞、方乐颜译，上海：上海译文出版社，1999年，第313页。
③ G. M. Trevelyan, "Macaulay and the Sense of Optimism," in *Ideas and Beliefs of the Victorians: An Historic Revaluation of the Victorian Age*, ed. Noel Annan, et al., London: Sylvan Press, 1949, 46-52.

序有条不紊;有如同一台**蒸汽机**一样准备担负任何工作,既能纺纱又能锻造精神之锚;他的头脑里储存着有关各种重要而又基本的自然界真理的智商,以及有关自然界活动规律的知识……①

赫胥黎的问题在于,他忽略了一个事实:人是兼具头脑和心灵的生物,机械运转适用范围仅存在于头脑或理性领域,理性之外还有无法以规则操控的意识和心灵。

爱略特则不仅关注理性,也对人类心灵中的非理性成分进行了深入挖掘。她几乎已经确定了"潜意识"的存在,常常用"黑暗的边街"(dark by-street)、"未被勘测的地界"(unmapped country)和"熄灭的火山"(extinct volcano)等字眼来描述不可捉摸的精神世界,②她发现:"人心是比表皮组织微妙得多的,表皮无非是一种纹章或者钟面而已。"③ 在她的作品中,仅看重理性而忽略情感价值的人往往陷入病态,其中最典型的人物便是卡苏朋。近似偏执的智性追求把卡苏朋变成了一个机器一样没有感受能力,甚至是爱无能的人,用卡德瓦拉德太太的话说,"他的身体里没有一滴真正的人的血液","要是把他的血放一滴在显微镜下观察,恐怕里边全是分号和括弧"(84),他说的话就像"矿物的样品或者博物馆门上的说明词"(36),没有一点人情味。卡苏朋最后因心脏病死亡的结局颇具象征含义,因为心脏通常与心灵和感受能力相关联。作者暗示,感受能力的丧失不仅导致智性的呆滞,也将导致生命本身的丧失。

这样的反讽不仅仅出现在虚构作品中,也出现在维多利亚现实生活中。比如,穆勒广为人知的精神危机便是由于情感教育的缺失所致,最终他借助华兹华斯的诗歌才得以走出了低谷(详见本章第一节)。另一个具有强烈反讽意义的例子与科学家达尔文(Charles Robert Darwin,1809—1882)有关。后者堪称赫胥黎热切崇拜的完美"发动机"或"蒸汽机"式人才,然而正是这个"机器

---

① 托·亨·赫胥黎:《科学与教育》,单中惠、平波译,北京:人民教育出版社,2013年,第65页。
② 分别参见乔治·爱略特:《织工马南》,曹庸译,上海:上海译文出版社,1995年,第153页;George Eliot, *Daniel Deronda*, ed. John Rignall, London: Everyman, 1999, 265; George Eliot, "George Eliot Letter to Sara Sophia Hennell, May, 1867," in *The George Eliot Letters*, vol. 1, 1954, 282。
③ 乔治·爱略特:《米德尔马契》,项星耀译,北京:人民文学出版社,1987年,第7页。后文出自此书的引文,将随文括注出处页码,不再一一另注。

人"在晚年的自传中居然把自己称为"活死人":"我的头脑似乎已变成了一台机器,只能从一大堆事实中研磨出几条一般的定律。"① 他的最大遗憾便是审美能力的丧失——他早年热爱诗歌、音乐,然而后来读到诗歌时却觉得枯燥沉闷,甚至会感到恶心。② 不仅如此,他还意识到,"我们本性中感受部分的萎缩,可能损及智力,更可能损及道德品格"。③

这些事例表明,爱略特的情感焦虑并非杞人忧天,机械时代下理性若过度开发,必然会导致精神失衡和病态人格的产生。她本人之所以从评论文章写作转向小说创作,也源于这种忧思。她逐渐意识到,仅凭社会批评和理性思考,不足以实现社会融聚和推动道德进步,而小说则为理性思考和情感体验的结合提供了更为广阔的空间。在某种意义上,小说创作也是她抵抗机械理性的一种方式。当机械化潮流将生命个体异化和物化的时候,爱略特小说通过对个体人物的塑造,通过对他们复杂情感体验和微妙内心冲突的展现,为个体重新赋予了生命活力,使其获得了独一无二的存在价值。她作为全知叙事者,可以正当地使用内化的视角,从而实现对每位个体的充分关注。

突出个体人物而非情节,不仅可以使她弥补机械化带来的情感缺席,暂时修复被物化了的人类本性,也使她便于培养同情心,因为"道德的进步取决于我们在何种程度上能够同情并理解**个体**的苦痛和**个体**的欢乐"。④ 在爱略特看来,同情心无法依靠理性或说教产生,只能从感同身受的共鸣中引发,而引发共鸣的契机就在于冲突的普遍性。爱略特由此从个性又转到了共性。如果说对个体的关注对抗了机械化倾向,让情感获得了与理性同等价值的话,那么对冲突普遍性的强调,则将个体情感扩展成一种共同体情感,或者说同情。爱略特试图通过文字让读者认识和感受到,虽然我们各有不同,"却都一样是在挣

---

① 达尔文:《达尔文自传》,曾向阳译,南京:江苏文艺出版社,1998年,第79页,译文有所改动。
② 达尔文在剑桥学习期间(1828—1831年),曾经参加过音乐爱好者协会。"由于同这个协会年轻人的互相接触,并聆听他们的演奏,我对音乐产生了强烈的爱好。因而常常在礼拜日抽出时间,步行到英皇学院的教堂中去倾听圣歌。这给我带来了极大的快乐,有时甚至激动得浑身颤抖。"他也曾经非常喜欢华兹华斯和柯勒律治的作品,读过两遍《漫游》(*Excursion*),还特别钟爱弥尔顿的《失乐园》,并声称如果旅途上只能带一本书,他必然会选择弥尔顿的诗。此外,他早年也经常去伦敦的国家美术馆和剑桥的菲茨威廉姆博物馆欣赏绘画作品。他在晚年对于审美趣味的丧失感到非常懊丧和后悔,认为是大脑控制这些高等趣味的部分萎缩所致(详见达尔文《达尔文自传》,第25—26、47、79页)。
③ 达尔文:《达尔文自传》,第78—79页。
④ George Eliot, "George Eliot Letter to Charles Bray, 15 Dec. 1857," in *The George Eliot Letters*, vol. 2, 1954, 403.

扎着的、错误连连的人们"。①

事实上,对于"冲突的普遍性"(universality of conflict),爱略特早在小说创作开始前就进行过详尽论述。她在《安提戈涅及其道德寓意》("The Antigone and Its Moral",1856)一文中指出,在古希腊悲剧中,执意埋葬亡兄波吕尼刻斯的安提戈涅,遵守的是兄妹情谊的自然伦理和对神灵的虔敬,而克瑞翁遵行的则是社会律法的规约。他们之间的冲突具有一种跨越时空的普遍性:"安提戈涅和克瑞翁之间的冲突代表了天性与律法之间的冲突……无论在哪个角落,但凡个体的理性、道德或情感与社会规范发生冲突,就会产生像安提戈涅和克瑞翁那样的冲突。"②

更重要的是,爱略特并未把冲突看作非黑即白、善恶分明的斗争;恰恰相反,她意识到,冲突的两方往往代表了同样正当的诉求(equally valid claims),而这才是真正的悲剧所在。对某个群体的善,可能意味着对另一个群体的恶,因此,她主张解决冲突不一定要你死我活、决一雌雄,而在于各种力量之间的不断调整磨合,最终达成一种和谐与平衡。这个过程可能"缓慢而又痛苦",却能在最大程度上避免伤害。爱略特进一步阐述了社会发展中善恶的相对性:"改革者、殉道者、革命者,永远都不只是在对抗邪恶;他们同时也将自己置于善的对立面——对抗一个同样正当的原则,而对这个原则的侵害总会带来伤害。"③爱略特这番话显然是有感而发。美国独立革命、法国大革命犹在眼前,英国社会要防止社会冲突恶化、避免民众精神失衡,需要这样一种意识。对安提戈涅悲剧的分析是爱略特对道德问题最为全面明晰的阐述,也构成了她思想中最有价值的部分。

爱略特作品中几乎所有的冲突都具有上文提到的这种性质——"同样正当的诉求":个体与社会的冲突、个体与他人的冲突、自我内心的冲突、情感与责任的冲突、理想与现实的冲突、过去与现在的冲突、怀旧与进步的冲突、心灵与头脑的冲突等等。这些冲突的双方无不具有其正当性、合理性,理性常常无

---

① George Eliot, "George Eliot Letter to Charles Bray, 5 Jul. 1859," in *The George Eliot Letters*, vol. 3, 1954, 111.
② George Eliot, "The Antigone and Its Moral," in *Essays of George Eliot*, 265.
③ Ibid., 264.

法为这些冲突提供完美的解决方案。在爱略特看来，只有推己及人，认识到个体苦难的普遍性，才能将个体感受升华为共同交感体验，成为博大的同情心，而这种同情心就不仅是一种感性体验，而且兼具了深刻的认知价值。事实上，无论是社会责任还是个体同情，都基于一种认识方式的变革。

三、科学的限度与认知焦虑

尽管科学本身并非发端于 19 世纪，然而其现代含义却是直到维多利亚时代中期以后才逐渐确立的。在此之前，科学一般被称为"自然哲学"或"自然史"，与哲学、神学等交织在一起，并无明确分界。根据《牛津大辞典》(*Oxford English Dictionary*, OED)记载，"科学家"一词也是晚近的说法，于 1837 年由哲学家威廉·休厄尔(William Whewell, 1794—1866)提出。随着地质学和生物学对地球和人类历史的重新发现，多门新兴学科涌现，维多利亚人对自然科学的信心和期待也与日俱增。爱略特的伴侣乔治·亨利·刘易斯(George Henry Lewes, 1817—1878)在其心理学著作《生命与精神问题》(*The Problems of Life and Mind*, 1875)中写道："科学的伟大之处在于，它一方面满足了人们对知识的精神渴求，另一方面又满足了人们寻求行为向导的迫切渴望：不仅是绘制一幅美妙的自然迷宫图，而且也在我们手中放上一根可以带领我们走出迷宫的阿里阿德涅之线。"① "阿里阿德涅之线"典出古希腊神话，阿里阿德涅是希腊神话中克里特王米诺斯的女儿，曾用线球帮助雅典王子忒修斯逃出迷宫，后来人们以此比喻解决难题的线索。刘易斯把"自然"比作"迷宫"，把"科学"比作"阿里阿德涅之线"，显然不仅期待科学揭示终极真理，也期盼科学成为引导行为的路标。

与刘易斯一样，爱略特对科学充满热情期待。在 1851 年 1 月发表的《智性的进步》("The Progress of the Intellect")中，爱略特写道："我们已经体验到知识的不少益处，从现在开始，我们要逐渐发掘知识的道德功用，最终必将发现其宗教价值。"② 爱略特对科学的理解不仅包含了真理诉求，更多的是道德

---

① George Henry Lewes, *The Problems of Life and Mind*, vol. 1, Boston: James R. Osgood, 1875, 26.
② George Eliot, "The Progress of the Intellect," in *Essays of George Eliot*, 45.

和信仰期待。然而,这种热情却逐渐冷却了下来,其原因始于1851年:她接受了出版商约翰·查普曼(John Chapman,1821—1894)的邀请,开始从事《威斯敏斯特评论》(*Westminster Review*)的助理编辑工作。尽管查普曼是名义上的主编,但实际上爱略特承担了大部分编辑工作。在此期间她为刊物撰写的文章涉及政治、历史、哲学、宗教、科学等多个领域,很多著名的评论文章如《女性小说家的愚蠢小说》("Silly Novels by Lady Novelists",1856)和《德国生活自然史》("The Natural History of German Life",1856)都发表于这个时期。也正是这个时期的编辑工作促使她更为冷静地反思科学和真理问题。

1859年12月爱略特在给朋友的信中论及达尔文的《物种起源》(*On the Origin of Species*,1859),表达了对科学真理的保留态度。她这样写道:"对我来说,进化理论以及其他一切对事物发展进程的解释,与发展进程中所潜藏的不解之谜相比,都显得软弱无力。"① 同年,爱略特通过小说《揭开的面纱》(*The Lifted Veil*,1859)表达了相似的看法。主人公拉蒂默的老师莱特劳尔根据当时流行的骨相学为他量身打造了一套教育方案,"以修补他身体的缺陷":"因为我记不住分门别类的东西,所以学习系统的动物学和植物学就尤为必要;因为我渴望了解人类行为和人文运动,所以我的大脑要塞满大量的机械功率、元素以及电磁现象。"② 这位莱特劳尔先生秉持的是科学至上的理念:"一个有教养的人,不同于无知者,他懂得水为什么往低处流";③ 但是,拉蒂默对这些冰冷的科学知识毫无兴趣,他更喜欢莎士比亚和《堂吉诃德》,敏感的本性使他更愿意与自然相伴:"我不想成为有教养的人。我喜欢流水,我可以连续几个小时倾听流水淌过鹅卵石发出的声音,观察鲜绿的水藻沐浴在水底的样子。但我不想了解水为什么会流动,我深信,这么美丽的东西定会有它美丽的理由。"④ 尽管拉蒂默想留存自然的神秘感,却因病意外获得了一种神奇的预知能力,他不仅能洞悉他人的所思所想,还能预见未来。然而,这种奇异的能力并未带来幸福,却成为可怕的诅咒。他能看出父亲内心对他的失望,妻子

---

① George Eliot, "Letter to Mme Eugene Bodichon, Wandsworth, 5 Dec. 1859," in *The George Eliot Letters*, vol. 3, 1954, 227.
② George Eliot, *The Lifted Veil*, Cleveland: The Burrows Brothers Company, 1888, 180.
③ Ibid., 181.
④ Ibid.

伯莎对他的憎恶,更可怕的是,他不得不一分一秒地等待死期的逼近。他曾经满怀兴奋地期待拉开未来的帷幕,揭开人类灵魂的面纱,然而真相带来的却是无尽的痛苦与折磨。

拉蒂默的故事就像一个寓言:无论是科学真理还是超能力,都潜伏着一种危险——"过度的"知识可能是人类无法承受的。在对知识的热望与对奥秘的敬畏之间,爱略特试图保持一种微妙的平衡;在可知与不可知之间,她谨慎地划分了界限。在《米德尔马契》(*Middlemarch*,1871—1872)中爱略特生动地描述了人类感知的限度:

> 要是我们的视觉和知觉,对人生的一切寻常现象都那么敏感,那就好比我们能听到青草生长的声息和松鼠心脏的跳动,在我们本来认为沉寂无声的地方,突然出现了震耳欲聋的音响,这岂不会把我们吓死?事实正是如此,我们最敏感的人在生活中也往往是麻木不仁的。(234)

在这段话中,爱略特选择了声音而非视觉意象来凸显不可见世界的真实性,借以提醒我们,人类感官和意识的有限性使我们无法真正了解表象世界之外的存在。原文此处的 stupidity 指精神上的蒙昧状态,往往暗示智性与感性之间的关联:不仅有智性上的蒙昧,也会有心性上的蒙昧。

"蒙昧"(stupidity)在爱略特作品中常常出现,是她钟爱的一个词。她曾在信中这样定义"蒙昧":"如果对那些崇高慷慨的情感无动于衷,那么这就是我所说的蒙昧;如果以为蒙昧仅仅关乎智性而与性情无关,那就大错特错了。"① 爱略特认为真正的"蒙昧"不仅是智性上的,而且也是道德和心性上的。因此,在《米德尔马契》中她把自我中心的思维方式称为"蒙昧":"我们大家生来处在精神的蒙昧状态(moral stupidity),把世界当作哺育我们至高无上的自我的乳房,多萝西娅很早就开始摆脱这种愚昧状态了。"(254)当多萝西娅意识到卡苏朋拥有一个同等的自我(equivalent self)、有他自己的需求与烦恼后,她才得以摆脱自我中心的状态,转向对他人的理解和同情。

---

① George Eliot, "Emily Davies to Annie Crow, 24 Sep. 1876," in *The George Eliot Letters*, vol. 6, 1978, 287.

对"蒙昧"的重新界定揭示出爱略特的智性焦虑。1874年12月,爱略特得知她的朋友潘思蓓女士因为科学研究而逐渐丧失了对他人的同情时,非常痛心地写信给她:"我无法相信,你会任由自己的卓越才智发展成为湮灭同情心的力量,这就像当你认识了色谱的法则后就不再喜爱缤纷的色彩一样。"① 在爱略特看来,智性认识不仅不应该导致同情的丧失,恰恰相反,所有知识都应以道德进步为目标,因为真正的启蒙在于扩展心智:"如果教化不能扩展我们的心智,使我们能够对生命的本质问题作出更为充分的反应,而是把我们隔离在**精神的蒙昧状态**的话,那么这样的教化怎么能称作'心智的教化'(culture of the intellect)呢?"②

爱略特比现代人更早意识到了科学至上的危险,她这样写道:

如果把分子物理看作唯一的导引,仅以其本身为目的,在这个领域中排除了一切与人相关的因素,却又使之应用于人类生活领域——这跟解剖了自己的身体,然后欢喜作乐有什么区别?诚然,各学科之间会相互关联,但是痛苦与释然、爱恋与悲伤,这些情感有着自己独特的历史,它们所形成的经验与知识要远高于原子的运动律。③

她的这番话让人很容易联想到华兹华斯的诗句"我们的剖析无异于屠刀"(we murder to dissect)。④ 当科学丧失了人文关怀,只崇拜理性知识,否定情感价值,那么其结果将无法走向启蒙,反而会导致"蒙昧"。

爱略特提醒人们不要把科学家或者任何领域的专家当作"使徒"来顶礼膜拜。在她看来,如果某个专门领域的研究阻滞了热诚与同情的话,那么这样的研究将失去其普遍价值。⑤ 多萝西娅在小说中曾被比作"阿里阿德涅",不过具有反讽意味的是,她并未将卡苏朋带出神话研究的迷宫;恰恰相反,他变成了

---

① George Eliot, "Letter to Hon. Mrs. Henry Frederick Ponsonby, 10 Dec. 1874," in *The George Eliot Letters*, vol. 6, 98.
② Ibid., 99.
③ Ibid.
④ 华兹华斯:《华兹华斯诗选》,杨德豫译,北京:外语教学与研究出版社,2012年,第243页。
⑤ George Eliot, "Letter to the Hon," 120.

一座"错综复杂、阴暗无光的迷宫",将她困入其中——卡苏朋不仅无法为她提供行动指引,反而压抑并禁锢了她年轻的生命活力,使她几近窒息。在小说中与卡苏朋关联的意象都是晦暗的,缺乏生命的气息,叙事者甚至把他的知识称为"没有生命的僵尸"(237)。卡苏朋迷失在他的神话起源大全的迷宫中,没有能力感受爱情的喜悦和生命的活力,给妻子多萝西娅带来的只有痛苦:"也许,一个满腔热情的年轻人,最苦闷的就是接触到一颗冷若冰霜的心,在这颗心里,多年积累的知识,已把它的兴趣和同情统统埋葬掉了。"(238)

虽然小说中年轻医生利德盖特的形象似乎与卡苏朋有很大差别,但也同样体现出爱略特对于科学局限性的反思。利德盖特不像卡苏朋那样故步自封,他对生物学领域的最新成果了然于胸,雄心勃勃地追随法国生物学家比沙的脚步,致力于探索人体的"原始组织"(primary tissue)。然而他之所以最终沦为给富人看病的普通医生,主要还是由于他身上"平庸的斑点"(spots of commonness),这个斑点便是"自负":

利德盖特的自负是一种傲气,它从不嗤笑,从不盛气凌人,但总是坚持自己的意见,流露出不屑争辩的宽容态度……利德盖特的平庸便在于他的某些成见,因为尽管他志向高尚,富有同情心,这些成见却与世上一般人的见解大同小异。那种高尚的精神属于理性的情绪,并未渗入他的感性方面,影响他对家具、妇女等等的观念,或者影响他对自己的看法——他总认为他比其他乡村医生高贵,而且希望大家理解这点,不必他自己做出说明。(179—180)

利德盖特对米德尔马契镇上的人们,包括多萝西娅在内,都抱持一种居高临下的智性优越感,认为跟自己相比,他们都是无知庸俗之辈。然而,正是这种自负和傲慢让他无法产生一种"共情想象力"(sympathetic imagination)。他并不在乎人们真实的感情体验,只想用一种近似显微镜的科学观察力穿透这一切,"寻找那些看不见的渠道,因为它们是病痛、痴狂和灾祸的最初起源之地"(197)。在爱略特看来,利德盖特这种剥离了同情心的科学追求不仅无法带来真理,还会让人更加偏离真理和人生的正道。

爱略特对利德盖特这个人物的刻画与她对科学家赫胥黎的看法有一定关联。赫胥黎和爱略特一样，曾经担任《威斯敏斯特评论》的撰稿人，1853年他发表的第一篇评论便是针对刘易斯撰写的《孔德的科学哲学》。赫胥黎在评论中批评刘易斯缺乏作为科学家的专业训练和职业素养。评论家怀特（Paul White）在《托马斯·赫胥黎："科学人士"的造就》中指出，赫胥黎之所以如此痛批刘易斯，主要原因是这个时期的他一心要确立自己作为科学人士的崇高社会地位，因此刻意要在科学精英与普通大众之间、专业人士与业余爱好者之间划出一道鸿沟。[①] 这种做法与《威斯敏斯特评论》普及科学的初衷是背道而驰的，因此遭到了包括爱略特在内很多撰稿人的批评。爱略特曾经在给朋友乔治·科姆（George Combe，1788—1858）[②] 的信中抱怨说，赫胥黎虽然是一位具有出色天赋而且非常勤勉的科学家，但并不适合担任这本杂志的撰稿人和评论家，因为真正的评论家不仅需要渊博的知识，还需要具备一种同理心；评论家不应被已有的结论或自己的专业视角所束缚，而应在学识之外培养一种德性上的同情心和理解力。爱略特写道："要找到一个既具备专业科学知识，又能够平衡德性和智性的人，真的是太难了，然而如果要想对他人的作品进行深刻又公允的评价，这却是最基本的素质。"[③] 在爱略特看来，赫胥黎在批评刘易斯的作品时流露出一种狭隘的排他心理，这使他丧失了评判其他领域知识的资格。

爱略特相信，真正有价值的知识应该是能够具有人文关怀的知识。她的丈夫克罗斯（John Walter Cross，1840—1924）这样记述爱略特的核心关切："她经常思考和谈论的便是，所有学问、所有科学以及所有生命的唯一有价值的目标便是，人们能够更好地彼此相爱。如果教化（culture）以其本身为目的，那么这样的教化将不过是枯干的树根，最多只能长出萎缩的树枝。"[④] 在爱略特看来，大量事实存储本身并不构成知识，这些不过是知识的原材料而已，真

---

① Paul White, *Thomas Huxley: Making the "Men of Science"*, Cambridge：Cambridge University Press，2003，72-75.
② 乔治·科姆，19世纪英国骨相学家、社会改革家，于1820年创立了"爱丁堡骨相学学会"（Edinburgh Phrenological Society），其代表作为《人体的构造》（*The Constitution of Man*，1828）。
③ George Eliot, "George Eliot to George Combe, 28 Nov. 1853," in *The George Eliot Letters*, vol. 8, 1978, 89.
④ J. W. Cross, *George Eliot's Life*, 726.

正的知识需要一个精神转化过程,其最终的目标是"文化"。虽然她所说的文化和阿诺德所说的文化有不同的语境和所指,但是都包含精神层面的完善与进步,具有道德和信念层面的含义,是一种整体意义上的完善与进步。①

在《女性小说家的愚蠢小说》("Silly Novels by Lady Novelists")中,爱略特在对当时浅薄的风尚小说家进行批判时便以"文化"为标准,认为这些女性拥有的不过是"习得的事实","没有衍生出文化"。② 她这样描述"有文化的人":

> 真正有文化的女人,就像真正有文化的男人一样,会因知识而多一些单纯,少一些唐突。她不会自以为洞悉万事万物,而是能够以此反躬自省,形成对自己的正确认识。她不会动不动便引经据典;……谈话中她不会让你有压迫感,因为她体察你的想法,却不会让你发觉你无法企及她的思想高度。她不会只给你讯息——这不过是文化的原材料而已——她给予你同理心,而这才是文化的精华所在。③

虽然爱略特是作为一个女性作家在书写,但她并不认为女性必然要与男性在教养和教化上存在实质性的差异。这段话中所描绘的理想"文化人"形象不仅适用于女性,也适用于男性。这种"文化"行之于外是良好的教养与得体的举止,发之于内则是真正精神的崇高状态——具有清醒的自我认识和深刻的洞察力,既具有高度的智性,又能避免居高临下的智性优越感,把智性转化为德行,把知识转化为同情。在爱略特看来,这才是真正的文化,或就其本义而言——"教化"。在一个一切都不确定的时代,小说为爱略特提供了得以表达和释放焦虑的巨大弹性空间,使她可以在迎接变革的同时反思改革的问题,在强调社会秩序和公共责任的同时对个体境况给予充分理解和同情,在对科学进步致敬的同时表达对自然奥秘的敬畏,在极端主义的两极之间一直保持审慎微妙的平衡。

---

① 关于爱略特与阿诺德关于"文化"观念的比较,详见 U. C. Knoepflmacher, *Religious Humanism and the Victorian Novel: George Eliot, Walter Pater, and Samuel Butler*, Princeton: Princeton University Press, 1965, 60-71。
② George Eliot, "Silly Novels by Lady Novelists," in *Essays of George Eliot*, 316.
③ Ibid., 317.

第三节
阿诺德的文化焦虑：对19世纪社会转型的思考

在文化观念流变的谱系中，马修·阿诺德占有一席之地。他所在的英国正经历着一场史无前例的社会变革——农业文明向工业文明转型。产业革命推动的英国社会转型带来的影响是全方位的，也随之带来了一系列问题，因而促使许多有识之士开始反思："从不同的立场、不同的角度关注社会问题，就成了社会知识界的一种潮流。"① 阿诺德正是这一潮流的代表人物。

阿诺德的文化思想关注农业文明向工业文明转型带来的社会问题。面对现代社会的转型焦虑，他认为只有文化才能帮助我们走出困境。那么，他是如何在诗歌中呈现焦虑，并从事社会批评的呢？他的早期诗歌，常常凸显"流浪"主题和"孤独"主题。本节将围绕这两大主题，剖析《吉卜赛学者》("The Scholar-Gipsy"，1853)、《海斯湖的小船》("The Hayswater Boat"，1849)和《写于雄伟的夏特斯修道院的诗行》("Stanzas from the Grande Chartreuse"，1855)三首诗所蕴含的文化思想。

一、流浪：对现实的逃避

纵览西方文学史，"流浪"主题和"流浪者"意象都有着悠久的历史和渊源。《荷马史诗》中的奥德修斯就是一位流浪者的形象。流浪者意象的历史甚至可以追溯到两河流域文化早期的传奇史诗《吉尔伽美什》（距今3 000多年前）。阿诺德的流浪主题则是对19世纪英国以产业革命为标志的现代化进程的反思，其含义是多重的。它不仅仅局限于盲目的、消极的漂泊，更揭示了流浪者（作为个体）内心的失落和孤独。《吉卜赛学者》是阿诺德诗歌中流浪主题最典

---

① 周向军等：《走进社会主义殿堂》，济南：山东大学出版社，2009年，第49页。

型的一首。

《吉卜赛学者》取材于17世纪英国神职人员格兰威尔(Joseph Glanvill)的作品《教条的虚荣》(The Vanity of Dogmatizing)。它引起过不小的争议，归纳起来主要有三种观点。

其一，哀歌说。如美国普林斯顿神学院教授约翰逊(W. Stacy Johnson)所说，《吉卜赛学者》常常被认为是哀歌，因为它所推崇的理想只能存在于诗意的时刻，存在于想象之中。[①] 霍顿(Walter E. Houghton，1904—1983)也认为，《吉卜赛学者》极好地阐释了维多利亚时代忧郁症：瘫痪的内敛，优柔寡断的失意，以及最终因找不到生活的目标、事业和愿望而感到的绝望。[②]

其二，逃避说。《吉卜赛学者》描写了一位逃离牛津的年轻学者。米勒(J. Hillis Miller，1928—)认为，阿诺德早期的诗歌以及写给克罗夫(Arthur Hugh Clough，1819—1861，阿诺德大学时代的朋友)的信件记录了他的漂泊境况，其实质是寻找某种方式，以逃避毫无目标的生活。[③] 福克斯(R. A. Foakes)则直截了当地指出，流浪就是逃离沉闷的"牢房"，以摆脱痛苦的现实生活。[④]

其三，田园诗说。鉴于诗人用大量的篇幅描写了牛津郡附近的乡村风光，科林尼(Stefan Collini)和华森(George Watson)都认为，《吉卜赛学者》是一首田园诗。[⑤] 国内最早持"田园诗说"的是陈嘉，他认为《吉卜赛学者》主要歌颂那位牛津学者加入吉卜赛人的经历，因而是一首田园诗。[⑥] 同样，刘守兰也把《吉卜赛学者》当作完美而壮丽的田园长诗。[⑦]

[①] W. Stacy Johnson, *The Voices of Matthew Arnold*, Connecticut: Greenwood Press, 1961, 61.

[②] Houghton, *The Victorian Frame of Mind*, 76.

[③] J. Hillis Miller, "Matthew Arnold," in *Matthew Arnold*, ed. Harold Bloom, New York: Chelseas, 1987, 5.

[④] R. A. Foakes, "The Rhetoric of Assertion," in *Critics on Matthew Arnold*, ed. Jacqueline E. M. Latham, London: George Allen and Unwin, 1973, 18.

[⑤] 分别参见 Stefan Collini, *Matthew Arnold: A Critical Portrait*, Oxford: Clarendon Press, 1994, 34; George Watson, "The Age, the Poet, the Criticism," in *Critics on Matthew Arnold*, ed. Jacqueline E. M. Latham, London: George Allen and Unwin, 1973, 111.

[⑥] Chen Jia, *A History of English Literature*, vol. 3, Beijing: The Commercial Press, 1986, 304.

[⑦] 刘守兰：《英美名诗解读》，上海：上海外语教育出版社，2003年，第479页。

遗憾的是，以上三种观点都未能聚焦阿诺德诗歌的文化主题。事实上，阿诺德改造了格兰威尔讲述的故事，把那位年轻学者放在19世纪英国社会大背景之下，并赋予"他"以新的文化含义。诗人对他流露出羡慕之情：他虽然冒着严寒酷暑，四处流浪，风餐露宿，可不辞辛苦，其乐无穷。这种羡慕反衬出诗人对当下的不满。从诗歌的第16节到第19节，诗人运用对比的手法，将吉卜赛学者的时代（17世纪）同自己所在时代进行了对比（一共有三组对比）。先看第一组对比：

> 你诞生在理智蓬勃、清朗的时代，
> 生活愉快地奔流似泰晤士闪亮波涛。
> 当时，现代社会所有的奇症怪病——
> 反常的匆骤、分裂的目标，
> 头脑过载、心脏麻痹——尚未流行。①

此处，19世纪英国社会的现代病跃然纸上，而这些"奇症怪病"正是阿诺德后来在《文化与无序》中竭力批判的。

再看第二组对比：

> 你有一个目的、一番事业、一种愿望；
> ……
> 目标明确坚定，真个义无反顾，
> 从无消沉的怀疑、病态的倦怠，
> 否则会带来多少考验，受多少难。
> ……
> 我们随时随地动摇不定，根据毫无，
> 我们互相斗争，自己也不知什么原因，
> 我们敷衍地过着各种生活，门类纷纭，

---

① 马修·阿诺德：《吉卜赛学者》，载《英国诗选》，王佐良主编，上海：上海译文出版社，1988年，第480页。

> 我们像你一样等待,却不像你信心十足。①

这组对比围绕着"目标"而展开。吉卜赛学者有着"坚定的目标",毫无倦怠和怀疑。相比之下,"我们"却是"动摇不定""互相斗争",生活没有目标,敷衍着过日子。此处,阿诺德已经涉及其文化思想的一个核心概念:清晰的目标。

最后,剖析一下第三组对比:

> 我们和你不同:你等待上天降下火花,
> 我们却是随便信仰,信疑参半,
> 我们从没有明确意向或时刻感受,
> 我们的高见卓识从来不付诸实践,
> 我们决心不坚,从来没有成就;
> 对我们来说,从每个新年出发,
> 都会有新的开始和新的失望,
> 我们犹豫、踌躇、消磨志气,
> 明天会失去今天赢得的阵地——②

通过这一组对比,阿诺德清晰地展示了19世纪西方传统价值体系式微的画面。相比之下,吉卜赛学者生活在理智、清朗的时代,有执着的信念,所以他才能"目标明确坚定,真个义无反顾"。

以上三组对比分析清晰地呈现了过去与现在的断裂。时代背景、人生目标和传统价值观三个方面相互关联,其核心问题是近代西方社会整个社会价值体系的坍塌。在过去,"生活像波光粼粼的泰晤士河一样欢快地流动着";③ 而现在,人们生活在"病态的匆忙中,生活的目标有分歧,/思想负担过重,心理瘫痪"。④ 这种现代生活的奇怪疾病正是社会转型期的

---

① 马修·阿诺德:《吉卜赛学者》,第478页。
② 同上,第479页。
③ Matthew Arnold, *Poems of Matthew Arnold*, ed. Miriam Allott, New York: Longman, 1979, 366.
④ Ibid.

症候。

在《吉卜赛学者》的结尾处,诗人引用了泰雅(Tyrian)商人的典故:

> 像是忧郁的泰雅商人看见海上
> ……
> 看见喧闹的希腊航船沿海向南,
> 载满青绿肥绽的无花果和盐渍金枪,
> 琥珀色的葡萄和凯奥斯美酒醇香,
> 知道有闯入者驶进古老的家园。[①]

上引诗行的最后几行,诗人用隐喻的手法,揭示了商品经济对精神家园的入侵:"知道有闯入者驶进古老的家园。"这与前文三组对比的结果是吻合的。伴随着工业革命而来的商品经济,严重地冲击了古老的社会传统(古老的家园)。商品社会具有无比的诱惑力,使人沉溺其中,无法自拔。阿诺德以(新)塞壬的典故来比喻物质和金钱诱惑的隐秘性和巨大危害性。对此,斯汤思(G. Robert Stance)曾有点评:"'泰雅商人'这一比喻关涉诗人痛苦地反思近代西方宗教信仰的式微。"[②] 殷企平则指出了"泰雅商人"这一典故的另外一层含义,即形容吉卜赛学者逃离现代人生活的迫切性:虽然那艘古希腊商船属于远古时代,但是它妥帖地象征着商业化了的现代社会;诗中呈现的美酒佳肴,正是现代消费浪潮的生动写照。[③] 吉卜赛学者在乡村的流浪与现代人的城市生活形成了鲜明的对比。

阿诺德曾在《文化与无序》中指出,整个现代西方文明很大程度上是机器文明,是外部文明。这种对机械工具的信仰是现代社会的一大危险,它将人的身体和精神两者分开,崇拜强壮的体魄,却忘记了心灵的存在,无法区分内心宁静和满足,从而沉溺于动物性的欲望之中。心灵和肉体的分离导致了人的异化。跟

[①] 马修·阿诺德:《吉卜赛学者》,第 481—482 页。
[②] G. Robert Stance, *Matthew Arnold: the Poet as Humanities*, New York: Gordian Press, 1978, 276.
[③] 殷企平:《阿诺德对消费文化的回应》,《外国文学评论》,2007 年第 3 期,第 18 页。

《文化与无序》遥相呼应的是《吉卜赛学者》，它的意蕴其实已被陈召荣点破："流浪意味着行为的'越界'（cronus）。在现实的文化语境中，越界既是一种生存的无奈选择行为，也是一种超越。但这种越界行为的初衷是为了更加美好的自由生活的追求。"① 换言之，阿诺德"并不是要逃避生活；（相反）他寻求将人类送回到恢复信仰的时代"。② 更确切地说，阿诺德描绘的图景"并不意味一种虚弱无力的逃避，所以它可能也是'社会批评'的一个必要成分"。③ 可见，吉卜赛学者这一"流浪者"意象所传递的含义远远不止是逃避现实那么简单。

二、流浪者：孤独的人和孤独的人类

流浪意味着孤独。阿诺德在早期的诗歌中就已经触及"孤独"主题。如约翰逊所说，人类的孤独成为他（阿诺德）最好的题材，而绝望和忧伤成为主基调。④《海斯湖的小船》⑤ 和《写于雄伟的夏特斯修道院的诗行》代表性地诠释了诗人的"孤独"主题。

《海斯湖的小船》是阿诺德早期创作的诗歌。美国加州大学洛杉矶分校教授艾伦·罗泊（Alan Roper）曾经这样表达对海斯湖美景的体会："站在湖边，就能欣赏到阿诺德在诗中所描写的（静谧空旷的）景色，领略到诗人的那种（孤独的）感受。"⑥ 确实，诗歌的开头就由孤独的"小船"意象做了铺垫：

> 凄凉而荒野的山谷。
> 深色的湖水躁动不安：
> 像逃学孩童般形影孤单，
> 在树林中，漂泊着一条孤独的小船。⑦

---

① 陈召荣：《流浪母题与西方文学经典阐释》，北京：中国社会科学出版社，2006年，第11页。
② Lionel Trilling, *Matthew Arnold*, New York: Norton, 1939, 153.
③ Douglas Bush, *Matthew Arnold: A Survey of His Poetry and Prose*, London and Basingstoke: Macmillan, 1971, 73.
④ W. Stacy Johnson, *The Voices of Matthew Arnold*, 83.
⑤ Hayeswater（海耶斯湖）位于英格兰北部的湖区，阿诺德采用的拼写是 Hayswater，故译成"海斯湖"。
⑥ Alan Roper, *Arnold's Poetic Landscapes*, Baltimore: The John Hopkins University Press, 1969, 80.
⑦ Arnold, *Poems of Matthew Arnold*, 32 - 33.

在短短四行诗中,诗人使用了"凄凉""荒野""深色的""躁动不安""逃学的孩童""形影孤单"和"漂泊"等词语,渲染出一种阴郁、孤独的氛围,而"孤独的小船"则是其中的点睛之笔。

第 2 节写得更为精彩:

> 湖的前方,静静卧着一条山谷,
> 远远的,山谷中激流奔腾:
> 面前巨大的岩石耸立突兀,
> 岩面上满是蓝色和灰色的花纹;①

可是,除了山谷和岩石,满眼望去只有"深色的湖水"和那"漂泊的小船",后者孤零零地漂泊在湖面上,"离岸仅一路德(rood)②"。山谷中那奔腾的湖水愈加渲染了小湖的寂静,进一步烘托出诗人内心的孤独感。这颇似中国古诗的意境:蝉噪林愈静,鸟鸣山更幽。

紧接着,诗的第 3、4 节转入了主题。从湖岸边堆积的泥沙和树枝,诗人想象到昨夜可能的暴风雨:"昨夜风起,煞是猛烈;/灰暗的湖面,依然涟漪阵阵。"③ 可是,小船在经历了暴风雨之后,依然飘荡在空旷的湖面上,更显得形影孤单。随后,诗人再次提到小船离岸的距离:"离岸一路德。"面对此情此景,诗人不免有些感伤:离岸的小船,即使在大风大浪的吹送下,仍然没能靠岸。这离岸的小船犹如一叶浮萍,失去了根基,无所依靠,随波逐流。在开头两节所描写的荒凉的野外景色的衬托下,小船显得更加孤独无助。罗泊指出:"那条拟人化了的小船在生活之海洋的情感海浪中漫无目的地摇晃、漂泊。"④

在诗的结尾处,映入眼帘的是风浪中摇摆的船舵。因为没有舵手,小船始终在湖湾里飘荡,无法靠岸。读到此处,我们终于恍然大悟:小船之所以飘荡,皆因没有舵手(领导人),更无目标(方向)。

---

① Arnold, *Poems of Matthew Arnold*, 33.
② 路德(rood)是英国的长度和面积单位。一路德,长度单位等于 5.5—8 码,面积单位等于 0.25 英亩。
③ Arnold, *Poems of Matthew Arnold*, 33.
④ Roper, *Arnold's Poetic Landscape*, 128.

诗歌以湖面上孤独的"小船"意象寓指英格兰民族失去了信仰之根和文化之源,缺乏前进的目标而迷失于繁荣的物质世界。小船是流浪者心境的真实写照,也是诗人对社会的真实感受。恰如罗泊所说,"在这样一个远离人烟的山中湖泊上,一条无人的小船很容易让人联想到人类孤独而漫无目的之生存状态,(诗人)运用比喻,把诗歌和人类联系在一起"。① 飞白也认为,"诗人反映的是人的处境的孤立。……诗人是最能感知人的处境的人。……他们深感人在宇宙中陷入了真正的孤立"。② 如果说,《海斯湖的小船》抒写的是诗人个人内心的孤独,那么《写于雄伟的夏特斯修道院的诗行》则描写了作为命运共同体的人类的孤独。关于这一点,学界虽有人提及,但总是语焉不详。例如,巴克勒(William E. Buckler)认为,这首诗诠释了现代生活的困境,③ 而普拉特(Linda Ray Pratt)则强调诗歌描写僧侣和诗人们都失去了(青年时代的)信仰,将逃离现实世界。④ 我们以为,上述两种不同的孤独,都隐含着深深的文化焦虑。

先说西方宗教信仰式微引起的孤独。阿诺德在创作《写于雄伟的夏特斯修道院的诗行》时,已经超越了个人层面,进而思考英格兰民族以及全人类的生存状况。在诗的开头,诗人带着感伤和忧郁,描述了在前往修道院的路上看到的景色。来到修道院后,诗人再次以晦涩、低沉的格调描写了修道院里的情景:

> 通过潮湿的走廊可以望见
> 幽静的庭院,这里不分昼夜
> 流着冰冷的山泉,水花飞溅,
> 向修士们的石雕水盆里流泻。
> 夜暗里时而有披道袍的身影
> 擦肩而过,恍若惨白的幽灵。⑤

---

① Roper, *Arnold's Poetic Landscapes*, 80.
② 飞白:《诗海游踪:中西诗比较讲稿》,杭州:浙江工商大学出版社,2011年,第145页。
③ William E. Buckler, *On the Poetry of Matthew Arnold: Essays in Critical Reconstruction*, New York: New York University Press, 1982, 107.
④ Linda Ray Pratt, *Matthew Arnold Revisited*, New York: Twayne Publishers, 2000, 84.
⑤ 马修·阿诺德:《访大卡尔特修道院作》,载《诗海游踪:中西诗比较讲稿》,飞白著,杭州:浙江工商大学出版社,2011年,第308页。

阿诺德直接把修道院比喻成"活人墓",而僧侣们更像其间的行尸走肉。诗人使用了"幽灵"一词,这与后文的"活人墓""死亡"等意象遥相呼应。在阿诺德之前,卡莱尔就已经揶揄了那些失去信仰的行尸走肉。如同卡莱尔,阿诺德也"抒发了满腔思绪以及对时代、对自我的质疑和拷问"。① 他在查尔特勒修道院感受到了源自宗教信仰衰落的强烈孤独感:

> 我不是做他们的朋友或苗裔,
> 而是像个希腊人念着自己的神,
> 来访问极北的海滩,默默站立
> 凭吊崩剥的石刻鲁尼碑文,
> 而心怀悲悯和敬畏的哀思,——
> 二者都是信仰,但都已消逝。②

古希腊的神和北欧鲁尼碑文③所代表的两种信仰"都已经消逝"。诗人借用这两种消逝的信仰来喻指西方基督教信仰的衰落。人类文明的传承出现了断裂,旧信仰代表的那个世界已经死亡,可是新的信仰尚未诞生:"彷徨在两个世界之间,/一个已死,另一个无力诞生。"④ 上引诗行生动形象地描绘出 19 世纪西方世界的真实状况。针对这一图景,普拉特以为,(徘徊)在两个世界之间意味着过去与现在之间的空白。⑤ 显然,对于这一空白的焦虑,就是一种转型焦虑。

归结起来看,信仰危机源于两大原因:一是自然科学的发展,特别是天文学的发展和生物进化论的提出打破了宗教神话;二是随着工业革命的发展,物质生活日益丰富,人类社会进入一个物质丰饶的时代。物质享受和金钱崇拜极大地冲击着传统的价值观。英国人的地狱也早已不再是但丁游历过的地狱,而是害怕没有钱、名气和地位。

---

① 飞白:《诗海游踪:中西诗比较讲稿》,第 305 页。
② 马修·阿诺德:《访大卡尔特修道院作》,第 310 页。
③ 鲁尼文(Runic)是一种古代北欧文字。
④ 马修·阿诺德:《访大卡尔特修道院作》,第 310 页。
⑤ Pratt, *Matthew Arnold Revisited*, 84.

阿诺德清楚地认识到传统的社会体制已经无法适应新的社会发展,旧世界已经死去。虽然诗人有些哀叹,但他并不留恋旧社会:"啊,如果它已逝去,那就请带走。"① 可见,阿诺德并非如某些评论所说的那样是因循守旧的。在焦虑与困惑中,诗人流露出的是一种积极进取的乐观主义精神。换言之,作为文化观念内涵的转型焦虑(详见本章引言),在阿诺德笔下并非仅仅是消极的忧虑,而是带有积极的色彩。

再说作为诗人的孤独。《写于雄伟的夏特斯修道院的诗行》描绘了人类的孤独,同时也描绘了作为诗人个体的孤独。诗人是先行者,是时代的预言者。"杰出的诗人经常由于悖于世俗、不合常情而遭孤立。"② 当他为时代极力呐喊时,却发现自己孑然一身:

> 阿基里斯在营帐里苦苦沉思,
> 现代思想的大师们全都噤若寒蝉;
> 沉默是金,虽然他们也不满意,
> 却等待着未来,旁观袖手。③

环顾这样一幅"万马齐喑"的图景,诗人不禁感到有些悲哀。诗人发出呐喊,以冀警醒世人,却发现自己是单枪匹马在战斗,因而感到无比的孤独。回顾历史,先贤们(our fathers)的"声音依然在耳边回响,/他们的一生伴随着雷动的欢呼"。④ 可是如今,在同样是危机重重的时代,"我们却是作壁上观,静默无语,任凭浊浪滔天"。⑤ 阿诺德对父辈们光辉业绩的仰慕与歌颂和《拉格比教堂》("Rugby Chapel")中的伟人形象(the noble and great)遥相呼应。

这种孤独看似仅仅是诗人个体的孤独,但它出自诗人拳拳的忧国忧民之心。所以,它与纯粹的个人孤独是截然不同的。阿诺德从个人的经历和感受出发,进而思考整个英格兰民族乃至全人类的命运。把全人类看作一个命运

---

① Arnold, *Poems of Matthew Arnold*, 306.
② 飞白:《诗海游踪:中西诗比较讲稿》,第145页。
③ Arnold, *Poems of Matthew Arnold*, 307.
④ Ibid., 308.
⑤ Ibid.

共同体,这正是阿诺德的伟大之处,也体现了他的文化思想。美国密苏里大学路易斯分校教授卡罗尔(Joseph Carroll,1949—)指出,"通过使用第一人称复数来指称自己,(阿诺德)代表着一种超越了他个人痛苦的文化困境"。① 普拉特也曾指出,阿诺德诗歌的叙述者"从第一人称单数'我'(I)变成第一人称复数'我们'(we)",这种变化赋予诗歌以更高的道德价值。②

从《海斯湖的小船》到《写于雄伟的夏特斯修道院的诗行》,从描写个人的心灵感受到关注整个人类孤独的生存状况,这是诗人思想境界的升华,也是阿诺德文化思想重要的发展阶段。"孤独"主题反映了诗人作为先知先觉者的敏感和焦虑,孤独又意味着对理想的追求和对信仰的坚持。正是因为有这样的执着和追求,那位孤独的流浪者——吉卜赛学者——才没有放弃对理想的追求和探索,孜孜不倦地寻找着艺术的秘密,等待火花从天降落。

三、流浪:一种探索

"探索"是流浪者意象的又一重主题。流浪的过程往往也是充满了希望的探索过程,同时它必定又是痛苦的。在阿诺德的笔下,吉卜赛学者的流浪就是一种探索(quest),而"艺术的秘密"和"从天降落的火花"则构成了探索的两大内容。关于吉卜赛学者的探索和吉卜赛人的秘密艺术,学界有过"真理说"和"怀旧说"之间的争论。

先谈真理说。卡罗尔这样评论《吉卜赛学者》:"这是一首具有现代意识的诗歌。面对文化传统的巨变,诗人思考的是对智性理想的追求。"③ 美国学者霍南(Park Honan,1928—2014)认为,诗人在一所古老的、具有中世纪传统的大学(指牛津大学)附近流浪,似乎是在探索追寻从欧洲中世纪结束以来不断模糊的真理。④ 普拉特也认为,诗歌的创作表明,诗人会像吉卜赛学者一样忠诚地追寻持久的真理,它"能够超越时代的喧嚣与嘈杂之声"。⑤ 另外,还有很

---

① Joseph Carroll, *The Cultural Theory of Matthew Arnold*, Berkeley & Los Angeles: The University of California Press, 1982, 29.
② Pratt, *Matthew Arnold Revisited*, 85.
③ Carroll, *The Cultural Theory of Matthew Arnold*, 11.
④ Park Honan, *Matthew Arnold, a Life*, New York: McGraw-Hill Book Company, 1981, 275-276.
⑤ Pratt, *Matthew Arnold Revisited*, 95.

多学者也都探讨了《吉卜赛学者》中探索真理的主题。

再谈怀旧说。《吉卜赛学者》往往被认为是有自传意味的作品。吉卜赛学者的探索自然带有阿诺德对学生时代的美好回忆,也有对克罗夫怀念的成分。鲍姆(Paul F. Baum)指出,吉卜赛学者的探索是"阿诺德追寻已逝青春的探索"。① 霍南认为:"阿诺德的吉卜赛学者首先是一位探索、寻找个性的艺术家。"②

概而言之,真理说占据了主导地位,却没有明确回答吉卜赛学者探索的具体含义。

我们认为,《吉卜赛学者》全诗呈现的"探索"具有三重文化含义。首先,诗人以寻找吉卜赛学者之名,隐含了自己的心声。他期盼更多的有识之士致力于寻求解决现代社会问题的良方。美国耶鲁大学教授卡勒(A. Dwight Culler,1917—2006)指出,在《批评集》(*Essays of Criticism*)中,阿诺德就把自己描述成"探寻者"(seeker),流浪在现代非利士主义的荒原中,遥望心中的圣地。③ 罗泊说,《吉卜赛学者》"部分地表露了诗人自己的心声"。④ 加拿大学者科普奈克(Harvey Kerpneck,1932—)也认为,阿诺德在诗中表明了决心,要把探索意象作为手段,公开驱除心魔——无论是愤世嫉俗,还是缺乏信仰,都曾是困扰他的心魔。⑤ 这表明,阿诺德已经"与自己过去的态度、内心的怀疑、沮丧和焦虑决裂"。⑥ 在《诗集》(*Poems*,1853)的序言中,阿诺德已谈及此点。阿诺德的意图——即这首诗的意图——是"为病态的一代人树立一个形象,它拥有我们其他人所没有的(信仰、事业)"。⑦ 此处所说的"病态",皆因前文所说的社会转型所致,而诗人的探索标志着走出转型焦虑的文化使命。

"探索"的第二重含义指向"艺术的秘密"。在格兰威尔的故事和阿诺德的

---

① Paul F. Baum, *Ten Studies in the Poetry of Matthew Arnold*, Durham, N. C.: Duke University Press, 1958, 111.
② Honan, *Matthew Arnold, a Life*, 275.
③ A. Dwight Culler, "Matthew Arnold and the Zeitgeist," in *Matthew Arnold*, ed. Harold Bloom, New York: Chelsea, 1987, 119.
④ Roper, *Arnold's Poetic Landscapes*, 219.
⑤ Harvey Kerpneck, "Rugby Chapel," in *Critics on Matthew Arnold*, ed. Jacqueline E. M. Latham, London: George Allen and Unwin, 1973, 77.
⑥ Alan Grob, *A Longing like Despair: Arnold's Poetry of Pessimism*, Newark: University of Delaware Press, 2002, 215.
⑦ Houghton, *The Victorian Frame of Mind*, 297.

诗歌中,吉卜赛学者离开"学府墙门",目的是学习吉卜赛人"艺术的秘密"。至于"艺术的秘密"是什么,则是众说纷纭。有的说是催眠之术,也有的说是一种意志力,可以控制他人的大脑。已故哈佛大学教授布什(Douglas Bush,1896—1983)认为这种努力(探索)徒劳无益;吉卜赛学者学习吉卜赛人的艺术,这种行为寓意现代精神对统一性和整体性的徒劳而孤独的探索。① 罗泊则认为,阿诺德对格兰威尔故事最重要的改编在于增加了"学者的主张"这一内容。② 确实,诗行中提到了"头脑"("头脑过载、心脏麻痹")、"心灵"("把最坚强的心灵精力耗尽")、"意志"等概念,这样,"艺术的秘密"的含义就或隐或现地浮出水面了:阿诺德认为,文化是对完美的追寻,而"完美是心智和精神的内在状况",它与现代社会"尊崇的机械和物质文明相抵牾"。③ 可见,阿诺德的文化思想强调的是内心的转变。在这一点上,阿诺德和卡莱尔是一脉相承的。诗人把吉卜赛学者放在现代性的文化语境下,使他对艺术秘密的探索具有了时代的意义。通过吉卜赛学者的探索,诗人希望以艺术这种文化形式来净化人的心灵,从而抵制机械文明和物化社会的消极影响。"艺术的秘密"可以说是阿诺德文化思想的早期形态,是阿诺德文化思想大厦的第一块基石。

"探索"的第三重意义指向"从天降落的火花"。诗歌中多处呈现"火花"意象:"盼望生命的火花从天降落","我们和你不同:你等待上天降下火花"。④ 诗歌的第18、19节的几行诗句,更让人产生无限的联想:"啊,流浪者,我们对它也在期望……是的,我们在等它——但它迟迟不至。"⑤ 从上下文看,诗行中的"它"(it)显然指代"火花",而现代人都在期盼它从天降落。"火花"意象的含义同样极有争议。例如,格罗布认为,阿诺德表达了一种愿望,即当火花从天降落时,"更加美好的未来将取代现代性的不幸状况"。⑥ 格罗布(Alan Grob,1932—2007)把"火花"意象与现代性相关联,也就与社会转型联系在了一起,这一见解显然十分中肯。

---

① Bush, *Matthew Arnold*, 64.
② Roper, *Arnold's Poetic Landscapes*, 217.
③ 马修·阿诺德:《文化与无政府状态》,第12页。
④ 马修·阿诺德:《吉卜赛学者》,第476—478页。
⑤ 同上,第479页。
⑥ Grob, *A Longing like Despair*, 211.

把"火花"意象放在阿诺德的文化思想中来理解,就会豁然开朗。阿诺德继承并发展了卡莱尔的文化观,构建了自己的文化思想体系。卡莱尔在《论历史上的英雄、英雄崇拜和英雄业绩》一书中写道:"我说过,伟大人物总是像天上的闪电,普通人只是备用的燃料,有了伟人这个火花,他们才能燃烧发光。"① 卡莱尔把伟人(英雄)比喻成"火花",这样我们也找到了理解阿诺德的"火花"意象的钥匙——吉卜赛学者是在"等待从天降落"的英雄人物!在《拉格比教堂》中,阿诺德进一步阐发这一思想,强调像他父亲那样的英雄人物才能带领大众走向幸福的未来。事实上,在《写于雄伟的夏特斯修道院的诗行》中,诗人就曾大声呼唤着新时代的拜伦(George Gordon Byron,1788—1824)、雪莱和奥伯曼(Obermann)。② 通过吉卜赛学者的探索,诗人表达了自己对英雄人物的仰慕,期盼英雄人物能够站出来,拯救社会于危难。"火花"意象对应着阿诺德文化思想体系中的未来愿景,是阿诺德文化思想大厦的第二块基石。

流浪主题蕴含了逃避、孤独、探索三重内涵。通过想象,诗人把吉卜赛学者放置在现代性的文化语境下,赋予了这一人物形象以丰富的意蕴。以吉卜赛学者探索的形式,诗人提出了其文化思想的两个核心内容——"艺术的秘密"和"火花"意象所包含的命题,这预示着阿诺德开始构思他的文化思想大厦。阿诺德从流浪、孤独、焦虑,转而关注社会,思考作为共同体的人类所面临的社会转型问题。唯其如此,阿诺德的流浪主题绝不是逃避和否定,而是积极地探索走出社会转型期困境的对策。

---

① 卡莱尔:《论历史上的英雄、英雄崇拜和英雄业绩》,周祖达译,北京:商务印书馆,2010 年,第 91 页。
② 奥伯曼(Obermann)是法国作家 Étienne Pivert de Senancour(1770—1846)在 19 世纪初创作的同名小说中的主人公。

第二章

建构"英格兰特性"

在上一章中，我们强调了文化是对于社会转型的焦虑。事实上，文化还有化解上述焦虑的功能。化解焦虑的手段很多。对于19世纪英国文人们来说，最常见的手段是提供美好的共同体愿景（详见本卷第三章），而与此紧密相关的是"英格兰特性"(Englishness)的建构，即民族身份的建构，包括对民族自身弱点的检讨、公共责任伦理的建设，以及价值、信仰和态度的形成，等等。在社会转型引发的种种危机中，民族身份危机首当其冲。英国文人们对此作出的回应，自然表现于民族特性的建构或重构。在这方面有特殊贡献的作家很多，限于篇幅，本章仅就狄更斯和詹姆斯(Henry James, 1843—1916)的贡献作一探讨。

第一节
"英格兰特性"与《我们共同的朋友》

在狄更斯的众多名著中，很少有非主角的光芒盖过主角的。然而，《我们共同的朋友》(*Our Mutual Friend*, 1865)却是一个例外。该小说留给当今英国文化生活的印记，最强烈的莫过于那个不算主角的波德斯纳普——他似乎仍然活着，而且是个家喻户晓的人物。更具体地说，虽然《我们共同的朋友》的主角是约翰·哈蒙，但是更为世人津津乐道的是波德斯纳普，他的名字(Podsnap)还派生出另一个名词，即"波德斯纳普信条"(Podsnappery，又译"波德斯纳普主义")，并且成了文坛和学术界流传颇广的术语之一，用来表示一种关于"英格兰特性"的极其褊狭、高傲的信条。事实上，波德斯纳普这一人物形象已经变得如此重要,以致任何有关"英格兰特性"的讨论,离开了他就会逊色不少。至于狄更斯的相关贡献,那更得从波德斯纳普跟"英格兰特性"的特殊关系说起。

一、"漏洞与边角里的英格兰"

波德斯纳普心中永远有一个"英格兰",一个把许多社会阶层,尤其是中下阶层排除在外的"英格兰"。这种情形让人想到已故剑桥学者热尔韦(David Gervais)的一个生动比喻,后者在其名著《文学英格兰:现代作品中"英格兰特性"的不同版本》(*Literary Englands: Versions of "Englishness" in Modern Writing*, 1993)中,曾经赞扬爱德华·托马斯(Edward Thomas, 1878—1917)把目光投向了"漏洞与边角里的英格兰",即"在官方地图上找不到的一个英格兰"。① 我们认为,这一赞扬更适用于狄更斯:他更出色地揭示了"漏洞与边角里的英格兰",而这在波德斯纳普们的视野中是不存在的。随着故事的展开,我们发现波德斯纳普心里只装着跟他一样的富人,根本没有像丽齐、贝蒂和珍妮这样的贫苦大众,就连约翰、贝拉和博芬夫妇所在的中层阶级也不属于他的"英格兰",或者说算不上"英国人",这在他跟一位法国客人的对话中可见一斑:

"先生,你是否发现,"波德斯纳普先生不无尊严地追问,"我们不列颠宪法让你很震撼? 即便在伦敦,法语叫 Londres,在伦敦这个世界大都市的街道上,都有很多我们宪法的明证。"

……

"啊,像一匹 Orse②这样的标记吗?"外国绅士问道。

"我们发 Horse,"波德斯纳普先生宽容地说,"在英格兰,法语叫 Angleterre,在英格兰,'H'是送气音,所以我们发'Horse'。只有我们的下层阶级说'Orse'!"

---

① David Gervais, *Literary Englands: Versions of "Englishness" in Modern Writing*, Cambridge: Cambridge University Press, 1993, 28.
② 法国人容易把英文中的 Horse(马)发成 Orse。

......

"……我们英国人为我们的宪法而非常自豪,先生。它是上帝赐给我们的。没有其他国家像我们那样受到恩惠了。"①

此处,波德斯纳普的愚蠢和自负到了无以复加的地步。且不说他对外国客人的傲慢,他心目中的共同体——假如我们能把他的"英格兰"看作共同体的话——显然把那些说 Orse 的下层阶级统统排除在外了。根据霍顿的记载,对英国宪法的赞美曾经是英国首相格拉德斯通(William Ewart Gladstone,1809—1898)和议员布莱特(John Bright,1811—1889)等人政治演讲中的惯有内容,也是他们茶余饭后的谈资;而进行这些赞美的理由是英国宪法"阻止并瓦解了任何妨碍个人自由行动的势力"。② 跟这些对"自由"的赞美形成呼应的,还有英国议员罗巴克(John Arthur Roebuck,1801—1879)"对幸福的著名定义"(此语为阿诺德反讽式的概括):"我朝四周看看,问道,英国的现状怎么样?难道不是人人都可以说他想说的话吗?我问你们,在这个世界上,在以往的历史中,难道有过这样的情形吗?没有,我祈求上苍让我们无可比拟的幸福恒久绵长!"③ 这样的"快慰症"在狄更斯笔下遭到了辛辣的嘲讽,尤其是经由波德斯纳普这一形象。下面这一段就颇具典型意义:

波德斯纳普先生是个富人,因而根据波德斯纳普先生的看法,他的地位极高。开始时他继承了一大笔遗产,后来又通过婚姻获得一大笔遗产,还在海上保险业方面大发其财,因此感到相当满足。他从来不能理解,为什么别人都感到不大满足,他觉得他为社会树立了一个光辉榜样,因为他对大多数事情都感到特别满足,尤其是对他自己。

波德斯纳普先生在如此愉快地认识到自己的优点和重要性之后决定,凡是他拒绝加以考虑的东西,他都不允许它存在……④

---

① Charles Dickens, *Our Mutual Friend*, London: Chapman & Hall, 1892, 108-109. 以下该小说引文均出自此版本(引用徐自立译本的除外),仅随文括注出处页码,不再一一详注。
② Houghton, *The Victorian Frame of Mind*, 47-48.
③ 转引自马修·阿诺德:《文化与无政府状态》,第96页。
④ 狄更斯:《我们共同的朋友》,徐自立译,杭州:浙江工商大学出版社,2012年,第125页。

此处的"满足"和"愉快"只是波德斯纳普先生"快慰症"的内心写照,不过书中还有许多相关的外部写照。例如,只要碰上不愉快的话题,他就会"右臂奇特地一挥",并"涨红着脸"告诉别人:"我不想知道!我拒绝讨论!我不承认!"(105)对于他不喜欢的事物和现象,他有一个令自己颇为得意的口头禅:"没有英国味儿!"(Not English!)(115)什么是他心目中的英国味儿呢?除了上文所示的高傲自大之外,他在一次宴席上(席间有人提及英国的贫困现象,甚至提到有人饿死在大街上)的反应也颇能传神:"我谢绝继续讨论这个令人痛苦的话题。它让我不快,让我反感。我说过了,我不承认发生过这类事情。我还说过,假如真的发生过(我并不承认发生过),那也是苦难者自己的错……"(116)

既然连谈论贫苦现象都"没有英国味儿",那么像丽齐、贝蒂和珍妮这样十足的穷人也自然不具备"英国味儿"了。狄更斯此处涉及的其实是一个重大的、两百多年来人们仍在激烈讨论的文化命题,即"英格兰特性"[①] 命题。波德斯纳普心目中的"英格兰",是不包括英国劳苦大众的,这在小说最后一章中有更明显的反映。该章的英文标题是"上流社会的声音"("The Voice of Society"),其重头戏是波德斯纳普及其"上流朋友"们的表演:当听说"出身很好"的尤金竟然娶了贫穷的丽齐之后,几乎"全场轰动,纷纷谴责那个年轻女子";波德斯纳普一如既往地右臂一挥,声称"这门婚姻倒我胃口——它冒犯了我,让我生厌,让我恶心",其原因被他太太直接挑明——"这亲事本该门当户对"(677—678)。投身到这场讨伐里的,还有蒂平斯夫人等许多名流,其中最耐人寻味的是三位不知名的大腕儿,分别是承包商、董事长和股票投机商,其背景在书中有这样的交代:

……这位承包商直接或间接地为五十万人提供了就业机会……另外一位兼任许许多多董事会的会长;这些董事会相距遥远,以致他每周至少要在铁路上奔走三千英里……还有一位在一年半以前还身无分文,但是凭着他出众的

[①] 热尔韦在讨论"英格兰特性"时曾经指出:"波德斯纳普先生还在我们中间。每逢有四道菜规格的宴席,每当某个政客要做演讲,他就会和我们在一起……"出处见 Gervais, *Literary Englands*,第10页。

才华,乘股票价值缩水百分之八十五的机会,以欠账的方式将其全部吃进,然后又以票面价值出售,如数获得了现金,如今他已有三十七万五千镑的身家……(518)

此处有两个细节值得深究。其一,这几位大款的生存方式标志着人类史上经济运作形式的重大转折:以劳动赚钱的生产经济模式被以钱生钱的投资/投机经济模式所取代。不光他们这几个人,书中的波德斯纳普、弗莱奇比、韦格、文尼林和拉莫尔等人也都属于"剪息族类"。正如豪斯(Humphrey House)所说:"在波德斯纳普夫妇、文尼林夫妇和拉莫尔夫妇所生活的世界里,投资取代了工作。"① 换言之,在狄更斯眼中,这类人物都是十足的寄生虫。

其二,书中始终对承包商等人的姓名没有交代。难道是狄更斯偷懒了吗?还是他疏忽了?或是他觉得这几个人物不重要?我们认为,他们的"隐姓埋名"和他们最初露面的时机都含有深意:"自从文尼林当上议员之后,他家里涌现出了新一族的密友",而这些密友中最主要的就是那几位不知名的大款(518)。此处,"密友"意象值得深究。它跟小说题目中的"朋友"一词形成了呼应,又跟全书此起彼伏的"朋友"意象形成了互动,因此具有解题的功能。由于"朋友"意象将是本节第二部分的中心议题,因此我们此处只强调"密友"一词的部分含义:在文尼林和波德斯纳普等人的社交圈里,不知姓名者居然可以成为密友,可见他们所代表的"英格兰"是何等可笑,其联结纽带是何等虚弱!

上述两个细节从反面衬托出一个深刻的道理:波德斯纳普的"英格兰"是由寄生虫和假朋友所组成的,因而不能代表真正的民族特性;而要建构真正的"英格兰特性",就不能忘记"漏洞与边角里的英格兰",不能忘记被波德斯纳普等人——以及当时的官方话语——排除在外的无数小人物。狄更斯的伟大之处,恰恰是向世人传递了这样一个信息:要捕捉任何民族的共同特性,就要把目光投向生活在"漏洞"和"边角"里的小人物,而他们就是小说题目中所说的"共同朋友"。有鉴于此,我们下文的讨论将围绕"朋友"意象展开。

---

① Humphrey House, *The Dickens World*, London: Oxford University Press, 1960, 167 - 168.

二、朋友与财富

《我们共同的朋友》的中心意象显而易见,因为它从题目就开始了。然而,不少学者在讨论该小说时,往往首推"垃圾山"(the mounds)意象。例如,富尔韦勒(Howard W. Fulweiler)不仅强调老哈蒙家门前累积成山(后由博芬先生继承)的"垃圾堆是《我们共同的朋友》的中心意象",而且强调"'垃圾山'这一中心意象使文学工作者得以像地质学家那样,去挖掘无尽地层般的意蕴"。① 另一位学者金斯伯格(Michal Peled Ginsburg)也曾经强调,"垃圾山处于《我们共同的朋友》的象征中心"。② 把垃圾山视为小说的中心意象,这还导致了对狄更斯的诟病,如塞尔(Jerome Thale)的下列批评:"在狄更斯的大多数小说中……象征性主题往往在引入以后又被丢弃,如在《我们共同的朋友》中,像垃圾这样重要的意象也没有展开,让我们大跌眼镜。"③

然而,跟"垃圾"意象相比,书中的"朋友"意象本应受到更多的重视,这是因为它的出现频率远远超过了"垃圾"意象,而且贯穿了全书始终。如上文所说,小说的题目本身就包含了"朋友"一词,明摆着提醒读者注意其意义。此外,书中的每一位人物都在不同程度上与他人结成了某种朋友/伙伴关系,且不论真假,这种关系的形成及其方式都耐人寻味。假如像富尔韦勒所说的那样,书中的"垃圾"意象有着无尽地层般的意蕴,那么"朋友"意象的意蕴更深刻,更值得挖掘。

在《我们共同的朋友》中,所有朋友/伙伴关系都跟财富问题交织在一起,都跟财富的获取、归属和分配等问题交织在一起。小说中的人际关系错综复杂,交往形式各有差异,但是不外乎两大类,即真朋友和假朋友,这两大类别的划分都取决于相关人物对财富的态度和处理方式。

先说假朋友。《我们共同的朋友》中可谓骗子成群,而且都是以打着"友谊"或"伙伴"的幌子从事活动。最先露面的骗子是赖德胡德。他在小说开篇

---

① H. W. Fulweiler, "'A Dismal Swamp': Darwin, Design, and Evolution in *Our Mutual Friend*," *Nineteenth-Century Literature* 49, no. 1 (June 1994): 54–61.

② M. P. Ginsburg, "The Case against Plot in *Bleak House* and *Our Mutual Friend*," *ELH* 59, no. 1 (Spring 1992): 179.

③ J. Thale, "The Imagination of Charles Dickens: Some Preliminary Discriminations," *Nineteenth-Century Fiction* 22, no. 2 (September 1967): 143.

处跟赫克萨姆短暂相遇,在不到一页篇幅的对话里,就一连用了六个"伙伴"来称呼对方(3—4),可是后来陷害赫克萨姆的也恰恰是他——为了五千到一万英镑的赏钱,赖德胡德不惜出卖伙伴,诬告后者凶杀。在他去律师事务所作伪证时,有一段跟律师尤金的对话,耐人寻味:

"你自己惹过官司吗?"尤金问道。
"一次。"赖德胡德先生随机轻描淡写地加上了一句,"这种事情谁都躲不了。"
"嫌疑是——?"
"嫌疑是我扒了一个水手的口袋,"赖德胡德先生说,"其实我是他最好的朋友,我只不过想照顾他而已。"(124)

把盗窃别人的钱财解释成"照顾",这就是赖德胡德的"交友"之道。随着情节的展开,我们发现他总是借着"友谊"的幌子,干着谋财害命的勾当,就连风烛残年的老妇人也不放过——风餐露宿的老贝蒂在临死之前,就被他骗走了身上所有的活命钱。也就是说,他的"交友"之道分明是谋财之道。

书中信奉这类"交友"之道的还有很多,如伪善地发放高利贷的弗莱奇比、专借撮合婚姻来谋取钱财的拉莫尔夫妇,以及借朋友身份接近并敲诈博芬先生的韦格,等等。他们或结伴欺人,或自欺欺人,或相互欺骗。弗莱奇比开了一家高利贷公司,不过他自己从不出面逼债,而是让仆人赖厄充当"债主",一方面不断地催促后者无情地讨债,另一方面总是在借债人面前装好人。例如,当他持有拉莫尔夫妇房产的抵押卷后,承诺帮助后者说服赖厄宽限还债日期,因而从拉莫尔太太口中博得了"好朋友"的称号(467),可是一转身他就催着赖厄立即行动,乘拉莫尔夫妇来不及筹款还钱之际无情地没收房产,以便发一笔横财。

不过,拉莫尔夫妇也卑鄙地利用过弗莱奇比:他们曾经撮合后者跟富商波德斯纳普之女乔治亚娜的婚姻,目的是从中获得一笔感谢费,甚至还可以借此敲诈一笔钱财。这一阴谋也是以友谊的名义付诸实施的:"用人世间冷冰冰的话来说,艾尔弗雷德·拉莫尔太太很快就利用了她与波德斯纳普小姐的交谊。用拉莫尔太太热乎乎的话来说,她和她可爱的乔治亚娜很快便在心坎上、思想上、情感上和灵魂上合二为一。"①

与之相仿的是骗子韦格。他先以"文人朋友"的身份接近博芬先生,逐渐骗取了后者的信任,进而霸占了后者的房子"博芬斋",然而他并不满足,继而串通维纳斯阴谋敲诈博芬先生更多的钱财。他还厚颜无耻地把这项阴谋活动称作"友善行动"——仅在一次交谈中(见第2部第7章),他就多达5次地使用了这一词语(250—252)。此处的"朋友"意象特别突出,"友善行动"的字眼共有3次直接出现在随后的章节标题中:"一项友善行动的发起"(第2部第7章)、"友善行动参与者采取强硬态度"(第3部第7章)和"友善行动的彻底失败"(第4部第14章)。这显然是一种结构性象征。

更具讽刺意味的是文尼林夫妇的社交圈。初涉这一圈子的特韦姆洛曾经"百思不得其解:自己究竟是文尼林最老的朋友呢,还是他最新的朋友?",产生这困惑的原因是在"觥筹交错间,他竟发现人人都是文尼林在这世界上最亲密的朋友,而他们的太太(所有的太太都在座)个个是文尼林太太最钟爱的对象"(6)。人人都是密友,自然也就一个密友都没有。在故事接近尾声时,我们发现文尼林濒于破产,可是那些"密友"一如既往地接受了他的(最后一次)宴请,不过他们"纷纷拥向文尼林家",是"去互相款待,而非与文尼林夫妇共进晚餐";更微妙的是,他们竟然"在同一时间发现,他们原来是一直蔑视文尼林、不信任文尼林的,他们去文尼林家赴宴时总是心存疑虑的,虽然当时似乎表现得很隐蔽,只是在私下里悄悄议论几句而已"。② 此处的"交情"之所以转瞬消失,是因为文尼林的社交圈从一开始就是靠金钱堆垒起来的。他挥金如土,结交酒肉朋友,借此当上了议会议员,然而一旦破产,就遭遇众叛亲离。

以上的朋友/伙伴关系,虽然形式各异,但是本质相同:朋友是假,钱财是真。换言之,在这类人际关系中,财富是主宰,是终极目标;只要对攫取/占有财富有利,不管是谁,都能当作朋友,否则就毫无交情可谈。就如卡莱尔当年所说,在英国维多利亚社会,人与人之间的关系已经沦为赤裸裸的"现金联结"

---

① 狄更斯:《我们共同的朋友》,第252页。
② 同上,第817页。

(cash-nexus)。①

正是为了抗拒"现金联结",狄更斯在小说中塑造了另一类朋友形象,其中最主要的自然是小说题目中的那个"共同的朋友",即主人公约翰·哈蒙。约翰的父亲生前靠收集并筛选垃圾发了横财,留下了丰厚的遗产,不过他同时定下了一个苛刻的条件:除非儿子跟完全不相识的贝拉·韦尔弗结婚,否则这笔遗产将由雇工博芬先生继承。假如约翰的交友之道跟上举那类人物相同,他本可以不假思索地与韦尔弗一家结交,成就这门亲事,从而顺利地继承遗产。然而,他决定首先观察一下贝拉的为人,然后才考虑是否继承遗产。当他发现贝拉爱钱财甚于爱他时,就毅然放弃了遗产继承权,打算隐姓埋名地过一辈子清苦生活。此外,他对周边的人都十分友善,凡是别人需要帮助,他都会挺身而出,甚至在做好事之后不透露姓名。例如,他曾经不辞辛苦、不图报酬地帮助丽齐洗刷其父的罪名,事后却不让丽齐知道是自己帮助了她,因而后者只知道世上有"一位不相识的朋友"(440)。也就是说,他对财富的态度,以及处置财富的方式刚好跟上述"假朋友"们相反:赖德胡德和韦格等人唯利是图,而约翰坚持把人品、友情/爱情置于财产之上;当两者不可兼得时,他情愿放弃后者。

书中与约翰同调的还有博芬夫妇。从约翰的一段回忆中,我们得知博芬夫妇是"构成了我儿童生活中唯一阳光的两位亲爱的、高尚的忠实朋友"(304)。当他俩发现约翰并没有死后,就千方百计地促成贝拉实现了转变(从一个利欲熏心的女孩儿变成有高尚情怀的姑娘),进而促成了她和约翰的婚姻;对他俩来说,这样做意味着财产的得而复失——使得约翰又成了合法的遗产继承人,但是他俩反而觉得比先前更幸福,更心安理得,更有尊严。

跟他们的品格相映生辉的还有丽齐。这位美丽的姑娘家境贫寒,可是当她发现小矮人珍妮·雷恩独自照看酗酒成疾的父亲有困难时,义无反顾地搬过去跟珍妮一起住,结成了患难之交。她的弟弟查利反对她这样做,理由是这样会妨碍她嫁给比较富裕的布拉德利·黑德斯通(查利所在学校的校长),甚至会妨碍他自己出人头地。面临金钱/地位和道义/友情不可两全的抉择,丽

---

① 卡莱尔:《文明的忧思》,宁小银译,北京:中国档案出版社,1999年,第54—55页。

齐毅然地选取了后者。类似的品格还可以在贝蒂、珍妮,以及后来发生转变的贝拉等人身上找到。限于篇幅,不再赘述。

须在此强调的是,小说中如此连贯而密集的"朋友"群象,并非简单地要说明友情和财富孰轻孰重,而是要提请读者参与"财富"这一文化命题的讨论,也就是参与建构民族特性这一文化事业,因为民族特性的建构,与全民族对于财富的价值观有着千丝万缕的联系。一言以蔽之,"朋友"意象所隐含的友善和爱心,显然指涉狄更斯心中理想的民族特性,而把财富跟"朋友"意象交织在一起,又把关于"英格兰特性"的讨论向纵深推进了一步:财富由谁来掌管?该怎样掌管?由此可以瞥见一个民族的特性,而这正是下文要深入探讨的话题。

三、介入文化批评语境

在"财富"议题与"朋友"意象互相交织这一现象的背后,是19世纪英国社会正在形成的文化批评语境。

"财富"是代表维多利亚社会核心价值的术语,与之配套的是"进步""文明""成功""交易"和"契约"等术语。这套术语在当年主流话语的代表麦考莱(Thomas Babington Macaulay,1800—1859)等人的词典里,似乎是理所当然的"真理",[①] 但是在一些敏感文人的笔下,这些"真理"变成了问题:什么是进步?什么是文明?什么是成功?什么是真正的财富?对这些命题的追问,形成了一种文化批评语境。促成这一语境生成的主要有卡莱尔、阿诺德、金斯利、罗斯金和莫里斯等人。他们都对财富问题发表了深刻的见解,都对社会快速转型过程中物质财富和精神财富脱节的现象表达了深深的忧虑。卡莱尔就无数次直接使用过"财富"一词,如下面这句:"在英国,虽然财富随处可拾,产品琳琅满目,能够满足人类形形色色的需要。然而,英国人的精神正在空洞浅薄中日渐衰落。"[②] 他对崇尚物质财富这一风气的持续批判,最终凝练成了"现金联结"这一经典术语。在这方面,阿诺德的有关论述跟卡莱尔的可谓一脉相承。在《文化与无序》中,阿诺德剑指"财富崇拜",尖锐地批评自己的同胞把

---

① 参见殷企平:《"文化辩护书"》,第239—240页。
② 卡莱尔:《文明的忧思》,第109页。

"财富本身变成了宝贵的目的";① 他还用许多诗篇直接回应了由"财富崇拜"滋生的消费文化。② 同样,金斯利也在各种场合直接批评痴迷财富的风气,并且强调"一个民族的历史是人的历史,而不是事物的历史……人的历史是心灵的历史,而不是钱包的历史,甚至不是头脑的历史"。③ 罗斯金则走得更远,他曾经直接就"财富科学"著书立说,挑战穆勒和亚当·斯密的财富理论("财富科学"总是让人想到后者的《国富论》),甚至干脆把财富界定为"勇敢者所拥有的具有价值的东西"。④ 莫里斯也不例外:他的不少阐述,跟卡莱尔等人对"财神福音"和"现金交易"的抨击有惊人的相似之处,譬如,他直言现代机械文明会导致生活中所有美好的东西"都终结于账房"。⑤ 所有这些共同点并不是偶然的,它们标志着一种批评语境的形成。

《我们共同的朋友》的问世,可以看作对上述批评语境的介入。

更确切地说,狄更斯比罗斯金和莫里斯更早地加入了有关财富命题的大讨论。前文提到,罗斯金曾经把财富界定为"勇敢者所拥有的具有价值的东西",而狄更斯似乎比罗斯金抢先一步,用生动的故事和人物形象诠释了关于财富的同样定义。正如前文所示,约翰·哈蒙、丽齐和博芬夫妇等人都配得上"勇敢者"的称号。他们的勇敢品质,跟他们友情观和财富观密切相连:他们都面临过钱财/地位和友情/爱情之间的选择,并且都选择了后者;而这样做是要有勇气的,他们都为自己所做的选择吃了不少苦头,甚至面临过生命的危险。在这些勇敢者中,约翰对财富的处置方式最具有典型意义。在好长一段时间里,他拒绝"复活"(即恢复自己的真实姓名和身份,从而合法地继承遗产),为的是不让父亲留下的遗产变得肮脏——更确切地说,是为了洗清那笔钱财上的污垢,这在他的一段内心独白里得到了充分反映:

先来看一下复活的理由……从父亲那里得到一笔钱,从而买下一个我所

---

① Arnold, "Culture and Anarchy," 65.
② 参见殷企平:《阿诺德对消费文化的回应》,第 16—23 页。
③ Charles Kingsley, "Burns and His School," in *The Works of Charles Kingsley*, vol. 20, London: Macmillan, 1885, 135-136.
④ John Ruskin, *Unto This Last and Other Writings*, ed. Clive Wilmer, London: Penguin Books, 1997, 211.
⑤ Morris, "How I Became a Socialist," 36.

钟爱的美丽女子——我情不自禁;理智与此无关,我不理智地爱着她——可是她呢,与其说会爱我本人,不如说会去爱街角的乞丐。这样来使用这笔钱,那会多么肮脏啊!跟它过去被人滥用又会有什么两样!

　　现在再来看一下不复活的理由。约翰·哈蒙不该复活,这是因为他已经顺理成章地让那两位亲密而忠实的老朋友继承了那笔财产,还因为他看到他们洗清了过去留在那财产上的锈斑和污点,并且正在很好地使用财产,因而过得很幸福……(308—309)

　　这两段内心独白隐含了三层意思。其一,财富不能用于肮脏的目的,同样也不能用肮脏的手段来获取/使用。约翰本来有机会获得财富,并用来买取婚姻,但是在他看来,那样做是肮脏的,所以他情愿人财两空。

　　其二,财富若沾上了污点,就必须坚决地洗清。我们从书中得知,老哈蒙生前除了积累财产,别无爱好,连对子女都十分苛刻。且不说他原始积累的手段是否肮脏,就凭他一味守财这一点来判断,也是让财富沾上了污点,所以约翰把洗清这些污点当作了一生的使命。跟许多继承遗产的故事不同,约翰·哈蒙"复活"的目的不是为了得到一笔钱财,而是为了洗清粘在财富上面的污点,这一情节具有深刻的象征意义。

　　其三,具体由谁来掌握财富,这并不重要;重要的是掌握财富之人的品格。更具体地说,老哈蒙的那笔遗产究竟是由博芬夫妇来继承,还是由约翰来继承,都不是事情的关键;关键在于他们是不是具有罗斯金所说的"勇敢者"的品格。虽然故事后来发生了转折,财产又从博芬那里转回了约翰手中,但是财富的性质没有转变,仍然符合罗斯金所下的那个定义(更确切地说,是狄更斯先于罗斯金所下的定义)。假如约翰一开始就接受了遗产,那么它就会由贝拉来分享,而这时的贝拉贪图钱财,还未拥有勇敢者的人格。后来约翰之所以接受了遗产,是因为贝拉改掉了原先的毛病。用罗斯金的话说,她具备了"真正使用物品的能力"。①

　　哈蒙遗产的故事,还有更深一层的意思:财富最后归入勇敢者之手,并非

---

① Ruskin, *Unto This Last and Other Writings*, 210.

约翰一人之功，而是众多人合力的结果。约翰从小就受到了博芬夫妇的帮助，否则他很可能会像他姐姐那样早年夭折，也就谈不上遗产的继承。"哈蒙凶杀案"发生以后，博芬夫妇继承了遗产，但是这笔财产遭到了许多不轨之徒，尤其是韦格的觊觎——他设下了许多阴谋诡计，企图将财产占为己有。约翰在挫败韦格阴谋的过程中，受到了博芬夫妇、孤儿湿漉皮，以及后来反戈一击的维纳斯等人的帮助。另外，约翰继承遗产有一个先决条件，即贝拉的脱胎换骨，而这又得益于博芬的帮助：博芬假装成吝啬鬼，故意在贝拉面前不断地羞辱约翰，渐渐激起了贝拉的正义感，并让她看到了贪财会带来的害处。贝拉的转变，还受益于跟丽齐的交往。在跟后者的接触和交谈中，贝拉一次次被她的朴实、勤劳和勇敢所打动，直到有一次发现自己"竟被这位同龄姑娘的强烈而无私的激情所拴住了"，并且当面承认"你让我惭愧"；在羞愧之中，她甚至强烈地自责："我是这样一个浅薄、冷漠、世故、狭隘的人！我太渺小，太没良心了！"(439)也就是说，财富最后归属勇敢者，是包括丽齐（她本人得到过老赖厄以及造纸厂工友们的帮助）在内的许多人共同努力的结果。从中我们可以看到一个共同体慢慢形成的故事，其背后则是狄更斯的文化观：由众多勇敢者共同掌握财富，这才是理想中的英格兰特性。

在以上的分析中，还有一个重要细节未加交代：小说题目中的那个"共同的朋友"指谁？这一称呼首次出现在小说第1部第9章里，当时博芬先生向威尔弗太太（贝拉的母亲）提议：鉴于约翰（此时化名"罗克史密斯"）既是威尔弗家中的房客，又是博芬的秘书，所以"不妨把他称作我们共同的朋友"(91)。从表面上看，这一称呼只是对博芬和威尔弗两家而言，然而它是把"朋友"意象和共同体/民族特性结合在一起的点睛之笔。诚然，约翰是博、威两家的共同朋友，但是他的友情还直接或间接地传播给了丽齐、珍妮和贝蒂等许多人，因而他是所有勇敢者的共同朋友。从象征层面上来看，约翰对财富的态度，以及他处置财富的方式，代表了一种"共有"的精神，这正如凯特尔所说，"狄更斯旨在表明，财富可以通过'共有'流向社会的所有领域"。[①]

[①] Quoted in Wilfred Paul Dvorak, "Dickens and Money: *Our Mutual Friend* in the Context of Victorian Monetary Attitudes and *All the Year Round* ," Ph.D. diss., Indiana University, 1972, 13.

综上所述，通过"共同的朋友"这一形象，狄更斯参与了批判"现金联结"的文化语境的建构，同时提出了一条通向"英格兰特性"的路径。

第二节
双重视野下的"英格兰特性"：从《一位女士的画像》中的庄园说起

所谓"英格兰特性"，简单地说，就是指英格兰民族身份认同。英格兰特性不是一个单一、本质的实体，而是一个极为复杂的概念，是"价值、信仰和态度的联结（nexus）"，① 是通过包容和排斥，并与不同的他者反复对照，才得以建构的。在英国，乡村（countryside）与国家（country）通常被认为是一种提喻关系，乡村是英格兰特性的生动能指。借用詹姆斯的话说，"所谓英国生活……其实就是英国乡村生活。英国社会的基础就是乡村"。② 威纳（Martin J. Wiener）也指出，"英国的生活方式……强调非工业、非革新和非物质的品质，在乡村的意象中得到最好的概括"。③ 可见，热爱乡村的田园风光，批判城市的工业化，是英格兰特性的文化特征。

庄园，或者叫乡村宅邸（the country house），是乡村英格兰特性（rural Englishness）最本质的符号，也是英国文学的标志性背景。历史学家曼德勒（Peter Mandler，1958— ）认为，庄园"是英格兰特性的精髓：体现了英国人对家庭生活、乡村以及等级、连续性和传统的热爱"。④ 不可否认，民族认同与文学之间是相互建构的。有学者指出，19 世纪的欧洲产生了"民族性狂热"

---
① Judy Giles and Tim Middleton, eds., *Writing Englishness 1900 – 1950: An Introductory Sourcebook on National Identity*, London: Routledge, 1995, 5.
② 亨利·詹姆斯：《英国风情》，蒲隆译，北京：生活·读书·新知三联书店，2001 年，第 137 页。
③ Martin J. Wiener, *English Culture and the Decline of the Industrial Spirit*, 1850 – 1980, Cambridge: Cambridge University Press, 2004, 6.
④ Peter Mandler, *The Fall and Rise of the Stately Home*, New Haven: Yale University Press, 1997, 1.

(the cult of nationality),小说在将民族界定为"想象的共同体"时发挥了尤为关键的作用。① 霍米·K. 巴巴(Homi K. Bhabha, 1949—)也同意民族即叙事的观点,认为民族身份是一种话语效果或表意实践。② 纵观英国文学史,自文艺复兴时期的诗歌,经由 18、19 世纪的小说,直至 20 世纪的现代主义和后现代主义文学,庄园历来是英国文学作品浓墨重彩的场所。在蒲柏(Alexander Pope, 1688—1744)、拜伦、奥斯汀(Jane Austen, 1775—1817)、乔治·爱略特、福斯特(E. M. Forster, 1879—1970)、劳伦斯(D. H. Lawrence, 1885—1930)、艾米斯(Martin Amis, 1949—)等众多英国文学大家的笔下,庄园一直是英国民族文化的想象和象征。既然文学是书写民族身份的重要场所,文学话语参与了民族身份的建构,那么对英格兰特性的探讨自然离不开对文学表征的审视。

詹姆斯称赞庄园为"了不起的好地方"(the great good place),③ 并断言"英国人发明了许多伟大的东西并使之成为民族性格中的一份光荣,其中最完美……的东西就是装饰讲究、管理到位、陈设齐全的乡村庄园"。④ 庄园正是詹姆斯想象英国民族文化的重要场所,他的小说《一位女士的画像》(*The Portrait of a Lady*, 1881)生动地再现了两座英格兰庄园——花园山庄和洛克雷山庄的风貌,⑤ 被公认为詹姆斯关于英国庄园的最佳小说,因而在庄园理念的交流中占据中心地位。⑥ 如布拉德伯里(Nicola Bradbury)所说,《一位女士的画像》"是詹姆斯最清晰地表达英格兰特性的小说,涉及文化、意识形态,尤为难忘的是有关地域(place)的描述"。⑦ 然而,在相关研究中,学者们大都

---

① Timothy Brennan, "The National Longing for Form," in *Nation and Narration*, ed. Homi K. Bhabha, London: Routledge, 1990, 48.
② Homi K. Bhabha, ed., *Nation and Narration*, London: Routledge, 1990, 1-7.
③ 詹姆斯于 1900 年发表短篇小说《伟大的高尚之地》(*The Great Good Place*),书名后为马尔科姆·凯尔索尔(Malcolm Kelsall)借用,作为其 1993 年出版的研究英国文学中庄园的专著 *The Great Good Place: The Country House and English Literature* 的主书名。
④ 亨利·詹姆斯:《英国风情》,第 209 页。
⑤ 本节相关引文均出自亨利·詹姆斯:《一位女士的画像》,项星耀译,北京:人民文学出版社,1984 年。以下只随文括注出处页码,不再一一详注。
⑥ Malcolm Kelsall, *The Great Good Place: The Country House and English Literature*, New York: Columbia University Press, 1993, 168-69.
⑦ Nicola Bradbury, "Henry James and Britain," in *A Companion to Henry James*, ed. Greg W. Zacharias, Chichester: Blackwell Publishing, 2008, 408.

强调花园山庄是英格兰特性的"梦幻庄园"(dream house),①却没有提及詹姆斯对庄园所承载的英格兰特性的双重态度,忽视了小说所表达的复杂性。

本节欲将《一位女士的画像》置于19世纪后期"庄园英格兰特性"(country house Englishness)的兴起这一历史和文化语境中,既审视小说对英格兰特性神话(myth of Englishness)的建构,又考察它对英格兰特性神话的解构,从而表明这种"双重视野"体现了詹姆斯对19世纪后期英格兰民族身份认同的深刻理解和思考。

一、花园山庄:英格兰特性神话的建构

在英国文学传统中,庄园及其周围的景观往往呈现出一派田园牧歌般的美妙景致,代表作有琼生(Ben Jonson,1572—1637)的诗歌《致彭斯赫斯特庄园》("To Penshurst")和马维尔(Andrew Marvell,1621—1678)的诗歌《在阿普尔顿庄园》("Upon Appleton House")。乔治王朝时期的庄园小说更是将庄园里的活动刻画成一种理想的高雅文化,远离资产阶级现代性,与市侩的物质主义绝缘。此外,庄园文学所描写的季节总是在英格兰最美的季节——春季或者夏季,英格兰由此被塑造成一片"绿色的乐土"(green and pleasant land),庄园则成为神话化的风景的同义词。在《一位女士的画像》中,花园山庄俨然就是一个理想化的田园共同体。

从共时性角度看,詹姆斯将花园山庄塑造成了一个伊甸园般的有机共同体,并将其与英格兰特性的各种能指联系起来,就如凯尔索尔所说,"在开篇这几页里,几乎每一个字眼都与庄园传统的源头产生共鸣"。②

《一位女士的画像》开篇便向读者呈现了一个象征着英格兰特性的典型仪式:在英国盛夏的一个阳光绚丽的下午,在泰晤士河畔一幢古老的英国乡村庄园前的草坪上,一个私人茶会正在进行。小说的叙述者不忘突出这种英国仪式的重要性,评论说:"所谓午后茶点这段时间是最令人心旷神怡的,生活中这样的时刻并不多。有时候,不论你喝不喝茶……这种场合本身便会给你带

---

① Kelsall, *The Great Good Place*, 162.
② Ibid., 170.

来一种乐趣。"(1)

首先,品茶是一种典型的英国社会实践,茶叶是英格兰特性的生动能指。从 19 世纪初开始,茶叶成为英国社会日常的必需品,维多利亚时期研究茶叶史的专家称茶叶为一种"民族饮品"(national beverage)。茶叶帮助界定了英国人的民族身份和民族文化,全民饮茶这一行为似乎超越了性别和阶级的界线,缔造出一种民族想象的共同体。① 小说以茶会开篇,其实是为下文中"英国的独特风光"(2)巧妙地涂上了民族特性的底色。

再者,詹姆斯笔下的花园山庄不仅是一个和谐的人类社会共同体,也是一个文化与自然交融的有机共同体:

它高踞在一片小山岗上,俯瞰着河水——那就是泰晤士河,离伦敦大约四十英里。面对草坪的,是长长一列三角顶红砖墙,尽管时间和风雨已给它脸上画出了各种花纹,它却更显得妩媚多姿。墙壁上攀缘着一簇簇常青藤,烟囱几个几个地丛集在一起,窗户隐没在爬山虎中……那一大片如茵的绿草铺展在平坦的小山顶上,似乎就是屋内那豪华陈设的延续。高大的麻栎和山毛榉静悄悄的,树荫像丝绒窗帘投下的阴影那么幽暗。草坪上的布置给人以室内的感觉,椅子上设有坐垫和瑰丽多彩的毛毯,书和报纸散置在草坪上。(2—3)

花园山庄距离伦敦四十英里,位于伦敦周围的某个乡村,俯瞰着泰晤士河。绿油油的草坪是古老的宅邸生命的延续,古宅内珍藏的珍贵名画,以及草坪上散置的书和报纸,暗示着主人的文化趣味。在这里,自然风景与人文景观、自然世界与高雅文化有机地融为一体。诚如它的名字"花园山庄"(Gardencourt)所暗示的,这座庄园是自然(如 garden 所示)与文明(如 court 所示)的和谐统一。

此外,泰晤士河无疑也是英格兰特性公认的能指。在 19 世纪六七十年代经过治理之后,泰晤士河逐渐成为休闲和娱乐的场所,代表了通往英格兰本质的载体。尤其是对于厌恶现代性的城市居民来说,泰晤士河的存在诉说着遁

---

① Julie E. Fromer, *A Necessary Luxury: Tea in Victorian England*, Athens: Ohio University Press, 2008, 11-12.

入乡村的可能性。詹姆斯在《英国风情》(*English Hours*,1905)一书中,对泰晤士河大加赞许;①《一位女士的画像》亦描写了泛舟泰晤士河的快意(99)。小说还特意提及,橡木楼梯"是花园山庄最华丽夺目的设备之一"(49),其象征意义不言而喻。橡树是英格兰的民族之树,象征着力量和坚毅,其坚固和结实的木质常常与英格兰的民族特性形成类比关系。小说的叙述者赞誉花园山庄是"英国的独特风光勾勒的这幅草图中……最富有特色的景物"(2),这样一种闲情逸致、幽雅清静、田园牧歌般的生活给予人的感觉"只能是永恒的欢乐"(1)。花园山庄具备了理想化和浪漫化的庄园意象所必备的一切要素,与文学传统中的庄园隐喻形成互文关系,成为英格兰特性神话的迷人能指。

从历时性角度看,花园山庄历史悠久,几经风雨,同英格兰民族史休戚相关。它"是在爱德华六世时期建造的,曾经接待过伊丽莎白女王……克伦威尔起兵之后,它大部分毁于战火……到王政复辟时期才恢复旧观……进入 18 世纪以后,它又经过翻造和改建"(2)。克莉丝汀·伯布里克(Christine Berberich)认为,英格兰特性总是与怀旧情感如影随形,不断使人联想到一个更为古老、更为宁静的英格兰形象,一个已经逝去了的英格兰。② 同样,从花园山庄的变迁中,人们可以追溯悠长的英国历史,怀念往日的生活。花园山庄见证了英国历史的变迁与沉浮,成为民族连续性的象征,是英格兰集体性的历史和文化记忆的物质载体。

在维多利亚社会的文化表征中,充斥着浓厚的乡村怀旧气息,其中广为接受的意象便是英格兰乡村和旧贵族的庄园。事实上,19 世纪后期英国很多民族遗产保护组织应运而生,如 1865 年成立的公共财产保护协会(The Commons Preservation Society)、1875 年成立的旧伦敦文物摄影协会(Society for Photographing Relics of Old London)、1877 年成立的古建筑保护协会(The Society for the Protection of Ancient Buildings)和 1895 年成立的国家名胜古迹信托组织(National Trust for Places of Historic Interest or Natural

---

① 亨利·詹姆斯:《英国风情》,第 33—34 页。
② Christine Berberich, "This Green and Pleasant Land: Cultural Constructions of Englishness," in *Landscape and Englishness*, ed. Robert Burden and Stephan Kohl, New York: Rodopi B. V., 2006, 207-224.

Beauty)。在民族遗产意识的塑造过程中,工艺运动(The Arts and Crafts Movement)尤其功不可没。这场运动的干将莫里斯大力倡导保护历史建筑与景观,理由是"它们不仅具有审美价值,而且具有意识形态功能,能够唤起对历史和传统的感受,这为建造一个更美好的英国社会奠定了基础"。① 遗产话语将未受资本主义工业化和城市化污染的乡村景观和历史建筑视为英格兰特性的本质表达,意图将它们看作当时民族身份认同的基础,以及巩固民族共同体的手段。庄园也就自然而然地被当作乡村共同体的载体,以及昔日秩序的象征。

19世纪是一个大变迁的时代。世袭贵族的衰败、中产阶级的崛起,工业化和城市化进程的不断加快、乡村的没落,这些都带来了前所未有的流动性(mobility)。不管是社会流动性,还是地理流动性,都对传统的、相对稳定的封建秩序和农业社会造成了冲击,引发了民族身份不稳定的集体性焦虑。英国是世界上最早发起工业革命的国家,因而也是最早遭受现代性创伤的国家。当乡村共同体受到威胁,急剧的社会变化所造成的历史断根意识侵袭而来,英格兰民族身份认同出现了危机,文学和文化的想象便变得尤为迫切。詹姆斯在其1879年出版的专著《霍桑》(Hawthorne)中,抱怨美国这片文化沙漠没有古老的庄园来滋养文学想象。② 作为已逝秩序的遗迹,英格兰庄园因其历史连续性而被神话化为英格兰特性的真实所在地,为处于过渡和转型焦虑时期的社会提供了民族共同体的幻象。《一位女士的画像》通过刻画田园式唯美的花园山庄,参与建构并维持了这种英格兰特性神话。

二、洛克雷庄园:英格兰特性神话的解构

文化地理学认为,景观(landscape)具有社会和文化意义,"是一个充满意识形态的非常复杂的文化产品"。③ 在乡村景观中,庄园是英格兰特性最明显、最本质的符号,是建构并维护英格兰民族身份的文化力量。尽管从中世纪开

---

① Quoted in Youngjoo Kim, *Revisiting the Great Good Place: The Country House, Landscape and Englishness in Twentieth-Century British Fiction*, Texas: A & M University, 2002, 8.
② Henry James, *Hawthorne*, London: Macmillan and Co., 1879, 43-44.
③ Denis E. Cosgrove, *Social Formation and Symbolic Landscape*, Madison: University of Wisconsin Press, 1998, 11.

始,庄园就与田园意象联系在一起,但是庄园成为真实的(authentic)英格兰特性的文化符码却是一项现代的发明。历史学家康纳汀(David Cannadine,1950—)指出,"贵族曾是财富、权力和地位上自觉和自信的精英,庄园热的兴起恰好与贵族的衰败和没落发生在同一个世纪,这绝不是巧合"。① 无独有偶,威廉斯(Raymond Williams,1921—1988)也发现,庄园及其生活方式的现实重要性与"乡村观念的文化重要性"之间存在一种"反比关系"。② 当19世纪工业革命和城市化动摇了贵族权力的经济基础,威胁到英国悠久的乡村传统和庄园体制之时,庄园获得了前所未有的象征意义,成了一个具有整合作用的文化符码。詹姆斯的可贵之处在于他当时就意识到了这一点,并在《一位女士的画像》中通过塑造沃伯顿勋爵的洛克雷庄园,解构了庄园的英格兰特性神话。

小说虽然对洛克雷庄园着墨不多,却充分反映出这是一座更符合19世纪末英国真实状况的庄园。沃伯顿是世袭的勋爵,他的爵位不是用商业资本换取而来的,他的庄园依存的是实实在在的土地,"在这小岛上,他拥有五万五千亩土地,还有其他许多东西。他有六七幢房子可以居住"(83)。沃伯顿勋爵的庄园是座"坚固巍峨的灰色建筑物……耸峙在宽阔静寂的壕沟上面"(87),"用大铁栅栏围起来的,周围有三十来英里"(359)。如果说花园山庄属于杜歇尔先生和伊莎贝尔两代美国人对英格兰特性的想象,那么洛克雷庄园则是沃伯顿勋爵祖上传下来的财产,是货真价实的贵族庄园。与花园山庄截然相反,它没有一直延伸至泰晤士河畔的美丽草坪,没有自然与文明的交融,而是像中世纪的城堡一样,有壕沟和大栅栏将其与外界隔开,形成特权地域。岁月的风雨给花园山庄的墙壁带来的是"妩媚多姿"(2),给洛克雷庄园的墙壁却带来"悠久的岁月造成的痛苦的伤痕"(87)。因此,我们不难理解伊莎贝尔为何不接受沃伯顿勋爵的求婚——她丝毫不留恋在洛克雷庄园度过的时光。伊莎贝尔怀念的是记忆中神话化了的花园山庄,而不是现实中封建贵族的宅邸。

---

① David Cannadine, *Aspects of Aristocracy: Grandeur and Decline in Modern Britain*, New Haven: Yale University Press, 1994, 245.
② Raymond Williams, *The Country and the City*, New York: Oxford University Press, 1973, 248.

更重要的是，詹姆斯通过塑造洛克雷庄园，不仅解构了花园山庄的英格兰特性神话，同时还揭露了庄园英格兰特性的阶级盲点。当美国报社记者亨利艾塔向吉尔伯特介绍沃伯顿勋爵的身份时，亨利艾塔以讽刺加责备的口吻说道：

他几乎拥有半个英国——他就是这么一个角色……这就是他们所说的一个自由的国家……你认为操纵着穷人的生命财产是一种幸福吗？……他操纵着他的佃户，他们有千千万万。当然，谁都想拥有一些财物，但我只要没有生命的东西就够了。我不指望拥有人们的血和肉，思想和良心。(358—359)

此处，詹姆斯借亨利艾塔之口道出了一个历史真相，即贵族们那些富丽堂皇的庄园是建立在庶民阶层的苦难之上的。吉罗德(Mark Girouard)曾经指出："18 至 19 世纪的庄园繁荣华丽，很大程度上是建立在大规模地圈占农业用地的基础上的，这导致很多农业工人(agricultural workers)生活悲惨、几乎饿死。"[①] 尽管沃伯顿勋爵大谈改革，自称是个"彻底的激进派……主张一律平等"(77)，但实际上他一直都在维护本阶级的利益，粉饰阶级压迫。小说中另一人物杜歇尔先生对此有过评论，可谓一针见血：

沃伯顿勋爵和他那些同伙——上层阶级的激进分子……他们大谈改革，可是我不相信他们真的打算实行。你和我，自然，我们知道生活在民主制度下是怎么回事……他们大多只停留在理论上。他们的激进观点是一种娱乐，他们必须有一些娱乐，也许他们的胃口比较粗野。你看到，他们是非常奢侈的，这些进步思想差不多是他们最大的奢侈品。它们既使他们觉得自己道德高尚，又不损害他们的地位。他们对自己的地位考虑得很多。(82)

在这里，贵族的虚伪、贪婪与腐败昭然若揭。如列斐伏尔(Henri Lefebvre)所

[①] Mark Girouard, *A Country House Companion*, New York: Yale University Press, 1987, 9.

言,"(社会)空间是一种(社会)产品",① 洛克雷庄园是英国社会阶级和权力关系的产物。

再者,洛克雷庄园是一座已有了现代气息的古宅。在杜歇尔先生眼里,洛克雷庄园这座世袭的贵族祖宅不如花园山庄雅致、有吸引力,"不过是几间破旧的营房"(19),根本无法跟花园山庄媲美。伊莎贝尔参观这栋古宅的日子,与她到达花园山庄时的情景也形成了明显的反差:

这天天气阴凉,光线暗淡,秋色已开始来临,淡淡的阳光像水一样洒在墙上,斑斑驳驳的,发出凌乱的闪光,似乎在轻轻抚摩悠久的岁月造成的痛苦的伤痕。(87)

这里,小说开篇所传达的完美英格兰特性已荡然无存。虽然是贵族祖宅,洛克雷庄园却没有祖传的画廊。不像花园山庄那样散发着古雅的气息,洛克雷庄园这座宏伟建筑的"屋子里边的陈设已经有了不少现代的色彩,有些特点不太明显了"(87)。跟他的古宅一样,沃伯顿勋爵也现代化了,他"是一个最新型的贵族,一个改革家、激进分子,一切古老生活方式的蔑视者"(77)。祖传画廊的缺失和沃伯顿的激进政治说明沃伯顿家族在文化上已经断根。

不仅如此,洛克雷庄园中的阶级问题还构成了对维多利亚中期的民族遗产话语的反拨。20世纪后期,在国民托管组织的管理下,英国庄园旅游业发展兴旺,吸引了大量国内外的游客前往英国乡村寻找"真实的"英格兰,庄园因其"与历史的联系和审美价值"而成为英国遗产工业(heritage industry)和遗产文化的核心项目。② 实际上,如前所述,早在维多利亚时代中期,伴随着民族遗产意识的兴起,庄园遗产观念就形成了:"由于闲暇时间的增多和廉价的铁路服务,庄园大众旅游开始广泛流行。也正是在这时,大众文化工业开始生产并消费关于维多利亚人所说'古老时光'(the Olden Time)的意象和故事。乡绅和贵族的庄园作为古老时光最显眼的遗址,成为维多利亚人参观和描

---

① Henri Lefebvre, *The Production of Space*, trans. Donald Nicholson-Smith, Oxford: Basil Blackwell, 1991, 30.
② Kim, *Revisiting the Great Good Place*, 2.

画的对象。"① 小说对此亦有呼应,当拉尔夫告诉伊莎贝尔花园山庄初建于都铎王朝初期时,伊莎贝尔回答道:"都铎王朝初期的?那有多好呀!"(18)然而,正如曼德勒所说,维多利亚社会所怀念的那个"古老时光",其最大魅力在于"它所传达的社会联结、新生的民族主义景象……都铎王朝的专制主义现在从新的视角被阐释为民族缔造"。② 因此,伊莎贝尔所怀念的那个象征着古老而美丽的英格兰的花园山庄,只不过是怀旧的中产阶级虚构出来的一个意识形态神话。都铎王朝是贵族家族争权夺利、专制政体发展的重要时期,建造于这个时期的庄园却被口口声声崇尚民主的美国人看作文化精髓,其讽刺意味不言而喻。詹姆斯呈现的图景表明,在维多利亚的文化工业和遗产话语中,"古老时光"的庄园与真实的历史语境——阶级压迫、等级秩序——是脱节的;其要害在于:贵族精英的私有财产被再现为公共财产和民族历史的象征。

泰勒(Peter J. Taylor)指出:"在其他民族主义中,意识形态和行动推动了我们称之为'民族缔造'的包容性,与此不同的是,英格兰特性从来都不是民族身份的典型形式,因为它本质上是与阶级分化联系在一起的。"③ 传统的庄园美学,尤其是20世纪之前的庄园文学很少涉及阶级问题,甚至刻意抹杀社会和政治冲突。景观表征是建构民族身份的重要手段,对庄园的浪漫化和唯美化表征便将英格兰民族身份定格在一个虚构出来的黄金时代,不仅将原本动态的民族身份本质化,而且掩盖了民族身份认同中的阶级、性别差异。如果说詹姆斯对花园山庄的再现存在美化历史的倾向,那么他对洛克雷庄园的再现则展现了英格兰民族身份认同中的阶级差异,表明庄园神话粉饰了庶民阶层的苦难,遮蔽了他们的历史叙事。

三、庄园情结:英格兰情感共同体的表达

民族身份认同并不是固定不变的,而是历史性的、动态的,经受了不断的

---

① Kim, *Revisiting the Great Good Place*, 6. "古老时光"大致指都铎王朝和斯图亚特王朝早期这段时期。
② Mandler, *The Fall and Rise of the Stately Home*, 32.
③ Peter J. Taylor, "Which Britain? Which England? Which North?" in *British Cultural Studies: Geography, Nationality, and Identity*, ed. David Morley and Kevin Robins, Oxford University Press, 2001, 134.

定义与再定义。通过结合 19 世纪后期的历史、文化语境来解读《一位女士的画像》,我们可以进一步考察 19 世纪后期的英国文学对英格兰特性的想象,更接近当时社会的情感结构(structure of feeling)。①

首先,英格兰特性与英国乡村之间的对等关系并不是一种天然的、本质的联系,庄园情结充分表达了理想化的英格兰共同体的情感想象。乡村空间不仅仅是纯粹的自然空间,同时还是文化空间,具有意识形态内涵。列斐伏尔在《空间的生产》(The Production of Space)中指出,空间不能简单地理解为一个空洞的自然或精神实体,它总是一种已经实施了的实践和产品。② 因此,对英格兰特性的考察不能忽视英格兰文化身份形成过程中的空间政治和地方政治。花园山庄是女主人公伊莎贝尔道德朝圣之旅的起点。她初到花园山庄,便为它着迷,对它赞叹不已,认为"姨父的家像一幅变成现实的画","美不胜收","绚丽多彩,别有天地";或者如叙述者所说,房里房外的一切"都非常符合我们这位少女的口味"(60)。伊莎贝尔的口味体现了 19 世纪英国乡村遗产话语的影响力。当时的英国经历了巨大的历史变迁,工业化和城市化不断瓦解乡村共同体,使人沦为机器的附庸和无根的浮萍,造成了现代人精神上的焦虑感和异化感。在这种特定的社会背景下,"一种关于乡村遗产的话语开始兴起,一种新的民族主义形式开始出现,它以乡村风光以及与之相关联的各种社会生活形式为基础……对土地的依恋成为英格兰特性的象征基础"。③ 工业革命中,机械大工业逐渐代替了手工业生产,涌入城市谋生的工人却由生产的主体沦为机器的附属品。面对现代化日益明显的弊病,英格兰乡村被视为抵抗现代化进程的阵地,乡村怀旧成为人们表达对城市化的反抗的手段。伊莎贝尔富于探索精神,又充满浪漫幻想,因此对她来说,花园山庄自然就是那"古老而美丽的英格兰"(59)。英格兰特性"尤其是根据它距城市世界的遥远而得以

---

① "情感结构"是一个贯穿于雷蒙·威廉斯所有著作的术语,后来被用于文化研究,指特定共同体的共同心理结构。在《乡村与城市》中,威廉斯用它来表达文学和艺术如何体现特定社会的共同价值观。

② Lefebvre, *The Production of Space*, 30.

③ Julian Mischi, "Englishness and the Countryside, How British Rural Studies Address the Issue of National Identity," in *Englishness Revisited*, ed. Floriane Reviron-Piegay, Newcastle: Cambridge Scholars Publishing, 2009, 111.

界定的,城市使人联想起贫困以及共同体关系的瓦解"。① 因此,庄园英格兰特性是一种历史和社会的建构,工业化及其所造成的社会共同体的瓦解促使英国人超越阶级、种族、性别的冲突,诗意地把英国乡村想象为人间天堂。

然而,乡村景观中的阴暗面却在庄园英格兰特性的建构中被遮蔽了。借用一位研究者的话来说,"审美再生产取代了农业生产"。②《一位女士的画像》中的花园山庄,已经不是以土地为依托的传统庄园,而是一座以资本为支柱的古老建筑。它丧失了与乡村的内在联系,因而是被神话化了的英格兰特性的承载物。小说中,这座历史感厚重的古宅如今落到了富裕的美国银行家杜歇尔先生手里。后者当初买下这座古宅,只是"贪图它价格便宜",而且买了之后还一直抱怨,"嫌它式样太难看,建筑太古老,又不太宽敞,等等"(2)。虽然在英国生活了三十多年,这个美国人仍然拒绝完全的英国化,他的那张"美国人的相貌……保存得好好的"(3),说话也带着"美国口音"(5)。耐人寻味的是,二十年后,这位美国大革命的后代却爱上了这座古老英国大宅所代表的一切,"真正对它产生了美感,领会了它的妙处"(2)。如凯尔索尔所言,"庄园与曾经维持它的社会秩序分离,本身将会成为一个纯粹的符号",③ 花园山庄成了一件纯粹供杜歇尔先生对英格兰特性进行审美消费的精致物体。杜歇尔先生将花园山庄唯美化,这一举动所隐含的反讽性在于:当英国世袭贵族日渐衰落之际,他们的庄园却被神化为英格兰特性的象征符号。另一方面,洛克雷这座世袭贵族的庄园虽然在小说中只占据边缘地位,但是它的存在向读者表明,对庄园的美化掩盖了历史上和现实中农业工人的贫困和苦难,粉饰了乡村共同体中的阶级压迫和不公,是资产阶级的健忘症和文化失忆的表现。

此外,詹姆斯小说中的庄园参与了英格兰特性及其空间属性的建构。国外不少学者指出,英格兰特性"是一种地理建构",伦敦周围各郡"被视为整个英格兰的转喻"。④ 文化地理学家克朗(Mike Crang)指出:"文学作品不能被视

---

① Mischi, "Englishness and the Countryside, How British Rural Studies Address the Issue of National Identity," 111.
② Christine Guedon-DeConcini, *Visions and Revisions of the National Past in the British Country-House Novel, 1900-2001*, Philadelphia: Temple University, 2008, 18.
③ Kelsall, *The Great Good Place*, 161.
④ Floriane Reviron-Piegay, *Englishness Revisited*, Newcastle: Cambridge Scholars Publishing, 2009, 14.

为地理景观的简单描述,许多时候是文学作品帮助塑造了这些景观。"① 在英格兰特性的这种空间隐喻的形成过程中,文学发挥了重要作用:

19 世纪后期的作家与诗人发现了"南方乡村",即南方的肯特郡、萨塞克斯郡、威尔特郡、萨默塞特郡、汉普郡和多塞特郡的苍翠繁茂的丘陵景观。这些地区是古老的盎格鲁-撒克逊王国的腹地,成为某种"英格兰特性"的象征,后来,直到现在,一直用于装饰明信片和旅游海报。这是外国游客最熟悉的英国面貌。②

詹姆斯也在《英国风情》中点评说:"整个英格兰都相当于伦敦的郊区。"③ 作为一个长期侨居英国,又在晚年加入英国国籍的美国人,詹姆斯与英格兰民族有着难分难解的关系。不论是在散文、随笔中,还是在虚构文学中,詹姆斯都不同程度地表达了对英国民族身份的认同。④ 也正是出于对英国民族身份的认同,他在一战爆发时发表大量文章,呼吁美国加入协约国作战。《一位女士的画像》及其塑造的两座庄园表明,在 19 世纪英国作家对英格兰特性的空间属性建构中,詹姆斯文学创作的助力不容忽视。

然而,作为一名主体性受过美国民主意识形态塑造,并经历了多元文化熏陶的个体,詹姆斯对英格兰的民族身份认同自然带有双重视野,而这种世界主义视野正好为我们提供了观照英格兰特性的独特视角。正如库马尔(Krishan Kumar)所言:"有谁能够想象,试图绕开亨利·詹姆斯、约瑟夫·康拉德(Joseph Conrad,1857—1924)、T. S. 艾略特(T. S. Eliot,1888—1965)这些作家而去分析英格兰特性在上个世纪的含义呢?"⑤ 作为"内部的外人"(inside

---

① 迈克·克朗:《文化地理学》,杨淑华、宋慧敏译,南京:南京大学出版社,2003 年,第 55 页。
② Krishan Kumar, *The Idea of Englishness: English Culture, National Identity and Social Thought*, New York: Routledge, 2015, 239.
③ 亨利·詹姆斯:《英国风情》,第 29 页。
④ 在非虚构散文中,詹姆斯也表达了对英国的认同,相关研究可参见 Harilaos Stecopoulos, "Henry James, Propagandist," in *Henry James Today*, ed. John C. Rowe, Newcastle upon Tyne: Cambridge Scholars Publishing, 2014, 71-86; Marysa Demoor, "'The Flesh-Tints of Rubens': Henry James's Contribution to the Construction of Englishness," in *Nineteenth-Century Prose* 31, no. 1(2004): 101-120。
⑤ Kumar, *The Idea of Englishness*, 92.

outsider），詹姆斯"毕生都在持续不断地玩味并书写英格兰特性"。① 他对英格兰特性的书写能够揭示出那些被本土英格兰人视为理所当然而从未察觉的特质。这种特质在小说结尾处再次得以彰显："在这些日子里，对伊莎贝尔来说，花园山庄是圣地，她过去的生活没有一章像那一段那样再也不能恢复。每逢她想到她在那里度过的几个月，眼泪就涌上了她的眼睛。"（600）这里的"那一段"就是小说第一章所描写的完美英格兰特性的瞬间。然而，这个伊甸园已经一去不返，只能作为她怀旧的对象。有趣的是，上述描写跟安德森（Benedict Anderson，1936—2015）的一个著名观点十分契合；安德森在《想象的共同体》（*Imagined Communities*）中提出，小说和报纸"这两种最初兴起于18世纪欧洲的想象形式……为'重现'民族这种想象的共同体，提供了技术上的手段"。② 如此看来，花园山庄草坪上闲置的书本和报纸，不正好说明作家在迷恋英格兰特性中难得的冷静吗？

《一位女士的画像》还提供了一个更重要的启示：情感共同体的想象性质有其不可抹杀的精神力量。伊莎贝尔没有得到花园山庄，但是她自觉地继承了这幢英格兰乡村古宅的精神内质，小说"以对生命的选择而结束，不是死亡，世界仍然在我们的面前"。③ 正是花园山庄伟大而美妙的记忆，帮助伊莎贝尔选择勇敢地回到丈夫吉尔伯特身边，忍受婚姻的不幸，继续从事对个人自由的伦理救赎。花园山庄的情感能量是伊莎贝尔生命力量的源泉，使得她继续生活下去，接受人生的挑战。这种力量也是"一种传承，传递给一代代的读者"。④ 花园山庄是座梦幻庄园，它所承载的共同体情感结构，会随着伊莎贝尔记忆的延续、道德力量的增强而获得永生，成为"永恒的英格兰"（forever England）的符号。

英格兰特性是一种对于民族身份的信仰，是自我认同不可或缺的一部分。借用邦斯（Michael Bunce）的话说，庄园神话的出现"不应该被解读为纯粹是对

---

① Demoor，"'The Flesh-Tints of Rubens'，" 103.
② 本尼迪克特·安德森：《想象的共同体：民族主义的起源与散布》，吴叡人译，上海：上海人民出版社，2003年，第26页。
③ Kelsall，*The Great Good Place*，168.
④ Ibid.，169.

城市化的怀旧式的反抗"。① 庄园神话既是对现代性的回应,同时也是现代性的产物。工业化和城市化为乡村怀旧这种情感结构的出现提供了物质基础,是理想化的庄园意象占据民族想象之核心的社会和历史条件。

　　如《一位女士的画像》所示,作为一个来自美国的英国人,詹姆斯对待乡村英格兰特性持有双重态度,既亲近又保持距离。詹姆斯既是浪漫的艺术家,又是理性的社会学家。一方面,他视庄园为当时社会文化的象征符号,欣赏和颂扬之情溢于言表;另一方面,他又以犀利的观察来揭示客观的社会事实。这种双重视野,是他在审美和政治之间取舍的矛盾性使然,也是他作为英国社会内部的他者,对英格兰民族身份认同的矛盾性表现。詹姆斯清醒地意识到,作为审美对象、能指符号的庄园,与作为社会、历史现象的庄园之间存在着差距。正是这种双重意识,促使他在小说中再现了两座对比鲜明的庄园。他不仅在华丽的庄园中找到了文学想象的养料,发现了表达19世纪后期英格兰共同体情感的载体,同时也在矗立几百年的庄园中发现了有违他民族良心的刺激物。

---

　　① Michael Bunce, *The Countryside Ideal: Anglo-American Images of Landscape*, London and New York: Routledge, 2005, 9.

第三章

共同体形塑

我们在上一章讨论"英格兰特性"时,其实已经涉及共同体话题。事实上,共同体的形塑,与民族特性的建构紧密相关,与化解前述"转型焦虑"有关。19世纪的英国,见证了共同体观念的空前生发,而作为文化观念的重要内涵之一,"共同体"日益成为一种重要的话语实践,这在文学创作中表现得尤为明显。换言之,就共同体发展史而言,19世纪的英国进入了一个崭新的时代:想象共同体的文人学者人数之多,水平之高,影响之深远,是史无前例的。这一时期的所有优秀作家,都可以看作想象/憧憬共同体的杰出代表。本章仅挑选丁尼生(Alfred Lord Tennyson,1809—1892)、狄更斯和哈代(Thomas Hardy,1840—1928)三位作家,尝试一次共同体之旅。

第一节
丁尼生的诗歌和共同体形塑

丁尼生素有"时代代言人"的美称,却也因此而饱受诟病。作为钦定桂冠诗人,他常常被套上"为维多利亚王朝代言",乃至"为大不列颠帝国代言"的罪名。在过去几十年中,这种倾向挟"去经典化"风潮之威,呈愈演愈烈之势。不久前问世的《丁尼生与英格兰特性的编造》(*Tennyson and the Fabrication of Englishness*,2013)就是一例:作者舍伍德(Marion Sherwood)声称其目的就是揭示"丁尼生笔下英国和英国人的再现是理想化的描写,因而是一种编造",而这种"编造和幻想跟作为桂冠诗人的丁尼生的帝国梦想脱不

了干系"。① 对于以舍伍德为代表的这类观点,最好的回答莫过于我国学者丁宏为的如下见解:

(有些读者)……对丁尼生作为时代代言人这件事产生某种直接而片面的联想,从而忽略充斥于其作品中的困惑感和绝望感。丁诗中的批判性和悲观情绪如何估计也不会过高,甚至我们对这位维多利亚时代最重要的诗人所形成的第一印象中就应该包含"迷雾"、"荒原"、"黑夜"、"谎言"、"混沌"、"孤寂"、"可怜的孤儿"、"退化"、"卑鄙"、"畜类"、"最悲惨的时代"等等这些词语所代表的思想成分。我们可能习惯于在阿诺德、卡莱尔(Thomas Carlyle,1795—1881)和狄更斯等人的文字中寻找有关社会生活的沉重评价,但是丁诗中亦有丰富的例证,而且更容易让人找到那些最深切而悲凉的内感。②

丁宏为列举大量例子,论证了丁尼生有关维多利亚时代的"极其负面的表述",并对他的诗歌所揭示的"'发展'与'进步'的背后……一般公众意识不到的严重问题"做了深入的分析。③ 不过,丁宏为承认,丁尼生的诗歌还有"另一方面",即"表达这个'最悲惨的时代'仍然可能存在着某种社会生机",致力于"使个人精神的起死回生与社会的精神能量的转化发生某种映照关系",并"宣示那高远的辉光并未熄灭";丁宏为表示"这是更艰难的话题",而他的文章"尚不涉及这进一步的话题"。④ 我们不妨接过这一话题,对丁诗的"另一方面"做一些探讨。我们认为,这"另一方面"突出地表现为丁尼生在共同体形塑方面的贡献。

丁尼生所在的时代,是共同体观念空前生发的年代。由于工业革命和资本主义全球化的缘故,19世纪的欧洲人突然发现周围的世界/社区变得陌生了:社会转型犹如快速的漩涡,人与人之间的关系不再稳定,彼此之间聚散离合的速度令人目不暇接,更不消说信仰的迷失、社会向心力的消失以及贫富两

---

① Marion Sherwood, *Tennyson and the Fabrication of Englishness*, New York: Palgrave Macmillan, 2013, 1–8.
② 丁宏为:《"最悲惨的时代"——丁尼生的黑色诗语》,《国外文学》,2009年第4期,第67页。
③ 同上,第61—68页。
④ 同上,第68页。

极分化所导致的"两个民族"现象。① 反过来说，人类社会对共同体的需求已迫在眉睫。作为对这一需求的回应，欧洲各国相继涌现了一批探索并宣扬共同体观念的仁人志士："工业革命之后，在资本主义全球化和国家集权化的欧洲，出现了一些最激烈地提倡共同体观念的人，如英国的卡莱尔和罗斯金、德国的滕尼斯(Ferdinand Tönnies，1855—1936)和韦伯(Max Weber，1864—1920)、法国的杜尔凯姆(Émile Durkheim，1858—1917)……"② 也就是说，在丁尼生所处的年代，一个共同体语境正在形成。事实上，参与这一语境建设的远远不止凡宁斯卡娅在上引文字中提到的那几位。就英国而论，至少还要算上狄更斯、莫里斯和哈代，③ 同时也要算上丁尼生。那么，他的诗歌是怎样体现共同体关怀的呢？这还得从他诗歌的创作形式谈起。

一、言说共同体的诗歌形式

诗歌形式本身就是一种言说。对丁尼生来说，这种言说带有复杂性和艰巨性。之所以复杂和艰巨，是因为他一方面作为钦定的桂冠诗人，必须担负起英国王室委托的任务，即撰写爱国诗篇，甚至用王室作为全民族团结的象征；另一方面他绝不仅仅是王室的传声筒，而是对共同体建设有着自己的思考和看法，有着跟"御用文人"这一角色相抵牾的文思。这种复杂性曾由 T. S. 艾略特一语点破：丁尼生"在那个社会里是最完美的顺从者，同时又是最本能的反叛者"。④ 在这"顺从"和"反叛"之间，是无尽的心理矛盾和感情纠结，其中又缠绕着他对共同体的思考。这些都体现于他的诗歌创作形式。更具体地说，体现于他对诗歌样式(隐含着题材)的选择，以及他的篇章结构、遣词造句和意象的营造等等。

丁尼生最拿手的诗歌样式之一是歌谣(ballad)。他的成名作两卷本《诗集》(Poems，1842)包含了许多歌谣，如著名诗篇《夏洛特女士》("The Lady of

---

① Benjamin Disraeli, *Sybil, or The Two Nations*, Oxford and New York: Oxford University Press, 1981, 65 – 66.
② Anna Vaninskaya, *William Morris and the Idea of Community: Romance, History and Propaganda, 1990 -1814*, Edinburgh: Edinburgh University Press, 2010, 2.
③ 参见本章第三节。
④ T. S. Eliot, "In Memoriam," in Tennyson, *In Memoriam: A Casebook*, ed. John Dixon Hunt, London: Macmillan, 1970, 136.

Shalott",1832),① 其表现形式带有强烈的英国传统民歌风格,且人物形象和景物特点与中世纪传奇故事形成了明显的互文关系——夏洛特女士这一形象的原型其实就是亚瑟王传奇中的吉尼维亚王后:她甘冒遭受天谴的风险,追随"穿越夜晚的霞光,/ 在璀璨的群星下 / 像彗星般拖着大把胡子"②的圆桌骑士兰斯洛特,把目光投向"禁果"卡米洛特。③ 这可以看成吉尼维亚与兰斯洛特发生婚外情,随后被推上法庭这一故事的翻版。事实上,丁尼生写了许多"亚瑟王诗歌"(Arthurian poems),从早期开始,一直发展到 1859 至 1885 年间完成的《国王田园诗》(*Idylls of the King*),④ 而后者直接题献给维多利亚女王的丈夫奥尔巴特亲王。光凭题献这一点,丁尼生就染上了巴结王室乃至帝国的罪名,更何况他确实直接写过不少颂扬女王及其丈夫的诗行。舍伍德的如下评论只是众多攻讦中的一例:"丁尼生重新想象亚瑟传奇文学和中世纪理想,是为了创造一个……强大世界的模板",其背后的原因是"不断扩张的帝国增进了民族认同感"。⑤ 然而,丁尼生对于民族认同/共同体的思考远远不是那样简单。关于这一点,丁宏为在上引文章以及另外两篇文章⑥中都已经做了深入的分析。就连舍伍德自己也承认"丁尼生对英格兰特性的再现是复杂的","经常暴露出意识形态和个人文思上的断层"。⑦ 本节所要强调的是,这些"断层"从丁尼生选择文体样式的那一刻起就开始显现了。丁尼生选择歌谣样式,并采用亚瑟王传奇故事的形式,借此唤起的联想首先不是王室和帝国,而是马洛礼(Sir Thomas Malory,1395—1471)及其文化象征。马洛礼在英国家喻户晓,深受老百姓的喜爱,因此丁尼生从他所讲的故事里汲取养料,并配以民间喜闻乐见的歌谣形式,这表明他把民族认同感定位在了"草根"阶层和中世纪的田园风光。这一定位非常重要:它是对 19 世纪英国工业环境和帝国环境的

---

① 该诗最早发表于 1832 年,但是 1842 年的版本经过了大量修改。
② Alfred Tennyson,"The Lady of Shalott," in *Poems of Tennyson*,London:Oxford University Press,1913,51.
③ Camelot,亚瑟王传奇中的城堡,后常常作为繁荣、神奇和力量的象征出现在各类文学作品中。
④ 又译《国王叙事诗》,重述亚瑟王传奇的组诗,共由 12 首叙事诗组成。
⑤ Sherwood,*Tennyson and the Fabrication of Englishness*,8.
⑥ 分别参见丁宏为的文章《使命的重负·疲惫感·落下——英国 19 世纪诗歌中一个持续而变化的主题》(《国外文学》,2004 年第 4 期)和《达尔文的冲击——略谈诺顿版〈丁尼生诗选集〉》(《国外文学》,2010 年第 4 期)。
⑦ Sherwood,*Tennyson and the Fabrication of Englishness*,7.

拒斥。

上述定位还有第二层意思：它意味着丁尼生积极地介入了影响深远的19世纪英国的"中世纪复兴"（Medieval Revival）运动，即在文艺、建筑和政治等领域对中世纪那段历史进行挖掘或重新想象的运动；在文学领域里，它常常表现为"传奇复兴"（Romance Revival）。除了丁尼生以外，卷入这场运动的重要作家还有罗斯金、莫里斯、史蒂文森（Robert Louis Stevenson, 1850—1894）和布尔沃-利顿（Edward Bulwer-Lytton, 1803—1873）等。他们写出了不少"新型传奇故事"（New Romance），其中最具典型的诗作是丁尼生的《国王田园诗》、莫里斯的《吉尼维亚的自辩及其他》（*The Defence of Guenevere and Other Poems*, 1858）和《地上乐园》（*The Earthly Paradise*），以及布尔沃-利顿的12卷本史诗《亚瑟王》（*King Arthur*）。至于这场复兴运动的意义，历史上存在很大争议。不少人认为上述作品是"离奇的天方夜谭"，是"对现实的逃避"，甚至是"维多利亚晚期被用来为帝国现实服务的"；而对莫里斯及其拥护者来说，它们"可以很容易地被用来服务于社会主义的未来"，因为史诗和传奇"这两种文学样式本身就是民众呼声（vox populi）的化身，是共同体伦理精髓的体现"。① 尽管丁尼生跟莫里斯不同，称不上社会主义者，但是他对"中世纪复兴"运动的介入，尤其是对传奇/田园诗等文学体裁的选择，恰好与莫里斯的创作活动形成了良性互动：莫里斯的作品直奔社会主义而去，而丁尼生的诗作则构成了对建筑在工业革命/资产阶级革命基础上的帝国霸业的反思和反叛。这种互动的例子很多，限于篇幅，我们仅举一例——丁尼生的名诗《艺术宫殿》（"The Palace of Art"）这样想象"英格兰家园"："……英格兰家园——暮霭倾注／露珠晶莹的牧场和绿树，／比睡梦还柔和——井井有条的万物，／胜地啊平安万古。"② 此处用歌谣体呈现的田园景象显然与喧嚣的工业社会格格不入，完全可以看作莫里斯下列诗行的先声：

> 忘掉伦敦四周那浓烟笼罩下的六郡，
> 忘掉喷鼻息般的蒸汽和活塞的击撞，

---

① Vaninskaya, *William Morris and the Idea of Community*, 11-66.
② Tennyson, "The Palace of Art," 78.

> 忘掉丑恶城市的蔓延和扩张；
> 回想当初靠驮马运输的城乡，
> 梦想伦敦小而白净，又清爽……①

上引两处诗文可谓异曲同工：丁尼生理想中的家园/共同体显然以前工业社会为基础；莫里斯对现实中的英格兰社会（以工业化的伦敦为缩影）的抨击，以及他对共同体（以前工业时期的伦敦为象征）的梦想，也清楚地呈现出相同的文脉。

即便是抒发私密情感的诗歌，在丁尼生的笔下也能体现出共同体情怀，而且凭诗的外貌形式就能得以转达。他的《悼念》（*In Memoriam*，1850）就是最好的例证。这首诗为悼念挚友哈勒姆（Arthur Henry Hallam，1811—1833）而作，因而常常被列入最私密的"悼亡诗"范畴，但是它恰恰可以看作唤起公共情感的典范。英国学者巴顿（Anna Barton）曾经敏感地指出，《悼念》的诗节和格律形式其实模仿了华兹华斯的歌谣形式，即每节四行的抑扬格四音步诗（iambic tetrameter），而这一诗体本身就具有"为共同体代言""发出英国人民文化之声"的潜在含义：

> 通过选择这一诗体，丁尼生把歌谣传统作为参照，或者说使自己的诗歌跟歌谣传统建立了关系。就像史诗那样，歌谣含有为共同体代言的意愿，以及用诗歌建立并维系共同身份的意愿。就《悼念》而言，由于歌谣格律是一种英国式的格律，因此丁尼生借助这一带有民族特性的诗体来凸显共同身份的特征，发出的其实是英国人民的文化之声。②

巴顿的这段评论堪称精妙。她在细读丁尼生之后，发现他跟华兹华斯有一个十分相似之处，即都很注重用诗歌的节律来调动读者的共同体情感。例如，

---

① William Morris, *The Earthly Paradise*, vol. I, ed. Florence S. Boos, New York and London: Routledge, 2002, 69.
② Anna Barton, *Alfred Lord Tennyson's "In Memoriam,"* Edinburgh: Edinburgh University Press, 2012, 15.

《悼念》中有这样一节：

> 然而，对那不平静的心房，
> 有节律的语言有一个用场：
> 机械的节奏虽然够惨，
> 却能止痛，跟麻药一个样。①

巴顿认为，丁尼生强调"有节律的语言"（measured language）的"用场"，是因为从华兹华斯那里汲取了灵感——后者曾在《抒情歌谣集》（*Lyrical Ballads*）的序言中花了较大篇幅强调节律在调节情感方面的功能，尤其是"能根据公共的、社会的节奏来调节私密的、个人的情感"：

> 华兹华斯在探讨格律如何缓和并节制情感时，也许是想表达这样一层意思：格律能把个人和内心的东西改造成共有的、公众的东西，也就是变成可以辨认的、大家认可的文化话语的一部分。华兹华斯用以说明自己观点的例子是"古老歌谣的格律"。歌谣就是英国民歌，是作为口头诗歌传统的一部分发源而来的。得益于这一传统，诗歌可以大声朗诵或吟唱，口口相传，并通过共同体记忆得到了保存……他（按：指华兹华斯）选择例子的方式也有助于我们思考《悼念》的格律和诗节形式。②

以上引文中最值得咀嚼的是"共同体记忆"一说。确实，华兹华斯善于用节律来言说共同体记忆，而丁尼生也深谙此中三昧，称得上调动共同体情感的高手。

除了妙用诗歌的节律以外，丁尼生言说共同体记忆的技巧还有许多，如诗作题目的选择、作品署名的方式、第一人称的呈现方式等等。这些都能在《悼念》中找到例证。先以题目的选择为例：《悼念》原文的题目"In Memoriam"为

---

① Alfred Tennyson, "In Memoriam A. H. H.," in *Tennyson: A Selected Edition*, ed. Christopher Ricks, Harlow: Longman Group Limited, 1969, 349.

② Barton, *Alfred Lord Tennyson's "In Memoriam,"* 14.

拉丁语,意思是"纪念"或"追忆";在当时的英国,除非在很正式的公共场合,一般不采用拉丁语,因此丁尼生选用这一题目本身就赋予了诗歌一种公共属性。

再以作品署名的方式为例:丁尼生是以匿名的方式发表《悼念》的,而且悼念对象哈勒姆的名字也隐去了,只用了三个字母 A. H. H.(为 Arthur Henry Hallam 的首字母)作为替代。这样的处理方式显然冲淡了作品的私人属性,凸显了作者召唤公共情感的用意。

此外,《悼念》中第一人称的呈现方式也耐人寻味。根据丁尼生儿子的回忆录,丁尼生曾经对《悼念》中第一人称"我"有过这样的说明:"(《悼念》)是一首诗,而不是传记……'我'并非总是作者在指涉自己,而是人类在通过他发声。"① 这一评论在研究界引起了越来越多的重视。例如,巴顿就有过这样的阐发:"如丁尼生的评论所示,抒情诗中的言说者'我'永远不直接是诗人自己。即便诗歌的灵感源自诗人本身的经历和情感,用白纸黑字表达这些情感的过程从一开始就把诗人跟文本、诗人跟'我'分开了。通过使用共享或公共语言,诗人让文字表述的情感获得公共属性,并得到辨认,进而使读者变成'通过诗人发声'的言说者。"② 巴顿的分析无疑是正确的。

丁尼生在调动读者情感方面的技巧印证了当代伟大诗人希尼(Seamus Heaney,1939—2013)的一句话:"诗歌最终能使新的情感发生,或使关于情感的情感发生。"③ 丁尼生诗歌的伟大之处在于,它能使共同体情感发生,能使关于共同体情感的情感发生。这方面的例子俯拾皆是,上述内容仅是冰山一角。限于篇幅,我们以下将集中讨论丁尼生回转式诗体的寓意。

二、回转式诗体的寓意

不少批评家已经注意到丁尼生诗歌中反复出现相同/相似的文字、句式(包括叠句)和意象。例如,佩里(Seamus Perry)就曾发现丁尼生的诗风带有"一种自然而地道的重复性",并强调"他诗歌的重叠质地确凿地表明丁尼生对

---

① Hallam Tennyson, *Alfred Lord Tennyson: A Memoir, by His Son*, vol. I, London: Macmillan, 1897, 305.
② Barton, *Alfred Lord Tennyson's "In Memoriam,"* 6.
③ Bernard O'Donoghue, introduction to *The Cambridge Companion to Seamus Heaney*, ed. Bernard O'Donoghue, Cambridge: Cambridge University Press, 2009, 6.

生活中循环和回归现象的思考,并维系着他的相关观念"。① 佩里还指出,丁尼生之所以"把重复视为他诗歌最丰富的资源之一",是因为"他对变化和静止有着独特和不懈的思考"。② 为此,佩里举出了许许多多的例子,但是,一个更典型的例子恰恰是他未能给出的,即《大空无》("Vastness",1885)中的如下诗行:

> 所有的理论、所有的科学、诗艺、各种各样
> 祷告的方式,有何意义?
> 最高尚的一切、最卑劣的一切、最污秽的
> 一切以及一切的最美丽,
> 有何意义——倘若所有人的结局不过就是
> 成为我们自己的人形棺柩?
> 被大空无吞没,在科学中消失,溺入往昔
> 的深潭,被毫无意义地冲走?③

此处的重复不同于佩里所说的重复。佩里的研究对象局限于"一种特殊的循环式叙述"或"故地重游的场景":"某个人回到一个他所熟悉的场景,发现它(或许他自己)依然故我,却又完全变了。在这一情节中,人和时间互相纠缠,变化了的事物和未变的事物互相交织,自然地呈现出一种特别复杂的情形。"④ 佩里称之为"回归诗"(the poetry of returnings)。⑤ 然而,佩里的定义无法妥帖地界说上引《大空无》中的情形。更确切地说,我们强调的重复跟佩里所说的既有相同之处,又有差异:两者都遵循了"结构性重复"这一原则,也都体现了"对变化和静止的思考",但是本节所说的重复不局限于某个叙事情节,而更多地表现为一种"苏格拉底式诘问",更有悖论和哲思的浓度,更讲究视觉效果。

在上引《大空无》的诗行中,"有何意义"两次出现,然后回归到"毫无意

---

① Seamus Perry, *Alfred Tennyson*, Horndon: Nothcote House, 2005, 16.
② Ibid., 19.
③ 借用丁宏为的译文。参见丁宏为:《达尔文的冲击》,第 69—70 页。
④ Perry, *Alfred Tennyson*, 21.
⑤ Ibid.

义",这其间有重复,更有诘问、悖论和张力。"最高尚的一切"与"最卑劣的一切","最污秽的一切"与"一切的最美丽",这些既是重复,又是对称和反差。它们跟"有何意义"/"毫无意义"那几句,以及首句中"所有的……所有的……各种各样……"这一排比式重复,合力组成了一种结构性"复调",并形成了强烈的视觉冲击,传达了浓烈的文思。这种首尾呼应的诗体结构,我们不妨称作"回转式诗体"。对于我们来说,回转式诗体的重要性在于它传达了丁尼生的共同体情怀。

何以见得呢?上引《大空无》诗行对"理论""科学"和"诗艺"等意义的追问,其实就是对共同体意义——依靠什么建造共同体——的追问。丁尼生对共同体的思考,是在"进步"话语大行其道的时代中进行的:19世纪,英国因其工业、科技和军事上的实力而成为世界霸主;与此同时,麦考莱(Thomas Babington Macaulay,1800—1859)等人大肆传播"进步"学说,把英国吹嘘为"有史以来最伟大、最高度文明的民族",[①] 致使许多人抱有一种"认进步为不绝的和必然的事情之信仰",[②] 也就是患有一种欣慰症。丁尼生敏锐地感到,向往直线性进步的欣慰症是不利于共同体建设的,这在他的许多诗歌中都有体现,而且往往是通过回转式诗体来体现的。《大空无》就是一例——以上分析的回转式重复本身就是对线性进步观的质疑。该诗中的类似例子还有许多,如开篇处的两句:

在许多张脸消失以后,许多壁炉在我们这昏暗的地球上哀叹,
在一个民族消失以后,许多星球碾着齑粉绕着许多太阳轮转。[③]

此处的诗体显然也是回转式的:"许多张脸""许多壁炉""许多星球"和"许多太阳"形成了轮转/回转式结构,加上重复出现的"消失",以及"昏暗""哀叹"和"齑粉"这几个具有重复性喻义的词语,在基调上就构成了对以"直线"为核心隐喻的

---

① Houghton, *The Victorian Frame of Mind*, 39.
② 罗伯特·路威:《文明与野蛮》,吕叔湘译,北京:生活·读书·新知三联书店,1984年,第73页。
③ Alfred Tennyson, "Vastness," in *Tennyson's Poetry*, ed. Robert W. Hill Jr., New York: Norton, 1999, 549.

"进步"话语的批评。德弗罗(Cecily Devereux)曾经指出,《大空无》的问世有一个鲜为人知的"具体文化背景",即当时英国未成年少女卖淫的问题遭到揭露,在新闻界和司法界掀起了一场轩然大波。①《大空无》的主旨之一就是对上述问题的回应:在一个自诩"最进步""最伟大、最高度文明"的国度里,竟然还普遍存在逼迫未成年人当性奴的情况;更具讽刺意味的是,这种奴役行为还顶着"进步""自由"等名义。针对这一情况,丁尼生在《大空无》中写道:"奴役举着自由的旗帜昂首阔步,/ 以她的名义毁家毁国,可以毫不介意。"② "自由"看似高尚美丽,可是它却以卑劣、污秽的性奴役为代价,这就是诗中"许多壁炉"(暗喻家庭)在哀叹的原因,也就是"最高尚的一切"与"最卑劣的一切""最污秽的一切"与"一切的最美丽"相互回转的寓意。在这回转中,我们可以听见丁尼生的心声:共同体固然要进步,要自由,但是不能以任何奴役行为开道。

关于共同体如何进步的问题,始终是丁尼生的心结,这也反映在他的另一些作品中,而且也常常由回转式诗体得到反映。例如,《洛克斯利厅》("Locksley Hall", 1842)里面讨论了科学、知识、智慧和人格的问题,以及它们与进步/发展的关系问题,其行文方式就令人回味:

放眼望,所有秩序已化脓,所有事物已脱白,
科学行,慢慢慢慢往前挪,一点一点爬着走:

……

我确信有个与日俱增的目标穿越了数个世纪,
人类思想疆域的扩张就如太阳那样轮转不息。

……

知识已到来,智慧却徘徊,我也在岸上徘徊,
个人已萎缩,世界却变大,变大过程一而再。

---

① Cecily Devereux, "Tennyson, W. T. Stead, and 'The Imperialism of Responsibility': 'Vastness' and 'The Maiden Tribute'," *Victorian Newsletter* 93 (1998): 14.
② Tennyson, "Vastness," 550.

> 知识已到来,智慧却徘徊,人把心事儿敞开,
> 满腹惆怅啊,朝着安息地,步履蹒跚朝前迈。①

此处的重复和回转不言自喻。在那个举国高唱"科学进步"的年代,丁尼生却带着警觉告诫世人:知识虽已到来,智慧却在徘徊。更让他忧心忡忡的是,"所有秩序已化脓,所有事物已脱臼"。除了重复和对仗之外,丁尼生还用了典故——"脱臼"(out of joint)这一意象呼应了莎士比亚的名言"时代已经脱臼",②这不失为一种更高妙的回转:从诗体的回转,丁尼生带领读者回转到对"进步"话语的哈姆雷特式的反思。丁宏为曾经敏锐地指出:"《洛克斯利厅》折射了华兹华斯等文坛前辈眼中所看到的物界越来越大、人格越变越小的现实景象,体现出对今人之物欲的强烈忧虑……"③我们想要补充的是,"物界越来越大、人格越变越小的现实景象"跟共同体话题紧密相关。从丁尼生的回转式诗文里,我们可以听到一连串的诘问:共同体的建设光有科学行吗?光有知识行吗?没有智慧和人格行吗?没有秩序行吗?

《洛克斯利厅》问世 44 年之后,丁尼生发表了它的姐妹篇《六十年后的洛克斯利厅》("Locksley Hall Sixty Years After", 1886)。该诗延续了上述话题,而且仍然使用了回转式诗体。诗中最典型的要数以下四行诗句:

> "向前,向前"的呼喊已经消散,消失于暮色浓浓,
> 消失了,或许只能从沉寂的墓穴中凭沉寂才能听懂?
>
> ……
>
> 昔时"向前"的呼声响彻云天,我也跟着众人叫喊,
> 让我们屏住气,一万年以后再发出"向前"的呼喊。④

---

① Alfred Tennyson, "Locksley Hall," in *Tennyson: A Selected Edition*, ed. Christopher Ricks, Harlow: Longman, 1969, 349.
② William Shakespeare, *Hamlet*, in *The Complete Oxford Shakespeare*, vol. Ⅲ, ed. Stanley Wells and Gary Taylor, Oxford: Oxford University Press, 1987, 1132.
③ 丁宏为:《"最悲惨的时代"》,第 63 页。
④ Alfred Tennyson, "Locksley Hall Sixty Years After," in *Tennyson: A Selected Edition*, 644.

短短四行里连续出现四个"向前",而且形成了回转式结构:从已经消失的"向前",回转到昔日响彻云天的"向前",再回转到"向前"的速度和时机——叙述者决定要等上一万年,这虽然是夸张,却饱含"进步"焦虑,也就是诗人对共同体向前/发展速度的焦虑。须要指出的是,"一万年以后再发出'向前'的呼喊"这一句只是悖论,而不能从字面上去理解;"一万年"只是一种比喻,并非不要向前,而是要放慢向前的速度,或者是制止名为"向前"、实为倒退的各种行为。由此,我们可以回转到丁宏为所说的"另一方面"(见本节引言部分):丁尼生诗歌是否昭示了某种起死回生的社会生机?我们的回答是肯定的。既然一万年以后仍然可以向前,那么就一定存在着生机。从中我们似乎可以瞥见丁尼生心目中共同体的生机。

关于"生机""进步"或"变化",舍伍德曾经有过一段评论。她强调:"(丁尼生写过)一系列政治诗和爱国诗……这些诗歌描述并规定了他当时的政治哲学——一种信念,即变化是必需的,但是应该在有睿智的领袖指引下慢慢地演变;这样的领袖予以历史先例足够的参照,予以未来明确的愿景。这些诗歌还界定了领袖们在引导社会适中发展方面的作用,并想当然地把自由和言论自由描述为英国特色——这一特色为全体人民默认并分享,因而也就起到了团结全民族的作用。"[①] 舍伍德的这段评论虽然没有使用"共同体"一词,却已涉及共同体话题:"在有睿智的领袖指引下","社会适中发展",这的确是丁尼生诗歌所主张的,而这主张里面就有共同体情怀。至于"自由和言论自由"是否真正"起到了团结全民族的作用"(即起到建设共同体的作用),我们前面就《大空无》所作的分析表明,丁尼生关于自由和共同体之间关系的思考并不像舍伍德所说的那么简单。不管怎么说,舍伍德的上述评论至少从一个侧面印证了我们想要传达的观点:丁尼生对共同体的思考包含了对社会进步/发展速度的思考。

我们还得加上一句:上述思考在丁尼生诗歌的形式上就得到了强烈的体现。

---

① Sherwood, *Tennyson and the Fabrication of Englishness*, 37.

第二节
"多重英格兰"和共同体:《荒凉山庄》的启示

狄更斯的小说《荒凉山庄》(*Bleak House*,1853)在塑造文化共同体方面有着重要的启示意义,但是至今未见有人以此为题发表过专论。已故剑桥学者热尔韦曾经蜻蜓点水般地论及《荒凉山庄》中的共同体形塑问题,并且指出该书"描写了一个由多重英格兰组成的社会";① 然而,对于以下问题,他却语焉不详:狄更斯是怎样描述这"多重英格兰"的?其背后的共同体情结是怎样体现的?

"多重英格兰"的出现,与不同社会阶层、不同文化境界的人对于英格兰——亦即共同体——的想象有关。要构建共同体,首先要想象共同体。如安德森(Benedict Anderson,1936—2015)所说,共同体需要想象,这是"因为即便在最小的民族里,每个成员都永远无法认识大多数同胞,无法与他们相遇,甚至无法听说他们的故事,不过在每个人的脑海里,存活着自己所在共同体的影像"。② 也就是说,不同的人对于自己所在社会/社群的想象是不同的,因而就会产生"多重"的"英格兰"。问题也就随之而来了:操纵维多利亚社会主流话语的群体往往看不到"多重英格兰"的存在,而把自己想象的英格兰当作唯一的现实;更糟糕的是,这些人大都是"波德斯纳普信条"③的信奉者,因而看不到道德沦丧、精神诉求缺失和贫富两极分化等社会弊病。换言之,维多利亚时期的英国社会并不是一个真正的共同体,而是陷入了卡莱尔所说的"纨绔子"和"劳作者"这"两大派别"(the two Sects)之间的战争,④ 或是马克思所

---

① Gervais, *Literary Englands*, 2.
② Benedict Anderson, *Imagined Communities: Reflections on the Origin and Spread of Nationalism*, London: Verso, 1991, 6.
③ Podsnappery,详见本卷第二章第一节。
④ Thomas Carlyle, *Sartor Resartus*, Berkeley: University of California Press, 2000, 208.

说的"阶级战争"以及"现代工业、科学与现代贫困、衰颓之间的对抗";① 或者干脆如迪斯累里(Benjamin Disraeli,1804—1881)所说,"我们的女王……统治着'两个民族'"。② 不过,维多利亚女王并不甘心于国家离心离德的局面,因而采取了许多措施来激发英国人的团结之感(共同体热情),如加强王室的威仪——通过各种媒体的宣传,女王"被等同为英格兰的象征","以此来团结各个阶级和各个地区"。③ 其他的举措还包括"发明"各种国家象征仪式和文化传统,如举办世界博览会并建造"水晶宫"(详见下文),以及挖掘传统的英国"男子汉/绅士"形象(见本节第三部分),等等。总之,这一时期的英国已经有了塑造"共同体"的热闹景象。

正是基于上述背景,狄更斯用他的《荒凉山庄》揭示了维多利亚人在想象英格兰/共同体方面存在的问题,并积极地引导同胞重新想象英格兰,进而为构建一个美好的共同体奠定基础。那么,他是如何揭示"多重英格兰"现象,并引导人们重新想象共同体的呢?对这一问题的解答,构成了本节的主旨。

一、对水晶宫的戏仿:《荒凉山庄》的题解

迄今为止,关于《荒凉山庄》的题解可谓林林总总,不过最有意思的要数波斯伯格(James Boasberg)的说法:小说的题目本身就是"对水晶宫的戏仿"。④ 1851 年,维多利亚女王在海德公园主持了第一届世界博览会(the Great Exhibition)的开幕式,以此炫耀本国的工业成就和文明进步;用于世博会的建筑因大量使用玻璃和钢铁而被称作"水晶宫"(the Crystal Palace)。在当时许多英国人的心里,这水晶宫就代表了他们的祖国,即他们的共同体,是英格兰特性(Englishness)的高度体现。更确切地说,水晶宫好比镜头,通过这样的镜头,好多人看到的只是一个繁荣富强的英格兰,甚至是"一幅全人类发

---

① 马克思:《在〈人民报〉创刊纪念会上的演说》,载《马克思恩格斯选集》第二卷,北京:人民出版社,1972 年,第 79 页。
② Benjamin Disraeli, *Sybil, or The Two Nations*, 65-66.
③ John Lucas, "Love of England: The Victorians and Patriotism," *Browning Society Notes* 17, no. 88 (1987): 64-67.
④ James Boasberg, "Chancery as Megalosaurus: Lawyers, Courts, and Society in *Bleak House*," *University of Hartford Studies in Literature* 21, no. 2 (1989): 52.

展阶段的生动图景"(维多利亚女王的丈夫艾伯特亲王语)。① 换言之,水晶宫标志着一种快慰症,就像特雷西(Robert Tracy)和兰登(Philip Landon)等人所说,它旨在"把不同的社会阶层团结在一个由玻璃和钢铁铸成的巨大宇宙之中"。② 然而,这水晶宫是否真能把英国各阶层人民团结成牢固的共同体呢?

要回答这一问题,先要说明水晶宫和小说中荒凉山庄之间的联系。虽然《荒凉山庄》中没有直接提及水晶宫或世博会,但是正如巴特(John Butt)和蒂洛森(Kathleen Tillotson)所说,世博会在书中的缺席是"故意而为之",结果反而"变得更为显眼了"。③ 托科尔斯基(Rachel Teukolsky)也曾强调:"许多学者认为《荒凉山庄》从题目本身开始,就对世博会那得意洋洋的逻辑发动了持续的批判。"④

也就是说,如果"水晶宫"这一意象隐含着傲气,那么"荒凉山庄"则是对它的讽刺和质疑。根据黑迪(Emily Heady)等人的记载,狄更斯曾经两度带子女造访世博会,但是"当孩子们再次请求去那里时,他发现自己已经忍无可忍",并用反讽的口吻对水晶宫作了如下评论:"我看到了一个用玻璃垒砌成的高妙结构……称得上匠心独运,高超无比! 然而,我的孩子中有谁能指望王公贵族、教长商贾们同心协力地举办另一种博览会——一个旨在展示英格兰的罪过和失误的博览会呢? 这些罪恶和错误,只有在举国瞩目、万众一心并携手努力的状况下,才能得以纠正。"⑤ 这里特别值得留意的是,狄更斯认为水晶宫其实掩盖了英国社会的诸多"罪过和失误",当权的"王公贵族、教长商贾"不会"同心协力地"去矫正时弊,而"举国瞩目、万众一心"的局面——也就是共同体的局面——仅仅存在于缥缈的憧憬之中。

要憧憬/想象共同体,先得正视现状,而《荒凉山庄》折射的现状是一个分崩离析的多重体,即上文所说的"多重英格兰"。这多重体与小说题目有无关联呢? 凡是懂英文的人都知道,小说题目 Bleak House 中的 House 是多义词,

---

① Emily Heady, "The Polis's Different Voices: Narrating England's Progress in Dickens's *Bleak House*," *Texas Studies in Literature and Language* 48, no. 4 (Winter 2006): 312–339.
② Ibid., 313–314.
③ John Butt and Kathleen Tillotson, *Dickens at Work*, London: Methuen, 1957, 182.
④ Rachel Teukolsky, "Pictures in *Bleak House*: Slavery and the Aesthetics of Transatlantic Reform," *ELH* 76, no. 2 (Summer 2009): 491–522.
⑤ Heady, "The Polis's Different Voices," 313.

其中有"议院"或"国会"的意思,也就是代表共同体/全国人民利益的意思。然而,作者在 House 前加了限制词"荒凉"(Bleak),这就否定了它本应具有的代表性——共同体一旦荒凉,就失去了它的本义。

小说中的人物几乎涉及每一个社会阶层。就统治阶级而言,书中人物包括议员库德尔勋爵和杜德尔爵士(他俩分别当过首相,并分别统领"库德尔党派"和"杜德尔党派"——狄更斯用此影射当时轮流执政的托利党和辉格党)、挖空心思地操纵竞选的莱斯特爵士、形形色色的法官和律师,还包括在竞选活动中取得节节胜利、为中产阶级争夺领导权的朗斯韦尔先生。按理说,他们本应像小说题目中 House 原意所指的那样,在英国整个共同体中具有代表性。然而,他们真的具有代表性吗?随着故事的展开,我们发现他们无一例外地只代表某个极其狭小的圈子。

先来看一看"库德尔党派"和"杜德尔党派"。他们所能想象的共同体几乎不超越各自的家族,因而在物色选举对象时也总是着眼于家族利益。例如,杜德尔爵士热衷于为表亲谋求肥缺,若失败就视同"民族灾难";当他成为首相后,"漂亮地把所有的侄子外甥,所有的堂兄弟和表兄弟,所有的姐夫妹夫、内兄内弟、大小舅子和大小连襟都带进了内阁"。① 这简直就是一人得道,鸡犬升天!尤其值得关注的是,杜德尔等人——库德尔等人也同样——代表的并非英国社会共同体,甚至不是某个阶级,而是狭隘的裙带关系。

无独有偶,莱斯特·戴德洛克爵士也热衷于竞选活动。他家里住着一大群"无所事事、无精打采"却"无所不在的表亲堂戚"(391),因而他竭力为后者谋求各种不劳而获的薪酬;为达到这一目的,他卖力地推举自己小圈子里的人竞选议员。当后者竞选失败以后,他竟然觉得"整个国家正走向崩溃"(390)。只把家人利益当作国家利益,只把小圈子当作全社会,这是一种"共同体想象"的典型方式,一种想象力极端贫乏的表现。狄更斯对这种心态有不少惟妙惟肖的描写。例如,莱斯特"有一个总的看法,即世界没有了山脉,照样可以运行,但是没有了戴德洛克家族,那就全完了"(9)。还有比这更微妙的心态:"莱斯特爵士通常自信满满,他很少感到无聊。当他无事可做时,总是端详自己的

---

① Charles Dickens, *Bleak House*, London: Vintage Books, 2008, 562. 以下该小说引文均出自此版本,仅随文括注出处页码,不再一一详注。

伟大之处。拥有如此不可穷尽的消遣活动,这真是不可小觑的优势。"(154)

在小说中,还有一个不容忽视的群体,即法官和律师。他们跟上述议员和贵族们同处于统治阶层,至少可以看作统治阶级的延伸部分。小说的中心意象是大法官法庭(the Court of Chancery)。小说第一章的标题就是"在大法官法庭里",法庭意象在全书中反复出现,而且整个故事情节就是围绕一场旷日持久的"贾迪斯控贾迪斯"官司展开的。照理说,法官/律师群体应该代表全社会的共同利益,但是他们代表了吗?在小说开篇处,法庭意象与浓雾意象紧密交织的景象其实暗示了答案:我们不仅看到大法官(狄更斯没有给出他的名字,这似乎是要暗示他的典型性)主持开庭的情景,而且看到法庭外面"大雾弥漫",而"大法官阁下就端坐在那片浓雾的中心"(1—2)——在浓雾弥漫的状况下处理案子,胜似盲人摸象,岂能做到公正?那些法官和律师们的视力/想象力根本就无法穿透浓雾,进而看到共同体的利益;他们看到的只是自己的利益。以贯穿全书的"贾迪斯控贾迪斯"案为例:法官和律师们所做的一切,只是为他们自己赚取"劳务费"——该案牵涉成千上万英镑的巨额财产,在拖了几十年的诉讼过程中,全部被诉讼费吞没,而且造成当事人之一理查德因受打击而暴病身亡,留下了新婚的妻子艾达与遗腹子;也就是说,狄更斯笔下的法制机构只是肥了法官/律师们的私囊,并不能给原告或被告带来任何好处,更谈不上代表社会共同体的利益。书中还有许多类似的例子。例如,格里德利兄弟曾因一笔价值三百英镑的遗产而陷入纠纷,打了四年之久的官司,结果"官司还没有开打,诉讼费就已经是遗产的三倍了"(214—215)。在这些具体的事例背后,游动着"法律吸金"的准则,狄更斯借律师霍尔斯的内心独白予以了揭露:"英国法律的唯一伟大准则是为生意而做生意。"(548)拥有这一准则的人根本想象不到,在通过生意攫取钱财之外,还有什么共同体,因而书中这样写道:"法庭多年以来积累的智慧,足以给生活中最普通的事物制造百万个障碍,使其得不到解决。"(135)难怪书中有少数良知未泯的律师会对客户发出这样的警告:"情愿受再大的冤屈,也不要上这里来受罪!"(3)

书中另一个特殊群体是新兴的中产阶级,其代表人物是钢铁大王朗斯韦尔先生。跟莱斯特爵士等人一样,朗斯韦尔也热衷于通过竞选来寻找自己在议会中的代理人,并且成功地击败了莱斯特爵士。从表面上看,朗斯韦尔似乎代表了正能量,而莱斯特爵士等人只是负能量:后者只是雇用代理人操纵竞选,并且只是为自己那些懒散的堂兄表弟们谋求职位,而前者总是亲力亲为,到处积极演讲,还教育自己的儿子要自食其力。书中还有不少篇幅描写朗斯韦尔如何把企业办得红红火火。然而,他是否代表了英国社会全体成员的利益呢?他所想象的共同体是否比库德尔、杜德尔、莱斯特爵士和上述法官、律师们的要宽广一些呢?西方学者波什(Chris R. Vanden Bossche)曾经敏锐地观察到书中的两个细节:1)"虽然朗斯韦尔的候选人战胜了莱斯特的候选人,但是这并不意味着对议会的改革";2)"我们无从知道朗斯韦尔跟他雇员之间的关系;他只是反对贵族的英雄,而在跟人民之间的关系方面却未显英雄本色"。① 确实,在朗斯韦尔的视野里,那些真正创造财富的劳动者是缺席的——在我们所看到的朗斯韦尔的所有活动(包括思维活动)中,他的雇员们完完全全地缺席了。为他的企业做贡献的雇员尚且如此,其他劳动者就更不消说了。换言之,在朗斯韦尔及其同类所想象的共同体里,广大劳动人民是被排除在外的。

总之,上述所有群体实际上形成了一个个狭隘的圈子,或者说利益各异的"多重英格兰";它们彼此封闭,谈不上同心同德,却有一个共同点:这些圈子里的大人先生们从未对贫苦大众表示过真正的同情或关注。不无讽刺意味的是,他们有时候也用"共同体"一词,如莱斯特爵士就把跟他作对的博依索恩先生称为"共同体中最危险的人"(163);此处的"共同体"是一种伪共同体,因为它把挣扎在贫困线乃至死亡线上的老百姓都排除在外了。可是狄更斯却没有把后者排除在《荒凉山庄》之外,而是满怀同情地呈现了一个不同于上述几重"英格兰"的悲惨世界。书中最惨的是孤儿乔的命运:他从未上过学,成天衣衫褴褛,风餐露宿,而且受到警察的驱赶。用他自己的话说,他"从出生那天起,就总是流浪,不断地流浪"(264)。他最后死于饥饿与伤寒,临死前虽然得到了伍德考特等人的救助,但是为时已晚。乔的惨死,及其前后的境况,传递着这样一个信息:本应帮助他的政府或社会机构非但没有行使任何共同体的职能,反而(通过代表国家机器的警察)对他进行了迫害;真正帮助他的,只有

---

① Chris R. Vanden Bossche, "Class Discourse and Popular Agency in *Bleak House*," *Victorian Studies* 47, no. 1 (Autumn 2004): 7–31.

像伍德考特和埃丝特这样被大人物排除在"共同体"之外的小人物。难怪伍德考特发出了如下感叹:"在一个文明世界的中心,要安置这样一个大活人,竟然比处置一条野狗还难,这真是个奇怪的事实啊!"(636)

这样的事实的确奇怪,甚至荒凉。在维多利亚社会的主流话语中,这种荒凉是看不见的,能看见的只有水晶宫。正是针对这一事实,狄更斯用"荒凉"二字,直逼时弊的症结。在这荒凉的背后,是对真正共同体的呼唤,而要听清这呼唤,还须从辨析小说中犬牙交错的多重话语做起。

二、多重话语与"多重英格兰"

"多重英格兰"的存在,还反映于小说中彼此各异的多重话语。

上一小节提到,"共同体"一词已经出现在狄更斯的笔下。耐人寻味的是,小说里的大人物或既得利益者尤其喜欢高谈共同体。除了前文有关莱斯特的例子以外,书中还有一处凸显"共同体"的话语——在第 62 章末尾,律师肯奇在伙同霍尔斯等人吞吃了巨额诉讼费以后,面对人财两空的贾迪斯先生(他失去了所有的遗产;更惨的是,他眼睁睁地看着受自己监护的理查德因诉讼的折磨而死于非命),眉飞色舞地唱起了"共同体"的赞歌:"贾迪斯先生,我们是一个繁荣的共同体,一个非常繁荣的共同体。我们是一个伟大的国家,贾迪斯先生,一个非常伟大的国家。这是一个伟大的体制,贾迪斯先生。你不会希望一个伟大的国家拥有一个渺小的体制吧?"(844)假如我们对照肯奇吃了原告吃被告的行径,再对照上一小节中的分析,就会发现这样的颂歌是十足的奇谈怪论。

不过,肯奇自己丝毫未察觉这是奇谈怪论。相反,他为自己的"共同体"高论而洋洋得意:"他站在楼梯口说着这些话,同时还轻轻地舞动右手,仿佛那是一把银晃晃的泥刀,可以用来把他那水泥般的话语铺到这一体制的结构上,并让它千秋万代固若金汤。"① 这段描述中有两个细节极为关键:一是"话语"措辞,二是"泥刀"意象。"话语"点明前文中的"共同体"并非现实,并暗示了其他不同话语的存在,而"泥刀"则跟小说第 63 章中的"巴比伦通天塔"意象遥相呼

---

① 狄更斯:《荒凉山庄》,主万、徐自立译,杭州:浙江工商大学出版社,2012 年,第 798 页。

应——手握"泥刀"的肯齐,俨然是"巴比伦泥瓦匠"(即巴比伦通天塔的建造者)的形象。在第 63 章中,狄更斯先后两次用通天塔意象来描写朗斯韦尔企业(被称为"钢铁之都")的"盛况":前去访问的乔治发现自己置身于"由嘈杂的打铁声所铸成的巴别塔"①之中,随后又看见了"许多浓烟滚滚、巴比伦通天塔似的烟囱"(846—847)。此处狄更斯借用圣经典故,向世人传递了两层意思:其一,暗指朗斯韦尔的钢铁之都(由此我们可以联想到水晶宫)及其象征的英国工业革命,虽然声势浩大,却前途堪忧,恰如当年巴比伦人想建而未建成的通天塔;其二,提醒读者注意小说中关于"共同体"的多重话语——钢铁之都那嘈杂的打铁声也好,肯奇关于"共同体"的奇谈怪论也好,都好比通天塔建造者那彼此无法交流的嘈杂而混乱的话语,注定要造成分崩离析的局面。

书中手握"泥刀"的通天塔建造者——我们不妨也称之为水晶宫建造者——远不止肯齐和朗斯韦尔(他为竞选所作的演讲连同他那钢铁之都的打铁声显然都是"巴别塔之声")。前文所分析的库德尔、杜德尔、莱斯特和霍尔斯等人都是"巴比伦泥瓦匠"。就像他们想象"共同体"时的视野极其狭窄一样,他们的话语/声音也都极其狭隘。小说第 46 章中有一段关于议会(上述"巴别塔之声"的中心)内外辩论的描写,其内容是如何处置孤儿汤姆(泛指所有流离失所的苦命人):

  无论是在议会内部,还是在议会以外,许多人都就汤姆议题发表了强有力的演讲。为了妥善处置汤姆,演讲者们唇枪舌剑,甚至到了怒发冲冠的地步。该怎样把他引入正途呢?有人主张由警察来搞定,有人主张由教会执事插手,也有人主张通过教堂的钟声来感化,还有人主张依靠数据的力量,又有人主张遵循高雅趣味的原则,或者是依靠高教会,不然就依靠低教会,甚至干脆就撇开任何教会……在这喧嚣和噪音之中,只有一件事情一清二楚,即汤姆就可以改造,能够改造,将会改造,将要改造,不过这改造只是理论而已,而不会有人付诸实施。(627)

---

① "巴别塔"(Babel)为巴比伦通天塔的别称,其传说最早见于《圣经·创世记》第 11 章:巴比伦人想建造一座通天的高塔,上帝便变乱了他们的语言,使他们无法互相交流,结果不但高塔没有建成,而且人类因此四分五裂,开始散居于世界各地。

这里呈现的是一个光怪陆离的话语世界，把持话语权的议会和统治阶级不仅虚伪（他们绝不会把那些高谈阔论付诸实施），而且自己内部也四分五裂，发出的只是充斥着"喧哗和噪音"的"巴别塔之声"。这样的话语世界，怎能代表真正的共同体呢？

事实上，书中代表小圈子/伪共同体的话语/声音举不胜举。最典型的恐怕要数那个侈谈"共同体"的肯齐律师，他竟然"欣赏自己的声音赛过欣赏任何东西"(21)。这说明他的话语和视野只代表他自己，这圈子小得不能再小了。另一个形式迥异却实质相同的例子见于律师唐格乐先生。他"比任何人都熟悉贾迪斯控贾迪斯案"，因为"他自从学校毕业以来，从未读过其他任何东西"(5)。也就是说，他完全生活在了法律话语之中，然而这法律话语极为狭隘——当大法官要求唐格乐等"18位精通法学的朋友们"发表见解时，后者只是"像钢琴的18个琴槌那样"，"鞠了18个躬"，以致大法官得出了一个高超的结论，即"贾迪斯控贾迪斯案只是一个费用问题"(5—6)。把一切问题都简化为费用/金钱问题，这是一种典型的、狭隘的、跟"共同体想象"不无关联的话语/思维方式，它从侧面反映了当时的"英国状况"。卡莱尔曾经用"现金联结"（cash-nexus）点明了它的实质：英国社会在物质繁荣的同时，却让人们付出了惨痛的精神代价，即人与人之间的关系沦为赤裸裸的"现金联结"，或者说"现金交易……成为人与人之间的纽带"。① 跟卡莱尔一样，狄更斯也参与了涉及"英国状况"的讨论。更具体地说，《荒凉山庄》是一本"英国状况小说"（the Condition-of-England novels）。关于"英国状况小说"（又称"工业小说"）以及有关的"英国状况大辩论"（the Condition-of-England Debate），佳拉赫（Catherine Gallagher）有过如下说明：

英国在19世纪早期和中期经历了工业生产的扩张。这一过程伴随着一系列有关英国的社会福利、物质生活和精神生活的论战。这些论战经常被统称为"英国状况大辩论"。它们几乎扩展到了英国精神生活和文化生活的各个领域，改变了许多学科的性质，甚至千真万确地促成了一些崭新学科的诞生。

---

① 卡莱尔：《文明的忧思》，第54—55页。

更须一提的是,英国状况大辩论本身演变成了一种话语,从而使哲学、伦理学、政治经济学、公共管理学、生物学、医学、神学、心理学和美学等学科得以开创并吸收新的研究领域……

我想证明的是,叙事虚构作品——尤其是小说——只要成了讨论工业主义的话语的一部分,就会经历根本性的转变。受这一话语影响最直接的是我们如今称作"工业小说"的那些作品。①

由于《荒凉山庄》参与了"英国状况大辩论",因此它就如佳拉赫所说,"演变成了一种话语";换言之,《荒凉山庄》参与了共同体话语的建构。为达到这一目的,作者首先嘲讽/批判了上述多重而狭隘的话语。例如,高利贷者斯莫尔威德的话语系统"放弃了所有的娱乐,摈弃了所有故事、童话、小说和寓言"(288),但是"一触及几尼(按:英国旧时金币或货币单位)话题,他竟变得如此健谈"(381)。在他的影响下,一家人都养成了"注重实际的性格",突出表现在他妻子具有一种特殊的思维方式,即"只要一听到数字,就把它们跟钱挂上钩"(289)。他还这样向儿子巴特传授交友之道:"尽量花他(按:指巴特的朋友)的钱,同时从他傻乎乎的慷慨中吸取教训。这就是交这么一个朋友的用处。他只有这么一个用处。"(291)跟这种话语相匹配的,是斯莫尔威德的起居方式:"他住在一条狭窄的小街上,终年孤单、阴暗、惨淡,四周砌起了严严实实的砖墙,活像一座坟墓……"(287)这一坟墓般狭窄的生活圈子,贴切地折射出一种极其狭窄的话语/思维方式,由此我们可以窥见又一重狭窄的"英格兰"。

还有一重"英格兰"不能不提:书中活跃着一群热衷于慈善活动的怪物,包括帕迪格尔夫妇、杰利比太太、奎尔先生和威斯克小姐。他们自称"是为社会造福的人"(101),但是他们只限于"用别人的钱来干事情"(99)。他们声势浩大,成天嚷嚷着"什么都要。要服装,要旧的内衣裤,要钱,要燃煤,要汤羹,要关注,要亲笔签名,要绒布……"(100)要了这么多,却从未见他们把募捐到的东西给了什么人,给后者带来了什么好处。更具讽刺意味的是,威斯克小姐曾经这样宣称:"不论男女,真正的使命只有一个,就是在公共场合提出动议,

---

① Catherine Gallagher, *The Industrial Reformation of English Fiction: Social Discourse and Narrative Form 1832–1867*, Chicago: The University of Chicago Press, 1980, XI.

就一般事务发表宣言,通过决议。"(422)确实,书中的慈善家总是在发表宣言,但是除了杰利比太太不断提到她那看似具体、实则空泛的"非洲援救项目"之外,从头至尾不见有任何具体的受益者。事实上,书中的"慈善话语"很多,而捐赠对象却始终是缺席的,就跟(前文所说的)朗斯韦尔的雇员们一样,完完全全地缺席了。这种显眼的缺席,强烈地烘托了共同体缺失的状况。

针对上述重重狭隘的"伪共同体"话语,狄更斯通过埃丝特和伍德考特等人物之口,展现了一种旨在憧憬真正共同体的话语。这种憧憬首先是建立在对"伪共同体"话语的讽刺基础上的。波什在《〈荒凉山庄〉中的阶级话语和民众代表性》("Class Discourse and Popular Agency in *Bleak House*")一文中曾经指出,《荒凉山庄》呈现了维多利亚社会的两大主流话语,即贵族阶级话语和中产阶级话语,同时"反对具有排他性的阶级话语,并指向构成全民整体的话语"。① 波什还指出,在小说中,代表贵族阶级的斯金波尔先生和特维德罗普先生,以及代表中产阶级的杰利比太太和帕迪格尔太太,都曾"试图使埃丝特采取一种由阶级话语界定的立场,并借此确立他们各自的权威",不过埃丝特在自述中总是"用讽刺的口吻再现那些对话者使用的阶级话语,对此进行抵抗"。② 确实,要领悟《荒凉山庄》对"伪共同体"话语的批判,就要特别留心埃丝特的叙述话语(小说中共有11章都以"埃丝特的自述"为标题),后者始终对前者持有反讽的语气,保持着批评距离。鉴于波什已经对此做过详尽的分析,又限于篇幅,我们仅再强调一例:有一次帕迪格尔太太去一个砖瓦工人的家从事慈善活动,这一家人的婴儿此时已经奄奄一息,但是帕迪格尔太太丝毫没有察觉,只是就这家人的卫生习惯高谈阔论了一番。当时在场的埃丝特敏锐地觉察到了如下细节:

"好啊,我的朋友们",帕迪格尔太太说道,不过我觉得她的声音并不友好,太像在做生意,太程序化。(106)

稍后不久,埃丝特还指出帕迪格尔太太"批发似的从事慈善事业"(108),这

---

① Chris R. Vanden Bossche, "Class Discourse and Popular Agency in *Bleak House*," 7-13.
② Ibid., 14.

跟上举引文中的"做生意"有异曲同工之妙,都是对虚假"慈善话语",亦即"伪共同体"话语的辛辣嘲讽。用波什的话说,埃丝特的上述话语和类似的批判言论"并非为了批判某一个阶级,借此与另一个阶级结成同盟,而是为了批判阶级话语本身……并非为了促进阶级利益,而是为了重新想象整个民族"。① 用我们的话说,埃丝特所代表的话语是为了重新想象共同体。

至于狄更斯怎样重新想象共同体,还得结合书中的"绅士"形象来讨论,这也构成了下文的中心内容。

三、"绅士"形象与共同体形塑

在《荒凉山庄》中,狄更斯对共同体的憧憬在很大程度上是通过"绅士"形象来完成的。更具体地说,狄更斯针对上文所述的"伪共同体"话语,以及与之相伴而行的狭隘视野和行为方式,依靠重塑"绅士"话语,重新对共同体进行了想象。

前文提到,维多利亚女王曾经把挖掘英国男子汉(绅士)形象作为一个国家行为。如程巍先生所说,"维多利亚女王强调'力',致力于在英国人中间恢复18世纪英国有关'男子汉'的那种观念"。② 此处所说的"男子汉"跟"绅士"在当时是一种紧密相连的概念,而且几乎可以互换。瓦特斯(Karen Volland Waters)就曾经强调,"在维多利亚时代,绅士是衡量男子汉气质的一个重要标准"。③ 斯特拉齐(Lytton Strachey,1880—1932)也曾指出,对绅士形象的浪漫化处理是通过男子汉式的语言来实现的,而且有一个广为流传的故事能从侧面反映这一关系以及女王的上述努力:小王子17岁生日时,女王和亲王为他准备了一份"进入男子汉阶段"的备忘录,上面详尽地写着"作为绅士的行为举止"的"若干原则"。④ 另一个相关的例子见于艾伯特亲王对迪斯累里的嘲弄,他曾称后者"身上没有一丁点儿的绅士元素"。⑤ 总之,维多利亚时代已经

---

① Chris R. Vanden Bossche, "Class Discourse and Popular Agency in *Bleak House*," 24-27.
② 程巍:《中产阶级的孩子们:60年代与文化领导权》,北京:生活・读书・新知三联书店,2006年,第156页。
③ Karen Volland Waters, *The Perfect Gentleman: Masculine Control in Victorian Men's Fiction, 1870-1901*, New York: Peter Lang, 1997, 19.
④ Lytton Strachey, *The Life of Queen Victoria*, London: Tauris Parke Paperbacks, 2012, 160.
⑤ Ibid., 193.

"有一种观念把绅士作为英格兰特性的符号标记"。① 也就是说,"绅士"概念的含义已经远远超越了私人领域,而成了人类某个社会/共同体及其核心价值观的标志。根据吉尔摩(Robin Gilmour)的记载,维多利亚时期见证了一场关于"绅士"的大辩论,卷入这场辩论的有霍普金斯(Gerard Manley Hopkins,1844—1889)、萨克雷(William Makepeace Thackeray,1811—1863)、罗斯金和斯迈尔斯(Samuel Smiles,1912—1904)等许多人。虽然大多数人都"把绅士视为文化目标",但是关于"绅士"概念及其内涵,则仁者见仁,智者见智,其争论的焦点体现为如下话题:"绅士"的构成要素是什么?主要取决于身世和地位呢,还是取决于人的道德品质?是世袭的呢,还是环境/教育使然?②《荒凉山庄》的问世,可以看作对这场辩论的介入。

跟霍普金斯等人一样,狄更斯也把绅士的塑造视为文化目标,也就是启发读者以绅士为榜样,进而起到改造社会的作用,由此我们可以瞥见作者塑造共同体的用心。《荒凉山庄》中最正面的绅士有两位,一位是女主人公埃丝特的监护人约翰·贾迪斯,另一位是埃丝特的恋人(后来成为她的丈夫)艾伦·伍德考特。约翰乐善好施,尤其是对埃丝特和理查德非常慷慨,几乎称得上仁慈的化身;不过他家产丰厚,社会地位甚高,因而可以不太费力地保持体面的生活和优雅的举止。确切地说,他呈现的是英国传统意义上的绅士形象,即体现教养、品德和完美举止相结合的形象,但是其背后有阶级地位和经济基础作保障。换言之,这一人物的塑造并无多大的新意。相形之下,艾伦这一形象则具有新意,更能体现狄更斯在共同体形塑方面的文化思想。

在传统小说中,绅士们大都有一个值得夸耀的身世,或者会像菲尔丁(Henry Fielding,1707—1754)笔下的汤姆·琼斯那样,一度卑微而神秘的身世总会水落石出,终归会找到某个体面的家庭背景。与此不同,艾伦的身世一直是个谜。除了有一个守寡的母亲含辛茹苦地供他学医之外,书中没有提供任何关于他身世的确切背景。他的母亲曾经向埃丝特夸耀她家"在很久以前,

---

① Antoinette Conley Chevalier, *Vigilantes and Other Interstitial Agents: The Construction of the English Gentleman*, 1865 -1918, Ann Arbor: Proquest Information and Earning Company, 2003, 11.

② Robin Gilmour, *The Idea of the Gentleman in the Victorian Novel*, London: George Allen & Unwin, 1981, 1-33.

有一位显赫的祖先"(238),不过这有点儿像捕风捉影,艾伦自己对此不感兴趣,也从未受此影响。埃丝特刚结识他时,发现"他的家境并不富裕"(238);他俩久别重逢(艾伦曾去国外谋生,并险些死于海难)以后,他"跟离开时一样贫穷"(833);直到接近故事的尾声(此时他俩已经结为伉俪),他仍然"银行里存款不多"(833)。多半是出于这财富和身世方面的原因,不少西方评论家认为狄更斯缺乏塑造绅士的能力,至少"狄更斯同时代的人曾经指责他不会描写绅士。这一指责基于他的下层阶级背景(既无出众的学历,又无修养和趣味),以及他对上层阶级的明显不满"。[1] 然而,绅士的构成要素真的必须包括显赫的身世、殷实的家产和体面的阶级地位吗?

艾伦这一形象的问世,是对上述"要素"的挑战。

虽然出身低微,却有高风亮节,这正是狄更斯眼中的真绅士。书中有这样一段描述:"他夜以继日地为许多穷人服务,治病救人;无论是医德,还是医术,他都堪称一绝,但是他的薪酬微乎其微。"(238)事实上,书中有关他的篇幅大都以他救死扶伤的场面呈现,如他在一次海难中的表现(出自弗莱特小姐的口述):"大量奄奄一息的人被冲到了一块礁石上。就在那当口,我那亲爱的医生尽显英雄本色,自始至终都是如此。面对千难万险,他沉着冷静,救活了许多生命。他其实又饥又渴,却一声不吭。他还腾出自己的衣服,裹住赤裸者的身体,并身教言传,带领大家照看病号,埋葬死者,最终帮助那些可怜的幸存者一一安全脱险。"(500)这一切都跟艾伦的身世无关,而只跟人品有关。

传统意义上的绅士一般在自己所属社会阶层中活动,虽然也偶尔跨出自己的阶级/社交圈子,去帮助穷人,却大都与后者的身体保持距离。例如,流浪少年乔在患上热病之后,约翰曾经仁慈地收留过他,不过约翰的仁慈主要是间接地由埃丝特和佣人们来实现的,而他自己不会长时间地、近距离地去照料乔。艾伦则不同,他不但长时间与社会底层人民接触,而且常常有身体的触碰。例如,在乔弥留之际,艾伦一直在身边悉心照料,还带着他四处寻找安身之处,甚至还为他送终,满足了他在咽气之前的一个请求:"让我抓住您的手。"

---

[1] Lucien Francis Fournier, *Charles Dickens and the Middle-Class Gentleman: A Study in the Correlation of Grotesque Satire and Sentimental Idealism*, Ann Arbor: University Microfilms, 1969, 13.

(636—649)又如,一位砖瓦工人的妻子在挨打受伤以后坐在街角上,艾伦刚好从旁经过,见状后便立即上前亲切问候,并"用训练有素的手习惯性地摸她的额头",随后"他清洗了伤口,再把它擦干;仔细地检查了一番之后,才轻轻地……把伤口包扎了起来"(629)。这里的每一个细节,都值得细细品味。那位砖瓦工人的妻子和乔可谓穷极潦倒,尤其是乔还患有传染病,并且身上又脏又臭,许多人见了都避之犹恐不及,可是艾伦把他们当作亲人来照料,不但付出了大量精力,而且分文不取。艾伦照顾穷人的许多细节,在先前文学作品里的绅士们身上是不多见的。正是这些细节,凸显了狄更斯塑造新型绅士的用心。

艾伦的绅士形象,还借助于书中诸多假绅士的反衬。除了前文所分析的库德尔、杜德尔、莱斯特、肯齐和霍尔斯等人以外,书中还有两个人物值得一提:斯金波尔和特维德洛普。

斯金波尔刚出场时,我们很容易被他的举止所迷惑:他会弹钢琴,会画画儿,有着"一张动人的脸,还有甜润的声音",并自称"非常喜欢大自然,非常喜欢艺术"(68—69),显然他在风度上符合传统绅士概念的标准。然而,随着故事情节的展开,我们发现他总是借钱不还,并且发明了一种"雄蜂哲学",来为自己的不劳而获辩护:"斯金波尔先生……认为雄蜂是一种较为愉快而明智的观念。雄蜂单纯地说:'请原谅,我实在不会照料自己的行当!我发现这个世界上该看的东西太多了,而能够去观赏的时间又太短了,因此我只好擅自去观赏周围的景色,并请求不打算去观赏的人来养活我。'"① 这样的奇谈怪论,跟前文提到的"伪共同体话语"相比,有过之而无不及。事实上,不光是"雄蜂话语",还有冷漠的行为方式,也暴露了斯金波尔的假绅士面目:他在乔身患热病、需要照顾的时候,不仅公开反对贾迪斯收留乔,而且向侦探出卖了乔的藏身之处,使得乔再次被驱赶,终于病情加重,死于非命,而斯金波尔自己则得到了侦探的赏钱。他的虚伪和冷漠,在与理查德的交往中表现得更为明显。他接受律师霍尔斯的贿赂,怂恿理查德赌博似的打财产官司,以致后者债台高筑,劳累成疾。他在有利可图时,一直把自己打扮成理查德的亲密朋友,可是

---

① 狄更斯:《荒凉山庄》,第 90 页。

在后者濒于崩溃时,却拒绝前去看望,并振振有词地为自己辩护:"我为什么要去看他?不管我到哪里,都是为了寻找快乐。我不会为痛苦去任何地方……我总是需要英镑,但不是为自己,而是因为那些商人们总要我付钱……我总是要借钱。所以,我们那些年轻的朋友们一失去支付能力,就失去了诗意(这让人很遗憾),也就失去了让我快乐的能力。既然这样,我为什么还要去看他们呢?荒唐!"(827—828)

特维德洛普比斯金波尔更在意自己的"绅士"形象。他自称"风度的楷模",每逢生人,便会自我介绍:"多年以来,大家都叫我特维德洛普。"(193)他跟斯金波尔一样风度翩翩,一样过着寄生虫的生活,不过他俩有一点不同,那就是斯金波尔的谈吐里只有他自己,而特维德洛普似乎颇有"国家"(即共同体)意识,并且把"英格兰"这一共同体概念跟"绅士"概念联系在了一起:"英格兰——哎,我的国家!——堕落许多了,而且每天仍在堕落。她剩下的绅士不多了。"(193)正因为如此,所以他自我承担起一个使命,即每天"必须像往常一样,去城里转一转,秀一下我的风度"(193)。然而,仅仅依靠风度,能够拯救共同体吗?从他对待妻子的方式就可以找到答案:"他娶了一位娇小而温顺的、家庭背景还过得去的舞蹈教师。除了秀风度之外,他一生都没有干过任何工作,但是他非得有地位和排场不可,因而全靠妻子干活儿来维持开销,直到把她累死为止。说得好听一点儿,他允许她把自己累死了。"(191—192)在累死妻子之后,他又把生活的担子全部撂给了儿子,后者"每天要为父亲工作 12 个小时"(192)。显然,依靠这样的"楷模",共同体不堕落才怪呢!

在特维德洛普和斯金波尔等人的反衬下,艾伦更显出绅士——狄更斯心目中的绅士——本色。如前文分析所示,这一新型绅士的主要特点有二。

其一,他把根基深深地扎在社会的最底层。前文已给出不少相关例子,此处再补充一例:艾伦有在穷街僻巷游走的习惯,他"常常停下来,四下打量,要把这些悲惨的僻巷上下看个遍。他并非仅仅是出于好奇。他那明亮的黑眸子里,闪着同情和关切;他那四处观察的神情,似乎表明他熟悉这样的惨状,表明他从前曾经研究过这样的情形"(628)。此处的寓意不容误解:要建设真正的共同体,光有怜悯和热情还不够,还得深入社会的底层、体察民众的疾苦并予以救助。

其二，他情愿从小事情做起。艾伦从不像特维德洛普那样喜好充当"楷模"，更不像威斯克小姐等人那样喜欢在公共场合发表宣言。对后者来说，任何不起眼的小事儿都难入法眼。例如，杰利比太太一方面热衷于她的"非洲计划"等"宏大事业"，另一方面把照看孩子（她自己的孩子个个衣冠不整，甚至蓬头垢面）以及打扫房间之类的事情统统视为"轻浮"（42）。艾伦则刚好相反。他爱上了埃丝特，其主要原因之一是他俩有共同的社会责任感——不仅仅是责任感，而且对尽责任的方式有着共同观念，即"尽可能地服务于身边的人，然后努力让责任圈渐渐扩大，自然而然地扩大"（104）。更重要的是，艾伦把这种观念付诸了行动。在故事接近尾声处，我们得知他准备去约克郡做一个"专为穷人看病的医药护理"，这个职位"工作量很大，报酬却很少"（816—817），然而他和埃丝特都觉得自己非常"富裕"："这一天下来，他又缓解了许多病人的痛苦，抚慰了困境中的同胞……这难道不是富裕吗？"（879）他们之所以满足于这种富裕，是因为他们向周围的人提供着微小的服务，并通过这服务，搭建了通向共同体的大桥。

我们不妨把"富裕"作为本节结束语的关键词。有了上文所说的富裕，荒凉山庄将不再荒凉，水晶宫将收敛它的傲气，巴别塔将轰然倒塌，喧哗和骚动将销声匿迹，"多重英格兰"将让位于共同体——这就是狄更斯留给世人的启示。

第三节
想象共同体：《卡斯特桥镇长》的中心意义

学术界解读托马斯·哈代的《卡斯特桥镇长》（*The Mayor of Casterbridge*, 1886），[①] 大都从人物性格和伦理观念的角度出发，而对该小说

---

① 我国流行的译名为《卡斯特桥市长》，这其实是一种误译。

在共同体形塑方面的作用多有忽视。威廉斯的《英国小说》(*The English Novel*)是研究英国小说中共同体问题的扛鼎之作，但其中也只有短短两句话涉及《卡斯特桥镇长》(见下文)。不过，《英国小说》的中心观点仍然可以作为我们研究《卡斯特桥镇长》的重要参照。威廉斯认为，从狄更斯到劳伦斯(D. H. Lawrence, 1885—1930)这一百来年中，英国小说有一个"起关键作用"的"中心意义，即探索共同体，探索共同体的实质和含义"。① 更具体地说，上述时期的英国小说对如下问题进行了探讨："共同体是什么？它曾经是什么？可能会是什么？共同体跟个人之间的关系是怎样的？当男女老少直接面对社会——社会有时候为他们服务，但是更多的时候与他们相抵牾——时，他们是如何体悟或憧憬社会形态的？"② 与以往的历史时期相比，共同体主题为何在那一百来年尤其重要？关于这个问题，威廉斯作了这样的解释："生活于共同体意味着什么？无论是对社会而言，还是对个人而言，这一问题在这一时期变得比以往任何历史时期都更不确定，更加重要，更令人不安了。"③ 威廉斯的这些观点也适用于《卡斯特桥镇长》。鉴于他并未对后者做这方面的深入研究，本节拟对该小说的共同体主题试做分析。

一、亨察德之死背后的共同体话题

关于小说主人公亨察德悲惨遭遇的原因，国内外的解释可谓林林总总，但是最流行的观点不外三种：1) 亨察德的死亡是性格所致(性格决定命运)；2) 亨察德的伦理观念和理论错误决定其悲惨命运；3) 个人无法操控的外部力量(社会或宇宙中的神秘力量)使然。例如，阿尼克斯特在其《英国文学史纲》中断言：亨察德的悲剧是"由于自己的劣根性"，而且还有"一种力量在冥冥中把人的生活变成一系列的不幸和绝望"。④ 这一观点在我国影响很大，如今的许多相关评论仍然是其变体。后面的评论就是一例："《卡斯特桥市长》中由于

---

① Raymond Williams, *The English Novel: From Dickens to Lawrence*, London: Chatto & Windus, 1973, 11.
② Ibid., 12.
③ Ibid.
④ 阿尼克斯特：《英国文学史纲》，戴镏龄等译，北京：人民文学出版社，1980年，第491—492页。

个人劣根性格造成主人公悲剧,是作家对乡土传统悲观无望情绪的外化物化。"①

又如,许多西方学者简单地把《卡斯特桥镇长》看作一部伦理悲剧:由于亨察德早年卖妻鬻女,也就是违犯了"伦理秩序",因此他必遭报应。不少评论据此把小说纳入了所谓的"因果报应模式"(the model of retributive justice),②或者认为小说证明"在哈代笔下的残酷宇宙中,没有任何东西可以赎回过去"。③我国的不少学者也得出类似的结论,如这一句:"亨察德……与周围的环境、社会、人,包括他自身的不协调、不和谐。这一切又源于他犯下的伦理错误。"④再如下面的论断:"哈代《卡斯特桥市长》男主人公亨察德的悲剧是一出伦理悲剧。其悲剧的主要表现在于他最后失去了他人的伦理关怀,完全陷入了伦理孤独之中,沦落成伦理上的孤家寡人;其悲剧的主要根源在于他处理伦理关系时所持的错误伦理观念以及由此而导致的错误伦理行为。"⑤

至于亨察德之死的外部原因,伊格尔顿(Terry Eagleton,1943—)对此曾经有过较为中肯的分析。当时,学界一直流传着一种思维定式,即把亨察德简单地看作传统生活方式的代表,把法夫瑞看作新兴资产阶级生活方式的代表,而后者侵袭并战胜了前者。对此,伊格尔顿不予赞同,他指出《卡斯特桥镇长》跟哈代其他小说一样,探讨的"并非仅为外部力量围困传统生活方式的问题"。⑥他进一步指出:"法夫瑞对迈克尔·亨察德的胜利并非精明的资本家对传统农民的胜利。亨察德自己就是一个攫取成性的投机商,他遵循的是彻头彻尾的资本主义经营方式,而法夫瑞只是提高了这种经营的效率,扩大了它的规模罢了。法夫瑞不是一个异质的闯入者,他并没有破坏原有的生活方式,而

---

① 鲁春芳:《哈代乡土情结的演变》,《外语教学》,2006 年第 3 期,第 91 页。
② Joseph Carroll et al., "Quantifying Tonal Analysis in *The Mayor of Casterbridge*," *Style* 44, no. 1 - 2 (Spring 2010):166.
③ Jon Kertzer, "Time's Desire: Literature and the Temporality of Justice," *Law, Culture and the Humanities* 5 (2009):271.
④ 周倩倩:《论亨察德的伦理结问题》,《文学教育》,2009 年第 8 期,第 39 页。
⑤ 徐江清:《亨察德的伦理悲剧——伦理视角下的〈卡斯特桥市长〉》,《外国文学研究》,2011 年第 2 期,第 45 页。
⑥ Terry Eagleton, *The English Novel: An Introduction*, Oxford:Blackwell Publishing, 2005, 189.

是发展了亨察德的经营技巧，并借此促进了当地共同体的繁荣。"① 此处值得我们注意的是"共同体"一词。也就是说，伊格尔顿留意到了《卡斯特桥镇长》中的共同体关怀。令人遗憾的是，他并没有深究书中的共同体话题，为此，我们有必要刨根问底。

伊格尔顿至少给了我们如下启发：对亨察德失败乃至死亡的考察，不能离开对书中共同体关怀的理解。在具体讨论小说所隐含的共同体思想之前，我们有必要澄清上引伊格尔顿一语的意思：他所说的"共同体"，不是指传统意义上的以小农经济为特征的、建立在宗法体制基础上的共同体，而是与现代化/工业化进程合拍的、以新兴资本主义经济为特征的共同体。伊格尔顿的用意是要纠正流行于学界的一个观点，即哈代作品是为行将退出历史舞台的宗法社会和传统文化所唱的悲凉挽歌，是要反对以法夫瑞为代表的现代化进程。确实，哈代作品并不一味地哀叹传统生活方式的消失，也不一味地反对现代化和工业化，而只是对社会转型过程中的重大文化问题（如共同体问题）作出了回应，甚至提出了对策。《卡斯特桥镇长》就是这样一部作品。也就是说，假如我们仅仅把亨察德看作原有共同体的代表，把法夫瑞看作新兴共同体的代表，进而把亨察德的悲剧简单地归咎于新旧共同体的交替，那就是忽视了哈代对共同体的深刻思考。

那么，亨察德的悲剧究竟跟共同体有什么关系呢？我们认为，这一悲剧的根源在于共同体转型的不当，也就是阿诺德所说的社会转型期的"无序"（anarchy）。亨察德从贫困潦倒，转而成为富有而强势的一镇之长，然后又破产致死，这其间涉及许多环节，而这些环节中几乎每一个都凝聚着作者对共同体的思考。

第一个环节自然是小说开篇亨察德卖妻鬻女的情节：他在酒醉之中把妻子苏珊和女儿伊丽莎白·简卖给了水手纽森，但是时隔二十年后，苏珊带着女儿又来找他；她们的回归阴差阳错地跟他与法夫瑞之间的竞争（他俩在生意场和情场上都成了对手）搅在了一起，最终导致他身败名裂。对此，若仅就情节来看，把小说定性为伦理悲剧或命运悲剧，似乎是顺理成章的。然而，亨察德

---

① Eagleton, *The English Novel*, 190.

卖妻鬻女背后的深层次原因又是什么呢？一个耳熟能详的观点是他因醉酒而干出了蠢事坏事。至于他醉酒的成因，却很少有人追究；其实如果我们对小说加以细读，并不难找出答案。亨察德在书中初次露面时，是一个贫苦农民。他失去了土地，带着妻女背井离乡，四处寻找工作，可是连一个暂时落脚的地方都很难找到。在途经一个名叫威顿的地方时，他跟一个靠帮人锄地拔萝卜为生的打短工者有一段对话：

"这里有活儿干吗？"……"任何捆扎干草之类的活儿？"

锄地者没等他说完就摇起了头："哎，可怜的人！哪个有头脑的人会在这年头来威顿找这样的工作呀？"

"那么是否有房子出租……？"亨察德又问。

悲观的打工者仍然给了否定的回答："拆除房屋更像威顿的本性。去年拆了五家，今年又拆了三家。人们没地方可去啦——没了，连草棚都难找……"①

这里展现的是传统农民流离失所的景象，也就是原有的共同体土崩瓦解的景象。我们在解读亨察德酗酒情节时，不能忘记穷困生活对他的逼迫，也不能忘记他在酒醒后悔恨交加，发誓"在随后的二十一年里不沾烈性酒"(19)，并日夜兼程地追寻苏珊和女儿，"连续寻找了好几个月"(20)。这一切都告诫我们不要就事论事地从所谓的"伦理观念"和"性格的劣根性"中寻找悲剧的根源，更须留心的是，亨察德在卖妻鬻女之前并非主动去酗酒，而是中了他人的圈套。那是一个牛奶麦粥棚，而且是在苏珊提议下去的——苏珊的理由是"艰难地行走了一整天以后，需要一些营养"(8)。他们是去喝粥，可是粥棚老板娘古迪纳夫太太是一个奸商，偷偷地在粥里掺了朗姆酒，引诱亨察德越喝越多，导致他鬼使神差，在酒精的作用下把妻子女儿卖给了纽森。也就是说，奸诈的商业行为在很大程度上造成了亨察德的卖妻事件。古迪纳夫太太后来这样为自己的不轨行为辩护："诚信买卖赚不了利润——这年头流行的是尔虞我诈！"(23)即使麦粥掺酒只是个案，因而亨察德的不幸或许可以归咎为个人的命运，可古迪

---

① Thomas Hardy, *The Mayor of Casterbridge*, New York: Barnes & Noble Classics, 2004, 7. 以下该小说引文均出自此版本，仅随文括注出处页码，不再一一详注。

纳夫太太的所作所为却显然代表了当时流行的社会价值观，其背后是共同体的缺失。从事共同体研究的杰出学者滕尼斯曾经指出，所有唯利是图的商人有一个共同的特点，即"摆脱了共同体生活的任何纽带"。① 古迪纳夫太太就是一个不受共同体约束的不法商人，不过她作恶的时空背景还有点儿特殊：在她"卖粥"的时候，共同体根本还不存在；更确切地说，她是在共同体的真空中藏奸耍滑的。同样，亨察德也是在共同体的真空中犯下伦理罪过的。哈代安排这样一种特定的时空节点，恐怕有其深意：卖妻事件既发生在亨察德失去原有共同体之后，② 又在他进入一个新兴共同体之前（他在寻找妻子女儿无果后，才去卡斯特桥镇安顿），这难道不具备折射社会转型状况的意义？那状况分明是旧的共同体已经死去，新的共同体还未诞生，恰好跟阿诺德的著名诗行形成了呼应："徘徊于两个世界之间，／一个已经死去，／另一个还无力诞生。"③ 哈代跟阿诺德一样，都敏感地表达了因社会转型而引起的焦虑：旧的社会秩序遭到了废弃，而新的社会秩序还来不及诞生，这就容易导致上述丑恶现象发生。

可能有人要问：以上分析不正好证明哈代是在唱一首传统社会消失的挽歌吗？我们的回答是：哈代的用意远远不止于悲凉的挽歌。除了揭示新旧共同体转型过程中可能出现的问题之外，《卡斯特桥镇长》更多地介入了新兴共同体——卡斯特桥镇——的发展问题。亨察德的故事中除了卖妻鬻女这一环节（包括发誓戒酒、追寻妻女这两个子环节）以外，还有许多其他环节，都安排在亨察德融入卡斯特桥镇以后。分析这些环节背后的共同体关怀，构成了下文的主旨。

二、想象新型共同体

以上小标题中的"新型共同体"跟前面所说的"新兴共同体"是不同的概念：前者指作者心目中理想的共同体，而后者指亨察德实际经历的那个共同

---

① Ferdinand Tönnies, *Community & Society*, trans. Charles P. Loomis, New York: Harper Torchbooks, 1963, 81.
② 虽然故事从亨察德的颠沛流离讲起，但是书中多次提到他是捆扎干草的行家里手，因此我们可以推断他曾在一个农业共同体里生活。
③ Arnold, "Stanzas from the Grande Chartreuse," in *The Poems of Matthew Arnold*, ed. Kenneth Allott, London: Longmans, 1965, 288.

体。区分这两个概念,有助于我们理解哈代的双重用心,即一方面逼真地呈现早期英国工业社会中正在形成的共同体实况,另一方面则描绘/憧憬理想中的共同体图景。

前文提到,亨察德的故事大部分是在卡斯特桥镇演绎的。小说的叙述实际上有一个断裂:当镜头移向卡斯特桥镇里的亨察德时,他已经成了一镇之长;我们只是被简略地告知他依靠勤奋劳动,积累了财富,并恪守戒酒的诺言,终于获得了很高的社会地位。此时的卡斯特桥镇正处于转型时期。一方面,它仍然是一个典型的农业重镇,它的"农业和田园特征……由商店橱窗里陈列的农具得到了体现",如"长柄大镰刀、小镰刀、羊毛剪子、钩镰、铲子、鹤嘴锄、小五金商专卖锄、蜂箱、搅乳器、挤牛奶时坐的矮三脚凳,以及提桶、草耙、田间用壶和种子篮",等等(29—30)。另一方面,它正在加快工业化、现代化的步伐。例如,亨察德在聘请法夫瑞担任经理的同时,引进了先进的经贸管理办法,原来"一切依靠记忆和口头交易的老体制被文书和账簿取而代之"(86),而且法夫瑞还推荐引进了"一种迄今不为人知的、款式时髦的播种机"(156)。换言之,一个新的共同体正在兴起。那么,它的发育和成长是否令人满意呢?亨察德的遭遇和命运实际上对此做了回答。熟悉故事的人都知道,在短暂的荣耀之后,亨察德一步步走向了低谷,这每一步都构成了他不幸命运的重要环节:他先是和生意伙伴法夫瑞反目分手,然后在跟后者的竞争中惨败,导致破产,失去了镇长的职位;苏珊的去世、原女友露塞塔的背弃(选择跟法夫瑞成婚)、伊丽莎白身世的暴露(她实际上为纽森所生,而亨察德和苏珊生的那个伊丽莎白早已夭折)、他跟伊丽莎白修好的努力的失败,这一切如同雪上加霜,最后把他逼上了绝境。从表面上看,似乎都是机缘巧合,或者都可以追溯到当年亨察德卖妻鬻女这一罪孽的源头。然而,如果我们加以细察,就不难发现,对于亨察德的悲惨遭遇,卡斯特桥镇这个充满缺陷——虽然它也充满活力——的新兴共同体难辞其咎。

亨察德在生意上的转折点是他跟法夫瑞竞争的失败。我们不妨来看一下这场竞争的前因后果,以及竞争的规则、方式及其隐含的价值观。竞争的决战阶段有一个直接导火线,即亨察德察觉了露塞塔跟法夫瑞的恋情,这意味着他跟法夫瑞之间"公开的生意竞争又增加了秘密的情场角逐",因而他"妒火中烧"(170),随即决定用价格战的方式挤垮法夫瑞(他对助手下了这样的指令):"我们要用低价抛售,用高价买进,就这样剪灭他!"(172)他自恃资金雄厚,并以为当年的粮食会歉收,于是倾囊而出,高价买进并囤积了大量的粮食,不料刚好遇上丰收年,损失惨重,从此一蹶不振,而法夫瑞却乘机低价买进了粮食,为以后的高价卖出奠定了基础。在一个理想的共同体里,粮食买卖的目的应该是满足消费者的实际需求,但是,在亨察德和法夫瑞的竞争中,粮食买卖已经完全异化为投机,其动机是赚取利润,并打击报复对手。也就是说,在卡斯特桥镇这个不完美的共同体里,通行的是投机取巧的资本主义经营原则。亨察德的恶性行为自不消说,法夫瑞做生意的首要原则也是"利润+投机",就像他对路塞塔承认的那样:"我用低价把粮食买进……在几星期以后再卖出去,这时候价格又上去了!就这样,我利润虽小,却反复多次,因而很快就赚了五百英镑——就这样赚钱!"(150)在弥漫着投机氛围的卡斯特桥镇,亨察德走上绝路是不足为奇的。

须在此强调的是,哈代揭露卡斯特桥镇这一新兴共同体的问题,不是为了回到旧的宗法制社会中去,而是为了给他所想象的新型共同体做铺垫。那么,他是怎样想象共同体的呢?他又是怎样传达关于新型共同体的思考和憧憬的呢?

他采用了暗示的手法,来完成这种想象和憧憬。这种暗示几乎体现于亨察德命运的每一次波折,或者说每一个环节。我们不妨借用戈里希(Jana Gohrisch)的观点来说明哈代对共同体的想象。戈里希注意到在《卡斯特桥镇长》中,"叙述者反复使用表示条件和关联的连接词'假如'(按:原文为 if),以此暗示小说选择另外情节的可能性"。① 虽然戈里希的观点只是针对小说中人物的情感习性和个体幸福而言,但是我们如果参照他的思路,就能发现小说中其实埋伏着许多信号,暗示故事的进程和结局并不是**非此不可**,而是**别样亦可**。以亨察德与法夫瑞之间的竞争为例,其前提是他俩在生意上的对峙。假如他俩当初并没有反目,那么他们之间就不可能发生那样的恶性竞争;即便有私情上的恩怨,他们在生意上也竞争不起来,也就不可能有亨察德的破产。破

---

① Jana Gohrisch, "Negotiating the Emotional Habitus of the Middle Classes in *The Mayor of Casterbridge*," *Thomas Hardy Journal* 28 (2011): 46.

产以后亨察德跟法夫瑞之间有一段对话：

"……当初的你不名一文，而我是谷街房子的主人。如今的我身无寸缕，而你却成了那房子的主人。"

"是啊，是啊，真的是那样！世道如此啊！"法夫瑞答道。（209）

此处的弦外之音是：假如世道不是如此呢？我们不由得想到前文所提古迪纳夫太太的辩解："这年头流行的是尔虞我诈！"哈代是否在做这样的假设或想象：假如有一个不流行"如此世道"的共同体，亨察德的命运又会是怎样的呢？

可能还会有人争辩：当初亨察德跟法夫瑞的伙伴关系破裂，是因为后者的管理才能超过了前者，使其心生嫉妒，从而解除了法夫瑞的经理职位。确实，从小说叙事的表层结构来看，亨、法二人关系破裂的直接原因在于亨察德的性格。更具体地说，有两桩事情激怒了亨察德：一是法夫瑞当众维护了受亨察德惩罚的雇工埃布尔；二是法夫瑞和亨察德各自组织了一场群众性娱乐活动，法夫瑞大获成功，而亨察德由于没有考虑到天气的原因而失败，在众人面前出了丑。事实上，这第二桩事情是因第一桩而起：假如没有"埃布尔事件"，亨察德就不会想要另外组织一场娱乐活动（娱乐活动的计划是要免费款待镇民），因为他要借此证明自己比法夫瑞更有组织管理的才能，而且不像"埃布尔事件"表面显示的那样，是一个不仁不义的老板。那么，"埃布尔事件"究竟是怎么一回事儿呢？雇工埃布尔上班老是迟到，亨察德忍无可忍，罚他不穿马裤就出工；法夫瑞反对这种羞辱性的管理方法，所以公开顶撞并制止了亨察德。事后亨察德向法夫瑞声明自己"并不专制"，而只是为了让埃布尔"长点儿记性"，并且这样指责法夫瑞："你为什么在他们面前公开顶撞我，法夫瑞？你本来可以单独跟我交换意见。啊——我知道为什么了！因为我向你透露过隐私（按：亨察德告诉过法夫瑞以前卖妻鬻女的经历）——我真傻——你想要挟我！"（95）后来的故事告诉我们，亨察德是误会了法夫瑞。事实上，《卡斯特桥镇长》的故事是由许多误会组成的。亨察德一次次地误会了法夫瑞，不过他也一次次地反省过，并一次次地后悔，甚至当面向法夫瑞这样承认："我——有时候觉得自己冤枉了你！"（211）这些误会不光发生在亨察德和法夫瑞之间，而且发生在亨察德和伊丽莎白之间,甚至是双方彼此误会。例如,亨察德破产以后,法夫瑞曾经发起动议,筹款帮助他开一家经营种子的商店,可是由于听信谗言,随即"放弃助他开店的想法"(223)。类似的情况很多,而且对亨察德来说,每一次都是雪上加霜,其中最致命的是伊丽莎白对他的误会:亨察德对纽森谎称伊丽莎白不在人世的事情败露后,伊丽莎白认定亨察德是个十恶不赦的坏人,却没有看到"他爱她甚于爱自己的尊严"(299),因此让他在她和法夫瑞的婚礼上受到冷遇——这其实是亨察德最直接的死因。

误会频发,这实际上是作者埋下的信号:不要光从某个人物的性格或错误中寻找悲剧的原因,而要从书中人物所生存的社会土壤中去找。如前文所述,亨察德和法夫瑞所在的共同体是有严重缺陷的——主导它的是唯利是图的商业原则。在这种原则的主宰下,人与人之间发生误会乃至冲突是必然的。在故事中,亨察德和法夫瑞都有过超越商业原则的爱心和善举。上文所说法夫瑞维护埃布尔的情形就是一例。其实亨察德为埃布尔做得更多:他"曾经整个冬天向埃布尔的老母亲赠煤"(95)。令人遗憾的是,这些都未能构成他们生活的常态。这一点由书中的一幕情景就能得到说明:有一次,法夫瑞在劳力市场上雇用了一位青年男子,目的是帮助这个男子留在恋人的身边,否则他只能出远门去打工以维持生计;这个善举得到了路塞塔的赞扬,可是法夫瑞却坦承自己不可能经常这样做。当被问及原因时,他这样回答:"我是一个奋斗中的商人,有草料和粮食生意要做……我会尽量以礼待人——仅此而已。"(152)纵观全书,法夫瑞确实能在大多数场合以礼待人,包括对待下人。然而,在他彬彬有礼的外表下面,生意和商业仍然居于首位。更换主人后的埃布尔就曾这样对别人说:在亨察德手下打工要担惊受怕,而法夫瑞对下人们比较礼貌,可是他给的工钱却更少了(206)。这表明法夫瑞对雇工们的剥削其实更厉害了。

法夫瑞这一人物形象的塑造,体现了哈代在共同体形塑方面的匠心独运。事实上,"共同体"(community)一词直接在书中出现过,而且跟法夫瑞的形象紧密相连。在他财运亨通并当上镇长以后,书中这样写道:"在这个共同体中,法夫瑞仍受喜爱,但是作为镇长和有钱人,他全神贯注于事务,一心要实现雄心壮志,因而对比较贫穷的居民而言,他已经失去了魅力。当初在他们的眼中,他虽然身无分文,却无忧无虑,随时都会像树上的鸟儿那样唱起歌曲,那才叫美妙呢!"(248)我们认为,这是哈代想象共同体的点睛之笔。法夫瑞是个复杂的人物,他代表了先进的生产力、先进的管理理念和方式,并且具有艺术气质——他喜爱音乐,镇民们多次被他夜莺般的歌声打动。照理,他本应成为新型共同体的代表,但是哈代同时看到了他身上的严重缺陷,即对权势和金钱的迷恋。除了上举诸多例子以外,书中还有不少关于他深受商业原则困扰的描写。下面这段叙述就颇令人回味:"法夫瑞的生命由两股线——商业线和浪漫线——奇怪地组成……它们会缠绕在一起,可是不会融为一体。"(150—151)书中法夫瑞还有过这样的感慨:"我真希望这世界上没有生意。"(153)这分明是哈代自己的感慨!

也就是说,哈代是在想象一个不受商业原则主宰的共同体,或者说能让商业线和浪漫线/艺术线融为一体的共同体。哈代在法夫瑞这一人物形象中糅入艺术元素,这一点值得深思。法夫瑞初到卡斯特桥镇时,他的歌声征服了几乎全镇的人,尤其是那些贫穷的居民;在听歌的人群中可以听到这样的评论:"以前这地方人们的心灵没有这样升华过呀!"(50)从他当初用音乐/艺术凝聚人心,到后来逐渐失去魅力,我们可以发现一条艺术被商业挤压乃至替代的曲线。然而,我们似乎也可以反过来理解:假如共同体的主导原则是艺术,而不是商业,那情形是不是就好得多呢?这难道不是哈代自己的假设?不是他对共同体的另类想象?

就共同体观念史而言,哈代的时代恰是一个崭新的时代:想象共同体的文人学者层出不穷。这些人中有英国的卡莱尔、丁尼生、狄更斯、罗斯金和莫里斯,有法国的杜尔凯姆,还有德国的韦伯(Max Weber,1864—1920)和滕尼斯。在他们关于共同体的想象中,艺术元素都是不可或缺的。以滕尼斯为例,他认为一切有利于共同体的人类活动"都是一个有机的过程","都跟艺术有着亲缘关系",而"商业作为赚取利润的技术,是跟所有这样的意识相对抗的"。[①] 显然,在滕尼斯的想象里,人类的所有创造性活动——共同体离不开创造性活动——都带有艺术性质。在这一方面,莫里斯有过更精彩的论述。他

---

① Tönnies, *Community & Society*, 80.

主张"让所有的普通人都爱艺术,都坚持把艺术变成他们生活的一部分"。① 我们知道,莫里斯在许多作品,尤其是在《来自乌有乡的消息》中都描绘过未来共同体的图景。如果我们只能用一句话来概括这些图景背后的理念,那就是每个共同体成员都应该"艺术地生活"。② 总之,莫里斯和滕尼斯等人营建了一个共同体语境,其艺术特质正好跟《卡斯特桥镇长》交相辉映。换言之,一旦我们把哈代的小说放在这一语境中考察,就不难理解它的中心意义了。

---

① William Morris, *The Collected Works of William Morris*, vol. 22, London: Routledge/Thoemmes Press, 1992, 134.
② 殷企平:《"文化辩护书"》,第 196—238 页。

第四章

"财富"引发的文化命题

在英国文学与文化观念的互动史中,"财富"一直是个绕不过去的话题。本卷前三章已经表明,无论是抒发转型焦虑,还是描绘共同体愿景,或是构建民族特性,英国文学家们都会深入思考——或者说引导读者思考——以下问题:财富是什么?财富意味着什么?应该由谁来掌管财富?该怎样掌管?如何打造关于财富的价值观?也就是说,财富是重大的文化命题。鉴于前面三章只对这一命题进行了"旁敲侧击",本章将把它作为中心话题。就19世纪的英国而言,用文学语言探究财富问题的大家当首推狄更斯、阿诺德和罗斯金,因此我们的讨论将围绕他们而展开。虽然他们对财富的界定不尽相同,但是他们对于财富的思考有一个共同的特点,即为拓展文化观念的内涵做出了贡献。

第一节
文化、资产与社会流动:《远大前程》的财富观再判断

英国文化观念的流变在维多利亚时代的思想界发展出一条较为清晰的脉络,卡莱尔、穆勒、罗斯金、阿诺德和莫里斯等人突破了文化的窄义范畴,将文学和文化更加紧密地跟生活关联在一起,使文化重心拓展到更为广阔的生活方式之上。维多利亚时代的小说家同样以文学创作的形式介入了上述文化批评语境,然而他们在这方面的贡献仍未得到学界的足够重视。

狄更斯是维多利亚黄金一代作家群体的旗手,无论在英国文学还是文化的版图内,他都是一座巍然屹立的高峰。在英国文化观念流变过程中,狄更斯

用写小说的方式丰富了文化观念的内涵,他构成了连接卡莱尔、阿诺德和后人之间的重要环节,以文学话语的形式推动了文化观念的发展。在大英帝国走向辉煌顶点的历史过程中,狄更斯保持了清醒的头脑,对社会快速转型过程中物质财富和精神财富脱节的现象表达了深深的忧虑。在维多利亚时代,人们对财富和物质生活的单向度追求使得生活方式染上了"机械病",在道德上产生严重的负面影响。狄更斯和他的同代人面临一个日益棘手的社会问题:现代化进程导致社会流动性加强,让普通人有了更多发财致富的机会,那么在拜金主义盛行的社会生活中,人们应该如何正确地对待财富?这是狄更斯在多部作品中孜孜以求的一个重要文化命题。

一、《远大前程》财富问题的文学源流

狄更斯对财富问题的关注贯穿了他的整个写作生涯,这在英国文学源流的脉络中是有迹可循的。自英国小说在18世纪兴起以来,"财富"就是一个绕不开的话题。① 从《鲁滨逊漂流记》(*Robinson Crusoe*,1719)到《格列佛游记》(*Gulliver's Travels*,1726),从《帕美拉》(*Pamela*,1740)到《汤姆·琼斯》(*Tom Jones*,1749),英国小说家们对财富问题的反思始终贯穿其中。小说在英国的兴起与资产阶级的崛起以及文学市场化的发展相伴而行。这种新型的文学体裁关注社会生活的热点话题,并且迎合大众读者的喜好,在形式与内容上都契合资产阶级的生活趣味。资产阶级阵营掌握了巨额财富,借此向贵族阶层展开攻势,逐步扩大自己的政治领地和话语权。在这种大历史趋势下,财富在社会生活中占据了越来越重要的地位,成为表征社会成员身份的最重要标识之一。与此相应,它在英国小说传统中也占据了显性地位。有一个文学现象值得关注:到了19世纪中期,财富(通常是遗产)赠予成为众多小说家编制小说情节的重要因素,常见的惯例是让小说主角得到一笔来路不明或意料之外的财产,借此摆脱本来无解的人生困局。这在《呼啸山庄》(*Wuthering Heights*,1847)、《简·爱》(*Jane Eyre*,1847)、《克兰福德镇》(*Cranford*,1853)、《北方与南方》(*North and South*,1854)、《织工马南》(*Silas Marner*,

---

① 本节的"财富"一词限定于讨论它的通俗用法,指具有经济价值和交换价值的物品,不涉及幸福康乐和道德精神等层面。

1861)等众多影响力极大的经典名著中都可以得到印证。究其本源，这种文学技巧仅仅是早期戏剧舞台上"机械降神"的一种变形手法而已，使得故事世界中原本无法解决的矛盾被外来的偶然力量强行解决，金钱的力量发挥作用，逆转故事人物的命运。这种做法于无意识层次反映了金钱万能的价值观，同时又通过文学市场，以虚构叙事话语的形式加以强化。这在文学领域佐证了当年卡莱尔为何要一再抨击流行于维多利亚社会的"金钱福音"和"现金联结"。维多利亚时代作家和思想家谈论财富问题，其实就是在谈论文化问题；他们对文化的观照，就是对人类生活总体方式的观照，是对人的全面发展状况（各种禀赋和潜能的协调发展）的观照。这些都是他们的作品带有焦虑特征的深层次原因。

狄更斯在他的写作生涯中，对财富和金钱问题不断有新的思考。总体而言，早期作品中的乐观情绪与蓬勃朝气在后期逐渐被一种严肃氛围和悲观情绪所浸染。他在《雾都孤儿》(*Oliver Twist*，1838)、《董贝父子》(*Dombey and Son*，1848)、《荒凉山庄》(*Bleak House*，1853)、《艰难时世》(*Hard Times*，1854)、《小杜丽》(*Little Dorrit*，1857)和《我们共同的朋友》等作品中都对金钱崇拜进行过尖锐批判，而他对维多利亚人财富观的深度思考无疑最完整地呈现在《远大前程》(*Great Expectations*，1861)之中。他在《远大前程》整体情节走向的多处重要节点将财富作为改变人物命运的关键因素，财富的得失成为驱动人物命运发展的最大推力。

狄更斯善于博采众长，继承文学传统中的各种经典构造并将其发扬光大。如果将《远大前程》放在英国乃至欧洲文学源流之中加以考察，可以发现这部小说其实并非奇崛突兀之作：就构造程式而言，它兼取了《哈姆雷特》(*Hamlet*，1603)、《李尔王》(*King Lear*，1608)、《仲夏夜之梦》(*A Midsummer Night's Dream*，1600)和《弗兰肯斯坦》(*Frankenstein*，1818)之众长；[①] 就小说所描述的寒门子弟出人头地的理想及其幻灭的道德主题而言，前有司汤达(Stendhal，1783—1842)《红与黑》(*Le Rouge et le Noir*，1830)和巴尔扎克(Honoré de Balzac，1799—1850)《幻灭》(*Illusions perdues*，1837—1843)三部曲

---

① William A. Wilson, "The Magic Circle of Genius: Dickens' Translations of Shakespearean Drama in *Great Expectations*," *Nineteenth Century Fiction* 2 (1985): 157-158.

小说的漫漫余音,① 后有萧伯纳(George Bernard Shaw,1856—1950)戏剧《卖花女》(*Pygmalion*,1931)遥远的回响。② 有意思的是,狄更斯《远大前程》的文学子嗣萧伯纳对小说主角皮普以及狄更斯本人都颇为不满。萧伯纳对皮普的财富观嗤之以鼻,将他称作趋炎附势的"寄生虫"(parasite),认为他欣然接受神秘恩主的资助,去伦敦过起绅士生活的做法属于不劳而获。萧伯纳还责怪狄更斯在小说中没有对皮普的价值取向加以批判,认为"出现这种状况,根本原因在于皮普和他的创造者(狄更斯)一样,既没有文化也没有宗教信仰"。③ 萧伯纳对皮普和狄更斯的批判极具洞察力,但是他的归因判断却值得商榷。限于篇幅,本节不展开论述宗教缘由,只关注狄更斯的财富观念问题,聚焦于他所表达的对维多利亚社会文化价值观和工业精神的思考。

二、财富与阶级文化铸就的审美趣味

作家身上表现出来的审美趣味不仅涉及个体爱好和性情,在深层次上还反映出整个社会与阶级的审美意识形态。作家在写作中通过主题、话语、文体和叙事结构的选择来表达自己的审美趣味,而后者又体现出他们的阶级文化归属及其背后的财富状况。在这种理论的观照下,和许多批评家一样,萧伯纳将狄更斯在艺术上易受人攻击的弱点归因为"没有文化"。这种论调似乎有确凿的"史实"为依据:狄更斯出身于贫寒之家,自幼未受过多少正规教育,仅于1824—1827年间在威灵顿寄宿学校短暂求学;他虽然也读过一些"高雅"的文学经典,但更喜欢旅行知识、航海小说和自然历史。④ 这些属于通俗文化范畴的读物在19世纪英国显然不是什么值得炫耀的文化资本。然而,狄更斯具有天纵英才的想象力、语言能力和幽默感,并懂得如何扬长避短。刘易斯对他的评论切中了问题的肯綮:狄更斯拥有"辉煌的想象力",他的叙事抱负和写作

---

① G. Robert Stange, "Expectations Well Lost: Dickens' Fable for His Time," *College English* 1 (1954): 10.

② Michael Goldberg, "Shaw's *Pygmalion*: The Reworking of *Great Expectations*," *The Shaw Review* 3 (1979): 114.

③ George Bernard Shaw, "George Bernard Shaw on the Unamiable Estella and Pip as Function of Class Snobbery," in *Charles Dickens's Great Expectations*, ed. Harold Bloom, Philadelphia: Chelsea, 2005, 49.

④ Rosemarie Bodenheimer, *Knowing Dickens*, Ithaca: Cornell University Press, 2007, 7-8.

特点是"绝不描绘理想式或英雄式的事物,中产阶级史诗的所有才智尽在掌握之中"。[①] 刘易斯所谓"中产阶级史诗",指的是小说。狄更斯继承与发扬的并不是贵族精英式的古典文化,而是小说这种伴随着中产阶级崛起而迅速传播的流行文化。

《远大前程》的主人公皮普自幼父母双亡,由姐姐和姐夫乔氏夫妇带大。乔氏夫妇生活在乡间沼地,靠打铁为生,是不折不扣的社会底层成员。在这种境况下,对皮普来说,可以预见的将来就是在姐夫的铁匠铺里当学徒,等成年之后再自立门户成为铁匠,娶妻生子,过着养家糊口的劳苦生活。然而,皮普心中时刻涌动的远大梦想是摆脱贫苦现状,成为一个富裕而有派头的绅士。皮普生性敏感且怀有逆反心理,年幼时对自己社会身份的认知还处于混沌状态。由于出身关系,他对劳动阶层有着天然的认同感,但是对社会地位比自己高的中产阶级则抱有敌意,比如他对神职人员伍赛甫(25)、办夜校和开小店的伍赛甫姑奶奶(47),以及粮商潘波趣等人都报以戏谑讥笑的语气(58—59)。[②] 有一个现象值得深思:这些人是在帮他祷告,教他识字,或者辅导他学习算术(27、47、73),但是皮普对这些村里和镇上做买卖的小资产阶级成员却极尽讽刺之能事;与此同时,他对镇上富婆郝薇香和她的养女艾斯黛拉却充满好感,即便她们对自己加以白眼和侮辱。初次进入郝薇香小姐家的大宅,皮普就硬着头皮忍受了房子阴森的气氛和郝薇香古怪的仪表。在牌局中,艾斯黛拉"鄙夷地"认为皮普语言粗俗,如"把'奈夫'叫做'杰克'",而且叹息他"手有多粗糙","鞋有多笨重"(66)。艾斯黛拉自幼生活在富裕阶层,接受士绅阶层生活方式的教养,因而具有强烈的自豪感和优越感。当她听到穷小子皮普使用的语言,看到他的服饰和仪表之后,便产生了鄙视感。按照皮普此前所表现出来的敏感心理,他此时会因强烈的自尊心而产生屈辱与愤怒,但奇怪的是,他对艾斯黛拉并未反唇相讥,甚至毫无反感。相反,他竟然自惭形秽,顺从了艾斯黛拉的价值判断:"以前我从来也没想过自己的手有什么见不得人,可是

[①] Quoted in Hock Guan Tjoa, *George Henry Lewes: A Victorian Mind*, Cambridge, MA: Harvard University Press, 1977, 81.

[②] 本节相关引文均出自狄更斯:《远大前程》,王科一译,上海:上海译文出版社,2011年。个别文字略有改动,此处及下文只随文括注出处页码,不再一一详注。

这时候竟然也认为自己的手实在生得很不像话。她对我的污蔑可着实厉害，竟像有传染似的，于是连我也轻蔑起自己来了"(67)。这个看似不太引人注意的细节，其实表征了皮普"做绅士"远大前程梦想的开始：他对自己低下的劳动阶层身份和生活方式感到不满，想要成为像艾斯黛拉那样的"上等人"。

"上等人"绅士品行的锻造并非朝夕之功，而是需要长期的教育和培养，即文化的熏陶。"文化"(culture)一词可追溯的最早词源是拉丁语 colere，最接近的拉丁语词源是 cultura，具有"栽种"和"照料"的意思，在16世纪和17世纪意义才变得更加丰富，被隐喻为"人类发展的历程"以及"心智的培养"。① "文化"一词的内涵总是同阶级与意识形态密切相连。T. S. 艾略特指出文化有三层含义，它关乎"个体、群体或阶级以及社会的发展"，"个体的文化依赖于群体或阶级的文化，而后者又依赖于它所在社会的文化"，因此在这三者之中，"发挥基础作用的是社会的文化"。② 在艾略特看来，社会总体文化对个体和群体（或阶级）的文化起决定作用。绅士文化无疑是一种群体文化，它和社会个体的自我教育和修养紧密联系在一起，同时又对社会个体产生感召和形塑作用。

《远大前程》的主要叙述者是皮普，他在获得神秘恩主的资助后，赴伦敦学习过"上等人"的生活，经历了一个从期盼到幻灭的过程。全书就围绕这一核心情节而展开。这部小说共59个章节，基本上平均地分成3个部分。就地理空间而言，皮普从头至尾经历了沼地—伦敦—沼地的循环。狄更斯准确地捕捉到维多利亚时代的情感结构和社会风气，通过皮普的人生轨迹再现了社会流动模式的两大主要维度：在地理空间里从农村去往城镇和都市的水平流动，在社会空间里从中下层的贫寒之家跻身上层社会做"绅士"的垂直流动。这两大流动趋势体现了社会个体提升自身地位的诉求，契合了英国近代以来的城市化进程，同时又体现出资产阶级力量强势崛起给英国社会其他阶层带来的巨大虹吸效应。

三、绅士文化身份的财富后盾

"绅士"最早和"贵族"一样是由血统决定的；绅士文化一直和贵族阶层所

---

① 雷蒙·威廉斯：《关键词：文化与社会的词汇》，刘建基译，北京：生活·读书·新知三联书社，2005年，第101—102页。

② T. S. Eliot, *Notes towards the Definition of Culture*, London: Farber and Farber, 1948, 21.

秉持的价值体系和生活方式有关，崇尚勇敢、忠诚和美德等品格，被贵族阶层男性奉为规范自身言行的重要准则。18世纪以来，道德力量被赋予越发重要的角色，和资本主义精神结合在一起，使"绅士"的含义逐渐发生演变。随着资产阶级的崛起和贵族阶层的没落，英国社会的流动性进一步增强，绅士观念摆脱了以前的门第局限，成了日常生活中人称指涉的常用词汇，以表述其为人尊敬的社会地位。克里斯汀·博贝里希（Christine Berberich）追溯了《大不列颠百科全书》（*Encyclopedia Britannica*）不同版本对"绅士"一词的释义，从词源学角度指出它如何客观明了地反映"绅士"观念在19世纪的变迁：1815年第5版里它专指贵族阶层，1845年第7版中放宽到自耕农以上阶层，1856年第8版就加上了"此称呼亦常被用于普通商贩以上人群，只要他们的行为带有一定的优雅（refinement）和智性（intelligence）"。[①] 可以看出，到了维多利亚时代，绅士并不是一个固定的社会阶层，而是指具有一定经济地位，愿意而且能够恪守优雅和智性风度的人群。

在英国历史上，绅士文化的锻造总是围绕着两个基点，即内修智性德行，外修优雅举止。《远大前程》的众多人物时刻将"绅士"挂在嘴边，然而具有讽刺意味的是，他们只看到绅士的外在做派，却不理解绅士的真正内涵。要想成为绅士，得要接受精英模式的自由人文教育传统熏陶，并奉行克制自己和尊重他人的价值标准。《远大前程》的皮普出身低微，没有这样的机遇。他在村里上夜校，仅仅是扫盲，学会识字。到了伦敦之后，他去私塾教师朴凯特先生处求学，其间并未锻造出多少绅士品格，相反还瞧不起朴凯特先生，对贵族出身的同学蛛穆尔也极尽讥讽。他在绅士问题的价值取向上有个致命的矛盾：一心想要成为绅士，却对绅士阶层大加讽刺。由此可见，皮普其实并没有在绅士阶层所秉持的价值体系和生活方式里面找到归属感，他看中的是其优越光鲜的身份和地位。无论是皮普，还是他的恩主马格韦契，都只注重绅士外在仪态的高雅做派，并没有真正躬行绅士的内在品格。

皮普获得财产赠予之后到伦敦生活，立刻采取了一系列措施来提升自我形象，尽量将自己包装成绅士，如改换衣食样式，模仿措辞用语，注重举止仪

[①] Christine Berberich, *The Image of the English Gentleman in Twentieth-Century Literature: Englishness and Nostalgia*, Aldershot and Burlington: Ashgate, 2007, 9.

态,雇用仆人,拜师提升学识,等等(193—223)。所有这些举措都得有雄厚的财力做后盾。财富可以提升社会成员的阶层地位,同时,要维持较高的社会地位,也需要消耗财富。从这个意义上来说,财富与社会个体的身份地位和阶级文化认同紧密交织。要想做绅士,就得实践绅士的生活方式。在金钱崇拜风气熏陶下,在一些普通民众眼中,"绅士"一词已经丧失了原本的男性气概和诚实品质等丰富鲜活的正能量,蜕化成"有钱人"的同义词,被简单地视为物质财富的拥有者和消费者。因此,皮普刚接受巨额财富赠予,贾格斯和乔等人就视其为绅士(158—159)。在他们看来,有钱了,自然就可以成为绅士。"做绅士"已然成为维多利亚社会阶层流动潮流中的宏大旋律,对社会个体成员产生了巨大的吸引力,指引他们的信念和行动。人们跟风绅士阶层的消费方式,以此表达自己对这个阶层的身份认同。

19世纪中期,绅士文化成为英国社会的主流价值观,中下阶层趋之若鹜,《远大前程》对这种情形进行了生动描述。绅士文化当然具有历史必然性,也有众多优点;但同时它也给英国社会带来了负面影响,这在狄更斯的谋篇布局中可见一斑:马格韦契发财致富以后,全身心打造绅士事业,对办厂或从商毫无兴趣;皮普获资助后便以绅士自居,浑浑噩噩,不思进取;郝薇香小姐祖上办酿酒厂起家,发财致富以后便过上了悠闲的生活,酒坊也被荒废,建了一所大宅叫"有余庄屋",意思是"谁有了这座宅子,谁就会心满意足,再没有别的要求了"(59—61)。小说主要人物生活中关心的都是如何消费财富,以使自己具有绅士做派;他们根本无心再去创办实业,或者进行商贸活动,对工业价值观产生了隔阂和抑制。这种消费和生产脱节的文化价值取向引发了严重的社会问题,导致英国的"经济不像其他国家那样具有活力,政治体制不那么支持经济的发展"。①

《远大前程》于1860年12月至1861年8月之间连载于狄更斯主编的周刊《一年四季》(*All the Year Round*),此时英国已经进入相对平静的历史时期,经济繁荣,社会稳定,似乎盛世已经降临,因此该时期被冠以"均衡时代"

---

① 马丁·威纳:《英国文化与工业精神的衰落:1850—1980》,王章辉、吴必康译,北京:北京大学出版社,2013年,第12页。

(the Age of Equipoise)或"维多利亚正午"(Victorian Noon)之名。① 这种太平盛世的景象下,人们对财富的追逐愈发疯狂,"整个社会都沉湎于出人头地,这个时代过度地将物质成功等同于救赎"。② 从维多利亚时代前期到中后期,卡莱尔、阿诺德、罗斯金、莫里斯所形成的文脉对英国社会工业价值观和机械主义的批判在很大程度上推动了英国文化的流变。从卡莱尔的物质与精神的平衡,到阿诺德的物质文明和精神文明同步发展,再逐渐演变成罗斯金的幸福康乐与精神和谐,最后再是莫里斯的愉快劳动和审美享受,③ 这条英国文化的流变脉络走向有着积极意义,批评界已经给予它充分肯定。在狄更斯写作与发表《远大前程》的前后不久,罗斯金在《康希尔》(Cornhill)杂志连载发表的《给这后来者》(Unto This Last,1862)、《报以灰尘》(Munera Pulveris,1872)以及《芝麻与百合》(Sesame and Lilies,1865)等作品中对财富和幸福的意义给出了新的阐释和定义。罗斯金的众多论述"使竞争变得声名狼藉而广为人知。他也使生产失去了内在的道德价值,虽然这方面较少为人知"。④ 罗斯金和莫里斯一起引导了英国社会文化从卡莱尔注重生产实践的"工作福音"向他们注重精神审美的"艺术福音"的流变,他们试图从知识话语和词语系谱角度对"财富"一词进行重构,赋予其新的意义,将财富与成功引向生活、生命和心灵。⑤ 罗斯金和卡莱尔、阿诺德以及莫里斯一样,不断地反思"进步"话语,无形中消解了工业主义价值观。

　　这样的文化嬗变毋庸置疑地对工商业精神造成极大的压制作用。与这个文化流变脉络走向同步的,是绅士文化中根深蒂固的乡绅情结。富裕阶层一般都会在乡下置办房产,过上悠闲生活,这在一定程度上导致他们对投资实业与商贸的热情逐渐消退,使得英国社会的工商业精神缓慢衰落。狄更斯对工业和商贸事业的态度并不是单纯地否定与批判,他同样肯定工商业精神和价

---

　　① N. N. Feltes, *Modes of Production of Victorian Novels*, Chicago and London: University of Chicago Press, 1986, 18.
　　② Jerome Meckier, "'Great Expectations' and 'Self-Help': Dickens Frowns on Smiles," *The Journal of English and Germanic Philology* 4 (2001): 537.
　　③ 殷企平:《"文化辩护书"》,第 32、91、163、202 页。
　　④ 马丁·威纳:《英国文化与工业精神的衰落》,第 53 页。
　　⑤ 关于"财富"观念在19世纪中期的演变与多重阐释以及罗斯金对"财富"意义的重构,参见乔修峰:《原富:罗斯金的词语系谱学》,《外国文学评论》,2014 年第 4 期,第 80—96 页。

值观对社会的积极作用。一个不容忽视的史实是,他曾在1850—1851年间担任艺术学会副主席,参加过1851年伦敦首届世博会的筹备工作,并为世博会基金募捐。① 学界一般认为,正是在世博会举办前后这段历史时期里,随着水晶宫的建造以及琳琅满目的工业产品的展出,工业价值观以及对技术与商品的崇拜在英国达到全盛时期。在此之后,工业精神在英国便逐渐衰落。

与之相应的是,狄更斯在这段时期里逐渐褪去年轻时代的乐观精神,变得悲观而冷毅,对工业制度、技术进步和财富创造的情感也复杂起来。狄更斯以自己的文学虚构叙事参与到维多利亚社会文化流变的思考与形塑之中。他在诸多作品中对金钱崇拜和无道德节制的野心进行批判,但是他对这些问题的思考并没有做简单化处理,而是在不同作品中表现出不同的价值判断与立场。狄更斯在《艰难时世》中确实"把他最痛恨的一切东西都与工业制度联系起来",在《我们共同的朋友》中也描绘出商业阶级的痛苦,从而使"追求财富受到谴责",但是他的社会思想在发展过程中并没有像一些批评家所认为的那样,简单地"摒弃靠自己力量成功的人,转而肯定乡绅理想,这种乡绅理想剔除了阶级和社会的野心"。② 如果对狄更斯的生活经历进行考证的话,狄更斯本人无疑是认同乡绅文化价值观的,因为就在创作《远大前程》之际,他重新装修了在肯特郡海厄姆村置办的乡间宅邸,在那里过起了乡绅样式的生活。③ 然而,狄更斯并未将生活中的价值取向带入写作之中:他在《远大前程》中没有美化乡绅生活方式;同时,他也没有否定人们追求财富和提升社会地位的渴望,而是将财富和自食其力的工作紧密联系在一起,形成新的语意。他在《远大前程》中捕捉了英国社会文化流变中的新动向,而且用道德寓言的方式将其表达出来。

狄更斯是一个事业心极强的作家,在创作《远大前程》的同时,还在编辑《一年四季》杂志,并积极谋划巡回朗诵会等多项活动。④ 狄更斯本人对工商业

---

① Trey Philpotts, "Dickens and Technology," in *A Companion to Charles Dickens*, ed. David Paroissien, Malden, MA: Blackwell, 2008, 202 - 203.
② 马丁·威纳:《英国文化与工业精神的衰落》,第46—47页。
③ Charles Dickens, *The Letters of Charles Dickens*, vol. 2, New York: Charles Scribner's Sons, 1879, 126, 167.
④ Frederic George Kitton, *Charles Dickens: His Life, Writings and Personality*, London: T. C. & E. C. Jack, 1902, 305 - 306.

并不排斥,这从他 1860 年 5 月 3 日写给法国友人德赛贾(M. de Cerjat)介绍家人近况的回信中可以看出。狄更斯在此信中提到他的 6 个儿子,首先重点介绍的是做生意的长子和老三:长子查理"已在巴林银行工作了三四年,马上要去香港做茶生意","以后准备去伦敦自己开商号","我把他弟弟弗兰克从法国和德国那边叫回来学做贸易,只等他兄长从天朝(Celestial Empire)回来就和他搭伙"。① 由此可见,狄更斯对商贸事业寄予厚望,或许是这些因素促使他将《远大前程》中踏实劳动的乔、文米克与赫尔伯特三人刻画成生活中的成功者,而且在小说结尾处让远大前程梦碎之后的皮普自谋生路,过上平稳日子。赫尔伯特是全书正能量最多的人物,出场时被皮普称为"白面少年绅士"(99);他的人生规划明确,工作"兢兢业业,勤勉有加"(541),最终获得事业成功和爱情幸福,这是一个典型的中产阶级励志人生故事。1861 年 5 月 22 日,狄更斯的《远大前程》已经写到后半部分,他邀请了几个朋友陪同家人从伦敦城东坐船到城南,为小说场景描写寻找素材。玛格丽特·卡德威尔(Margaret Cardwell)发现在那天之后,狄更斯对小说做了一个较大变动,修改了赫尔伯特的外貌和家庭背景,"为了使他有几分像自己的长子查理"。② 可见狄更斯对中产阶级绅士阶层代表赫尔伯特这个人物形象的处理与情感寄托是经过深思熟虑的。

狄更斯在《远大前程》中对绅士文化进行深度思考,批判人们对绅士"上等人"生活方式的媚俗心理,让他们的梦想全部破灭。《远大前程》并没有通过小说的虚构叙事来强化有钱就可以当绅士这个理念,否则它就无法体现出应有的批判价值,也就无法成为一个有效的道德寓言。为了规避这个道德陷阱,狄更斯还特意在小说开头就设计了一个情节机关:皮普的远大前程来源于一笔巨额的财富赠予,而这笔财富赠予又是缘起于当年他帮助罪犯马格韦契越狱。

四、远大前程的道德幻影:资产与原罪

《远大前程》围绕主人公皮普做"上等人"绅士理想的失败而展开。这个理

---

① Dickens, *The Letters of Charles Dickens*, 126, 134.
② Quoted in Paul Schlicke, "Great Expectations," in *The Oxford Companion to Charles Dickens*, ed. Paul Schlicke, Oxford: Oxford University Press, 1999, 260.

想建立在一个由资产构筑的道德幻影之上,因此越发显得虚幻而岌岌可危。皮普的"远大前程"起源于他幼年时所做的一件事情,即帮助罪犯马格韦契逃避追捕(结果并未成功)。虽然皮普当时年纪尚小,无须承担刑事或民事责任,但他心里其实已经隐隐察觉到帮助马格韦契越狱是违背法律和道德的。当时的马格韦契因重罪被判刑 14 年,至于原因,他自己在第 42 章中有所提及:"犯了重罪,罪名是盗窃货币投入市场,另外还有好几款罪名。"(392)马格韦契从小就是一个惯犯,所犯罪行罄竹难书。他将入狱原因归结于法官的歧视;他在谈到法庭的宣判场景时,居然将自己描绘成阶级歧视的受害者(392—394)。实际上,小说文本清楚地表明,不管他如何替自己辩解,他的犯罪事实都很清楚,证据确凿,应该受到法律惩罚。

马格韦契越狱时恐吓皮普为自己提供帮助。皮普拿锉刀和食物救助了一个人,但这个人却是个逃犯,而且在那时皮普并没有受到生命威胁。因此,就道德层面而言,皮普的救助行为称不上善行。他当时有很深的愧疚感,但是他纠结的并非放跑了犯人这个大是大非的问题,而是担心自己偷了家中的食物,迟早会被姐姐发现而受到惩罚。后来得知已蒙混过关时,他顿觉轻松:"我总觉得,我的动机总还有几分是出于善行吧。"(44)《远大前程》采取的是第一人称限知视角,呈现出幼年皮普在法律和道德层面上的懵懂无知:他一直以"同情心"和"善心"这种超越法律界限的道德幻影来麻醉自己,在伦理价值取向上存在混乱。等到小说进行到后半部分,马格韦契找上门来时,皮普的心智已然成熟,他对马格韦契的犯人身份非常敏感,言语中急着和他划清界限,说他俩"毕竟走的是两条路"(355)。当他发现"神秘恩主"的真相时,他"定下心来,仔细一想,才完全明白我搭乘的这条命运之船已经触礁撞毁,我这一辈子算是完了"(363)。皮普刹那间明白了那笔财富来源于马格韦契在流放澳大利亚期间的积攒,自己的远大前程从一开始就带着原罪,这种致命的丑闻会让一切都变得黯然失色。

皮普的"远大前程"是一段不劳而获就出人头地的故事。除了情节上的猎奇,还带着侥幸,狄更斯当然不会让故事结局滑往这个方向。他在细节设置上非常巧妙,环环相扣地产生一个无解的道德死角——皮普所收到的财富以及随之而来的远大前程都构筑在幼年时救助逃犯的基础之上,因而没有牢固的法律和道德根基。所谓皮普的"善行",以及马格韦契的"知恩图报",只是懵懂小子和犯罪分子各自心中的道德错觉罢了。对于这个问题,狄更斯是心知肚明的。在谈及《远大前程》时,狄更斯对刘易斯等人说他"对怪诞(grotesque)有着细腻的情绪感知"之类的评语甚为受用,自认为罪犯马格韦契赠予财富的情节设置是一个"既新奇又怪诞的好主意"。① 狄更斯和刘易斯等人所说的"怪诞",在很大程度上指的就是笼罩着这笔财富的罪恶荫翳。构筑在这种道德幻影之上的"远大前程",注定会烟消云散。

小说结尾处,马格韦契潜逃回国,遭人揭发,并被判处绞刑,财产悉数被没收;皮普大病一场之后重回故乡,随后变卖家当,偿还部分债务后去海外谋生,此时他对人生命运的无常深有感慨。这一情节似乎刻意打上了因果循环和宿命论的烙印,让皮普的"远大前程"泡沫最终消散,形成了一则与机缘、财富和人生有关的道德寓言。然而,狄更斯最终还是给了皮普自我救赎的机会,在小说结尾处用叙事报道的形式,快节奏地讲述他在梦想破灭后如何外出经商,踏实工作,最终获得财富与成功。

狄更斯在 1861 年 6 月 26 日致柯林斯(William Wilkie Collins,1824—1889)的信中提到,自己原本为《远大前程》设计了更加凄凉灰暗的结局,但最终接受了布尔沃-里顿(Edward Bulwer-Lytton,1803—1873)的建议,让皮普在海外经商致富后回到故乡;全书最后一行文字还暗示皮普和艾斯黛拉二人破镜重圆。② 这是狄更斯作为流行文学写手的明智之处,他熟谙维多利亚时代读者的价值取向,懂得在文学消费时代人们追求的是道德和精神上的双重慰藉。《远大前程》表现了狄更斯严肃的道德感,他通过这则道德寓言向维多利亚人,尤其是向青年读者,传递了关于财富观的正能量。

将《远大前程》放在英国 19 世纪后半期的文化转型语境中,可以发现狄更斯对于工业精神、绅士文化、劳动以及财富的焦虑和辩证观。狄更斯通过对小说人物所持财富观的批判,表达出自己对英国文化价值体系中工业精神衰落状况的深度思考。他不是通过直白的语言内容,而是通过形式结构凝聚起了

---

① Michael Hollington, "Grotesque," in *The Oxford Companion to Charles Dickens*, ed. Paul Schlicke, Oxford: Oxford University Press, 1999, 264.
② Dickens, *The Letters of Charles Dickens*, 101.

批判力量，揭示出依靠财富赠予而得来的成功是巨大而斑斓的泡沫，终将破灭，而自食其力和投身工作虽然不一定大富大贵，却能获得稳固的幸福。乡下穷小子皮普变身伦敦绅士，最终前程泯灭，又黯然回到乡下，这样的结局表明在社会流动过程中跨越阶级和地域的上行之路并非易事，完全由别人提携的成功毕竟难以持久，唯有自己亲手创造的前程才会坚实而远大。泡沫破灭之日，就是幸福酝酿之时。至此，狄更斯的文化愿景已然呈现：踏实工作，造就幸福人生。

第二节
罗斯金重诠"财富"

"财富"（wealth）是 19 世纪英国文人话语和习常语言中的热词。现代学者更多关注该词自 18 世纪中叶以来所具有的"国民或国家集体财富"含义，而 19 世纪的很多英国文人关心的却是该词日渐消弭的古义，尤其是自 13 世纪起就有的"幸福康乐"和 15 与 16 世纪间所具有的"精神康乐"之义。这两层含义本是《牛津英语大词典》（OED）"财富"词条的前两个义项，却均已成为"废失之义"。罗斯金写作的宗旨之一就是重新诠释"财富"概念。他的初衷是推究"国民财富性质及其原因"的政治经济学话语，但最终目的却是通过追溯该词系谱来重构价值观念，挽救世道人心。究其原因，是他对新经济模式悄然塑造的新价值观念不满，于是在文化上做出了反拨。罗斯金对"财富"概念的重新界定，既是社会转型时期文化焦虑的一种体现，又丰富了文化观念的内涵，并突出了其现实针对性。

罗斯金发现，18 世纪中叶以来渐成显学的政治经济学不仅影响了整个文化话语，而且通过对习常语言的腐蚀，绑架了人们的思想。他研读现代政治经济学理论时，发现后者扭曲了人们的价值观念："当代政治经济学家说：'既然在当下世界只有魔鬼的法则切实可行，那么，我们也就只能追求野兽的欲愿。'

'信仰''慷慨''诚实''热忱''自我牺牲'之类的词语,都只能在诗文里见到,没有一样能在现实中指望得上。"① 他的许多作品都集中探讨了政治经济学对词语的腐蚀。② 例如,《报以灰尘》就抨击当时的"政治经济学"抛弃了"政治"所含的国家、社会之义,只顾研究商业现象,与柏拉图、色诺芬、西塞罗、培根(Francis Bacon,1561—1626)等先贤所说的政治经济学毫不沾边。因此,他力图回归那些政治经济学词语的原初含义:

在这些文章中,我保留了所有重要术语的字面意义和初始意义,因为一个词最初因需要而被制造出来的时候,它的意义最为得宜。初始意义蕴含了该词在其青年时代的十足活力,后来的意义则经常被扭曲或日渐衰弱。而且,在一个被误用的词背后,大都有一堆混乱的思想。因此,不管在谈论这个话题还是其他任何话题时,细心的思想家都必然会准确地使用词汇。我们要想理解他们的言论,首先就要明确地界定这些术语。(Works 17,147—148)

这实际上就是要厘清当时政治经济学对这些词语的"误用",回归最初那种"深刻而富有活力的意义"。

罗斯金认为,"'价值''财富''价格''生产'等术语都还没有很好地定义,公众尚不解其义"。③ 其中,又以"财富"最甚。他曾致信友人说:"(现今所讲的)政治经济学从其最基本的根基上来说,完全**就是**一个谎言……当今时代**所有的**邪恶都是这门'科学'做的孽……他们连金钱是什么都不知道,却在没有界定财富的情况下,把作为财富符号的金钱捧上了天。你自己试着给财富下个定义,立马就能发现他们根本就错了……"(Works 17,131)早期的罗斯金研究者库克(E. T. Cook,1857—1919)认为,《报以灰尘》的书名源自贺拉斯的

---

① John Ruskin, *Modern Painters*, vol. 5, London: J. M. Dent, 1907, 331.
② 《给这后来者》《报以灰尘》和《时与潮》被《罗斯金文集》的编者视为"政治经济学专论",收入文集第 17 卷,并在该卷绪论中分析了它们之间的内在联系。详见 John Ruskin, *The Works of John Ruskin*, ed. E. T. Cook and Alexander Wedderburn, 39 vols, London: George Allen, 1903 - 1912; reprint, Cambridge: Cambridge University Press, 2010, 17: XIX - CXV. 后文出自此书的引文仅随文括注题名首词、卷次和出处页码,不再一一详注。
③ Ruskin, *Unto This Last and Other Writings*, 204. 后文出自此书的引文仅随文括注题名首词和出处页码,不再一一详注。

诗句,意在讽刺当时政治经济学的财富概念将灰尘奉为神祇,引导人们误将尘土当作珍宝来收集。① 可见,罗斯金探究"财富"概念的系谱,表面上是批判政治经济学,但根本意图还在于纠正世道时风。他认为自己这番"原富"具有开创性意义,并在《给这后来者》序中说,该书是要"从逻辑上界定财富";对于"财富",柏拉图和色诺芬曾用古朴的希腊语界定过,西塞罗和贺拉斯用典雅的拉丁语界定过,而用平凡的英语进行界定,罗斯金是第一人。(Unto,161)

一、"财富"通俗定义的社会史考察

罗斯金在《艺术的政治经济学》(*The Political Economy of Art*,1857)序言中说,他不喜欢当代的政治经济学著作,只是在二十年前读过亚当·斯密。② 不过,他重点批判的却不是上一世纪的《国富论》,而是同时代穆勒的《政治经济学原理》(*Principles of Political Economy*,1848)。该书是当时这一领域名气最大的著作,其中的"财富"定义也是最广为接受的。穆勒在该书开篇提出,政治经济学只是新近才被看作科学的一个分支,它研究的主题就是财富。虽然他也注意到财富概念的混乱曾使欧洲走向歧路(即重商主义学说误将财富看作只由货币或贵金属组成),但他无意提供精确定义,只求表达的概念足够明确,因而采用了财富一词的通俗用法。③

罗斯金针锋相对地指出,讨论的前提就是要明辨词义,含混的词义必然影响认知。他从词源上做了一个类比。从希腊语源头来看,"经济学"(*oikonomia*/economy)直译为"家律"(house-law),"天文学"(*astronomia*/astronomy)直译为"星律"(star-law)。由是观之,经济学不严格定义"财富",就如天文学不严格界定"星"的所指。星有发光的恒星与反射光的行星之分,财富也分"发光的财富"(wealth radiant)和"反射光的财富"(wealth reflective)。前者是内在固有的,有生命力,能照亮生活;后者却仅指 riches(为行文方便,文中从权译作"富",以区别于"财富"),是前者的符号体系(Unto,161—62)。如果政治经济

---

① E. T. Cook, *The Life of John Ruskin*, 2nd ed., vol. 2, London: George Allen, 1912, 55.
② John Ruskin, "*A Joy For Ever*"; *The Two Paths*, London: Oxford University Press, 1928, 12.
③ 参见约翰·穆勒:《政治经济学原理》(上),赵荣潜等译,北京:商务印书馆,2009 年,第 13—14、66 页。

学家只研究如何致"富",那就像只研究反射光而不顾发光源的星学家那样误入了歧途。

在罗斯金看来,当时大多数人都将"财富"(wealth,构成个人幸福康乐的东西)等同于"富"(riches,构成个人对他人权力的东西),却不知这种混淆危害很大,因为"富"是一个相对术语,是相对"穷"而言的。如同"冷、暖"只表示相对而非实际的温度,"富"只是相对于"穷"而言;如果没有穷,也就无所谓"富";由此推知,使自己致"富"之术,也就是阻挠邻人脱贫之术(*Unto*,340,180—181;*Works* 17,160)。换言之,只追求这种"富",就不可能实现共同富裕。他还进一步指出,政治经济学如果只是"研究如何致'富'的科学",自然也就名不符实。既然"政治"的词根是 polis(国家、社会),政治经济学(political economy)就应追求增加国家或国民之富;如果只求个人致富,就应叫"商业经济学"(mercantile economy),因为"商业"的词根是 merces/pay(交易、支付),它未必带来国家或国民之富(*Unto*,180—181)。

罗斯金不满穆勒采用"财富"的通俗用法,恰恰在于他希望政治经济学能够改正这种用法,还该词原有的道德和精神意蕴。他认为,人们求"富",主要是因为它是一种权力。这并非罗斯金的创见,法国人托克维尔(Alexis de Tocqueville,1805—1859)稍早曾在《美国的民主》(*Democracy in America*,1835—1840)中说:

> 生活在民主时代的人们有许多热望,绝大多数热望要么终结于对财富的渴求,要么来自对财富的渴求。不是因为人们的灵魂更加狭隘,而是因为在这样一个时代,金钱确实更为重要。当全体社会成员彼此独立或互无关系时,只有通过金钱支付才能得到彼此的合作。于是,财富的使用无限增多,财富的价值也增加了。①

这自然也适用于日趋民主化的英国社会。与托克维尔相反,罗斯金认为这种财富追求恰恰源自灵魂狭隘,因为人们真正渴求的乃是对他人的权力。此权力的大小,与穷人数量成正比,与富人数量成反比。为获得更大权力,就不仅

---

① Alexis de Tocqueville,*Democracy in America*,trans. Arthur Goldhammer,New York:The Library of America,2004,722.

要使自己更"富",还要尽量使更多的人变得更"穷",从而形成对自己有利的最大不平等。换言之,一个人兜里的金币到底有多大力量,最终取决于他邻人兜里有没有金币(*Unto*,180—182)。因此,财富根本上属于道德范畴。其实,亚当·斯密在晚年修订《道德情操论》(*The Theory of Moral Sentiments*,1759)时也已经认识到,羡慕甚至崇拜富人和权贵,鄙视或忽视穷人和草民,是导致英国道德情感堕落的重要且最为普遍的原因。①

从19世纪英国社会史文献中可以清楚地看到金钱权力的实际作用和影响。韦伯夫人(Beatrice Webb,1858—1943)曾经提到,她那信奉政治经济学的母亲认为"提升自己的社会地位,无视地位比自己低的人,永远瞄准社会最高层,是每个公民应尽的义务。每个人只有这样不懈地为自己和家庭的利益奋斗,才能实现最高程度的普遍文明";这一原则也"的确得到了维多利亚时代中期中产阶级代表人物们真诚热烈的拥护"。② 然而,如何提升社会地位呢? 韦伯夫人说,19世纪后期伦敦社交界呈现出多元化倾向,门第等级划分不再那么明显,似乎有不重出身的特点;但实际上,还是有一个门槛,只是人们不太注意,那就是要拥有别人所没有的某种权力,而最直观、最明显的权力莫过于财富。她曾问一位外国富贾为何喜欢寓居英国而非巴黎、柏林或维也纳,此人回答说英国社会更平等。但她认为,这种平等,实际上是用金钱标准取代了门第出身。③ 尽管出身在19世纪的英国一直都很重要,但对那些未能口衔银勺生在朱门的人来说,毕竟有了另一条康庄大道。伊恩·布鲁玛在分析19世纪外国人如何看待英国时就发现,对金钱的膜拜意味着地位身份是流动的商品,只要付得起就可以拥有。④ 我们不妨再引托克维尔的话:

现在,古老事物所带来的声望威信已经消失,人们不再或很少靠出身、阶层或职业来区分。只有金钱还能使人们明显区别开来,使一部分人不同于其

---

① See Adam Smith, *The Theory of Moral Sentiments*, ed. D. D. Rapheal and A. L. Macfie, Oxford: Oxford University Press, 1976, 61.
② Beatrice Webb, *My Apprenticeship*, intro. Norman MacKenzie, Cambridge: Cambridge University Press, 1979, 15.
③ Ibid., 50.
④ 参见伊恩·布鲁玛:《伏尔泰的椰子》,刘雪岚、萧萍译,北京:生活·读书·新知三联书店,2007年,第111、116页。

他人。财富给人带来的这种区分,随着其他所有身份标志的消失和减弱而得到增强。在贵族制国家,金钱只能引向欲望圈上的几个点;但在民主制国家,金钱似乎能够达到欲望圈上的任何一点。①

从 19 世纪英国的社会发展趋势来看,金钱即便没能成为社会地位的唯一标志,至少也是重要的标志。不过,对大部分下层民众而言,这种改变地位的方式是可望而不可即的。毕竟,在霍布斯鲍姆所说的"资本年代",只靠勤劳,没有资本,仍然很难发迹。被罗斯金嘲讽为"商业抽奖"(Works 17,277)的飞来横财(如获得遗产)改变了很多人的命运,加重了人们的投机心理,成了当时"英国梦"的一个重要组成部分。狄更斯的《远大前程》(*Great Expectations*)书名语带双关,因为 great expectations 这个词组在当时还指"在遗产方面大有盼头"。《牛津英语词典》甚至引此为例句,指出 expectations 作为复数,可指未来有望获得遗产或从遗嘱中获益。这种盼头一旦遂愿,往往能改变命运,尤其是改变社会地位。这也是维多利亚时代小说家们常用的叙事策略。《小杜丽》中杜丽一家从阶下囚变身上等人,靠的就是突如其来的遗产;《简·爱》中女主人公能够独立,她叔父留给她的遗产功不可没。当然,这种盼头往往是可遇而不可求的。《名利场》(*Vanity Fair*,1847—1848)中年轻的女主人公委身老朽,《米德尔马契》中镇长公子举债度日,都是因为强求酿造了悲剧。不过,他们之所以会有这种心理,还是因为有他人成功的先例。可以说,正是由于金钱在资本年代拥有强大的权力,很多人才甘为其奴。②

美国经济学家凡勃伦(Thorstein Veblen,1857—1929)的《有闲阶级论》(*The Theory of the Leisure Class*,1899)从人类学和社会发展史的角度探讨过财富。他认为财富起初是个人能力的证明,但后来变成了本身就值得赞扬的东西,具有了内在的荣誉性,能给持有者带来地位和声望。③ 韦伯认为,这种

---

① Tocqueville, *Democracy in America*, 722-723.
② 即便不求远大前程,生活也要受金钱挟制。柴米油盐自不必说,政治权利也要求经济基础。在英国沸沸扬扬的 1832 年和 1867 年议会改革法案中,想要获得选举权,首先就得拥有或租住年租金十镑及以上的房子(ten-pound householder)。
③ Thorstein Veblen, *The Theory of the Leisure Class*, ed. Martha Banta, Oxford: Oxford University Press, 2007, 24.

荣誉还得到了宗教伦理的支持。① 对于19世纪资本主义精神的代表人物，如曼彻斯特的工业暴发户而言，挣钱不只为了说明自己混得不错，更是为了表明自己干得不错；挣钱已不仅是为了满足物质需要，更是人生的终极目标，是胜任"天职"的结果和表现。② 在这种大环境下，财富也就在心理上改变了人们对自我和他人的认知。如凡勃伦所言，"一旦拥有财产在大众眼中成了尊荣的基础，它也就成了我们叫作自尊的那种满足感的必然条件"。③

狄更斯善于描绘名利场中财富对心理的影响。从他的小说不难看到，很多人确实如罗斯金所说，把钱等同于财富。《董贝父子》中五岁的小保罗向父亲提出了一个简单却又引人深思的问题："钱是什么？"董贝先是说"金、银、铜。几尼、先令、半便士"，接着又说"钱可以做任何事"，最后解释了"钱何以能使别人尊敬我们，害怕我们，看重我们，巴结我们，羡慕我们，能使我们在所有人眼里看起来都无比强大，无比荣耀"。④《我们共同的朋友》中有位伦敦金融城小职员的女儿，虽不慕虚荣，但仍无奈地说："我爱钱，我想钱，想得发疯。我恨自己穷，穷得丢人现眼，穷得讨嫌生厌，穷得可悲可怜，穷得没有人样。"⑤ 而《艰难时世》中白手起家的银行家庞得贝之所以意气洋洋，皆因他是自己和他人眼中的"成功人士"。毕竟，"对于并非生于贵族之家的人来说，其所追求的至善，便是成功"。⑥ 成功本有多种，但经济上的成功却被许多人当成唯一标准。不成功甚至等同于下地狱。卡莱尔曾无奈地说："地狱这个词英国人还经常在用，但很难确定他们到底指的是什么。"⑦ 他解释说，地狱通常指一种无尽的恐惧，基督徒怕自己在上帝面前被发现是罪人，古罗马人怕自己未能成为有德之士，而当代英国人怕的是"没能取得成功"，亦即没能挣来钱，没能混出名，而且主要是没能挣来钱。⑧ 罗斯金则揭示了这种成功背后的权力关系："（当社会由

---

① Max Weber, *The Protestant Ethic and the Spirit of Capitalism*, trans. Talcott Parsons, London: Routledge, 2001, 28 – 33.
② Weber, *The Protestant Ethic and the Spirit of Capitalism*, 2001, 18 – 19.
③ Veblen, *The Theory of the Leisure Class*, 25.
④ Charles Dickens, *Dombey and Son*, ed. Peter Fairclough, London: Penguin, 1985, 152 – 153.
⑤ Charles Dickens, *Our Mutual Friend*, ed. Adrian Poole, London: Penguin, 1997, 45.
⑥ Houghton, *The Victorian Frame of Mind 1830 – 1870*, 191.
⑦ Thomas Carlyle, *Past and Present*, ed. Henry Duff Traill, Cambridge: Cambridge University Press, 2010, 145.
⑧ Carlyle, *Past and Present*, 145 – 146.

竞争法则引导时)成功总是指很大限度地战胜你的邻人,从而能够掌控他的劳动并从中渔利。这是所有横财的真正来源,没有人能靠自己的勤劳大发其财。"(Works 17, 264)

心理认知需要他者的目光。对"成功人士"来说,即便富过陶朱猗顿,如果只是衣锦夜行,也无法获得最大满足。他们需要向世人证明自己是个有钱人。按罗斯金的逻辑,炫富从根本上说就是炫耀权力,尤其是对他人的支配权力。凡勃伦认为,炫富的方法有两种,要么证明自己"有闲",要么借助"炫耀消费"(conspicuous consumption),以及拥有"可夸示财物";在交通发达、人口流动频繁的社会中,后一种方式更有效。① 罗斯金比凡勃伦更早地谈到了"炫耀消费"。他在《芝麻与百合》中特意解释了"炫耀"一词。他说,当时的父母很关心孩子的社会地位,希望孩子能"出人头地":

现在,实际一点说,"出人头地"指的就是要在生活中博取众人的眼球(conspicuous)——获得一种在别人看来体面或荣耀的地位。一般来说,我们不认为这种出人头地单指挣钱,而是指让别人知道自己挣了钱;不是实现任何伟大的目标,而是让别人看到已经实现了目标。简言之,我们指的是满足我们对掌声的渴求。②

用他的例子说就是,水手想当船长,只是为了被别人叫作船长。他指出,真正的"出人头地"(advancement in life),是逐渐拥有高尚的心灵,"是生活本身的升华,而不是生活外饰的升级"(Sesame, 55)。但在他看来,世人都受了死亡天使的蛊惑,拿生命去换荣华富贵,"渴望在生活中出人头地,却不知道什么是生活;渴望更多的马匹、男仆、财富和荣誉,却**不要**灵魂。而真正让人出人头地的,是心肠不断变软,血液不断变热,大脑不断变快,精神进入充满生机的平和"(Sesame, 56)。这种平和就是他所说的"野橄榄花冠",不是珠光宝气的虚

---

① Veblen, *The Theory of the Leisure Class*, 29, 59-60.
② John Ruskin, *Sesame and Lilies*, London: Cassell, 1907, 13. 后文出自此书的引文仅随文括注题名首词和出处页码,不再一一详注。

荣,而是真正的幸福。① 这种幸福也正是财富的古义(weal/wel/well),也是阿诺德的"文化"会赞同的存在状态。但对当时的很多英国人而言,幸福已经沦落为金钱方面的满足,而"一旦金钱成为个人或民族生活的主要目标,金钱必定是取之无道,用之无道,而且无论是对取得还是使用都有害处"。② 罗斯金在《国王的宝藏》("Of King's Treasures")中说,一个国家的民众如果只知道挣钱(a money-making mob),是长久不了的,不能只顾贬低文学、科学、艺术、自然和同情,却被便士霸占了灵魂(Sesame,42)。阿诺德在《文化与无序》中表达了类似的观点:

人们从来没有像现在的英国人那样,如此起劲地将财富视为追求的目标……我们叫做非利士人的,就是那些相信日子富得流油便是伟大幸福的明证的人,就是一门心思、一条道儿奔着致富的人。"文化"则说:"想想这些人,想想他们过的日子,他们的习惯,他们的做派,他们说话的腔调。好生注意他们,看看他们读些什么书,让他们开心的是哪些东西,听听他们说的话,想想他们脑子里转的念头。如果拥有财富的条件就是要成为他们那样的人,那么财富还值得去占有吗?"文化就是如此让我们生出了不满情绪,在富有的工业社会中这种不满足感逆潮流而动,顶住了常人的思想大潮,因而具有至高的价值。③

二、"财富"的新义与政治经济学批判

"唯有生命才是财富。"(There is no Wealth but Life.)(*Unto*,222)罗斯金这个脍炙人口的新定义不仅强调了财富概念的伦理维度,也突出了当时文化观念中很重要的一层内涵,亦即复兴被机械的现代文明所忽略的"人"的因素。

罗斯金新定义中所说的"生命",不只是活着,而是活出一种完美的状态,带有明显的伦理意味:"生命,包括了它全部爱、愉悦和倾慕的力量。能培养出最大数量高尚且幸福的国民,就是最富有的国家;而最富有的人,就是能将自

---

① John Ruskin, *Time and Tide* and *The Crown of Wild Olive*, London: George Allen, Ruskin House, 1907, 230.
② Ruskin, *Time and Tide* and *The Crown of Wild Olive*, 244, 246.
③ Matthew Arnold, *Culture and Anarchy*, ed. Jane Garnett, Oxford: Oxford University Press, 2006, 39. 译文引自马修·阿诺德:《文化与无政府状态》,第14—15页。

己的生命发挥到极致,并通过其本人及其财产对他人的生命产生最为广泛的影响。"(*Unto*,222)这恰似伦理学家斯蒂文森(Charles L. Stevenson,1908—1979)所说的"劝导性定义",① 即重新定义人们熟知的术语,改变其描述意义,并使之具有褒扬性的情感意义。"劝导"正是罗斯金的初衷,他要恢复业已被现代学者埋葬了的"人的经济学"(Human Economy)(*Works* 27,14)。他在《给这后来者》中语带双关地指出,"财富的脉络"(the veins of wealth)是紫红色的,不是金矿石的纹理,而是人的血脉;制造财富,最终也就是制造"身体健康、目光明锐、心情愉悦的人",而"我们现代的财富"却与此背道而驰,政治经济学家们并不把人看作于财富有益(*Unto*,189)。他指出,对人来说,最重要的是情感和精神(*Unto*,170)。人不是机器,人有灵魂,其燃料就是情感,而"政治经济学是史上最为奇怪、最不可信的谬论,它居然认为人的社会行为不受社会情感左右"(*Unto*,167)。

罗斯金将他的新定义放在政治经济学的话语体系中提出,不仅要揭示这门显学对"财富"的界定误导了世人,还想使它分担道德教化的责任。穆勒在《政治经济学原理》中提出:"可将财富定义为一切具有交换价值的有用或合意的物品……"② 罗斯金重点修正了"有用"(useful)一词,强调了两个必要条件:一是物品要有内在有用性,即固有价值(intrinsic value);二是物品要在适合的人,也即勇者手中,才能有实际价值(effectual value)(*Works* 17,153—154)。换言之,财富是"勇者拥有有价值的东西"(*Unto*,211)。而且,"勇者"和"有价值"原本就是同源的,都与"生命"息息相关。《给这后来者》第四篇题为《论价值》("Ad Valorem"),根据该词的拉丁语词源给出一个"真正的定义"——*valorem* 的主格是 *valor*(勇武),而 *valor* 来自 *valere*,意为"强健":指人,便是生命强健,或曰英勇(valiant);指物,则应促进生命,或曰有价值(valuable)。因此,有价值也就是"能够全力促进生命",这才是财富的真正内涵(*Unto*,208—209)。

罗斯金的上述两点修正,一个方面是批驳政治经济学对交换价值的强调(将价值从交换价值中解脱出来),另一方面则强调物品要在合适的人,也即勇

---

① Charles L. Stevenson,*Ethics and Language*,New Haven:Yale University Press,1945,210,214.

② 约翰·穆勒:《政治经济学原理》(上),第 21 页。

者手中。他认为,不能只是拥有(have),还得能用(can),而且不能滥用(from-use/ab-use)。例如,人皆有躯体,滥用则无法报效国家,如同行尸走肉,亦即希腊人所说的 idiotic(个人或私人的),在英语中便成了 idiot(白痴),用来指那些只顾个人利益的人(*Unto*,210—211)。用得合理还不够,还须用得合度,而过度则是 Illth(罗斯金新造的与 Wealth 相反的词),会带来各种破坏和灾难;关于财富的通俗观念混淆了财富的"保管"和"拥有"之间的区别,然而真正富有的人并非财产的拥有者,而是财产的保管者(*Works* 17,168)。这种境界便是罗斯金所说的"勇"(valiant)或"高尚",亦即维多利亚时代流行的"男子气概",可以使人的灵魂摆脱世俗财富的奴役。

罗斯金修订的这两个方面——固有价值和实际价值,既涉及物品及其拥有者,又分别对应着生产和消费两个环节。他认为这两个环节均与道德有关:从一国之民所产之物,可见其既往品性;从其消费方式,可见其未来品性(*Works* 17,178)。他不断强调生产环节的道德因素,强调生产要保证质量,让民众"花了钱,买到的面包就是面包,啤酒就是啤酒,服务就是服务"(*Unto*,164)。更重要的是,他看到了资本主义经济制度的剥削性和消费趋向的误区。他在《野橄榄花冠》(*The Crown of Wild Olive*,1866)序言中说:"当今时代,资本的大部分获利性投资都是这样,即大众被诱劝去买无用之物,资本家则从这些物品的生产和销售中提成获利;与此同时,大众却被蒙蔽,被诱导着认为资本家的这种提成收益乃是真正的国民收入,但实际上,这不过是从穷人钱包里偷钱,让富人的钱包鼓起来而已。"① 理想的状况是厂主和商人真正起到引导良性消费的作用,帮助社会"生产"高素质买家(*Unto*,164,207)。同时,消费者也应提高自身的道德素质或品味(taste):"经济学家至今尚未认识到,人的购物倾向完全属于道德范畴。也即说,你给一个人半克朗,他能变富还是变穷,取决于他的性情——看他是用这些钱来买疾病、堕落和憎恨,还是买健康、上进和亲情。"(*Unto*,207)

正是考虑到了经济领域的诸多道德因素,罗斯金才对政治经济学提出了伦理要求:"真正的政治经济学,就要教导国民去渴求并生产那些能够促进生

---

① Ruskin, *Time and Tide*, 219.

命的东西，教他们鄙视并摧毁那些引向毁灭的东西。这才是一门真正的科学，不要把它和号称政治经济学的伪科学（bastard science）混为一谈，正如不要把医学和巫术看成一样的，也不要把天文学与占星术当成一回事。"（Unto，209）

三、政治经济学的伦理维度与社会愿景

关于罗斯金的政治经济学批判，学界历来存有争议。如斯蒂芬（Leslie Stephen，1832—1904）就认为，罗斯金所抨击的实际上是政治经济学的"庸俗版本"（vulgar versions），而穆勒等经济学家虽然也会像罗斯金一样因社会不公而痛心疾首，但不会认同罗斯金的观点。[1] 这种评论没有切中要害，因为罗斯金批判的核心不是政治经济学的理论体系，而是它对当时的知识话语和思想体系的影响，以及它所忽略的更为急迫的社会问题，正如他所说："我并不是说它的理论没道理，只是认为它用在现阶段的社会不太妥当。"（Unto，168）支持罗斯金的学者，如利维斯（F. R. Leavis，1895—1978），则认为他"对正统政治经济学的毁灭性批判是一项伟大而又高尚的成就"。[2] 这显然是过奖了，罗斯金并没有想对政治经济学原理做"毁灭性批判"，反倒是想做建设性批判，试图恢复或增加这门学问的伦理维度，用"常识偏见"来改变当时对"财富"等关键词语的"学术偏见"，使政治经济学成为一种有助于道德重建的力量。如他所言："家庭经济学调整一家之行为习惯，政治经济学则调整一国或一社会之行为习惯，关乎其维继方式。政治经济学既非艺术，也非科学，而是建立在诸科学的基础之上、指导人文学科的一套行为和立法体系。而且，只有在特定的道德文化条件下才有可能。"（Works 17，147）正是从这个意义上说，真正的"政治"经济学是伦理的，而非商业的。

罗斯金的这番努力恰恰与政治经济学的发展形成了一种反动，如卡莱尔所说，就像一场霍乱横扫了这门"沉闷的科学"（dismal-science）。[3] 政治经济学

---

[1] See J. L. Bradley, ed., *Ruskin: The Critical Heritage*, London: Routledge & Kegan Paul, 1984, 419–420.

[2] F. R. Leavis, introduction to *Mill on Bentham and Coleridge*, ed. F. R. Leavis, London: Chatto & Windus, 1950, 36.

[3] Quoted in George Allan Tate, ed., *The Correspondence of Thomas Carlyle and John Ruskin*, Stanford, California: Stanford University Press, 1982, 89.

在 18 世纪后期逐渐成为一个明确的研究领域,19 世纪初正力图成为一种"科学"或专门学科,因而有去伦理化的意图,欲剔除宗教和道德因素的掣肘。穆勒说政治经济学无关道德,① 就是要把它当作一门独立学科,专门探究经济领域的"自然"规律。经济学也日趋注重微观层面,到 19 世纪末,"政治经济学"这个称谓变成"经济学",抹去了"政治"所含的社会、国家之义。② 但实际上,经济学很难完全摆脱伦理而做到"客观中立"。③ 当时的学术分工尚未深化,学科壁垒也不够森严,斯密、穆勒、罗斯金等人都是跨学科的通才,他们的经济论述中都不乏道德思考的印记。经济学家熊彼特(Joseph A. Schumpeter, 1883—1950)就认为斯密受道德哲学影响太深,未能实现将伦理学排除在经济学之外的目标。④ 事实上,斯密一直没有中断其伦理研究,在写《国富论》的同时也在修订《道德情操论》,晚年更是在《道德情操论》第六版中专门增加了一章(即第一卷第三篇第三章),强调对财富和权势的崇仰会败坏道德情操,不如崇仰智慧与美德。⑤ 这也是他在《国富论》"去道德化"之后的一种"再道德化"。可以说,这位"政治经济学家"始终是一位"道德哲学家"。后来的穆勒也没能完全抛开伦理维度,他跟罗斯金的根本分歧不在于要不要伦理维度,而在于伦理侧重点不同——穆勒等人看重自由,而罗斯金看重的是正义、团结和爱。⑥ 显然,这种差异引起的辩论对经济学的发展大有裨益。如科克拉姆(Gill G. Cockram)所言,罗斯金主要关心的是"资本主义社会中道德关怀的边缘地位",他对"财富"和"价值"的分析动摇了古典经济学家的自满心态,迫使其重估经济学作为精密科学(exact science)的地位。⑦

---

① 参见约翰·穆勒:《政治经济学原理》(上),第 497 页。
② See Robert L. Heilbroner, *The Worldly Philosophers: The Lives, Times, and Ideas of the Great Economic Thinkers*, 7th ed., London: Penguin, 2000, 176.
③ 经济学术语常带有情感意义,如斯密和穆勒所谈的"非生产性劳动",实际上就暗示了从事这种劳动的人的无用性和寄生性。见 Charles L. Stevenson, 215-216.
④ See Joseph A. Schumpeter, *History of Economic Analysis*, Taylor and Francis e-Library, 2006, 177.
⑤ See Smith, *The Theory of Moral Sentiments*, 61-66.
⑥ James Clark Sherburne, *John Ruskin or the Ambiguities of Abundance*, Cambridge, Massachusetts: Harvard University Press, 1972, 120-122.
⑦ Gill G. Cockram, *Ruskin and Social Reform: Ethics and Economics in the Victorian Age*, London: Tauris Academic Studies, 2007, 205.

尽管如此,罗斯金的经济学思想却一直没能引起学界的足够重视,[①] 他对英国的社会政策及福利制度的现实影响也没有得到足够的考证。[②] 不过,罗斯金原富的意义并不仅限于经济学和社会学领域,它还反映了当时的文人为消除知识话语领域混乱状态而做的努力。不妨先看两位传记作家对他的评论。弗雷德里克·哈里森(Frederic Harrison,1831—1923)认为,罗斯金的《报以灰尘》是在"玩弄一个他几乎一无所知的学科",即新兴的社会学;[③] 蒂姆·希尔顿(Tim Hilton)认为,罗斯金用的是伦理和象征语言,与专业经济学家没有共同术语。[④] 两人似乎都认为罗斯金是社会学或经济学的"门外汉",但从当时的文化背景来看,经济学和社会学其实已经像达尔文的进化论一样,超越了各自的学科范畴,进入了"公共"话语空间,成为当时文人的共享知识,它们的很多专业术语也就自然地在文人笔下流淌(与罗斯金、狄更斯、卡莱尔一道评点政治经济学的"非专业人士"不胜枚举)。这就形成了一个矛盾现象:一方面,经济学要力争成为一个有自己独立疆域的学科;另一方面,它的话语又渗入了其他学科和公共领域,最终导致"众声喧哗"的混乱状态。因此,当时不仅有阿诺德提出的与"文化"相对的"无序",更有穆勒在《时代精神》中所说的"知识无序状态"(intellectual anarchy)。[⑤] 很多文人对此都深有感触,并探寻拨乱反正的路径。纽曼(John Henry Newman,1801—1890)曾指责政治经济学在财富问题上实际已经"越界",侵入了伦理领域,因而应该退回它自己的学术范畴;[⑥] 罗斯金则更为激进,试图借助词语系谱学来追本溯源,刮垢磨光,构建新的权威话语体系,让伦理回归经济学领域,这需要穆勒在《论自由》里所褒扬的心智方面的"道德勇气"。[⑦]

[①] See Willie Henderson, *John Ruskin's Political Economy*, London and New York: Routledge, 2000, 23 - 24; Alan Lee, "Ruskin and Political Economy: Unto This Last," in *New Approaches to Ruskin*, ed. Robert Hewison, London: Routledge & Kegan Paul, 1981, 68.

[②] See Jose Harris, "Ruskin and Social Reform," in *Ruskin and the Dawn of the Modern*, ed. Dinah Birch, Oxford: Oxford University Press, 1999, 9.

[③] Frederic Harrison, *John Ruskin*, London: Macmillan, 1902, 103.

[④] Tim Hilton, *John Ruskin*, New Haven and London: Yale University Press, 2002, 296 - 297.

[⑤] J. S. Mill, *The Spirit of the Age, On Liberty, The Subjection of Woman*, ed. Alan Ryan, New York: Norton, 1997, 7, 9.

[⑥] See John Henry Newman, *The Scope and Nature of University Education*, ed. A. R. Waller, London: Dent, 1903, 78 - 79.

[⑦] Mill, *The Spirit of the Age, On Liberty, The Subjection of Women*, 66.

罗斯金对财富概念的重新界定是当时文化观念重构中的重要部分。其意义不仅在于对现代社会弊病的深刻批评，更在于提出建设性的愿景，从文化的角度为个人和社会指出努力的方向。这就是他在重新诠释财富概念的基础上提出的"共同富裕"（commonwealth）理念。威廉斯指出，该词在指一种制度（如英联邦）之前，就有"社会福祉"的意义，来自 common weal，commonweal，common wealth。① 罗斯金认为，当时的商业精神会危及民族存亡；财富取之无道（ill-gotten wealth）就会带来毁灭，而现代人却竞相逐之（*Unto*，190）。这是一种危险的趋势。不过，他认为"变化必定要来"。② 所谓的变化，便是他在一篇讲演中提出的"共同富裕"的理念：

> 如果你们能够确切感受到什么是真正值得追求的生命状态——那种生命不仅有益于自己，还有益于所有人；如果你们能够弄清楚某种诚实简朴的存在秩序；沿着已知的智慧之路，亦即愉悦（pleasantness），寻觅她那幽僻的路径，亦即平和（peace）——那么，也就将财富变成了"共同富裕"（commonwealth），你们的整个艺术、文学、日常劳作、家庭情感以及公民责任，都将合力聚成一个宏伟的和谐社会。③

这里所说的"共同富裕"沿用了他对财富的新定义，不仅指物质上的财富，更指心灵和精神上的财富，是指整个社会达到和谐而又充满活力的状态。

第三节

财富与文化：阿诺德诗文带来的变化

19 世纪英国文化观念的流变，离不开有识之士对财富的反思。谈到阿诺

---

① Raymond Williams, *Key Words*, New York: Oxford University Press, 1983, 331.
② Ruskin, *Time and Tide*, 291.
③ Ibid., 294.

德在这方面的贡献,学界往往首先把目光投向他的名著《文化与无序》(*Culture and Anarchy*,1869)。事实上,他的诗文用更生动的语言表达了相关思想,值得深入探讨。有鉴于此,我们将在下文中做一些拾遗补阙的工作。

一、物崇拜批判

阿诺德的上述文化思想,首先见于他对物崇拜的批判,而这最生动地呈现于《米开林努斯》("Mycerinus")。该诗取材于古希腊历史学家希罗多德(Herodotus,约前484?—前430—420)的《历史》,故事主人公米开林努斯[①]继承法老王位之后,施行仁政,重新开放神庙,办事公正,使人民各安其业。然而,不幸却接二连三地降临到他的头上。神谕显示,他只剩下六年的寿命。当他知道自己的命运已经注定时,便来到尼罗河畔的棕榈树林里,天天狂欢,昼夜不停。他还下令夜晚点起灯盏,照得如同白昼。[②] 关于这首诗的主题,比较一致的看法是,阿诺德通过对米开林努斯这个故事的改写创作,展示了19世纪西方宗教信仰衰落的景象。例如,哈佛大学教授辛普森(James Simpson)认为,《米开林努斯》这首诗探讨了宗教信仰式微问题,是对享乐主义的回应。[③] 特里林(Lionel Trilling,1905—1975)也持相同的观点:阿诺德的《米开林努斯》是"对他那个时代人类面临的宗教问题尖锐的、直白的表述"。[④] 这些观点其实值得商榷。

《米开林努斯》的主题仅仅是直写信仰衰落吗?抑或诗人还有别的思考?剖析法老的愤怒、无奈和狂欢,或许可以一窥其"庐山真面目"。在诗歌的开头,米开林努斯显然已经知道了神谕的内容:

[①] 米开林努斯就是古埃及法老门卡乌拉(Menkaure 或 Menkaura),在位时间为公元前2490—前2472年,属于古王国时期(the Old Kingdom,约前2575—约前2130)的第四王朝(前2575—前2465)。Mycerinus是希腊语。米开林努斯是胡夫(Khufu,著名的胡夫金字塔以他命名)的孙子,希罗多德认为他是齐奥普斯(Cheops,也就是胡夫)的儿子,应该有误。而且,与希罗多德的记载相左的是,米开林努斯并不是直接从他父亲凯福仁(Chephren,即哈夫拉 Khafre,前2520—前2494在位)手中继承王位的。在吉萨三座大金字塔中,米开林努斯的金字塔是最小的那一座。古埃及的古王国时期是历史上著名的金字塔时期。

[②] 希罗多德:《历史》,徐松岩译注,上海:上海三联书店,2008年,第127—128页。

[③] James Simpson, *Matthew Arnold and Goethe*, London: The Modern Humanities Research Association, 1979, 24.

[④] Lionel Trilling, *Matthew Arnold*, New York: Norton, 1939, 81.

>   并非为我父辈们所抛弃的公正,
>   并非为我父辈们所杀戮的臣民千万,
>   废弃的神庙和没有牺牲的祭坛,
>   冷酷的心和忘恩负义的舌,本该心怀感恩,
>   可怕的声音出自不会撒谎的双唇,
>   命运之神那严厉的判决。①

这位法老对神的判决很不理解,声称要公开自己的所谓"罪行"。诗人运用反讽的手法,叙述了米开林努斯施仁政,敬神明,却要连连遭受不幸和短寿这样看似荒诞的故事。

这里,诗人同时使用了两组对比,即米开林努斯的虔诚敬神与他不幸的命运之间的对比,以及米开林努斯和他父辈们之间不同命运的对比:

>   我父亲喜行无道,却高寿安享;
>   去世时,大权在握,满头银发。
>   我痛恨邪恶,他却不屑我热爱的善良——
>   神今天宣布了对我的惩罚。②

通过对比,诗人描绘了一个颠倒黑白的世界:行善者连遭厄运,而行无道者却安享高寿。恰如普拉特所言,《米开林努斯》中正直的人做着神圣的工作,却被神灵欺骗,沦为牺牲品。③ 诗人借米开林努斯之口谴责命运之神是非不分,不再关心人类的命运。面对埃及民众,米开林努斯声称对神的信仰是"盲目崇敬"(blind divinations),无非是把关乎神的空洞词汇连接成句而已。④

正是在上述背景下,一幕物崇拜的大戏上演了:米开林努斯宣布"将余生付与欢乐"(The rest I give to joy),而这"欢乐"的实质是物崇拜。⑤ 米开林努

---

① Arnold, *Poems of Matthew Arnold*, 27.
② Ibid., 28.
③ Pratt, *Matthew Arnold Revisited*, 21.
④ Arnold, *Poems of Matthew Arnold*, 30.
⑤ Ibid.

斯明白地告诉他的臣民,他将去尼罗河畔的树荫下安度生命中的最后六年,并且一去不复返。他在一群狂欢者的簇拥下,来到尼罗河畔的棕榈树林里,每日酒宴,夜夜狂欢:

> 国王来了,戴着玫瑰编的王冠,
> 一早就举行盛大的宴会;而每当太阳落山,
> 千百盏灯点亮在寂静的幽暗中,
> 树影重重之间闪烁着点点灯光,
> 宴会上喧闹声声——
> 客人满面红光,金色的酒杯泛着泡沫。①

可是,金杯美酒和彻夜狂欢并没有给国王带来多少快乐。他的笑声在棕榈树林里回荡,他的内心却是痛苦的。诗人使用这样一些词语来描绘他内心隐隐感受到的苦楚:毫无快乐可言的宴会、畏缩、乏味、懒散等等。卡勒对此的评价是,这些狂欢者们的快乐是一种苦涩的、没有欢乐的笑声。②

米开林努斯的例子说明物欲的满足无法驱散心灵的空虚。在古埃及法老身上,阿诺德看到的是19世纪的英国。就像先前卡莱尔所说的那样,阿诺德也意识到物崇拜的前因后果,即"倘若没有任何神圣的'主义'充实我们,那么其他的各种'主义'就会乘虚而入"。③ 米开林努斯遁入树林,狂欢作乐,正是因为神谕告诉他只剩下六年的寿命了。他原先敬畏神明,勤政爱民,以为必能得到神明的垂青,不想却遭到惩罚,于是便万念俱灰。作为法老,他富有四方,纵情欢乐是自然的选择。这正应了卡莱尔的一句名言,即"最大快乐的原则"替代了上帝的律法。④ 在卡莱尔看来,沉溺于花天酒地的生活是时代的悲剧,它会导致人类走向灭亡:

---

① Arnold, *Poems of Matthew Arnold*, 31.
② A. Dwight Culler, "The World of the Poems," in *Critics on Matthew Arnold*, ed. Jacqueline E. M. Latham, London: George Allen and Unwin Ltd., 1973, 34.
③ 卡莱尔:《文明的忧思》,第172页。
④ 同上,第2页。

如果人们只是满足于饮食之需,内心已没有了敬畏与希望,那么神圣的静谧便不再是你们的必需品,因为它已不是西奈半岛的惊雷。如果没有了泰伯恩行刑场的绞索,人们就会无所约束;……你我所面临的将是深渊与绝境。如此鄙陋的现状已丝毫没有了价值;我无法使它免除灭顶之灾。在我看来,这种生活已沦落为单纯的享受,即锦衣玉食和声色犬马。①

无独有偶,在大洋彼岸的梭罗(Henry David Thoreau,1817—1862)在瓦尔登湖畔同样对"浮华、焦躁、紧张、喧闹、无聊的 19 世纪生活"进行了反思。② 他认为,"大部分奢侈品和所谓的安逸生活,不仅没有必要,反而妨碍了人类的进步"。③ 梭罗还对 19 世纪的(工业)文明提出了质疑:

文明改进了我们的房屋,却无法同时改进住在里面的人;文明创造了宫殿,却无法如此轻易地创造出国王和贵族。如果文明人的追求并不比野蛮人高远,如果他们大部分时间只是用来追求粗鄙的必需品和安逸的生活,那又何苦要比前人住得好呢?④

就财富与幸福的关系,梭罗与卡莱尔有着同样的观点。他认为,"即使在贫民院,你也可以拥有快乐、激动、荣耀的生活",因为"洒在富人宅邸的阳光,与洒在穷人窗棂上的一样明亮。所有人门前的积雪在春天一样融化"。⑤

也就是说,阿诺德的诗文跟卡莱尔、梭罗等人的上述观点形成了呼应。当然也跟他自己的《文化与无序》形成了呼应。在《文化与无序》中,专有一节详细解剖当时的"新富",并称之为"非利士人"。他们追求的是物质享受,"不追求美好与光明,相反他们喜欢的就是工具,诸如生意啦,小教堂啦,茶话会啦,等等;……这些内容构成了他们阴郁沉闷、眼界狭隘的生活"。⑥ 这些"非利士

---

① 卡莱尔:《文明的忧思》,第 35 页。
② 亨利·大卫·梭罗:《瓦尔登湖》,穆紫译,武汉:武汉出版社,2009 年,第 249 页。
③ 同上,第 10 页。
④ 同上,第 25 页。
⑤ 同上,第 248—249 页。
⑥ 马修·阿诺德:《文化与无政府状态》,第 69 页。

人"的问题不仅仅表现在追求物质享受上,还表现在言谈举止、修身养性方面。阿诺德曾明确地指出:"(英国的)整个中产阶级重物质而轻精神,使他们(按:中产阶级)粗俗不堪。"① 而从 18 世纪以来,这些新生的中产阶级市侩逐渐成为社会的主流群体,对社会和政治的影响与日俱增。这正是以卡莱尔、阿诺德等人为代表的文化批评家们所焦虑的。不过,阿诺德的批评还是很委婉的,他把这种仅仅满足于感官的享乐称之为"动物性坏毛病"。②

二、金钱崇拜批判

沉迷于物质享受必然导致金钱崇拜。物质享受和金钱崇拜与英国中产阶级人口和财富的迅速增加有着密切的关系。伴随着产业革命的完成,19 世纪英国中产阶级的群体迅速壮大,拥有越来越多的财富,可是面对巨大的财富,人们却不知所措。这种现象引起了阿诺德的思考,他"清醒地看到它(按:中产阶级)染上了许多现代疾病,尤其是文化层面上的疾病",而"作为维多利亚社会的主要力量,中产阶级对拜物主义的盛行负有主要责任,它自然也就成了阿诺德抨击的对象"。③ 换言之,阿诺德对中产阶级的抨击背后有着深刻的文化思考。当时的英国中产阶级情趣狭隘,只顾追求物质利益,所以阿诺德直言不讳地称之为"非利士人":"就是那些相信日子富得流油便是伟大幸福的明证的人,就是一门心思、一条道儿奔着致富的人。"④

在阿诺德之前,卡莱尔等人就已经对金钱崇拜进行了猛烈的批判。卡莱尔认为,当时英国面临着两大威胁:一切向钱看,由信奉上帝转为信奉财神,以及"自由竞争,为自己谋利"的观念。⑤ 这两大威胁的具体表现就是金钱崇拜和自由主义。卡莱尔把金钱看作现代的撒旦,是败坏人心、使世界堕落的魔鬼。⑥ 下面这段话可以说是卡莱尔对这种威胁的总结:

---

① 马修·阿诺德:《友谊的花环》,吕滇雯译,北京:中国文学出版社,2000 年,第 140 页。
② 马修·阿诺德:《文化与无政府状态》,第 20 页。
③ 殷企平:《阿诺德对消费文化的回应》,第 19 页。
④ 马修·阿诺德:《文化与无政府状态》,第 15 页。
⑤ 卡莱尔:《文明的忧思》,第 51 页。
⑥ 同上,第 187 页。

当祈祷变得过时;当人们所有可应用之物都变成一大笔现金交易时,并且当人们把对他人的义务降为给他某种金属硬币或方便的工资,然后拒之门外时;当人对上帝的义务变为一种术语,一个怀疑,一种朦胧的幻影时;当人最害怕的事情(人的真正地狱)是"他没能赚到钱或晋升"时,这种变化是难以估算的——就是说,那样一种把自身利益渗透到任何地方的变化是难以估算的!……金钱是一个非常卑鄙可怕的魔鬼。忠诚地追随魔鬼,你会走向堕落,这是确定无疑的。①

卡莱尔感到惊奇的是,对这样的魔鬼,英国人却顶礼膜拜,孜孜以求。英国人不再害怕地狱和撒旦,他们现在恐惧的是"不成功、不赚钱、没有名气与地位——尤其是对不赚钱的恐惧!"② 在卡莱尔看来,那些拜金主义者都是丧失灵魂的人,他们只对一件事情感兴趣:赚钱。其实,"灵魂的必需品无须用金钱来购买","多余的财富只能购买多余的东西"。③ 卡莱尔的这些思想显然影响了阿诺德。

阿诺德的文化思想还与罗斯金的形成了呼应——他俩都继承并发展了卡莱尔的金钱崇拜批判传统。罗斯金的批判有其特色,他认为欧洲历史上曾经有三种宗教:"希腊人的,这是崇拜智慧和威力之神;中世纪的,这是崇拜审判和安慰之神;文艺复兴的,这是崇拜骄傲和优美之神。而如今,英国人又有了第四种宗教,以及自己的神。"④ 这第四种宗教就是金钱崇拜。用罗斯金的原话说,就是"发财女神"或"市场上的不列颠"。⑤ 英国人甚至愿意献出大部分的财物和时间来供奉这尊神。

19世纪,英国的中产阶级队伍日益壮大,社会影响力越来越大,逐渐成为社会的主导力量。然而,"我们的中产阶级除了赚钱别无所长",⑥ 他们以生意为乐。他们只关心工业、贸易和财富的增长,"他们对工业、贸易和财富的爱当然是惊人的"。⑦ 在自然人道的现代社会追求的三大目标——"热爱财富,热爱

---

① 卡莱尔:《文明的忧思》,第130页。
② 同上,第9—10页。
③ 亨利·大卫·梭罗:《瓦尔登湖》,第249页。
④ 约翰·罗斯金:《罗斯金散文选》,沙铭瑶译,天津:百花文艺出版社,1997年,第182—183页。
⑤ 同上,第186页。
⑥ 马修·阿诺德:《友谊的花环》,第151页。
⑦ 同上,第134—135页。

智慧,热爱美"中,"(英国的)中产阶级(只)拥有第一种爱"。① 所以阿诺德认为,"人们从来没有像现在的英国人那样,如此起劲地将财富视为追求的目标"。② 财富和金钱成为人们奋斗的终极目标,恰如罗斯金所说,英国人崇拜的是财神。

工业化、铁路、煤炭,甚至人口和健壮的身体都成为怎么变得富有的手段。阿诺德指出,"我们在物质进步方面做出骄人的成绩,为的就是积累财富"。③ 他还借阿米纽斯④之口做了一个形象的比喻,"只要火车每十五分钟在其间(按:艾斯林顿和凯姆伯威尔两地间)往返一趟,那就意味着发达和文明的顶点"。⑤ 所以,技术的进步、机器的使用也仅仅意味着滚滚而来的金钱财富。

除了在后期创作的散文,如《友谊的花环》《文化与无序》《民主》和《平等》等中论及财富以外,阿诺德在诗歌中也早已选择财富主题。在其代表诗作之一的《吉卜赛学者》的结尾处,诗人就引用了泰雅(尔)商人的典故:

> 看见喧闹的希腊航船沿海向南,
> 载满青绿肥绽的无花果和盐渍金枪,
> 琥珀色的葡萄和凯奥斯美酒醇香,
> 知道有闯入者驶进古老的家园。⑥

虽然诗中引用的是地中海沿岸的古代泰雅商人的典故,但无花果、金枪鱼、葡萄和美酒等无不暗示着商品化了的英国社会。在《迷途的狂欢者》("The Strayed Reveller")中,繁华富庶的商品社会被描写得淋漓尽致:

> 窝身船尾的商人,身穿长袍,

---

① 马修·阿诺德:《友谊的花环》,第137页。
② 马修·阿诺德:《文化与无政府状态》,第14页。
③ 同上。
④ 阿米纽斯是阿诺德在《友谊的花环》中虚构的一个德国贵族。
⑤ 马修·阿诺德:《友谊的花环》,第139页。
⑥ 马修·阿诺德:《吉卜赛学者》,第481—482页。

脸色苍白,他的身旁堆着他的财富:

丝绸的包裹和香膏树脂,

黄金和象牙,

绿松石和紫水晶,

碧玉和石英,

还有带乳白色条纹的缟色玛瑙。①

物质上的富庶,财富的堆积,反衬着精神上的空虚。面对一个人人追逐财富的社会,阿诺德不仅感慨,"英国的海岸喧嚣着世界商品的浪潮","富裕的英国已经不再有(诞生)英雄主义的希望"。②

从上述分析来看,在阿诺德生活的时代,已经形成了一个对金钱崇拜的批评语境。其回声绵延不绝,直到 20 世纪还在继续,如弗罗姆(Erich Fromm,1900—1980)的如下论述:"我们的偶像还有一些别的名称,它们不叫太阳神或阿斯塔特③,而叫作财产、权力、物质生产、消费品、荣誉、声望以及其他近来人们所崇拜并受其奴役的所有事物。"④ 在弗罗姆看来,把金钱、财富视为崇拜偶像是很危险的,因为这会导致人类走向灭亡。他还谈到 20 世纪又产生了一种新的宗教——技术的宗教:"技术成了上帝。"⑤

正是缘于对财富所带来的社会问题的思考,阿诺德对英国社会狂热的金钱崇拜进行了批判。金钱崇拜批判与物崇拜批判紧密相连,是阿诺德构建其文化思想大厦过程中的重要一环。

三、女神喀耳刻的警示

在诗歌《迷途的狂欢者》中,阿诺德再次论及财富和金钱带来的危害。在后来陆陆续续写成的一系列散文中,阿诺德也同样严厉地批评沉迷于财富和享乐的英国社会,并对其危害性提出了警告。

---

① Arnold, "Sonnet to the Hungarian Nation," in *Poems of Matthew Arnold*, 75.
② Ibid., 121.
③ Astarte,古代腓尼基人和迦南人信奉的闪族女神,主宰丰产与繁殖。
④ 埃里希·弗罗姆:《生命之爱》,王大鹏译,北京:国际文化出版公司,2001 年,第 155 页。
⑤ 同上,第 34 页。

《迷途的狂欢者》讲述的是一位青年诗人在喀耳刻（Circe）神殿里醉酒的故事。① 诗歌描述了众神和青年诗人看到的完全不同的人间景象，本质上还是揭示了社会转型期出现的传统与现代的脱节。喀耳刻的典故来自《荷马史诗》中的《奥德赛》(Odyssey)。在《奥德赛》的第十卷"风王惠赐归程降服魔女基尔克（按：即喀耳刻）"中，有一段关于喀耳刻女神的描写：

<blockquote>
他们站在美发的神女的宅邸门前，
听见基尔克在里面用美妙的声音歌唱，
在高大的机杼前忙碌，制作精细，
无比美丽、辉煌，只能是女神的手艺。②
</blockquote>

可是，这位有着美妙歌声的美发女神，却有着她恐怖的一面。当客人来访时，女神会以盛宴招待他们，却在糕点美酒中偷偷加入魔药。饱餐之后，这些客人会迅速遗忘故乡，变成各种动物：

<blockquote>
喀耳刻把其余的人领进宫殿，请他们坐在华丽的椅子上。她端来了乳酪、面粉、蜂蜜和醇厚的美酒，把它们掺和在一起，调制成可口的糕点。乘他们不注意时在里面搀进了一些魔药。吃了这种糕点的人，就会神志迷乱，忘记他们的故乡，并变成动物。我的同伴们刚咬了一口，就变成了全身长毛的公猪，并发出了猪叫声。这时喀耳刻把他们赶进了猪圈，扔给他们一些坚硬的橡实和野果。③
</blockquote>

这个典故和前文提到的"动物性坏毛病"遥相呼应。喀耳刻典故表明，沉迷于物质享受，纸醉金迷，只会使人类堕落到动物的层面。梭罗把现代文明人

---

① 希腊神话中称为Kirke（喀耳刻，"鹰女"）的女巫，到了罗马诗人笔下，就变成了Circe，发音仍和希腊语一样(kir-kay)，只是用c替换了k。参见大卫·萨克斯著：《伟大的字母：从A到Z，字母表的辉煌历史》，康慨译，广州：花城出版社，2008年，第190—191页。
② 荷马：《荷马史诗·奥德赛》，王焕生译，北京：人民文学出版社，1997年，第十卷，第220—223行。
③ 施瓦布：《希腊神话故事》，刘超之、艾英译，北京：宗教文化出版社，1996年，第503页。

比作更有经验、更聪明的野蛮人。他反问道:"我们到底要生活得像一个猿猴,还是像一个人?"① 卡莱尔也说:"假如人类失去了灵魂,那么我可以说,人类只是一种动物,一种更狡猾的动物。"② 和梭罗一样,他甚至也以"类人猿"来称呼当时的人。尼采的批评则更加直截了当:"他(按:指查拉图斯特拉)走在我们中间不是有如走在动物中间一样吗?"③ 人之为人,与动物相区别,是因为人有心灵,会看,会思考,有思想。弗罗姆说:"人的定义最重要的方面是他的思想能够超出对物质需求的满足。"④ 谈到人生的意义时,周国平认为:"人活在世上,真正有意义的事情就是看。看使人区别于动物。动物只是吃喝,它们不看与维持生存无关的事物。"⑤ 这里的"看"关乎心灵,是思考,是凝视。

阿诺德在多首诗歌中写到这一主题。在《拉格比教堂》的第 10 节,诗人环顾当时的社会,发现人类是如此地缺少灵魂,在精神上是如此地贫乏,他们发出的仅仅是欲望得到满足时的嘈杂声:

> 这就是我看到的人类——
> 如此地没有灵魂,如此地贫乏,
> 看起来,只有虚幻的心灵,
> 看起来,只有欲望发出的噪声。⑥

阿诺德痛感人类的心灵已经空虚到何种地步,任何物质享受和金钱财富都无法弥补这种空虚和孤独。财富并不具有永恒的价值,因而它并非诗人孜孜以求的"济世良药"。英国社会所崇拜的金钱财富无法赋予他们绝对和永恒的意义。

在其代表作《文化与无序》中,阿诺德专辟一段文字来论述财富。他指出,英国人的错误在于把财富视为追求的目标,而财富实际上仅仅是人类争取幸

---

① 亨利·大卫·梭罗:《瓦尔登湖》,第 71 页。
② 卡莱尔:《文明的忧思》,第 51 页。
③ 尼采:《查拉图斯特拉如是说》,杨恒达译,南京:译林出版社,2012 年,第 96 页。
④ 埃里希·弗罗姆:《生命之爱》,第 159 页。
⑤ 周国平:《内在的从容》,沈阳:万卷出版公司,2009 年,第 62 页。
⑥ Arnold, *Poems of Matthew Arnold*, 488.

福的手段和工具。那么,如何才能化解焦虑,走出困境呢?阿诺德认为,必须大力提倡文化,只有文化才能"帮助我们认识到财富是手段,是工具"。① 文化能够让人类避免堕落为动物,因为"人是文化的动物,人类因为创造了文化而与动物分道扬镳"。② 这一论述,与前文喀耳刻女神的警示形成了回应。

我们不妨回顾一下前文关于喀耳刻女神的那一段引文:"吃了这种糕点的人,就会神志迷乱,忘记他们的故乡,……"阿诺德想说明的是,热衷于追求财富的人类只是活在当下,他们忘记了自己的历史,也就没有未来。这段文字还暗指当时的新富阶层,后者"没有一个深远、坚定的理想……"③ 那些暴发户只热衷于追逐眼前的利益,过着"阴郁沉闷、眼界狭隘的生活"。④ 针对这一现象,阿诺德再次借阿米纽斯之口,指出"思想的世界是希望,是未来"。⑤ 他还强调,"人类的思想……只会存在于绝对和永恒(the absolute and eternal)",⑥ 并不存在于财富之中。所有这些文字,其实预示了阿诺德后来思考的一个文化命题——过去、现在、未来之间的关系。

上述命题是围绕文明的性质及其变化而得到阐述的,如《文化与无序》中的这一句:"与希腊罗马文明相比,整个现代文明在很大程度上是机器文明。"⑦ 在阿诺德的诗文中,我们可以发现同样的思考。例如,在查尔特勒修道院,诗人看到了死亡的旧世界和旧信仰;在埃及法老米开林努斯身上,他看到的则是信仰衰落带来的严重危害。显然,此时的阿诺德已经透过现象开始看到事物的本质。在《米开林努斯》的结尾处,法老与众人狂欢的喧闹声,以及尼罗河水喃喃的流动声,全都交织在一起,⑧ 这一幕充满了象征意义:喃喃流动的尼罗河象征着(埃及)文明,而不远处就是大沙漠,象征着精神的荒原。那狂欢之地恰好处在文明与荒原之间,这一场景可谓意味无穷。

阿诺德引用喀耳刻女神作为主题意象,意在阐明物质享受和金钱财富虽

---

① 马修·阿诺德:《文化与无政府状态》,第14页。
② 陈华文:《文化学概论新编》(第三版),北京:首都经济贸易大学出版社,2016年,第4页。
③ 马修·阿诺德:《友谊的花环》,第83页。
④ 马修·阿诺德:《文化与无政府状态》,第69页。
⑤ 马修·阿诺德:《友谊的花环》,第132页。
⑥ Arnold, "Democracy," 25.
⑦ 马修·阿诺德:《文化与无政府状态》,第12页。
⑧ Bush, *Matthew Arnold*, 80.

然在短时间内给人以极大的感官愉悦,却会使人不知不觉在感官的刺激中沉迷堕落,最终走向灭亡。诗人借用这一典故来向世人发出警示。在另一首诗《新塞壬》("The New Sirens")中,诗人已经在"沉睡中,听到警告声"。① 周国平指出,"到了近代,基督教信仰崩溃,智慧再度觉醒并发出痛苦的呼叫"。② 阿诺德就是这样一位智慧的觉醒者,通过自己的文学创作和批评实践向世人发出警示。即便如此,对未来,诗人仍然是满怀着信心和希望的。《新塞壬》一诗中写道,当我们(诗人)将目光从(新)塞壬身上移开,转身看见东方已经晨曦微露,现出了鱼肚白:

> 松树林里,画眉鸟儿醒来了——
> 瞧,东边远处的山上已是霞光一片!③

阿诺德的社会批评实践赋予了财富丰富的文化含义。财富不再仅仅是物质和金钱的堆积,它反映的是整个社会的价值观(信仰),它和现代社会转型联系在了一起。从前文的分析可以看到,阿诺德并不否定财富(物质与金钱)的重要性,他批判的是英国社会过于狂热地追求财富,而忽视了对精神境界的追求,以至于财富成了衡量一切的唯一标准。作为一个有良知的知识分子,阿诺德期盼的是物质文明与精神文明的同步发展,以及全人类的共同进步。通过对财富问题的探讨,他逐渐认识到,只有代表人类最优秀成果的文化,才能够帮助人类走出现代社会转型的困境;只有心灵才是通往幸福的唯一途径。一言以蔽之,阿诺德在诗文中关于财富的一系列思考和批判,为他后来提出系统的文化思想作好了前期的准备。

---

① Arnold, *Poems of Matthew Arnold*, 50.
② 周国平:《无用之学》,北京:北京理工大学出版社,2010年,第29页。
③ Arnold, *Poems of Matthew Arnold*, 57.

第五章
生活/工作方式的伦理意义

在前四章中，我们分别从（社会）转型焦虑、民族特性的建构、共同体形塑和财富的角度探讨了英国文学与文化观念的互动。所有这些话题，都跟生活方式有关。19世纪的英国，经历了空前的转型焦虑，而这给英国人的生活方式（包括对待财富的方式）带来了空前的冲击，敏感的英国文学家们自然会首当其冲。至于他们对英格兰特性的建构、对共同体的想象，则是他们对美好生活方式的追求。他们对生活方式的关注，也就是对文化的关注。我们在本书的前期研究成果中曾经指出，把工作视为生活方式，并且以崇敬的态度对待它，这是19世纪兴起的一种新观念；推动这一观念的是卡莱尔、金斯利、阿诺德、罗斯金和莫里斯，从中我们还可以发现文化观念从"工作福音"向"艺术福音"的嬗变。① 本书所要强调的是，把生活/工作方式作为文化来关注的，远远不止上述五位先哲。与他们形成呼应——包括不同观点的阐发——的作家还有许多，其中又以特罗洛普（Anthony Trollope，1815—1882）、吉辛（George Gissing，1857—1903）和萧伯纳最为典型。尤其值得注意的是，在他们笔下的生活/工作方式中，有一道浓浓的伦理/道德色彩。

第一节
《我们如今的生活方式》与英国文化流变中的伦理重构

文学家介入社会公共空间的文化批评语境有尺度和方式的问题。斯诺（C. P. Snow，1905—1980）曾对此有过说明。他在《两种文化》（*The Two*

---

① 殷企平：《"文化辩护书"》，第242—244页。

Cultures)的序言①中这样评论包括自己在内的"公仆作家":"从特罗洛普时代以前很久直到今天,公仆们发表小说、诗歌、剧本,没有一个人想到反对现实";因为他们受到所任"公职的义务和惯例的约束:不要直接涉及政治",这在他看来"是一种令人满意的道德溶解剂"。② 我们认为,斯诺所说的"不反对现实",并非回避现实,而恰如美国小说伦理批评家韦恩·布斯(Wayne Booth,1921—2005)所说,体现了小说家的"客观性",即以"中立、公平及无动于衷(impassible)"的"技巧"再现现实。③ 这里提到的特罗洛普就是堪与狄更斯比肩的英国小说家安东尼·特罗洛普,④他在邮政部门担任公职的同时,每天坚持写作,以47部长篇小说的出版量跻身维多利亚时期最勤奋多产的作家之列。如果说斯诺的诉求(这也是19世纪中叶曾被反复提及的问题)是寻求一种"共同文化"(common culture),那么特氏的旨趣则在于通过现实主义白描手法揭示某种民族的"共同性"(commonality),描摹出一幅幅"伦理风景"(ethical landscape)。⑤ 诚如詹明信(Frederic Jameson,1934—)所言,"现实主义本质上是构建在审美维度之中的认识论体系",⑥因此尽管同为小说家的亨利·詹姆斯对特氏叙事美学颇有微词,⑦但他也不能否定特氏对英格兰特性的准确认知和再现。在另一位美国作家霍桑(Nathaniel Hawthorn,1804—1864)的眼中,特氏的小说"就好像是一个巨人从地球上劈下一大块地来,把它

---

① "两种文化"是英国科学家、小说家C. P. 斯诺于1959年5月在剑桥大学做里德讲座(Rede Lecture)时第一部分的标题,他于当年出版 The Two Cultures and the Scientific Revolution,其中心论点是整个西方社会知识分子的生活被分裂为科学和人文(或文学)两种文化,这一现状业已成为解决重大问题的障碍。随后他在哈佛大学的演讲及与利维斯(F. R. Leavis)的论战中扩充了这一观点并结集出版 The Two Cultures: And a Second Look (1964)。此处所引序言出自后者的中译本。
② C. P. 斯诺:《两种文化》,纪树立译,北京:生活·读书·新知三联书店,1994年,第1—2页。
③ 韦恩·布斯:《小说中的"客观性"》,戈木译,《外国文学》,1987年第4期,第78页。该文正文前的语录引用了特罗洛普的话:"小说家的人物们必须在他入睡以及大梦初醒时与他同在。"
④ 姓氏 Trollope 在国内也有"泰罗洛普"(秭佩译)、"特洛娄普"(纪树立译)等译名,本书中统一译作"特罗洛普"。此外,C. P. 斯诺本人也是特罗洛普爱好者(Trollopian),曾著有特氏传记 Trollope: His Life and Art, New York: Charles Scribner's Sons, 1975。
⑤ Anna Michelle Wulick, "Speculative Ethics: Victorian Finance and Experimental Moral Landscapes in the Mid-Century Novels of Oliphant, Trollope, Thackeray, and Dickens," Ph.D. diss., Columbia University, 2010, 23.
⑥ Frederic Jameson, "A Note on Literary Realism in Conclusion," in Adventures in Realism, ed. Matthew Beaumont, Malden: Blackwell, 2007, 261.
⑦ 关于詹姆斯对特罗洛普的评价,详见 Henry James, "Anthony Trollope," in Partial Portraits, London: Macmillan, 1899, 116。

置放在一个玻璃匣子下……是地道的英国货"。① 此言一语中的,《我们如今的生活方式》(*The Way We Live Now*, 1875)② 就是一个典型的例子,它犹如精巧的玻璃匣子,呈现了 19 世纪英国经历的社会转型,以及该时期文化观念(尤其是伦理维度)的嬗变。

值得注意的是,同样是在社会转型期以文学之笔记录文化观念的嬗变,特氏不同于狄更斯,而是对卡莱尔、罗斯金及其追随者的过度悲观和忧虑提出了批评。特氏认为,卡莱尔没有认识到"在这个世界上,没有一件善良的事是完美无疵的,也没有多少邪恶的事里绝对没有一点儿善良的种子"。陆建德将此归纳为特里林(Lionel Trilling,1905—1975)所阐释的"道德现实主义"(moral realism),③ 言下之意,人间善恶交织共生。特氏正是怀着对这种复杂性的深刻体认(这也许得益于他在世界各地的履职和旅行经验),进行了新闻报道式的(journalistic)小说创作。然而,学界对此的认识一直存在盲点。例如,不少学者都会做出以下简单化的判断:"特罗洛普全面批判了维多利亚社会对物质、金钱的崇拜和追求以及人品道德的破坏。"④ 有鉴于此,我们有必要重新审视《我们如今的生活方式》(以下简称《方式》),进而对其中展现的伦理风景有更深层次的认识。⑤ 下面将以"伦理"为关键词,从小说体现的伦理主体、社会经济伦理语境的转变、小说如何产生教诲作用等三个方面加以阐释。

一、《方式》中的"我们"是谁?

1872 年 12 月,特氏结束了在澳洲和新西兰一年半的探亲旅行,经由美国返英,但甫一回到伦敦"就发现一股令人无法忍受的道德恶臭(moral stench)"。⑥ 正

---

① 转引自陆建德:《特罗洛普和政治》,《书城》,2009 年第 9 期,第 71 页。
② 又译《如今世道》(秭佩译)、《如此世道》(陆建德译)等。本书为准确还原英文标题中的关键词(特别是 We),统一译作《我们如今的生活方式》。另据英国《卫报》(*The Guardian*)2015 年公布的"一百部最伟大的英文小说",《我们如今的生活方式》排第 22 名,位居乔治·艾略特的《米德尔马契》之后。
③ 陆建德:《特罗洛普和政治》,第 73 页。
④ 钱青:《英国 19 世纪文学史》,北京:外语教学与研究出版社,2006 年,第 310 页。
⑤ 关于特罗洛普立场的暧昧性,可进一步参考左晓岚博士基于对特罗洛普后期派里塞小说(the Palliser cycle)研究形成的英文专著,即左晓岚:《特罗洛普:动态社会与小说世界》,上海:上海交通大学出版社,2010 年。
⑥ John Sutherland, introduction to *The Way We Live Now*, by Anthony Trollope, Oxford: Oxford University Press, 1999, Ⅷ.

是怀着对社会不良风气的愤慨和纠正意愿,特氏开始构思并以极快的速度完成了他一生中篇幅最长的小说(100章,共计42.5万字)。这一作品是他本人伦理选择的结果:19世纪70年代资本主义经济的快速发展导致财富与价值观念急剧变化,当时"功利主义盛行,在激励世人积极进取,为实现个人利益获得幸福,并为社会创造财富的同时,也带来了过于强调个人利益而走向极端利己的倾向",① 进而"人与人之间除了私利和现金支付关系之外,再无其他纽带——人的尊严也降到了金钱交易的水平"。② 有学者指出,特氏作为虔诚的基督教徒"意识到他所遵循的基督教伦理道德传统受到了功利主义和过于注重理性等思潮的冲击",③ 因此选择了对功利主义的副产品——欺诈和颓废的社会现象——进行讽刺,通过荒诞而现实的情节向读者揭示这一时代的真谛:"我们现在的生活方式"即没有办法再生活下去(no way to live)。特氏在故事中为我们展示了欺诈者群像:"业余作家"卡伯里夫人以出卖色相换取虚假的好评;她那游手好闲的儿子费利克斯·卡伯里爵士则成天在赌博俱乐部"熊园"(Beargarden)鬼混,跟其他成员一起为赌债打无法兑现的欠条,并虚情假意地追求富商奥古斯都·梅尔莫特的女儿玛丽,而梅尔莫特则是小说中最大骗局的策划者。

在《方式》第7章中,小说中代表完美绅士形象的罗杰·卡伯里责怪表妹赫塔(他未来的妻子)要去参加梅尔莫特举办的舞会。赫塔令人回味的回答——"现在大家都去拜访他们这家人,罗杰"——颇具象征意义。④ 实际上,赫塔的回答机械复制了几分钟前她母亲卡伯里夫人对罗杰所做的回应,这一重复⑤提示了"大家/每个人"的重要性,同时也揭示了它不攻自破的脆弱性——并非"每个人"都去,比如罗杰就不去。这个缺乏明确指代对象的模糊代词,表明那些去参加舞会的人缺乏实质性理由,或者进一步讲,缺乏独立的

---

① 聂珍钊:《英国文学的伦理学批评》,武汉:华中师范大学出版社,2007年,第504页。
② 殷企平:《推敲"进步"话语》,第246页。
③ 承华:《〈如今世道〉人物婚恋之伦理解读》,《世界文学评论》,2012年第1期,第139页。
④ Anthony Trollope, *The Way We Live Now*, Oxford: Oxford University Press, 1999, 67. 以下该小说引文均出自此版本,中文译文参考了秭佩的译本《泰罗洛普》(敦煌文艺出版社,1995),后文仅随文括注出处页码,不再一一详注。
⑤ 《方式》中"大家都去他们(梅尔莫特)家"多次出于不同人物之口,第21章的标题索性就是"人人都到他们家里去"(Everybody Goes to Them)。

信念，这似乎再次回答了小说标题所隐含的问题：我们现在的生活方式空虚且荒唐。殷企平、胡玲玲曾采用威廉斯的"情感结构"(structures of feelings)理论分析《方式》中贵族人物的此类虚言妄行，并得出以下结论：上述"情形都暴露了处于农业文明向工业文明转型时期的贵族阶层的典型心态"。① 在这种矛盾心态的背后，除了新旧社会价值观的更替，还有更为复杂的现实，即社会伦理的失序。

读至小说结尾，我们发现：守住道德底线的罗杰是正确的，但不具有普遍性；而"大家/每个人"是错误的，却具有普遍性。如果我们细察罗杰与表弟费利克斯爵士、表妹赫塔之间的分歧，我们就会明白，在这样的社会伦理环境中，梅尔莫特是不是大骗子已无关紧要，紧要的是人们（即社会伦理主体）是否关心他是不是骗子，即是否承认伦理失序。特氏寥寥数笔，勾勒出时代人群的共性，不愧为维多利亚时期小说中共同特性生成(communal formation)的典例："大家/每个人"取代具体人物，成为故事各个方面的施动者、动因和对象。而《方式》的标题似乎也可以据此从 the way we live now，推演为"Who are 'we' when 'we' live in this way?"（如此生活的我们是谁？），亦即提出了如何追寻伦理主体共同性的问题。以色列学者本－雅沙（Ayelet Ben-Yishai，1968— ）就文化中的共同体和共同性(community vs. commonality)作了区分：前者相对稳定，范围有限，其内部成员有自我身份认知；后者具有无限延展性、不确定性和发散性，或者说是一种认识论意义上的共同体。② 因此，尽管小说中的罗杰与家族中的其他成员同属于英国贵族阶层的文化共同体，但由于对社会戾气的立场和态度不同，他们之间丧失了伦理共性。小说第 10 章（在讨论了维拉克鲁斯大铁路项目之后）就有一处可以检验这种共同性："梅尔莫特先生的确是个伟大的实际力量(a reality)，是伦敦商界伟大的现实力量(a fact)。"(84)被名词化的商业巨头梅尔莫特正是大家所敬畏和幻想的对象，而大家的共同想象也成就了梅尔莫特及其投机工程的真实形象。类似的荒诞情

---

① 殷企平、胡玲玲：《论〈我们如今的生活方式〉中的情感结构》，《外语教学》，2003 年第 1 期，第 87 页。

② Ayelet Ben-Yishai, "Trollope and the Law," in *The Cambridge Companion to Anthony Trollope*, eds. Carolyn Dever and Lisa Niles, Cambridge: Cambridge University Press, 2011, 166.

形也可以在马克·吐温(Mark Twain,1835—1910)的《百万英镑》(*The Million Pound Bank Note*,1893)中找到。

具有共同性的人们正是在社交过程中构建并强化了"我们"(we),小说通过"我们"这一伦理主体的变化(从特定的社会经济共同体到兼具包容性和排他性的民族共同体)来反映历史文化的流变和社会价值观的变更。具体到维多利亚时期的小说,如果细察"我们"的所指(signified),我们会发现从封建贵族阶层到资产阶级(中产阶级)的转化和固化过程。历史学家普遍认为,19世纪80年代(即《方式》出版之后)是一个分水岭,此后的英国贵族阶层快速衰落,[①] 而这一社会伦理主体的变化势必会在同时代各类文学作品中有所体现。

二、投机与投资:社会经济伦理语境的转变

奥登(W. H. Auden,1907—1973)认为,特氏比任何其他小说家都更了解钱。[②] 的确,尽管特氏也担忧金融资本和投机心理给社会带来的冲击,而且在作品中借人物之口予以谴责,但他不否定对财富的追求,[③] 也不讳言他和母亲[④]的写作掺杂了金钱动机,并在《自传》(*An Autobiography*,1853)中多次谈及稿费和版税收入。他深谙资产阶级的社会经济学和日常生活政治,以及个人伦理选择的过程,因此他的小说(尤其是19世纪70年代的作品)成为维多利亚人了解股票市场基本运作的主要渠道,也就毫不奇怪了。比如,在《方式》中,拥有纸上金融帝国的梅尔莫特主持了一场疯狂的投机活动,以修建从美国盐湖城一直通到墨西哥维拉克鲁斯港的大铁路项目为名义,大肆发行股票。而在铺陈这一投机活动的发展过程中,特氏不仅揭示造就梅尔莫特的世道,即堕落腐朽的公众道德和政治伦理,而且担心盲目个人崇拜所带来的社会危机。借用殷企平的话说,梅尔莫特的发迹"一靠欺诈,二靠助长欺诈之风的

---

① David Cannadine, *The Decline and Fall of the British Aristocracy*, New York: Vintage Books, 1999, 25.
② Quoted in David Skilton, "Anthony Trollope," in *The Cambridge Companion to English Novelists*, ed. Adrian Poole, Cambridge: Cambridge University Press, 2009, 211.
③ 关于维多利亚时期的"财富"观,请参见本卷第四章。
④ 安东尼·特罗洛普的母亲弗朗西斯·特罗洛普(Frances Trollope,1779—1863)也是一位成功的作家,并依靠她的出版收入养家。

社会土壤",①而这正是特氏所焦虑的。

　　维多利亚时期的经济伦理语境并非一成不变,而是有一个变迁过程。人们曾普遍认为投机(speculation)与赌博(gambling)没有区别,比如卡莱尔在《过去与现在》(*Past and Present*,1843)中曾经痛斥"赌博式的投机活动",并把充斥这类投机活动的时期称为"泡沫时期"。② 罗斯金则把金融投机定义为商业彩票。③ 然而,随着投机被"驯化",人们意识到投机更像是投资,而非赌博。换言之,投机成了一种合法的风险行为。19世纪中叶,英国法律在对赌博逐渐采取严控的同时,开始对投机逐渐放宽约束。这一对于投机行为的认知变化,我们也可从著名银行家卡塞尔爵士(Sir Ernest Cassel,1852—1921)写给英王爱德华七世(King Edward Ⅶ,1841—1910)的信件中略窥一二:"我年轻时,人们叫我**赌徒**。随着我业务规模的增加,我被称为**投机者**。现在我叫**银行家**。然而我所做的一直是同样的事情。"④ 这种视结果(盈利抑或亏本)比行为操守更重要的伦理含混令特氏担忧,因此在他的作品中,他有意将负责任的投资行为和冒风险的投机行为区分开来。特氏反对投机,这鲜明地体现在《方式》和《首相》(*The Prime Minister*,1875)等小说中;⑤ 他尤其警惕以梅尔莫特为代表的骗子开发的海外投资产品和项目,以及散布假消息引诱无知投资者上钩的股票销售者。特氏对投机近乎倒退式的伦理认知,有一个鲜为人知的原因:英国首相迪斯累里(Benjamin Disraeli,1804—1881)曾在年轻时投资一项子虚乌有的墨西哥铁路项目,蒙受巨大损失,但他仍怂恿他人购买这一亏本股票。特氏曾就此表达对迪斯累里的憎恶,所以《方式》中的北美大铁路项目极有可能脱胎于此。

---

　　① 殷企平:《麦尔墨特的败因——兼论特罗洛普笔下的社会价值观变迁》,《外国语》,2002年第5期,第63页。
　　② Thomas Carlyle, *Past and Present*, London: Chapman and Hall, 1924, 232. 该书又译《文明的忧思》。
　　③ John Ruskin, *Munera Pulveris*, in *The Works of John Ruskin*, vol. 17, ed. E. T. Cook and Alexander Wedderburn, London: George Allen, 1903 - 1912, 277.
　　④ Quoted in Jeffrey J. Franklin, "The Victorian Discourse on Gambling: Speculations on *Middlemarch* and *The Duke's Children*," ELH 61, no. 4 (1994): 635 - 653. 粗体为本节作者所加。
　　⑤ 狄更斯的小说《小杜丽》和《我们共同的朋友》也是将投机行为描绘成道德败坏的著名例子。关于投机行为在维多利亚时期文学中的表现,可参阅 John R. Reed, "A Friend to Mammon: Speculation in Victorian Literature," *Victorian Studies* 27, no. 2 (1984): 179 - 202。

不过,将小说中的这一投机项目设置于美国并引入美国人物(如赫特尔夫人),也许是特氏的一种文化语境策略,以期与变化中的经济伦理语境相适应,并暗示美国这一大前方才是投机的真正家园,那些与英国人毫不相同的美国人才是真正的冒险家和投机家。梅尔莫特的纽约父亲也让他成了半个美国人。对于英国人来说,"美国人"(American)一词总是带有轻微的贬义,动词"美国化"(Americanize)则有道德上变得可疑这样的含义。即使是令人满意的美国人,在《方式》中也只能得到这样的评价:"尽管完全不像英国人,但算不上半个坏家伙。"(95)

三、性与爱:特氏小说的伦理教诲

与维多利亚同时代作家相比,特氏更像是历史学家或人类学家,他更关注自己所处的转型社会中滋生的弥漫于中上阶层的道德危机。国内学者承华对他所反映的婚恋观和家庭观有所研究,认为《方式》中适婚女性的情感都遭遇了"金钱与爱情的伦理道德冲突"。① 例如,玛丽的追求者都希望通过与她缔结婚姻而发一笔横财;也正因为看中财产的分割,她的父亲梅尔莫特则牢牢控制择婿权;玛丽自己也希望通过手中的资产赢得心上人,从而摆脱父亲的控制获得幸福。与之形成比照,没落贵族子弟乔治娅娜则希望把自己投放到婚姻市场,把婚姻视作获利的营生,而不考虑其中的情感因素,甚至为了抓住最后的机会而不惜放弃门当户对的择偶标准,以嫁给年老貌丑的犹太商人为代价,换取在伦敦市区和郊外的两栋房子,在最终没有得到物质兑现时无情地撕毁了婚约。特氏通过对"财产交易式婚姻"② 的刻画,揭示在拜金主义大肆入侵精神领域的社会转型期,维多利亚人的传统婚姻家庭伦理都遭到了不同程度的颠覆和破坏,并期望自己的小说发挥教诲和启示作用,使青年读者在面临伦理困境的时候有正确的选择。具体而言,特氏通过在作品中关注年轻人的成长,向读者提示选择职业和婚姻伴侣时的核心问题是诚实与否,而职业选择(choice of a profession)应当包括(对男性来说)遗产的继承管理和(对女性而

---

① 承华:《〈如今世道〉人物婚恋之伦理解读》,《世界文学评论》,2012年第1期,第137页。
② 承华、黄铁池:《特罗洛普作品中英国社会转型期的婚姻家庭观》,《上海师范大学学报》(哲学社会科学版),2013年第4期,第102页。

言)相夫教子的家庭管理。①

我们不妨再以费利克斯爵士为例。后者是在错误的伦理选择中坠入深渊的。特氏为该人物着墨数百页,为他设计的名字 Felix 也别有深意,② 其拉丁语词根(fēlix, felicis)的含义为"幸福的、快乐的",然而实际生活中的费利克斯面临失去财富和生命的危险,一点儿也不快乐。《方式》的引人入胜之处在于,费利克斯的堕落并不像莎士比亚笔下的泰门,③ 而是从一开始就是一个有着众多缺陷的非典型贵族:他没有能与其贵族头衔相匹配的财富,也缺乏 19 世纪典型绅士所具有的优雅和同情心,更欠缺中产阶级男性气概中的勤勉、节俭和清醒。因此,叙述者在小说一开始就宣布:"他在生活的各个方面都糟透了。"(18)不过,他有着帅气迷人的外表,但其背后的残酷现实则是:正像乔治娅娜企图用贵族头衔来换取金钱和爱情一样,外表(色相)正是无情无义的费利克斯用来博取物质利益的资本和工具。

特氏将费利克斯的性癖好(sexual habits)作为对这个时代年轻读者的最大警示。④ 小说叙述者和其他人物多次将费利克斯称为"邪恶"(vice)(21,132,540)。英国特罗洛普研究专家玛格丽特·马克维克(Margaret Markwick)指出,特氏以费利克斯的"邪恶性"(viciousness)指代"肉欲和性暴力",与其命运相联系,⑤ 旨在昭示放荡生活对伦理秩序的破坏。国内学者刘建军认为,"19 世纪新建立的资本主义制度和生产方式,从本质上说,是和基督教所主张的禁欲主义和蒙昧主义格格不入的。自由竞争阶段的资本主义,是以人的物质欲望的无限释放为基本特征的"。⑥ 因此,费利克斯在笃信"清心寡欲"这一传统价值观的特氏笔下,从出身贵族的单身绅士逐步堕落为污染社会

---

① Skilton, "Anthony Trollope," 212. 同时,Skilton 指出,特罗洛普较狄更斯更受女性读者欢迎,因此我们认为特罗洛普的小说教诲受众面也更广,效果也更好。
② 世界文学史上另一个著名的 Felix 是德国小说家托马斯·曼(Thomas Mann, 1875—1955)未完成的伟大作品《骗子费利克斯·克鲁尔的自白》(Die Bekenntnisse des Hochstaplers Felix Krull, 1954)中的主人公,其名字同样具有反讽意味。
③ 在莎士比亚悲剧《雅典的泰门》(Timon of Athens, 1623)中,主人公泰门面对财富的变化经历了急剧的堕落。
④ Elizabeth Bleicher, "Lessons from the Gutter: Sex and Contamination in The Way We Live Now," Victorian Literature and Culture 39 (2011): 545.
⑤ Margaret Markwick, New Men in Trollope's Novels: Rewriting the Victorian Male, Hampshire, UK: Ashgate, 2007, 95.
⑥ 刘建军:《基督教文化与西方文学传统》,北京:北京大学出版社,2005 年,第 222 页。

的小混混。他最终浪迹街头的身影不免让人想起维多利亚时期典型的堕落女性(fallen women)形象——美貌不再,形容枯槁,就像饱受梅毒蹂躏之人,最后不仅不容于自己的共同体,还被国家所驱逐。

特氏"毁灭"费利克斯,貌似简单的正义之举,实际上是一场"在特定历史时刻照亮文学和文化交汇点的复杂事件"。① 学界对特氏为费利克斯安排的宿命有不同的解释:金凯德(James Kincaid)将费利克斯遭受驱逐视为常见的流放恶徒的皆大欢喜结局;② 沃尔(Stephen Wall)则认为费利克斯的结局是该小说的一大败笔,理由是这种维多利亚式的道德化说教(Victorian moralizing)削弱了特氏的讽刺文风。③ 基于伦理批评的原则,我们倾向于认同布莱希尔(Elizabeth Bleicher)的观点,即如果我们考虑特氏通过现实主义小说教诲年轻读者的初衷和特氏对性堕落的鲜明立场,以及《方式》发表同期英国社会舆论对性病控制的公开讨论,那么费利克斯的命运是完全合乎逻辑的;通过引入疾病话语,特氏以隐喻的方式借用费利克斯的命运劝导年轻男性读者:如果行为失当,男子也会像女性一样容易堕落。④ 这一警示的社会伦理意义在于,特氏以女性的情爱伦理标准审视男子,从而把焦点从传统的男权经济标记转移到个人责任身上,这一伦理调整符合社会转型期对新兴中产阶级的重新定义。

需要说明的是,特氏在《方式》中并未明确描述疾病,他所使用的疾病话语是一种比拟,如将一些人害怕与梅尔莫特接触形容为对社会"污染"(contamination)的恐惧。他用这样的象征性语言将费利克斯与梅尔莫特相提并论,有效地增强了警示作用和伦理教诲效果。我们仿佛听到了这样的画外音:一味追求价值交换的文明进程,犹如重病缠身,人们(尤其是年轻人)应格外珍视并保持自身的传统道德价值(譬如真、善、美、仁慈和怜悯)。这一警示跟特氏在《自传》中的肺腑之言并行不悖:"爱情这个东西引起所有人的兴趣……如果小说家处理这一主题得法、有益,就爱情提出健康的教诲,那么他

---

① Bleicher, "Lessons from the Gutter," 545.
② James Kincard, *The Novels of Anthony Trollope*, Oxford: Oxford University Press, 1977, 165.
③ Stephen Wall, "Trollope, Satire and *The Way We Live Now*," *Essays in Criticism*, ed. Stephen Wall and Christopher Ricks, vol. 37, no. 1 (1987): 60.
④ Bleicher, "Lessons from the Gutter," 546.

带来的益处则非同寻常。"① 显然,特罗洛普不失为一位"润物细无声"的大众导师。

综上所述,以伦理之镜管窥特氏对他那个时代精准的全景式记录,我们发现特氏的道德现实主义并不是对善与恶的简单划分和批判,也不是给社会伦理失序开道德药方,而是如加拿大特罗洛普研究专家阿普罗伯茨(Ruth ApRoberts)所说,在作品中倾注了一种"道德的审视"。② 对于《方式》的写作动机和成书过程,特氏在《自传》最后一章中做了详述。尽管他说"这个时代商业中的种种不检行为"(commercial profligacy of the age)促成他创作该小说,但他也对人类与世界的发展表示了怀疑:

世界究竟是不是变得越来越邪恶,这是困扰了有史以来一切思想家的问题。人已变得不那么残酷,不那么喜欢暴力,不那么自私,不那么野蛮了,这是毫无疑问的。——但是他们也变得不那么诚实了吗? 如果这样的话,一个在诚实方面一天不如一天的世界能被认为处于进步状态吗?③

克拉彭(J. H. Clapham,1873—1946)认为,1870—1874 年(即《方式》成书前几年)是英国资本主义经济发展的关键时期。④ 处于这一经济繁荣时期的"市侩价值观"已然上升到一定高度,并渗透到社会的各个角落,⑤ 深刻影响着社会伦理的演变。特氏最后的巨著《方式》正是在这样的文化转型语境中诞生的,并对 19 世纪晚期英国文化观念流变中的伦理重构产生了积极的影响:特氏通过对伦理主体的细微观察,透露英国文化共同体中难以确定的群体共同性;通过对冒险投机与理性投资的对比性描摹来揭示经济伦理语境的历史流变;通过揭示婚恋性爱的伦理模式,告诫 19 世纪末的年轻一代(也是即将进入 20 世纪的未来一代)在追求人生幸福时要洁身自好,避免被污染。对于如何解

---

① Anthony Trollope, *An Autobiography*, Oxford: Oxford University Press, 1999, 160.
② Ruth ApRoberts, *The Moral Trollope*, Athens, Ohio: Ohio University Press, 1971, 52.
③ Trollope, *An Autobiography*, 353 - 354. 此处参考了陆建德的译文。
④ J. H. Clapham, *Economic History of Modern Britain*, London: Cambridge University Press, 1932, 115.
⑤ 陆建德:《破碎思想体系的残编》,北京:北京大学出版社,2001 年,第 41 页。

决物质追求与精神追求的伦理困境,特氏并未给出明确的答案,但在《方式》中,乔治娅娜最后选择了和一个牧师私奔,这或许就是特氏倡导的英国人道德回归的方向——从拜金的道德观转向传统的基督教道德观。① 作为结束语,我们不妨重温一下特罗洛普研究权威萨瑟兰(John Sutherland, 1938—)的一席话:"我们总在'英格兰特性'(Englishness)处于危机时(比如第二次世界大战时,比如现在)重新发现特罗洛普和他所代表的精神内核,然后我们像抓救生圈一样牢牢地抓住他。"② 显然,萨瑟兰一语道破了特氏对于英国文化共同体的永恒价值。

第二节
吉辛笔下文人的工作态度

在19世纪后期,有一部小说对英国文人工作与生活进行了深刻的思考。它重提生活方式,介入了卡莱尔以降的英国文化批评语境,即因生活方式畸变而产生的焦虑——社会转型导致人类生活方式扭曲变形。该小说就是乔治·吉辛的代表作《新格拉布街》(New Grub Street, 1891)。小说讲述了19世纪后期英国文坛的各种乱象。恪守文艺价值的有识之士屡遭厄运,而投机取巧的粗鄙之流却发迹其中。此番情形延续至今,发人深省。小说既对英国文学做出了贡献,也通过关注英国文化传统中的一类重要人物,对文化观念内涵的拓展做出了贡献。其中文人们对文坛乱象的反应,亦即工作态度,尤其发人深思。主人公贾斯珀·米尔文的态度颇具代表性。他瞅准商机,制定规划,从一名卑微文人跃为文艺期刊主编。对此,研究者们大体有一共识,即他学识粗浅,工于心计,利欲熏心,迎合低俗语言趣味,是小说重点批判的对象。确实,

---

① 承华、黄铁池:《特罗洛普作品中英国社会转型期的婚姻家庭观》,第106页。
② John Sutherland, "Trollope Captures the Essence of Englishness," in "Editorial", *The Times*, 13 February 2016.

小说开头就可见这种批判。在第一章中,贾斯珀的两个妹妹针对他所谓"文学就是生意"的说法,提出了严厉的批评。不过,近年来,有学者提出质疑,认为妹妹们的评论未必能代表叙述者的立场。例如,学者史蒂芬·塞弗恩(Stephen E. Severn)就从妹妹莫德的身上发现了破绽。在小说前半部分,莫德严厉谴责贾斯珀的拜金行为,但在后半部分却与一名言行粗俗的富人结婚。塞弗恩认为,莫德前后言行大不一致,因此她之前的责问就不足为信了。① 循此线索,我们发现,小说关于贾斯珀的描述中还存在一些与公认的负面形象不相符之处。或许由于妹妹们在小说开头的批评形成了先入为主的印象,那些矛盾之处往往被忽视了。然而,它们看似微小,聚合在一起却形成一个大疑问:该如何全面看待贾斯珀的工作态度?鉴于小说的历史背景是19世纪后期大众文化全面兴起之际,本节拟在这一特殊的文化历史语境中探索贾斯珀的工作态度,以及它所隐含的文化考量,即工作方式成为一种生活方式,并映射作为社会总体生活方式的文化危机。

一、贾斯珀工作态度的多面性

贾斯珀提出"文学就是生意"一说后,就在此基础上规划自己的职业发展。这也是研究者们批判贾斯珀的主要依据。不过,塞弗恩的质疑也不无道理。除了他在贾斯珀妹妹身上找到的漏洞外,小说中还有更加直接的证据——贾斯珀本人在职场中的为人处事表明,贾斯珀的工作态度具有多面性。

首先是贾斯珀对创作语言的选择。在谈论职业规划时,他坦言要让文字显得"既不偏于浮华,又不过分扎实"。② 言外之意十分明显,即他完全可以写出扎实的作品。从其教育背景看,贾斯珀并未吹嘘。他毕业于伦敦周边一个小镇的文法学校,之后在大学里读了两年书。19世纪后期的英国尚未普及中等教育,能够接受大学教育的人更少。虽然贾斯珀未能从大学毕业,却属于当

---

① Stephen E. Severn, "Quasi-Professional Culture, Conservative Ideology, and the Narrative Structure of George Gissing's *New Grub Street*," *Journal of Narrative Theory* 40, no. 2 (2010): 163.
② George Gissing, *New Grub Street*, Ware: Wordsworth Edition Limited, 1996, 8. 以下该小说引文均出自此版本,仅随文括注出处页码,不再一一详注。译文参考了《新格拉布街》,叶冬心译,上海:上海译文出版社,1986年;《新寒士街》,文心译,杭州:浙江文艺出版社,1986年。

时教育程度较高的人群。小说第一章就交代了他的教育背景,不过,可能由于介绍比较简短,未能引起研究者们的注意。事实上,对于贾斯珀而言,写出一些扎实的文章绝非难事,编造一些浮华的文字更是易如反掌。后一做法尤其适合他本人一直鼓吹的"文学生意论"。在实际写作过程中,他常常费心思对语言做一番取舍,并未一味地迎合低级趣味。显然,贾斯珀对语言的中庸选择偏离了"文学就是生意"的论调。

其次,贾斯珀对其他文人的态度也具有多面性。为了谋求发展,他做了不少损人利己的事情。例如,他在女友玛丽安·尤尔(也是一名文人)最困难的时候抛弃了她。又如,他为谋私利而投身于一家臭名昭著的期刊主编门下。但是,他的另一些行为却表现出截然相反的一面。在得知文人兼好友埃德温·里尔登面临生计困难时,他亲自登门出谋划策,主动提出帮忙联系相关人士;在里尔登不幸去世后,他特意为其遗作撰写文评,竭力维护其声誉。当另一位文人哈罗德·比芬的作品遭遇冷遇时,他再次撰写书评,争取市场的认可。即使在决定与玛丽安分手之前,他也经历了很长时间的内心挣扎,甚至曾一度精心安排婚房,准备迎娶心上人。可以说,贾斯珀在职场中表现出自私和无私的两个矛盾面。

上述细节显示,小说关于贾斯珀工作态度的叙述并不是单一的。于是,就如塞弗恩所言,看上去显而易见的基本观点由此变得"模糊不清"。① 虽然贾斯珀的为人处世有不光彩的一面,但叙述者未将其简单地塑造成一无是处的负面形象。塞弗恩称之为叙述中的"修辞断裂"(rhetorical disjuncture)。② 那么这种有意为之的断裂是为了什么?塞弗恩给出的解答是小说主题发展的需要,即贾斯珀是一个"地位低微的文人,通过文学场中的获利成功跻身于中产阶级"的案例。③ 很显然,塞弗恩另辟蹊径,在阶级意识形态的语境中做出解释。可是,这一观点存在纰漏:它至少不适用于小说中另一文人的情况——同样在文学场中发了财的威尔普戴尔就不太可能跻身于中产阶级。贾斯珀直

---

① Severn, "Quasi-Professional Culture, Conservative Ideology, and the Narrative Structure of George Gissing's *New Grub Street*," 163.
② Ibid., 162.
③ Ibid., 182.

言,此人"永远不会成为名流",甚至担心自己妹妹与他结婚后会被他的社会地位拖累(415)。言下之意,在文学界获取成功的文人未必能被中产阶级接受,提升社会地位还需考虑其他因素。如此一来,"跻身于中产阶级"的说法就不能成为统领小说的主题,也无法圆满解释上述修辞断裂的现象。因此,我们有必要寻求新的语境来审视贾斯珀在职场中的多重态度。

二、贾斯珀结局中的共同体危机

要回答上述问题,我们不妨从塞弗恩所举的另一处"修辞断裂"——贾斯珀的结局——中找寻答案。小说结尾着重描绘了贾斯珀喜获成功的场面,这似乎也与批判他的说法相抵牾。贾斯珀如愿以偿地搬入体面的住所,并且获得梦寐以求的主编一职。除了塞弗恩外,研究者对此还提出了两种不同的看法。一种观点不认同这种结尾,认为它不是"小说内在逻辑所要求的结尾"。[1] 此处的"内在逻辑"指小说深切同情具有文化修养却被逐出伦敦文学界的人员。[2] 另一种观点则认为结尾具有反讽意味:它或与小说开篇呼应,构成一个表现无赖文人形象的"框架",[3] 或表现出"话语对情节的复仇作用"。[4] 总之,在批判文学生意论的语境中,贾斯珀的成功远非小说的理想结局。那么,贾斯珀的结局是否另有所指呢?小说发生于19世纪后期,是英国新旧文化交替的转型时期,具有特殊的文化历史背景。因此,我们有必要再次细察贾斯珀的结局,探寻隐含其中的独特文化历史语境,以便进一步发现贾斯珀工作态度中涵容的信息。

贾斯珀的成功结局始于一场在家中举办的文人聚会。客人都是文坛成功人士。宾主共进晚餐,其乐融融。塞弗恩认为,这次聚会实现了贾斯珀夫妇重建严格意义上的文学"社会"这一愿望。[5] 然而,深究个中情形,这个"社会"却

---

[1] Adrian Poole, *Gissing in Context*, Totowa: Rowman and Littlefield, 1975, 155.
[2] Ibid.
[3] Jerome H. Buckley, "A World of Literature: *New Grub Street*," in *The World's of Victorian Fiction*, ed. Jerome H. Buckley, Cambridge: Harvard University Press, 1975, 226-227.
[4] Simon James, *Unsettled Accounts: Money and Narrative in the Novels of George Gissing*, London: Anthem Press, 2003, 106.
[5] Severn, "Quasi-Professional Culture, Conservative Ideology, and the Narrative Structure of George Gissing's *New Grub Street*," 184.

乏善可陈。

其一，客人的情况介绍暗示，"社会"实为虚情假意的交际圈。叙述者用三句话对他们的情况做了简要介绍。前两句强调，他们都颇负盛名，至少已崭露头角。最后一句则是叙述者的评价：他们"都是极好的现代典型，能将甜言蜜语说成俏皮话，还个个天庭饱满"(419)。这一评述令人回味：作为文学界的精英，他们理应谈吐雅致；可是，他们显摆的是玩弄语言的本事，为花言巧语披上智慧的外衣。这种能说会道的伎俩与贾斯珀刻意使用"既不浮华也不扎实"的中庸语言写作的手法可谓如出一辙。换言之，装模作样的高谈阔论成了在现代文坛立足的法宝，这本身极具反讽意味。空洞的甜言蜜语和俏皮话是与思想交流背道而驰的，因此贾斯珀意欲组建的文人"社会"实乃空心的交际场所，跟真正的情感交流并无瓜葛。

其二，宾主之间的对话内容进一步表明，此"社会"远非文学意义上的联盟。他们的谈话基本围绕文人的职位变动和恩怨纠葛，包括流行期刊主编离职的传闻、文人去世的消息、找人捉刀代笔的流言等等。也就是说，这场聚会中鲜见关于语言艺术的谈论。主流文人在意的是职场变动背后的物质利益，而非语言创作本身。这种情况在19世纪晚期并不少见。成立于1884年的作家协会(The Society of Authors)就是一个典型的例子。此协会的初衷是维护作家的合法利益，后者在与出版商交涉时往往处于劣势。但是，协会有过度追求物质利益之嫌，经常受到出版商和作者的批评。①吉辛本人加入该协会后发现，它成了"生意人聚集之地"。②贾斯珀的聚会也不例外：参会文人对经济利益的趋附挤压了他们最应关注的语言价值，以及伴随而生的思想空间。从这个意义上说，他的理想"社会"与真正的文学无关。

由此可见，贾斯珀理想中的"社会"并非建立在严格的文学意义上，而是有更广泛的指涉。贾斯珀在家中举办同行聚会的做法本身就说明，这个"社会"包括了生活的方面。于是，它与同时期德国社会学家滕尼斯提出的"社会"概

---

① Richard Salmon, *The Formation of the Victorian Literary Profession*, Cambridge: Cambridge University Press, 2013, 218.
② Ibid.

念十分相似,是一个"机械的""拼凑的"聚合体,① 而且与滕尼斯同时提出的另一个概念——共同体——形成了对照。后者专指"真正的、持久的共同生活"。② 在共同体中,连接人们的是具有共同利益的血缘、情感和思想的纽带。其中以思想作为纽带的精神共同体被视为"最高形式的共同体"。③ 当然,滕尼斯区分"共同体"与"社会"这两个概念并非心血来潮,而是与19世纪晚期欧洲社会论题密切相关。当时最重要的论题就是如何恢复共同体理想。④ 因此,在当时的历史语境中,贾斯珀关于"社会"的构想实际上指向了与共同体相关的讨论。它通过呈现一个相异于共同体理想的聚会情形,介入一个重大文化问题的讨论。同时,如普朗特(Raymond Plant,1945—)所说,英国社会中关于该论题的讨论基本上在文学家中进行。⑤ 因此,贾斯珀的聚会可以视作英国社会观照共同体理想的一个场所。这既是文人的工作聚会,也是日常生活的地方。它表面上一团和气,实则充满不和谐的音符。由此可见,文人的工作与生活都出现了问题。最令人痛心的是,本应成为共同体典范的文人群体因缺乏情感和思想纽带而远离了"生机勃勃"的共同体理想。因此,贾斯珀的庆功宴会实际上指向了这样一种文化语境——共同体思想纽带的断裂。

三、文坛恩怨中的道德危机

除了思想诉求的缺失,上述聚会的具体谈话内容还表明,文化价值体系面临另一个严重威胁——道德的极度沦丧。除了到场的宾客外,贾斯珀家庭聚会还涉及了众多的场外文人。虽然他们没有受邀出席,但是聚会上的谈论大都围绕他们的工作展开。宾主谈及的人物主要有两位:克莱门特·法奇和阿尔弗雷德·尤尔。他俩作为谈论的焦点,并被安排在小说结尾处,其用意不可谓不深。小说中文人之间的摩擦冲突时有发生,但数法奇和尤尔的恩怨最持

---

① See Julián Jimnénez Heffernan, "Introduction: Togetherness and Its Discontents," in *Community in Twentieth-Century Fiction*, ed. Paula Martin Salván, Gerardo Rodríguez and Julián Jimnénez Heffernan, London: Palgrave Macmillan, 2013, 8.
② Ferdinand Tönnies, *Community and Civil Society*, trans. Jose Harrisand and Margaret Hollis, Cambridge: Cambridge University Press, 2001, 19.
③ Tönnies, *Community and Civil Society*, 53.
④ Vaninskaya, *William Morris and the Idea of Community*, 2.
⑤ Raymond Plant, *Community and Ideology*, Abingdon: Routledge, 2009, 26.

久,也最激烈。他们的工作态度凸显了贾斯珀工作环境中的另一面——文学场内的道德危机。

尤尔早年主编一份文学周报,法奇当时是他的雇员。后者为了能够获得一份报酬更高的职位,公开发文嘲讽尤尔,以便获得新雇主的认可。两人就此掀起一波论战,最终以法奇获胜而收场——尤尔的周报关门,而法奇则声名远扬。之后,尤尔新作面世,随即再次引发舌战。法奇专门在自己主编的期刊上发表书评,其敌意之深切,在小说叙述者的点评里一览无遗:"与这里恶毒的戏谑相比,其他人的恶意攻击就不免显得笨拙,效果也差了许多。"(135)第二次交锋再度以尤尔败北而告终。他从此一蹶不振,最后搬离伦敦,客死他乡。与此同时,法奇却步步高升,成为伦敦文学界的一名大主编。值得注意的是,两名文人之间的不和见诸语言的滥用。文人不以传播"世界上最美好的语言"①为己任,反而为了经济利益而把语言作为武器,中伤他人,击穿了道德底线。事实上,小说中此类明争暗斗时有发生,被形象地称为"笔墨官司"(234)。文人舞文弄墨,犹如刀剑相逼,导致共同体名存实亡。小说以聚会结局,意在彰显"文人共同体"名不符实的窘境:聚会和气一团,可是这仅仅是表象而已;与这表象相龃龉的是法奇与尤尔之间的恶斗,以及小说最后一章的标题"各得其所"——这一切都揭示了贾斯珀工作环境中不和谐的音符。

小说末尾重提法奇和尤尔恩怨,这还具有另一层含义。它唤起读者对法奇工作方式的回忆,暗示上述道德失衡实为社会生活方式的危机。法奇的文风素来阴险,最具代表性的莫过于评论尤尔新书的那篇文章。除上文所引文字之外,小说叙述者还做了如下的评述:"它暗示被评之书既没有娱乐性,也没有其他的趣味性,从而达到中伤的目的。攻击一名作家,但同时又不让他增加读者数量,这是新闻技能的极致。"(135)这段评论既一针见血地点破了法奇获胜的关键——阻挠读者对相关作品的兴趣,也道出了文人群体道德沦丧的历史缘由:一方面,自19世纪50年代末起,英国写作职业化已完全形成;另一方面,娱乐性成为当时读者对语言作品的一大要求。②

先说写作职业化。不同于之前的赞助制度或兼职行业,此时绝大多数文

---

① Arnold, *Culture and Anarchy*, 70.
② Salmon, *The Formation of the Victorian Literary Profession*, 217.

人没有其他收入,只靠写作谋生。因此,读者需求成为决定文人生存的要素。另外,从业人数的激增加促使职业竞争日益加剧。历史统计数据表明,19世纪后半期从事写作的人数剧增,从1861年的1673人到80年代的6111人,再到20世纪初的13 000余人。① 数量的增幅不可避免地带来竞争失序,在这种情况下,读者的需求在很大程度上成为掌握文人生杀大权的利器。

再说娱乐性。据菲利普·戴维斯(Philip Davis)考察,自19世纪中叶起,大众娱乐产业开始整体繁荣,报刊和书就是其中的一部分。② 同时期作家贝赞特(Walter Besant,1836—1901)就指出,对新型读者来说,"为娱乐而阅读"是"比台球房、音乐厅和酒吧更令人满意、更天真的娱乐形式"。③ 可是,读者沉溺于低质量的文字读物的结果堪忧。娱乐业的经济思维渗入语言创作标准,传统语言标准开始遭受强烈冲击。于是,标准阙如的文化产业进入无序竞争阶段。

概而言之,上述历史缘由显示,文人的工作方式取决于他们的谋生需求和读者的娱乐生活喜好。也就是说,到了19世纪后期,文人的工作已与社会的生活方式密切联系。因此,法奇的工作态度就十分精准地反映了社会生活方式变化引发的一大后果——道德失序。

四、贾斯珀妹妹的婚姻与审美趣味的缺失

如果说法奇的工作方式是社会转型所致,那么这种转型也深刻影响了文人的生活方式。贾斯珀的另一个妹妹朵拉的婚姻就是一例。与莫德相仿,朵拉的言行也有不一致的地方。在小说开头,她与莫德一起批驳贾斯珀的"文学生意论",但是在小说结尾,她选择与一个将"文学生意论"发挥得淋漓尽致的文人结婚。此举意味着她也背叛了自己最初的观点,亦可谓是一处"修辞断裂"。那么,这一次的断裂又具有怎样的意味呢?朵拉对婚姻伴侣的选择耐人寻味,充分说明这一断裂影射了社会生活方式蜕变的又一种形式——审美趣

---

① Patrick Leary and Andrew Nash,"Authorship," in *The Cambridge History of the Book in Britain*, ed. David McKitterick, vol. 6, Cambridge: Cambridge University Press, 2009, 173.

② Philip Davis, *The Oxford English Literary History*, vol. 8, Oxford: Oxford University Press, 2004, 202.

③ Walter Besant, *The Pen and the Book*, London: Thomas Burleigh, 1899, 55.

味的缺失，而在其背后则是伦理维度的缺失。

朵拉的丈夫威尔普戴尔也是一名文人。此人的发迹经历颇具传奇色彩。他依靠编写《写作手册》一夜暴富，最终升任一份周报的副主编。按照贾斯珀的说法，朵拉完全可以找到一位更好的夫婿。然而，回顾夫妇俩的工作经历，就不难发现，两人在生活中的结合实属必然。朵拉专写儿童故事，且都是平平之作，却干得风生水起，"获得了几乎不可能的成果"。① 值得注意的是，夫妇俩成功的秘诀惊人地相似：朵拉是因为"迎合了新一代寄宿学校孩子们的兴趣"（26），而威尔普戴尔获得成功的平台——他供职的周报——也与新一代寄宿学校学生有关，即专为"从寄宿学校出来的伟大的新一代"（376）量身定制。由此可见，共同的工作目标让两人走进了婚姻的殿堂。更确切地说，他俩是趣味相投，而这趣味跟审美无关，只跟发财有关，因而是一种缺失了伦理维度的趣味。

此外，他俩的结合还为贾斯珀的工作环境添加了一个脚注，暗示其文化历史语境。他们的目标读者都来自新一代寄宿学校，这是 19 世纪后期英国的一个独特历史现象。它催生了数量庞大的读者群，在很大程度上改变了社会对语言作品的需求。② 威尔普戴尔对这类新型读者的描述体现了社会语言审美趣味的变化趋势：

那些正从寄宿学校出来的年轻男女，构成了伟大的新一代。他们只会阅读，却不会持久阅读。这种人需要一些东西在火车、巴士和电车里消遣。一般来说，除了周刊，他们不喜欢看其他报纸；他们需要的就是东拉西扯的资讯中最轻松、最空洞的东西——一点儿故事、一点儿描写、一点儿丑闻、一点儿笑话、一点儿统计数字、一点儿蠢事。（376）

---

① Simon James, *Unsettled Accounts*, 105.
② 寄宿学校的学生指的是英国 1870 年《福斯特法案》实施后的小学毕业生。作为持续推广初等教育的措施之一，该法案在英格兰和威尔士地区推行 5—13 岁儿童的义务制教育，要求建立寄宿学校，向办学条件不足的地区提供初等教育。普及教育对于英国文坛的一个直接影响就是大众读者的产生。到了 19 世纪晚期，虽然识字率的增幅未明显超出前期水平，但是随着人口基数的增长，识字人数增量庞大，社会阅读需求也相应剧增。

从威尔普戴尔对寄宿学校的强调中,我们可以看出,阅读趣味变化的背后有其深刻的历史背景:自 19 世纪 70 年代以来,英国的工业实力被美、德等后起强国赶超,失去了"世界工厂的地位";为改变落后面貌,《福斯特教育法案》应运而生,它旨在教授最基础的语言和数学知识,以便学生能够在进入工厂后读懂机器说明书,提高生产效率。该法案的目标貌似合理,实则有违心智发展的规律。在此意义上,法案也折射了整个社会功利的价值体系——屈服于工具理性思想,无意于精神层面的审美追求,无意于伦理道德方面的考量,将社会成员蜕变为思想麻木的机器附庸。人们沉溺于拒绝思考、排斥思想的娱乐活动,让庸俗充斥生活。概言之,社会在审美情趣层面出现了断裂。

威尔普戴尔的周报计划则是审美危机的另一个重要表现。它表明出版机构对语言审美能力的滑坡起到了推波助澜的作用。威尔普戴尔大力推崇这样的文章:"文章必须十分简短,最多两英寸长;他们(按:读者)的注意力持续不了那么长。甚至谈天对他们来说分量也重了些;他们需要的是胡扯。"(376—377)简而言之,周报青睐篇幅短小、空话连篇的皮相之谈。威尔普戴尔的策略荒诞不经,却大获全胜。他的经历,就是当时文坛现实的缩影,这与 Q. D. 利维斯在其名著《小说与阅读公众》(*Fiction and the Reading Public*,1965)中所写的历史状况完全一致:"期刊和小说都可以作为生意来对待,并可获利。"① 阿诺德则给这类出版业起了一个名字——"新新闻业",② 专指 1880 年后迅猛崛起的报刊业。更加意味深长的是,威尔普戴尔竟然标榜"胡扯"的功用,这显然是对之前"最空洞的东西"一说的深化,并且对应了阿诺德用以描述"新新闻业"的另一个词,即"头脑空洞"(feather-brained)。③ 在阿诺德看来,"新新闻业"的最大症结在于语言庸俗化,引诱读者沉溺于没有思想根基的语言/作品,因而给审美能力的发展带来不可估量的危害。威尔普戴尔的成功还表明,在"新新闻业"中,出版商、读者和文人三者对言之无物的语言/作品顶礼膜拜,彼此之间其实是利益关系。朵拉与丈夫虽无出众的学识,却靠着

---

① Q. D. Leavis, *Fiction and the Reading Public*, London: Chatto and Windus, 1965, 178.
② Matthew Arnold, *The Complete Prose Works of Matthew Arnold*, ed. R. H. Super, vol. 11, Ann Arbor: University of Michigan Press, 1977, 202.
③ Ibid.

拼凑剪贴过上了衣食无忧的生活；而小说中另外两位文人——里尔登和比芬——虽饱读诗书，却为维护文学语言的高贵品质而付出了生命的代价。两者反差如此之大，全是商机/金钱使然。换言之，出版商的审美标准决定了读者能够接触何种语言和作品。当金钱财富成为出版商的终极目标时，社会审美趣味的庸俗化也被推向极致。

以上分析还表明，审美情趣的堕落标志着社会生活方式的异化，标志着审美活动中伦理维度的缺失。

五、贾斯珀的职业困惑与文化新内涵

从上述三处"修辞断裂"来看，贾斯珀的工作环境看似文化大繁荣，实则险象环生。文化产业的壮大以共同体理想的破灭、道德失序和审美趣味的丧失为代价，并且渗入日常生活，引发时代文化危机。上述诸多文人的工作和生活都与危机对接，贾斯珀也未能置身于外。于是，在文化危机的语境中，上述贾斯珀工作态度中的疑点就具有了合理的解释。

首先，贾斯珀对语言创作标准的中庸选择反映了文人面对审美危机时的职业困惑和生活难题。语言作品本应在传播思想文化典范的过程中扮演重要角色，实际却屡遭摧残，共同体理想随之变得遥不可及。面对如此情形，贾斯珀内心不无矛盾。一方面，他承认优秀语言作品的价值。在分析里尔登前途时，他坦承天才"可以单凭神秘的力量蜚声文坛"（4）。另一方面，他对有意将语言质量降至粗俗级别的做法持保留态度。最具代表的莫过于他对威尔普戴尔的看法。由于两人都以鬻文为目的，他们经常被视作一丘之貉。不过，若仔细观察贾斯珀对威尔普戴尔的态度，我们可以发现，他们对语言创作的看法有明显差异。威尔普戴尔为求扩大销量，一再降低语言质量，而贾斯珀则有出自内心的抗拒。他私下里对妹妹说，威尔普戴尔只是一个"破烂刊物的助编"，"一个写作代理所的帮手"（394）。由此可见，贾斯珀并不认同威尔普戴尔那种为求经济利益而无底线地使语言贬值的做法，内心深处也并未如麦卡恩（Andrew McCann，1966— ）所说那样，"弃绝了任何的美学实践"。① 但是，

---

① Andrew McCann, *Popular Literature, Authorship and the Occult in Late Victorian Britain*, Cambridge: Cambridge University Press, 2014, 32.

面对愈演愈烈的语言退化和共同体危机,何去何从成为困扰贾斯珀的一个难题。这难题从工作领域延伸至家庭生活。他既需考虑生计,又不愿加入庸俗至极的语言写作队伍。这种兼顾生计与工作方式的考虑也表明,文人的工作方式成为一种生活方式。他对妹妹朵拉婚事的态度则又是一例。贾斯珀对威尔普戴尔工作方式的抗拒直接决定了他对婚事的态度。他反复提醒妹妹,信奉"现金联结"的威尔普戴尔不是理想的结婚对象。上述难题也"光顾"其他文人。例如,里尔登也做过痛苦的挣扎。在全家生计困难时,他一度这样想过:"为什么不写一篇牵强附会的故事,再题上一个抓眼球的题目呢?"(129)一言以蔽之,贾斯珀对创作语言的中庸选择具有双重考虑。可以说,在19世纪后期文学创作进入职业化的时代,贾斯珀的纠结具有代表性,代言了同时代职业文人面对审美危机时的两难处境。

第二,贾斯珀对其他文人的态度也从道德价值观层面折射了他的职业困惑和对生活方式的反思。他曾大言不惭地说:"成功与道德荒漠毫无关系。"(416)"荒漠"的隐喻与温馨的共同体形成对比。齐格蒙特·鲍曼(Zygmunt Bauman,1925—2017)指出,共同体是一个"温馨"的地方,一个可以"遮风挡雨"的"家",给人带来充足的安全感。① 可是,贾斯珀的成功道路却给他人带来了不安。他为了谋求自身的职业发展而不顾他人感受,贸然投身于为人卑鄙的法奇门下,还为了获取丰厚财产而抛弃身处困境的女友。如果将小说中其他诸如法奇等人的行为一并考虑的话,"道德荒漠"一说就不再是个案,而是代表了当时的主流社会价值观——为达目的,可以不择手段,甚至把自己的成功建立在他人的痛苦之上。这与共同体的价值观格格不入。但是,贾斯珀有时会对自己的价值观产生怀疑。譬如,他曾直言不甘心被看作"法奇之流"(88)。又如,当妹妹责问他为何在与玛丽安订婚的同时还要向另一位小姐求婚时,他"感到十分窘促"(397),并且承认自己经不住殷实家产的诱惑。与此同时,贾斯珀的价值观中还有与"道德荒漠"说完全相反的一面,最典型的就是他对同行里尔登和比芬的帮助。如迈克尔·考利(Michael Collie)所言,三人是"亲密

---

① 齐格蒙特·鲍曼:《共同体》,欧阳景根译,南京:江苏人民出版社,2007年,第2页。

的朋友";① 而且,出于对两人学识的敬意,贾斯珀精心撰写了书评,作为道义上的支持,未见有丝毫私利的动机。这与鲍曼所描述的共同体价值观有相似之处。共同体成员具有相互帮助的责任,并且在决定帮助他人摆脱困境前,不会要求用东西抵押,也不会考虑何时报答,以及如何报答。② 总之,贾斯珀可谓集多种互相冲突的价值观于一身,其最大的困惑在于:在道德荒漠中,该如何处理职业生涯与价值观之间的关系?

简而言之,小说关于贾斯珀工作态度的叙述与文化危机密切相关,既是对文化产业无序竞争的批评,也深刻思考了相伴而生的文化观念的发展。在这位被称为"时代人物"(1)的文人身上映射出 19 世纪后期职业文人面临的多重困惑,同时也在当时英国重塑共同体理想的文化历史语境中着力渲染了英国社会和谐表象之下的隐忧。他的职业困惑引发他在择偶、交友等生活方面的困惑。在此意义上,贾斯珀的多重工作态度与生活相联系,具有文化层面的观照,即介入了 19 世纪后期出现的文化新内涵——人类生活方式——的讨论。

值得注意的是,小说并未在贾斯珀的家庭聚会中宣告结束。之后还有一段他与妻子的对话,其中包含另一层深意。对话内容大都关于玛丽安及其父亲尤尔:尤尔刚过世,贾斯珀打算为他刊登讣告,并希望借机惩罚一下法奇。他毫不掩饰对法奇的看法,认为后者人格卑鄙。同时,他忍不住想念起玛丽安,不愿说对不起她的话,并为她能过上稍微宽舒一些的生活感到安慰。显而易见,这些言语与之前的喜悦形成了又一断层。如同克莫德(Frank Kermode,1919—2010)所说的"断裂面"(fractured surfaces),③ 它旨在邀请读者寻觅小说的"潜在意义";④ 在断裂面的形成中,贾斯珀复杂的价值观唤起了他内心的不安和同情。"潜在意义"就在于,如果没有这段对话,小说结尾对贾斯珀工作态度的审视就止于批判而显得平庸。叙述者最后还是强调了贾斯珀身上向善的一面。他既不会像法奇那样刻薄无情,也不愿如威尔普戴尔那样没有底线。

---

① Michael Collie, *The Alien Art: A Critical Study of George Gissing's Novels*, Folkestone: Archon Books, 1979, 113.
② 齐格蒙特·鲍曼:《共同体》,第 2 页。
③ Frank Kermode, *The Genesis of Secrecy: On the Interpretation of Narrative*, Cambridge, Massachusetts and London: Harvard University Press, 1979, 15.
④ Ibid.

尽管他困惑重重，但是在众多文人中间，似乎只有他较好地解决了个体生存与职业操守之间的难题。换言之，他的工作态度透露出尚未泯灭的思想追求和道德良知，为作为生活方式的文化注入了新的元素——恢复共同体理想的精神诉求。在他身上，理想的点点星光依稀可见，云开之日值得守望。

第三节
《华伦夫人的职业》中的"工作福音"

萧伯纳的戏剧《华伦夫人的职业》(Mrs. Warren's Profession, 1894)[①]是英国文化观念流变中的一个重要环节。多年来，对该剧的解读集中于社会批评视角和女性主义视角，而对它在拓展文化观念内涵方面的贡献探讨不足。有鉴于此，我们有必要从"工作福音"的视角出发，结合维多利亚时代英国思想者们对于工作/生活方式的思考，挖掘《华》中的相关文化蕴含。

如本书绪论中所说，一个民族的总体生活方式是文化观念的重要内涵之一，而生活方式首先表现为工作方式。在英国，从工作角度探讨生活方式的思想家当首推卡莱尔，其名言"人以工作完善自身"就是对文化的一种诠释，[②]而他倡导的"工作福音"(the Gospel of Work)[③]则更是影响深远。《华》可以看作对卡氏"工作福音"的一种呼应。该剧中"华伦夫人的职业"与"薇薇的职业"这一组二元对立结构，从不同侧面体现出勤奋的工作如何帮助女性找到生活的意义；但是，由于各自不同的原因和职业先天的缺陷，她们的工作都未能成就真正的"工作福音"。萧伯纳虽然力图在剧中控诉社会之恶，也尝试用独特的工作方式，尤其是剧中薇薇的工作方式，来寻找女性的自我解放之路，但作

---

① 后文除特殊强调，简称为《华》。本书引用版本为 George Bernard Shaw, *Mrs. Warren's Profession*, in *Plays by George Bernard Shaw*, New York: Penguin Group, 2004, 30–98.
② Thomas Carlyle, *Past and Present*, San Bernardino, CA: Seven Treasures Publications, 2008, 142.
③ 详见殷企平：《"文化辩护书"》，第12、242—244页。

为对传统维多利亚时代女性理想的悖反,他刻意营造出来的"穿衬裙的男人"①未能成为英格兰共同体的和谐共建者。对于19、20世纪之交深陷沉疴的英国社会,萧伯纳虽然充满了道德关怀,却无法提供解决之道,只能在晚期转向新拉马克主义的迷思。

《华》是一部严肃探讨英国娼妓问题的四幕剧。出生寒微的华伦夫人在姐妹利兹的劝说下堕入风尘。之后她一路经营妓院,获利甚丰,得以使薇薇(华伦夫人的私生女)接受上流社会的教育。薇薇获知真相后,对母亲当年的选择表示了理解。但她随后发现,母亲即使已经衣食无忧,却仍然放不下这个行当,于是便愤而离开母亲,去伦敦工作,从此谢绝华伦夫人任何的经济资助。对于这样的剧情,当时的许多读者无法消化,"几乎所有评论家都认为《华》的主题是抨击女性卖淫和华伦夫人之类的妇女及其同伙"。② 但是,如萧伯纳自己所说,"这部剧并不是对她(华伦夫人)所组织的所有罪恶勾当的辩护",而是要揭示一种现实,即"社会为贫苦的女性们提供的另一种选择是在臭气熏天的环境里,饥肠辘辘地超时工作"。③ 言下之意,贫穷的女性只有两种选择:要么沦落风尘,要么做苦役,两者都无福音可言。

我们以下就从贫困问题和"工作福音"说起。

一、贫困问题与"工作福音"

萧伯纳创作《华》剧时,英国作为"世界工厂"的光环已经褪去,"维多利亚时代的大繁荣盛极而衰"。④ 1873年的经济危机更沉重地打击了英国经济,致使经济萧条,工人处境恶化,"陷入了低收入的陷阱,没有一技之长的低等工人毫无竞争能力"。⑤ 相对于男性工人,华伦夫人和安妮·简这样的女性劳动者

---

① Sangeeta Jain, *Women in the Plays of George Bernard Shaw*, New Delhi: Discovery Publication House, 2006, 2.
② 佛兰克·赫里斯:《萧伯纳传》,黄嘉德译,北京:团结出版社,2006年,第173页。
③ George Bernard Shaw, "The Author's Apology," in *Plays by George Bernard Shaw*, 4.《作者之辩》("The Author's Apology")(第3—29页)与剧本《华伦夫人的职业》(第30—98页)取自同一本书,两者页码看似相连,其实《作者之辩》一文是单独编页码,位于 *Plays by George Bernard Shaw* 一书前言之后、剧本部分之前。
④ 阿萨·布里格斯:《英国社会史》,陈书平等译,商务印书馆2016年,第301页。
⑤ Pat Thane, *The Foundations of the Welfare State*, 2nd ed., London and New York: Longman, 2016, 9.

工资水平更低,而"使得农村与城市家庭陷入贫困的主要原因就是低廉的工资"。① 失业、低工资与更长的工时使得上百万人在贫困线下挣扎。

19世纪后期的各种社会调查使有识之士逐渐认识到,贫困问题是"影响国家发展、社会进步和民族奋进的障碍"。② 贫困的观念也发生了重大变化:"贫穷的根源由穷人的目光短浅、闲散疏懒,变为经济结构的缺陷。"③ 包括费边主义在内的各种社会思潮,都开始从理论上探讨从国家角度"来干预并解决贫困现象之必要性"。④ 但是,当代的研究发现,19世纪的最后十年,也即《华》创作的年代,贫困问题其实已经有所缓解。在强调国家解决贫困问题的责任的同时,"越来越多的作家强调将'劳动阶级'(the working classes)与'贫困者'(the poor)区别开来",⑤ 这可以视为"工作福音"理念成熟化的现实体现。换言之,在工作福音指引下的劳动者不再是生活和精神上的匮乏者。

"工作"(work)自古与"劳动"(labour)相通,有时甚至都用后者表达。在卢克莱修(Titus Lucretius Carus,约前99—约前55)描绘的黄金时代里,丰饶的大地曾使人们尽享生活的甜蜜,因为一切都应有尽有。正如在卢梭理想化的原始社会中,由于生活资料几乎取之不尽,只要靠本能来使用即可,歌唱与舞蹈等"爱与休闲的产物"成了当时男男女女的"职业"。⑥ 在亚里士多德看来,运动、工作和消遣(闲暇)构成了"一个有序的关系",工作是为了闲暇,而"财富由此被定义为工作的直接目标,换言之,工作就是为了生产维持生命所需的外在的、经济的或可消费的产品"。⑦ 所有这些关于"工作"观念——其实就是文化观念——的阐述,都不无"福音"的含义。就19世纪英国而言,这种"福音"多了一层新的含义,即对卡莱尔所说"机械时代"的回应。卡莱尔与阿诺德、金斯利等文化思想者面对整个时代的转型焦虑,尝试更新工作(劳动)的定义,以缓解焦虑,并"针对人类精神生活与物质生活失衡的状况……努力寻找恢复平

---

① Pat Thane, *The Foundations of the Welfare State*, 2nd ed., London and New York: Longman, 2016, 11.
② 郭家宏:《19世纪末期英国贫困观念的变化》,《学海》,2013年第1期,第86页。
③ Thane, *The Foundations of the Welfare State*, 12.
④ 郭家宏:《19世纪末期英国贫困观念的变化》,第83页。
⑤ Thane, *The Foundations of the Welfare State*, 11.
⑥ 陈嘉映主编:《西方大观念》(第一卷),北京:华夏出版社,2008年,第714页。
⑦ 同上,第715—716页。

衡的道路"。① 卡莱尔发现,工业革命以来逐渐肆虐的机械主义带来了"现金联结"这一新拜物教,即以自由的竞争关系来界定人际关系。"现金联结"将破坏作为有机体的人类社会,②对此,他提出将工作视作生活方式的"工作福音":

  工作中有一种经久不衰的高贵感,甚至是神圣感。一个人即使极其愚昧,忘记了他高贵的职业,但只要他真正从事认真的工作,就仍有希望存在,而在闲散中,唯有永恒的绝望。

  找到工作的人有福了;工作令他不至匮乏(无须其他的福祉)。有工作的人就拥有了取用一生的钱袋,找到它的人就将一直追随它!③

  卡莱尔反对亚里士多德将"工作"与"闲暇"二分,而将工作本身作为目的。这一思想,与新教的中心要义之间,显然有着深刻的关联:"上帝赋予人的生存——不是用苦修和禁欲来超越俗世的道德,而是完成个人现世的责任和义务"。④ 正是从这个意义上,产生了"职业思想"与终身的职业(calling)。

  然而,卡莱尔的"工作福音"过分强调工作者的主观能动性,忽略了对工作条件和良好外部工作环境的要求,容易成为剥削阶级对被剥削者的道德绑架。于是在卡莱尔之后,阿诺德、金斯利、罗斯金和莫里斯等人都将工作福音不断完善,共同建构了社会的理想图景:他们或通过增加思想劳动的重要性,强调破中有立的继承式变革(阿诺德);或强调劳动与艺术的关联,重视从劳动中获得"艺术性的愉悦"(莫里斯);或进一步探讨工作的目的、组织形式和工作关系,以及劳动者的尊严与理想工作环境(金斯利);或打破脑力劳动和体力劳动的二分法,建立人性化的工作、生产模式,"把对人的价值置于利润和交换价值之上",以此建立文化意义上的总体生活方式(罗斯金)。⑤ 也就是说,自卡莱尔以降,以工作方式为主轴的文化传统不断得到加强。

---

  ① 殷企平:《"文化辩护书"》,第8、242页。
  ② 同上,第40页。
  ③ Carlyle, *Past and Present*, Seven Treasures Publications, 142.
  ④ 马克斯·韦伯:《新教伦理与资本主义精神》,郑志勇译,南昌:江西人民出版社,2010年,第67—68页。
  ⑤ 殷企平:《"文化辩护书"》,第13—14、244页。

萧伯纳继承并发展了上述传统。我们若从《华》的题目中"职业"这一核心词入手，结合工作的伦理意义做细文章，推敲该剧中对"工作方式"，尤其是对女性的工作与生活方式的描述，对比"工作福音"的意义，就能看到一个更为广阔的文化语境。

二、剧中男性角色的工作与生活方式

剧中第一个出场的普瑞德是华伦夫人的普通男性朋友。他的穿着、举止都像是上流人士。他的言谈充满了上流社会的生活痕迹，并带有艺术气息和浪漫气质。相较于剧中其他男性角色，他正直、善良，个性温和。"不和谐的母女关系和父子关系让薇薇和弗兰克纷纷转向普瑞德"，他似乎成了两人眼中理想的父亲形象。① 值得深思的是，虽然他是一位"颇有艺术家气度"的绅士，② 但他似乎从未从事任何一种形式的工作——全剧中找不到任何有关迹象。他那优渥的生活，以及高雅的品味，似乎表明他是一位财产丰厚、无须工作、依仗自己的身份便可沉浸在闲暇中的上流人士。

以普瑞德对美与艺术的品味来看，如若他有具体工作，很可能是从事艺术文化的精神生产——按照阿诺德对卡莱尔"工作福音"的增补，一种思想工作若能继承旧时代的精神遗产，就能对新时代的重建产生有益的作用。从这个角度看，普瑞德可能从事的精神生产工作也就独具意义。

由于萧伯纳并未对普瑞德的工作做出任何明确的言说，"普瑞德的工作"价值仅是一种推论中的可能，无法完全确定，也就难以明确地建立对社会的良性引导。虽然如此，在剧中描绘的那个唯利是图、崇尚拜物教的资本主义时代里，渴慕艺术之美的普瑞德生活得卓尔不群。但是，他对艺术的追求，也恰恰与在现实世界中需要奋斗求生、毫无艺术气质的华伦母女形成了鲜明的对比，照出了双方的短处——使他显得过于理想化的同时，又使母女俩的生活显出了精神上的贫瘠。

剧中跟普瑞德形成对照的一位男性角色是克罗夫茨爵士，即华伦夫人卖

---

① 刘茂生、胡旦：《〈华伦夫人的职业〉的道德教诲与伦理表达》，《浙江工商大学学报》，2016年第4期，第19页。
② Shaw, *Mrs. Warren's Profession*, 30.

淫产业的主要合伙人。47岁的克罗夫茨对薇薇一见倾心,向她求婚遭拒后,便透露出自己常年投资华伦夫人的卖淫产业,获取每年35%的红利。他在这个虚伪的社会中如鱼得水,从不认为自己开妓院是羞耻之事,并给出如下理由:"只要你不在众人面前明目张胆做,大家绝不戳穿你的纸老虎。谁想戳穿别人的纸老虎,谁马上就倒霉。"① 克罗夫茨还有一个理由:与他哥哥开血汗工厂,役使六百个女工相比,谁又能说他的投资更不道德呢?更何况薇薇受教育的费用,亦是间接蒙他所赐。克罗夫茨的"工作",体现的是唯利是图的"现金联结",而"现金联结"导向的"工具人"是找不到工作福音的,因为他们仅仅"估算利益和损失",却"对着永恒的存在闭上双眼……结果失去了灵魂"。② 通过克罗夫茨这一形象,萧伯纳揭示了当时英国社会所面临的社会危机,即劳动(工作)过程中灵魂的普遍丧失,社会关怀的丧失,(对劳动人民的)共情与怜悯的丧失,而且这种丧失已经到了前所未有的程度。

跟克罗夫茨相似的是塞穆尔·加德纳,一位年过五十的国教教士。他"自命不凡,喧嚣浮夸",③ 早年也曾沉迷声色,做过华伦夫人的入幕之宾,而今却教导儿子戒躁、勤勉,找个有社会地位的女人做妻子。因为向往门第,他一贯乐于结交上流社会的人物;对自己的职业却敷衍塞责,连宣道的稿子都是花钱雇人写的,难怪"儿子和教众都不敬重他"。④ 雇人写宣道稿,证明塞穆尔对工作毫无热诚可言,而仅仅将牧民之责视为谋生的基本工具而已。卡莱尔曾经深情地呼吁:"想想看吧,即使是那些最微贱的劳动种类,人投入工作的那一瞬间,他的整个灵魂如何构成一种真正的和谐!"⑤ 与之相对,不管多么高尚的工作,即使是替上帝行使牧民之责,倘若没有了真正的热情与投入,如塞穆尔这般,仅仅将它视为谋生工具,那么也只能是空洞无力的召唤,无法激起真正的灵魂回响;不但不能给他的教民以启示和安慰,就连他自己都拯救不了。

故事中还有一位男性主角,即薇薇的年轻追求者弗兰克·加德纳。他是

---

① Shaw, *Mrs. Warren's Profession*, 78. 此句具体译法参照潘家洵译本,见萧伯纳:《萧伯纳戏剧选》,潘家洵等译,北京:作家出版社,2006年,第47页。
② Carlyle, *Past and Present*, Seven Treasures Publications, 104.
③ Shaw, *Mrs. Warren's Profession*, 43.
④ Ibid.
⑤ Carlyle, *Past and Present*, Seven Treasures Publications, 142.

个无业的浪荡子,偶尔也赌博赢两手钱,但更多时候欠了一身债,害得父亲为了替子还债连带破了产。弗兰克一心想凭借自己出色的外表,找个既有头脑又有钱的妻子。薇薇原本是他的目标,但她和母亲决裂,独立生活,也就意味着和华伦夫人的钱决裂了。弗兰克意识到自己要是与薇薇结婚,夫妻俩就只得靠她的薪水和他父亲的贴补"过紧日子"。① 早先,在发现薇薇可能是自己同父异母的妹妹时,他冒着乱伦的风险,依然坚持追求她;然而,他发现和薇薇结婚要过拮据的生活时,就立刻表示宁愿"优雅地撤退,把阵地让给那些高贵富有的英国青年"。②

关于浪荡子弗兰克的"工作方式",萧伯纳的态度是非常明确的:"赌博是一种恶行(vice)……尝试不劳而获(而这正是赌博的核心要义)是一种巨大的、无法弥补的道德和经济上的罪恶。"③ 因此,弗兰克的闲散生活是罪恶的,得不到工作的福音,"唯有永恒的绝望"。④ 他的无业与父亲仅为谋生的神职工作同样是"闲散"的,毫无意义的。可以说,加德纳父子这样的"闲散者(慵懒者)"与克罗夫茨爵士那样的"工具人"互为表里,构成了资本主义社会的"现金联结"体系。

上述四个主要男性角色组成了两组二元对立的关系。

第一组是加德纳父子。父亲对儿子的虚伪说教,儿子对父亲的轻蔑、嘲讽,一定意义上形成了尊卑倒置的伦理错置,映射出整个社会混乱的道德状况。⑤

第二组为普瑞德和克罗夫茨。普瑞德对女性的美丽遐想,更接近于维多利亚时代对上层社会优雅女性的固化想象,在同时期社会底层女性水深火热的现实面前,显得尤其苍白。相对于将女性视为玩物和赚钱机器的克罗夫茨,普瑞德的善良、正直和不切实际的浪漫,更衬托出前者纯粹的工具理性的冷酷。正是这种冷酷,将财富等同于成功,将利润当作"一切活动的检验标准",

---

① Shaw, *Mrs. Warren's Profession*, 89.
② Ibid.
③ Shaw, "The Author's Apology," 22.
④ Carlyle, *Past and Present*, Seven Treasures Publications, 142.
⑤ 刘茂生、胡旦:《〈华伦夫人的职业〉的道德教诲与伦理表达》,第 19 页。

使得"一切都成了利润的牺牲品"。① 正如汤因比（Arnold Toynbee，1852—1883）所说,"财富的巨大增长伴随着贫穷的巨大增长",伴随着少数人统治并剥削多数的"现代工资奴隶"。②

除了背景暧昧不明的普瑞德,本剧中的男性显然都未能寻找到各自的"工作福音",成为悲惨世界中的随波浮沉者,或是助纣为虐的帮凶。但是在人物的性格塑造上,相较于两位主要的女性角色,这些男性的形象反而更为真实可信。

三、剧中女性角色的工作与生活方式

首先让我们来看一下华伦夫人。她早年出生贫家,在姐姐利兹的挑动下做起了皮肉生意,渐渐攒下了第一桶金,并和利兹合伙开起妓院来。对于自己的生意,华伦夫人颇有底气地说:"女人在那儿工作比在让安·简恩中毒的工厂里好多了。"③ 当然,她承认女性倘使有文学艺术的天分,也还有别的出路；但如果只有"漂亮的外貌和取悦男人的本事",④ 那与其让别人用低廉到无法温饱的工资来奴役她们,不如用身体的资本来自己赚钱。也正是靠着这笔不义之财,华伦夫人才争取到了个人的经济独立,得以支持私生女薇薇的生活,让她接受上流的教育。但是,在丰衣足食之后,华伦夫人已经有了足够的资本脱离这个罪恶的行业。她的第二次职业选择却让我们看到了某种意味上的"工作福音",因为她不选择养尊处优的生活,而继续经营卖淫产业,还居然视其为心理寄托和生活意义。

江上幸子在研究民国时期媒体表达中的妓女形象时,采用了"主体妓女"这一特殊用语,即指作为社会行为人、坚持一定主体性的妓女。⑤ 从文本角度看,《华》对于中国媒体与文学中的主体妓女形象或能建立非常明确的关系。同时,若以主体妓女反观华伦夫人,亦可帮助我们加深对原剧的了解。

---

① 马丁·威纳:《英国文化与工业精神的衰落》,第118页。
② 同上,第114页。
③ Shaw, *Mrs. Warren's Profession*, 62.
④ Ibid, 63.
⑤ 江上幸子:《当代中国的"主体妓女"表象及其夭折——探求于民国时期多种媒体中》,《中国现代文学研究丛刊》,2016年第1期,第133—145页。

首先，华伦夫人决不让自己成为别人怜悯的对象，也瞧不起那些仅仅以卖淫谋生，没有更多打算的妓女。虽然社会给她的选择并不多，她依然尽力让自己成为命运的主人。她说："利兹和我还不是和干别的行当的人一样，也都得工作、攒钱，精打细算，不然，我们就会和那些醉生梦死、自以为可以永远走红运的糊涂女人一般，到头来还要受穷。"① 可见精明强干的华伦夫人具有成功资本家应有的远见，能够"谨慎地实现预期的经济目的"。② 她对女儿回顾人生时毫无羞愧，根本没有自视为低人一等的"堕落的女性"。显然，从这种意义上看，卖淫为生的华伦夫人就是一位"主体妓女"。

然而，曾经为生活所迫沦入风尘的华伦夫人不但自己升格做了鸨母，还在生活富足之后，冒着与女儿反目的风险，继续经营这个产业。她自己是如此解释的："我一定得有事做，不能太无聊，不然我会闷得发疯。除了这个行当，我还能干什么？我只合适干这一行。"③ 和姐姐利兹不同，华伦夫人对上流社会的生活没有真诚的爱好，甚至连装都装不像。利兹赚足了钱可以轻松上岸，俨然是优雅的阔太太，终日旅行，参观美术馆，听音乐会。可对艺术一无兴趣的华伦夫人却觉得自己若过那种生活，就"会闷死"，当然"干那个也可以挣钱，我喜欢挣钱"，④ 但挣钱在做这个决定时是第二位的，第一位居然是"我一定得有事做"。

于是，不论华伦夫人的营生如何超越了卡莱尔的预想，它确实是她得以找到个人生活意义的工作方式。在一个道德沦丧，笑贫不笑娼的世道，她了解自己的工作，相信自己的行当能让一无所长的女孩们逃脱痛苦的女工生活。她持之以恒，勤奋工作，为个人创造财富的同时充实了自己的生活，甚至工作就是她的生活。

然而，华伦夫人淡化了妓女行业本身的不道德和对女性身体的物化。这种物化使女性丧失了精神的自由，也就从根本上丧失了尊严。

跟华伦夫人形成对照的是她的女儿薇薇。她以甲等第三名的优异成绩从

---

① Shaw, *Mrs. Warren's Profession*, 63.
② 马克斯·韦伯：《新教伦理与资本主义精神》，第64页。
③ Shaw, *Mrs. Warren's Profession*, 95.
④ Ibid.

剑桥大学牛纳学院毕业,随后在一家法律事务所做数字工作。她每天为各种行业进行数据核算,但对这些行业本身,甚至作为科学的数学本身,她都所知无多,是个只懂计算的"野蛮人"罢了。于是她计划自学法律知识,以便到伦敦的法律事务所做保险精算和财产让渡的工作。当华伦夫人对她坦白自己的职业时,薇薇表现出超乎年龄与身份的冷静:她不但体谅母亲沦落风尘背后的不得已,甚至觉得自己真正理解了母亲,与其更加亲近了。然而,当她从克罗夫茨那里得知,母亲至今仍在经营卖淫产业时,她难以接受母亲的选择,在经济上与之断绝关系,并选择去伦敦的法律事务所工作。

薇薇的特别之处在于:一旦全身心投入数字工作,就能把所有的烦恼抛置脑后,因此不论是弗兰克与她分手,还是母亲登门争执并造成决裂,似乎都没有影响她平和的心境。

许多国内研究者将薇薇解读为勇于进取的新一代女性,并大加夸赞。[①] 然而,薇薇所受的教育是使她可以从事体面工作的前提,她也因此才拥有了母亲所没有的选择权,而她的教育经费恰恰来自母亲的皮肉营生。因此,萧伯纳本人毫不客气地说:"那位体面的女儿不能容忍自己的母亲,可是华伦夫人和她的女儿乃是旗鼓相当的女人。"[②] 从剧中薇薇对待工作的方式,我们可以看到她对母亲为她描画的上流社会女性理想嗤之以鼻,将律师事务所的数字工作视为她一生追随的"志业",这是她得以脱离不名誉的母亲的经济基础,也是她将不可靠的男友弗兰克轻易抛置脑后的精神依靠。从表面上看,薇薇认真、投入的工作态度,使她如卡莱尔所说,获得了"高贵感,甚至是神圣感"。[③] 更主要的是,除了能因工作而获得薪水,她还喜爱工作本身。然而,正如华伦夫人的职业由于其不道德的本质,无法成为完全意义上的"工作福音"一样,萧伯纳为薇薇及其工作添加的各种"注脚",同样使之无法成为真正有救赎效力的"工作福音"。

为了反抗传统的维多利亚时代美好的女性标准,萧伯纳刻意让薇薇成为

---

① 例子可见秦文:《理智与情感的失衡——萧伯纳女性形象创作得失谈》,《戏剧》,2004 年第 3 期,第 25—31 页;宁乐:《论〈华伦夫人的职业〉中薇薇的女性形象》,《戏剧文学》,2012 年第 12 期,第 74—76 页。
② Shaw, "The Author's Apology," 21.
③ Carlyle, *Past and Present*, Seven Treasures Publications, 142.

一个冷静理性、在爱情中都毫无感情气质的中性人,并让她远离音乐、艺术这些能温暖人类灵魂的美好事物。这一形象本身就是在敦促世人思考一个深刻的问题,即"工作福音"应该具备哪些元素? 光有冷静的理性能行吗?

事实上,《华》是应锡尼·韦布夫人的请求而作。后者厌恶萧伯纳的前一部戏《好逑者》中那个沉迷于情欲的女主角,因此请求他以一位"没有浪漫色彩的、努力工作的现代妇女为题材,写一出戏"。① 鲍威尔(Kerry Powell)认为,萧伯纳在创作薇薇这个角色时,深受 19 世纪文学中流行的"没有女人味儿的女性"(unwomanly woman)这一形象的影响。这种标签式的形象通过颠覆传统的理想女性形象,展开了有关男女两性在社会与文化意义上的讨论。②

上述新女性缺乏传统女性形象的情感元素。薇薇与弗兰克的爱情场景中,完全看不到女方柔情的一面,至多是将男方当作一个胡闹的小弟弟。"她们的肉体和她们的思想一样的冰冷无情。"③ 薇薇曾对母亲这样说:"没错,可怜的弗兰克完全一无是处。我一定得甩掉他,不过我仍然会同情他,虽然他并不值得。"④ 面对关于薇薇形象的大量批评,萧伯纳解释说,自己在真实生活中就见过这样绝对理性、毫不浪漫的女性。这也许是真心话,但他的观察或者并不全面,因为绝对理性是违反人性的。由于真实世界中绝大多数女性都没有那么极端,薇薇远不是她们的代表,这个角色也就无法通过与观众、读者们真实生活经验的牵系,让他们产生深切的共鸣。不仅如此,薇薇还刻意切割理性与音乐、艺术的联系,这就使得她的"工作福音"无法进化为罗斯金和莫里斯的"艺术福音",⑤ 不能以创造性愉悦来引导工作,使日常工作成为美好生活的基础,从而导向全社会更加和谐、更加愉悦的劳动图景与生活方式。

综上所述,若以"工作福音"观之,"华伦夫人的职业"在社会之恶的大背景下,成就了一个一无所长、仅有姿色的女性挣扎求生,之后继续追求自我的工作方式。这样的选择当然是畸形的,但这样的"主体妓女"角色相较于英国历

---

① 佛兰克·赫里斯:《萧伯纳传》,第 142 页。
② Kerry Powell, "New Women, New Plays, and Shaw in the 1980s," in *The Cambridge Companion to George Bernard Shaw*, ed. Christopher Innes, Cambridge: Cambridge University Press, 1998, 76–77.
③ 佛兰克·赫里斯:《萧伯纳传》,第 186 页。
④ Shaw, *Mrs. Warren's Profession*, 57.
⑤ 详见殷企平:《"文化辩护书"》,第 242—244 页。

史上的其他同类形象,是个全新的创造。至于薇薇对克罗夫茨爵士的拒斥,也就是拒绝向他和华伦夫人背后的整个体系妥协,或许体现了"萧伯纳对资本主义的理性拒绝"。① 然而,薇薇虽以母亲不道德的职业所得为基础,获得了自身的择业自由,却也因为反抗男权世界,失去了部分真实的自我;出于同样的原因,她还丧失了欣赏音乐、艺术等人类精神财富的可能。单纯从事没有创造性愉悦的数字计算,使她成了某种意义上的"工具人"。她的工作福音是不彻底的,她也永远不可能在工作中发现艺术,并以艺术指导生活,从而无法企及工作与闲暇真正完美统一的境界。

---

① Eric Bentley, "Introduction: The Making of a Dramatist," in *Plays by George Bernard Shaw*, XXX.

第六章

"心智培育"的文化意义

"心智培育"(the cultivation of the mind)跟前面各章的话题紧密相关。例如,本卷第一章所说的"转型焦虑",就跟西方文明的根基脱离了心智的培育有关。19世纪中产阶级掌权以来,虽然一直在模仿与"消费"贵族阶层的优雅举止,试图锻造、定义出一种符合自身阶级身份的新"优雅"(因此从表面上看,似乎英国从未放弃过这方面的培育),但是在实际操作层面,暴发户的粗鄙和相关行为方式都缺乏心智的培育;而且,即便在贵族阶级掌权时期,其表面优雅的举止也和真正的心智培育相去甚远,这一点在本卷第五章中也有涉及。

所谓"心智培育",指的是冶炼情操,调节激情,使人举止优雅、心态开放、敏感于他人的利益,尤其指自我怀疑、自我约束和自我牺牲精神的培育。这些都是文化建设的重要内容,而对于它们的考量,又可以跟对民族特性、共同体形塑、生活方式(包括创造并掌管财富的方式)的考量结合起来。对于它们的思考,散见于19世纪伟大的英国文学作品中。限于篇幅,我们仍然只能选择性地加以探讨。鉴于心智培育跟知识共同体之间的特殊联系,本章除重点探究乔治·爱略特、哈代和吉辛的相关作品外,还将专辟一节讨论维多利亚文人的知识共同体诉求,即他们共同的智性探求。

第一节
从自我到非我:《丹尼尔·德隆达》中的心智培育之路

在过去的几十年中,西方学界已经达成一个共识,即英国作家乔治·爱略特是维多利亚时代学识最渊博、思辨能力最强的小说家,不过问题也不期而至——学术界"关于爱略特常常提出的一个疑问是:她的高智力是否削弱了她作为艺术家的力量?"① K. M. 牛顿(K. M. Newton)在其著述中花大力气论证了一个观点,即爱略特"致力于作为艺术的文学,就如她致力于思想观念的活动。在她看来,在最高境界的艺术品中,思想和技艺是水乳交融的,这也是她力争在小说中达到的境界"。② 然而,牛顿跟其他许多批评家一样,忽视了爱略特小说艺术和她文化思想的一个具体结合点,即"心智培育"这一主题思想及其艺术呈现。

"心智培育"可以看作文化观念的重要内涵之一。伊格尔顿的《文化的观念》(The Idea of Culture,2000)一书就曾强调,文化"暗示我们自身内部可以分成两个部分,一部分起培育和冶炼的作用,另一部分不管是什么,都构成了接受冶炼的原料"。③ 这样的认识在19世纪英国已经见于许多文人的笔下。例如,柯勒律治④ 就认为"文明的根基在于(心智的)培育","在于作为我们人类特征的那些品质和禀赋的和谐生长。我们必须成为好人,才能成为好公民"。⑤ 在这一论述的背后,是对于以"机械的崛起"为标志的"现代文明"的焦虑,而这种焦虑在18世纪的德国,尤其是在歌德(Johann Wolfgang von Goethe,1749—1832)、席勒(Friedrich von Schiller,1759—1805)和诺瓦利斯(Novalis,1772—1801)等人的作品中已经初见端倪。仅以席勒在《审美教育书简》(Über die ästhetische Erziehung des Menschen in einer Reihe von Briefen,1795)中的一个观点为例:现代文明的特点是"无限众多但都没有生命的部分拼凑在一起,从而构成了一个机械生活的整体……人永远被束缚在整体的一个孤零零的小碎片上……永远不能发展他本质的和谐"。⑥ 这里所说的"和谐"显然跟心智的培育有关;心智培育得好,人类品质和禀赋的和谐生长

---

① K. M. Newton, *Modernizing George Eliot: The Writer as Artist, Intellectual, Proto-Modernist, Cultural Critic*, London: Bloomsbury Academic, 2011, 5.
② Ibid.
③ Eagleton, *The Idea of Culture*, 5.
④ 根据雷蒙德·威廉斯的考证,"从柯勒律治时代开始,文化概念决定性地进入了英国的社会思想"。详见 Raymond Williams, *Culture and Society*, 59-62。
⑤ Samuel Taylor Coleridge, *On the Constitution of Church and State*, London: Hurst, Chance, 1830, 49.
⑥ 弗里德里希·席勒:《审美教育书简》,冯至、范大灿译,北京:北京大学出版社,1985年,第29—30页。

就有了保证。然而,在农业文明向工业文明转型的过程中,人的和谐发展受到了阻碍,这也就意味着人的心智培育遇到了麻烦。对这一问题的警觉,未尝不是一种转型焦虑。继柯勒律治以后,卡莱尔、狄更斯、乔治·爱略特、阿诺德、罗斯金和莫里斯等人都从不同的侧面表述了与转型焦虑相关的文化思想,我们也曾经在两部专著中加以讨论,① 但是未从心智培育的角度予以深究。要弥补这一缺憾,重温爱略特似乎是一个不错的选择,因为她笔下的心智培育之路正好体现了牛顿所说的艺术和哲思水乳交融的境界。

如本章引言中所说,"心智培育"主要指冶炼情操,调谐人的理性与感性,使人全面而和谐地发展,尤其指培育自我怀疑和自我约束等品质。具有这些含义的主张,散见于英国众多文学家的笔端,构成了一种共同的文化。我国学者陆建德的文章《自我的风景》曾经涉及这种共同的文化。该文虽然没有使用"心智培育"这一术语,但是对它所含的自我探索/评价这一要义有过精彩的论述;文中谈到艾略特和伍尔夫(Virginia Woolf,1882—1941)这两位英国作家,指出他俩虽然在宗教态度方面大不相同,却都反感"自我的积极评价","这是共同文化的影响"。② 我们想要补充的是,陆建德所说的共同文化中有着乔治·爱略特的重要影响,而她的"天鹅绝唱"《丹尼尔·德隆达》(*Daniel Deronda*,1876)可谓重中之重。

一、同情心:自我变非我的必由之路

《丹尼尔·德隆达》中有一个至今未被批评家们提及的细节:丹尼尔拯救并安顿了欲跳河寻死的米拉以后,曾经有过一段激烈的思想斗争。他一方面感到自己有坠入爱河的危险(因为米拉既美貌又清纯),另一方面抗拒着爱欲的冲击,迫使自己只从米拉的角度去考虑这一情感纠葛可能带来的诸多问题,从而做出了一个排斥私利的决定,即尽可能少地与米拉往来。此时叙述者有一段插话,其中有一句堪称经典:"当自我就是非我时,我们就变得有德性

---

① 分别参见殷企平《推敲"进步"话语》和《文化辩护书》。
② 陆建德:《自我的风景》,《外国文学评论》,2011年第4期,第193页。

了。"① 这里,爱略特其实给美德下了一个空前简洁的定义:美德即非我的自我。那么,自我是怎样变成非我的呢?

在爱略特的笔下,同情心是从自我走向非我的必由之路。熟悉爱略特的人都知道,英语 sympathy 一词频频出现在她的几乎所有小说中。美国威斯康星大学教师阿吉罗斯(Ellen Argyros)有过更让人深思的观察:"如果我们查询爱略特的散文、书信和小说的词语索引,就会发现在她的语汇中很难找到比'同情'更重要、更蘸满意义的抽象名词了。"② 此处的"同情"原文为 sympathy。把它翻译成"同情",实属无奈之举,因为爱略特往该词中注入了十分丰富的含义。除了"同情"以外,它还有"同心同德""友谊""交情""与他人气息相通""设身处地为他人着想"等意思。高晓玲曾经对爱略特的"同情观"有一段切中肯綮的诠释:"'同情',有时可以被理解为同胞感(fellow-feeling),强调共同的情感体验,以区别于居高临下的怜悯姿态……'同情'则侧重于主体对他人感受的认同体验,或者说主体之间的情感流通。这种同情经常显现出比冷静的理智更为强大的社会整合力量,是维系社会和谐的重要纽带。"③ 不仅如此,"同情"还"是认识精神世界的重要方式",而爱略特"所有的小说都围绕着这样的问题展开:如何认识世界,如何了解他人心灵"。④ 须进一步指出的是,在爱略特那里,"同情"既属于认知/审美范畴,又属于伦理/道德范畴,这已经由她自己的一句名言指明:"如果艺术不能扩展人类的同情心,那么它就毫无道德功用。"⑤ 爱略特的这一思想可以追溯到席勒。根据美国密歇根大学教授古思(Deborah Guth)的研究,爱略特在"同情的审美功能"方面深受席勒的影响,因而"在表述上十分相像"。⑥ 正是这种"同情的审美功能",构成了自我走向非我的关键,这在《丹尼尔·德隆达》中得到了体现。

---

① George Eliot, *Daniel Deronda*, Oxford: Clarendon Press, 1984, 349. 以下该小说引文均出自此版本,仅随文括注出处页码,不再一一详注。

② Ellen Argyros, *"Without Any Check of Proud Reserve": Sympathy and Its Limits in George Eliot's Novels*, New York: Peter Lang Publishing, 1999, 1.

③ 高晓玲:《"感受就是一种知识!"——乔治·艾略特作品中"感受"的认知作用》,第 11 页。

④ 同上,第 5—6 页。

⑤ J. W. Cross, *George Eliot's Life as Related in Her Letters and Journals*, Edinburgh and London: Blackwood & Sons, 1887, 279.

⑥ Guth, *George Eliot and Schiller*, 148.

在很大程度上,《丹尼尔·德隆达》讲述的就是一个由自我变成非我的故事。换言之,它是一部成长小说,也就是心智成长/培育小说。书中成长的头号主角并非丹尼尔(虽然他也始终在成长),而是"光彩夺目"的女主角关德琳。在《丹尼尔·德隆达》研究史上,最有趣的争议就是该小说的题目是否应该改成《关德琳·哈里斯》。这争议的肇始者是英国大文豪利维斯,他把这部小说分成"坏的一半"(即跟犹太主题有关的故事)和"好的一半",而这"好的一半""我将称为《关德琳·哈里斯》"。[①] 我们不能苟同利维斯把小说简单分成好坏两半的说法,但是他的见解并非毫无道理。仅就篇幅而言,关德琳的故事比丹尼尔所占的份额更大——全书(牛津版本)共有755页,在前面的整整143页中,跟丹尼尔有关的文字不过10页左右,而关德琳的故事几乎贯穿了全书。此外,从人物的刻画(尤其是心理的描写)和情节的安排来看,关德琳故事的生动性要胜过其他人物的故事。更重要的是,就心智培育而言,关德琳故事的寓意是最深刻的。

关德琳初次露面,是在德国的一个赌场。在浑浑噩噩的赌徒群里,她显得十分出众,原因是她"貌若天仙",又"是一个大赢家"(5)。她的自我感觉好得无以复加,一边赢钱,一边"憧憬着自己将有一大帮顶礼膜拜的追随者,这些人都视她为幸运女神"(6)。随后我们发现她那自我优越感的两个源泉:她是"一个每天都能看到令人愉悦的自我映像的女孩儿,这种映像不但来自镜子,而且来自朋友们的奉承"(14)。促成这优越感的还有她的家庭环境:"她一直是全家的掌上明珠,是母亲、妹妹、家庭女教师和女仆们的服侍对象,仿佛她是流放中的公主,因而她把自己的快乐视为天经地义,很难想象还有什么比自己的愉悦更重要的了……"(20)爱略特其实在这里揭示了心智培育土壤的重要性:在关德琳所生长的土壤里,她很难走出自我。确实,她从小就缺乏同情心,只爱自己的美貌,爱自己的歌喉(书中多处描写了她好自矜夸、自我陶醉的情景)。更可怕的是,有一次她竟然掐死了妹妹的一只金丝雀,其原因仅仅是后者"那刺耳的歌声打断了她自己的歌声"(20)。长大以后,她喜爱被男人追逐的感觉,但是她"只爱他们的敬辞"(102),只爱"别人因追求她无望而发出的

[①] F. R. Leavis, *The Great Tradition: George Eliot, Henry James, Joseph Conrad*, New York: New York University Press, 1963, 79–85.

叹息"(33),以及"让世人匍匐在自己脚下"的感觉(34)。她甚至会"为自己的出众而感到欢欣鼓舞"(47)。在这样的心态下,她几乎不可能对他人产生同情,就如她后来向丹尼尔承认的那样:"我从来就没怎么想过别人的感受,我母亲的感受除外。"(420)事实上,关德琳对自己母亲的感受也很少顾及。就在母亲投资失败,全家面临破产的关键时刻,她首先不是安慰母亲,而是责怪后者——因为不情愿搬去较寒碜的小屋居住,她"对妈妈的同情如潮水般下落"(215)。她会常常向母亲发脾气,而后者"在她女儿的厉声厉色之下,就像一个吓坏了的小孩儿"(246)。母亲尚且如此,同胞手足就更得不到尊重:"关德琳一直认为四个妹妹是多余的。"(27)不过,所有这些可怕的缺陷恰恰为关德琳这一人物的魅力做了铺垫:纵然有上述种种毛病,她仍然是一个可以转变的人。

促使她转变和成长的,是同情心的植入,而同情心的植入,有赖于众多复杂的因素。就关德琳而言,这些因素包括丹尼尔对她的影响、跟音乐家克莱斯默尔的交往,以及她在婚姻中遭受的挫折(详见下文)。在这些因素的交错作用下,她逐渐走出了狭小的自我,慢慢学会了关心别人,甚至懂得了先人后己。她首先学会了"在普通水平上看待自己"(243),并且开始意识到自己(在明知格朗古特包养着莉迪娅,并跟她生了四个孩子的情况下)选择嫁给格朗古特是不公正的:"她习惯于养尊处优,并视之为理所当然,而且先前从未质疑过这一习惯;现在她换了一个新的角度,发现诱惑自己的婚姻选择意味着对他人的排除,因而是严酷的,不公正的。"(307)一旦有了他人意识,她就开始关心周围的人了。例如,她对母亲的境遇有了真正的同情:"她母亲的木然以前总是激怒她,但是她现在倾向于视其为妇女生活经历的普通结果。"(399)她还从自己的零花钱里省下30英镑,让母亲转送给妹妹们,并告诉母亲自己"不再讨厌"妹妹们了(514—515)。最大的改变体现于她在丹尼尔婚礼当天寄去的贺信,信上写道:"我以前想的只是自己,因而让你悲伤。现在我一想到你的悲伤就很难过。你必须不再为我而悲伤了。"(754)关德琳写这封信极不容易:此前她已经爱上了丹尼尔,也深知后者十分关心自己,甚至对自己有一种"既区别于排他式的激烈爱情,又不同于友谊的一种感情"(579),可是丹尼尔决定跟米拉结婚,这对关德琳是一个沉重的打击。按照她先前的性格,她必然会阻挠丹尼尔与米拉的婚姻,至少会嫉恨丹尼尔,但是此时她首先想到的是:丹尼尔可能会因为关心她而影响作为新郎的情绪。因此,她勇敢地发出了上述贺信,并且当面对丹尼尔说:"别让我害了你。"(750)自己无比痛苦,却首先想到别人可能会痛苦,这表明关德琳完成了从自我到非我的转变。

如上所述,关德琳的转变离不开同情心的催化作用。那么,这同情心又从何而来呢?爱略特对此有过深刻的思考,这也是我们以下要追问的命题。

二、倾听青草的生长

《丹尼尔·德隆达》第5卷第37章以单词"第二视觉"(second-sight)结束,第38章又以它开头,① 这引起了一些学者的关注。例如,美国学者安娜·尼尔(Anna Neill)就曾经强调,爱略特"致力于激活社会这一庞大有机体的同情纤维",在其笔下"同情是第二视觉的一种形式"。② 言下之意,要有同情心,就先要具备明察秋毫的能力,或者有"化无形为有形的想象力"。③ 我们认为,"第二视觉"无非是深切感受力(sensibility)的一种喻说,而且就爱略特的两部最出色的小说——《丹尼尔·德隆达》和《米德尔马契》——而言,"第二听觉"不失为更好的喻说。英国学者罗伊尔(Nicholas Royle)曾经说过,在《米德尔马契》中"对所有普通人类生活的深刻洞见和强烈感受……就像倾听青草的生长和松鼠的心跳"。④ 这一评价也适用于《丹尼尔·德隆达》,因为书中具有同情心的人物都具有**倾听的能力**。一个最直接的例子见于梅里克太太和女儿们一起读书的场景。她们在读完法国作家艾克曼(Emile Erckmann,1822—1899)和夏特良(Alexandre Chatrian,1826—1890)合著的小说《一个士兵的故事》后,纷纷发表了读后感,其中以凯特的最为典型:

这几乎就不是故事,而是由高倍数天文望远镜拉近的一段历史。我们可

---

① 在第37章中,有丹尼尔向往"第二视觉"的意思;在第38章中,叙述者把"第二视觉"界定为"一种知识,即认识到有些人的渴望、构思乃至得以传播的结论持续地以形象出现,并具有预示功力"。详见 George Eliot, *Daniel Deronda*, 438-439.

② Anna Neill, *Primitive Minds: Evolution and Spiritual Experience in the Victorian Novel*, Columbus: The Ohio State University Press, 2013, 92.

③ Ibid., 94.

④ Nicholas Royle, *Telepathy and Literature*, Oxford: Basil Blackwell, 1990, 91.

以看到士兵们的脸庞,哦,还不只这个——我们可以听到一切——我们几乎可以听到他们心脏的跳动。(181)

在上面这段话中,"看"固然重要,然而"听"更胜一筹。梅里克太太和她的女儿们都是同情心极强的人,而这同情心显然跟她们的倾听能力有关。对于小说人物,她们尚且可以听其心声,对于现实中的人物,那就更加如此。这在她们对待米拉的态度上得到了体现:正因为她们愿意倾听弱女子米拉的遭遇,她们才跟丹尼尔一样,无私地向她伸出了援手。

也就是说,"听"就是同情,就是爱略特本人在《珍妮特的忏悔》(*Janet's Repentance*, 1877)中所说的"共同感受的知识":"对于我们同胞的唯一真实的知识是那种让我们得以与他们共同感受的知识——那种知识使我们能够听到在境遇和观点后面心跳的声音。"① 《丹尼尔·德隆达》讲述的就是一个听"心跳"的故事,或者说如何听心跳、听谁的心跳的故事。如前文所示,转变前的关德琳只听到自己的心跳,根本不可能听到他人的心跳,更谈不上倾听青草的生长或松鼠的心跳。值得留心的是,关德琳的转变在很大程度上表现为"听力"的转变。虽然书中没有出现她倾听青草生长或松鼠心跳的意象,而是频频出现她"听音乐"的情景,但是两者的实质是相通的。上文中提到,关德琳后来学会了"在普通水平上看待自己",其实她第一次这样做是在受音乐家克莱斯默尔的影响之后。在认识克莱斯默尔之前,她一直自命不凡,爱在众人面前一展歌喉,并且"习惯于不掺假意的掌声"(41),但是克莱斯默尔在听完她的歌唱之后给了这样的评价:

你未被教好。这并不是说你没有天赋。你的调子很准,而且音色很美,但是你的发声不好,所选择的曲调趣味低下。这类形式的旋律表现了一种幼稚的文化——是一种虚张声势的玩意儿——表现了那种没有开阔视野的人的情感和思想。这种曲子的每一个乐句都带有愚蠢的自满情绪:没有深切而神秘的激情的爆发——没有冲突——没有对大千世界的感受。听这种乐曲的人会

---

① 转引自高晓玲:《"感受就是一种知识!"——乔治·艾略特作品中"感受"的认知作用》,《外国文学评论》,第 8 页。

变得渺小。唱点儿豪放的曲子吧……(42—43)

此处爱略特通过克莱斯默尔之口,道出了她对心智培育的看法:真正的音乐熏陶,应该导向"对大千世界的感受";然而,关德琳却"未被教好",也就是没有走上心智培育的正途,因而她的所听所唱都"带有愚蠢的自满情绪"。换言之,一个不善于从音乐中听到大千世界的人,是很难走出自我的,因而是很难具备同情心的。

须进一步指出的是,上述心智培育问题其实就是文化问题,这一点从英国学者科雷亚(Delia da Sousa Correa)的点评中可见一斑:"克莱斯默尔命令关德琳'唱点儿豪放的曲子',这明摆着是在批评英国的资产阶级文化。他后来关于音乐家高尚使命的声明把个人的成长问题与公共职业、文化价值……联系在了一起。"① 克莱斯默尔"关于音乐家高尚使命的声明"在书中出现过多次,其中跟布尔特发生冲突的那一次最富有戏剧性。后者是一位商界的成功人士,更是一位踌躇满志的政客。在一次聚会上,他纡尊降贵地表扬克莱斯默尔"才华横溢,仅仅做音乐家是屈才了",不料克莱斯默尔反唇相讥:

要做音乐家,才华怎么多都不够。大多数人才华太少,所以做不了音乐家……先生,我们不是生活在箱子里的聪明木偶,只会提供娱乐,让世人瞠目结舌而已。我们像任何公共人物一样,帮助治理国家,并开创时代。我们认为自己跟立法者平起平坐。在议会上口若悬河,其难度不如用音乐有效地言说。(224)

这段话让人想起济慈"诗人是立法者"的论断,因而蕴含着相似的文化思想——诗歌也好,音乐也好,都以倾听的能力为前提。这里,爱略特分明向所有的从政者提出了忠告:不懂得音乐,不懂得倾听,不由此培育心智,就不要从政。布尔特恰恰是一个不会倾听的人,"复调音乐对于他如同对牛弹琴"(223)。至于布尔特不懂音乐的深层次原因,科雷亚有过这样的评论:"克莱斯

---

① Delia da Sousa Correa, *George Eliot*, *Music and Victorian Culture*, New York: Palgrave Macmillan, 2003, 131.

默尔针对布尔特的长篇激烈言辞是对市场价值观主宰英国社会这一现实的谴责,同时也含蓄地抨击了婚姻的市场化和商品化。"① 科雷亚此处指的是布尔特追求凯瑟琳(克莱斯默尔的恋人)的逻辑:布尔特自忖有钱,便想当然地认为自己对凯瑟琳最合适,并暗中觊觎后者的财产(凯瑟琳是她父母财产的唯一继承人)。我们认为,克莱斯默尔的上述言论也适用于关德琳。她的婚姻就是"一种契约"(623),而这又跟她不懂音乐/倾听有关:当她确信自己不能靠唱歌赚钱以后,便选择了嫁给富有的格朗古特,同时不再对音乐感兴趣。后来丹尼尔批评她"未能为个人的修养和欢乐而培育乐感",未能意识到音乐会导致一种宗教情怀,"一种情感的升华"(421)。丹尼尔实际上是在劝关德琳走出自我,从而获取(对他人的)同情心,不过他用音乐做了例子:"我就拿你说的音乐做小小的例子——从音乐可以推及一切大事儿。"(421)就在这样的文字中,小音乐与大文化的关系变得越来越清晰了。

如果我们再往前推进一步,就会发现爱略特对音乐和心智培育——文化的关键内涵——有着更深入的思考。丹尼尔在规劝关德琳学点儿音乐时还有一句话:"在高尚的生活里,爱心穿戴着知识。"(421)这句话堪称心智培育的格言。爱略特此处点明了心智培育/文化生活,即高尚生活的两个基本前提:爱心和知识。更值得称道的是,爱略特把二者看成互相交织的结合体,她笔下的(音乐)知识教育不仅是智育和美育,同时还是德育。前文所说的音乐中"对大千世界的感受"就是一例。书中还有一段关于克莱斯默尔弹奏钢琴(听众包括丹尼尔和关德琳)的描写:"高低音洪流般的交汇犹如天摇地动,把渺小凡人的行为冲刷得无足轻重。"(522—523)这样的音乐熏陶显然能帮助人走出自我,走向非我,因而也是一种德育。当然,具有德育功能的不仅仅是音乐。在爱略特看来,所有的知识也必须穿戴爱心。一个非常典型的例子见于小说第1卷第3章开篇处的叙述:

可惜奥芬迪恩不是哈里斯小姐童年时代的家,因而无法唤起她关于家庭的亲切回忆!我认为,人的一生应该稳稳地扎根于家乡土地的某一点,由此可

---

① Correa, *George Eliot, Music and Victorian Culture*, 136.

以生成对大地容貌的热爱、柔情和亲切感,对周边人们的劳动的热爱,对萦回耳际的声响和乡音的热爱。人生未来知识的拓展进程中,任何凸显早期家庭影响的特性都体现了这种热爱:基于这一点,对早期的确切回忆跟爱心交织在一起……天文学最好的入门途径是把夜空视为属于自己家园的点点繁星。(18)

爱略特此处指出了心智培育的一个关键环节,即乡情对爱心的滋润。关德琳·哈里斯缺乏爱心/同情心的根本原因正在于她生活中缺失了乡情——她从小跟着母亲四处漂泊,"从一个外国海滨胜地转到另一个,从一个巴黎公寓搬到另一个,对新租用的家具总带着新的冷漠"(19)。失去了培育爱心的土壤,关德琳即便再聪慧(她对唱歌技巧等知识的掌握还是很快的),也无法成为她曾经梦寐以求的音乐家,更看不清人生/自我的真相。由此我们不禁会想到爱略特的另一句名言:"我们所做的最细微的学派划分也会让人看不到人生真相,除非借助爱,只有爱能使我们在各种各样的人类思想与工作中看到每个人所做的生死挣扎。"[①] 我们不妨略做发挥,这样揣摩《丹尼尔·德隆达》的寓意:除非借助爱,否则心智培育无法想象。

三、羞耻心:心智培育的关键

除了上文所说的同情心/爱心和倾听能力之外,心智培育还取决于一个极为重要的因素,即当事人是否具有羞耻心。在《丹尼尔·德隆达》中,关德琳起初没有爱心,没有倾听能力,但是后来经历了一个脱胎换骨的过程。这一转变离不开羞耻心的作用,或者说离不开悔悟、自责的潜能。我们前面提到,利维斯想要把小说的题目改为《关德琳·哈里斯》,并为此提出过不少理由,其中最主要的是"关德琳身上有一种强烈自责的潜能"。[②]

然而,这种潜能怎样才会被激发出来呢?

关德琳的转变始于羞耻,并得益于多次蒙羞的经历。在小说中,"羞辱"(humiliation)一词出现过多次。例如,关德琳在赌场遭遇了丹尼尔饱含批评

[①] 转引自高晓玲:《"感受就是一种知识!"——乔治·艾略特作品中"感受"的认知作用》,第8页。
[②] F. R. Leavis, *The Great Tradition: George Eliot, Henry James, Joseph Conrad*, 98.

的目光，顿时感到"一种压力正在折磨自己"(6)；不久，她又收到了丹尼尔替她赎回的项链，以及规劝她不要再赌的纸条，这使她"羞愧难当"(16)。再如，她婚后发现自己的如意算盘，如控制格朗古特及其钱财，逐个落空，"每一次新的羞辱冲击波"让她"不再喜欢亲吻镜子上自己那幸运的映像"(394)。又如，她从小习惯于认为"身边的一切都是为她而存在的"，"自然就想不到他(按：丹尼尔)除了属于自己，还会属于其他什么人"；因此，当她意识到丹尼尔会选择米拉做妻子时，她经历了"比嫉妒更深的震撼"，不过她"所有的愤怒得到了控制，转化成了自我羞辱"(748)。上述三个阶段的羞辱经历呈递进趋势：第一阶段的她，只是意识到还有人不赞赏她的行为；第二阶段的她，已经不那么自恋；第三阶段的她则学会了自嘲自责。这种递进关系传递了一个重要信息，即心智培育不可能一蹴而就，对关德琳这样的"重症病人"尤其如此。事实上，书中类似的细节还有许多，如前文提到的克莱斯默尔当众批评关德琳"未被教好"，从而促使她"在普通水平上看待自己"的场景。这类情景每出现一次，关德琳的羞耻感就被唤醒一次，最后导致她幡然悔悟。总之，羞耻心是心智培育的关键，是关德琳从自我走向非我的重要前提。

关德琳的故事跟伊格尔顿关于文化观念内涵的一句话非常契合："我们堕落的天性不会自发地升华为文化的恩泽；这样的恩泽也不可能被硬性地强加在我们的天性之上。文化的恩泽必须与人类天性中的自然倾向合作，从而引导它(按：指我们的天性/本性)超越自身。"① 所谓"文化恩泽与人类天性中自然倾向的合作"，其实是一种文化潜能，它与利维斯所说的"强烈自责的潜能"并无二致——它们都是需要羞耻心来激发的。在《丹尼尔·德隆达》中，爱略特用了另一词语："关德琳……不能原谅自己……她身上扎着良心之根"(623)。这"良心之根"也是一种文化潜能，也是需要羞耻心来激发的。

羞耻心对于心智培育的重要性，还体现于小说中的另一个人物——格朗古特。同关德琳一样，格朗古特也是一个自我膨胀的人。他沉醉于声色犬马，不仅心地狭窄，对生活的兴趣也极其狭窄。有一次，雨果先生跟他谈起养马的开销太大，他竟这样回答："但是一个男人还能干什么呢？他必须骑马。除此

---

① Eagleton, *The Idea of Culture*, 6.

之外，我不明白还有什么值得做的。"(392)他还抱有一个可怕的逻辑："只要适合他的，别人再觉得不合适，也得忍受。"(555)显然，他也是一个"重症病人"，但是他却未能像关德琳那样得到救赎，而是落得个万劫不复的下场。究其原因，最主要的莫过于"他不是一个会后悔的人"(396)。他不会后悔，不会自责，就是因为没有羞耻心。他不仅对人和动物异常冷酷，而且不以为耻，反以为荣："他让狗和马战栗，并以此为乐"(398)，甚至"用嚼子和马勒套住了妻子，感到十分满足"(633)。正是因为他没有羞耻心，小说叙述者干脆称他为"靡菲斯特"①(555)。小说情节也顺理成章地对他关上了心智培育的大门。

在爱略特的笔下，羞耻感并非一个抽象的概念。它总是意味着具体的疼痛，而且读者总是感同身受。关德琳的羞耻心每一次被唤醒，相关痛苦的描写都非常生动。前文已经提到，她首次感到羞耻是在赌场——丹尼尔的眼神对于她竟是一种"折磨"。书中相似的情景还有许多。例如，在克莱斯默尔指出"真相"——她不可能成为一流歌唱家（此前她自信克莱斯默尔身上"潜伏着对她的欣赏"）——以后，她感到了"被皮鞭撕裂般的疼痛"(244)。又如，当她听完克莱斯默尔下面这番话后，"她的自尊像被可怕的刀刃划了一般"：

我知道，你练习过你的才能——你背诵——你练声——不过都是按照客厅娱乐的标准来进行的。我亲爱的小姐，你必须去除所学的那一切。你还不懂什么叫卓越：你必须去除所学的坏东西，而你误以为坏的是好的，反而加以欣赏。你必须明白自己要追求什么，然后全身心地投入严谨的训练，丝毫不能懈怠。我说的是你的心智。你必须杜绝成名的念头——把名利的烛光从眼前拿走，眼睛里只有卓越。(237)

关德琳随后的转变，都和这一次自尊心被撕痛有关。爱略特此处给了我们一个暗示：从羞耻心转向同情心（走出自我），还要耐得住痛才行。此处另一个值得留心的是"去除所学"(unlearn)一词。许多提倡教育/心智培育的书籍只强调学习，而爱略特却把"去除所学"放在了首位，这样的悖论堪称一绝。爱略

---

① Mephistopheles，欧洲中世纪关于浮士德(Faust)的传说中的主要恶魔。

特深知一个人去除所学的坏思想、坏行为、坏习惯并不容易,所以她塑造了一个在痛悔交加中挣扎的女子形象。关德琳即便在羞耻心被唤醒以后,也常常因深陷痛苦而无法自拔;之所以如此,是因为她觉得自己嫁给格朗古特,损害了莉迪娅的利益,已铸成大错,覆水难收。她曾向丹尼尔承认犯了损人利己的错误,但是她看不到救赎之路:"我只能破罐子破摔了。我改变不了现状。"(420)所幸的是,丹尼尔为她指点了迷津:

喝自酿的苦酒,这的确是最痛苦不过了。然而,如果你……把犯了无法挽回的错误作为做好事的理由,以此抵消罪过,那不是很好吗?一个错定了的人可以鞭策自己,有意识地走一条比较高尚的道路。可以效仿的例子很多。感受到自己的生活被毁,可以让我们渴望避免别人的生活被毁。……当我们遭受强烈痛苦的时候,如果我们考虑到别人也有同样辛辣的经历,那么我们对自身痛苦的深切感受就可以终结于对他人痛苦的深切感受。(420)

在丹尼尔的指引下,关德琳最终走出了困境,从自己的痛苦想到了别人的痛苦。当她从自己的痛苦进入了别人的痛苦时,她也就具备了同情心。古思曾经指出,爱略特深受席勒的影响,其突出表现之一就是对同情心的理解:"德语中 Mitleid 一词常常译成'悲悯'或'怜悯',其字面意义就是'一同受苦'。"① 关德琳学会了关心别人的痛苦,因此完成了救赎,至少完成了心智培育的一个重要阶段。

爱略特令人想起她最钟情的诗人之一、英国浪漫主义诗人华兹华斯。后者在《丁登寺旁》("Lines Composed a Few Miles above Tintern Abbey")一诗中敦促世人"洞察事物的生命",倾听"人类沉寂而悲怆的音乐"。② 在《丹尼尔·德隆达》中,我们听到的是同样的忠告。

---

① Guth, *George Eliot and Schiller*, 146.
② William Wordsworth, "Lines Composed a Few Miles above Tintern Abbey," in *The Norton Anthology of English Literature*, ed. M. H. Abrams, New York and London: W. W. Norton & Company, Inc. 1986, 152–154.

第二节
知识共同体：维多利亚文人的智性探求

心智的培育，离不开知识共同体的建构。这在维多利亚文人的智性探求中可见一斑。

从维多利亚时代延续至今的科学与人文之争，常常由于评论者所持单方立场而被片面夸大，让读者误以为当时的科学家与文学家之间处于水火难容的紧张关系当中。这一观点在近年的维多利亚研究中得到了一定程度的反拨，很多评论家开始关注两者之间的共识共通之处。例如，列文（George Levine, 1931— ）在《写实主义、伦理和世俗化：维多利亚文学与科学论集》（*Realism, Ethics and Secularism: Essays on Victorian Literature and Science*）中指出，人们夸大了赫胥黎和阿诺德之间的冲突，实际上他俩不仅是生活中的好朋友，即使在思想领域也是共识大于分歧，两人论争的文章中有不少轻松调侃的成分。他们的总体目标都是希望能够改变英国人过分狭隘和实用的思维方式，使他们的思想变得更加开放，也更有温情。① 奥蒂斯（Laura Otis, 1961— ）在《十九世纪文学与科学选集》（*Literature and Science in the Nineteenth Century: An Anthology*）中也力图消解人们对维多利亚时代的误解。该选集沿袭了维多利亚时代的知识传播方式，把涉及同一话题的科学与文学作品杂糅在一起，互为参照。奥蒂斯指出，在维多利亚时代，科学和文学作品常常在同一刊物中并行发表，科学家与文学家们互相引证以吸引或说服读者。因此，当时的文学与科学之间不存在所谓的"割裂或沟壑"，因此也不需要搭建什么"桥梁"。② 安杰

---

① George Levine, *Realism, Ethics and Secularism: Essays on Victorian Literature and Science*, Cambridge: Cambridge University Press, 2008, 124.
② Laura Otis, *Literature and Science in the Nineteenth Century: An Anthology*, New York: Oxford University Press, 2002, 2.

(Suzy Anger)在《认识过去：维多利亚文学与文化》(*Knowing the Past: Victorian Literature and Culture*)中也指出维多利亚研究的这些误区：对维多利亚时代的认识已经陷入了一种非此即彼的困境中，而在这中间是有其他可能性存在的。① 以上这些评论的整合性思维方式显然比二元对立更能贴切地描述维多利亚时代的精神特质。本节所要讨论的便是这样一种可能性，进而探究科学家和文学家在"知识"问题上的话语交叠与融合，聆听维多利亚时代纷杂语声中的和谐音符，即维多利亚文人构建的知识共同体。

之所以用"文人"(man of letters)概念，是因为该表达方式在维多利亚时代仍然具有鲜活的生命力，常常用来统称"有学问的人或学者"。这个时期的文人不同于现代专业人士，他们大多会对自己专业领域之外的问题抱有浓厚的兴趣，甚至有很深的造诣。换言之，不同学科的影响都会渗透并体现在当时文人的思想和文字当中。这个概念所暗示的模糊界限使其得以涵盖包括自然科学家、社会科学家和文学家等不同领域的思想者，更包括致力于心智培育的有识之士。用"共同体"来描述这个知识群体，则是基于德国社会学家滕尼斯的"精神共同体"概念。滕尼斯除了提出按血亲和地域组成的"共同体"(community by blood 及 community of place)外，还提出了一种更具活力和凝聚力的共同体形式——"精神共同体"(community of *spirit*)。他把"精神共同体"界定成"为着同一目标一起努力的共同体"；② "即便共同体中的人们各自分离，这种统一感依然存在，而且以多种形式存在，其共同特征是潜意识"。③ 我们认为，维多利亚文人对知识的共同关注把他们融聚在一个无形的精神共同体当中，他们通过人文、社会、科学等不同领域的话语界定知识，探究知识的界限，反思知识的问题。在此过程中，他们互相借鉴，彼此影响，产生了诸多交叉与契合之处，构成了一个具有典型时代特征的知识共同体。

一、知识话语的建构

维多利亚时代是公认的变革期和转型期，这不仅意味着政治经济生活领

---

① Suzy Anger, *Knowing the Past: Victorian Literature and Culture*, Ithaca & London: Cornell University Press, 2001, 1.
② Tönnies, *Community and Society*, 22.
③ Ibid., 27.

域的巨变,也意味着人们认识方式、思维框架和心智/情感结构等精神领域的变革。人们认识世界和认识自身的渴望变得日益热切:地质学和考古学为自然去魅,宇宙的边界无限扩展,历史的起点不断向前推移;对人类自身认识的渴望促使社会学、人类学、心理学等多门新兴学科诞生。知识的快速更新也促进了知识传播方式的变革:各种知识普及学会如雨后春笋般涌现,越来越多的科普读物和文学作品走进中下层民众的生活,专业性学术期刊日益增多。19世纪末学科分化发生之前,各种知识混杂交织在专业或非专业的刊物中,不同学科之间的论辩与对话发生在正式或非正式的出版物上。文人们以各种形式就知识的本质问题展开思考:什么是真正的知识?如何更有效地传播知识?人类能否凭智性完全认识世界?这些成为维多利亚文人最为关注的话题。从小说家、诗人、教育家,到社会学家、政治经济学家、自然科学家,他们虽然躬耕于不同领域,却无一不关注知识的本质问题,而且不约而同地共同关注并坚持"知识"的整体性。

马修·阿诺德在《文化与无序》中详细阐述并界定了他的"文化"概念,而这些定义基本上都以"知识"为核心展开。他一再强调,文化即"通过阅读、观察、思考等手段,得到当前世界上所能了解的**最优秀的思想和言论**,使我们能做到尽最大的可能接近事物之坚实的可知的规律"。① 这个定义把思想和知识中所有最精华的部分作为文化的精髓,把认识"事物之坚实的可知的规律"或者说"看清事物之本相"作为文化人追求的目标。与此关联,阿诺德提出"完美"和"健全理智"的概念,倡导人类天赋秉性的全面均衡发展,即所有能力的整体和谐发展。这就要求人们脱离狭隘思维和低级趣味,寻求来自各种知识的滋养,亦即培育心智:"文化在寻求完美的内涵时,要参考人类经验就这个问题所发表的**全部**见解,不仅倾听宗教的声音,还要听艺术、科学、诗歌、哲学和历史的声音,如此才能使结论更充实,更明确。"② 阿诺德话语中反复出现的"整体性"和"完整性"(totality)是他文化概念的基石,也构成了他知识观念的核心内容。

与阿诺德相似,纽曼同样强调知识的整体性。纽曼认为,"大学"

---

① 马修·阿诺德:《文化与无政府状态》,第132页。
② 同上,第10页。

(university)应该传授"全面知识"(universal knowledge),而非职业性技能;因为只有这样的知识,才能训练受益终生的心智习惯,培养出具有健全品格的人才,或者说真正的绅士。他的教育理念之所以被称为"博雅教育",正是因为这样的教育以其自身为目的,摆脱了外在功利性诉求的奴役和束缚(他称之为 servile knowledge,即功利性知识),能够让人获得精神自由,他称其为"博雅知识"或"自由知识"(liberal knowledge)。① 不仅如此,纽曼还强调各学科知识的关联性。在他看来,正如真理之间不可能存在真正的冲突一样,不同学科之间也应该是互相勾连、和谐共存的关系。真正的知识并非对事实的孤立认识,而是对事实之间关系,或者说对事实所组成的"体系"的认识。这个复合体就像一个蛛网一样把事实勾连起来,成为一个整体。

穆勒和纽曼一样,把跨越学科界限的总体性知识置于职业性或专业性知识之上。他把个别的事实性知识和琐碎的信息性知识称为"浅表性知识"(superficial knowledge),把注重不同学科关联性和整体性的知识称作"总体性知识"(general knowledge)。② 穆勒把拥有总体性知识的人称为"有教养的知识分子"(cultivated intellects),他们不仅拥有某一专业领域的知识,而且对其他领域也有相当程度的了解,这足以使他们拥有一种理解力和独立的判断力,能够看到事物的多面性,不至于随波逐流,盲从某一学派或党派。穆勒的反派别主义与折中主义倾向大体上都基于对"局部真理"(half truth)的警惕和对总体性知识的追求。③

即便是极力推崇科学知识重要性的维多利亚文人,也很少将科学与其他领域的知识割裂开来看待。社会学家斯宾塞(Herbert Spencer,1820—1903)1857 年 7 月在《威斯敏斯特评论》发表题为《什么知识最有价值?》(*What Knowledge Is of Most Worth?*)的文章,指出最有价值的知识是"科学"。不过他的科学概念远非现代科学中去人格化的知识概念,而是与价值追求和审美趣味紧密相关、具有人文关怀的知识。如浪漫主义诗人华兹华斯一样,斯宾塞

---

① 约翰·亨利·纽曼:《大学的理念:界定与诠释》,高师宁译,贵阳:贵州教育出版社,2003 年,第 66、110 页。
② 约翰·密尔:《密尔论大学》,孙传钊、王晨译,北京:商务印书馆,2013 年,第 24 页。"密尔"即"穆勒",本书采用后者,因其更为通用。
③ 约翰·密尔:《论自由》,许宝骙译,北京:商务印书馆,2014 年,第 4 页。

把科学与艺术紧密关联:"我们不只看出科学是为一切形式的艺术诗歌服务,而且看得正确的话,科学本身就富有诗意。"① 在他看来,投身科学研究意味着一种信仰和价值追求,因为"对科学的忠诚就是一种无言的崇拜,默认所学事物的价值,即意味着崇拜事物的造因。……只有真正的科学家,才能真正知道那表现自然、生命、思维的宇宙全能是怎样完全超出人类知识和人类理解的范围的"。② 斯宾塞通过把科学与审美、道德、信仰等领域的价值追求联系在一起,构建出一种能够推动人类精神发展的总体性知识话语。

被称为"达尔文斗牛犬"的赫胥黎,同样以坚持科学教育闻名,然而正如列文所言,他与阿诺德的分歧并不是根本性的。赫胥黎在《科学与文化》("Science and Culture",1880)中所坚持的科学教育并未完全否认古典人文教育的价值。他与阿诺德虽然各有侧重,然而都坚持全面均衡的知识理念,都坚持所有人类的思想精华都应得到传播,并在学校课程中有较为合理平衡的安排。赫胥黎一方面强调科学在教育中的重要地位,同时也反复提醒人们,"科学必须避免的最大危险是那些从事科学的人的**片面发展**"。③ 他明确指出:"科学和文学不是两个东西,而是一个东西的两个方面……单纯的科学教育与单纯的文学教育,将会造成理智的扭曲。"④ 在倡导科学知识的价值时,无论是斯宾塞还是赫胥黎,均未把科学与其他精神追求分离开来孤立看待。恰恰相反,他们把科学与宗教信仰、道德伦理、审美趣味,甚至是个体的健全心智和社会责任联系在一起,从而使科学具有了无可争辩的社会价值和话语权威。

由以上的论述可以看出,无论是人文领域还是科学领域,无论文人使用怎样迥异的概念,他们都把认识问题作为核心内容和价值依托,把获取整体性知识看作人类社会进步的根本动力。在构建知识话语的过程中,他们的话语框架不断发生交叉和碰撞,催生出维多利亚时期文学与科学共有的微妙话语场域。

---

① 赫·斯宾塞:《教育论》,胡毅译,北京:人民教育出版社,1962年,第37页。
② 同上,第41页。
③ 托·亨·赫胥黎:《科学与教育》,第20页。
④ 同上。

二、知识话语的交叉

维多利亚时代的科学家常常借用文学技巧阐述复杂的科学概念。比尔(Gillian Beer)在《达尔文的情节》(*Darwin's Plots*, 2000)中详细分析了19世纪科学家,特别是达尔文科学话语的文学特质。通过分析《物种起源》中的论述结构、用词以及思维方式等,比尔发现,达尔文有意无意地在模仿《圣经》或其他经典作品中的文学表现形式和叙事技巧。不仅是达尔文,当时很多科学家都有意无意地借助文学的语汇或修辞策略,以阐述读者认知模式之外的事物或构建作者的话语权威。比如,汤森德(Chauncy Hare Townsend, 1798—1868)在论述"催眠术"时一边引用牛顿,一边引用柯勒律治,因为对他来说,两者具有同样的真理性。人种学家普里查德(James Cowles Prichard, 1786—1848)在描述精神失常的病人时,运用了历史材料、人物特写以及小说人物的叙事策略,使读者如同了解《雾都孤儿》(*Oliver Twist*, 1837—1839)一样熟悉他笔下的病人。①

奥蒂斯也分析了维多利亚科学家对文学话语的借鉴与吸收,她认为"在当时科学只是文学的一种变体"。② 著名地质学家莱尔(Charles Lyell, 1797—1875)以写作故事的方式记录了地质变迁的历史,并不断引用维吉尔、贺拉斯、莎士比亚、弥尔顿(John Milton, 1608—1674)等诗人的经典诗句。奥蒂斯指出,莱尔的这种写作风格不仅使他的地质学著作引人入胜,成为畅销书籍,而且也让读者确信,地质学研究是合乎绅士身份的职业。③

实际上,维多利亚科学家借鉴的不仅仅是文学作品的表现形式,甚至在科学原则问题上也受到文学思维的影响。以物理学家廷德尔(John Tyndall, 1820—1893)为例。他非常看重想象力在科学探究活动中的重要作用,甚至曾专门撰写文章《想象力在科学中的应用》("Scientific Use of the Imagination")阐述自己以"想象力"为核心的科学原则。④ 他这样写道,"想象力是物理理论的设计

---

① Gillian Beer, *Darwin's Plots: Evolutionary Narrative in Darwin, George Eliot and Nineteenth Century Fiction*, 2nd ed., New York: Cambridge University Press, 2000, 325 - 326.
② Otis, *Literature and Science in the Nineteenth Century*, XVII.
③ Ibid., 236.
④ John Tyndall, "Scientific Use of the Imagination," in *Fragments of Science*, 4th ed., vol. 2, London: Longmans, 1872, 125 - 164.

师。没有了想象力的应用,我们对自然的认识将不过是对共存和序列的记录。力的概念将会消失,因果关系将会消失,随之把宇宙各部分联结为有机整体的科学也将消失不见"。① 不仅仅是对"想象力"的强调让人联想到浪漫主义的影响,廷德尔对科学目标的描述更清晰地证明了这一点。他在《物质与力》("Matter and Force")中指出:"科学的职能并非如人们以为的那样,会让人们忘却宇宙的神奇和奥妙。恰恰相反,科学要揭示日常事物的神奇和奥妙之处。"② 这与浪漫主义诗人的主张如出一辙。柯勒律治在《文学生涯》(*Biographia Literaria*, 1817)中这样表述他和华兹华斯的共同创作目标:

给日常事物以新奇的魅力,唤醒人们对习俗的惰性的警觉,引导他们观察眼前世界的美丽和惊人的事物,以激起一种类似超自然的感觉;世界本是一个取之不尽、用之不竭的宝库,可是我们却视而不见,听若罔闻,虽有心灵,却既无感受,也不理解,这一切皆因我们对事物习以为常,还让私心蒙蔽了双眼。③

这一阐述跟乔治·爱略特强调从音乐/艺术中"听到大千世界",从而"走出自我"(参见本章第一节)的主张可谓异曲同工,都点到了心智培育的实质。维多利亚时代的文人,无论是诗人还是科学家,尽管探究真理的方式不同,却有着相似的价值诉求。对于工业革命下日渐麻木和淡漠的人类心灵,他们深感焦虑;无论是诗歌创作还是科学研究,其目的均在于寻求留存生命活力与感受能力的方式与途径。

19世纪英国文学家在创造性写作中还有意融入对科学问题的思考,探索科学发现的深层意义。他们并不认为自己的诗歌或小说只是远离真实的虚构作品;恰恰相反,他们坚信自己的文字传递的是和科学真理一样的确定性知识。华兹华斯认为诗歌的目的在于揭示"普遍的真理";在追求真理的过程中,"诗人与科学家并肩携手,深入到科学本身的对象中间去。如果化学家、植物

---

① John Tyndall, "Scientific Use of the Imagination," in *Fragments of Science*, 4th ed., vol. 2, London: Longmans, 1872, 129.
② Tyndall, "Matter and Force," 84.
③ 柯尔立治:《文学生涯》,刘若端译,载《十九世纪英国诗人论诗》,刘若端编,北京:人民文学出版社,1984年,第63页。引文根据上下文需要有所改动。

学家、矿物学家的极稀罕的发现有一天为我们所熟悉,其中的关系在我们这些喜怒哀乐的人看来显然是十分重要,那末诗人就会把这些发现当作与任何写诗的题材一样合适的题材来写诗"。① 在那个时代,的确如诗人所说,科学与文学常常会以不同方式讨论同一问题。以"变化"这一主题为例,无论是科学家、社会学家还是文学家,无不关注其对自然与人类社会的影响。

无论是地质学中的渐变论、灾变论之争,还是生物学中的演化论、退化论和进化论之争,19世纪自然科学家大致都认同一点:一刻不停的变化是自然界和人类社会存在的基本形态。进化论的先驱、法国博物学家拉马克就曾这样写道:

在整个宇宙中存在一种没有任何原因却可以减弱的令人惊奇的活动,每一个存在的事物似乎都在不停地发生着必然的变化。……所有的存在只不过是一个永恒的变化过程中瞬间存在的各种特质和不稳定实体综合而成的巨流。②

对自然变化的意识引发了维多利亚文人对社会变化规律的探求。法国学者孔德(Auguste Comte,1798—1857)借用自然科学模式,把社会变化的规律总结为"神学阶段、形而上学阶段和实证阶段",③ 确立了现代意义上的社会进步观念;斯宾塞则结合了社会学研究和达尔文的进化假说,提出了社会达尔文主义和"适者生存"的观念。这些用动物世界的发现来解释人类行为的做法,不仅隔断了人类与上帝的关联,也引发了持续至今的道德困境:人类是否可以不择手段地谋求生存? 这种社会观念丧失了超验世界的信仰依托和经验世界的道德诉求,将维多利亚人抛入变化的漩涡当中,他们惶惑不安又绝望无助的焦虑心态在文学作品中得到了充分展现。

丁尼生一首早期的诗歌《一切都不会死去》("Nothing Will Die",1830)可

---

① 渥兹渥斯:《〈抒情歌谣集〉序言》,曹葆华译,载《十九世纪英国诗人论诗》,刘若端编,1984年,第16—17页。本书对Wordsworth采用现今更为通用的译名"华兹华斯",但著录文献时遵从来源。
② 转引自威廉·科尔曼:《19世纪的生物学和人学》,严晴燕译,上海:复旦大学出版社,2000年,第74页。
③ 约翰·伯瑞:《进步的观念》,范祥焘译,上海:上海三联书店,2005年,第208—210页。

以被看作维多利亚人对变化的典型反应：

> 这世界从未完工，
> 它只有变化，永不消失，
> 所以，让风吹吧
> 因为无论是夜晚还是早晨，
> 都将在永恒中延续。
> 没有什么已经诞生，
> 没有什么将会灭亡，
> 万物都在变化中。①

尽管这首诗以平淡无奇的方式白描出一幅自然画面，然而看似平静的诗行中间处处流露出毫无盼望的漠然。之所以这样说，是因为在此诗的对诗《一切都会死去》("All Things Will Die")中，尽管诗人慨叹没有什么能长久，"一切都会死去"，② 然而从另一个角度看，正是由于他对世界存有热情和盼望，因此才会产生对死亡的恐惧。《一切都不会死去》看似否定了前诗，其情绪却并未因生的希望而有任何提升。恰恰相反，诗人反而陷入更深的绝望当中。如果说前诗表达出"死的恐惧"，那么后者则渗透着"生的绝望"。丁尼生的很多诗歌中都表达出类似的情绪，如不断苍老却无力死去的提托诺斯，渴望停止海上漂泊生活、甘食忘忧果的水手们。对他们而言，死亡是可怕的，然而比死亡更可怕的是那种看不到价值和意义的苟且人生。

维多利亚时代很多小说也生动地记录了人们对"变化"的心理体验和情感反应。狄更斯的小说中城市生活无不在变化的背景下展开。以《老古玩店》(*The Old Curiosity Shop*，1840—1841)为例，老古玩商吐伦特破产后，与孙女小耐儿在陌生的城市和乡间四处漂泊，无处归依，最终客死异乡。爷孙二人的行程中，乡村不再充满友善温情，处处潜伏着不可名状的危险；城市生活光怪

---

① Alfred Lord Tennyson, "Nothing Will Die," in *The Early Poems of Alfred Lord Tennyson*, ed. John Churton Collins, London: Methuen, 1901, 283.
② Tennyson, "All Things Will Die," 284.

陆离,瞬息万变,让他们常常不知身在何处。小说第 44 章开篇描述了他们来到一条繁华街道上时的心理体验:

  成群的人匆匆地走过,形成两条方向相反的人流,没有断绝或枯竭的迹象,大家都专心致志于他们自己的事务,载着叮叮当当的器物的大小车辆隆隆作响,踏在潮湿而油滑的路面上的马蹄不断滑跌,急雨敲打窗和伞,心情急躁一点的行人横冲直撞,以及一条闹市街在繁华的高潮中发出来的叫嚣鼓噪,全不能扰乱他们的投机心情。而这两位可怜的陌生人,早被这种他们看到的、但是没有份的忙碌景象弄得茫无所措,惆怅地在一旁观望,在这人群之中感到一种没有和它类似的孤独无依,真好比一个沉了船的水手渴极思饮,在大洋中随着浪花漂来漂去,红红的眼睛空望着四面包围了他的海水,却得不到一滴润润他那火烫的喉咙。①

这个片段的精彩之处在于,城市生活的喧哗动态与爷孙二人几乎定格的静默状态形成了鲜明对比。他们只是忙碌城市生活的观察者,而非参与者。在这匆忙浮躁的城市生活中,他们"陌生地、狼狈地、惶惑地立在那里",身置其中却恍如隔世,找不到归属感和认同感。沉船水手和大洋的比喻,不仅揭示出个体在面对变革洪流时的茫然无措和脆弱无助,也预示了他们终将被变化的急流吞没的悲惨结局。

  故事的结尾部分,在描述耐儿的朋友吉特带领他的孩子们回忆耐儿生前住处的情景时,狄更斯再次将浓墨重笔落在无可阻止的"变化"主题上面:

  他有时把他们带到她曾经住过的大街;不过许多地方都改变了,没有原来的面貌了。那座老房子早已拆毁了,在它的地基上修建了一条又整齐又宽阔的大道。最初他还能用手杖在那里画出一块方地,指给他们房子就建在那里;但是不久之后他便捉摸不定那个地方了,只能说大约在那一带,他想,这些变化把他搞糊涂了。这便是几年以内发生的变化,许多事情也都是这样很快地

---

  ① 狄更斯:《古玩店》,许君远译,上海:上海译文出版社,1980 年,第 403 页。译文个别文字有所改动。

过去了,就像是讲了一个故事一样!①

这段看似淡然的文字背后,充满了惶惑与感伤。时间的流逝不仅抹去了吐伦特和耐儿,就连他们曾经存在过的痕迹也被一同抹去,这所有的一切都会被忘记。小说最后一句把"故事"和事件做比,抹去了虚构与真实之间的界线,借此狄更斯似乎在告诉读者:随着小说叙事的结束,这些事情也终将被遗忘。个体的生死和存在都将被变化的大潮抹去,无处循迹。

乔治·爱略特也常常用洪流意象来描述变化对人类生活的影响和冲击,只是她对变化的反应更为复杂和微妙。在《弗洛斯河上的磨坊》(*The Mill on the Floss*, 1860)的结局中,大洪水吞没了麦琪和汤姆,几年后又恢复了旧日的繁华模样,然而:

大自然弥补它的创伤,但是并没有全部弥补。连根拔起来的树木不再在土里生根,崩溃的山头留下了痕迹。如果新树生长出来,那么新的也和老的不同,绿叶覆盖下的山头还留着过去崩裂的痕迹。对那些曾经看到过往日情景的人们来说,并没有全部弥补。②

撇开洪水结局所包含的灾变论成分不说,这段话所包含的新旧对比极为准确地表达了爱略特对变化的态度。她一方面相信不可摧毁的生命活力将在变化中留存和延续,另一方面也不无怀念地回望逝去的旧时光。对于人类整体而言,一代代繁衍生息不停向前,然而,个体总是在回望中找寻自己。在《米德尔马契》的结尾,变化不再是毁灭性的洪水,而是变成了多萝西娅式的涓涓细流,"她的完整性格,正如那条给居鲁士堵决的大河,化成了许多渠道,从此不再在世上享有盛誉了。但是她对他周围人的影响,依然不绝如缕,未可等闲视之"。③ 爱略特最终在多萝西娅这样的平凡人物和"微不足道的行为"中找到了可以对抗"不完美社会条件"的积极力量。

---

① 狄更斯:《古玩店》,第 692 页。
② 乔治·爱略特:《弗洛斯河上的磨坊》,第 654 页。
③ 乔治·爱略特:《米德尔马契》,第 981 页。

维多利亚时代的科学家们试图把握变化的规律，社会学家借助自然科学的视角审视人类社会的变化，而文学家则竭力捕捉变化进程中个体的心理反应。他们的文字交相呼应，从不同角度展示了他们对变革社会的认识和对恒常价值依托的追求。这些文字交汇在一起，自然对全体社会成员起着心智培育的作用。

还须指出的是，让维多利亚文人焦虑的不仅仅是瞬息万变的可见世界，还有那无法洞观其奥的不可见世界的存在，这将构成我们以下探讨的内容。

三、对知识界限的意识

维多利亚时代的文人一方面为自己获得的关于地球以及地球生物的知识而倍感自豪，另一方面也不无遗憾地意识到"不可知"世界的存在。最具代表性的便是"不可知论"（agnosticism）的出现。"不可知论"起初并非哲学概念，而是科学家赫胥黎为了划分可知与不可知的界线，于1869年自造的词汇。他宣称人的认识能力只限于感官经验和现象世界，这个范围之外的"第一因"（First Cause）是不可认识的。①

实际上，赫胥黎并非第一个提出"不可知"概念的维多利亚人。斯宾塞在1862年的《第一原则》（*First Principles*）中就已经提出了类似观点，他把这个不可认识的"第一因"称为"不可知"。他写道，"我们不断地追求知识，又不断地被阻隔在知识之外，我们不得不相信，获取真知是不可能的任务。这让我们意识到，我们最高等的智慧和责任便是把万物赖以依存的那个存在看作'不可知'"。② 如果说赫胥黎把焦点放在物质世界以及科学知识的"真实性和确定性"上，那么斯宾塞的目的在于承认超验存在的可能性：

正如智力和意志超越了机械运动一样，不是有可能存在一种超越智力和意志的更高存在吗？我们的确没有能力完全认识这种高等存在。但这并不等于说我们可以因此就质疑它存在的真实性，应该是恰恰相反。难道我

---

① T. H. Huxley, "Agnosticism," in *Nineteenth Century Opinion*, ed. Michael Goodwin, Harmondsworth, Middlesex: Penguin Books, 1951, 120.
② Herbert Spencer, *First Principles*, London: Williams & Norgate, 1870, 113.

们还没有意识到我们的头脑在认识现象背后的终极存在方面是多么的无能为力吗?①

由此可见,斯宾塞提出"不可知"概念的目的,并非如现代人理解的那样否定不可见世界的真实性,而在于承认人类智力在认识方面的软弱无力。他在《进步:其规律与起因》(Progress: Its Law and Cause,1891)中满怀纠结地写道,"人类的智力既伟大又渺小……绝对的知识是不可能的;在万物之下,潜伏着一个永远无法洞悉的秘密"。② 这种看似矛盾却真实的体验并非他和赫胥黎独有,而是当时许多科学家的共同感受。物理学家廷德尔不仅坦然承认科学的限度,而且对宇宙的奥秘充满了敬畏之情:

> 就知识而言,自然科学有两个极端。一方面它注定要认识一切,而另一方面它一无所知。科学认识我们现今称之为自然的一切事物,然而,对于自然的本源和未来命运,科学却一无所知。是谁创造了太阳?是谁赐予阳光以力量?是谁创造了物质的终极分子,并赐予它们各样神奇的互动力量?科学无法获知:这个奥秘尽管被搁置一旁,却始终无法被解开。③

哲学家和心理学家刘易斯也常常被称为不可知论者,不过他走得更远。在他看来,即便是可见的事物,我们也无法认识其本质。我们所能了解的无非是事物之间的"关系":"对事物的认识即对其所处关系的认识。事物即其关系。"④ 他常常用"面纱"的意象来描述人类与不可知世界之间的屏障:"奥秘的面纱(the veil of mystery)不可能被揭开。我们站在这个神秘面纱之前,思忖着隐藏其后的秘密,我们只能构筑体系,却永远无法看到真理。"⑤

---

① Spencer, *First Principles*, 109.
② Hebert Spencer, *Essays on Education and Kindred Subjects*, ed. Charles W. Eliot, London: Dent, 1963, 196.
③ Tyndall, "Vitality," 484.
④ George Henry Lewes, *The Problems of Life and Mind*, vol. 1, Boston: James R. Osgood, 1875, 58.
⑤ George Henry Lewes, *The Physiology of Common Life*, vol. 2, Edinburgh: Blackwood, 1859, 225.

与刘易斯同声相和的小说家乔治·爱略特在创作中也常常思考人类认识限度的问题。"面纱""迷宫"等意象在她的小说中频繁出现，暗示人物在认识方面的迷惑与纠结。《米德尔马契》中女主人公多萝西娅对婚姻的期待与知识相关。她觉得自己的生活"不过是在深山幽谷中徘徊，在曲折的小径间行走，而这些小径像迷宫一样，周围筑有高墙，不能通向广阔的世界"(31)。因此，她期待未来的丈夫能够像弥尔顿和帕斯卡尔那样带来智慧与指引，婚后却失望地发现，"她只是走进了阴暗的前室，在曲折的死胡同中打转，找不到出路"(236)。卡苏朋和利德盖特分别在神话和医学两个不同领域追求终极真理，却都无果而终，没有能够找到揭开存在之谜的终极"钥匙"或"线索"。在爱略特看来，无论是终极真理，还是他人的内心世界，对于人类有限的知觉而言，都是不可穷其奥妙的神秘疆域。在那不可见、不可闻的静默表象背后，隐藏了我们粗陋感官所无法了解的世界。承认智性限度之时，也是同情和宽容等情感发生之际：小说中多萝西娅的同情心使她能够超越个人痛苦，体察他人的苦难，促使她作出利他主义的抉择。这种情感就像"一条永不停息的潜流……把她的全部意识引向最完满的真理，最公正无私的善"(245)。爱略特之所以把麦琪、多萝西娅和罗慕拉这些看似平凡无奇的人物作为她各部小说的中心人物，是因为她们能够及早摆脱精神的愚昧状态，获得一种洞见："他们是处在同样的漩涡中，面对着同样苦难重重、忽明忽暗的生活，奔向同一目标的人。"(345)这种包含着启示和洞察力的同情感受成为一种超越理性、更为强大的情感真理，无声地改变着这个世界。如《米德尔马契》结尾所言："你我的遭遇之所以不至如此悲惨，一半也得力于那些不求闻达，忠诚地度过一生，然后安息在无人凭吊的坟墓中的人们。"(981)

和爱略特小说中的人物一样，很多维多利亚文人在知识飞速扩展的时代意识到了理性的限度和情感的真理。这促使他们采取谦卑谨慎的科学态度，留存对自然的敬畏之心，在纷繁袭来的思潮中维系着知识与价值之间、头脑与心灵之间、进步与传统之间的和谐与平衡。这未尝不是一种心智培育。

维多利亚时期的文人们有不同的关注和侧重，存在这样那样的歧见和纷争，然而他们在心智培育的问题上，坚持大致相似的原则和共识，都倡导人类天性的全面和均衡发展。无论是阿诺德的批评家,还穆勒的哲学家诗人,或是卡莱尔的文人英雄和纽曼的绅士,都在以"知识"和"真理"为导引,通过健全心智的培养,对抗由变革带来的思想无序状态。这个知识共同体为现代社会留下的,不仅仅是认识方式的变革,而且是迄今为止仍然珍贵的精神遗产。这份遗产的核心思想可以这样表述:知识群体不应拘囿于个人或个别阶层的利益,不应热衷于构建个别群体的权威地位;借用阿诺德的"文化"概念来说,要"不带偏见地"致力于人性与人类社会的和谐与整体发展。

第三节
敏感的启蒙:《林地居民》中的文化对话

心智培育须关注心智的敏感性,这在哈代的小说《林地居民》(*The Woodlanders*,1887)中表现得尤其明显。

《林地居民》创作于《卡斯特桥镇长》和《德伯家的苔丝》(*Tess of the d'Urbervilles*,1891)之间。它在哈代的主要作品中一直不被看好,一个重要的原因是人们往往认为小说有一个"反高潮"式的糟糕结局:故事没有在男主人公自我牺牲的悲剧高潮中结束,却继续向一个暧昧不清的未来发展,令人费解。然而,如果我们将小说当作一场哈代与阿诺德之间的文化观对话,那么这个结局可能就不会显得很暧昧了。

一、阿诺德的文化观与哈代

1867年,阿诺德在《文化与无序》中说:"文化即是对完美的追寻",而完美是"构成人性之美和价值的所有能力的和谐发展"。[①] 这是维多利亚时代对文化的最重要的界定,学界因此而形成一个共识,即阿诺德"为维多利亚人发明

---

① 马修·阿诺德:《文化与无政府状态》,第11页。

了文化，使之成为一种批评话语的理论目标"。① 阿诺德希望通过"追寻完美"，各阶级的人都能培养关于美观、优雅和得体的意识，亦即致力于心智培育，从而超越阶级局限，为形成一个和谐的共同体服务。为此，他特意指出，"知识、判断力和品味"都有一个"正确的中心"，学文之人越是靠近这个中心，便越是能"察觉自己身上的粗鄙之气"（provinciality），并远离之。②

阿诺德是哈代最关注的当代思想家之一，尤其在1870年之后。③ 这是因为哈代的文化诉求。

哈代本人出身"粗鄙"，所受的正规教育层次不高。但他一心向善，努力培育自己的心智，提高自己的文化层次，摆脱"粗鄙之气"。与许多维多利亚人一样，他非常看重当时作为"文化"象征的古典教育，并一直怀着去牛津、剑桥读书的梦想。④ 虽然这个梦想破灭了，但"文化"之梦一直不灭。他在《哈代传》（The Life and Work of Thomas Hardy）中强调，做了建筑师之后，他本该专心实务，以便将来自己开业，但他对此始终不感兴趣，最终"他的趣味还是转向了曾经被迫放弃的文学追求"。⑤ 因此，阿诺德"追求完美"的文化观很能引起哈代的共鸣。他在笔记中完整摘录了阿诺德关于"粗鄙之气"的那段文字以及关于"文雅"（urbanity）的说法。⑥ 然而，哈代后来接触了人类学，并开始记录自己热爱的威赛克斯乡村生活。随着这方面的观察和理解日渐深厚，他对阿诺德"反粗鄙"的文化观也有了不同的看法。他在1880年曾评论说："如果阿诺德所说的粗鄙不仅指表达方式，我认为他的说法是错误的。情感上某种程度的粗犷是无价之宝，是个性的精华。这种粗犷在很大程度上来自天然的热情，

---

① Marc Demorest, "Arnold and Tyler: The Codification and Appropriation of Culture," in *Culture and Education in Victorian England*, ed. Patrick Scott and Pauline Fletcher, Lewisburg: Bucknell Review, 1990, 27.
② Matthew Arnold, *Essays in Criticism: First and Second Series*, London: Everyman's Library, 1964, 47.
③ Mary Rimmer, "Hardy, Victorian Culture and Provinciality," in *Palgrave's Advances in Thomas Hardy Studies*, ed. Philip Mallet, London: Palgrave Macmillan, 2004, 143.
④ Rimmer, 136 – 137.
⑤ Thomas Hardy, *The Life and Work of Thomas Hardy*, ed. Michael Millgate, London: Macmillan, 1984, 49.
⑥ Thomas Hardy, *The Literary Notebooks by Thomas Hardy*, ed. Lennart A. Bjork, Basingstoke: Macmillan, 1985, 128.

没有这种热情就不会产生伟大的思想,也不会有伟大的行为。"①

另一方面,哈代对阿诺德赞美的文化的实际状况开始存疑。这一点从他在1880年与阿诺德本人初次见面的情景中可见一斑。在他的印象中,阿诺德是傲慢的:"阿诺德有一种姿态,让人觉得他多年以来对一切都有明确的看法,所以跟他谈话的人若是要讲些新思想,即便有趣,也是徒劳的";可他又确实很有风度,"非常坦白谦和,告诉哈代自己只是一个干死干活的督学而已"。② 哈代还特意记录了餐桌上发生的"足见阿诺德魅力"的"很好玩儿的一幕":餐后,当年轻、腼腆的女主人邀请女士们离席去客厅,以便让男士们继续聊天时,"(阿诺德)用手按着她的肩膀,不让她站起来(好像她还是个孩子一样——但她早已不是孩子了),同时说道:'不,不!去那个房间干什么!现在,我给您倒上一杯雪利酒,这样您就可以留下了。'就这样,女主人和其他女士都留下了。"③ 阿诺德也许是出于殷勤,用一杯雪利酒来留下女主人,似乎很有风度,但他像长辈般地把"早已不是孩子"的女主人当作小孩儿对待,以身体接触的方式迫使这位腼腆的女主人坐在自己的位置上,显然没有考虑对方的感受。哈代对此有敏锐的觉察,并作了暗含反讽的评论。换言之,哈代觉察到阿诺德的心智仍然有待培育。

这次面对面的接触,也许加深了哈代的怀疑:阿诺德宣传的文化本身是否完美?文化对完美的追求中是否同时会产生傲慢?是否充分包含了对他人的考虑?这种怀疑,在哈代七年后出版的小说《林地居民》中有了直接的表现。在这部小说里,哈代让偏远乡村的"粗鄙"与来自"知识、判断和品味的正确中心"的"文化"发生密切的接触,从而与阿诺德的文化观进行了一次有价值的对话。

二、有限的"美好与光明"

阿诺德在《文化与无序》中说:"文化寻求消除阶级,使世界上最优秀的思想知识传遍四海,使普天下的人都生活在美好和光明的气氛之中",因而这是

---

① Hardy, *The Life and Work of Thomas Hardy*, 151.
② Ibid., 137.
③ Ibid., 138.

一个"社会性的主张"。① 不过,阿诺德的关注点落在个体上。T. S. 艾略特在《文化定义札记》("Notes towards the Definition of Culture",1960)中指出,阿诺德的主要目的是教导个人获得某种他称为"文化"的完美,这些完美的个体包括举止优雅的上层人物、学富五车的学者、长于思考的知识分子,以及艺术家,等等。② 看得出,阿诺德的"完美"并未特别考虑人与人的关系,似乎获得了丰富的知识、优美的感觉、良好的思考能力,其他的问题都会迎刃而解。《文化定义札记》其实暗含着对阿诺德的批评。同样,哈特曼(Geoffrey Hartman,1929—2016)也指出过阿诺德文化观的弱点。在《文化的重大问题》(*The Fateful Question of Culture*,1997)一书中,哈特曼引用乔治·斯坦纳(George Steiner,1929—2020)的评论说:"谁要是说'我们这儿不兴掉书袋',顿时就会要了这个文化的命。"③ 他还指出阿诺德的文化只强调博雅学习,鄙视职业训练,实际上是与财富和地位相伴相随的,是一种世界都市的文化(cosmopolitan culture)。④ 言下之意,这种文化可能傲慢、虚荣,不能脱离金钱,却会脱离生活,因而也就谈不上完美的心智。

《林地居民》就表现了阿诺德"文化"的上述层面。例如,刚来小辛托克村不久的菲茨比尔斯医生不仅医术高明,而且懂得好几种语言,热爱文学、哲学。他可以随口大段吟诵雪莱,然后讨论莱顿电瓶,接着大谈斯宾诺莎(154),⑤ 足见其学识与趣味不俗。这位医生还血统高贵,文雅亲切,健美英俊,又不乏服务精神,"甘愿屈尊把自己变得像个普通人,成为一个有用的人"(60)。这样一个似乎完美的全才,几乎是阿诺德"文化"的化身。

菲茨比尔斯医生最初是以灯光的形式在小说中亮相的。从他窗口透出的夜读的灯光,似乎是文化之光,牢牢地吸引了同样热爱文化的格雷丝。她被父亲送到远方的学校去接受了昂贵的教育,刚刚回到小辛托克,"却在这个世界

---

① 马修·阿诺德:《文化与无政府状态》,第32页。
② T. S. Eliot, "Notes towards the Definition of Culture," in *Christianity and Culture*, San Diego: Harvest Books, 1960, 95.
③ Geoffrey Hartman, *The Fateful Question of Culture*, New York: Columbia University Press, 1997, 34.
④ Ibid., 35.
⑤ 本节中的小说译文均引自邹海伦译《林地居民》,贵州人民出版社,1988年。此处及后面该书引文仅随文括注出处页码,不再一一详注。译文偶尔有所改动。

的角落里,发现这样一个具有出类拔萃的思想和实践的人物","好像一株热带植物被混杂在一排灌木丛中一样"(63)。她此后拒绝青梅竹马的村民基尔斯,接受菲茨比尔斯的求婚,也是因为向往"那种优美的、有教养的家庭生活和精妙的心理交流"(218)。菲茨比尔斯早已家道中落,并无财富,但他所拥有的文化资本依然使他充满魅力。格雷丝的父亲、木材商人麦尔布礼虽然有钱,却因为仰慕文化以及文化所代表的社会层次,对菲茨比尔斯的经济状况并无不满,反而尽力促成他跟格雷丝的婚姻。文化对商人的吸引力到了这个份上,阿诺德应该知足了。

不过,阿诺德用来对抗"非利士人"的高雅文化,在小说表现的现实中,却与金钱关系暧昧。

首先,这个文化是需要钱的。麦尔布礼多次提到教育与钱的关系。他会把藏在保险柜里的所有股票证券拿出来,逼着女儿一一细看,告诉她:"你过去的教育就是由一些这样的纸片——以及这些纸片的主人我——来维持的。"(116)他甚至说,教育是他的投资,跟他花钱在车、马和粮食上一样(116)。

其次,这个文化是一种资本,可以用来交换经济利益。虽然菲茨比尔斯不是为钱结婚,可是"木材商人给的几百个金镑就在手边,这在他心目中也成了衬托格雷丝那姣美容貌的一个温暖的背景,也多少打消了他因为同一个乡下人家庭结亲而影响前程的顾虑"(227)。小说中另一位文化的代表人物查德曼夫人则是凭着自己的文化修养和优雅气质,嫁给了一个比自己大二三十岁的北方钢铁大王,然后成为这片林地产业的女庄园主(305)。

金钱关系使文化的"美好"有些失色,而文化的"光明"也没有普照大众,因为它与当地的生活没有什么联系。菲茨比尔斯好像"从云端降到小辛托克来"(135)。除了有限的业务,他整日读书、冥想,对本地的生活毫无兴趣。他醉心的玄学、科学和诗歌都离这个世界很远,因此在本地人眼中他只是个"怪人"(36);查曼德夫人不是在辛托克府中百无聊赖,就是去欧洲旅行。她听任麦尔布礼处理她的树木,也是"因为不喜欢辛托克,所以才不拿这些树当回事儿"(58)。

小说中数次提到菲茨比尔斯和查德曼夫人有着敏感的心灵。不过,这敏感的心灵不等于健全的心智——他们敏感的对象只是自己,"对所有身外之物的观察并不在意"(165)。菲茨比尔斯会对农夫基尔斯和老佣人大谈科学、哲学和诗歌，完全不管他们是否明白；当他爱上了格雷丝时，却宣称自己只是"爱着我自己头脑里的某种东西"(155)；而格雷丝在和没读过几天书的基尔斯谈话时，同样会得意忘形，大谈大仲马和斯特恩的文风(86)。基尔斯于是想到这些有文化的人士有一个令人难以理解的相像之处，即和他"谈论一个问题时，他们都心醉神迷，而忘了这对他完全是一个生疏的问题"(156)。因此，文化的熏陶本身似乎并未帮助他们对周围的人和事更加敏感，反倒使他们更加自我。如果我们结合本章第一节中的分析，就会发现哈代其实是从反面暗示了乔治·爱略特当年倡导的文化观，即健全心智的培育，必须以走出自我为前提。

菲茨比尔斯的自我中心有时候会产生喜剧效果。当菲茨比尔斯第一次从窗口见到格雷丝的时候，发现她即将遇上麻烦，于是"他跳起身来，寻找自己的帽子，准备出去搭救她，但没有找到一顶合适的"(150)。更多的时候，自我中心会让别人难堪、痛苦。例如，当菲茨比尔斯力邀格雷丝到他屋子里去的时候：

"瞧，雨把您的衣服打湿了，请您务必进来，"他说，"让您待在这儿真使我感到不安。"

他猛地一推把门打开了，以一种殷勤的姿态请她进去。尽管她很不情愿，却无法抗拒这个男人脸上和举止之间所表现出来的那种带有恳求意味的命令。当她从他身边悄悄走进屋里时，因为房门太窄，她的胳膊擦着他的衣服，这时，一种屈从于人的痛苦压上她的心头。他紧跟着走进屋里，关上了门——她本来还多少希望他会让门敞着……(171)

就这样，菲茨比尔斯风度翩翩地把格雷丝逼入了一个她并不希望进去的空间，并浇灭了她轻易离开的希望。由这个小小的细节，读者可以看到，良好的文化修养不一定等于对他人感受的敏感，而风度有可能掩盖着暴力。这个事件，与前文中哈代所记录的阿诺德的行为颇有相似之处。

此后，菲茨比尔斯还做过不少这一类恶劣的事情，包括从基尔斯那里抢走了格雷丝，在与格雷丝订婚的同时与一个村姑鬼混，娶了格雷丝之后并不感激岳父的一片好意,却迅速为这桩在他眼里并不般配的婚姻而感到懊悔,并与查曼德夫人偷情,等等。这些都说明阿诺德的文化未能实现其应有的目的。

三、粗而不鄙的林地文化

与此相对的,是小辛托克村林地生活的文化。

作为整体生活方式的文化,这个概念(同样是 culture 一词)是在 1871 年最早由泰勒(Edward Tylor,1832—1917)提出的。他认为文化是"一个复杂的整体,包括知识、信仰、艺术、伦理、法律、风俗和人作为社会成员获取的任何其他能力和习惯"。[①] 哈代早就读过泰勒的《原始文化》(*Primitive Culture*,1871),并与人类学家朗格(Andrew Lang,1844—1912)通信,深受他们的影响。[②] 因此,在《林地居民》中,他将本地的生活作为一种人类学意义上的文化展现出来,与阿诺德对话。

小辛托克村正是泰勒所说的那种包括知识、信仰、艺术、伦理和风俗的复杂整体。这是一个依然以血缘关系为纽带的古老的有机共同体,村民都是亲戚,在所有事务中都是按照"向来的规矩"互相帮衬的(28)。他们有与日常生活密切相关的各种有趣的风俗,他们对这里的一草一木、悲欢离合都有着清晰的共同记忆。他们也有着关于森林世界的共同知识,其丰富与深刻程度并不亚于在学校获得的文化。他们能读懂大森林的奥秘,就好像读懂"古斯堪的纳维亚的如尼文字"和"古埃及象形文字",轻松得如"读通俗读物一样"(444)。

而且,乡村文化中的优秀人物,并不缺乏精英文化的气质,更不缺乏健全的心智。基尔斯不但能鉴赏那些教堂和修道院的华美,体会得到其中蕴含的"泥瓦匠师傅匠心独运的梦想和憧憬"(42),而且能以看艺术品而非产品的眼光"欣赏"村姑玛蒂削的橡条,夸奖它们"简直可以用来做家具了"(24);他更是能以一个艺术家的方式从事自己的工作并感受乐趣:

[①] Quoted in Gerald A. Arbuckle, *Culture, Inculturation, and Theologians: A Postmodern Critique*, Collegeville: Liturgical Press, 2010, 2.

[②] Michael A. Zeitler, *Representation of Culture: Thomas Hardy's Wessex and Victorian Anthropology*, New York: Peter Lang, 2007, 66-68.

当他看似漫不经心地把铲子蹬入大地的时候,实际上却与那些正在栽种下去的枞树、橡树或山毛榉之间存在着一种和谐,因而,这些树用不了几天便在泥土中扎下了根……因此,维恩特波恩在这种工作中发现了乐趣,即使是像现在,他是根据合同在一块与他个人利益毫无关系的林地上干这个活儿,心中也充满了欣喜。(82)

以上种种都说明,林地文化中不但有共同的生活方式,而且包含着丰富的记忆、知识、审美和趣味,并不粗鄙。

更重要的是,小辛托克的人们同样是敏感的。当基尔斯失去他的房子后,乡邻们就默默地观察着他,并感觉着他的痛苦(142)。老苏斯在重病的狂乱中依然在为自己的死可能让基尔斯失去房子而烦恼(120);基尔斯向玛蒂·苏斯打听她父亲的状况时十分犹豫,"因为那看起来好像是我对那些房子的关心比对他的担心更重",而玛蒂则对基尔斯善良的考虑心知肚明(41)。连麦尔布礼都能在高调吹嘘之后,"从基尔斯的神态上意识到"自己让基尔斯不自在了,因此感到后悔(71)。正因为基尔斯"对别人的观察往往太细致了"(384),他才能在对格雷丝的最后照料中体现出最完美的风度。

当格雷丝因为丈夫偷情而离家出走却无处可去的时候,她在密林深处遇到了在简陋的林间小屋里暂居的基尔斯。在大雨中,生着重病的基尔斯将格雷丝让进他唯一的屋子:

"那么,从现在开始,这所房子是你的了,不是我的了,"他不慌不忙地说道,"这附近我有一个地方,我可以在那儿很好地待着。"……

他温和地催促她跨过门道,看见她进屋坐在他的床上时,他松了一口气。他自己却并没有像她那样跨进门槛,而是当着她把门关上了,又转动了插在锁里的钥匙。他轻轻拍了拍窗户,让她开窗扉,等她开了窗扉,他便把钥匙递到屋里交给她。

"你给锁在屋里了,"他说,"现在你是你自己的主人了。"

尽管她此时心烦意乱,可当她拿到钥匙时,对于他这种拘泥细节的做法还是忍不住发出一丝淡淡的微笑。(407)

这一系列动作和话语,与此前菲茨比尔斯把格雷丝让进屋的方式形成鲜明的对照。基尔斯悄悄待在附近的小棚子里,忍受着风雨,注视着格雷丝的动静,心里"想的几乎全是他保护着的这个人"(408)。他以牺牲自己的生命为代价,不仅保护了格雷丝,而且始终不让她感到不安。当格雷丝想把他唤进屋子避雨的时候,他用尽力气,让虚弱的声音"飘过"黑暗和狂风:"我挺好的,我到你那儿来是不必要的。晚安!晚安!"(416)

许多评论家们认为基尔斯是被维多利亚时代那僵硬的道德感害死的。甚至有学者认为基尔斯"笨拙地"为格雷丝准备屋子的场景具有喜剧效果。[①] 这种观点也许没有充分考虑到基尔斯对格雷丝所处窘境的敏感。叙事人曾说基尔斯能够看出格雷丝的隐衷,"就好像看一本大字版的书一样容易"(412)。他显然明白,格雷丝虽然离家出走,却并不想背叛丈夫。作为一个有夫之妇,名节对她来说非常重要,即便在人迹罕至的密林深处(事实上玛蒂的确远远看到了他们相处的情形)。况且格雷丝还说:"我是一个女人,而你是一个男人,我不能说得更明白了"(413)。庸俗保守的男女观念固然是哈代所痛恨的,但格雷丝和基尔斯所面临的是严酷的社会现实。即便格雷丝当时可以不顾一切,但作为一个深受社会规矩影响的女子,清白的名誉对她来说依然是至关重要的。基尔斯对此洞若观火,而且他早就明白自己无法给格雷丝带来她所需要的那种幸福,他俩怎么也走不到一起(371),她最终还是要回到她自己那个社会中去的。因此,他不惜一切代价帮她体面地渡过了这个难关。

基尔斯之死让格雷丝和随后赶来的菲茨比尔斯都深受震撼。格雷丝认定基尔斯有着"高尚的骑士风度"(422),菲茨比尔斯则在从玛蒂那里了解情况后,"对基尔斯所表现出的骑士风度几乎要忌妒了"(448)。在19世纪后期轰轰烈烈的中古复兴运动中,"骑士风度"成了绅士最重要的素质,得到罗斯金、莫里斯、先拉斐尔派和丁尼生等重要文化人物的大力弘扬。无论是格雷丝,还是菲茨比尔斯,都在基尔斯这个农夫身上看到了"骑士风度"。可以说,基尔斯以自我牺牲赢得了个体文化对林地文化的承认。

---

① George Levine,"*The Woodlanders* and the Darwinian Grotesque," in *Thomas Hardy Reappraised: Essays in Honour of Michael Millgate*, ed. Keith Wilson, Toronto: University of Toronto Press, 2006, 175.

四、达尔文之后的文化与选择

然而,哈代并非要在菲茨比尔斯代表的个体文化和基尔斯代表的乡村共同体文化之间作简单的取舍,因为他看到后者无法适应现代世界的竞争,而他对前者的心态是矛盾的。

《林地居民》的自然描写充满了残酷的生存竞争,叙事人甚至称这里"与城市贫民窟"并无区别:"树叶是畸形的,树形是扭曲的,树的成长被打断,地衣吸食着树干的活力,常春藤慢慢地把可爱的幼树扼死。"(66)因此有评论者称小辛托克是一个"生存竞争无处不在、以竞争为主要生存条件的微型世界"。① 这并不奇怪,因为哈代是达尔文的信徒,自称"《物种起源》最早的拥护者之一"。② 经过达尔文的洗礼,哈代看到生存竞争是世界的真实状况,所以他觉得那种相濡以沫的乡村共同体文化在现代社会难以为继;他还看到,在格雷丝眼中屡次以"森林之神"和"农牧之神"形象出现的基尔斯具有"拖拉"(91)和"不争"(195)这些农业社会特征,无法适应现代社会生存,而自我牺牲精神更与个体的生存水火不容。

但另一方面,哈代能将科学转化为恢宏的想象力,看到万物之间相互联系的命运。叙事人经常以伟大的视野注视一个整体的世界。他看到天气"险恶可怕",是因为"冰雪与暖气候间的争斗正在半空中继续着"(161);他看到整个林地充溢着"巨大而活跃的、统一的生命力",因此,当林地居民处于农闲季节时,"在大森林的所有树干里,由于地下水上升造成的压力,树液都开始膨胀起来了"(329—330)。他看到,虽然基尔斯和玛蒂两人孤独、沉默地走在路上,但是"他们只是从白海到合恩角的两个半球正在编织着的人类活动大网上的一部分图案罢了"(23)。在叙事人的眼里,万类霜天竞自由的同时,又都连接在同一张大网上。例如,查曼德夫人一怒之下拆了基尔斯的房子,于是引发了一系列意外却又合理的事件,涟漪般地回荡传播,最后导致了她自己的绝望和死亡。

哈代因此而不同于达尔文。列文指出:达尔文站在唯物论的立场上认为

---

① Michael Millgate, *Thomas Hardy: His Career as a Novelist*, London: Macmillan, 1971, 250.

② Hardy, *The Literary Notebooks*, 158.

理所当然的事实,哈代却对其产生的悲惨结果作了充满强烈同情的想象。① 用哈代自己的话说:"利他主义最终可以通过看见别人的痛苦而反应于己身来实现,就好像我们和他们是一体的。事实上,人类可被看作同在一具肉体之内。"② 这番话既点出了心智培育所能达到的最高境界,即至臻大同,也指出了心智培育的必由之路,即推人及己。这一文化理想在《林地居民》中得到了生动的演绎。

从《林地居民》中可以看到,叙事人的目光经常看到为人忽视的小生命的痛苦:"车轮无声地碾碎了细小的苔藓、风信子、樱草、延龄草,还有其他常见或不常见的植物,碾断了横在车道上的小树枝。"(183)又如,当老苏斯的死亡导致基尔斯失去了房子的时候,"所有的人都在想着基尔斯怎么样了,但是没有人想到玛蒂。如果他们当中有人在老苏斯下葬前的几个月光皎洁的夜晚前来探望,看见了玛蒂,他们就会看到,这姑娘完全是孤苦伶仃地在家里,和死者待在一起"(140)。可见,叙事人或在不动声色之间将自己的同情传递给读者,或直截了当地邀请读者扩大自己的同情视野,这何尝不是心智培育的一种特殊方式?显然,叙事人不断试图培育读者的心智,即促进读者对他人状况的感知能力。可以说,这正是《林地居民》的要旨所在。

小说也让几位"文化人物"都经历了这种扩展敏感的培育。例如,查德曼夫人听说基尔斯因自己的决定而陷入困境,因而感到内疚(265)。又如,菲茨比尔斯在被基尔斯的"骑士风度"感动之后,觉得自己到辛托克来实在是"不虚此行"(448)。再如,格雷丝在林中小屋的几天里,大多数时候都是在为自己痛苦,直到风雨最狂暴的时候,她才突然开始为基尔斯担心起来,并把此前未加留心的各种迹象回想起来,终于发现基尔斯为了她一直隐瞒着病情。虽然为时已晚,格雷丝的感受力终于"扩展了,增加了"(293)。

但是,从以后的叙事来看,菲茨比尔斯和格雷丝其实改变得并不多。为什么哈代要在基尔斯的牺牲之后,让这两个依然自私的"文化人物"复合并继续生存呢?

---

① Levine, "*The Woodlanders* and the Darwinian Grotesque," 178.
② Hardy, *The Literary Notebooks*, 235.

因为哈代看到他们虽不理想,却可以是文化的希望所在。

一方面,在现代文明的迅猛进程中,传统的乡村文化已经没有太多的空间,只能存在于小辛托克这样与世隔绝的地方,而且即便在这里,林地文化也已经开始瓦解。这从小说一开始用了大量死亡意象的场景描写中可见一斑。作为林地文化的精英,基尔斯完全处于自发状态,既不能得到全体人类文化精华的滋养,使林地文化得到自觉的升华,也难以为后者提供地气。两种文化的隔绝同样造成了格雷丝文化学习的失败,使她成了进退两难的人,以致相信"文化给我带来的只是种种的不便和烦恼"(297)。换言之,在哈代看来,作为整体生活方式的英国传统乡村文化已经失去活力的土壤,难以继续产生伟大的文学和思想,难以为心智培育营造氛围,难以为新的生活方式提供养料。

另一方面,虽然哈代在小说中批评了阿诺德的文化观,但这批评是有限度的。叙事人的语言是典雅的,且不断调用古典文化和英国文学的典故:家庭不幸被称为"阿里阿德涅的不幸"和"瓦施提的失宠"(299);格雷丝与玛蒂去为基尔斯扫墓,被形容为《辛白林》中的两位哀悼者(449),如此等等,都表现出叙事人的修养与隐含读者的期待。哈代对菲茨比尔斯的态度也是矛盾的。小说中对菲茨比尔斯两次吟诵的雪莱诗歌都予以直接呈现,非常优美,而雪莱正是哈代的英雄。[①] 此外,虽然哈代讽刺菲茨比尔斯的玄学与本地的生活毫无关联,但事实上,他在创作《林地居民》的同时,正在苦读德国玄学派哲学著作,[②] 而小说对菲茨比尔斯读书活动的描写也是正面的:在雨雪霏霏的日子,他喜欢"坐在一堆熊熊的炉火前读着书,逐渐从阅读中汲取精神和力量,直读到黄昏。那时,伴着一盏明灯,他感到精力充沛,便又全神贯注地研究什么问题,直到深夜"(165)。这是一个令人愉快、振作的文化形象,是一个自觉接受心智培育的形象。这样看来,哈代对菲茨比尔斯和他的文化是爱恨交加的。如果考虑到哈代本人的文化追求,这一点就更容易理解了。

因此,小说的结局说明哈代并不想要以淳朴的乡村共同体文化来取代阿诺德提倡的个体文化追求,而只是希望在这种个体文化追求中增加对万物联系和

---

① Millgate, 359.

② Douglas Brown, "Transience Intimated in Dramatic Forms," in *Thomas Hardy: Three Pastoral Novels*, ed. R. P. Draper, London: Macmillan Education, 1987, 159.

他人利益的敏感,将一种积极的基因储存在并不积极的个体身上,以待将来。

柯勒律治说,"文明的根基在于文化的教养(cultivation)",在于"作为我们人类特征的那些品质和禀赋的和谐生长"。① 这是英国文化发展史上最重要的宣言之一,是关于心智培育的精妙阐述。敏感于他人的利益,并由此产生同情心,这正是人作为社会生物的重要品质。阿诺德在继承柯勒律治思想的时候,也强调完美是"构成人性之美和价值的所有能力的和谐发展",② 可是他的"人性之美"过于偏重个性自由的希腊精神,而对社会生活所需要的那些素质则有所忽视。

T. S. 艾略特在批评阿诺德的时候指出:"全面完美的文化个体只是一个幻影。我们要寻找文化,但不是从任何个人或任何团体中去寻找,而是要不断扩大我们的搜索面。"③ 哈代正是这样一个寻找文化的人。他从行将消亡的乡村共同体中找到某些优良的文化基因,例如对他人利益的敏感与对他人命运的同情,将其移植到阿诺德式的文化个体上,这实际上是一次心智培育的实验。其效果如何,尚有待检验,但总包含着未来的希望。这正是哈代在《林地居民》中所做的一次有益尝试。哈代多年后说,这是他本人写得最好的一个故事,④ 也许原因就在于此。

第四节
生活首先必须关注心智:《瑟尔萨》中的文化之旅

在英国文学与文化观念的互动史上,乔治·吉辛的小说《瑟尔萨》(*Thyrza*, 1887)是一部绕不过去的力作。它的文化意义首先体现于对心智培

---

① Coleridge, *On the Constitution of Church and State*, 1976, 42-43.
② 马修·阿诺德:《文化与无政府状态》,第11页。
③ T. S. Eliot, "Notes towards the Definition of Culture," 95.
④ Carl J. Weber, "Hardy and *The Woodlanders*," *The Review of English Studies* 15, no. 59 (July 1939), 331.

育——文化观念的主要内涵之一——的揭示。要阐明吉辛在这方面的贡献,还得从小说的题目本身说起。

在新近问世的一部传记中,戴勒尼(Paul Delany)指出,《瑟尔萨》这一题目取自拜伦的诗歌《致瑟尔萨的挽歌》("Elegy to Thyrza")。① 戴勒尼此说有待进一步商榷。② 不过,他首次就小说题目提出了一个重要问题:吉辛为什么要选择女主人公特伦特(Thyrza Trent)的名字作为小说的题目呢?或者说,为什么瑟尔萨是小说的中心人物呢?令人费解的是,已有的研究很少将瑟尔萨视为小说的中心人物,反而着重关注男主人公爱格雷蒙特。③ 即便在论及瑟尔萨时,批评的焦点也往往转向其与男主人公之间的爱情。④ 当然,从小说的表层结构上看,注重男主人公的做法似乎并无不妥。自小说第一章起,爱格雷蒙特就已露面,而且小说亦是在其言谈中结束,他的确是一个贯串整本小说的人物。反之,瑟尔萨则未能自始至终地出现在小说中。迟至第四章,她才正式登场;更加出乎意料的是,在倒数第二章中,她就早早地离别人世,貌似小说中的一个匆匆过客。

然而,吉辛对小说题目的选择绝非随意之举。从他的家书中看,他在写作过程中对小说题目做出了反复调整。当他写小说的第一部分时,他就写信告诉妹妹玛格丽特:小说将取名《瑟尔萨》。⑤ 三个月后,在他的另一封家书中,他透露新书可能被叫作《理想主义者》。⑥ 等到快写完小说第二部分时,他写信给他的另一个妹妹爱伦,声称小说的题目将确定为《瑟尔萨》。⑦ 由此可见,在

---

① Paul Delany, *George Gissing: A Life*, London: Weidenfeld & Nicolson, 2008, 111.
② 戴勒尼称,吉辛不可能知道瑟尔萨的原型是拜伦在剑桥读书时爱上的一个男孩,他以为是一位美丽温柔却不幸早逝的姑娘,所以借用瑟尔萨的名字来作为小说题目(详见 *George Gissing: A Life* 第111页和第391页)。由于尚未有证据表明吉辛是否了解拜伦诗歌原型一事,所以上述解释有待证实。
③ 相关的论述可见 *George Gissing: Ideology and Fiction*、*Gissing: A Life in Books*、*The Paradox of Gissing*、*Gissing in Context* 等书。其中最具代表性的论述是 *George Gissing: Ideology and Fiction* 和 *Gissing: A Life in Books* 两书。前者认为该小说就是"爱格雷蒙特的故事"(第100页),后者则明确表示"位于《瑟尔萨》中心的是爱格雷蒙特本人"(第91页)。
④ 如约翰·斯隆(John Sloan)就认为,两者的关系反映了"阶级间不可逾越的差距和永久的差距",见 John Sloan, *George Gissing: The Cultural Challenge*, New York: St. Martin's Press, 1989, 69。
⑤ George Gissing, *The Collected Letters of George Gissing*, vol. 3, ed. Paul F. Mattheisen, Arthur C. Young and Pierre Coustillas, Athens: Ohio University Press, 1992, 39.
⑥ Ibid., 59.
⑦ Ibid., 66.

创作过程中，小说的重心曾一度转移到爱格雷蒙特这位"理想主义者"身上。① 但是，作者最终还是将女主人公的名字定作小说题目。正如戴维·洛奇所说："给作品选定一个书名是创作过程中一个重要的步骤，因为这个书名可以精练地把小说的内容提示出来。"②《瑟尔萨》也不例外。作者亦是通过为小说命名来提示读者，瑟尔萨才是小说的首要人物。如果我们从小说中反复出现的瑟尔萨的面貌描写入手，就会发现整本小说确实是围绕瑟尔萨而展开的。小说旨在通过瑟尔萨的面貌变化，充分表现其生活状态，质疑工具理性制约下的现代生活。换言之，容貌变化构成了小说中的另一条结构主线。它与以爱格雷蒙特为中心的主线交织在一起，深刻揭示心智培育与生活质量的关系。

一、从"病态"的"甜美"到"无法言说的甜美"：瑟尔萨的生活旅程

意大利学者弗朗西斯科·玛洛尼（Francesco Marroni）曾指出，《瑟尔萨》一书呈现一种三重结构，反映了瑟尔萨的"存在旅程"（existential journey），即从"天真"到"体验"再到"赎罪"的存在过程。③ 小说中有三处瑟尔萨面貌描写，恰好也反映了其存在状态的转变。它们看似孤立无涉，却都侧重描述瑟尔萨的精神状态，从精神生活的层面来体现她的存在旅程。不过，与玛洛尼的说法不同，瑟尔萨的存在旅程并非一味走向"赎罪"，而是一个生活质量不断得到提高的过程。

在初次露面时，瑟尔萨给人留下的印象是"病态"的"甜美"。④ 一方面，叙述者精心描绘了她容貌的"甜美"：她"脸上的每一根线条都显得精致、协调和甜美"（58）。另一方面，叙述者用了更多的笔墨刻画了瑟尔萨"稍显病态的面相"（58）。在这段面貌描写中，首先提及的是她"无事可做"地坐在家中的样子（58）。玛洛尼注意到，瑟尔萨此时处于一个"封闭空间"之中，并且指出，作为一种"生存范式"，该空间"含蓄地设定了女主人公处于一种不满足与焦躁的状

---

① 小说中，爱格雷蒙特因其理想化的教育计划而被他的朋友称作"理想主义者"。
② 戴维·洛奇：《小说的艺术》，卢丽安译，上海：上海译文出版社，2010年，第230页。
③ Francesco Marroni, "'Thyrza': Gissing, Darwin and the Destinies of Innocence," *The Gissing Journal* 34, no. 3 (1998): 7.
④ George Gissing, *Thyrza*, Brighton: Victorian Secrets, 2013, 58. 以下该小说引文均出自此版本，仅随文括注出处页码，不再一一详注。

态中"。① "不满足"和"焦躁"二词准确地定位了瑟尔萨"病态"的症状,并且揭示瑟尔萨的"病态"并非来自肉体,而是与她的精神状态有关。而且,从整段面貌描写来看,我们还可以进一步推断,叙述者意图凸显的是产生"病态"面容的原因——瑟尔萨空虚乏味的生活现状。她全然没有"对生活的自发的愉悦",既"没有要参与任何活动的念头",也"没下过决心去做什么事情"(58—59)。玛洛尼认为,此时的瑟尔萨处于"天真"(innocence)阶段,即"接受兰贝斯地区(按:瑟尔萨居住的地区)贫穷现状"的阶段。② 当然,从瑟尔萨的年龄来看,她当时尚不满 17 岁,的确还算是处于"天真"阶段。但是,在整本小说中,瑟尔萨从未对尚欠富足的物质生活感到苦恼。其"病态"实乃延续了穆勒(参见本书第一章第一节)在 20 岁时所遭遇的困境。她似乎也在用同样的问题拷问自己:"如果生活中所有的目标都实现了……这是巨大的喜悦和幸福吗?"③ 她的精神困境令其面容中缺失了花季少女应有的生气和活力。因此,她的生活质量并没有随着物质生活的改善而提高,反而处于一个令人担忧的水平。

  后两处的面貌描写相继出现在瑟尔萨不幸去世之后,折射出截然不同的生活质量。首先,在她刚去世时,小说中有一段简短的面貌描写。她的脸上"没有丝毫的痛苦",只见一种"安宁的、没有瑕疵的美"(520)。此处叙述者除了依旧肯定瑟尔萨的美貌,更加关注的仍然是她的精神状况。"安宁"一词提示,她在去世前不再"焦躁"和"不满足",而是摆脱了起初那种精神"病态"的生活。之后不久,在爱格雷蒙特观看瑟尔萨的遗像时,又有一处容貌描写。这是一幅瑟尔萨刚去世时,一位知名画家为其画的遗像。叙述者似乎全然无视瑟尔萨的美貌,而是着力渲染了画像中所透露的生机。最概括的一句就是"在寥寥几笔的粉笔线条中,瑟尔萨活过来了"(531),展现了遗像中的瑟尔萨虽死犹生的魅力。可见,瑟尔萨并非如帕特里克·布里奇沃特(Patrick Bridgwater)所言,"最终否定了生命意志",④ 而是洋溢着生命与希望。所以,叙述者最后告诉读者,瑟尔萨的脸上有着一种"无法言说的甜美"(531)。它与

---

① Marroni, "'Thyrza'," 8.
② Ibid., 7.
③ Mill, *Autobiography*, 89.
④ Patrick Bridgwater, *Gissing and Germany*, London: Enitharmon Press, 1981, 54.

瑟尔萨第一次露面时的"甜美"形成强烈反差：后者是一种外在的形态美，属于"典型的美"；① 前者"无法言说"的特征则表明它已经超越了外在的美，进入了内在精神层面，是一种内外结合的完美。总之，无论是"安宁的美"，还是"无法言说的甜美"，瑟尔萨的遗容都揭示了这样一个事实：在她短暂的生命中，她的精神生活得到了充实，整体生活质量因此得到了显著提高。

上述三处瑟尔萨的容貌描写实际上构成了小说结构的另一条主线，既揭示了她的"存在旅程"，也反映了她从空虚走向充实的生活状态。而且，其生活状态的转变隐含了一个重要的文化命题，即精神生活与生活质量的关系。从小说的创作年代来看，关于该命题的探讨有着积极的社会意义和文化意义。

其一，叙述者在瑟尔萨的面貌描写中植入了现代社会关于生活质量的转型焦虑。作为构成生活质量的组成部分，精神生活是当时的一个重要社会问题。据阿尔梯克（Richard Altick, 1915—2008）考察，"在维多利亚时代，人民大众的生活质量首次成为一个紧迫的社会问题"。② 自启蒙运动以来，工业化及其相关行业的发展对人们的生活产生了巨大影响。到了维多利亚时代，工业化极大地改善了人们的物质生活条件。但是，机器生产的浪潮同时也推动了工具理性的蔓延。当理性蜕变成工具理性时，它排斥人文理性，鼓吹狭隘的实用和物质至上的教条，反而囚禁了人类的精神生活，由此引发了社会对人类总体生活质量的普遍关注。在此背景下，瑟尔萨生活质量的改变就具有了非同寻常的社会意义。一方面，在这本吉辛自称是"包含伦敦工人阶级生活的精神状况的书"中③，关于瑟尔萨和她周围工人们的生活描写以吉辛的长期观察为基础，真实反映了当时工人的生活质量。随着物质生活条件的提高，他们的精神却愈加贫乏。在空余时间里，他们要么去酒吧喝酒消磨时间，要么翻看一些低俗读物，过着空虚的生活。当有机会参加免费的文学讲座时，他们或是断然拒绝，或是勉强参加。虽然瑟尔萨没有参与上述活动，但是她无所事事的"病态"面容也同样是精神空虚的表现之一。借用卡莱尔的话说，他们"不仅双

---

① 约翰·罗斯金：《现代画家 2》，赵何娟译，桂林：广西师范大学出版社，2005 年，第 178 页。
② Altick, *Victorian People and Ideas*, 238.
③ Gissing, *The Collected Letters of George Gissing*, vol. 3, 48.

手变得机械,连头脑和心灵亦是如此"。① 换言之,他们的生活染上了机械病,陷入精神异化的生活之中。另一方面,瑟尔萨"病态"面容所隐含的"不满足"则对整个现代生活质量提出了质疑。即使是瑟尔萨最亲密的姐姐莉迪娅也认为,瑟尔萨的精神诉求"缺乏生活所要求的实用特性"(72)。虽然莉迪娅也是一名女工,但是她的看法反映了包括工人阶级在内的整个社会对精神生活的普遍态度。斯隆(John Sloan)就曾指出,与吉辛的另一本工人阶级小说《德莫斯》(Demos,1886)不同,《瑟尔萨》"不再把物质唯上和工业主义的出现归罪于工人大众"。② 小说中大部分中产阶级在评论爱格雷蒙特的文学教育计划时,也发出了与莉迪娅相似的声音。他们利欲当先,认为实用性可以凌驾于一切生活之上。一如海尔佩林(John Halperin)所言,小说"大量讲述了城市生活质量的问题"。③ 因此,瑟尔萨对莉迪娅的回答也就发起了关于现代工业化时期人们总体生活质量的辩论。她针锋相对地反问:"生活从来没有任何变化。你怎么可能日复一日地如此快乐?"(75)这一问无疑是在斥责工具理性苛求下的现代机械刻板的生活,并且宣告无视精神追求的生活不可能是高质量的生活。

其二,容貌描写中对"甜美"一词的强调,彰显了瑟尔萨生活质量提高的文化意义。如果说其生前的外貌"甜美"属于"天真"的存在阶段,那么其死后"无法言说的甜美"则远非玛洛尼所称的"赎罪"阶段,而应如古德(John Goode)所言,是"神化"(apotheosis)阶段。④ 这种"甜美"的内化令人联想起阿诺德的"光明与甜美"一说。事实上,小说中就直接提到了"光明与甜美"。在介绍另一位工人乔•伯恩斯时,叙述者就指出,对于这位饱受"时代精神"毒害的人而言,"非实用的甜美与光明是一剂无力的解药"(193)。正像玛洛尼所说,这里提及阿诺德的光明与美好"并非巧合"。⑤ "非实用"一词与上述莉迪娅等人对生活"实用特性"的膜拜形成呼应,既指出实用至上的观点盛行一世,更强调只有对像瑟尔萨一样注重精神追求的人来说,"光明和甜美"才是时代的解药。

---

① Thomas Carlyle, *Selected Writings*, London: Penguin Books, 1971, 67.
② Sloan, *George Gissing*, 69.
③ John Halperin, *Gissing: A Life in Books*, Oxford: Oxford University Press, 1982, 93.
④ 约翰•古德认为,瑟尔萨的死亡实际上是一种神化(apotheosis)。详见 John Goode, *George Gissing: Ideology and Fiction*, London: Vision Press, 1978, 102。
⑤ Marroni, "'Thyrza'," 17.

此处实用的"时代精神"指向盛行于 19 世纪英国的功利主义。它源于理性之畸变,推行"幸福微积分"的概念,认为人类幸福同样具有物质性,可以精确测量。① 上述工人们的业余生活表明,此等机械幸福观渗透社会生活的各个层面,使人们身处物质陷阱而不知自拔。瑟尔萨脸上的"不可言说的甜美"则暗示,她秉承了阿诺德在《文化与无序》中倡导的"光明与甜美"的精神,拒绝尾随众生,欲与物质唯上的时代精神相抗争。该书中有一个关于文化的定义,即"世界上最优秀的思想和言论"。② 它注重"心智和精神的内在状况",③ 与机械和物质文明相对峙。据此,瑟尔萨对"甜美和光明"的追求也就有了阿诺德式的文化意义。更重要的是,它超越了文化作为"心智的普遍状态或习惯"这一层面。④ 这是因为到了瑟尔萨所处的 19 世纪后期,文化又获得了一种新的含义,即"包括物质、智性、精神的整体生活方式"。⑤ 她的"不可言说的甜美"是外貌"甜美"与内在"甜美"的综合体,体现了上述三个方面的生活方式。换言之,瑟尔萨精神追求的文化意义在于:它既挑战了整个时代将实用奉为唯一行事原则的生活方式,也深化了如何应对文化危机的思考。

二、瑟尔萨的眼睛:"永久的书"与生活

瑟尔萨的容貌变化不但直接反映其生活质量提高的事实,而且提示了一个更加重要的文化问题,即她的生活质量是如何提高的,或是如何从外貌"甜美"抵达整体"甜美"的。这个问题涉及玛洛尼所说的瑟尔萨"存在旅程"中的第二阶段——"体验"的阶段。它关乎生活的具体过程,比最终的结果更具现实意义。不过,马尔茨(Diana Maltz)把瑟尔萨的胜人之处归结于生物学的原因,即她的母亲曾是一名教师。⑥ 但是,在上述容貌变化中,至少有两处细节表明,生物遗传远非影响瑟尔萨生活的主要原因。它们分别是她的眼睛和嘴唇,

---

① Roland Stromberg, *An Intellectual History of Modern Europe*, Englewood Cliffs: Prentice-Hall, 1975, 253.
② 马修·阿诺德:《文化与无政府状态》,第 31 页。
③ 同上,第 11 页。
④ 雷蒙·威廉斯:《文化与社会:1780—1950》,高晓玲译,长春:吉林出版集团有限责任公司,2011 年,第 4 页。
⑤ 同上。
⑥ Diana Maltz, *British Aestheticism and the Urban Working Classes*, 1870 - 1900, New York: Palgrave Macmillan, 2006, 189.

两者在小说中多次出现,与上述结构主线暗中应和,共同揭示心智培育实乃促使瑟尔萨生活质量提高的根本原因。

在小说首尾两处,瑟尔萨的眼睛透露出不同的神情。初次露面时,瑟尔萨拥有一双"充满光泽的大眼睛"(58)。不过,只需对照她的整体"病态"面容,我们就不难发现,她眼睛里的光泽只是一种表象。她的脸上不但缺少生气,而且使人觉察到她有一种说不出的烦恼。当被问及究竟是什么困扰着她时,她就回答"我感到无聊(dull)"(60)。虽然她一再表示,她"应该去看看新的地方"(75),"想了解一些东西"(75),但是,"无聊"一语表明,即便她渴望摆脱僵化的生活,她还是找不到未来生活的方向。由此可见,她眼神迷茫是有其深刻原因的。与之相反,她的遗像却呈现出截然不同的眼神。她的眼睛"热切地"看到了"一些能够强烈唤起她的存在的东西"(531)。此处的"存在"既是海德格尔(Martin Heidegger, 1889—1976)所寻求的人的存在意义,亦是沃特·佩特(Walter Pater, 1839—1894)所说的"生活的目的"。[1] 显然,瑟尔萨在临终前已经找到了改变生活的途径,同时也重新获得了少女的生机和活力。

那么,瑟尔萨眼中看见的到底是什么呢?小说中间还有多处关于眼睛的描写。它们与上述两处的眼神变化相呼应,揭示那种"强烈唤起她的存在的东西"正是心智的培育。

当瑟尔萨的眼睛看见邻居吉尔博特·格雷尔家中的书橱时,她开始萌发心智培育的意识。格雷尔的起居室里摆放着一个六英尺高的书橱,里面装的不是一般大众阅读的廉价书刊,而是涉及历史、传记、诗歌和小说的书籍,传递着阿诺德所说的"世界上最优秀的思想和言论"。[2] 它们"给她留下强烈印象"(83)。"在她眼里,这些书就是一个不同寻常的图书馆"(83)。对于作为19世纪七八十年代的女工瑟尔萨而言,上述反应正是"强调了她缺少教育"。[3] 受益于1870年教育法案,这个时代的工人大都能够识字。但是,该法案仍然是工具理性的产物,其目的是培养能够操作机器的工人,让英国跟上世界工业竞争的步伐。根据1872年《教育法规修订本》中列举的教育标准,此类教育仅涉及

---

[1] Walter Pater, *Appreciations, with an Essay on Style*, Rockville: Arc Manor, 2008, 38.
[2] 马修·阿诺德:《文化与无政府状态》,第31页。
[3] Gillian Tindall, *The Born Exile*, New York: Harcourt Brace Jovanovich, 1974, 91.

阅读、写作和算术三个方面。阅读的最高标准只是能够流利朗读报纸上或其他现代记叙文中的一小段文字。① 这种教育制度教授的只是作为科技交流工具的语言，却忽视了心智的培育。当瑟尔萨的眼睛在书间移动时，她的心中产生了"一种敬畏的感觉"(83)。换言之，这些传递着"诗意语言"的书籍如同阿诺德笔下的雷电激发了瑟尔萨的"存在意志"。② 她的眼神表明，她开始意识到在书中有着"某些远离她那单调生活的东西"(72)，能够改变她的生活方式。随后，在格雷尔的引导下，她通过阅读"永久的书"这一心智培育行动来充实生活，③ 提高生活质量。从此，瑟尔萨进入了"存在旅程"的第二阶段——"体验"的阶段。④

与瑟尔萨的眼睛形成鲜明对比的是其他几双陷入精神沉沦的眼睛。以参加爱格雷蒙特文学讲座的工人们为例。唯利是图的工头鲍尔的眼睛"又小又精明"(106)，在听讲座时，他的眼睛却瞪得跟猫头鹰一般大(109)，清楚地表明他无法理解讲座的内容；约瑟夫·伯恩斯的眼睛同样透露出他在理解文学作品方面的困难；其他的几双眼睛则要么鬼鬼祟祟地偷看手表，要么在教室里漫无目的地扫动(107)。这些眼神一致表明，虽然当事人接受了教育法案推行的教育，但是仍然处于"半文盲"阶段。⑤ 1870年教育法案在20世纪前培养了大量能够读写的人，其人数在总人口中所占的比例超过了英国历史上的任何时期。⑥ 在19世纪后期的教育家眼中，这种普遍教育将会"对整个民族的文化转变产生不可思量的结果"。⑦ 但是，上述工人们听讲座的态度显示，就作为"整体生活方式"的文化而言，这种貌似进步的转变却利弊交杂。此类教育只重实用价值，传授的价值观念仅仅重视那些可以衡量和算计的东西，也就是工具理性唯上，压抑智性，封闭心灵。小说中大多数的工人仍然属于"未受教化"的人

---

① 详见"Elementary Education Act 1870," http://en.wikipedia.org/wiki/Elementary_Education_Act_1870#Effects_of_the_Act.html (accessed July 20, 2012).
② 阿诺德在《被埋葬的生活》("The Buried Life")一诗中描写了这样一种诗性感受："一道霹雳回击我们的胸膛，/情感的脉搏重新开始跳动。"
③ 约翰·罗斯金：《芝麻与百合》，翟洪霞、余艳译，北京：外语教学与研究出版社，2010年，第17页。
④ Marroni, "'Thyrza'," 7.
⑤ Sloan, *George Gissing*, 69.
⑥ P. J. Keating, *The Haunted Study: A Social History of the English Novel 1875–1914*, London: Secker & Warburg, 1989, 40.
⑦ Ibid., 4.

(213),"正从机器操作者沦为机器本身"。① 面对失掉价值尺度的世界,他们的生存意义模糊,意识不到心智发展可使他们再次找到生活的意义。他们很快就退出讲座,重回以往的空虚生活。伯恩斯就不加辨别地把世俗化的宗教册子带回家,并给自己的孩子看;拒绝参加讲座的鲁克·阿克罗尔德则走到极端,只愿意购买机械类书籍,排斥文学,甚至还认为爱格雷蒙特的文学讲座是另一种"镇压工人运动的保守疗法";② 其他女工则痴迷于一些廉价的低俗杂志。总之,他们或是割裂传统,失去精神依托;或是沦为科技理性的附庸,或者说成为工具理性蔓延后高涨的低俗趣味的俘虏。可以说,他们的眼睛处于柯勒律治所描述的那种精神麻痹的状态——"有眼睛,却看不见";他们的生活则深陷"有心灵,却捕捉不到感受和理解"的状况。③

值得注意的是,上述关于眼睛的描述与男主人公爱格雷蒙特的教育计划同时展开,揭示了心智教育对生活的重要性。爱格雷蒙特援引了罗斯金的名著《芝麻与百合》,在工人中开展文学讲座,倡导心智培育。瑟尔萨的积极回应恰好契合了罗斯金在此书中所倡导的"提高人生品质"一说(79)。她通过在业余时间阅读"永久的书",④ 从而拥有"强大的心灵和心智",⑤ 以便领悟人生,实现提高人生品质这一目标。如果说那些机械的眼睛说明此类教育计划难逃失败的厄运,那么瑟尔萨满怀敬畏的眼睛则表明她不但间接介入了爱格雷蒙特的计划,而且为实现他的理想提供了一种可能。从此,她的"存在旅程"开始启航,驶向"光明与甜美"的彼岸。

三、瑟尔萨的歌声:音乐与生活

瑟尔萨面容中另一个值得关注的细节是她的嘴唇。在她去世后,叙述者首先提及她的嘴唇:"(她的)双唇自然闭合,似乎还要张开歌唱"(520)。这一细节看似轻描淡写,可是在简短的遗容描述中显得格外醒目。它既表现了瑟

---

① John Ruskin, *On the Nature of Gothic Architecture: And Herein of the Functions of the Workman in Art*, London: Smith, 1854, 9.
② Sloan, *George Gissing*, 71.
③ Samuel Coleridge, *Biographia Literaria, or, Biographical Sketches of My Literary Life and Opinions*, Princeton: Princeton University Press, 1983, 7.
④ 约翰·罗斯金:《芝麻与百合》,第 17 页。
⑤ 同上,第 79 页。

尔萨对音乐的热爱,又与她生前此起彼伏的歌声互相交织,展现其生活变化和心智发展的另一方面——音乐才能的培育,再次展示她抵达"不可言说的甜美"境界之历程。

首先,瑟尔萨的歌声经常伴随着她的生活变化而出现。随着歌声的不断响起,她的生活质量一直在提高。在第四章中,正为枯燥生活而怨叹的她偶然进入一个工人慈善聚会,并被邀请演唱。她虽然心中有不少顾虑,但是在张嘴歌唱时,竟然陶醉其中,逐渐进入忘我的境地。她蓦然发现,音乐能够帮助她获得无功利的快感,使她从单调的机械生活中得到解脱。恰如这一章的标题"瑟尔萨歌唱"所示,歌声是她生活中的一个重要部分。

在第十三章"瑟尔萨再次歌唱"中,瑟尔萨的歌声再次与生活联系在一起。在走进爱格雷蒙特出资建造的免费图书馆时,她低声哼唱着"完全发自内心的音乐"(174)。玛洛尼曾经强调这一情节的重要性,不过他关注的是瑟尔萨单独参观图书馆的行为,认为其背后有一种无意识的动机,即摆脱社会规约及姐姐莉迪娅和格雷尔的监管。[①] 然而,上述情节是以爱格雷蒙特的视角展开的。在听到歌声之前,他既没有见过瑟尔萨,也不知道瑟尔萨独自前往图书馆。可能的情况应该如古德所认为的那样,"把爱格雷蒙特吸引到瑟尔萨身边的是她的声音"。[②] 因此,这段情节的重点应是瑟尔萨的歌声。歌声中充满由衷的喜悦,其无意识的流露既与她的生活现状有关,又源自她对未来生活的憧憬。一方面,阅读"永久的书"充实了她的精神生活;另一方面,她即将成为图书馆的女主人,将有机会栖居于"诗意语言"的寓所中,进一步发展心智,不断提高自己的生活质量。

当瑟尔萨的歌声在第十六章"大海的音乐"中再次响起时,她终于实现了去海边看看的梦想。对于饱受机械生活压迫之苦的瑟尔萨而言,这次海边之旅"扩大了她对世界的认识","在她的成长过程中是一个重要的时刻"。[③] 更重要的是,它标志着瑟尔萨新生活的开始。在旅行中,考虑到婚期将至,又来不及赶回工厂上班,她决定辞去工作。如果说利用业余时间阅读是她为提高生

[①] Marroni, "'Thyrza'," 18.
[②] Goode, *George Gissing*, 102.
[③] Marroni, "'Thyrza'," 20.

活质量做出的第一次人生选择,那么辞工一事是她又一次为寻求存在价值做出的自由选择,象征着她彻底告别原来的机械生活,全面开启新的生活。

其次,瑟尔萨的歌声还反映出,生活质量的提高与她的心智发展有着密切关系。瑟尔萨在图书馆中的欢唱表明,她的心智在阅读过程中得到了发展,进而帮助她寻找生活的意义,使她不再为机械的生活而感到窒息。一个典型的例子就发生在"大海的音乐"一章中。一听到黑斯廷斯(Hastings)这个地名,她马上联想起历史上著名的黑斯廷斯战役;① 遥望大海对面的法国,她随即想起诺曼底人对英格兰的征服,以及来自法国的威廉大帝。显然,"诗性语言"的学习使瑟尔萨赋予无意义的世界以价值,让她从身边枯燥的事物里找到生活的乐趣。可见,良好的心智发展让她的生活状态得到改善。更加重要的是,在这次海滨旅行中,她开始萌发了另一种心智培育的决心。在听到优美的钢琴演奏后,她的目光中充满"仰慕和喜爱"(213)。对于喜爱音乐的她来说,美好的音乐给她的生活注入更多的生机和活力。这一发现不亚于她看到格雷尔书橱时所感受到的震撼,促使她开始对音乐孜孜不倦的追求。同格雷尔书架上的书一样,音乐作为另一种"诗性语言"也有助于心智培养。难得的是,即便在爱格雷蒙特完全放弃了他的教育计划之后,瑟尔萨依然坚持声乐学习。如学者大卫·格莱尔斯(David Grylls)所言,当前者在倒退时,后者却在提高自己。② 她实际上是在"追求一种自我培育的计划"。③ "诗性语言"渡她于漫漫苦旅,并且赋予生活更多的文化意义。

与小说中其他人物对音乐的态度相比,瑟尔萨对音乐的追求具有特别重要的生活意义。莉迪亚和奥蒙德夫人是两位与瑟尔萨接触最多的人物。前者素来反对瑟尔萨在大庭广众之下唱歌。这正是造成瑟尔萨在聚会演唱前顾虑重重的原因。在得知瑟尔萨的演唱后,莉迪娅大发雷霆,认为唱歌没有任何实用价值,并且要瑟尔萨保证以后不再在公众场所唱歌。奥蒙德夫人也不支持她学习声乐。该夫人是一慈善家,专门收留穷人的孩子。她虽然知道瑟尔萨

---

① 黑斯廷斯战役是诺曼征服的第一场战役。
② David Grylls, *The Paradox of Gissing*, London: Allen & Unwin, 1986, 145.
③ Constance Harsh, "George Gissing's *Thyrza*: Romantic Love and Ideological Co-conspiracy," *The Gissing Journal* 30, no. 1 (1994): 2.

热爱音乐,却表现冷淡,从不鼓励她学习音乐。她的这种态度很好地代表了当时中产阶级对生活的普遍态度——只知物质满足,摒弃精神诉求。可以说,无论是莉迪亚还是奥蒙德夫人,她们都是现代工具理性体系的拥趸者。然而,瑟尔萨却不同。她一直对音乐表现出强烈的热情。"音乐总是震撼着她的心灵,使她渴望歌唱的欢乐"(66)。也就是说,对瑟尔萨而言,音乐是一种发自内心的体验。在她的初次演唱中,她就体验到了音乐对生活的意义,找到了机械生活中没有的欢乐。她满腔热情、"纯洁又甜美"的声音"深深地打动了听众",让他们"沉浸在享受美好事物的气氛中"(67)。歌声颇具冲击力,言说生命的意义,呼唤人们心中久经压抑的生活激情。这种心醉神迷的体验有着酒神般的力量,促使她不再畏惧莉迪娅颇具功利性的控制,连续在聚会上歌唱。从此,瑟尔萨死水微澜般的生活发生了转机,久违的年轻活力被唤醒。在之后的声乐学习中,她进一步领悟到音乐与精神生活的关系,意识到"灵魂是每个音符的源泉"(431)。塞利格(Robert Selig)将这个学习过程视为"一个关键性的转变",并称瑟尔萨被赋予了一个"艺术家的灵魂"。[①] 这种灵魂充满生机,充分调动她的生命力和想象力。即使生活遭遇种种坎坷,她依然能发出来自内心的歌声。她的歌声代表一种喜悦的智慧,唤醒被理性世界所压抑的生命力,令美好生活成为可能。

　　同样需要注意的是,瑟尔萨是在爱格雷蒙特的教育计划失败后开始音乐学习的。她对音乐的追求依然蕴含了"提高人生品质"的动力,这实际上延续了爱格雷蒙特那夭折的教育理想。她在音乐中进入了纯粹的审美状态,成为"一个理想化的审美天使"。[②] 这也是爱格雷蒙特在文学讲座中期望的结果。她坚持不懈的审美体验让她感受到生命力的丰盈,成为她"灵魂深处的秘密"(531)。这种体验矛头直指缺乏审美的现代机械式生活,让她挣脱工具理性的束缚,抵达"光明与甜美"的目的地。因此,她那张充满强烈歌唱欲望的遗容散发着俄耳甫斯[③]般的魅力,用歌声感染周围的人们,激励他们共同追求美好的生活。

[①] Robert Selig, *George Gissing*, Boston:Twayne, 1983, 31.
[②] Ibid.
[③] Orpheus,希腊神话中的著名歌手,能用歌声使顽石点头、猛兽俯首。

学者布里奇沃特曾对瑟尔萨作出如下评价："瑟尔萨是一位叔本华式的女英雄。她的确是一个圣人，因为她最终否定了生命意志。她始终美貌，却只有在死亡中才能获得完美，而且她所受的苦难直接造就了她的完美"。① 但是，上述容貌描写表明，虽然瑟尔萨的早逝令人惋惜，但她远非叔本华式的英雄。与爱格雷蒙特昙花一现的文学教育计划相比，她的生活表现出强烈的生命力。如果说爱格雷蒙特的失败是"一场美好意图的悲剧"，② 那么瑟尔萨则虽败犹荣。她的心智发展过程既伴随爱格雷蒙特的教育计划展开，又在该计划失败后继续深入。它不但延续了爱格雷蒙特所推行的罗斯金式的教育理念，而且将心智培养的范围从罗斯金提倡的阅读扩展到音乐艺术，发扬了阿诺德所提倡的对"世界上最优秀的思想和言论"的追求。面对失去精神支柱的现代生活，她大发杞忧，竭力突破工具理性的封锁，即使毫无胜算，也要显示出凤凰涅槃的勇气。她的遗像昭示：她已然成长为一名"既具有文化又举止优雅的女性"。③ 她直面人生，又超越了人生；她的精神选择最终打动了奥蒙德夫人，促使后者主动邀请著名画师画下她的容貌。如果说爱格雷蒙特是"阿诺德式的文化使者"，④ 发起了一场"文化之旅"，⑤ 那么瑟尔萨则是坚定的文化实践者。她通过心智的培育，不断提高自己的生活质量。可以说，小说展示的既是瑟尔萨的"存在旅程"，也是作为"整体生活方式"的"文化之旅"，并且宣告生活必须关注心智培育。或许正是出于这一原因，吉辛才把"瑟尔萨"作为小说的题目，并且视其为他"最美丽的梦想之一。他曾经拥有过这梦想，或者说应该拥有这梦想"。⑥

---

① Bridgwater, *Gissing and Germany*, 94.
② Grylls, *The Paradox of Gissing*, 44.
③ Lewis D. Moore, *The Fiction of George Gissing: A Critical Analysis*, Jefferson: McFarland, 2008, 83.
④ Sloan, *George Gissing*, 80.
⑤ Ibid., 72.
⑥ Gissing, *The Collected Letters of George Gissing*, vol. 3, 76.

第七章

文学景观背后的秩序诉求

在19世纪英国,作为文化的"秩序"观念比以往更深入人心。秩序诉求,跟先前各章里的转型焦虑、共同体诉求、心智培育/伦理关怀,以及对美好生活方式的向往一样,构成了文化大命题的一个重要侧面。

熟悉英国历史的人都知道,早在19世纪以前,英国人就十分重视秩序的延续性。例如,不管是什么样的政治/经济改革,都以不破坏秩序为前提。到了19世纪,对秩序延续性的强调增加了,这是因为社会转型焦虑加深了。如本书先前各章,尤其是第一章所示,由于转型速度日益加快,社会矛盾日益尖锐,因此才有了阿诺德所说的"失序"(anarchy)倾向,也就有了乔治·爱略特所呼吁的"有机"(organic)发展观,更有了罗斯金所提倡的"治理"(government)与"合作"(cooperation)。威廉斯曾经说得很明白,罗斯金所说的"治理"与"合作",就是当年阿诺德所说的跟"无序"相对照的"文化"(参见本书总序)。除了阿诺德、爱略特和罗斯金,为作为秩序的文化添砖加瓦的19世纪英国文人还有许多,如狄更斯。秩序主题在海洋文学作品中尤为突出——航海是英国生活中关键的一环,一艘船、一个船队就是一个微缩的社会,一遇风浪,秩序就生死攸关。因此,我们从海洋文学作品入手,探讨其背后的秩序诉求,是顺理成章的。就19世纪而言,最出色的英国海洋文学家包括金斯利、史蒂文森和康拉德。本章前三节就分别探讨这三位作家作品中的秩序诉求。最后一节选择吉辛的作品,因为其中有一个别开生面的秩序主题。

第一节
拯救婚姻：《向西去啊！》的秩序寓意

《向西去啊！》(*Westward Ho!*, 1855)是英国作家金斯利创作的一部借古喻今的历史小说。过往评论普遍认为，这部小说充斥着让人不安的种族主义倾向，它由此长期受到不公的冷落。事实上，金斯利是19世纪英国文化批评传统中的重要人物，而《向西去啊！》则集结了作者全方位的文化反思——它关注了伊丽莎白时期的英国和西班牙争夺海上霸主这一历史事件，以平民英雄艾姆亚斯"英雄救美"的三次出海为主要线索，在挖掘理想婚姻价值体系的同时展开共同体想象，表达秩序诉求。整部小说的主题和海洋密切相关。金斯利试图告诉人们：一个有序的共同体离不开健康的婚姻和家庭关系，而后者又离不开心智健全的女性和母亲。在机械文明时代，工具理性的盛行撼动了原有的共同体秩序，婚姻被异化，女性沦为牺牲品；维多利亚人必须出走英格兰，在航行中接受新的价值体系，激活沉睡的美德。本节拟从平民英雄的出海活动所象征的秩序寓意入手，进而探讨女主人公罗斯和阿萨卡诺拉的悲剧背后的意义，由此讨论金斯利对健康婚姻体系和共同体秩序的思考。

一、一船一世界：平民英雄一路向西之为何？

《向西去啊！》中的船，具有深刻的文化寓意。一艘船可以是一个理想共同体的缩影。主人公艾姆亚斯一生三次出海航行，每一次都抱着救赎爱人的理想。艾姆亚斯一路向西，象征着用审美现代性对抗机械现代性的征程。金斯利对于机械时代的文化焦虑跟卡莱尔颇有渊源，后者率先对"机械时代"表达了焦虑：

这是个机器的时代，无论是从字面还是内涵上来说都是如此。如今没有一件东西是直接做成或手工做成的,一切都是通过一定规则和计算好的机械装置来完成的。……人们不仅双手变得机械,连头脑和心灵亦是如此。他们对个体的努力和自然力量都已丧失了信心。他们期盼和追求的不是内在的完美,而是外在的组织和安排,是机构和政体——是这样或那样的"机制"(mechanism)。……智性,这一人类赖以认知和信仰的力量,如今近乎与"逻辑"等同,被看作编排和沟通的能力。发挥智性的方式不再是"沉思",而是"论证"。……对于任何对象,我们的首要问题不再是"什么?"而是"如何?"……我们以"故而"代替了"为何"。无论是涉及人或是神的事,我们都自有一套理论来应付。……这种对于身强力壮者的崇拜已经蔓延至文学领域……我们称赞一部作品时不再说它"真",而是说它"强";我们对文学作品的最高评价是它"打动了"我们。①

金斯利沉淀了卡莱尔的文化焦虑。在他的文学想象中,理想社会价值体系是有机生成的,它依靠的是普通人的信念和美德,而非机械的聚合。多位学者曾关注过金斯利文化观中的审美和诗意特质。譬如,殷企平曾经指出,金斯利跟卡莱尔和阿诺德一样,"质疑自己所处的'机械时代',他把文化定格在'优雅'、'和谐'以及用诗体表达思想的习惯"上。② 李靖也曾提出,"机械化进程的华美乐章与维多利亚人审美情操的沦丧形成强烈反差。金斯利的小说《酵母》(*Yeast*,1851)、《奥顿·洛克》(*Alton Locke*,1850)和《水孩子》(*The Water Babies*,1863)传承并发扬了卡莱尔、阿诺德等人的文化焦虑和愿景,将诗性思考作为培育心灵的途径"。③ 上引两段文字中的"优雅""和谐"和"文化愿景"都与秩序诉求有关。

工具理性撼动了英国社会原有的价值体系,其表现之一是传统婚姻观的瓦解。《向西去啊!》提出了一个重要的文化命题:有机的共同体秩序和健康的婚姻依靠什么来维系?在金斯利看来,靠的是平民英雄。这一思想可以追

---

① 转引自雷蒙·威廉斯:《文化与社会:1780—1950》,第 81—83 页。
② 殷企平:《"文化辩护书"》,第 121 页。
③ 李靖:《诗性反思与心灵培育——金斯利文化反思的内涵和表现形式》,《解放军外国语学院学报》,2012 年第 4 期,第 107 页。

溯到卡莱尔。后者衡量英雄的标准不是取决于身份地位，而是取决于诚恳，就如下面这段文字所说的那样："他该是真诚的，否则就无法让人信服他的伟大。在成就伟人的诸多因素中，真诚是根本，是首要因素……诚恳——深切、伟大、真实的诚恳——是一切带有英雄品质者的首要特点。"① 同卡莱尔一样，金斯利也认为普通人的美德是维系社会秩序的关键，而这美德除了诚恳之外，还包括勇气，即与机械时代抗争的勇气。

在《向西去啊!》的开篇，金斯利就对海港小镇比迪福德的无名英雄表达了敬意，甚至直言：

我写这本书，是为了纪念这些人，纪念他们的征程与战斗，信念与勇气，他们英勇的一生象征着至死不渝。有时，我也会想一改往日过于呆板僵硬、华而不实的文风。但请原谅，我要遵循我的主题。因为我宁愿这部书永久传唱而非仅仅传阅，它并不是一部小说，它是一部史诗（一些人可能会强迫自己这么写），它袒露了所有英格兰人内心的真诚，袒露了那些和特洛伊的颂歌一样精彩的事迹，就像波斯战争的胜利、马拉松比赛冠军奖杯和萨米斯战役的胜利等，说出了所有老希腊人的内心真谛。②

确实，书中以艾姆亚斯为核心的英雄群像，谱写了勇气的诗篇——更确切地说，是出走英格兰，用审美现代性对抗机械现代性的英雄史诗。

艾姆亚斯自幼就生活在宗教教条和机械的教育之中，但是他天生爱幻想，一心向往出海航行。艾姆亚斯只是个普通人，没有受过多少高等教育，对书本也没有多少兴趣，即使有些书本知识，也是被机械的教育体制生硬地塞进去的。然而，"他坚信被他叫作小妖怪的仙子的存在，也相信它们能改变婴儿，还能使蘑菇在下面发出声音，小精灵在蘑菇里跳舞。当他被烫伤或者生了百日疮时，他就跑去诺瑟姆地区，寻找一个白女巫治疗。他认为太阳是绕着地球转

---

① Thomas Carlyle, *The French Revolution*, *The Norton Anthology of English Literature*, 5th ed., vol. 2, ed. M. H. Abrams, New York: W. W. Norton, 1986, 997.
② Charles Kingsley, *Westward Ho!*, Edinburgh: Birlin, 2009, 2. 后文出自该书的引文将随文括注出处页码，不再另注。

的,并且认为月亮和柴郡奶酪是相似的。他坚信燕子整个冬天都栖息在马池的底部,像罗利、格伦维尔还有其他地位低下的人一样,用浓重的德文郡口音说话"(9)。由于上述工具理性价值体系里的"无知",公立学校高贵的学生们都嘲笑艾姆亚斯,不过年幼的他无心顾及别人的眼光,一心只想用"真诚的方式获得更多的野樱桃,并且当他足够大的时候就出海"(10)。艾姆亚斯的"无知"正是对机械时代的反讽。艾姆亚斯对19世纪的"辉煌成果"给儿童文学和科学带来的便利一无所知;"最为糟糕的是,对于那些追捧铁路的散文家所持的英国'进步'史观,他同样不知所言"(10)。

平民英雄艾姆亚斯拥有雄健的体魄,是正义和勇气的化身。早在学生时代,他经常替弱小的孩子主持公道,是小镇上的骄傲和孩子的靠山。完成出海并荣归故里后,艾姆亚斯双目失明,这也象征了力士参孙的信念和勇气。艾姆亚斯的哥哥弗兰克与他不同,是智慧和美的化身。在小说中,16世纪的文豪锡德尼(Philip Sidney,1554—1586)和斯宾塞(Edmund Spenser,1552—1599)都是弗兰克的亲密朋友,弗兰克还在德国海德堡大学担任两位德国王子的导师。弗兰克仪态俊美不凡,衣着富丽华贵。服饰是19世纪英国文化批评传统所关注的重要隐喻。卡莱尔在名著《拼凑的裁缝》(*Sartor Resartus*,1833—1834)中就借服饰表达了时代焦虑:"世人谓文字乃思想之外衣,不知文字为思想之皮肉,比喻则其筋络。"① 金斯利在小说《奥尔顿·洛克》(*Alton Locke*,1850)中响应过卡莱尔的服饰隐喻:主人公洛克是一名裁缝诗人,他的革命经历跟"裁缝"这一形象相得益彰。卡莱尔和金斯利的后继者莫里斯在乌托邦名著《乌有乡消息》(*News from Nowhere*,1890)中更是借用乌有乡居民华美的服饰呈现一个政治愿景,即创造性劳动可以带来审美愉悦感,使人获得解放,并形成良好的生活秩序。《向西去啊!》中弗兰克的衣着折射出了金斯利的文化愿景。

"向西去"是小说多次出现的主题,它意味着平民英雄用审美现代性克服机械现代性的勇气。在第二次出海营救少女罗斯前,兄弟二人在泰晤士河入海口围绕"向西去"展开对话。泰晤士河象征着英国工业文明"进步"的辉煌,

---

① 殷企平:《"文化辩护书"》,第64页。

然而艾姆亚斯却忧心忡忡,担心是否能"逃离"于此:

"这就是泰晤士河与它两岸耸立的一座座宫殿吧?"

"是的,泰晤士的河岸足够辉煌壮丽的了,然而它也不能因此番美景驻足停留,它匆匆汇入大海,大海奔流入汪洋,**一路西去**不复返啊!可能我们的人生道路也与此同样,会殊途同归,艾姆亚斯。"

"你这些奇怪的话是什么意思?"

"只有海洋伴随着静止的天空,自东**向西**,永远长流。我想的这些事有什么奇怪的吗?当我**向西边去**的时候?"

"由它导致了许多后果!我失去了最好的朋友,以及这个地球上品德最高尚的船长。更不用提我那微不足道的收入,**在那西边**的令人迷惑的港湾。"

"是的,属于汉弗莱·吉尔伯特先生的星星安置**在西边**——为什么不呢?太阳、月亮和其他的行星都**向西**坠落。"

"为什么行星坠落在这个星球?为什么不是像我这样的平凡之物,艾姆亚斯。说得真好啊,我的朋友。"**对西方**的渴望深深地扎根在这个男人的心中。"我没有抱怨过任何一个向最远处的海的方向逃离的人,就像大卫那样为寻求平静而逃离的人。"

"不抱怨任何一个逃离的人?"艾姆亚斯问,"这我可做不到。"

弗兰克很诧异地看着他,然后说:"没有。不过如果一定要抱怨谁的话,那就是你自己,因为**向西**去让你看起来太累了。"

"那你希望我去吗?"

……

弗兰克喊道:"用一颗真诚、高尚的心!我知道你会坚强的!"

"那就**向西**走吧,然后呢?"

"我们能逃走吗?"

"我们?"(333—334)

《向西去啊!》是一部以海洋为主线的历史小说,主人公在出海航行中找寻婚姻的价值,并最终通过出海重构了婚姻共同体的秩序。水流在金斯利的很多作品中形成互文,编制出文化批评的网络。在小说《酵母》中,年轻贵族兰斯洛特望着一条河流展开遐思,而他的工人阶级朋友垂夫加却告诉他,河水是滋生传染病的温床。在小说《水孩子》中,童工汤姆被贵族庄园的仆人追赶,情急之下跳入水中变成一个水孩子,思维僵化的长名字科学家却认为汤姆不过是个奇怪的水陆两栖动物而已。① 换言之,水流一方面象征着金斯利对英国工业文明中灵魂缺失的担忧,另一方面衬托出他重构共同体秩序的愿景。与金斯利的其他主要作品不同的是,《向西去啊!》中思考秩序的切入点是婚姻:一个健康的婚姻离不开心智健全的女性,艾姆亚斯的两个情人——罗斯和阿萨卡诺拉——的命运浮沉见证了共同体秩序的重构。这也是我们要在下文中讨论的话题。

二、罗斯悲剧的象征意义

罗斯是比迪福德镇长索尔顿的独生女儿,她感情真挚热烈,却耽于幻想,且想象力狂野不羁。她还执迷于一些不切实际的魔法。罗斯幼年丧母,父亲是一个唯利是图的商人,这给她后来的悲剧埋下了种子:她缺乏来自母亲的指引,尤其是面对爱情方面的抉择时。她心地善良,被(包括艾姆亚斯在内的)很多青年爱慕,但是异常的家庭共同体——或者说健康家庭共同体的缺失——扭曲了她的判断力,导致她最后悲惨死去。更具体地说,罗斯知道艾姆亚斯爱慕自己,但是由于她缺乏指导,因此一直举棋不定,致使艾姆亚斯选择出海——他第一次出海,是为了给她自由思考的空间,这一举措显示了他的真诚和勇气。可惜的是罗斯由于家庭教养的缘故,未能一下子看清这种品质。

在艾姆亚斯出海期间,艾姆亚斯的表弟尤斯塔斯也在追求罗斯,但是尤斯塔斯是一个被罗马教廷的教条禁锢了的年轻人,他的爱与骑士精神和自我牺牲精神毫无关联——在他学习教义的地方兰斯,这些品质是不被教授的,因此他的爱也不纯粹。尤斯塔斯从兰斯学到的女性知识低劣粗俗;婚姻在他看来,是一个合法化的专制行为,甚至通奸也可以被颂扬为美德或者科学。对他来说,所有的爱情都意味着情欲,所有的女人都明码标价。与此同时,可怜的罗

---

① 李靖:《诗性反思与心灵培育》,第 146、153 页。

斯因为尤斯塔斯的追求而惶恐不安,她很需要一位女性导师帮助她,因此找到了住在海边的算命女巫露西。具有反讽意味的是,当虚伪爱财的露西让罗斯坐在海边岩石上用水晶球算卦的时候,罗斯看到了意想不到的一幕:妒火中烧的尤斯塔斯出于报复心理刚刚开枪打伤了弗兰克,此时正在露西丈夫的帮助下坐船出逃。海洋的意象在这里暗示迷茫和不安,而水晶球所呈现的现实则跟《酵母》中女主人公阿吉蒙的诗歌《萨福》形成了互文。通过萨福这一形象,金斯利将共同体想象移情到了前工业时代的理想——女诗人萨福本人的诗歌澄明致远,不掺杂念:"我不能希求,用我的双臂触摸天空。"① 也就是说,萨福所象征的共同体是一个由审美秩序指引心灵的共同体,而罗斯和阿吉蒙所处的社会则是一个机械理性钳制下的伪共同体。

《向西去啊!》中的尤斯塔斯象征着英格兰本土共同体秩序的异化,而罗斯的另一个爱人古兹曼,则预示着工业文明语境下机械势力从外围向英格兰的扩张。艾姆亚斯的船队在南美洲航行的时候,俘获了西班牙没落贵族古兹曼。后者虽然骄傲虚伪,但还是受到了英国人的尊重和款待。在等待赎金期间,艾姆亚斯一行把古兹曼带回了他们的故乡比迪福德。古兹曼受邀参加了比迪福德举行的盛大宴席,并轻而易举地俘获了罗斯的心——精明老练的古兹曼总是不忘抓住时机展现他的风度和口才,并且频频向罗斯暗送秋波,恰巧他的老情人一个都不在,他更加可以为所欲为。不久之后,古兹曼便向罗斯求爱,但是他并非出于圣洁的爱,而是想和罗斯的父亲完成一桩买卖。古兹曼内心根本看不起一个普通市井商人的女儿。对他来说,迎娶后者简直跟娶一个黑人女子差不多,然而罗斯的父亲被金钱和权力所迷惑,一手将她推向命运的深渊。罗斯最后和古兹曼出海私奔,女儿的出走唤起了父亲老索尔顿的良知,他倾尽所有,为艾姆亚斯打造了一艘以"罗斯"命名的大船,让艾姆亚斯和弗兰克组建船队出海解救女儿。然而,英雄的出海行动遭遇了不测:尤斯塔斯的告密将罗斯和弗兰克送上了残酷的宗教法庭,导致他俩被押送刑场,最后安详而有尊严地死去。

罗斯的婚恋悲剧暗指失序,即有机共同体在机械时代的瓦解。金斯利旨

---

① 李靖:《诗性反思与心灵培育》,第21页。

在说明，工业文明在文化领域的扩张带来了审美和道德的缺失，女性沦为了异化婚姻的牺牲品。古兹曼作为工业扩张的象征，以外来者的形象介入代表英国传统的海港小镇比迪福德。古兹曼初来乍到时，书中有一段文字专门描写比迪福德的"桥"，它不但是地理意义上小镇的中心，也是灵魂意义上的焦点；周边的小镇也因为有了桥而生机勃勃。如果说爱丁堡因其城堡而得名，罗马因其神殿而得名，埃及因其金字塔而得名，那么（象征着英格兰的）比迪福德则凭借它的桥而成为比迪福德。这座桥的起源本身就是一个审美现代性的寓言：

  所有人都不知道它是在什么时候半米半米地给筑起来的，无形的手每晚将下游的石头送至现在的位置，直到一位名叫格尼的教区牧师来到这里。有一个晚上，他觉得有一个恶魔在羊舍里忙忙碌碌，他在恐惧中进入梦乡，想象自己看见了天使。天使下令建造了这座桥，天使自己还仁慈地搬运着原料。在一望无垠的流沙中这座桥有了坚实的地基。后来，主教格兰尼森在埃克塞特宣布，把他所辖教区赎罪券连同"永在的圣灵的祝福"恩赐给建桥的比迪福德人。（263）

这座桥还象征着古老英格兰在工业文明中对传统的坚守。虽然桥有二十三个拱，但是只有一个水表。金斯利说，这座桥就是一位真正的绅士，承载着自己所有的重量，即船和桥的自重。镇上有位绅士在许多教区拥有土地和房屋，一直以来，他专注于慈善，建造学校，还举办年度晚宴（这也是小镇居民最关心的）——他就像那座传说中的桥一样，象征着古老英格兰对传统的守望。

  在金斯利的笔下，桥、河流和镇上的居民互相依偎，形成了有机的共同体。然而这座桥却遭遇了古兹曼的入侵，同时也见证了一个父亲的贪婪和一个纯洁少女的堕落。桥也"延伸"到了泰晤士河——如前文所提，艾姆亚斯（为解救罗斯）在向西航行前对哥哥说，他要逃离泰晤士河所象征的伟大工业文明。艾姆亚斯的一路向西，也象征着有机共同体秩序的重构。金斯利的确也为艾姆亚斯创造了机会：在平民英雄的第三次出海过程中，艾姆亚斯解救了南美海岛的部落女神、西班牙贵族的私生女阿萨卡诺拉，后者跟随艾姆亚斯的船队回到英格兰,通过艾姆亚斯的母亲李夫人的帮助,变成英国淑女,最终成为英雄的妻子。如果说罗斯的悲剧象征着共同体瓦解后的婚姻迷局,那么阿萨卡诺拉的重生则预示着新秩序的重构。

三、阿萨卡诺拉的重生意味着什么?

罗斯的悲剧提示人们,机械时代共同体秩序的瓦解带来的一个后果便是婚姻的异化,女性沦为牺牲品。在金斯利的文化思索中,女性充当着重要角色。作为基督教社会主义(Christian Socialism)运动的领袖,金斯利针对维多利亚时代机械的宗教观,提出了"强健的基督教信仰"(muscular Christianity)一说。在他看来,"掌握生命真谛的'神灵'是心智健全、顺应自然法则的母亲,而非科学家或祭坛上的耶稣基督像"。① 金斯利曾经同大主教纽曼就信仰的性质展开公开辩论,其焦点之一是女性在共同体中的作用。金斯利公开反对天主教中的禁欲思想,同时主张提高女性在共同体中的地位,这在《夫人何为? 淑女为何?》(*Madam How and Lady Why*,1885)一书中得到了体现:"如果我们热爱事实和自然,并对它们心怀敬畏,它们就是意志力的化身,这不仅仅在夫人的求知欲和行动力上得到体现,也是全能神灵伟大力量的体现。"② 这一思想也由罗斯的悲剧得到了体现:她缺乏一个引导她的母亲,而她所信任的女巫婆露西又是一个唯利是图的人。由此可以看出,共同体的健康发展离不开女性的参与乃至引领。相形之下,阿萨卡诺拉则通过艾姆亚斯母亲的引导,成为一名英国淑女,与艾姆亚斯组建了幸福家庭。阿萨卡诺拉的改造就是维多利亚人出走英格兰,在航行中激活美德,重塑共同体秩序的写照。

艾姆亚斯在解救罗斯的行动中,一度为了筹集金币而来到南美洲。在跟当地土著的一场交锋中,他认识了"太阳女神"阿萨卡诺拉。后者是西班牙古兹曼家族的一个私生女,在巴巴多斯时和她的爱人耶尔(艾姆亚斯的朋友)失散。艾姆亚斯营救了她,而她则爱上了艾姆亚斯,并跟随他回到英格兰的比迪福德。问题也就来了:怎样融入新的共同体? 这是摆在阿萨卡诺拉面前的难

---

① 李靖:《现实主义小说的越轨与金斯利的生命观》,《外语教学》,2014年第1期,第83页。
② Charles Kingsley, *Madam How and Lady Why; or, First Lessons in Earth Lore for Children*, London: Bell & Daldy, 1870, 9.

题。她原先桀骜不驯,是艾姆亚斯的母亲把她调教成了窈窕淑女,这一情节渗透着关于共同体引领力量的思考。

艾姆亚斯的母亲同金斯利笔下其他优秀女性的形象一样,具有基督教社会主义的博爱精神。她引导阿萨卡诺拉的具体方法/步骤颇耐人回味。作为获得救赎的第一步,阿萨卡诺拉须排空固有的价值判断,成为一个天真的孩童。刚开始的时候,李夫人和艾姆亚斯给她很多玩具。第二步,她被安排去做一些类似于女仆的事情。当她渐渐融入当地社会后,李夫人才开始把博爱和奉献的精神传授给她。李夫人的亲力亲为改造了阿萨卡诺拉,也消除了艾姆亚斯对她西班牙血统的偏见。在小说的结尾,阿萨卡诺拉的歌声恢复了神性的魔力,她"在天伦之乐里日日笙歌,歌声在幸福的家庭里升腾,歌声承载着她盲眼巨人丈夫从西方带回的和平思想,乘着云雀之翼直抵天宫之巅,紧紧跟随觉醒了的远航英雄们,一直伸向那象征着繁盛天堂的呐喊:'向西去啊!'"。(66)在这美妙歌声与"和平思想"背后,显然是强烈的秩序诉求。

在《向西去啊!》中,金斯利从婚姻秩序入手,探讨了共同体秩序的重建问题。工业文明在英格兰本土和海外的扩张,引发了固有共同体价值体系的异化。围绕着主人公艾姆亚斯"英雄救美"的三次出海,金斯利想要告诉人们:一艘船就是一个有机社会的缩影,维多利亚人须以壮士断腕的决心出走英格兰,用审美现代性对抗机械现代性,激活沉睡的美德,发现新的价值体系,迎回新的、有机生长的秩序。女主人公罗斯的悲剧和阿萨卡诺拉的重生,就是秩序失而复得的生动写照。

第二节
"粗帆布文化":《金银岛》上的冒险与秩序

> 在暗蓝色的海上,海水在欢快地泼溅,
> 我们的心是自由的,我们的思想不受限,

> 迢遥的,尽风能吹到、海波起沫的地方,
> 量一量我们的版图,看一看我们的家乡!①

拜伦的长诗《海盗》(*The Corsair*,1814)一开头就以浪漫的笔调畅想了海盗的自由。它出版后大受欢迎,第一版就销售了一万册。三年后,奥斯汀在小说《劝导》(*Persuasion*,1817)中也提到了它:就在本威克中校站在海岸上情不自禁地朗诵"在暗蓝色的海上"时,浪漫的路易莎不顾劝阻,欢快地从堤坝上往下跳,要爱人接住她,结果摔成了重伤。虽然这部小说对从事冒险事业的海军军官充满敬意,奥斯汀还是设置了上述反讽场景,以表达对不受节制的拜伦式自由的忧虑。②

渴望冒险,热爱自由,这是英国海洋文化的重要特色,但强调秩序同样是根深蒂固的英国传统。把握自由与秩序之间的关系与平衡,是英国文化的一项重要任务。在19世纪接近尾声的时候,史蒂文森的小说《金银岛》(*Treasure Island*,1883)以新式"海盗传奇"的形式再次对这种平衡关系作了有力的尝试。关于这种平衡关系,史蒂文森曾以一个隐喻来暗示。他在《我的第一本书》("My First Book")这篇文章里说自己在《金银岛》中用"粗帆布文化"(the culture of a raw tarpaulin)来表现人物与故事。③"粗帆布"说的是在海上冒险的水手、海盗,而这里所说的"文化",是指一种秩序井然的共同生活方式。这个隐喻悄悄地将冒险与秩序统一起来。

迄今为止,关于《金银岛》的研究有两个截然相反的结论:或强调其向往童心和自由,或称其强化了18世纪的父权秩序。本节试图说明这两方面并不矛盾:史蒂文森在这部畅销不衰的通俗传奇小说(romance)中,将海盗与民族传统联系起来,从而说明冒险精神是英国民族精神的一部分,以此来激发同胞们日渐衰弱的活力;与此同时,他通过把海盗与绅士相联系,试图将活力纳入

---

① 拜伦:《拜伦诗选》,查良铮译,上海:上海译文出版社,1982年,第159页。
② 关于奥斯汀对拜伦的反讽,见 David Michael Jones, *The Secret History of Romance Masculinity: The Byronic Hero and the Novel*, *1814-1914*, Ph.D. diss., University of Connecticut, 2012, 31.
③ Robert Louis Stevenson, "My First Book," in *Essays in the Art of Writing*, London: Chatto & Windus, 1905, 119.

秩序,以有活力的秩序来适应新的时代。

一、史蒂文森的"新海盗"

作为一个海洋国家,英国的文化场景中从来不缺海盗。盎格鲁-撒克逊民族本身就是从日耳曼地区泛海而来的海盗苗裔。笛福(Daniel Defoe, 1660—1731)在英国的第一部现代小说《鲁滨逊漂流记》中描写了海盗,他的《海盗船长》(*The Life, Adventures & Piracies of the Famous Captain Singleton*, 1720)则开启了海盗小说的先河,使海盗成为英国众多海洋冒险小说中的一个重要形象。

不过,在史蒂文森的《金银岛》于1881年开始连载之前,海盗的小说形象主要是负面的。在18世纪,海盗小说以惊悚故事来刺激读者的感官。进入19世纪之后,海盗小说日渐增加道德含量,海盗成了英国社会道德教化中的反角:司各特(Walter Scott, 1771—1832)在《海盗》(*The Pirate*, 1822)中塑造了一个残忍、堕落的海盗船长;专写海洋冒险小说的马里亚特(Frederick Marryat, 1792—1848)在《海盗》(*The Pirate*, 1832)、《可怜的杰克》(*Poor Jack*, 1840)和《私掠船长》(*The Privateeersman*, 1846)中描写的海盗也都是邪恶的;金斯利的《向西去啊!》、金士顿(W. H. G. Kingston, 1814—1880)的《地中海里的海盗》(*The Pirate of the Mediterranean*, 1851)和《海盗的宝藏》(*The Pirate's Treasure*, 1870),以及巴兰坦(R. M. Ballantyne, 1825—1894)的《珊瑚岛》(*The Coral Island*, 1858)、《海盗城》(*The Pirate City*, 1874)和《疯子与海盗》(*The Madman and the Pirate*, 1883)中都有令人不齿的海盗;狄更斯在谴责印度叛乱的文章中,称哗变的士兵为"野蛮的海盗""恶棍中的恶棍",注定要被替天行道的英国皇家海军剿灭。①

但《金银岛》中那位已成经典的独脚海盗——高个儿约翰·西尔弗——在相当大的程度上背离了上述传统。虽然他和他的伙计们都是杀人不眨眼的大盗,但他们具有勇敢、镇定、灵活和风趣的品质。小说主人公吉姆虽然和他们斗智斗勇,却一再表达了他对他们的佩服乃至认同,并在行动上吸收了海盗风

---

① Charles Dickens, "The Perils of Certain English Prisoners," cited in Bradley Deane, "Imperial Boyhood: Piracy and the Play Ethic," *Victorian Studies* 53, no. 4 (summer 2011): 694.

格,而且小说最终让西尔弗逍遥法外。由于这种道德上的含混,当时的《日晷》(*The Dial*)杂志认为这部小说虽然会受男孩子的喜欢,却十分不利于他们的心灵成长。① 类似的批评后来不绝于耳。进入 21 世纪之后,批评家们依然把它看作一部"迷人的坏书",认为它描写了一个"责任的空白地带",甚至称之为"道德分水岭",因为在它之后人们普遍接受了没有道德目标的儿童文学。②

但《金银岛》中是有道德考量的。如切斯特顿(G. K. Chesterton,1874—1936)所说,史蒂文森"认为蔑视传奇小说是不道德的行为。他的全部立场可以用他自己在信里的一句话来概括,即'我们的文明是一桩灰暗的、没有绅士风度的事业。它已经丧尽了男子气概'。简而言之,他所说失落的男子气概,主要是指失落的少年。他追寻海盗,就像当年笛福想要逃离海盗"。③ 换言之,史蒂文森认为这个时代的症结在于丧失了青春活力,变得猥琐平庸;而他的小说,正是要以大众喜闻乐见的传统故事形式,在海盗那里重新找回机智灵活、无拘无束、视冒险如游戏但又重视游戏规则的少年,然后把这个少年还给英国。也许这就是史蒂文森眼中的道德。

史蒂文森自己也曾说过,他的海盗就是少年的白日梦。1884 年,《金银岛》的单行本出版后不久,史蒂文森撰文回应亨利·詹姆斯的质疑(后者在《小说的艺术》一文中指责《金银岛》脱离生活):"谁没有去寻过宝,谁就没有年少过。除了詹姆斯少爷,所有的孩子都寻过宝,当过海盗、司令和山大王。"④ 当诗人、评论家蒙克豪斯(William Monkhouse,1840—1901)说自己陶醉于恬淡的生活时,史蒂文森嘲笑说:"如果一个貌似正常的人说他'爱上了停滞的日子',我只能告诉他:'你永远都成不了海盗了'……我们都曾有过少年的憧憬和青春里不受道德约束的白日梦。难道就不能开个小差,不能从道德法则中请个假,

---

① Paul Maxiner, *The Critical Heritage*, ed. Robert Louis Stevenson, London: Rutledge, 1981, 142.
② 上述评论分别参见 John Peck, *Maritime Fiction: Sailors and the Sea in British and American Novels 1719 - 1917*, Basingstoke: Palgrave Macmillan, 2001, 153; Diane Simmons, *The Narcissism of Empire: Loss, Rage and Revenge in Thomas De Quincey, Robert Louis Stevenson, Arthur Conan Doyle, Rudyard Kipling, and Isak Dinesen*, Brighton: Sussex Academic, 2007, 46; Kevin Carpenter, *Desert Isles and Pirate Islands: The Island Theme in Nineteenth-Century English Juvenile Fiction*, Frankfurt: Verlag, 1984, 90。
③ G. K. Chesterton, *The Victorian Age in Literature*, London: Butterworth, 1913, 242.
④ Robert Louis Stevenson, "A Humble Remonstrance," in *Essays by Robert Louis Stevenson*, New York: Charles Scribner's Sons, 1892, 260.

去某个好地方远足几天？我们永远都不能杀人放火吗？"①

值得一提的是,史蒂文森的时代,真正的海盗覆没已久。笛福写作的18世纪,正是西方海盗的黄金时代;1822年司各特创作《海盗》时,海盗活动依然猖獗。但是,随着英法联合舰队在1827年摧毁了活跃在克里特的海盗巢穴,地中海上从此平静了;在大西洋和西印度群岛,1834年英国皇家海军剿灭了基伯特(Pedro Gibert,1800—1835)海盗帮,海盗活动也基本上销声匿迹了。② 所以,当《金银岛》1881年在《少年故事报》(*Young Folks*)上连载时,海盗已经成为遥远的记忆和安全的想象。恰如切斯特顿所说,史蒂文森只是以海盗形象来挑战维多利亚时代"灰暗的""丧尽了男子气概的"文明。

《金银岛》的故事的确发生在这样一个怯懦、僵硬的文明时代。主人公吉姆的父亲是个小客栈的店主,当他去向寄宿的老海盗比利·蓬斯讨房钱时,居然因为被瞪了一眼而吓病致死;当海盗们要来店里抢东西时,吉姆和母亲去村里搬救兵,却没有一个村民敢挺身而出。这个时代的另一面是僵硬的道德和强迫症般的算账意识,这在吉姆的母亲身上表现得淋漓尽致:为了取回已死老海盗所欠的店钱,她明知海盗们即将杀上门来,还逼着吉姆和自己一起回到店里,并锱铢必较地折算,试图拿回属于自己的"诚实"钱,结果差点儿丢了自己和儿子的性命。

相比之下,海盗们却勇敢、灵活,而且,这些成年人有着顽童的心。当"伊斯班袅拉号"接近骷髅岛时,屈利劳尼乡绅发酒给所有的船员表示感谢。船长提议为乡绅的健康和幸运干杯,船员们(大部分人实际上是即将发难的海盗)随即发出欢呼。虽然吉姆知道他们会做这样的表演,但他们喊得如此"响亮而真诚",简直让吉姆难以置信;尔后高个儿约翰建议再为船长欢呼一次,"这一次欢呼同样热烈"(69)。③ 海盗们虽然随时可以杀人放火,但宝藏在前,他们期待寻宝的快乐却是万分真切,就像期待游戏开始的儿童。还有,在老海盗那口锁得紧紧的水手箱里,没有多少金银财宝,却藏着五、六枚西印度群岛

---

① Bradley Deane,"Imperial Boyhood: Piracy and the Play Ethic," *Victorian Studies* 53, no. 4 (summer 2011): 697.
② 提姆·特拉弗斯:《海盗史》,李晖译,海口:海南出版社,2010年,第315、321页。
③ 本节中引用的《金银岛》译本为斯蒂文森:《金银岛 化身博士》,荣如德、杨彩霞译,北京:人民文学出版社,2004年。

的奇异贝壳,显然也展现了他的童心。因此吉姆反而亲近于他们。于是出现了耐人寻味的一幕:吉姆对父亲的去世轻描淡写,却为老海盗的猝死哭了一场;他离开寡母、出海探险的时候没有显出不舍,倒是在西尔弗身处窘境的时候,禁不住为他担心,并在小说结束时默默祝福出逃的西尔弗,希望他"舒服几年"(193)。不少研究者认为,吉姆在海盗身上找到了"代父"。① 这一观点不无道理。

吉姆不但对海盗们抱有同情,而且一再在重要关头撇下他的绅士伙伴们,独自莽撞行动,很像海盗的行事风格。例如,"这时我忽然想到第一个近乎疯狂的主意……我立即决定上岸去。说时迟,彼时快,我已经一骨碌**翻过船舷**,卷进最近一只划子的绳索中了"(75)。又如,"我一个箭步窜出去,**翻过栅栏**,钻进了树丛;在我的伙伴们发觉之前,我已经远在他们的喊声所能达到的距离之外"(121)。在评论家汤姆逊(Alex Thomson)看来,这两次不计后果的"翻越"都是"不负责任",充分表现出作者的个人主义倾向。② 然而,两次"莽撞"却都产生了意想不到的良好后果,最终拯救了"好人"们。史蒂文森在1878年写的《乖戾时代与少年》("Crabbed Age and Youth")一文中说:"哥伦布发现了新大陆,但他无论如何都算不上一个审慎的航海家……要列举历史上那些不顾理性而成功的伟大名字,恐怕三天三夜都讲不完,这会让那些商业的大脑感到震惊。"③ 他在《潘神的笛子》("Pan's Pipes")一文中说:"不相信自己的冲动意味着背弃了潘神。"④ 可见史蒂文森把冲动与生命力相提并论,认为伟大的事业往往是在生命力的冲动下实现的,而不靠审慎的理性。

二、海盗与民族传统

比赞美儿童般的活力更重要的是,《金银岛》把海盗冒险与英国的民族传

---

① John D. Moore, "Emphasis and Suppression in Stevenson's *Treasure Island*: Fabrication of the Self in Jim Hawkins' Narrative," *CLA Journal* 34, no. 4 (1991): 440; Chamutal Noimann, "'He a Cripple and I a Boy': The Pirate and the Gentleman in Robert Louis Stevenson's *Treasure Island*," *Topic* 58 (2012): 60.

② Alex Thomson, "'Dooty Is Dooty': Pirates and Sea-Lawyers in *Treasure Island*," in *Pirates and Mutineers of the Nineteenth Century: Swashbucklers and Swindlers*, ed. Grace Moore, Famham: Ashgate, 2011, 215.

③ Robert Louis Stevenson, "Crabbed Age and Youth," in *Essays by Robert Louis Stevenson*, New York: Charles Scribner's Sons, 1892, 125.

④ Robert Louis Stevenson, "Pan's Pipes," in *Virginibus Puerisque*, New York: Charles Scribner's Sons, 1887, 268.

统联系起来。

当凶巴巴的老海盗在旅馆里给大家讲述可怕的海盗生涯时，人们不但觉得有趣，更有一群小伙子表示非常钦佩，称他是"真正的老海豹""不含糊的老水手"等等，还说英国得以称霸海上正是靠的这种人(8)。

"海豹"(sea-dog)这个称呼值得玩味，因为它可以借指老练的水手，更指海盗或私掠船的船员(privateer)，在伊丽莎白时代尤其如此。① 在英国近代史上很长时间里，私掠船与海盗船经常界限模糊。当英国海盗获得政府许可去掠夺敌方商船时，就成了合法的私掠船，其获得的赃物要与政府均分。英国海盗与私掠船在英帝国崛起的过程中扮演了关键角色。在伊丽莎白时代，一些英国最大的贵族和绅士家族都参与了对敌国的海上劫掠。只要有利可图，他们经常不分青红皂白，以至于伊丽莎白女王在1579年不得不向她的盟友安茹公爵（duc d'Anjou，1554—1584）保证：她会尽力消除英格兰的"两大不法问题"，其中一个便是海盗活动。事实上，大多数在击败西班牙"无敌舰队"的海战中名扬天下的英国船长，早先都从事过海盗活动，如德雷克（Sir Francis Drake，1540—1596）、罗利（Sir Walter Raleigh，1554—1618）、霍金斯（Sir Richard Hawkins，1562—1622）等。德雷克在1577—1580年环球航行期间一路劫掠，回到英格兰之后，在伊丽莎白女王的主持下进行了分赃，分得一万镑，成为英格兰最富有的人物之一。不少贵族看不起他，拒绝参与分赃，甚至直接称他为"海盗"，弄得德雷克一听到"海盗"一词就怒不可遏，买了大宗地产以便受封为骑士，洗白自己。② 上文中提到的霍金斯，乃是德雷克的近亲，同样是伊丽莎白时代一位声名显赫的海盗绅士。史蒂文森给《金银岛》的主人公赋予这样一个英国人耳熟能详的姓氏，自然是有道理的。

从英国社会的反应来看，在很长时间里，大众印刷媒体往往将劫掠西班牙殖民地和船只视作英雄行为，即便对非敌对国家的海盗行为一般也不指责。关于这些活动的叙述经常与恺撒、亚历山大这样的帝国缔造者相联系，甚至把

---

① 参见"sea-dog," in *Oxford English Dictionary*, 2nd ed., on CD-ROM (v. 4.0), Oxford: Oxford University Press, 2009.

② Mark G. Hanna, *Pirate Nests and the Rise of the British Empire, 1570-1740*, Chapel Hill: University of North Carolina Press, 2015, 47.

德雷克与他们相提并论。柯勒律治在臧否德雷克与罗利这些人物时提出过一个著名的"海盗"观：除非同时代的人都一口咬定，否则没有人算是海盗。这种含混的态度，使得海盗容易被英国文化传统所包容，并在合适的时候加以利用。

虽然海盗形象经历了18世纪的惊悚渲染和19世纪的道德批判，它却依然蛰伏在英国文化中。到了19世纪末、20世纪初，德雷克们被重新发掘出来，成为民族英雄。诗人诺伊斯（Alfred Noyse，1880—1958）在《德雷克：一部英格兰的史诗》(Drake: An English Epic，1908)中称德雷克为"顽童般的私掠者"。帕克（Louis Parker，1852—1944）则写了《豪华大戏德雷克》(Drake: A Pageant Play，1912)。① 格里菲斯（George Griffith，1857—1906）甚至把11世纪从诺曼底跨海而来的征服者威廉也称为海盗："如果我们能忘掉那些道貌岸然的语言，我们会清楚地看到，所有的民族都是以某种形式的劫掠开始的，我们可以很自然地认为，最好的海盗会成为最优秀的帝国缔造者。令人高兴的是，那种古老的血气，尚未消失殆尽。"② 就在《金银岛》单行本出版的那一年，探险小说家亨提（G. A. Henty，1832—1902）出版了小说《在德雷克的旗帜下》(Under Drake's Flag，1883)，讲述一位少年和他的伙伴们参加德雷克对美洲西班牙殖民地进行探险劫掠的故事。这部小说一直畅销，直到今天依然在继续出版，并拍成了电影。可见，在史蒂文森写作的时代，英国社会对海盗的想象已经通过德雷克等"老海豹"的英雄形象而与民族身份发生了联系。

史蒂文森也写过一篇题为《英格兰的海军上将》("The English Admirals"）的文章，歌颂伊丽莎白时代的"老海豹们"，尤其赞美他们的勇气和童心。例如，他描写埃克赛斯（Robert Devereux, 2nd Earl of Essex，1565—1601）"听说决定进攻加的斯时，他把帽子都丢到海里去了，好像一个学童听说要放半天假一样，而他却是个家财万贯的虬髯男人，刚刚被允许去拿生命冒险"。他又称罗利是"上帝创造出来的最优美的绅士"，因为他在进攻西班牙人的时候充满勇气、风度和想象力："当罗利闯入加的斯港的时候，所有炮台和舰炮一起向他开

---

① Deane, "Imperial Boyhood: Piracy and the Play Ethic," 701.
② Ibid.

火,他却连一炮都不回,只以一阵喧嚣的喇叭来羞辱西班牙人。比起决胜千里的精明筹划,我更喜欢这种随性而发、直逼人心的气势。"①

在《金银岛》中,史蒂文森把这几位英国"老海豹"的事情嫁接到了一个可怕的英国海盗弗林特身上。当弗林特在西班牙港口外炫耀武力的时候,西班牙的船只吓得纷纷回港,让见到这一幕的屈利劳尼乡绅对这位海盗同胞佩服得要命,"简直感到自豪"(34)。乡绅如此欣赏英国海盗的勇气,而英国的村民们对海盗也是既害怕又喜欢。在小说第一章,老海盗经常在喝醉时逼迫旅馆里的其他人加入他那首"古老、粗鄙、狂放"的海盗合唱曲,而据说迫于他的淫威,大家也都唱得很卖力(8)。然而,老海盗实际上是无法控制那些村民的,看来合唱者并不真心讨厌这种集体活动,或者说"大家早已不大在意"(9)。在老海盗的指挥下,老百姓们日复一日地唱着那首海盗之歌,在这粗犷野性的歌声中,英格兰民族的海盗基因继续存活着。小说还数次提到一位名叫"英格兰"的海盗船长,而历史上确有其人,这显然是有意为之,以进一步强化读者对英格兰民族与海盗联系的印象,目的都是为了让自由、强悍的海盗精神进入民族文化。

三、骷髅岛上的秩序与责任

不过,《金银岛》并不是只赞美冲动和自由。"骷髅岛"固然是海盗的乐园,秩序却无处不在。

首先,海盗内部有着严格的规矩。例如,海盗船长是选举产生的;海盗们要处置同伙,需要投票表决,并发出"黑券"所代表的最后通牒,要按照程序;他们会伸张自己的权利,如西尔弗要求开会讨论让他下台的事情,可是在他下台之前,一切依然按规矩行事,并不谋求以暴力改变现状。

其次,海盗们还遵守一个心理秩序,就是真心佩服强者。在小说中的大部分时间里,西尔弗靠着勇气和机智得到所有海盗的崇拜。汉兹是个既狡诈又凶狠、驾船水平高超的海盗,却对西尔弗佩服得五体投地,称他"不是个寻常人"(57),"真是条汉子"(65)。西尔弗自己则敬佩斯摩列特船长的航海能力。

---

① Robert Louis Stevenson, "The English Admirals," in *Virginibus Puerisque*, New York: Charles Scribner's Sons, 1887, 190.

在策划哗变时,他告诫手下别急着动手,因为他们中没有一个人能把船开进信风圈里,除了斯摩列特船长这个"第一流的海员"(63—64)。在愿意承认别人比自己优秀这一点上,海盗和正派人是一致的。比如,出钱组织探险的屈利劳尼乡绅一开始很看不惯极为审慎的斯摩列特船长,可一旦船长关于哗变的警告变成了现实,乡绅立刻坦率地说:"船长,你是对的,我错了。我承认自己是一头蠢驴,我听候你的命令。"(70)医生则在知道了西尔弗的阴谋之后感叹他"真是个非同寻常的人物"(79)。

再者,海盗们虽然对社会秩序构成了挑战,却认同文明社会的教养。例如,那位恐怖船长弗林特虽在小说开始时已经死去,却在藏宝图上留下了"字迹清秀"的文字,而且把藏宝地点介绍得干净利落;那位貌似粗野的老海盗比利·蓬斯,在自己的账本里也把每次劫掠的时间、地理经纬度和分赃收入记录得清清楚楚,还附有一张各国货币的换算表;而且,他虽然酗酒,却并不是"大碗喝酒"的莽夫,而是"慢条斯理地啜饮着,像行家在细细品味"(6)。再看西尔弗,"他年轻时受过很好的教育,只要他高兴,他能讲得不比书本子差"(57)。一个海盗在比较弗林特和西弗尔时说,弗林特天不怕地不怕,"只怕西尔弗——西尔弗的绅士味那么足!"(103)此处的"绅士味"一词令人回味:它不仅暗指教养,更隐含着对秩序的向往。这在书中两位别样的"绅士"——李甫西大夫和屈利劳尼乡绅——身上表现得更为明显。当李甫西大夫第一次登场时,他"衣冠楚楚,容光焕发,头上洒着雪白的发粉,一双黑眼睛炯炯有神,举止文雅得体"(8),与对面那位"又邋遢,又浮肿,灌了一肚皮朗姆酒,醉眼蒙眬地趴在桌上"(8)的老海盗形成了鲜明对照。无独有偶,屈利劳尼乡绅第一次露面的环境是"走廊尽头一间宽阔的书斋,四壁都是书橱,顶上摆着好些半身塑像"(33)。这两位绅士不但代表着政治和经济秩序,也代表着文化教养的秩序。

《金银岛》里的海盗们自称"碰运气绅士"(gentleman of fortune),其中既有自我调侃,也包含了向往。西尔弗告诉他的同伴们:等冒险航行结束,他要"开始做一个真正的绅士"(62),意思是"坐马车,住公馆"(64),如果更理想的话,要"当议员,有自备马车"(65)。邋遢的老海盗死后留下一口锁得牢牢的水手箱,里面居然有"一套料子很好的衣服,刷得很仔细,折得也齐整,看上去还从来没有穿过"(24),显然是打算当绅士的时候穿的。由此看来,海盗们最大的理想是金盆洗手,回归正常的社会秩序,从"碰运气绅士"变成"真正的绅士"。

前文提到,在"碰运气绅士"中,西尔弗是"绅士味"最足的。除了他招牌式的和蔼,更重要的是他"不比书本子差"的语言。西尔弗说话轻松亲切,合情合理,显示出绅士派头,嘴边还常挂着一个绅士词汇,即"职责"。他最爱说的话——"职责就是职责"——在全书中重复了四次。虽然西尔弗几乎没有一句真话,但他的"职责"话语让他无往不利。除了西尔弗之外,"职责"一词还在别人嘴里出现过十四次,主要由乡绅、大夫和斯摩列特船长这几位绅士使用。所以有学者指出,西尔弗通过盗取绅士话语而使自己获利。不过,有一点不可不察:作为秩序基础的责任意识,在小说呈现的世界里已深入人心。

史蒂文森本人对责任和秩序有着浓厚的兴趣。就在《金银岛》单行本发行的时候,他在《艺术杂志》(*Magazine of Art*)上发表文章,评论日本传奇浮世绘《四十七浪人》(*The Forty-Seven Rônins*),其中由衷赞美了浪人们的忠诚:"这些故事中的行动之所以有力,不是因为刀法高超,而是因为令人肃然起敬的责任感。各种责任之间展开竞争,而不断取胜的总是更高的责任,对部族的责任,作者在这方面的考量贯穿了故事的始终。"[1] 紧接着,他笔锋一转,批评当代英国人缺乏责任感:"在英国,责任是以家庭为中心的,离家庭越远,责任越弱。最终,爱国主义只是心血来潮、三心二意的想法,对国家的赤子之心完全是堂吉诃德式的狂想。"[2] 在同一篇文章中,他还说:"蛮族的德行、骑士的荣誉、苏格兰高地野人和日本双刀武士的忠诚,这些都是慷慨大气的典范。"[3] 在1886年出版的小说《绑架》(*Kidnapped*)中,他还以很大篇幅描写了1745年苏格兰高地起义失败后,民众如何对遭搜捕的部族首领保持忠诚。

有趣的是,史蒂文森拿来当西尔弗原型的那位好友亨里(William Ernest Henley, 1849—1903),曾写过一首著名的诗歌,其中两行凸显了对英格兰的

---

[1] Robert Louis Stevenson, "Byways of Book Illustration: Two Japanese Romances," *Magazine of Art*, 6 (1883): 9.
[2] Ibid.
[3] Ibid.

忠诚,后来在第一次世界大战中广为流传:

> 我为你做过什么啊? 英格兰,我的英格兰!
> 我有什么不能为你割舍,我心中的英格兰!①

在维多利亚后期的英国文学界,亨里是一位约翰逊博士式的人物。② 史蒂文森受他的影响很大,在创作《金银岛》的过程中始终与他通信。可以想见,亨里所看重的"忠诚"与"责任"虽然全然不是西尔弗的特征,却随他一起进入了《金银岛》。

再来看《金银岛》中吉姆的两次轻松"翻越"障碍、脱离群体的"个人主义"行为。从上下文中不难看出,吉姆虽然凭着直觉冲动行事,但毋庸置疑,他特立独行是为了责任。虽然他对海盗们有所同情乃至喜爱,但他从一开始就认同了医生和乡绅代表的秩序,这个认同在小说中从头至尾没有发生过任何动摇。他只是以更大的自由与勇气去服务这个秩序罢了。这个秩序在小说第一章中就确立了:当教养良好、相貌英俊又胆气过人的李甫西大夫让凶狠的老海盗气馁时,他所代表的秩序就获得了吉姆的忠诚。不久之后,吉姆获得了海盗的藏宝图,他不愿交给率人来解救他的督税官丹斯,而是坚持把它送到李甫西大夫手里。此后,乡绅对待吉姆母子的仁慈和慷慨,船长和医生的强烈责任心,以及这三个绅士一致表现出的镇定和勇气,都说明这个秩序是值得并可以维持的,由此加深了吉姆的忠诚度。

吉姆两次自由行动都是在危急关头主动出击,试图去做一点对群体更有价值的事情。他独自登上被海盗劫持的"伊斯巴袅拉号"之后,就喊着"上帝保佑吾王",降下了黑色海盗旗,表现出他的忠诚。

吉姆固然从海盗们那里学到了灵活自由,但与西尔弗利用"责任"话语来为自己开路不同,他的责任感是真诚的,哪怕对海盗也是一样。当他深陷海盗之中难以脱身时,他能像西尔弗一样镇定自若,口若悬河,巧妙地说服海盗们

---

① William Ernest Henley, "Pro Rege Nostro," in "William Ernest Henley," https://en.wikipedia.org/wiki/William_Ernest_Henley.html (accessed Feb. 14, 2017).

② Ibid.

不加害于他;然而,当利益和责任不能两全时,他会毫不犹豫地选择后者。例如,他曾有机会借与李甫西大夫独处之机逃离海盗窝,但是由于此举可能给西尔弗带来危险(海盗们会怪罪西尔弗),而他又对后者有过承诺,因此他冒着风险放弃了那次机会。吉姆随时准备用生命来履行责任,而西尔弗却为了自身利益,随时会嬉皮笑脸地改弦易辙,两者形成了鲜明的对照。

整个故事呈现了一个变又不变的形象:吉姆既吸收了海盗们的勇气和灵活善变,又保持了忠诚与责任。因此,当他随着绅士们回到英国的时候,他能作为一个改进了的绅士为维护英国的秩序作出贡献。

四、"两种文化"的对话

《金银岛》的问世,标志着英国新旧文化之间的对话。所谓"旧文化",指的是古老的传奇小说,而"新文化"则指当时以詹姆斯为代表的心理现实主义小说。前文提到,詹姆斯曾经抨击史蒂文森,说其脱离现实生活。史蒂文森没有跟"新文化"的风,而是重续传奇小说之弦。《金银岛》虽然不乏创新,如"高个儿约翰·西尔弗"这个崭新的海盗形象,但是它的主旨是讲述一个引人入胜的故事,而不在标新立异。因此,作者可以毫不惭愧地大量调用读者能轻易辨识的传统形象、场景和情节等,如小说的开场词所说的那样:

> 水手的故事合着水手的曲子,
> 风暴与探险、炎热与冰寒,
> 纵帆船、岛屿和放荒滩,
> 还有海盗和埋藏的财富,
> 我把古老的传奇重述
> 完全照旧时候的样式。①

不仅如此,史蒂文森还在《我的第一本书》("My First Book")中说,《金银岛》从

---

① Robert Louis Stevenson, *Treasure Island*, Boston: Roberts Brothers, 1884, front page.

鲁滨逊那里借来了那只吓人的鹦鹉,也用了马里亚特小说里的东西,更借来了他父亲从小枕着入睡的那些关于海船、小客栈、强盗、老水手的故事书。① 所以,这部小说是在许多人们熟悉的材料和风格的基础上搭建起来的,甚至可以看作小说风格的民谣。小说一开头就出现的那首海盗谣曲——《十五个人扒着死人箱》,跟整部小说的传奇风格相呼应,在小说各处此起彼伏,共出现六次之多。

因此,与日渐细腻的现实主义小说不同,《金银岛》不关注个体人物的心理现实,更关注集体的心理欲望。这种关注其实有它的道理:就充实文化观念内涵——我们此处讨论的是"秩序"这一内涵——而言,勇敢、教养和责任感等品质在当时的英国亟待蔚然成风,否则就会随着前文所说的"日渐平庸的活力"而消失。也就是说,传奇小说这一文类更容易用来聚焦集体心理层面的上述品质及其形态。史蒂文森采用更适合集体心理的文学样式,自有其良苦用心。当他开始创作《金银岛》并为传奇小说辩护的时候,司各特、马里亚特和金斯利等传奇小说家都已作古,传奇小说早已失宠,取而代之的是圣茨伯里(George Edward Bateman Saintsbury, 1845—1933)所说的"家常小说"(the domestic and usual)。据圣茨伯里说:"从1845年到1870年的四分之一个世纪间,不仅历史小说,一般的传奇小说也都少有人写、少有人读了……长久以来,对于市面上出现的历史小说,评论者的腔调即便说不上蔑视,也总是带着惊讶,就像面对老古董似的。"② 史蒂文森重拾"少有人写"的文类,这是需要勇气的。从表面上看,他是逆潮流而动,而实际上他顺应了文化需求,即参与有关秩序这一文化内涵的讨论。正因为如此,他的《金银岛》一炮打响,很快出了单行本。非但如此,在其直接影响下,《所罗门王的宝藏》(*King Solomon's Mines*, 1885)等脍炙人口的少年探险小说接连出现,成为一种逆着文学现实主义发生的文化现象。当然,这些小说也引来了一些非议。吉辛就对传奇小说的走红感到愤怒。③ 这引起了进一步的争论,如《所罗门王的宝藏》的作者哈

---

① Stevenson, "My First Book," 122.
② Robert Kiely, "The Aesthetics of Adventure," in *Bloom's Modern Critical Views*, ed. Robert Louis Stevenson, Harold Bloom, Philadelphia: Chelsea House Publishers, 2005, 27.
③ David Glover, "Publishing, History, Genre," in *The Cambridge Companion to Popular Fiction*, ed. David Glover, Cambridge: Cambridge University Press, 2012, 24.

格特(H. Rider Haggard，1856—1925)就曾撰文批评那个时代的现实主义文学，尤其批评吉辛领头的英国自然主义运动是"无病呻吟"，在一个早已品味低下的时代进一步"降低并损坏了公众的品味"。① 这一争论双方孰是孰非，对我们来说并不重要，重要的是其背后的文化命题，即小说样式和秩序诉求之间的互动。

让我们重温"粗帆布文化"这一隐喻。它显然更适合于《金银岛》这样的传奇故事，更适合于"十五个人扒着死人箱"的文化场景。它喻指无序，却广阔、悠久，充满活力，而"四壁都是书橱，顶上摆着好些半身塑像"的文化，如果恢复了传统的勇气和灵活，就能够继续维持秩序。

第三节
文化即秩序：康拉德海洋故事的寓意

从文化角度探讨康拉德的论著，大都聚焦于他的《黑暗的心脏》(*Heart of Darkness*，1902)。伊格尔顿的新著《文化》(*Culture*，2016)在论及康拉德时，也只关注《黑暗的心脏》，以及此书中"从殖民主义者变为虚无主义者的库尔茨"所代表的白人"种族或文化优势"。② 这种思维模式可以追溯到阿契贝(Chinua Achebe，1930—2013)和赛义德(Edward Said，1935—2003)。他们一个把康拉德叫作"该死的种族主义者"，③ 另一个断定康拉德笔下人物"马洛是帝国主义宗主国话语的代表"，④ 其用意都一样，即证明康拉德是在文化层面上重构殖民地国家和地区的历史，进而歪曲乃至篡改后者的文化。

然而，康拉德作品的文化意义远远超出了上举学者的研究所见。我们认

---

① David H. Jackson, "*Treasure Island* as a Late-Victorian Adults' Novel," *The Victorian Newsletter*, no. 72, (Fall 1987): 28.
② Eagleton, *Culture*, 132-133.
③ Chinua Achebe, "Viewpoint," *Times Literary Supplement*, February 1, 1980, 113.
④ Edward Said, *Culture and Imperialism*, London: Vintage, 1994, 32.

为，迄今为止，对康拉德文化思想最具洞见者非瓦特（Ian Watt，1917—1999）莫属。如克莫德当年所说，很少有评论家像瓦特"那样充分地分享他所研究的作者（按：指康拉德）的优点"，而这优点在于揭示"我们文化深层次中的盲点，即对现实问题的棘手程度和历史的延续性视而不见"。① 克莫德、瓦特和康拉德所关注的"文化盲点"，其实就是启蒙运动以降日益困扰西方社会的"进步"话语所含有的一种盲目信念，这在怀特（Andrea White，1953—　）的笔下有过说明："康拉德的小说已经身陷某种话语的重重包围——这种话语展现了一种盲目的信念，即相信文明社会的那些进步而开明的机构和道德观念具有仁慈的力量，具有战无不胜的力量。这种自认为战无不胜的信念正是康拉德所批评的目标。"② 换言之，康拉德小说的文化意义首先体现于他对上述盲点的揭示和批判。在这一揭示/批判的过程中，发挥最大作用的并不是《黑暗的心脏》，而是康拉德的三部海洋小说，即《"水仙号"上的黑家伙》(The Nigger of the "Narcissus"，1897）、《台风》(Typhoon，1902)和《阴影线》(The Shadow-Line，1916)，瓦特把它们称为"康拉德最完美的作品"。③ 不仅如此，这三部作品还展示了克服上述"文化盲点"的途径，即建立健全的文化/社会秩序。换言之，它们讲述了如何形成社会凝聚力的故事，从而起到了重塑社会秩序形态的作用。

不过，虽然瓦特在解读上述三部作品时强调了它们的"团结主题"(the theme of solidarity)，却没有围绕"秩序"(order)这一关键词来展开他的讨论，这不能不算作一种缺憾。从 18 世纪以来，英国文坛一直在讨论社会/国家秩序的传统，而康拉德的写作可以看作这一传统的延续，其间不无对秩序话语的改写。如果不着眼于这一传统，就无从深入理解康拉德的文化思想，也无从解读海洋故事背后的文化语境。有鉴于此，下文将从康拉德对秩序话语的改写入手。

---

① Frank Kermode, foreword to *Essays on Conrad*, ed. Ian Watt, Cambridge: Cambridge University Press, 2000, X-XI.
② Andrea White, *Joseph Conrad and the Adventure Tradition: Constructing and Deconstructing the Imperial Subject*, Cambridge: Cambridge University Press, 1993, 162.
③ Ian Watt, *Essays on Conrad*, Cambridge: Cambridge University Press, 2000, 12.

一、"改写"社会秩序理论

《台风》《阴影线》和《"水仙号"上的黑家伙》（以下简称《"水仙号"》）这三个海洋故事在很大程度上是罗曼司（romance）的变体，或者说是对罗曼司的改写，进而是对康拉德所在时代各种关于社会秩序理论/话语的改写。说它们是对罗曼司的改写，是因为它们保留了该体裁中的冒险故事特征，却把时代背景从古代移到了现代——《牛津高阶英语词典》对 romance 的定义是"以旧时代为背景的、充满刺激的冒险故事"。① 而说它们是对康拉德时代相关话语的改写，则要从罗曼司跟社会秩序之间的关系说起。关于这种关系，加拿大英属哥伦比亚大学的伯吉斯（Miranda J. Burgess）有过迄今为止最精彩的论述。她认为，罗曼司这一文学样式在 18 世纪经历了一个脱胎换骨的过程，或者说"罗曼司体裁的内部发生了改造，从中涌现出有关不列颠如何团结的观念；随之问世的罗曼司可谓形形色色，却都呼应并改写了同一时期关于社会秩序理论的发展逻辑"。② 要理解这一观点，还得从罗曼司和小说的关系说起。

在文学批评史上，常常有人用二元对立的观点来解释罗曼司和小说之间的关系。早在 18 世纪中叶，英国小说家斯摩莱特（Tobias Smollett，1721—1771）就曾声称小说和罗曼司势不两立，其原因是后者"起源于无知、虚荣和迷信"。③ 这种观点一直延续到了当代，如斯科特-基尔沃特的两分法："罗曼司的目的只是娱乐。它不是对生活的严肃批判……小说则旨在对生活进行批判，它有娱乐的功能，但它是通过传达人生真谛来实现这一功能的。"④ 针对这类观点，伯吉斯用大量的研究证明罗曼司从 18 世纪起已经不再限于娱乐作用，而是具备了干预生活的功能，这种干预突出地表现为对社会/国家秩序的振兴所起的作用。用伯吉斯的原话说，"18 世纪的罗曼司经常讲述社会形塑和凝聚力的故事"，因而它跟小说一样，可以看作"有助于社会秩序的力量"；罗曼司得益于奥斯汀和司各特等人的贡献，经历了"体裁上的挣扎和变化"，嬗变为"塑

---

① A. S. Hornby, ed. *Oxford Advanced Learner's Dictionary of Current English*, Oxford: Oxford University Press, 2010, 1330.

② Miranda J. Burgess, *British Fiction and the Product of Social Order, 1740 - 1830*, Cambridge: Cambridge University Press, 2000, 3 - 4.

③ Tobias Smollett, *Adventures of Roderick Random*, ed. Paul-Gabriel Boucé, Oxford: Oxford University Press, 1979, XXXIII.

④ Ian Scott-Kilvert, *British Writers*, vol. 4, New York: Charles Scribner's Sons, 1981, 30.

造社会秩序的强大动能"——罗曼司"其实就在小说样式中生活并生长着",进而演变成了"思考并讨论社会秩序和国家秩序的场所"。① 虽然康拉德并不在伯吉斯的研究范围之内,但是伯吉斯所做的工作对康拉德研究富有启发意义,即:康氏的海洋故事是否也重述/重塑了国家/社会的秩序形态?

所谓"重述"或"重塑",指的是文学话语跟史学、社会学和政治经济学领域中(关于秩序)的诸多话语/理论之间的对话。换言之,文学家一旦开启了跟同时期或先前的政治/经济话语的对话模式,他/她就在一定程度上"改写"或修正了后者。在伯吉斯看来,"整个18世纪的英国社会中各类话语犬牙交错",尤其是小说和古典经济学形成了"互相竞争的话语体系",但是这些"对抗的体系都致力于秩序的保障"。② 在伯吉斯所举的例证中,最有意思的要数葛德汶(William Godwin,1756—1836)的《论史书与罗曼司》("On History and Romance")一文。该文强调罗曼司能帮助其读者"了解社会秩序如何运作,从而引导社会走向最好的目标";不仅如此,"在政治经济学和史学无能为力的地方,罗曼司能够激励英国公民们采取富有成效的行动"。③ 言下之意,在形塑社会秩序方面,文学话语比史学、政治经济学等领域的话语更加行之有效。就康拉德研究而言,不同话语之间类似上述情形的博弈恰好也是值得关注的焦点。前文提到,康拉德写作时已经身陷"进步"话语④的重重包围,后者的特征是鼓吹机械式的社会进步。就像卡莱尔当年抨击自己所在的"机械时代"一样,康拉德发现自己所在的世界犹如一架巨大的机器:

我们不妨说有一架机器笼罩着我们。它从混乱的废铁堆里演变而来(我在严格地进行科学性思维)。看啊!它在不停地编织。……这臭名昭著的编织机器得逞了,一想到这就特别让人揪心:它目空一切,没有良心,没有远见,没有心肠,但是它得逞了……

它把我们编进去,又编出来。它编织着时间、空间、痛苦、死亡、腐败、绝望

---

① Burgess, *British Fiction and the Product of Social Order*, 1-16.
② Ibid., 11.
③ Ibid., 8.
④ 关于"进步"话语以及19世纪英国小说家的回应,详见殷企平《推敲"进步"话语》。

和所有的幻想。

——对它来说,一切都无所谓……①

此处"混乱的废铁堆"(a chaos of scraps of iron)一语值得留意:"铁"自然喻指以工业革命为先导的"进步"及其背后的机械思维模式,因此它只是"废铁",只能导向"混乱",而"混乱"又直接跟阿诺德在《文化与无序》中所说的"无序"形成了呼应。阿诺德所说的"文化"显然是跟"无序/混乱"相对立的。从某种意义上说,"秩序"可以看作"文化"的代名词,这在阿诺德跟罗斯金的一次"巧合"中可以看得十分明白——罗斯金曾经强调秩序的特征是"治理"与"合作",其对立面则是"无序"和"竞争":"在所有事物中,治理与合作是生命的法则,而无序和竞争则是死亡的法则。"② 这一论断跟阿诺德文化思想之间的联系曾经被威廉斯一语道破:"(罗斯金的这个论断)再次把文化与无序状态进行了对照,只不过这一次的措辞直接对 19 世纪工业经济的基本原则形成了挑战。"③ 我们所要强调的是,上述"巧合"经由康拉德再次出现——从他对"混乱的废铁堆"的拒斥中,我们可以瞥见他对秩序/文化的向往,对"治理"与"合作"的向往,而这在他的《台风》《阴影线》和《"水仙号"》中都得到了生动的体现。这也是下文要展开的话题。

二、治理与合作

"治理"与"合作"是"秩序"观念的两大内涵。用"海上罗曼司"来讲述其中的道理,是康拉德的一大贡献。无论是《台风》和《阴影线》,还是《"水仙号"》,都以船只为中心意象,这本身就蕴含着深刻的道理:国家的治理,以及社会成员的互相合作,犹如海上行船,要经受风暴、病魔/心魔乃至叛乱等严峻考验;一艘船就是一个微缩的社会,其中秩序和纪律的重要性居于第一位。柯勒律治在谈论国家治理时,曾经强调"国家犹如船只",并作了如下阐发:

---

① G. Jean-Aubry, *Joseph Conrad: Life and Letters*, vol. 1, London: W. Heinemann, 1927, 216.
② Ruskin, *Unto This Last and Other Writings*, 202.
③ Williams, *Culture and Society*, 143.

当风平浪静,船壳安然无恙时,我们可以放心地把一切委托给职业水手们。然而,当狂风大作时,每个船上的人都必须贡献出所有的力量……在当今公共思想处于骚动不安的情况下,每个人都应该把自己的心智禀赋调整到接受紧急征用时的状态。①

这一喻说对康氏的上述三部作品也很适用。它们都展现了海上航行险象环生的画面,其背后则都隐含着两大话题:其一,船只/国家的治理要依靠什么?其二,全体成员之间的合作有哪些要素?

在康拉德看来,海上行船首先要依靠指挥者的治理理念、经验、勇气和技巧。在《台风》《阴影线》和《"水仙号"》中,有关船长的描写都占了很大的篇幅。有意思的是,这三个故事中的船长们若放在风平浪静的环境中,都显不出丝毫过人之处,甚至有明显的瑕疵;但是他们都在紧急关头挺身而出,显示了非凡的勇气和指挥才能。《台风》中的船长麦克惠尔在助手(大副)朱克斯的眼里"傻得可恶",②就连他的父亲都视其为"弱智";③可是就在朱克斯被台风吓坏了的时候,麦克惠尔却扛起了指挥的重担:"……狂风似乎积聚了雪崩的气势……朱克斯这回真心地庆幸有船长在自己身边:麦克惠尔只要往甲板上一站,就好像能扛起台风的大部分重量似的,这让他如释重负。这才叫指挥员的威望、特权和担当。"④同样敢于担当的是《"水仙号"》中的船长阿利斯图恩。"水仙号"也经受了暴风雨的袭击,而且长达几十个小时,其间"船长阿利斯图恩从未离开过甲板";⑤当船员们劝他休息时,他瞪着"布满血丝的双眼"回答:"不要管我。我必须坚守到底!——我必须坚守到底。"⑥《阴影线》讲的是一位年轻船长,他面临的险境不是风暴,却是一连多日无风,船被困在静海上,而他的手下几乎全部被疟疾击倒,更糟的是药品全被前任船长给毁了;当海上终

---

① Samuel Taylor Coleridge, *Lectures 1795 on Politics and Religion*, ed. Lewis Patton and Peter Mann, Princeton: Princeton University Press, 1971, 33.
② Joseph Conrad, *Typhoon*, in *Three Sea Stories*, Hertfordshire: Wordsworth Classics, 1998, 44.
③ Ibid., 12.
④ Ibid., 35.
⑤ Joseph Conrad, *The Nigger of the "Narcissus"*, in *The Collected Works of Joseph Conrad*, vol. 3, London: Routledge/Thoemmes Press, 1995, 50.
⑥ Ibid., 57.

于起风时,他真正能依靠的帮手只剩下厨师兰塞姆一人,不过他最终勇敢地驾驶船只到达了目的地,此前他"在甲板上整整待了17天",并且"在最后的40小时里没合过眼"。① 也就是说,这三位船长都是临危不惧、敢于担当的指挥员。他们的故事表明,哪怕是治理一个微型社会,领导者的担当也是第一要素。

治理跟合作呈互为依存的关系。船长的治理才能如何,最终要看他是否能实现两种合作:一是他跟下属之间的合作,二是船员彼此之间的合作。换言之,他必须使船员们乐意跟他合作,同时还要确保船员们相互团结。康拉德在这方面有过深入的思考,而这些思考都镶嵌在上述故事的细节描写当中。限于篇幅,下文仅就康氏笔下船长与船员之间的合作略做探讨。

《"水仙号"》中写道,饱经风霜的水手们大都"难于管理,却易于激励"。② 这里讨论的其实是如何治理的问题——治理不等于管理,更重要的是善于激励。前文的分析已经表明,那些船长们都善于用身先士卒的精神来鼓舞士气。不过,光靠勇气来治理(社会)是远远不够的。治理者还须让人感到慈爱,同时又敢于批评,换言之,要能恩威并济;他还要敢于直面邪恶势力的挑战,这一切又要求治理者审时度势,善于拿捏分寸。在康拉德的笔下,对所有这些都有交代。《"水仙号"》中有这样一个细节:当手下犯错误时,阿利斯图恩定会予以责备,这"责备声很轻柔,不过措辞却直击要害"。③ 这表明他很会把握分寸。阿利斯图恩面临的最大考验是唐金(一个混在水手中的无赖)煽动的哗变:就在风暴的威胁还未过去之时,唐金挑唆不明真相的船员们围攻管理层,甚至趁黑夜用铁制的系索栓向阿利斯图恩投击;阿利斯图恩的副手们欲予以还击,但是阿利斯图恩选择了在第二天与全体船员对话,以严厉而又不失情理的语气指出了船员们的认识盲区,揭穿了唐金的阴谋,重新赢得了大多数人的信任。阿利斯图恩选择对话的时机十分恰当——没有选择在当晚跟肇事者直接冲突,而是耐心等到次日白天,这样既留出了让对立双方

---

① Joseph Conrad, *The Shadow-Line*, in *Three Sea Stories*, Hertfordshire: Wordsworth Classics, 1998, 243.
② Conrad, *The Nigger of the "Narcissus"*, 25.
③ Ibid., 31.

恢复冷静的时间,又有利于用眼神——"他面前有二十双眼睛,可是他眼睛一瞪,目光犹如钢针,直接射入每一双眼睛"①——跟人们交流,尤其是争取到了在大庭广众中跟唐金单挑的机会,从而杜绝了后者在暗中使坏的机会。阿利斯图恩处理整个事件的时机和分寸都恰到好处,显示出优秀领导人不凡的气度、眼光和智慧。

无独有偶,《台风》中的麦克惠尔也处理过类似的棘手问题:台风造成的剧烈颠簸致使舱内200余名华人劳工的行李箱全部撞破,里面的衣物和银圆全部滚出,引发了争抢事件;此时正值抗击台风的紧要关头,若不尽快平息,后果将不堪设想。这时候,麦克惠尔和朱克斯却在处理事件的方法上出现了分歧,后者率人带枪把劳工们堵在舱内,打算把他们"关上15个小时左右",然后在到岸后"把他们连同钱财一并交给清朝官员或道台了事"。②朱克斯甚至建议"把所有的银圆扔给他们,让他们去争抢,这样我们就可以坐山观虎斗了"。③麦克惠尔严厉地制止了朱克斯,并命令他"把船员们手上的枪拿走",④然后提出并实施了一个解决方案:他把所有的银圆按人头平均分配,这在无法证实每个人原先拥有多少钱财的情况下,已是最公平的方案了,因此很快被劳工们接受,骚乱也随之平息。麦克惠尔和朱克斯都有秩序诉求,可是所选择的途径和方法不同,这其实反映了两种治理理念和价值观。朱克斯从骨子里看不起华人劳工,称他们为"乞丐",⑤是一个十足的种族主义者。若按照他的方法去维护秩序,很可能引发暴动,使形势恶化。麦克惠尔则对华人劳工们深怀同情,深知保护劳工们的血汗钱,担心若让清朝的腐败官员来处理这件事情,很可能造成后者私吞钱财,所以他再三敦促朱克斯"对所有人都要公平……这些中国人只是人种不同而已,给他们跟我们相同的机会"。⑥正因为如此,麦克惠尔赢得了人心,从根本上维护了正常秩序。

---

① Conrad, *The Nigger of the "Narcissus"*, 133.
② Conrad, *Typhoon*, 74.
③ Ibid., 75.
④ Ibid.
⑤ Ibid.
⑥ Ibid., 67.

三、治理始于自律

康拉德笔下的船长/治理者们多多少少都有一个成长过程。也就是说,他们首先要"治理"好自己,才能治理好船上的小社会。瓦特在评论《阴影线》时有一句话:"指挥意味着自我指挥。"① 这句话对上述三个海洋故事都适用。在《台风》中,麦克惠尔在台风最剧烈的时候也有过片刻动摇,他"确实想到在这样的海浪中,他的船再也坚持不了一个小时了,他将再也见不到妻子和孩子们了",② 不过这短暂的、对自我的关注很快就被对全船人员安危的关注所替代。在随后的情节中,我们看到的只是他一心一意指挥船员们走出困境的故事。这种从自我到忘我的过程意味着一种高度的自律,而这也正是任何治理者应该必备的素质。

麦克惠尔不仅懂得如何自律,而且很注意教导助手们加强自律。故事中有一个耐人寻味的细节:大副朱克斯(也是治理者)有说脏话的习惯,麦克惠尔批评了他,但是后者却争辩说"天热得连圣人都会骂人了!"③ 于是有了麦克惠尔的这段话:"居然说圣人也会骂人?我希望你别这样口出狂言。会骂人的算什么圣人!我料他(骂人者)不会比你圣洁多少……热天气并没有让我骂人,对吗?骂人是肮脏的坏脾气。就是坏!你的这种腔调有什么好处呢?"④ 也就是说,麦克惠尔要求手下,尤其是管理人员保持良好的举止。这一细节看似只跟个人修养有关,但是它隐含着关乎构建社会秩序的文化思想。英国文化史上对举止的重视至少可以追溯到霍布斯(Thomas Hobbes,1588—1679)。他认为人的举止(manners)不仅仅意味着"一个人应该如何跟另一个人行礼致意,或者在旁人面前如何漱口剔牙,以及诸如此类的小道德",更意味着"关乎人类和平共处与团结的重要品质"。⑤ 显然,此处的举止问题已经上升到关乎社会秩序的文化高度。事实上,我们在许多英国文人的笔下都可以瞥见相关传统的影子。例如,狄更斯在涉及秩序问题时总要提"统治者应该为被统治者做什么"这一问题;他"坚信一个民族对统治者的要求远远不止是'权

---

① Watt, *Essays on Conrad*, 159.
② Conrad, *Typhoon*, 71.
③ Ibid., 25.
④ Ibid., 25-26.
⑤ Thomas Hobbes, *Leviathan*, ed. C. B. Macpherson, Baltimore: Penguin, 1968, 160.

威"",更重要的是"在趣味和愿望方面的教化作用",① 而这自然要从教化者自身做起。康拉德无疑继承了这一文化思想传统。除了《台风》以外,《"水仙号"》也凸显了治理者的自律问题。前文提到,"水仙号"的管理人员曾经受到船员们的围攻,是阿利斯图恩冷静地制止了副手们(尤其是克赖顿)以暴力回击的企图。须要在此补充的是,阿利斯图恩在制止副手们之前,首先很不容易地克制了自己的情绪——事实上,他也有过几乎失控的冲动:"他突然怒火中烧,禁不住跺起脚来",好在他"片刻之后又冷静了下来"。② 也就是说,他在实施治理之前,及时地实现了自律。

相对于《台风》和《"水仙号"》来说,《阴影线》对治理者自律问题的探讨更加深入。跟《台风》和《"水仙号"》不同,《阴影线》讲的是一位年轻船长的故事,因而用于描写他"成长期"的篇幅远比另外两部作品多得多。故事的标题——阴影线——本身就象征着年轻船长从青涩走向成熟的艰难历程。"阴影线"一词首次出现在故事第1章第4段中:"人生停不下来。时间也停不下来。直到有一天,你意识到前面有一条阴影线,提醒你韶光必会流逝。"③ 随着故事的展开,我们发现"阴影线"指的就是"青春期和成熟期之间的朦胧地带",而船长"我""当时就处于这一地带"。④ 在第2章中,"我"承认自己容易惊奇,也容易发怒,全是因为"我还太年轻,还在阴影线的这一边"。⑤ 正是因为太年轻,"我"常常经历"无聊、倦怠和不满的时刻,以及轻率的时刻",甚至轻率得"毫无理由就辞去了一个工作"。⑥ 我们还看到他会因"幼稚的怒气"而拍桌子。⑦ 在意外地接手船长职务以后,他仍然在"阴影线"/"朦胧地带"中挣扎了一段时间。他一方面享受着"一种巨大的满足感",心中"流动着喜悦之情",并急切地"想要证明自己的价值",另一方面又不免"害怕",甚至"颤抖",继而"为自己没出息的疑虑而感到羞耻"。⑧ 换言之,此时的"我"患得患失,缺乏自律能力,尽管有

---

① Myron Magnet, *Dickens and the Social Order*, Wilmington: ISI Books, 2004, 194.
② Conrad, *The Nigger of the "Narcissus"*, 126.
③ Conrad, *The Shadow-Line*, 159.
④ Ibid., 174–175.
⑤ Ibid., 182.
⑥ Ibid., 159.
⑦ Ibid., 169.
⑧ Ibid., 190.

把工作干好的愿望。他面临的最大考验是遭遇海上起风,可船员们因病拉不起桅杆,扬不起风帆,这很可能置全船于绝境,就像他在日记中自责的那样:

> 船帆很可能被吹走。那就等于给船上的人都判了死刑。我们没有足够的劳力去拉紧另一组风帆……甚至我们的桅杆都会被折断。一些船只在狂风突起时折断了桅杆,就是因为调整得不及时,而我们却没有力量去扭转帆桁。这就像你的手脚被预先捆住了一样,单等别人来割你的喉咙。最使我惊骇的是,我竟然畏缩了,不敢到甲板上去面对这一切。为了船只的安危,我应该走上甲板。为了那些在甲板上待命的船员们,我也应义无反顾——他们中间的一些人只要我一声令下,就会献上最后残余的力量。然而,我逃避了……我正在逃避责任。我是个窝囊废。①

不过,"我"最终战胜了畏缩情绪,也就是完成了自律的过程。帮助他走出"自我"阴影的是他的部下们。如上引段落所示,不少船员尽管重病缠身,却随时准备拼上最后一丝力量。这段描述是在为"我"蜕变作有力铺垫。书中还有不少类似的描写,如"我"和大副伯恩斯的和解:原先他们是竞争对手(伯恩斯一心想当船长),然而就是这位对手在关键时刻给了"我"宝贵的忠告——他指出"我"不应该一味自责,"那样是非常愚蠢的",进而帮助"我"意识到"最佳机会在于我们全体人员的共同努力,不管是健康的船员还是病号,都必须努力把船带出困境"。② 最关键的帮助来自兰塞姆。他在"本该躺在床上休息"的时候主动承担了许多分外的工作,而且说话时总是带"自然、令人愉快的语气,给人以慰藉"。③ 正是由于听了他的委婉批评,"我"才克服了畏缩情绪,毅然地走上甲板,出色地行使了指挥职责。所有这一切,都印证了上引瓦特的那句话:指挥意味着自我指挥。也就是说,秩序始于自律这一文化自觉。

我们不妨用瓦特的另一句话来作为结束语:"事实上,最伟大的作家与其说反映了他们那个时代的思想体系,不如说以直接或间接的方式揭示了这种

---

① Conrad, *The Shadow-Line*, 228-229.
② Ibid., 220-222.
③ Ibid., 232.

体系固有的矛盾……"① 康拉德揭示了他那个时代"进步"话语体系的内在矛盾——这种以机械思维模式为特征的话语体系看似也追求秩序（如朱克斯简单地用武力来维护），却只能导向无序。不仅如此，他还用生动的故事改写了秩序话语。正因为如此，康拉德使自己跻身于最伟大作家的行列。

第四节
写小说比治理国家还要好吗：《失去归属者》的文化悖论

在英国小说与文化观念的互动史上，吉辛的《失去归属者》（*The Unclassed*，1884）有其特殊地位。说它特殊，是因为它丰富了文化观念的主要内涵之一，即秩序，或者说国家的治理。这还要从下文中的"时代辩论中心"说起。

《失去归属者》曾被认为是一部"处于时代辩论中心"的作品。② 这一论断是基于小说对活跃于19世纪后期的唯美主义文学和自然主义文学的思考。其中，小说主人公魏玛克的写作目标就是这一思考的一个重要方面。提出上述论断的哈什（Constance D. Harsh）认为，魏玛克创作的小说具有自然主义文学的特征，"旨在为大众提供新的感官刺激，提供消费文化依赖的兴奋感"。③ 与此同时，大多数吉辛研究者却认为，魏玛克是一名注重艺术的严肃小说家。那么，魏玛克究竟为何而写作？或许在其人的言辞中可以找到答案。事实上，魏玛克的确提供过一个答案。曾有人问他："写小说比治理国家还要好吗？"魏玛克答："就其自身价值来说，大抵如此。"④ 此言将小说创作的重要性提升至治国理政的高度，超出了商业或艺术层面的观照，意义匪浅。然而，

---

① Watt, *Essays on Conrad*, 1.
② Constance D. Harsh, "Gissing's *The Unclassed* and the Perils of Naturalism," *ELH* 59, no. 4 (1992): 912.
③ Ibid., 923-924.
④ George Gissing, *The Unclassed*, London: Lawrence and Bullen, 1895, 125. 以下该小说引文均出自此版本，仅随文括注出处页码，不再一一详注。

出人意料的是，这组对话一直未曾引起学者的注意。究其缘由，或许与隐含其中的悖论有关。按照常理，治国理政理应比小说创作重要得多，所以将两者进行比较的提问本身就令人费解，要加以回答则更是匪夷所思。魏玛克的回答将小说的重要性置于国家治理之上，显然又超出了常理。那么，悖论式的一问一答有何深意？写小说的价值何以超越国家治理？倘若我们对上述问答的前后文本做一番细察，并且将其置于19世纪下半叶英国社会文化和政治语境中加以考察，就会发现该悖论既涉及人文信仰，又牵扯整个民族的审美趣味和伦理道德等文化观念，实为一文化悖论。不同的文化价值观在悖论式问答中交锋，小说创作的文化使命感得以彰显，同时一幅国家秩序建设的美好愿景得以浮现。

一、悖论之源头：为何写小说？国家治理何为？

写小说比治理国家还要好吗？显而易见，这一提问不是孤立出现的。在此之前，提问者伍德斯托克还向魏玛克问了一个相关问题："写小说能赚到什么吗？"(124)事实上，每次看见魏玛克埋头写小说时，他都会提出同样的疑问。如此反复的提问方式揭示，伍德斯托克早已认定，写小说赚钱是天经地义的。这一观点在当时具有代表性。首先，从伍德斯托克的身份来看，他代言了已经成为英国19世纪社会主流的中产阶级的价值观。他是一名会计师，在伦敦拥有大量房产，同时还从事与金融有关的行业，如信贷和典当。他身处中产阶级阵营，坚信中产阶级价值理念，认为赚钱是每个行业的目标，写小说也不例外。其次，写作职业化进程使小说写作在很大程度上成为一项专门赚钱的工作。该进程于19世纪50年代末完成。[①] 此后写作同其他职业一样，经济报酬几乎成为其唯一目标。贝赞特(Sir Walter Besant, 1836—1901)在1884年创立的作家协会就充分说明这一情况。协会的初衷是帮助职业作家争取应有的经济利益，免遭出版商的不公正待遇，但是因有过度追求物质利益之嫌而时常受到批评。[②] 吉

[①] Salmon, *The Formation of the Victorian Profession*, 217.
[②] Ibid., 218.

辛本人就称之为"生意人聚集之地"。① 因此，当伍德斯托克将写小说与国家治理相比较时，其中隐含的文化背景就是小说写作的高度商业化和创作标准的缺失。

然而，魏玛克的回答则表明，他不同意将小说写作视为赚钱工具的说法。他的第一本小说就是利用自己继承的小额遗产自费出版的。他主要从两方面关注小说写作。

一方面，写作的艺术性原则是他一直坚持的。他强调，"艺术是我最在意的"(211)，而"人类生活只有作为艺术素材才具有意义"(117)。这一点非常重要，可是它却被哈什忽视了，所以才有了本节开头提到的断章取义之说，即魏玛克的写作目标就是遵照自然主义文学的主张实录生活，从而达到夸张效果。事实恰恰与之相反：魏玛克其实跟同时期的佩特相同，都主张"为艺术而艺术"，这一点早已由约翰·斯隆证明，此处不再赘言。②

另一方面，魏玛克注重小说的人文内涵。在上述悖论式问答之后，魏玛克曾询问伍德斯托克是否相信具有人文精神的作品。后者的反应虽然激烈，却在意料之中，他大喊："人文精神与做生意究竟有什么关系？"(126)两种价值观——坚守人文精神的英国文化传统价值与不断被商业利益吞噬的现代功利思想——在此处交锋，从中可见魏玛克对人文思想的重视。换言之，魏玛克眼中的小说写作是兼具艺术性和人文思想性的非功利性行为。

除了小说写作目标，悖论的产生还与另一关键词"国家管理"有关。从上下文看，魏玛克和伍德斯托克对该词的理解也大相径庭。在写小说是否赚钱一问之后，伍德斯托克提议，魏玛克不妨进军政界，争取进入议会。这一建议看似随意，其实折射出当时很普遍的一个文化现象，即文人弃笔从政。当时的历史学家莱基(W. E. H. Lecky, 1838—1903)就指出："具有优秀的文学才能，却转而投身政治，如今这样的人不在少数。"③ 更值得注意的是，魏玛克和伍德斯托克还就国家治理的目标展开过争论。伍德斯托克认为，国家治理的

---

① Malcolm Bradbury and James McFarlane, *Modernism 1890 - 1930*, Harmondsworth: Penguin, 1976, 135.
② 详见 John Sloan, 34。
③ Quoted in Nigel Cross, *The Common Writer: Life in Nineteenth-Century Grub Street*, Cambridge: Cambridge University Press, 1985, 213.

目标就是要形成一种"强者统治弱者"的秩序(125)。从其本人经历来看,这里的"强者"包括了在生理体能或经济实力上占据优势的社会成员。他早年在学校读书时就有"靠肌肉获胜的爱好"(20),依靠自己发达的肌肉欺负同学,是"大恶霸"(20);成年工作后,他凭借自己在经济上的优势地位,保持一幅强悍姿态,在面对弱势群体时,尤其如此。最突出的例子就是他对待房客的态度:在收取租金时,他无视租客的生活困难,甚至使用武力进行威胁,并且坚称只有强大的签约一方才有提出要求的权利。只要不断有租客,他就无须花费不必要的开销来改善恶劣的居住状况。显而易见,伍德斯托克倡导的秩序是一种"强者"话语,具有强烈的社会进化论色彩。我们知道,社会进化论是19世纪下半叶英国的一种主流政治思想,其创始人赫伯特·斯宾塞认为,国家的基本职能是实行同等自由的法则,[①] 即遵照"生存竞争、适者生存"的生物界规律,尽量减少政府的职能,实现自由放任原则,充分保障个人自由。该政治思想遵循的是以个人主义为主要特征的自由主义思想,以及立足于个人主义的功利主义。于是,每个个体单向度地追求物质利益,社会经济竞争被等同于生物学意义上的竞争,国家则滑入"强者"自由的秩序中。在此意义上,伍德斯托克代言了以"强者"秩序作为最终目标的治国理念。

听闻伍德斯托克的"强者"秩序后,魏玛克反唇相讥。他称对方为"只知保持平衡"的"保守派"(125)。此语措辞委婉,却饱含不满,批评当时的政府意图维持"强者自由、弱者沉默"的现状,后者应和了伍德斯托克的一句口头禅,即"如果弱者不够强,就应该保持安静"(125)。魏玛克还批评政府"目光短浅",热衷于"最愚蠢的恶作剧"(124)。此言虽显夸张,却不失为19世纪后期英国有识之士批评政府的实例,其中一个批评矛头就指向了"强者"自由。[②] 与伍德斯托克相仿,魏玛克的立场也与自己的经历密切相关。他曾任教于一所中产阶级学校,目睹了个中乱象,最终愤然辞职。在那个学校里,校长一家把持话语权,校园内暴力事件频发。校长喜欢聘用那些没有生活来源且不懂英语的外国人,只因后者初来乍到,愿意低薪受聘。一旦他们学会了一些英语,校长

[①] 徐大同主编:《西方政治思想史》,天津:天津教育出版社,2005年,第392页。
[②] 吴春华主编:《西方政治思想史》(第四卷 19世纪至二战),天津:天津教育出版社,2005年,第179页。

就会马上解雇他们,免得他们提出加薪的要求。这种凭借强势地位肆意欺诈的行径,与伍德斯托克对待租客的态度如出一辙。校长夫人则代替校长进行日常管理工作。她时常冲进教室,或是当众责骂教师,或是对教学内容指手画脚,严重扰乱教学秩序。更有甚者,校长的儿子是一个"中产阶级寄宿学校土壤能培育出来的小恶魔"(71)。他常常凭借强力欺负同学乃至老师,酷似幼年时期的伍德斯托克。简而言之,在以"强者"自居的校长一家的自由治理下,学校陷入了混乱。

同时,魏玛克认为,失序乱象起因于文化上的短见。他将校长夫妇称为"傻瓜和野蛮人",将学校视为"非利士人的领地"(44)。这一称谓具有明显的文化批判意味。阿诺德给"非利士人"下过一个经典的定义,即"喜欢工具""眼界狭隘"的英国中产阶级。① 跟阿诺德一样,魏玛克的谴责也指向了工具崇拜。上述学校的种种乱象折射了英国当时面临的一系列社会问题,如秩序混乱、人口拥挤、居住条件恶劣、教育和道德水平低下等等。② 也就是说,"强者"秩序反而令英国社会有失序的危险,其结果就是"资产阶级国家正面临着合法性危机"。③ 因此,魏玛克批评"强者"秩序,这实际上是对当时国家合法性危机的回应,同时还揭示了这样的事实:以自由主义思想支撑的国家治理政策只能招来乱局,因而有必要设立新的治理目标。

综上所述,上述悖论起源于问答双方对于"为何写小说"和"国家治理目标"两个关键问题的不同理解。由于政治是当时文学面临的两大敌手之一,④ 所以双方的分歧体现了19世纪后期侧重物质文明的功利主义价值体系在艺术与政治两大领域中引起的纷争。那么,上述两个关键词是如何在悖论式对话中联系起来的呢?魏玛克对小说价值的强调提供了一个很好的切入点,并且引入了一个关乎国家秩序的审视维度,这也是我们以下要探讨的内容。

---

① 马修·阿诺德:《文化与无政府状态》,第77页。
② 吴春华主编:《西方政治思想史》(第四卷 19世纪至二战),第345页。
③ 同上,第346页。
④ Nigel Cross, *The Common Writer*, 213.

二、悖论之重心：小说繁荣与社会失序

从上述问答中可以看出，小说价值是魏玛克回答的重心。这是一个历久弥新的文化命题。在小说快速发展的 19 世纪后期，这一问题显得格外重要。特罗洛普在 1870 年指出，英国"已经成为一个读小说的民族"。① 此言毫不夸张地道出了英国 19 世纪后期小说发展状况。19 世纪七八十年代，小说在主要出版书籍中占到将近 1/4 的比例。② 此后的发展更加迅猛，到了 1897 年，小说就有了"每日面包"的美誉。③ 至第一次世界大战爆发前，小说年均出版量的增幅高达 90%。这些数据还未包括刊登在报纸和期刊上的各类小说。实际上，同时期报纸和期刊数目也有惊人的增幅，1875—1914 年期间，分别从 643 种和 1 609 种增至 2 504 种和 2 531 种。④ 与此同时，小说的社会效应也成为那一时期的热点问题。⑤ 英国文学界对热销小说的社会影响表示了担忧。阿诺德就曾直言，主宰市场的是"一种廉价的文学，面目狰狞，卑贱下流，像那些摆在火车站书架上的炫人耳目的艳俗小说，它们似乎是奔着生活水准较低的人群而来，就像很多别的货色是为了满足我们中产阶级的需要而制造出来的一样"。⑥ 阿诺德所说的廉价文学主要指 19 世纪后期受读者追捧的历险小说、浪漫小说、恐怖小说和犯罪小说。⑦ 他担忧的是小说审美形式的缺失，以及思想内容的庸俗化。在这种状况下，关于小说价值与国家治理的言说就具备了文化诉求的意义。那么，小说的商品化和低俗化会给国家带来怎样的影响呢？

魏玛克本人的亲身经历就是一个回答。在辞去教职后，他从伍德斯托克那里谋到一份收取房租的工作，不料在上门收取房租时遭人绑架。在绑架事件的叙述中，有三处细节/场景透露了小说与失序行为的联系。在绑架发生之前，魏玛克进入绑架者斯莱姆房中，发现后者坐在一堆"经常塞满房间的说不

---

① Anthony Trollope, *Four Lectures*, London: Constable, 1938, 108.
② Philip Davis, *The Victorians*, Beijing: Foreign Language Teaching and Research Press, 2007, 202.
③ Philip Waller, *Writers, Readers, and Reputations: Literary Life in Britain 1870 – 1918*, Oxford: Oxford University Press, 2006, 635.
④ Mary Hammond, *Reading, Publishing and the Formation of Literary Taste in England, 1880 – 1914*, Aldershot: Ashgate publishing, 2006, 4.
⑤ Ibid.
⑥ Matthew Arnold, *Irish Essays and Others*, London: MacMillan, 1904, 254.
⑦ Waller, *Writers, Readers, and Reputations*, 635.

出名目的短文册子中间"(230),此其一。类似的场景在书中反复出现。

其二,魏玛克第一次上门收租时就注意到,斯莱姆的房间里散乱着"奇怪的杂七杂八的文册"(100)。

其三,房内满墙的"猥亵字眼和图画"(101)暗示斯莱姆看的小册子无异于阿诺德所说的"艳俗小说"。它们热衷于书写丑陋,满足了当时"读者对不雅短文的需求",① 侵蚀了读者的心灵。

这三处场景其实是一种重复,都昭示了绑架行为与阅读内容之间的联系。赛利格曾经提出,斯莱姆房中"令人作呕的涂写"与魏玛克装满文学作品的书橱形成了鲜明对照,戏剧化地表现了对体面的诉求。② 我们认为,作者此处关注的不仅是体面问题,更是社会秩序问题。上述重复出现的场景都表明,小说要是写坏了,就会对人的思想和行为产生恶劣影响,这经由斯莱姆"狡诈的""野性的"欲望(233)以及他的绑架行为得到了体现。

小说中还有一处细节,正好表现了欲望升级为"强者"秩序的过程:斯莱姆用粗线绑住魏玛克的双脚后,将它们"牢牢地"(firmly)系在事先"牢牢地"(firmly)钉入地面的铁钩上;紧接着,他把粗绳绕过魏玛克的脖子,用每段绳子"牢牢地"(firmly)绑住地上的铁钩(231)。反复使用的"牢牢地"一词隐含了叙述者的良苦用心,形象地勾勒出斯莱姆的粗暴,也生动地展现了斯莱姆和魏玛克之间的悬殊力量,仿佛重现了伍德斯托克借助肌肉力量获胜的画面。由此,"强者"秩序赫然而生,但是绑架行为本身就是一种十分严重的失序行径,魏玛克本人就在其中见证了小说——更确切地说,是伪小说——滋生贪欲、破坏秩序的力量。

阅读趣味与人物行为的联系,这是19世纪后期的一个热点话题。当时关于文学作为"社会地位标志"的讨论处处可见。③ 一个流行的观点就是:"如同一个人结交的同伴,我们也经常可以通过一个人所读的书来了解其本人。"④ 吉辛对人物读书内容尤为关注,这在他作品中常有体现。就如玛丽·哈蒙德

---

① Nigel Cross, *The Common Writer*, 210.
② Robert Selig, *George Gissing*, New York: Twayne Publishers, 1995, 27.
③ Hammond, *Reading, Publishing and the Formation of Literary Taste in England*, 24.
④ Samuel Smiles, *Character: A Book of Noble Characteristics*, London: John Murray, 1905, 289.

(Mary Hammond)所说,吉辛小说旨在传达一个观点,即阅读的选择"要么成就你的社会生涯,要么糟践社会生涯"。①《失去归属者》中屡次发生的失序事件就是明证。除上文提及的几例以外,小说中还有两起事件凸显了小说与社会秩序之间更加密切的关联。

首先是哈利亚特·斯梅尔的骗婚事件。哈利亚特一心要与表兄朱利安·卡斯蒂结婚,但是朱利安毫无此意。于是,哈利亚特开始绞尽脑汁策划骗婚。在骗婚之前,"哈利亚特一直沉溺于廉价周刊上的小说","由于这种训练,所有装模作样、令人难堪的举动十分贴切地表现了她的毛病"(102)。骗婚成功之际,书中又出现了这样的叙述:"这是她从廉价小说中学来的一个说法。"(106)此处的"说法"是指哈利亚特使出的最后一招:当朱利安不肯屈就时,她就通过模仿廉价小说中的语言,夸大自己的困境,令朱利安束手无策,最终达到她的目的。叙述者紧接着指出了廉价小说产生恶劣影响的原因:"她(按:哈利亚特)的言语中始终充满多愁善感的成分,加上她的表演,效果的确卓著。"(106)此处"多愁善感"(sentiment)一词用得恰如其分。据威廉斯考证,该词在19世纪是一个贬义词,其形容词sentimental含"有意识的情感发泄"或"放纵感情"的意思。②言下之意,煽情小说犹如病毒,感染了哈利亚特的心理和言行,令她极大地扰乱了朱利安的生活。叙述者多次使用"失序"(disorder)一词描述朱利安的婚后生活状态,由此我们可以瞥见两层深意:1)倘若众多小说读者都如哈利亚特一般,那么整个社会生活秩序就有混乱之虞;2)若要避免失序,就要从源头上寻找对策,即写出好的小说。

书中还有一个诬告事件,同样对社会秩序造成了威胁。由于哈利亚特婚后总是无事生非,因此魏玛克请求好友艾达·斯塔尔去陪伴她,希望能够帮助减轻她的寂寞,以缓解家庭矛盾。谁知哈利亚特对幼时与艾达打架一事念念不忘,伺机报复艾达。她与人合谋,诬陷艾达偷窃财物,令其蒙冤入狱。耐人寻味的是,整个事件的叙述中再次出现了关于肇事者阅读内容的细节。合谋者萨拉事前"陶醉在周日报纸中"(65)。萨拉的读报细节与之前哈利亚特的阅读情形遥相呼应,揭示了两人的共同阅读趣味,可谓臭味相投。事实上,萨拉

---

① Hammond, *Reading, Publishing and the Formation of Literary Taste in England*, 25.
② 雷蒙·威廉斯:《关键词》,第430—431页。

也曾为哈利亚特骗婚一事出谋划策。在接下来的法庭审判过程中，诬陷升级为扰乱国家秩序的事件。整个审判叙述的重点是魏玛克的感受。在他眼中，艾达是一名"牺牲者"，而出席审判的是"卑鄙社会秩序的心胸狭隘的奴隶"（199）。魏玛克深知，艾达的冤案乃哈利亚特和萨拉睚眦必报的心理所致。她们既没有对艾达的善意帮助心存感激，也未对处于弱势地位的艾达报以丝毫的同情心，反而从廉价小说与报刊中学会如何夸大仇恨和敌意，如何算计对方。从阅读的影响上看，她们不但没有得到心智的发展，反而误入歧途，沦为劣质小说的"奴隶"。倘若每位读者都如诬陷者一样陷入劣质读物的泥潭，那么社会秩序必然会崩溃，这正是魏玛克所焦虑的。还值得一提的是，审判一章的题目为"正义"，这颇具反讽意味。哈利亚特与萨拉在法庭上振振有词，俨然一副正义使者的面孔，而艾达虽清白无罪，却低下头，羞愧地站在被告席上。这正应了政治学中的一句名言："没有正义的国家乃是一个伪国家。"① 换言之，诬告事件再次传递出如下深意：廉价读物对国家正义秩序的破坏力不容忽视，而优质小说的回归才是正道。

　　让我们再次回到魏玛克那看似悖论的回答：就自身价值而言，写小说确实比治理国家还要好。就是因为优质小说的缺席，才有了上述三个失序事件，才有了"强者"的自由，才有了弱肉强食的"秩序"。也正是在这个意义上，小说写作与国家治理产生了不可分割的联系。

三、悖论之真意：小说文化价值与和谐秩序之构筑

　　隐忧之下，魏玛克口中的小说价值到底是什么呢？它为何能胜过现行国家治理？这也正是伍德斯托克想知道的问题。于是，他继续问道："要是没有政府，你那些小说还能干什么？"（125）魏玛克则不假思索地回应："我会从一片混乱中造出一个大治的国度。"（125）这一回答将小说视为消除混乱的良方，具有明显的文化意味。阿诺德在《文化与无序》中指出，"在四周的混乱环境中"，"出路看来就是文化"。② 阿诺德此言是针对英国社会崇尚自由放任思想的无序状态而发，而魏玛克所说的"一片混乱"也是同样的意思。更重要的是，

---

① 浦兴祖：《西方政治学说史》，上海：复旦大学出版社，1999年，第97页。
② 马修·阿诺德：《文化与无政府状态》，第77页。

阿诺德所说的文化——世界上最优秀的思想和言论——中就包括了魏玛克所推崇的兼具艺术性和思想性的严肃小说。因此，魏玛克强调的小说价值具有文化拯救的维度。须深究的是，小说何以能够消除混乱状态？它又能建立怎样的伟大秩序？小说的结尾内含诸多提示，我们不妨从中寻找答案。

小说最后一段写道，魏玛克向艾达发出求婚信，并且得到艾达的热烈回应。这一情节往往被认为是回归维多利亚小说"大团圆"的传统结局，因而屡遭诟病。两人的结合甚至被视作"个体战胜环境的小资产阶级梦想"，战果就是"阶级特权和财富"。① 然而，魏玛克并未觊觎艾达所继承的财产。促使他做出决定的是艾达的心智发展。魏玛克目睹了艾达的成长过程，并称她是"他见过的最高贵、最甜美的女性"（309）。换言之，打动魏玛克的是艾达的优秀品质。而且，魏玛克深知，艾达的进步与小说阅读息息相关。不过，艾达所读的小说远非哈利亚特喜爱的那种，而是经由魏玛克挑选，承载着艺术和文化精神的佳作。由此，魏玛克向艾达的求婚不仅具有传统结尾的"大团圆"意义，更是对艾达的欣赏，以及对严肃小说价值的肯定。

艾达的故事——尤其是她的特殊身份——彰显了一个道理，即严肃小说可以通过提高生活质量来帮助消除社会混乱。自出版以来，该小说因艾达的身份而长期遭受诋毁。艾达起初是一名妓女，之后成长为一名高贵的女性。维多利亚的社会习俗不接受让妓女作为小说女主角的做法。即便是七年后出版的《苔丝》，仍然被视为离经叛道之作。但是，从小说序言中可以看出，艾达的特殊身份恰寄托了作者的美好愿望——吉辛本来就视其为一部浪漫主义作品（vi）。艾达的转变可谓是重要一例。虽然魏玛克第一次借书给艾达属于无意之举，但是随后的几次见面，魏玛克都会特意挑选小说供艾达阅读。艾达在魏玛克的指领和鼓励下，坚持阅读这些小说。渐渐地，魏玛克注意到艾达的外貌发生了显著变化：从浓妆艳抹到洗去铅华的素面，从披金戴银到简单扎辫的打扮，无不透露出小说的艺术感染力和净化心灵的力量。最大的变化则莫过于艾达读完《简·爱》后的身份转变。她下定决心告别妓女生活，并选择做一名洗衣女工。

---

① Sloan, *George Gissing*, 38.

上述决定有两方面的意义。

其一,自尊意识的萌发促使艾达彻底告别不光彩的旧职业。小说中专门描写了艾达海中沐浴的场景,极富洗礼仪式感,① 象征她与以往生活的决裂,在自尊中走向真正自由的生活。这与哈利亚特的骗婚行为形成比照。哈利亚特看似掌握了选择婚姻的自由,实则将自己的命运维系在他人身上,毫无自由可言。

其二,对物质欲望的自制力让艾达在新职业中获得新生的愉悦。在19世纪,洗衣工作异常辛苦,工作时间长,需要极大的耐力和体力,且收入微薄,与卖淫所得相去甚远。但是,艾达却并不抱怨,反而感到内心的洁净和重生的喜悦(137)。与斯莱姆的放纵相比,艾达能够克制物欲,虽苦犹乐,获得心灵的自由,提高了生活质量。对于社会安定而言,这种自由难能可贵。在这个意义上,严肃小说具有同化读者的感召力,通过帮助寻找自我和生活的价值来避免失序事件的发生。

如果艾达自身生活质量的提高有助于消除社会混乱秩序,那么之后她改造贫民出租房的情节则体现了严肃小说的另一种潜能——创建公共空间的和谐秩序。在成为一名洗衣女工后,艾达与自幼离散的外祖父伍德斯托克团聚,并接手管理后者名下的出租房。这一情节被认为是"回归(维多利亚小说)继承财产的情节",② 其实不然。传统情节模式往往在财产继承后就马上以"大团圆"收尾,而艾达在获得财产后,还有大量的戏份,如改善出租房的种种努力。而且,小说末尾对出租房新貌的描述表明,严肃小说对个体心智的影响能够辐射至公共空间。除了硬件设施的改观,出租房小区的改造目标更重在精神层面新秩序的形成。叙述者强调,艾达从来不会盛气凌人,也不会不加考虑地提出夸张的要求。房屋的硬件改造皆是艾达主动而为,未向租客收取任何费用。这些超功利的举措与伍德斯托克对租客的强硬态度形成了鲜明对照。同时,租客们的审美趣味也随之提升:他们开始懂得,按期交租金并不足以成为稳定租期的保证;他们如果不能克服"对污秽之物的嗜好",都将会失去租房资格(310)。值得注意的是,叙述者特别强调,嗜好包括"物质"和"道德"两个

---

① 详见 Gissing, *The Unclassed*, 145。
② Sloan, *George Gissing*, 31。

层面(310)。换言之,类似斯莱姆和哈利亚特的卑鄙、贪婪的不道德行为将被排斥。可以说,出租房的新貌符合艾达设立的改造目标——创建"体面的"居住环境(293)。此处,"体面"一词的含义非常丰富:它既指事物的物质层面,又指人物的正派品行和得体举止。这"体面"还来自阅读——艾达在阅读中领悟到生命的意义,学会了用热情融化冷漠,用尊重排除敌意,用真情摒弃欲望,重塑了个体价值观,并在公共空间建立起反庸俗、反功利的和谐秩序。

艾达在出租房小区所做的一切,正是魏玛克所期望的。在与伍德斯托克争论时,他就提出类似建议,但遭到后者的断然拒绝。两人的争论实为当时英国政界争论的一个焦点。自 1873 年起,伯明翰市市长策划领导城市改革,包括拆除贫民房、改善居住条件等等。① 然而,这类改革并非一帆风顺。斯宾塞就反对由政府来担负改善卫生条件的责任,并指责政府过多干预个人自由。② 显然,政见的分歧在于个人自由与国家秩序孰重孰轻。自 19 世纪 70 年代进入经济萧条期后,英国社会各类精英一再反思自由主义在国家治理方面的弊端,探讨集体主义与个人主义的问题。③ 在此背景下,艾达的实践可被视为对这一政治问题的文化介入。它以心智的培育来建立自觉自愿的人文信仰,表现了新自由主义创始人格林(Thomas Greene,1836—1882)所主张的"共同至善"的伦理原则,即只有整个社会形成对共同至善的追求,才能形成一种和谐文明的社会。④ 伍德斯托克后来的表现说明,人文信仰能够激发对善的追求,为个人的道德发展创造条件。他被艾达的善举感化,逐渐改变了对租客的态度。他亲自查看出租房屋的状况,特别是在看到租客身患天花而病重倒地时,不顾被传染的危险,毫不犹豫地靠近病人检查病情。伍德斯托克的改变,意味着觉醒的文化意识能够消解冷漠的"强者"秩序,增强社会凝聚力。至此,我们已经无限接近魏玛克所说的小说价值,即通过心智培育来扬善弃恶,进而实现"共同至善"的新国家秩序。

我们不妨借用伯克的一句话作为结束语:"除非有一种对意志和欲望的约

---

① 阎照祥:《英国政治思想史》,北京:人民出版社,2010 年,第 367 页。
② 同上,第 373 页。
③ 同上,第 361 页。
④ 吴春华主编:《西方政治思想史》(第四卷 19 世纪至二战),第 348 页。

束力,社会就无法存在。"① 伯克所说的"约束力"就是一种文化诉求,而《失去归属者》中的悖论式问答恰恰凝缩了这种诉求。它意欲在价值观冲突的时代,提高精神追求和审美趣味,培养心智,重建信仰,恢复秩序。高品位的小说则成为魏玛克寻求约束力的源泉。它既是个人心智完善的指路明灯,也是融合社会人心的黏合剂。可以说,魏玛克"用内在文化超越外在环境"的理想②,在上述悖论式问答中得到了精确的阐释。在文化自觉中弥合社会断裂,这就是魏玛克的终极写作目标,也是吉辛的文化诉求。

---

① 转引自陆建德:《麻雀啁啾》,北京:生活·读书·新知三联书店,2003年,第35—36页。
② Sloan, *George Gissing*, 38.

第八章
渐入国民意识的"民族良心"

"民族良心"(the conscience of the nation)作为文化命题,是跟前面各章中"秩序""共同体""心智培育"和"英格兰特性"等关键词紧密相连的话题。民族良心的锻造,是民族魂的凝练过程,或者说是凝聚人心的过程,是构建民族特性、文化身份、共同信仰和行为准则的过程。19世纪的英国文学家比先前作家更提倡民族良心,是因为(前文所说的)转型焦虑比先前更浓郁,社会生活方式的变化更剧烈,随之而来的困惑更多了。这一时期,致力于铸造民族良心的英国作家各具特色,方法各异。例如,罗斯金就曾在《芝麻与百合》中抨击英国政府用炮舰强迫中国接受鸦片的买卖,这其实是民族良心的一种别样体现。本章限于篇幅,仅选择萨克雷和詹姆斯的相关作品,以求管中窥豹。

第一节
铸造有良心的民族语言与文化:评萨克雷小说《名利场》

在英国文学与文化观念史的互动中,从莎士比亚、罗斯金到斯诺,从叶芝(W. B. Yeats,1865—1939)、乔伊斯(James Joyce,1882—1941)到希尼,优秀的英国文学家无不以锻造"民族良心"为己任。比如,在中世纪最有影响的宗教寓言诗《农夫皮尔斯》(*The Vision of Piers Plowman*,1370—1390)中,"良心"(Conscience)是作品中宗教人物群的核心,他总是在关键时刻挺身而出,指导人们走向正途。又如,乔伊斯曾经两度提到一个艺术家的责任就是要在"心灵的冶炉之中,锻造出我的民族从未具备的良心"。① 在这个传统中,19世纪小说家萨克雷是不可绕过的人物,起着举足轻重的作用。

西方评论界一致认为,小说《名利场》是萨克雷最重要的文学创作,"在维多利亚时代小说发展过程中起到了一种革命性的作用,犹如《尤利西斯》对20世纪现代小说所产生的作用一样"。② 弗雷德里克·R. 卡尔教授(Frederick R. Karl)赞扬斯诺"致力于考察在第一次世界大战之后英格兰的道德良心",③ 并随即明确地指出斯诺的小说创作在技巧(technique)和态度(manner)上都与萨克雷、乔治·爱略特和高尔斯华绥(John Galsworthy,1867—1933)的维多利亚小说"同源"(akin)。④ 值得我们注意的是,卡尔特别指出斯诺的小说人物是"更加复杂的都宾",⑤ 而威廉·都宾正是《名利场》中萨克雷唯一正面塑造并大力赞赏的君子。他"心肠正直,脑子也不错,待人既诚恳又谦虚,一辈子干干净净,老老实实地做人",⑥ 是一位豁达勇敢、受人尊重、心怀民族的英格兰军官。

在审视文学典籍中的民族良心问题时,必然要考察文学家如何处理文化身份,民族的共同信仰、行为准则和凝聚力等一系列问题。本节着重分析并解读小说《名利场》中女主人公利蓓加·夏泼扔弃约翰逊博士(Samuel Johnson,1709—1784)的《英语大辞典》(*A Dictionary of the English Language*,1755)这一举动,旨在探讨萨克雷如何反映英国人对民族语言和文化缺乏自信的现实,如何揭示英国公共媒介浮夸虚伪、颠倒是非、阿谀奉承的斑斑劣迹。

---

① 1912年8月22日,刚届而立之年的乔伊斯在致妻子诺拉的家书中写道:"'阿比剧院'即将开张,他们将上演叶芝和辛格的剧本。你有权在此看戏,因为你是我的新娘;当代作家也许最终要在这个不幸的民族的灵魂深处铸造出良心,而我就是这些作家中的一员。"转引自理查德·艾尔曼:《乔伊斯传》,金隄、李汉林、王振平译,北京:北京十月文艺出版社,2006年,第377页。在1914年出版的小说《一个青年艺术家的画像》中,乔伊斯再次有相似的表述:"to forge in the smithy of my soul the uncreated conscience of my race." 参见 James Joyce, *A Portrait of the Artist*, 213。

② Cherie D. Abbey, ed., *Nineteenth-Century Literature Criticism*, vol. 14, Detroit: Gale Research Company, 1987, 387. 转引自侯维瑞、李维屏:《英国小说史》,南京:译林出版社,2005年,第314页。

③ Frederick R. Karl, *A Reader's Guide to the Contemporary English Novel*, Beijing: Foreign Language Teaching and Research Press, 2005, 62.

④ Ibid., 63.

⑤ Ibid., 66.

⑥ 萨克雷:《名利场》,杨必译,北京:人民文学出版社,2013年,第632页。本节相关引文均出自此译本,少量文字有所更动。下文仅随文括注出处页码,不再一一详注。

我们认为,通过小说创作,萨克雷迫切呼吁英国人重视本国的语言和文化,积极寻求有良心的话语,不啻为建构同质的英格兰民族文化的干将。

一、词典是知识的象征还是名利的手段?

《名利场》开篇便将约翰逊博士的词典置于显要的地位,并着力描绘了一场围绕词典展开的颇有意味的师生斗争,从中我们可以洞悉当时英国人对民族语言文字及文化的认识和态度。

平克顿女子学校的校长巴巴拉·平克顿小姐有个习惯:"凡是学生离开林荫道,她从来不忘记把这本有趣味的著作相赠",书面上题写"已故塞缪尔·约翰逊博士于平克顿女校某毕业生离开林荫道时的数行赠言"(3),并且在空白页签上自己和学生的名字。可是,平克顿小姐却拒绝将词典赠予出身卑微、孤身一人的利蓓加。具有讽刺意味的是,当善良的吉米玛(平克顿小姐的妹妹)偷偷地取了一本词典,在利蓓加即将离开之际好心送给她时,利蓓加却从马车上"老实不客气地把词典扔在花园里面",把吉米玛"吓得差点儿晕过去"(8)。这是小说中女主人公利蓓加的首演,固然带有些许反抗权威的精神,但是作为利蓓加正式步入名利场之前作者重笔描绘的举动,萨克雷的用意值得我们深思。词典究竟代表着什么?平克顿小姐赠送词典之举是表达对知识的尊重吗?是寄托对学生的深切期望吗?利蓓加扔弃词典的行为又说明了什么?

在英国,塞缪尔·约翰逊博士的《英语大辞典》自1755年出版以来,一直是英语的拼法典范、词义标准和使用准则,在英语史和英国文化史上都具有划时代的意义。有人甚至将18世纪下半叶称作英语史的"约翰逊时代"。《英语大辞典》同时还受到美国、法国、意大利等诸多国家学者的赞赏。学界认为,该词典在当今的美国仍然是重要的参考书。究其原因,1775年美国独立革命爆发,美利坚的建国领袖们在表达政治理念时,都将约翰逊的《英语大辞典》奉为行文圭臬。这样,当代的美国法官们在讨论与宪法有关的案例时,就常常需要借助该词典,以便探讨建国之父们在1787年制定宪法时的确切用意。约翰逊博士的《英语大辞典》为标准英语奠定了基石,建立了规范的语言文字准则,使英语趋于稳定,为英格兰独立的民族文化发展立下了汗马功劳。萨克雷将约翰逊博士的《英语大辞典》作为名利场第一件试探国民良心的道具可谓用心良苦。

在《名利场》中,平克顿小姐刚一出场,作者就揶揄她是"约翰逊博士的朋友"(1),因为"这位威风凛凛的女人嘴边老是挂着词汇学家的名字"(3),写信提到这位"伟大的词汇学家"(THE GREAT LEXICOGRAPHER)时,必定每个字母都大写(2)。然而,平克顿小姐如此崇敬词典的原因并不是她真正地尊敬并理解本国的文化,努力引导学生认真学习本民族的语言和文字,而仅仅是因为约翰逊博士的一次拜访"使她名利双收"(3),她便借此虚名来显摆、抬高自己的身份。正因为如此,当家境富裕的爱米丽亚毕业离校时,平克顿小姐会按惯例送她一本词典,但是对于同时离校的半工半读的利蓓加,即便"词典只值两先令九便士",平克顿小姐认为"不必再在分手的时候特别抬举她"(3)。因此在平克顿女子学校,词典不是知识的象征,不是民族文化的精粹,而是趋炎附势的用具,与约翰逊博士所愿相去甚远。至于利蓓加扔弃词典,是因为她看透了平克顿小姐这个"自以为了不起的、像智慧女神一样的老婆子",她"最爱空架子和虚面子"(13),而词典不过是其卖弄炫耀之工具。当然,"扔词典"还有一层更深的寓意,因下文会有分析,此处暂且不表。

萨克雷曾自我评价说,《名利场》"这部小说里人人都愚昧自私,一心追慕荣利"。① 平克顿小姐的拒绝赠送,以及利蓓加的拒绝接受,所反映出的浅薄与虚荣、利欲与冷酷是整个物欲横流、堕落腐化的名利场的一个前兆。萨克雷准确地捕捉到维多利亚时代的社会风气,犀利地揭示出当时的现实,即词典理应被尊为知识和民族文化的象征,实际却沦为追名逐利的手段。

二、英语与法语之争

毫无疑问,在《名利场》的师生斗争中,利蓓加占据了上风。那么她引以为傲的武器究竟是什么呢?她如何胆敢扔弃被校长奉为权威的词典呢?随着小说的发展,我们可以看到,利蓓加在名利场拥有两大优势:一是熟练正确的英语,她的语言能力特别强,口角机智而又俏皮;二是发音纯正的法语,她的法语

---

① 转引自杨绛:译本序,载《名利场》,杨必译,北京:人民文学出版社,2013年,第708页。

好得让法国贵族都折服。利蓓加的两大优势实则反映出当时英国社会普遍存在的两大缺陷：既轻视本民族的语言文字，又盲目崇尚法国的文化。

《名利场》的主要人物都来自英国的中上流社会，他们都是社会的核心、民族的栋梁。萨克雷则用讽刺的笔调，揭露他们让人啼笑皆非的语言能力。纨绔贵族子弟罗登·克劳莱的"一笔字像小学生写的"(140)。他想写信讨好有钱的姑妈克劳莱小姐，"很快地写了地名、日期和'亲爱的姑妈'几个字。写到这里，勇敢的军官觉得别无可说，只好咬咬笔杆抬头望着老婆"(254)，任凭利蓓加逐词逐句传授并纠正。其后，在"费力劳神"地起草给情敌斯丹恩勋爵的决斗书时，罗登"一面写一面查约翰逊博士的词典，还好这词典有用，帮了他们不少忙"(550)。小说还频频提到从男爵毕脱和平克顿毕业的女财主施瓦滋小姐连写张便条都错别字连篇，而且他们从不屑于查词典。正是这些细节使读者看到，即便在英国的中上流社会，人物应有的文字能力与他们实际的水平相差甚远。萨克雷尖锐地指责当时的英国人未能很好地掌握本民族文字，不重视本民族文化。

另一方面，萨克雷反复讽刺并警醒读者：就语言文字而言，法国高高凌驾于英国。利蓓加能在与平克顿小姐的较量中获胜，依靠的不是她"一鳞半爪"的学识，而是因为她说法文"不但准确，而且是巴黎口音"，在当时被认为是"难得的才具"(11)。利蓓加用"完美的法文"告别，在交锋中让平克顿小姐吃了亏(6)；当平克顿小姐在大庭广众之前责备她时，利蓓加用法文回答，拆了她的台(14)。乔瑟夫·赛特笠则想象着把利蓓加娶到手后带到印度，会"多么出人头地，又想到她的法文说得比总督夫人还好，在加尔各答的跳舞会上准会大出风头"(34)。都宾幼时在公开考试中代数考了第三名，"得到一本法文书算是奖品，个个人都为他高兴"(45)。克劳莱小姐生活腐败、自私残酷，却标榜"一直喜欢法国小说、法国酒和法国式烹调……背得出卢梭的名句，把离婚看得稀松平常，并且竭力提倡女权"(90)。就连贵族死了，也要粘连上法国，方才显得气派："光荣的乔治·葛斯泰芙·斯丹恩……最近中风逝世，原因是这次法国皇室崩溃，给予勋爵大人感情上沉重的打击"(663)。无怪乎小说的叙述者揶揄说："连演戏的也不愿意扮演坏人，例如混账的英国人、残暴的哥萨克人之流，宁可少拿些薪水，以自己的本来面目出现，演一个忠诚的法国人。"(77)

语言是表情达意的工具，是思维最重要的载体，对于形成民族共同的意识与思维具有重要的作用。自中世纪以来，法语一直在英国占据优势，即使到了19世纪，英国一跃成为强大的帝国，法语依然受到英国人的崇尚。优秀的英国文人和知识分子以各种努力来抵制这一现象。据传记记载，约翰逊博士本人怀有浓厚的民族自豪感，曾抨击"法国是一个非常粗鄙的民族"。① 他在法国时，"相当坚持用拉丁文讲话"；他的箴言是"一个人，无论如何，都不应该用一种半吊子的语言，来降低自己身份"。② 萨克雷也借利蓓加之口，说出了强烈的不满："跟小姐们说法文，说得我一想起自己的语言就头痛。"(9)这里"自己的语言"原文为 mother-tongue（母语），实际上是在强调英语才是母语。与此有关的是，萨克雷专门设计出扔词典这个情节（见上文），显然并非为了简单地赞赏利蓓加的反叛精神。利蓓加口角伶俐、聪明能干、能熟练地说法语，词典于她并无太多益处，她自然就毫不珍惜地扔弃了它。萨克雷刻画这一行为，其实是警醒国人要尊重本国语言文字，建立民族文化认同。

　　英国民族主义理论家安德森将现代民族定义为一种用语言材料造就的"想象的政治共同体"。③ 语言对某一群体的文化做出解释和表达，存在于一个文化群体成员身份建构的过程中。因此，语言是一种身份或认同（identity），是区分不同民族与文化的手段，从而成为人们所属群体最重要的认同标记之一。一个现代民族构建并最终形成民族国家，离不开本民族的语言。英语的历史发展脉络清晰地表明，英语作为一个重要的文化因素，有力地促进了近代英国民族的形成。④ 安德森曾反问："如果英语没有在200年后变成最显赫的世界性的——帝国式的语言，莎翁果真能幸免于先前默默无闻的命运吗？"⑤ 这正突出了语言在民族认同中不可替代的位置。结合小说其后的叙述，我们认为萨克雷正是意识到英语对于国家形成的重要作用，深信英语起着对内唤醒民族意识、凝聚民族向心力，对外与其他民族相区隔的重要作用，因而不遗余力

---

　　① 包斯威尔：《约翰逊传》，罗珞珈、莫洛夫译，北京：中国社会科学出版社，2004年，第266页。
　　② 同上。
　　③ 本尼迪克特·安德森：《想象的共同体》，第5页。
　　④ 参见程冷杰、江振春：《英国民族国家形成中的语言因素》，《外国语文》，2011年第3期，第80—84页。
　　⑤ 本尼迪克特·安德森：《想象的共同体》，第20页。

地揭示让他痛心疾首的现实,即当时英国人对本民族文字和语言既缺乏应有的运用能力,又丧失了必要的崇敬之心。

三、公共文化的良心

T. S. 艾略特认为文化有三层含义,其中"个体的文化依赖于群体或阶级的文化,而后者又依赖于它所在的社会的文化"。① 在小说《名利场》中,萨克雷以报纸这一公共媒介为镜,批判当时英国社会的公共文化漠视道德、缺失良心。

根据黑格尔的观察,报纸"是现代人晨间祈祷的代用品","每一位圣餐礼的参与者都清楚地知道他所奉行的仪式在同一时间正被数以千计(或数以百万计)他虽然完全不认识,却确信他们存在的其他人同样进行着。更有甚者,这个仪式在整个时历中不断地以每隔一天或半天就重复一次。我们还能构想出什么比这个更生动的、世俗的、依历史来记时的、想象的共同体的形象呢?"② 可见报纸在公共文化领域的影响力足以匹敌宗教。然而,作为民族语言文字的公共媒介,伦敦的报纸或公告却趋炎附势,颠倒黑白。比如,当纵欲无耻、靠赌博谋取爵位的斯丹恩勋爵去世时,"某周报刊登了一篇文章,淋漓尽致地描写他的品德、才学、种种的善举,说他人格如何伟大,情感如何丰富",并哀叹"他死了,贫苦的人们失去了依靠,艺术失去了提倡者,社会上少了一件光华灿烂的装饰,英国少了一个伟大的政治家和爱国志士"(663)。此外,但凡有王公贵族宴请,第二天便有无数人争相在报纸上品读宴会的各种细节,"于是商业发达了,文明进化了,和平也有保障了。每星期有新的宴会,新衣服就卖得出,辣斐德地方隔年陈的葡萄酒有了销路,老实的葡萄园主人也托赖着多赚几文钱"(515)。

萨克雷笔下的人物有银行家、律师、牧师等中产阶级的代表,也有来自上流社会的王公贵戚,他们或出入国会议政,或进谏王室参政,或指挥军队作战。这些人的行动和决定对英格兰民族至关重要,他们的学识水平牵引着英国社会文化的发展。然而,以老毕脱为代表的社会精英实则"别字连篇,不肯读书,行为举止又没有调教,只有村野人那股子刁猾。他一辈子的志向就是包揽诉

---

① T. S. Eliot, *Notes*, 21.
② 转引自本尼迪克特·安德森:《想象的共同体》,第35页。

讼,小小地干些骗人的勾当。他的趣味、感情、好尚,没有一样不卑鄙龌龊,然而他有爵位,有名气,有势力,尊荣显贵,算得上国家的栋梁"(84)。名利场不重学识才智,只讲唯利是图。利蓓加心智早熟,深知要达到校长平克顿小姐所谓的使学生"在风雅高尚的环境中"(2)占有一席之地的教育目标,不可能依靠词典所能提供的学识,只能靠尔虞我诈,装腔作势,招摇撞骗。在进入名利场以后,这种见解更成为利蓓加为人处世的不二准则。她善表演,能周旋,使周遭平庸的贵妇和女财主们黯然失色,然则她的才能缺乏美德的支撑,她的志向可笑鄙俗,她的学识浅薄庸俗。她的自负与平克顿小姐的装模作样其实如出一辙。一言以蔽之,整个名利场皆不看重才学品德和文化修养,公共语言文字良心缺失。约翰逊博士在其诗作《志业徒劳》("The Vanity of Human Wishes",1749)中刻画了个人在社会环境中不堪一击,人类误入歧途的现象,这一哀叹与萨克雷的批评不谋而合。

诚如安德森所说,小说与报纸对于民族想象共同体的诞生至关重要,因为"这两种最初兴起于18世纪欧洲的想象形式……为'重现'民族这种想象的共同体,提供了技术上的手段"。① 可惜,维多利亚时期的公共文字操纵者或阿谀奉承,或醉心于记录贵族豪门宴会的美味佳肴和服装首饰,这让萨克雷痛心疾首。于是,他把小说当作"对当时社会的宣战书",② 批评英国各大报纸的撰稿人出卖人格,交换文字产品,以博得金钱利益和统治阶级的认可。萨克雷意味深长地将作为知识、文化乃至道德象征的词典在小说开篇抛至一隅,也就暗示出在名利场这个虚构世界中,价值观颠三倒四,人性扭曲,良心丧失。无论是把词典奉为神明还是随意扔弃,才学和良知都已被釜底抽薪。萨克雷警醒并敦促国民,尤其是掌握文字的人,应努力锻造有良心的语言文字,探寻同质认同,守卫民族文化。

四、铸造有民族良心的文学

桑德斯(Andrew Sanders)评价维多利亚早期③是"一个解说和理论上的冲

---

① 本尼迪克特·安德森:《想象的共同体》,第26页。
② 杨绛:译本序,第710页。
③ 指1830—1880年。

突、科学和经济上的自信、社会和精神上的悲观主义、深刻意识到进步的不可避免、深深的焦虑不安的时代"。① 所幸当时英国的文人知识分子并未袖手旁观,而是"设法将一个正在裂变的思想体系凝聚在一起,这是维多利亚时期的知识界竭尽全力的目标"。② 例如,如赫顿(R. H. Hutton, 1826—1897)在《神学和文学随笔》(*Essays Theological and Literary*)中所说,萨克雷、特罗洛普和盖斯凯尔夫人(Elizabeth Cleghorn Gaskell,1810—1865)组成了由简·奥斯汀开创的"社会小说家学派"(the school of society-novelists)。③ 由此可见,正视社会焦虑,应对思想裂变,是萨克雷创作的直接动机。正如萨克雷本人在1847年写给一位朋友的信中所说,小说家这一职业"似乎像教区牧师那样重要",他想要成为一个"讽刺道德家",不仅让读者"开心取乐",也使他们"获得教诲"。④ 桑德斯认为萨克雷其他的作品"没有一部像《名利场》那样具有实验的热情和敏锐,也没有哪一部像《名利场》那样,对摄政时期的英格兰更为宽松的道德表现出一种谨慎而强烈的兴趣"。⑤ 这就说明,《名利场》的创作本身就是追寻有良心的文化之举。

为铸造有民族良心的文学,萨克雷首先把目光投向英格兰的传统文学,希冀激发国人对民族文学的热爱,找到凝聚民族的力量。小说中有一个情节值得注意:利蓓加为了吸引乔瑟夫·赛特笠而卖力弹唱。她"先唱了一支法文歌",可是乔瑟夫和奥斯本都听不懂;"此后她又唱了好几支四十年前流行的叙事歌曲(simple ballads)",歌词简单,题材普通,但叙述者评论说:"据说从音乐的观点来看,这些歌曲并不出色。可是它们所表达的意思单纯近情,一般人一听就明白。现在咱们老听见唐尼隋蒂的曲子,音调软靡靡的,内容不过是眼泪呀,叹气呀,喜呀,悲呀。两下里比起来,还是简单的民歌强得多。"(33)对传统英国叙事民谣的偏爱和赞赏,无疑表达了作者浓厚的民族情感。

让我们再回到约翰逊博士的《英语大辞典》。它最大的特色是像一部文

---

① 安德鲁·桑德斯:《牛津简明英国文学史》,谷启楠、韩加明、高万隆译,北京:人民文学出版社,2000年,第584页。
② 同上。
③ Quoted in Davis, *The Victorians*, 376.
④ 转引自安德鲁·桑德斯:《牛津简明英国文学史》,第610页。
⑤ 安德鲁·桑德斯:《牛津简明英国文学史》,第611页。

集,例句广泛取材自著名的文学作品,如莎士比亚、弥尔顿、培根、蒲伯等人的作品和《圣经》,充满典雅的文学词句以及各种有趣的知识。作为英国18世纪中叶以后的文坛领袖,约翰逊博士具有深厚的古典文学以及现代文学功底。他认为"每一个国家的声誉,都建筑在国内文学家的成就与尊严上面",① 因此他从大量英语文学著作中搜集素材,选出例词和例句。约翰逊博士本人的民族情怀也是众所周知的,他曾声称:"英国民族无论是培育土地或者培育人才,都是首屈一指的,没有任何民族能出其右。"② 萨克雷突显《英语大辞典》的地位,倡导英国文学,其用意就是希冀以共同认可的民族文化来凝聚国人。

其次,萨克雷倡导以写实的手法来撰写良心之作。"19世纪是方言化的辞典编撰者、文法学家、语言学家和文学家的黄金时代。这些专业知识分子精力充沛的活动是形塑19世纪欧洲民族主义的关键。"③ 萨克雷无疑是英国民族文化诉求的中坚力量。《名利场》被誉为"具有一种社会文献的作用,准确地表现了历史、社会和心理"。④ 从地理角度看,作品涉及的区域从城市到乡村,从英国到欧洲大陆的法国、意大利、比利时和德国;从社会场景角度看,从贵族庄园、商贾宅邸到平民陋室,从王宫到监狱,全方位展现;从历史角度看,小说展示了拿破仑战争、英国对印度的殖民统治等众多重大历史事件。萨克雷的《名利场》背景广阔,是"全知视角凝视下的广阔全景",⑤ 小说最早的副标题就是"英国社会速写"(Pen and Pencil Sketches of English Society)。理查·斯唐(Richard Stang,1925—2011)在《英国小说理论》(*The Theory of the Novel in England*)一书中写道:"在使小说返回自然与真实这点上,萨克雷是英国小说家中影响最大的一位。"⑥ 萨克雷在小说中塑造的人物都是真实的男男女女,而不是那些具有超人情感和美德,经受了难以令人置信的考验和磨难的英雄。萨克雷按照人们本来的面目描写他们,既不涂脂抹粉,也不随意丑化,其

---

① 包斯威尔:《约翰逊传》,第157页。
② 同上,第156—157页。
③ 本尼迪克特·安德森:《想象的共同体》,第84—85页。
④ Mildred R. Bennett, *Vanity Fair*, Lincoln: Cliffs Notes, 1964, 51.
⑤ Harry Blamirs, *The Victorian Age of Literature*, Beijing: World Publishing Corporation, 1992, 61.
⑥ Richard Stang, *The Theory of the Novel in England: 1850-1870*, New York: Columbia University Press, 1959, 147.

目的就是要创造出一种更为接近现实的小说,它不作为读者想象生活的媒介,而是作为社会的一面镜子。如果说当年班扬的"名利场"是寓言性的,是宗教的,那么萨克雷的"名利场"则是19世纪初英国社会全方位的真实写照,它是一个用一件件具体的物、一个个真实的人摆设起来的"市场"。

此外,萨克雷严厉批评英国19世纪20年代至40年代盛行一时的"新门派"小说(the Newgate novels),这是他倡导写实的又一有力佐证。"新门派"小说是监狱小说的鼻祖,主角都是罪犯。萨克雷认为这些小说编造耸人听闻的传奇(melodramatic romance),假借现实主义的名头,实则美化罪恶,造成审美混乱。他多次公开抨击这类小说的作者,因而被称为"对虚假小说具有怀疑精神的伟大的清除者"(the great skeptical purger of false fiction)。① 据记载,当年确实有作者因为萨克雷的批评而从此不再创作监狱小说。戴维斯认为,萨克雷批判的是"新门派"小说"虚假的道德"(sham morality),"塑造有德行的妓女和勇敢的盗匪使得仁爱看起来不靠牢"。② 由此可见,萨克雷的写实主张是与他的文学道德情怀紧密联系在一起的,是锻造民族良心的有力之举。

有学者专门研究了《名利场》中频繁出现的"镜子"这一意象,指出镜子中的成像不同于肖像画或者照片,是"不留痕迹的再现"(representation without trace)——在场缺失,没有灵魂,没有思考,反映的只是人物的欲望。③ 我们认为,镜子的虚像也表明,小说所记录的只是转瞬即逝的记忆,是一种遗忘。小说的叙述者感叹:"在名利场上最合适的墨水,过了两天颜色便褪掉了;于是纸上一干二净,你又可以用来写信给别人。"(189)这句话常常被引用来说明萨克雷对名利场上言而无信的讽刺。不过这句话也从另一侧面表明,萨克雷希望英国人能有悔改的余地,希望小说所刻画的一切只是镜花水月,并不永久代表英国真正的民族形象。就如乔治·奥斯本在要离开年轻的妻子奔赴战场之际深感后悔,为自己仅在结婚六个月之后就企图与利蓓加私

---

① Davis, *The Victorians*, 279.
② Ibid.
③ Heather Brink-Roby, "Psyche: Mirror and Mind in *Vanity Fair*," *ELH* 80 (2013): 125–147. 引文出自第129页。

奔而自责,他希望能带着一颗干净的良心(a clear conscience)离开。借用安德森的话说,萨克雷希望"虚构静静而持续地渗透到现实之中,创造出人们对一个匿名的共同体不寻常的信心,而这就是现代民族的正字商标"。①

我们认为,萨克雷通过《名利场》表达了维多利亚早期渐入英国国民意识的民族良心。他把民族良心看作关键的凝聚力量,希冀通过文学的道德功能,确立有效的民族文化认同,树立良好的民族形象。在民族处于转型的关键时刻,优秀的作家们往往凭借手中的艺术尖刀来刻画焦虑中的民族百态,从而让人们的灵魂在思考中成长。萨克雷以自己的文学叙事参与到维多利亚社会文化的思考与形塑之中,积极地开展了英国民族良心的探索和锻造,他的小说形成了与英国文化观念的互动。

第二节
"良心"与"自由":亨利·詹姆斯的《大使》

19世纪以来的英国社会,在政治和经济上,均有重大的变化和发展,而与之相应的,则是文化和宗教方面的巨大变迁。传统的文化力量和建制化的宗教,或影响力日渐衰微,或经过变革翻新,呈现出不同的组织形式和活动形态。在这些时代所造成的巨大变化之中,英国的知识分子对社会和个人的道德与伦理问题,始终非常关注。在现代性社会的环境中,重新寻找并建立从个人到社会的道德基础,是19世纪英国知识文化界所面对的关键性问题之一,也是他们做出巨大建树和贡献的地方。当个体自由的观念已经成为现代伦理的核心价值观之后,从新教传统中所衍生的道德或"良心"问题,如何面对现代社会的诸多质疑和挑战,如何能够建构一个"民族的良心",或一个国家能够共同认可和维系的价值体系,是19世纪英美文化一直以来的一个关注点。自阿诺德

---

① 本尼迪克特·安德森:《想象的共同体》,第35页。

以降,尤其如此,而亨利·詹姆斯,作为一位横跨英美世界的重要作家和文化人,其写作也可以看成这一传统的一个重要部分。詹姆斯虽然生于美国新英格兰,但自小就随父母游历欧美各地,成年之后深受阿诺德文化理论的影响;在决意成为小说家之后,詹姆斯更是迁居英国,生活了将近 30 年的时间。詹姆斯的小说写作,多以欧洲文化与英美文化之间的交往和碰撞为主题,作品多同时发表于英美两国的刊物之上,而其所完成的文学评论,也深入探讨了英国和欧洲主要的作家和作品。可以说,詹姆斯是 19 世纪英美世界重要的文学巨擘,不独属于哪一个特定的文学传统。这也是为什么英国和美国文学史都会把詹姆斯看成自己传统的一分子。

詹姆斯在 1900—1905 年间,连续完成了三部长篇小说,即《大使》(The Ambassadors, 1903)、《鸽翼》(The Wings of the Dove, 1902)和《金碗》(The Golden Bowl, 1904)。后人把这三部作品合称为詹姆斯"最后的三部曲",并称之为詹姆斯小说艺术的巅峰之作。1881 年出版的《一位女士的画像》,标志了詹姆斯小说创作的成熟。这部作品出版后,立刻得到了读者和评论家的好评,詹姆斯本人也第一次获得了不菲的收入。然而,詹姆斯随后写成的几部长篇小说,如《波士顿人》(The Bostonians, 1886)、《卡萨马西马公主》(The Princess Casamassima, 1886)和《悲剧缪斯神》(The Tragic Muse, 1890)等,无论是评论界的认可度,还是他最终获得的报酬,都无法和《一位女士的画像》相比。1895 年,詹姆斯首次尝试戏剧创作,但他的第一个作品《盖伊·道姆威尔》(Guy Domville, 1895),在伦敦首演时却遭到观众的一片嘘声。在这次挫败之后,詹姆斯决意回到小说的写作之中。在他的日常札记里,詹姆斯写道:"我要重新拿起我原来的笔,这支笔凝结了我那些无法忘怀的努力和无比珍贵的奋斗……我无须多说什么,仍然有一个广阔、远大和丰富的未来在我前面,现在正是我要去完成一生中最重要的工作之时,而我一定能够做到。"[①]

詹姆斯的"最后的三部曲",就是他回归小说写作之后完成的最重要的工作。研究者也注意到,这三部长篇小说的主题都是美国人在欧洲的经历,即詹姆斯小说最常使用的"国际主题"。之前完成的"国际主题"小说,大多着眼于

[①] Edgar F. Harden, *A Henry James Chronology*, New York: Palgrave MacMillan, 2005, 98.

表现和评判欧洲文明和美国文明之间的差异。《大使》是詹姆斯"最后的三部曲"的第一部,也是一部"国际主题"小说。小说的主人公是来自美国新英格兰的兰伯特·史莱瑟,已届中年的他是当地一家刊物的编辑,而这家刊物的资助者则是当地一个巨型企业的控制者纽瑟姆夫人。后者的丈夫生前创办的这家企业,在她的打理下,已经成为当地经济和社会生活的主宰。像当时许多美国新兴工业富豪一样,纽瑟姆夫人也开始涉足和资助各种文化事业,而史莱瑟主编的刊物就是其中之一。因此,纽瑟姆夫人是史莱瑟生活和事业上的庇护人,而史莱瑟则根据她的意愿,利用这家刊物来传播纽瑟姆夫人所认可的、正统保守的道德、宗教和政治经济观点。在看似井井有条的一切之下,纽瑟姆家族也有一件烦心事:长子查德本应成为这个家族企业的接班人,但他却很早远赴巴黎学习艺术,之后又长期滞留欧洲不归,据传还被巴黎一个名声不佳的妇人所诱惑。查德不仅对自家的事业不愿继承和负责,同时在生活上也不检点——这一切都是新英格兰主流社会所无法接受的。

詹姆斯在小说开头的铺垫,似乎是要讲述一个当时非常"套路化"的道德故事。无知、天真的英国或美国的年轻人,被欧洲狐媚老道、工于心计的女性所诱惑,这已是当时许多以"拯救浪荡子"为主题的英美小说的基本情节。此外,与纽瑟姆夫人交往多年的史莱瑟,也在期待着自己同纽瑟姆夫人联姻的机会。因此,作为查德未来可能的继父,把他从巴黎的"坏女人"手中解救出来,更是史莱瑟对纽瑟姆夫人应尽的职责。

当然,这些铺垫是詹姆斯有意布下的"烟幕弹",因为《大使》的故事情节,并非一个说教意味浓厚的"浪子回头记"。小说的主角,既不是纽瑟姆夫人也不是查德,而是史莱瑟;而小说要描写的,是他在欧洲的经历和他绝非平常的情感和思想变化。小说中,詹姆斯告诉我们,史莱瑟首先就不是一个典型的新英格兰人。早年就曾在欧洲游历过的史莱瑟,内心始终抱有一个梦想:他希望用欧洲文明的成果来改造美国浅薄贫乏的文化和庸俗拜金的社会风气。史莱瑟的"文化梦",由于个人生活的坎坷和局促,从未有机会付诸实施;不仅如此,后来的他还被迫依附于新英格兰的工业富豪,成为他们的一个"喉舌"。然而,这个梦想却从未真正泯灭。此次奉纽瑟姆家族之命,"出使"欧洲以拯救"浪子"查德的史莱瑟,在时隔多年之后,再次徜徉在卢浮宫的画廊,漫步于杜乐丽花园繁花似锦的小径,再次在巴黎街旁的书肆里,看到那些自己曾心仪的有着"柠檬色封面"的诗歌文集时,他年轻时要为美国带去"更好的文化与审美趣味"的理想,虽然"多年来已深埋于内心幽暗的角落之中",此刻却不知不觉地被唤醒,一下子又变得无比鲜活生动起来。① 小说里随后发生的事情,也开始让史莱瑟不知所措。首先,他奉命去"拯救"的查德,并非想象中醉倒在夜晚的巴黎,身无分文而且一身是病的浪荡子。当他多年之后再见查德,史莱瑟错愕地发现,这个年轻人无论是外貌衣着还是言谈举止,都发生了彻底的改变。面对变得文雅幽默、谈吐不凡且彬彬有礼的查德,史莱瑟觉得反倒是自己相形之下显得粗鄙庸俗,而那一套他已准备好的训诫和劝说,此时却连一个字也说不出来了。其次,与查德交往多年的薇奈夫人,也不是被纽瑟姆一家定义的狐媚不检点的"坏女人"。史莱瑟见到的薇奈夫人,不仅美丽温和,更体现了欧洲贵族传统与精英文化的修养与气质。史莱瑟在她身上和她的家里所看到的,是一种与美国社会的鄙俗浅薄迥然不同的文明;它带着历史沉淀下来的丰富和成熟,优雅精致而无任何的喧嚣与张扬。认识薇奈夫人,甚至让史莱瑟联想到他所熟悉的法国浪漫时代的文学,联想到斯塔尔夫人、夏多布里昂和拉马丹曾生活过的世界。这是小说情节中詹姆斯精心设计的"反转"(reversal),而史莱瑟也因此逐渐摆脱了新英格兰的道德教条,开始切实地观察并理解欧洲的文明传统。史莱瑟慢慢意识到自己不仅仅是纽瑟姆家族的"大使",而他更重要的使命是为了美国和它的年轻一代,为了让这些未来的美国人能够拥有一个更美好的文明和更有意义的生活。随着他对巴黎的好感日深,史莱瑟也决意违背自己原先的使命。他尽力为查德和薇奈夫人辩护,积极地劝说查德留在巴黎,而且还鼓励查德身边其他的美国年轻人大胆地接受欧洲所给予他们的文明经验。

然而,就在描写史莱瑟如何被欧洲和巴黎的文化与审美所改变之后,詹姆斯又设计了另一个情节上的"反转"。在小说的后半部分,史莱瑟开始对查德与薇奈夫人之间关系的真相有了进一步的了解;而且,他也逐渐意识到自己事实上从一开始就被两人设局欺骗,而他们身上那种欧洲文化的"美",同时也隐

---

① Henry James, *The Ambassadors*, New York: W. W. Norton, 1964, 58-59.

藏着一种道德的"恶"。史莱瑟最终察觉了查德和薇奈夫人之间,并非如他人所说的,是一种"不违反道德的亲密"或"一种美丽的友谊",而是查德与一个有夫之妇的通奸。所有那些用来打动史莱瑟的礼仪和文雅,都是为了小心翼翼地掩盖这个不伦的恋情。不过,即使有了这样的发现,史莱瑟仍然坚信,他在欧洲所看到和所经历的文明,其价值和意义并不会因此而被改变。为了这样的理想,他甚至不惜付出与纽瑟姆夫人决裂的代价。在小说的结尾,史莱瑟决心离开巴黎回到新英格兰,独自去面对一个没有归宿和没有着落的未来。如同当时许多知识分子一样,史莱瑟个人的文化经验和思考,预示了一个国家和民族重新建构自己的道德与伦理生活的可能性。

在英美文学史传统中,对亨利·詹姆斯的小说创作,曾有过一种颇为流行的看法,即詹姆斯是一个逃避现实的小说家。这是因为在他的作品中,鲜有提及英美社会19世纪后半叶那些激烈和突出的社会矛盾。我们从中看不到阶级和种族的冲突、资本主义制度残酷的扩张和破坏力,也看不到他对英美政治制度日益腐化的批评。相反,詹姆斯似乎只关心那些欧美社会上流阶层的是是非非。若以此角度来评判《大使》这部作品,我们似乎也很容易得出类似的结论,因为它也只描写了巴黎上流社会人们的生活和情感。然而,细心的读者不难发现,在史莱瑟这个人物的塑造和刻画上,詹姆斯表现出一种非常敏锐和深刻的历史与文化意识。《大使》这部小说的背景,是19世纪后半叶的美国和欧洲社会。内战之后的美国,进入了所谓的"镀金时代"。按照美国历史学家琼斯(Howard Mumford Jones,1892—1980)的说法,这是一个充满"能量"和"无序"的时代,同时也是一个美国社会在各个层面上开始出现分化和多元趋势的时代。① 小说中,纽瑟姆家族建立了一个"垄断性"的大工业企业,同时也开始利用新闻与文化媒体,宣传维护资本主义经济秩序的各种观念——这些都是"镀金时代"美国工业和金融富豪们的典型做法。就地域而言,史莱瑟的人物形象,也反映了新英格兰地区的文化和社会传统,以及它在"镀金时代"所经历的新的历史变化。批评家经常提到的一点,就是史莱瑟和纽瑟姆夫人身上,都带有明显的新英格兰清教传统的痕迹,特别是那种高度教条化和保守封闭

---

① Howard Mumford Jones, *The Age of Energy: Varieties of American Experience 1865-1915*, New York: The Viking Press, 1970. 文中观点尤见于该书第2、3、5—8章的论述。

的道德意识。詹姆斯对当时新英格兰宗教和文化传统的描写与批评，是《大使》这部作品中非常核心的内容。当然，我们应该意识到，这是一种已经被扭曲的清教传统。当时新英格兰新兴的工商业资本家们，早已失去了清教的超验精神；他们强调的，是清教传统中的工作伦理和服从意识。他们把清教的精神传统，改造成一种保守封闭、排斥自由与审美的权威主义意识形态，从而使之成为资本主义秩序的共谋者。小说中纽瑟姆一家，除了纽瑟姆夫人多少还带有一点道德上的保守和严肃，其他的几位，如查德的姐姐和姐夫，本质上都是鄙俗贪婪的享乐主义者。史莱瑟的意识中，也带有一些新英格兰的道德教条，而且由于生计的需要，他更是投身成为纽瑟姆家族的文化附庸。不过，作为小说的主人公，史莱瑟的性格特征也是非常复杂的。除了新英格兰道德传统的印记之外，史莱瑟心中也有着上文提到的那种文化上的理想主义。詹姆斯对这个文化理想的描述，显然是在借鉴美国"镀金时代"兴起的所谓"高雅文化"传统(the genteel tradition)。① "高雅文化"是内战后美国社会中，特别是新英格兰地区的文化精英所提出的文化理念，也是"镀金时代"美国文化发展中的一个重要现象。实际上，詹姆斯本人，包括对他有重要影响的哈佛大学艺术史教授查尔斯·诺顿(Charles Eliot Norton, 1827—1908)，都是这个传统的代表人物。在思想渊源上，他们都是维多利亚时期英国文化批评家阿诺德的信徒。因恶于当时英美社会的庸俗和拜金潮流，他们借鉴了阿诺德有关文化与想象力的论述，努力通过提倡审美趣味、智性自由和文化世界主义的观念，来对当时的文化与社会状况进行一种根本性的变革。② 如果说史莱瑟是詹姆斯小说中最复杂丰富的人物形象之一，其原因就在于詹姆斯在对这个人物的刻画中，把自己对当时的社会和文化状况的观察和理解，都植入这个人物的性格和意识中。从这个角度来看，史莱瑟在小说中所经历的矛盾和冲突，在更高的层面上，也反映了西方文明内在的缺陷和改变的可能。

詹姆斯对西方文明的忧虑和关怀，也体现在他对《大使》主人公形象的选

---

① 有关这一点，可以参考 *The Age of Energy* 一书中第 6 章和第 7 章的内容。
② 有关此点，可参考 Linda Dowling, *Charles Eliot Norton: The Art of Reform in Nineteenth-Century America*, Hanover and London: University Press of New England, 2007; Douglas W. Sterner, *Priests of Culture: A Study of Matthew Arnold and Henry James*, New York: Peter Lang, 1999。

择上。如果要让小说的主人公去承载当时英美文明中几支主要的思想潮流,那么他就不可能是一个少不更事的年轻人。我们知道,詹姆斯主要的经典小说,多少都借鉴了维多利亚时期"教育体小说"的基本范式,而"教育体小说"中的主人公,按照巴克利(Jerome Hamilton Buckley,1917—2003)的说法,一般都处于人生中介于少年和成年之间的时间段。巴克利认为,教育体小说表现的重点,并非现实生活本身,而是主人公为现实生活所做的道德、人格和经济上的准备。[①] 以我们熟知的《远大前程》这部经典教育体小说为例,主人公皮普的经历始于懵懂无知的少年时代,而结束于他获得道德人格的成熟,即将走上自己真正人生道路的时刻。相同的情形在维多利亚小说中比比皆是,而若以詹姆斯的小说为例,《一位女士的画像》的主人公伊萨贝尔,在小说中经历的人生时段也大致相同。即使是"最后的三部曲"中另外两部小说《鸽翼》和《金碗》,詹姆斯塑造的主人公也都是年轻的美国女性。从这个角度来看,《大使》选择了一位经历丰富、年届中年的文化人史莱瑟作为主人公,是一个颇不寻常的做法。然而,这正是詹姆斯有意识的选择。在《大使》纽约版的前言中,詹姆斯告诉读者,他的得意之处就在于选择了一个"成熟"而非"纯真"的主人公形象,并赋予他"复杂丰富的动机和经岁月累积而成的性格特征"。[②] 换言之,塑造一个中年的人物形象,并在他的性格中植入美国文明传统的若干要素,再让他在欧洲异质的文明与道德环境中,经历一番震撼、考验、反思和转变,其目的是通过这样的描写,来思考和探索英美社会和文化的危机和出路,同时也探讨一种新道德和新文化的可能性。在另一方面,与选择这个主人公形象相配合的,是詹姆斯在小说中运用的其他叙事和修辞方法。例如,《大使》严格地依照"单一视角"展开叙事,让所有客观发生的事件,都能够内化为史莱瑟的心理经验。换言之,小说通过史莱瑟的眼光去观察社会人情,以便让欧洲与美国文明之间的差异和冲突,转化为史莱瑟内心牵连不断的感受、思考和选择。出于同样的原因,在情节层面,《大使》也与传统的教育体小说有重要的不同之处。教育体小说的基本情节结构,是构建一个人物由年少无知的纯真状态,逐

[①] Jerome Hamilton Buckley, *Season of Youth: The Bildungsroman from Dickens to Golding*, Cambridge, Massachusetts: Harvard University Press, 1974, 17-21.

[②] Henry James, preface to *The Ambassadors*, 3.

步达到能够体认社会秩序和道德规范的成熟与睿智。从叙事文学的形式来看,《大使》的情节范式更类似于"传奇"而非现实主义,甚至近似于清教传统中描写基督徒突然体悟到宗教信仰的叙事体裁(conversion narrative)。这是因为教育体小说注重在人物的"纯真"和"成熟"之间构造一个逻辑性的渐进发展过程,而"传奇"文学或宗教信仰叙事,则强调人物心理和思想上戏剧化的转折和嬗变。按照詹姆斯自己的表述,《大使》描写的是史莱瑟的道德立场和伦理观念如何不断被新的经验所"侵入"和"震撼"。在纽约版前言中,他用了一个有趣的化学比喻,来说明史莱瑟的心理和思想如何不停地发生着戏剧化的转变:

> 史莱瑟带到巴黎的那些想法和观念,就好比密封在一个干净的玻璃试管中的绿色液体,而一旦把它倒在一个试瓶里,一旦让它与空气发生作用,就开始由绿色变成红色,或其他任何可能的颜色,或者在他想不到的时候,又继续变成紫色、黑色和黄色。也许还有更加无法预测、更加让他无法言传的突变,这样突然而又无法控制的变化,自然会让他在惊奇和震恐中不由得睁大了眼睛,而他的处境,正是在这样无法预控的转变和极端的差异之中,被呈现出来。①

在前言的另一处,詹姆斯又写到,《大使》的要点在于表现"自我意识过程中一种令人害怕的流变"(the terrible fluidity of self-revelation)。② 宗教叙事文学中,在获得了虔诚的信仰之后,人便可以享有精神上的安宁。然而,在小说这样世俗化的叙事文学中,人是在一个失去信仰的世界中寻找道德和自我的根基,而这样的找寻在詹姆斯看来,似乎注定是在一种无所依归的状态中辗转反复的过程。批评家们往往乐于赞美或贬斥詹姆斯对小说形式和技巧问题的重视,但我们更应看到,以《大使》为例,这样的情节、人物和叙事方法等方面的设计,都是为了服务于詹姆斯对价值和文明问题的思考与探究。

《大使》中,史莱瑟自我意识的流变过程,始终围绕着一个核心矛盾,即批

---

① Henry James, preface to *The Ambassadors*, 6.
② Ibid., 11.

评家经常提及的、史莱瑟内心"良心"（conscience）与"自由"两个价值观念之间的对立和冲突。与之对应的，则是小说中两种文化——新英格兰文化与欧洲文化——之间的对立和冲突。史莱瑟的自我意识，一方面受到了新英格兰传统道德观念的影响，另一方面，新英格兰"高雅文化"的理念，又让他非常看重智性自由与审美趣味的价值。在新英格兰文化词汇中，有一个很经典的表述——"新英格兰的良心"（the New England Conscience）。按照阿诺德的说法，新英格兰的道德观念来自清教和加尔文宗的传统，强调责任与服从，注重严肃的道德内省和严格的道德规范。然而，在19世纪的美国社会中，失去了"精神内核"的清教传统，事实上已经蜕变为一种狭隘和教条化的道德说教；同时，过分地要求个人服从社会所认可的规范，也会扼杀个体的独立人格和自由心灵。《大使》中，纽瑟姆家族是这种教条化道德观的一个典型代表，而史莱瑟也自觉或不自觉地部分接受了这样的道德观。史莱瑟在巴黎的经历，则让他看到了一个与新英格兰完全不同的道德与伦理世界，也重新唤醒了他内心的文化理想。巴黎所代表的欧洲文明，注重审美与艺术，给予个体更多的自由，更没有新英格兰传统中对道德善恶的执念，甚至按照詹姆斯在《大使》纽约版前言里的说法，"一切的道德戒律在巴黎都会烟消云散"。虽然《大使》中对巴黎的"美"与"精致"着墨甚多，但欧洲文明对史莱瑟最大的震撼，却来自它对个体自由的宽容。对詹姆斯而言，个体自由的根本是自我意识的自由。在詹姆斯的词汇里，"自由"与"意识"（consciousness）是同义词；"自我意识"是"自由"的载体，而"自我意识"不受约束的感受、想象和创造的活动，则是"自由"具体的表达和实践。詹姆斯的晚期小说，包括《大使》，频繁地使用如"印象"（impression）、"感知"（perception）、"想象"（imagination）、"经验"（experience）和"意识"这样的语汇，实际上都是在诠释"自由"的含义和本质。可以说，《大使》这部作品，就是围绕着这些关键词，展现了史莱瑟在巴黎所经历的各种内心的纠结和矛盾，并以他的内心世界为舞台，上演了一出非常精彩的、欧洲文明与美国文明相互碰撞的道德戏剧。在这出戏剧中，个体的自由与社会的规训、人性的丰富与道德说教的僵化、审美的高雅趣味与拜金主义的庸俗、心灵的开放宽容与教条的封闭狭隘，这些观念之间的互动和交锋，构成了《大使》这部小说情节的基本内容。

不过,如果只看到这些观念的对立,或"自由"与"良心"之间的冲突,也容易让我们对《大使》进行一种过于简单的阐释。比如,我们轻易地把"良心"归于美国,把"自由"归于欧洲,而《大使》也就变成了一个评判欧美文明孰优孰劣的作品;而史莱瑟在巴黎复杂反复的心路历程,也可以被简单地理解为他对美国文明的摒弃和对欧洲文明的接受。事实上,史莱瑟对新英格兰道德教条的摒弃,未必等同于他对道德问题本身的漠视;另一方面,他在巴黎所体会到的"美"与"自由",也并不意味着他对欧洲文明的全面认同。《大使》所展现给我们的道德戏剧,要比这样绝对化的解读复杂和有趣得多。

"自由"与"良心"这两个概念,固然在小说中形成一对矛盾;然而,如果按照詹姆斯的看法,"自由"的本质是"个体意识",那么"良心"(conscience)与"意识"(consciousness)也不单单是对立的两极。有趣的是,从词源上讲,"良心"与"意识"的词根是同一个拉丁词 scientia,意思是"知识"或"知晓"。实际上,"良心"(conscience)一词在英文中,直到 18 世纪,其含义首先是指人意识中明确和特定的知识,与"意识"(consciousness)一词的含义相近甚至可以混用,之后才渐渐演化出"道德良知"这一层意思。这个事实值得我们思考。从这个事实出发,我们可以说道德与自由的共同基础,都是自我对于人性或外部世界确切的知识(scientia)。由此来看,《大使》中詹姆斯对新英格兰道德教条的批评,并不是对道德问题本身的排斥,而是因为教条化的道德说教,体现了一种对人性和社会既不真实也不完整的认识。换言之,新英格兰的道德教条,本质上是一种有缺陷的"知识"。《大使》中,詹姆斯对纽瑟姆家族的描写可以印证这一点。纽瑟姆夫人的道德戒律,在史莱瑟看来,首先是因为她生活经验的狭隘贫乏。纽瑟姆夫人资助史莱瑟的杂志,主要也是为了道德说教,用史莱瑟的朋友玛利亚的话来说,也好比是一种"赎罪",因为纽瑟姆先生是靠了一些不可告人的行为才发迹暴富的。小说中纽瑟姆夫人的女儿萨拉一家,虽然都表面上遵守社会的道德规范,但是当他们到了巴黎之后,也都立刻各自去寻欢作乐。萨拉对查德的指责,在史莱瑟看来,也是一种贪心驱使的计谋,其用意是劝说纽瑟姆夫人放弃查德作为家族企业的继承人,转而把生意交给她。换言之,《大使》中,那些新英格兰的道德教条,实际上既不能打动人心,也不能遏制人的贪婪和放纵。詹姆斯对新英格兰道德传统的批评,似乎在告诉读者,教条化的道德并不是真实的道德,因为它并不源自对人性和自我的真实认知,而是出于功利的目的,是对人性的规训和压迫。小说中,在史莱瑟决定帮助查德留在欧洲之后,纽瑟姆夫人马上派了女儿萨拉前来"救场"。当史莱瑟见到萨拉的时候,他突然意识到,自己之所以被纽瑟姆夫人抛弃,并不是因为他在巴黎有什么不检点的行为,而是因为他居然能够对新英格兰道德传统进行反思。史莱瑟想到,如果他真在巴黎放纵自己寻欢作乐,结果反倒不会这么严重,因为他最多也就变成了一个需要被拯救的"罪人";他之所以成为新英格兰社会眼中一个不可饶恕的"坏人",是因为他无法被约束的想象力,以及他一直以来那个"沉潜的内心世界"。① 可以说,小说所谓"良心"与"自由"的冲突,并非因为道德与自由本质上是对立和不相容的;这样的冲突是新英格兰狭隘和教条化的道德传统的必然后果。

另一方面,在凝聚了欧洲文明精华的巴黎,处处可以看到文化和艺术的美,也让人感受到一种自由和无拘无束的氛围。虽然巴黎唤醒了史莱瑟心中的文化理想,但细心的读者会发现,小说对巴黎的描写,从一开始就有两条相互交织的线索。一方面,巴黎代表着历史、文化和审美的自由;另一方面,巴黎又似乎总让人难以把握,有着一种真假难辨、表里不一的样子。在小说的开头部分,刚刚抵达的史莱瑟对巴黎的感受就已经带有一种模棱两可的意味:

清晨的巴黎在他的眼前展现出来,这个规模宏大、明亮光鲜的现代巴比伦,就像是一个不停变换颜色的巨大发光体,又如一块坚硬而又璀璨的宝石,而它不同的部分,以及各部分不同的品质,都不容易得到清晰的区分。它晃动着,闪着光芒,一切都融化为一体,那些看似处在表面上的,一瞬间又仿佛有着内在的深度。②

把巴黎比作"现代的巴比伦",大概是史莱瑟这位新英格兰来客自然而然的道德化联想,但是另一方面,巴黎也让史莱瑟感到一种认知上的困难:巴黎把它所有的内涵都包裹在一片不断变换颜色的光亮之中,内在与表象可以随时换

---

① Henry James, *The Ambassadors*, 277.
② Ibid., 64.

位而难以区分。这里的描写,在一定程度上暗示了小说未来的情节发展,因为史莱瑟会不断地发现,他在巴黎所得到的印象(impression)往往不是事情的真相。如果"自由"的前提是自我能够获得清晰和准确的知识,那么史莱瑟似乎难以避免被误导而不自由的结果,因为巴黎最擅长的,就是制造一个又一个迷人的"假象"。在詹姆斯的描写中,精致文雅的欧洲文明,也可能因此特别善于欺骗和隐瞒。《大使》中描写的所谓"巴黎的谈话方式"(Paris Talk)也是一个典型的例子。巴黎上流社会中的成员,都非常善于一种精巧文雅但又言不由衷的说话方式:他们常常挂在嘴边的形容词,诸如"令人惊叹的"(wonderful)、"美好的"(beautiful)、"完美的"(perfect)、"了不起的"(magnificent)等等,往往不是为了陈述事实,而是为了掩盖一些"不方便"的事情。在欧洲的上流社会中,大家都明白,每个人都可能有些不可告人的事情;而这些高度审美化的言辞,就是为了回避令人尴尬的事实真相。在这样的文化里,史莱瑟经常感到不知所措,他心中那些新英格兰"非黑即白"的道德观念当然不敷其用,但巴黎人"云里雾里"的谈话方式才是更重要的原因。久居巴黎的美国人巴雷思小姐告诉史莱瑟,在巴黎,他没必要去做道德辨析,因为"在巴黎的氛围里,人们只习惯看到彼此之间的相似之处"。① 换言之,欧洲文明的优雅和礼仪,以及那种看似没有约束的自由,实际上含有一个被默认的前提:诚实地直面真相和严肃的道德判断,是一种"庸俗"和不可取的处世方式。

　　史莱瑟逐渐了解并最终发现查德和薇奈夫人之间隐秘的不伦恋情,是《大使》中最重要的情节,而詹姆斯在处理这部分内容时,也同样设计了两条不同的叙事线索。相对明显的一条线索是史莱瑟被查德和薇奈夫人所展示的欧洲文明的高雅文化所震撼、打动、改变和说服的过程,直至他彻底放弃"拯救"查德的使命,转而帮助查德留下,又在纽瑟姆家族面前大胆地为薇奈夫人辩护,并因此失去了自己的前途。詹姆斯描写了史莱瑟的理想主义和想象力,特别是他能够跳出新英格兰文化与道德教条的藩篱,去理解并接受一种异质文明的文化与生活方式。然而,在这条线索之外,詹姆斯也安排了另一条叙事线索,即查德和薇奈夫人展现给史莱瑟的所有"美"与"文化",也同时是一场精心

---

① Henry James, *The Ambassadors*, 126.

设计的"骗局"。导演这个"局"的薇奈夫人,利用了史莱瑟的善良和他对欧洲文明的好感,让他一步步地按照她的意愿,帮助她留下自己的恋人查德。尽管她知道史莱瑟会为此付出高昂的代价,但是在利用史莱瑟的问题上,薇奈夫人并没有什么道德上的顾忌。这两条线索的交织,让《大使》这部小说具有一种特别复杂和模棱的意味。我们在小说中看到薇奈夫人所表现出来的欧洲的历史、审美和艺术的迷人与优雅,但是同时我们也清楚地意识到,这一切都是精心安排的表演,以抓住和慑服史莱瑟的内心,尽管身在局中的史莱瑟对此一无所知。这样的情节设计,反映了詹姆斯在看待欧洲文明时,并不缺乏冷静的判断。史莱瑟在法兰西剧院初见查德,马上就被查德优雅的举止和谈吐所震撼,而我们后来知道,这次见面的时间和地点都是薇奈夫人的设计。史莱瑟初次见到薇奈夫人,被安排在一次巴黎名流和艺术精英的聚会上,而史莱瑟自然会被聚会的环境和气氛,宾客们不俗的谈吐和气质,巴黎文化的自由、精致和无拘无束的精神深深打动,甚至自惭形秽;而就在这样的场合,薇奈夫人才盛装出场,因此她对史莱瑟的友好和尊敬态度,也自然一下子博得了史莱瑟的好感。查德的朋友们更是故意用了各种含糊的说法来蒙骗史莱瑟,小心地掩盖着查德和薇奈之间的不伦关系。小说中,薇奈夫人几次邀请并不熟识的史莱瑟去自己家中闲谈,而这是为了让史莱瑟见识欧洲贵族精英的文化传统。她相信这些手段足以让史莱瑟体会到欧洲文化的优越,并会倍感美国社会的粗鄙庸俗,以及它对个人精神生活的限制与压抑。应该说,薇奈夫人的计谋是非常成功的,因为史莱瑟很快就转变了对他们两人的看法;他真诚地相信查德从一个庸俗无知的美国青年,变成一个如此优雅和有文化的绅士,完全要归功于薇奈夫人多年来无私的教育和培养。为了让查德能够自由地追求一种更有意义的生活,史莱瑟不惜搭上自己的未来,在纽瑟姆家族面前维护查德和薇奈夫人的关系。然而,史莱瑟所看到和感受到的巴黎的"美"和"文化",到底是一种真实的知识还是虚假的幻象呢?若从文化的层面来讲,这样的经验是真实的,因为史莱瑟的确认识了一个不同的文明传统,他的内心也变得更加丰富和宽容,而他对美国的社会和文化也具有了评判的能力;但若从道德的层面来讲,史莱瑟在巴黎得到的这些迷人的"印象",并不是真正的"知识",因为他没想到薇奈夫人会设下这样的一个骗局,而他为薇奈夫人所做的辩护也不能说是真正意义上自由和自觉的选择。正是由于这两个层面之间的模棱，《大使》这部作品才具有一种深刻的，甚至是悲剧性的意味。

直到小说的最后，詹姆斯才给了史莱瑟一次非常偶然的机会，让他发现查德和薇奈夫人之间绝非什么"美丽的友谊"，而是一场不道德的恋情。在此之前，他之所以敢在愤怒的纽瑟姆一家面前为查德和薇奈夫人力争，是因为他真诚地相信，那两个人之间的亲密关系代表了一种更好的文明和更好的道德。然而，当他终于洞察了事情的真相之后，史莱瑟立刻陷入了真正的危机。他终于意识到，巴黎的"美"和"自由"，并非自然而然地代表着一种更好的伦理生活；与此相反，让他深感困惑的问题是，为什么薇奈夫人优雅迷人的气质、言辞，欧洲文明悠久而庄严的传统，以及那些漫长历史所沉淀出的文物、制度，最终却被用作心机深重的欺骗和表演，以掩饰一个不可告人的谎言？史莱瑟面对的危机，让他不得不重新审视他所经历的欧洲文明。詹姆斯在小说中安排的两条不同线索，此时在史莱瑟的意识中明白无疑地呈现出来。史莱瑟看到了欧洲文明的"美"和"自由"，但是他也看到了欧洲文明道德层面的矛盾和断裂。如果说，巴黎让史莱瑟跳出了新英格兰传统的封闭和鄙俗，那么此时他也走出了自己对于欧洲文明的"迷思"。经历了这些转折的史莱瑟，终于获得了一种同时超越美国和欧洲文明局限的视角，而他体会到的困惑甚至幻灭感，都是为这样的自由所必须付出的代价。

在小说的后半部分，詹姆斯让史莱瑟洞悉了巴黎优雅精致的文明背后的"谎言"，也更让他由此弄清了查德的真实面目。薇奈夫人是这场骗局的导演，而她所做的一切都是为了能够挽留她所深爱的查德。至于查德，虽然他所获得的修养和趣味都离不开薇奈夫人的培育和爱情，但是史莱瑟最终发现，查德实际上并没有因为文化和艺术的熏陶而变成一个更好的人。查德根本没打算要和薇奈夫人厮守一生，所以当他得知母亲派史莱瑟来劝说他回去接手家族的产业时，恨不得马上动身。因此，充满了文化理想主义的史莱瑟，在巴黎的"一番胡闹"，反而成了查德下一步行动的障碍。于是，查德一面认真配合薇奈夫人的骗局，一面也不反对史莱瑟违背母亲意志的大胆行为，因为工于心计的查德早已算到，纽瑟姆夫人绝不会善罢甘休，一定会继续派人来巴黎。当纽瑟姆夫人的新使者萨拉一家赶到巴黎之后，查德却悄悄离开了，留下了史莱瑟一人去独自面对萨拉。这是因为他知道史莱瑟一定会和萨拉闹成决裂的局面，而他便可以假装在别无他法的情况下，顺利地回去接手家里的产业。当史莱瑟最终明白了这一切之后，他意识到无论接受了多少欧洲文化的营养，查德终究还是查德，终究是他父亲的好儿子。小说中，就在史莱瑟费尽口舌劝说萨拉之时，查德却独自去了伦敦，因为他要实地考察一下广告对企业发展的好处，以便未来能够让家族的产业继续兴旺发达。詹姆斯对查德这个人物的描写，其实是很"冷"的。然而，詹姆斯的用意，却并非只是刻画出查德的无情和自私。通过这个人物的描写，詹姆斯也在追问，欧洲文明的优雅精致，以及它看似无拘无束的自由，是否真能让人获得精神的独立和人格的完善？至少就《大使》而言，詹姆斯的回答是否定的。相比于其他美国人，查德可以说长期浸润于欧洲文明的精华之中，而薇奈夫人多年的相伴和培养，更是让他消除了美国人庸俗和粗鲁的一面；小说中的查德，不仅举止文雅，谈吐不凡，而且也谙熟欧洲的文化、艺术和礼仪，但是这一切都似乎无改于他内心对财富的贪婪和自私。如果新英格兰的道德教条没有能够克制人的贪欲，甚至成为这种拜金主义的同谋，那么，欧洲文明难道不也同样如此吗？无论是新英格兰的道德良心，抑或是欧洲的高雅文明，都无助于世道人心的改善。从查德这个人物身上，我们看到的唯一差别，不过是欧洲的享乐主义不像美国的那么粗鄙和直接，而是多了一些精致和烦琐的纹饰而已。

总体而言，《大使》并不是一部关于文明差异和冲突的小说，詹姆斯的用意也不是比较欧洲和美国文明的优劣高下，列出美国的粗鄙与欧洲的文雅，或展现美国的"良心"与欧洲的"自由"这样的简单对立，而是要去思考一个文明整体的道德与良心。詹姆斯在他完成的最后三部长篇小说——《大使》《鸽翼》和《金碗》中，的确回归了他早期作品中常用的"国际主题"，但是，这样的回归并非简单的重复。和詹姆斯早期的《美国人》(*The American*, 1891)，甚至第一部成熟之作《一位女士的画像》相比，《大使》都表现出一些根本性的差异。最值得我们注意的一点是，《大使》其实是从人性的角度去观察和衡量任何一个文明社会。欧洲和美国，在詹姆斯看来，是西方文明的两个基本形态，因此詹姆斯晚期作品所针对的，是整个西方文明内在的文化与道德危机。换言之，詹姆斯评判美国和欧洲的出发点，是要去探究一个文明社会如何能够让人性获得充分和完整的发展与表达。从这个角度来看,我们就不难理解为什么詹姆斯对欧洲和美国会提出同样深刻的批评。在詹姆斯看来,美国文明传统中高度教条化的道德观念,首先源自对人性片面和有缺陷的认识。由于过于重视对个体的规训,所以它才会漠视甚至压抑人性中追求审美趣味和智性自由的自然需要。新英格兰的"良心"观,实际上注定无法成为真实和有效的道德力量,因为它没有建立在一种真实的、有关人性的知识之上;甚至在更坏的情况下,它可以赋予美国社会粗鄙和庸俗的拜金主义一种合法体面的外表。在另一方面,詹姆斯对欧洲文明的批评,也源自同样的立场和思考。在《大使》中,我们看到欧洲文明的丰富和精致,看到它对艺术和审美的重视,也看到它对个人生活相对自由和宽容的态度,这些特质对美国文明确实有着值得借鉴的地方。阿诺德也认为,英美现代社会主要受清教的影响,过于强调所谓的"希伯来精神",如日常生活中严苛的道德判断,强调自我否定和服从的义务,而对人性中自发的追求与自由的想象力,没有给予足够的重视和宽容。阿诺德所提倡的"文化",是平衡和补救英美社会内在缺陷的一种途径,因为只有更多地鼓励个人的智性自由与审美实践,即所谓的"希腊精神",才能够让英美社会中的人性得到充分的发展,从而变得更饱满。不过,对阿诺德或詹姆斯,这都不意味着道德思考本身可有可无甚至是有害的。小说中描写的欧洲人,包括在欧洲生活的美国人,虽然享有更多的自由,但并没有因此获得一种美好的生活,或得到个性的丰富和完善。无论是查德还是薇奈夫人,都不过是在利用欧洲的高雅文化来满足自己的私欲,而从未考虑过道德层面的问题,更从不惮于欺骗和说谎。詹姆斯在《大使》中告诉读者,欧洲文明实际上已经变成了一种精致的享乐主义,而其原因也同样在于它对人性认识上的片面和狭隘。巴黎社会对个人生活上的宽容,让人无所忌惮地放纵自我的欲望,因而无视人性中对于善的追求。在《大使》中,詹姆斯对巴黎社会的批评,并非新颖的看法。在詹姆斯之前的文学评论中,他对法国文学就有类似的看法。在当时的英美社会中,法国文学的名声并不好,因为法国作家颇津津乐道于情欲的问题,而许多法国小说作品里面也不乏色情的描写。詹姆斯对法国小说家注重文学形式和写作技法的艺术立场多有褒扬之辞,但是对法国文学中纵情声色的描写,却一直有一种严肃的批评。然而,与当时英美许多保守的评论家不同,在詹姆斯的文学评论中,我们看不到他用任何道德教条来指责法国的小说家。例如,对当时争议颇多的莫泊桑(Guy de Maupassant,1850—1893),詹姆斯就认为,莫泊桑对"色情元素"的偏好,其问题在于莫泊桑理解人性时的"片面"(partiality)。詹姆斯评论说,"当你越多关注人肉欲的一面时,这一面就仿佛是人性中最根本的东西,你便不去注意他对自身弱点和所遭受挫折的反应。但是,如果你更多地注意人性的另一面,那么人性中色情的因素,便不那么让你觉得足以代表人性的特质"。[①] 显然,詹姆斯对莫泊桑的批评,并没有从道德教条出发,而是从人性本身的角度立论。在《大使》中,詹姆斯对欧洲文明的批评,本质上也出于同样的立场。换言之,压抑人性的道德不是真的道德,而无视道德的自由也不可能是真的自由。欧洲与美国文明所面临的危机,究其本质,皆因它们对人性的理解是片面和不真实的。

"良心"或道德与个体自由的关系,是《大使》这部作品的核心问题,而"良心"的问题,不仅涉及个体的层面,更关乎整个国家和民族的道德与伦理生活。如果欧洲和美国文明,都把这两者看成水火不容的对立关系,那么它们都不可能让人性得到成长和圆满。这是史莱瑟在《大使》中,经历了一番震撼、迷惑和欺骗之后,所得到的文化与道德洞见。小说中,史莱瑟对新英格兰传统从妥协到抗争,以及他对欧洲文明从心仪到失望的心路历程,是他能够获得这样的文化与道德觉悟的必要步骤。小说中,当史莱瑟最终意识到自己一直被查德和薇奈夫人的精心设计所欺骗和误导时,他并没有太在意自己一直生活在"假象"之中的事实,因为这些"假象"让他获得了巴黎所能给予的最宝贵的东西,即去建构一种新文明和新道德的"想象力"。史莱瑟的"想象力",并不局限于任何特殊的传统与文化之中;与此相反,它能够接受并融合各种传统与文化之美好,从不狭隘片面地固囿于人性中的某些特质,而是探索人性如何能够得到完整和全面的发展。在巴黎的文明中,史莱瑟涤除了新英格兰道德教条的偏见,但是他也重新发现了道德与责任,如同自由与文雅,都是内在于完美人性之中的要素。在《〈大使〉与新英格兰的高雅文化传统:亨利·詹姆斯对霍桑和豪威尔斯的批评》("'The Ambassadors' and the Genteel Tradition:James's

---

[①] Quoted in Rob Davidson, *The Master and the Dean: The Literary Criticism of Henry James and William Dean Howells*, Columbia and London: The University of Missouri Press, 2005, 142.

Correction of Hawthorne and Howells")一文中,郎伊(Robert Emmet Long)准确地分析了史莱瑟这个人物的独特性:他不是《红字》(The Scarlet Letter,1850)中的赫斯特·白琳,在经过一番磨难之后,仍然回归自己的故乡波士顿,回归自己早年所反对和抗争过的社会秩序;在史莱瑟的故事里,没有自我牺牲意义上的回归——事实上,他之所以能够成为詹姆斯小说中一个经典性人物,恰恰是因为他的自我意识和想象力,最终超出了任何一个社会与道德秩序的局限性;历史和传统,道德与自由,对詹姆斯和史莱瑟而言,都是人在建构一个可能的美好社会时足可利用的资源,而不是压抑或割裂人性的限制力量。① 这样的文明理想,在《一位女士的画像》这部小说中,我们已经窥其端倪。小说的女主人公伊莎贝尔曾如此设想她心目中的理想生活:"一种知识和自由的完美结合,知识会赋予我们责任的意识,而自由将会让我们充分地享受生活。"② 然而,《一位女士的画像》却难以摆脱自由与责任的两难处境。詹姆斯在《大使》之中,重新撷取这个话题,并在欧美文明的宏观背景之下,演绎出一段更加丰富、复杂和深刻的道德戏剧。

当然这并不是说,《大使》对这个问题给出了一个圆满的回答。《大使》比《一位女士的画像》更清晰地勾勒出一种新文明和新道德的形态,以及它需要汲取的观念和资源。然而,《大使》也没有一个"大团圆"式的结尾,因为詹姆斯清楚地意识到,这样的新文明和新文化,在现实中并没有得到实现。詹姆斯在纽约版前言中,不无得意地认为,《大使》这部小说是他完成的最为"圆满"(rounded)的作品。若从小说的形式来看,《大使》确实是詹姆斯经典的艺术之作;若从内容来看,《大使》这部作品也难以避免现代社会中理想主义的困局。史莱瑟内心中的那个"文化梦",先是不得意于新英格兰贫瘠的文明土壤,而他后来遇到的欧洲文明也不是这个梦想的成就之地。为了维护查德和薇奈夫人,史莱瑟不惜冒犯纽瑟姆家族,而他的生计和未来都因此没了着落。不过,当他发现查德和薇奈夫人并不是他心目中理想文明的代表时,史莱瑟才真的成了一个"无家可归"的人。这是因为他意识到,自己心中的梦在现实中是无

---

① Robert Emmet Long, "'The Ambassadors' and the Genteel Tradition: James's Correction of Hawthorne and Howells," *The New England Quarterly* 42, no. 1 (March 1969): 44-64.
② Henry James, *The Portrait of a Lady*, 2nd ed., New York: W. W. Norton, 1995, 361.

处依傍的，而他所构想的那个"美好生活"只能存在于自己想象力的"乌有之乡"里。小说中，史莱瑟最后离开巴黎回到美国，与赫斯特·白琳在《红字》中回归波士顿城迥然不同，因为赫斯特所经历的痛苦铸就了她与新英格兰的情感纽带，而史莱瑟的梦想却让他成了一个"没有祖国的人"，巴黎抑或美国，其实已经没有什么差别。唯有在他的内心世界中维系着的理想，才是他在"无家可归"之后寻到的"家园"。詹姆斯如此安排小说的结局，当然不乏一种反讽的意味。然而，如果现代社会中人的价值观念之间的断裂和冲突是无法回避的现实，那么，对一种理想的文明社会的建构，大概也只能先维系于个体的想象之中。然而，这并不意味着我们的想象只不过是一种幻象；恰恰相反，詹姆斯的用意，是要说明个体的文化想象力对现代社会而言，具有特殊的价值和重要的功用。

在乔伊斯的小说《一个青年艺术家的画像》(*A Portrait of the Artist as a Young Man*, 1914—1915)中，主人公斯蒂芬个性独立，充满理想主义的精神，不愿服从传统和权威，也不愿留在自己封闭和狭隘的家乡。在有些地方，他与詹姆斯笔下的史莱瑟颇有神似之处。在这部小说的结尾，斯蒂芬准备离开自己沉闷和封闭的故土，去异国他乡寻求自己的文学梦想。斯蒂芬的离开与史莱瑟的回归，看似反向而行，实则有一种异曲同工之妙。小说中，斯蒂芬在他日记的最后写道："来吧，生活！我愿第一百万次地面对真实的经验，而我将在我心灵的冶炉之中，锻造出我的民族从未具备的良心。"[①] 乔伊斯在这里所使用的"良心"(conscience)一词，同样也兼有道德和意识(consciousness)的双重指涉。斯蒂芬的梦想是要去面对并经历真实的经验，并由自我内心的思考和判断来获得真实的知识，由真知而得自由，由真知而立道德，由自我的成就而终致民族的进步。斯蒂芬所冀盼的那个未来，正是史莱瑟在《大使》中所经历的故事。

---

① James Joyce, *A Portrait of the Artist*, 213.

第九章

不再空想的乌托邦

上一章中提到,詹姆斯笔下史莱瑟所构想的那个"美好生活",只能存在于自己想象的"乌有之乡"里,这实际上已经触及"乌托邦"话题。作为未来美好生活的一种构想、憧憬和愿望,乌托邦跟我们前面所说的共同体、秩序、民族良心和心智培育等一样,都暗含化解(前文所述)"转型焦虑"的功能,也就暗示了文化的功能。当然,文学中的"乌托邦冲动"(the utopian impulse)自古有之,但是就19世纪英国文学而言,这种冲动烙上了一种特殊的时代印记,即为遭遇工业化/现代化浪潮冲击而濒于瓦解的传统生活方式而群起谋求对策,并描绘出理想的社会/共同体愿景。换言之,19世纪英国文学中的乌托邦冲动,比以往更贴近约翰逊(Lesley Johnson)所说的"起着中心作用"的"社会批评传统","这一批评传统把艺术想象作为社会的道德力量,而且把它作为社会变革的根本性机制"。① 作为这一传统的代表性人物,金斯利、巴特勒(Samuel Butler,1835—1902)和莫里斯都在各自的作品中描绘了精彩纷呈的乌托邦图景,并且呈现了一个共同的特点,即不再空想,而是虚实相间,带有强烈的(上述)文化功能。有鉴于此,本章将围绕他们三位展开讨论。

第一节
无冕英雄的乌托邦:《奥尔顿·洛克》中的绅士愿景与共同体理想

在英国文学与文化观念的互动史上,金斯利的小说《奥尔顿·洛克》是一

---

① Lesley Johnson, *The Cultural Critics: From Matthew Arnold to Raymond Williams*, London: Routledge & Kegan Paul, 1979, vii.

部不容忽视的作品。它呈现了一个不再是空想的乌托邦,即化解社会转型焦虑的共同体愿景,以此拓展并丰富了文化观念的内涵。要阐明金斯利在这方面的贡献,还得从小说的副标题本身说起。封面上,相对于"奥尔顿·洛克"这个乍看上去充斥着陌生感的人名而言,更能吸引读者眼球的,是下面一行副标题"裁缝与诗人"——两个看似丝毫不搭界,且彼此之间存在巨大阶级沟壑的不同职业。这样的并置虽不和谐,却深意藏焉。

小说中,这个兼诗人与裁缝于一身的人,便是主人公奥尔顿·洛克。他在小说中用诗性语言描写了"散发着臭气的工作车间""弥漫着浓雾与毒烟的宿舍",表明了作为"人民诗人"(the poet of the people)的立场。这实际上是延续了达克(Stephen Duck,1705—1756)所开创的"劳动人民诗歌"传统,但这一传统也使达克沦为"次等诗人"。① 奥尔顿本人也曾哀叹,正是由于阶级身份的缘故,他"无法充分发挥自己的聪明才智,无法跻身于'诗人'行列"。②

那么,一个出身贫寒的穷小子为何如此强烈地梦想成为诗人?纵览全篇,不难发现"诗人"并不是奥尔顿梦想的终极所指;小说中他心心念念十余次之多的"绅士"身份,才是他梦寐以求的。托克维尔在《旧制度与法国大革命》(*The Ancient Regime and the French Revolution*,1856)中曾提出过一个重要观点:"绅士"这一称谓,在英国每隔百年就会有所变化,且其边界有越发扩大的趋势。绅士从一种"与生俱来的权力地位"(gentleman by right)逐渐过渡为超越阶级的、具有道德评价功能的新词语。从这一点上来看,"绅士"内涵变化的过程反映了英国的民主化进程。因此,穷裁缝奥尔顿是否能够最终成为"绅士",象征意义重大。这种试图通过获得文化资本以实现阶级身份跃迁的美好愿景,既带有个人乌托邦式的理想色彩,也反映出鲜明的"共同体"意识。

---

① Stephen Duck 的名篇"The Thresher's Labour"开启了"劳动人民诗人"(labouring poets)创作之先河,有里程碑式的意义。H. Gustav Klaus 曾经在 *The Literature of Labour: Two Hundred Years of Working-Class Writing* 中评论道:"此前从未见把人们日常工作描写得如此逼真的作品。"而 Bridget Keegan 则在"Georgic Transformations and Stephen Duck's 'The Thresher's Labour'"一文中提出,正是因为 Duck 对于体力劳动的逼真描写,他本人沦为"次要诗人"(minor poets),他所创作的诗歌也成了一种"副文学现象"(paraliterary phenomenon)。Keegan 的观点代表了维多利亚人对体力劳动的鄙夷态度,并间接地对诗歌的"应然性"——包括诗歌的来源、定义、描写手法、对象、功用——在不同程度上进行了规约。

② Charles Kingsley, *Alton Locke, Tailor and Poet: An Autobiography*, London: Macmillan, 1893, 2. 后文出自此书的引文仅随文括注页码,不再一一详注。

一、从裁缝到绅士——个人梦想的乌托邦

一个裁缝如何成为一名绅士？答案是：做个诗人。其隐含意义是：寒门子弟若想实现跨越阶级的乌托邦理想，获取文化资本是实现"社会向上流动性"的最便捷通道。另一通道——"财富观念与绅士身份"曾有学者论证过，如陈礼珍就以《远大前程》中的皮普为例，阐释了狄更斯对于当时流行观念"有钱就可以做绅士"的反思与批评。① "文化资本路径"与"财富路径"并行不悖，互为补充。

19世纪英国小说最鲜明的特点之一，是在社会转型期的背景下，对普通人命运的关注。这主要有两方面的原因。一是19世纪初拿破仑"一统天下"的野心唤醒了欧洲各国的民族精神，促使人们挖掘本民族的历史、风俗、民间传说，并最终造成了文学作品开始注重表现"人民"的转向。二是随着工业革命的深入，财富的来源与分配方式发生重大改变，活跃的资产阶级通过商业贸易积累了大量的财富，并用金钱买到通往上层社会的通行券。这类普通人的成功故事构成了民众乌托邦梦想的具体内容。

奥尔顿就是怀有这种梦想的万千普通人的一个缩影。他是个典型的"自学诗人"，希望通过持续不断的努力得到上流社会的认可，从而成为一名"绅士"，这就是他个人奋斗的"乌托邦理想"。他在白天做完了漫长的苦工之后，夜晚还要偷偷读那些在母亲眼中是邪教异端的书籍，即使睡眠不足也在所不惜。这么透支自己的生命，不仅仅是简单的"自助"，更像是一场灵魂的自我救赎。在奥尔顿看来，拥有了知识就等同于拥有了智慧，从而有望成为"绅士"的一分子。这在书中有多处例证。例如，他在与母亲教友争吵时，曾愤怒地喊道："难道就因为我希望通过自我教育来实现社会地位的提升，你就要给我扣上'不检点'的帽子吗？"(33)又如，他在与工友克劳斯维特交流时说："关于那些最初处于社会底层，最后成功实现社会地位晋升的英国人的故事比比皆是。"(43)

如果说"乌托邦理想"是奥尔顿奋斗的终极目标，那么维多利亚时期的一

---

① 陈礼珍：《文化、资产与社会流动：〈远大前程〉财富观再批判》，《外国文学研究》，2015年第1期，第153页。

个重要精神内核——"自助理想"(self-help)① 则是实现这一目标的重要手段。正如当代美国学者米歇尔(Sally Mitchell)所说,"维多利亚人笃信'进步'与'自助',认为人们可以通过'自助'来改变自身的命运,实现社会地位的上升"。② 这一观念在斯宾塞等人大力倡导的社会达尔文主义理论中得到了印证。在他们看来,"自助"在"适者生存"法则为主导的社会环境中,对于个体有着强烈的现实意义,因此有其生物学基础。金斯利的思想也受到了达尔文的深刻影响。在达尔文的自传中,记录了一封来自金斯利的来信,其中谈到他年幼时曾目睹家中的牲畜与植物的杂交配对,由此引发了对所谓"物种永恒性"的怀疑。信中还热情洋溢地写道:"如果你是对的,那么我必须要放弃我曾经笃信的信仰与写下的文字。"③ 此外,边沁的功利主义思想亦为"适者生存"理论推波助澜,其逻辑是:既然人是理性的动物,那么其本质就应该是自私的,因而人就应该为了增加自己的幸福感而行动——"社会中个体成员一定要关注自身的幸福,无论是世俗的还是灵魂的……发现或是选择最适合他自己的路径以达到目标"。④ 边沁所言的"幸福感"可被视为个体在乌托邦理想国中愉悦的精神感受。他以上的说辞说明了两件事情。其一,个体对于"乌托邦"的理解是不一致的,可以是赢得世俗的金钱与地位,也可以是成功地获得宗教或爱情这类精神追求的满足。其二,"条条大路通罗马",个体为了实现目标,可采取的手段是不同的。

上述观点让人联想到小说中的两个主要人物,即奥尔顿·洛克和他的堂兄乔治·洛克。两人的父亲最初在同一家杂货店打工,奥尔顿的父亲用辛苦积攒下来的积蓄开了一家店,一生勤奋,结局却像"多数当时的小商人那样——债务缠身,心力交瘁",死后未能给孤儿寡母留下丝毫积蓄;而乔治的父亲则头脑活络,娶了一个有钱的寡妇,产业越做越大,很快就成了城市里最大的杂货店老板,还拥有了自己的豪宅,并给乔治铺好了一条通往社会上层的金

---

① Samuel Smiles 于 1859 年出版著作《自助》(*Self-Help*),集中而系统地反映了维多利亚时期核心价值观。"自助"不仅仅是一个描述性词汇,它被赋予了道德评判的意义。
② Sally Mitchell, *Daily Life in Victorian England*, London: Greenwood, 1996, 259.
③ Francis Darwin, *Charles Darwin: His Life Told in an Autobiographical Chapter, and in a Selected Series of His Published Letters*, London: J. Murray, 1902, 228.
④ Quoted in R. J. Morris, "Samuel Smiles and the Genesis of Self-Help: the Retreat to a Petit Bourgeois Utopia," *The Historical Journal* 24 (March 1981): 89 – 109.

光大道——先去剑桥大学深造,然后顺理成章地谋到一份牧师的工作,"这在当时是把一个商人的儿子改造成一个绅士最合适的方式了"(33)。乔治继承了父亲狡黠的行事手段:他极力讨好里奈戴尔爵士,并成功地赢取了其女儿莉莲的芳心,名利双收。纵观乔治父子这两代人,一个通过资本财富的积累从社会的"下层中产阶级"(lower-middle class)[①]跃至富裕的中产阶级,另一个则以高等教育为跳板,并通过与贵族联姻,成功地摆脱了商人家庭的市侩与土气,成了世人眼中真正意义上的"绅士"。这实际上阐明了绅士存在的历史意义,即"为新社会群体提供一个通往社会尊贵的古老而又不太苛刻的路径"[②]。

研究维多利亚时期文化的学者们就当时"自助精神"的意义普遍达成过两个共识:首先,它公开宣扬了维多利亚时期"社会向上流动性"的神话,该神话具有清晰的乌托邦色彩;其次,它成功地"诱惑"工人阶级自觉地向中产阶级的价值观靠拢。[③] 奥尔顿言辞之间,都流露出对于"自助"精神及其价值观的认同,无论是外显的装束和气质,还是内在的思想与观念,均是如此。

譬如说,当奥尔顿与多年未见的堂兄乔治重逢时,首先注意到的是他"罗切斯特牌子的、裁剪精良的裤子,以及他考究的法兰西靴子"(161)。事实上,与奥尔顿记忆中的乔治相比,眼前的这位堂兄"所有的外在方面都大大地进步了",因此奥尔顿不禁产生了这样的念头:"有时候,即使对于一个穷裁缝来说,也会偶尔被人欣赏,至少外在可以做到吧!"(142)正是受到这种观念的驱使,囊中羞涩的奥尔顿向乔治借钱,在他的"御用裁缝"那里定制了几套"精致的礼服"(142)。奥尔顿的衣着打扮还呼应了卡莱尔在《拼凑的裁缝》所说的"衣服哲学"。与卡莱尔不同,金斯利更侧重服饰的象征意义,即"更多有关艺术、政治、宗教、天堂、人间和人的气质"。[④]

[①] 这一阶层人士主要包括店主、小商人、职员、中小学教师和店员等。它游离于贵族阶级、中产阶级与无产阶级之外。作为一个具有鲜明特征且被明确界定的阶级,它直到 1870 年才出现。见 Arlen Young, "Virtue Domesticated, Dickens and the Lower Middle," *Victorian Studies* 39 (Summer 1996): 486 – 491。

[②] 黄梅:《推敲"自我"——小说在 18 世纪的英国》,北京:生活·读书·新知三联书店,2003 年,第 47 页。

[③] H. J. Perkin, *The Origins of Modern English Society*, 1780 – 1880, London: Routledge, 1969, 225。

[④] Leonard Deen, "Irrational Form in *Sartor Resartus*," *Texas Studies in Literature and Language* 5 (Autumn 1963): 438。

然而,类似于"气质"的东西,可以借得到或买得到吗？小说中给出的答案是否定的。奥尔顿的悲剧缘由有二：其一,他认为通过自学而获得的"品味"会完整地被社会上层人士所欣赏；其二,他对于"绅士"一词的理解仅仅停留在智力与道德层面,这两样是可以通过勤勉精神与自律精神来弥补的。然而,"品味"或"趣味"需要强大的金钱基础,这是囊中羞涩的奥尔顿永远无法企及的。

"品味"上的差别,在"审美"这一维度上得以更加充分地展现。奥尔顿与埃莉诺曾经在教堂的建筑风格上有过很大的分歧。后者认为,教堂的立柱和拱形屋顶会引领人们的目光一路向上,直至天穹,因此可成为基督教的象征。奥尔顿却不以为然,在他看来,如果站在教堂外面看,人们或许会形成埃莉诺所说的那种印象；但是一旦到了教堂内部,那些屋顶上交错复杂、层层交叠的木桩和石柱会把"自由的天空关在外面"(160)。也就是说,教堂表里不一,其内部不过是一座昏暗的监狱罢了。显然,奥尔顿的审美观带有鲜明的政治意识,正如伊格尔顿在《审美意识形态》(*The Ideology of the Aesthetic*, 1990)中所说："审美只不过是政治之无意识的代名词。"[①] 奥尔顿不喜欢教堂风格,是因为其有碍自由的精神,而"争取自由",正是英国宪章运动中最为响亮的口号。这为小说后来情节的发展埋下了伏笔。

最后,小说中有一条时隐时现的"爱情乌托邦"叙事主线。奥尔顿在画廊中偶遇莉莲,一见倾心。后者是爵士之女,虽然出场次数不多,却是奥尔顿的重要精神寄托——"爱情使他觉得自己高贵,不应忍受所谓上层人士对他的欺凌"(201)。然而,压垮他的最后一根稻草,正是爱情乌托邦梦想之破灭。他曾蒙受冤屈,被送上法庭,可是莉莲却对此无动于衷,还在法庭上流露出"冷酷、开心与猎奇"(262)的表情,这使他顿时晕倒,不省人事。奥尔顿渴望追求爵士女儿的行为本身,带有企图通过婚姻实现阶级跃迁的"第三条路径",因而他的失败也带有浓厚的反乌托邦色调。不无讽刺的是,乔治不学无术,却获得了莉莲的芳心。这说明在维多利亚时代,中产阶级可以与贵族阶级合作共谋,交换资源,各取所需,而以奥尔顿为代表的贫穷"智识阶级"却被排挤在外。小说遂

---

① 特里·伊格尔顿:《审美意识形态》,王杰、傅德根、麦永雄译,桂林：广西师范大学出版社,2001年,第27页。

被涂上了一抹重重的、触目惊心的反乌托邦色调。

综上所述，金斯利以小说家独有的洞察力与感知力，赋予"乌托邦"以时代色彩，丰富了该词在英国文化观念史中的建构。换言之，他勾勒了那个时代的独特文化特征，即个体追求阶级跃迁，试图攀登社会阶梯。奥尔顿的"绅士理想"，就是他的乌托邦梦想。这一梦想蕴含着"跨越等级"的强烈愿望，又含有"社会认同"的重要前提，更是化解身份焦虑的重要文化观念，而奥尔顿命运的跌宕起伏则显示了小说反乌托邦的底调，促使人们发问：当个体的乌托邦梦碎时，作为"共同体"的乌托邦理想是否可能实现？

二、超越个体欲望的乌托邦——共同体形塑

如上所述，奥尔顿的乌托邦梦想带有浓厚的个人主义色彩。然而，另一方面，他所追求的"绅士身份"在维多利亚时期吸纳了"强健的基督教信仰"（Muscular Christianity）这一内涵，成为绅士气质与特质的重要组成部分。后者与英国的工业革命精神契合，亦迎合了大英帝国对外殖民扩张的想象需求，从而谋得了存在的合法性。金斯利本人曾经讲过："身体是灵魂的表达方式，且两者紧密相连。因此，身体越完美，它所表现的灵魂也更加丰盈。"① 对于年幼便营养不良、体弱多病的奥尔顿来讲，"强健的身体"是自己心神向往但力有不逮的目标。不过，他潜意识中的民族主义意识，仍然可激发浑厚的爱国主义热情，从而将那些运动健将们想象为与自己血脉相连的共同体成员。

譬如说，在奥尔顿观看的剑桥大学赛艇竞赛中，奥尔顿被赛艇队员们的男子气概深深打动——"我热血沸腾，眼眶中满是泪水，只因为……我也是个英国人"。② 此时观看比赛的几百人出身地位各有不同，但是这丝毫不妨碍他们呐喊助威的疯狂劲头，因为他们有着共同想象——"从古罗马时代起，英国人就是地球上所有国家的主宰……这些勇敢的年轻人都是我们的兄弟"（120）。这一由观赛而产生的爱国主义自豪感印证了诺克斯（Robert Knox，1793—1862）在《人类之种族》（*The Races of Men*，1862）中提出的一个观点，即将一个人的外表/体格与所处国度的"文明程度"联系在一起。诺克斯对撒克逊人

---

① Charles Kingsley, *Letters and Memories*, London: Chesterfield Society, 1899, 119.
② Ibid.

毫不吝惜溢美之词,称赞他们是"高大、有力、人类中的运动健将;作为一个种族整体,他们是地球上最强壮的"。① 同样,金斯利本人也对撒克逊人倍加推崇,他曾在一篇题为《英格兰的工人们》("Workmen of England",1848)的宣讲词中慷慨陈词:"英国人! 撒克逊人……世界工厂,七百年来自由的领袖!"②

以上美好的辞藻是英国人集体愿景的表达,而后者是通过民族情感与国家身份来维系的,带有高度的凝聚力与团结意志,以及鲜明的"想象共同体"意识,也带有显而易见的政治乌托邦色彩。

在维多利亚时期,通过寻根溯源的方式来激发每个英国人对于国家的认同感,是一种不可忽视的做法。在19世纪早期,司各特便很敏锐地捕捉到了"英格兰特性"(Englishness)问题,并在小说《艾凡赫》(*Ivanhoe*,1819)的前言中对古代撒克逊人大加赞赏,称他们为"朴实平凡,直率坦诚……立法中渗透着自由的精神"。③ 19世纪中期,迪斯累里(Benjamin Disraeli,1804—1881)的小说《西比尔》(*Sybil*,1845)中,女主人公的经历同样令人深思:出身普通的她嫁给了一户显赫的人家,看起来似乎是高攀,但是她祖先是撒克逊的贵族,这又像是门当户对。狄更斯更是对撒克逊人颇加赞扬:"(撒克逊人)具有地球上所有民族中最好的品质……无论他们的后代去了哪里……即便是世界上最遥远的地区,他们的后代都永远那么有耐性,那么坚忍不拔,那么永不气馁。"④

在19世纪中期,自然科学的发展使得各个人种之间的差异加深,人种学、解剖学等学科为此提供了理论性依据,随后人文科学领域也涌现出大量的著作,⑤ 论证撒克逊白人作为一个种族所具有的历史的、天然的优势。这股思潮中包含着一种"决定论"(determinism)的思想,其背后有着显而易见的种族主

---

① Robert Knox, *The Races of Men: A Philosophical Enquiry into the Influence of Race over the Destinies of Nations*, London: Sayill and Edwards Printers, 1862, 50.
② Charles Kingsley, *Novels, Poems and Letters of Charles Kingsley: Alton Locke, with a Preferatory Memoir by Thomas Hughes*, London: Co-operative Publication Society, 1899, 127.
③ Walter Scott, *Select Novels of Sir Walter Scott*, London: Baudry's European library, 1840, 2.
④ Charles Dickens, *A Child's History of England*, London: eBooks@Adelaide, 2014, 19.
⑤ 此类代表性著作包括 Robert Knox 的 *The Races of Men* (1850), Robert Latham 的 *The Natural History of the Varieties of Man* (1850), Arthur de Gobineau 的 *The Inequality of Human Races* (1853), J. C. Nott 的 *Types of Mankind* (1854),等等。

义思想,甚至是殖民主义帝国思想的逻辑:作为优等族群的"我们",理所当然地要去征服属于劣等族群的"他们"。金斯利本人也有一定的种族主义情结,他曾轻蔑地称爱尔兰人为"白色的大猩猩",① 而在小说中也多处流露出对于爱尔兰的鄙夷之情。也就是说,基于民族情感的共同体愿景有其内在矛盾性,从而使其乌托邦的理想色彩变得黯淡。一旦以"民族"作为"标准"来划定共同体的疆界,其外的人就自然变成了"他者"。然而,在各民族国家休戚与共的现当代社会,我们趋于将全人类视为同一个命运共同体。那么,消弭矛盾的出路,就在于正确制定共同体的"标准"。

事实上,共同体/乌托邦的观念在英国经历了一个漫长的演变过程。托马斯·莫尔(Thomas More,1478—1535)在其《乌托邦》(*Utopia*,1516)里描绘过一个按需分配、财产公有、人人劳动的理想社会。这些特征带有鲜明的社会主义特色。18世纪末期,柯勒律治出于对法国大革命暴力的不满,与骚赛(Robert Southey,1774—1843)一同策划建立起名为"乌托邦大同世界"(Pantisocracy)的理想国,提出财务均分,摒弃宗教与政治信仰等基本原则,目的是"使每一个成员都能进步与满意"。② 柯勒律治的乌托邦,是针对当时社会日益加剧的群体收入差距与社会资源分配不公的现实而提出的,也显而易见地带有社会主义经济特色。然而,他的方案也存在着明显的缺陷。首先,在他的乌托邦构想中,每个成员每天只需工作两到三个小时就够了,这甚至比莫尔所提出的每天工作六小时的方案还要大大缩减。人们之所以如此有闲暇,是因为把脏活重活都分给了奴隶,而自己则成了轻松自在的管理者。其次,柯勒律治将女人视为社会财物,也要对其实施"按需分配"的管理办法。③ 这个乌托邦的构建,与柏拉图的理想国同出一辙,将女人与奴隶排除在外,却不符合19世纪英国的现实国情,也违反了空想社会主义中有关平等概念的基本原则,流露出浓厚的民族主义思想,也难怪最终只昙花一现罢了。

那么,是否存在另一种标准更为宽泛,更为宽容,超越阶级利益与民族情

---

① Charles Kingsley, *Charles Kingsley, His Letters and Memories of His Life*, Cambridge: Cambridge University Press, 2011, 107.
② Samuel Taylor Coleridge, *Poets through Their Letters: Wyatt to Coleridge*, London: Constable, 1969, 364.
③ Magnus Ankarsjö, *William Blake and Gender*, North Carolina: McFarland, 2005, 49.

感的维系共同体的纽带呢？这就把我们引向了"宗教信仰"。《奥尔顿·洛克》中有这样一段话："我们都是兄弟，因为我们都从事工作，拥有同一个愿望，以及同一个无所不能的上帝父亲。"（320）值得注意的是，这里提及的"宗教信仰"与我们常识中的不尽相同，是一种经过工作理念"改造"或"改良"的宗教信仰，即"基督教社会主义"。小说中，埃莉诺秉承"合作与团契"的精神，组织了一个由五十多名缝衣女工组成的合作社。"她们每天一起工作，分享劳动所得的利润。这部分钱本来会被她们贪得无厌的主子们剥削去，但是现在却装在自己的钱袋里。埃莉诺为她们管账，帮她们销售产品，处理其他林林总总的杂事，而且在她们工作的时候给她们念书，每天还给她们传授知识"（329）。殷企平认为，埃莉诺的做法成功地制衡了自由竞争的狂潮，践行了基督教社会主义的理想。①

从产生的社会历史背景来看，基督教社会主义直接针对的对象是以亚当·斯密等经济学家所倡导的市场自由竞争学说。在斯密看来，所谓"利己心"是私人与国家财富得到增长的源泉，而满足这一私心的关键就在于经济的自由竞争与政府的自由放任。小说中对这一经济理念产生的恶果做出了形象的例证阐释。一方面，诺尔顿那位"燃烧着 19 世纪伟大精神"（92）的雇主，一心想着挣快钱，追求进步，扩大产业规模，要求工人把活儿带回自己家去做，并通过自由招标的方式，让价格最低的工人签到最多的活儿。这竞争貌似公平，其实不然：奥尔顿及其工友的工作量增加了三分之一，但实际报酬却少了一半。对此，奥尔顿愤怒地说，那所谓的"自由工业"，其本质是"资本暴政"（101）。此外，小说多次表达了对维多利亚女王的失望，而当矛盾激化到无法调和时，有工人代表这样说道："政府与议会中的议员都无法帮助我们，所以我们只能依靠自己。自助者，天助之！"（95）

"自助"与"天助"反映了当时工人两个重要的精神维度，是对维多利亚中产阶级所追捧的"自助理想"的改造、丰富与革新。首先，"自助"不仅仅是一种信念，更是一种实际的行动。这象征着工人阶级从马克思阶级斗争理论中的"自在"（class-in-itself）阶段过渡到了"自为"（class-for-itself）阶段，即工人阶级

---

① 殷企平：《卡莱尔主义，还是基督教社会主义——从〈奥尔顿·洛克〉中的麦凯之死说起》，《外国文学》，2007 年第 4 期，第 46 页。

的阶级意识与阶级行动紧密结合在一起,并通过统一的行动来维护其共同的利益。其次,"天助"中体现的基督教思想隐含着劳动是获得神佑之途径的重要观念。这与卡莱尔所倡导的"工作神圣化"密切相关,向上可追溯到马丁·路德与加尔文等人有关新教的职业观念。小说的结尾将"自助"与"神助"这两个概念完美地镶嵌在奥尔顿·洛克留给世人的绝唱之中:

> 哭泣,哭泣,哭泣,还是哭泣,
> 为了贫民,为了愚人,为了奴隶;
> 看啊!从那荒芜的沼泽地中看出去,
> 炎热的小巷,济贫院的小房间:
> 干活去!要么就去墓穴里!
>
> 下台,下台,下台,还是下台,
> 那些懒汉,流氓,暴君;
> 那些游手好闲的人不应该劳动吗?
> 一个人,倘若他不愿辛苦劳作,
> 他就没有在大地上立足的权力;
> 这个道理,上帝为我们作保!(304)

卡莱尔在1840年曾做过题为"论英雄、英雄崇拜与历史上的英雄业绩"("On Heroes, Hero-Worship, and the Heroic in History")的系列演讲。在他的心目中,除了神明、教士和先知以外,还有一类可称为与宗教信仰有密切联系的"文人英雄"(the hero as man of letters)。其最为人称道的能力是"透过表面看到事物之本质",[①] 而这"本质"即是费希特所言的"神圣理念",亦等同于基督教的"圣言"。因此,文人英雄的使命就是借印刷物表达自己感悟到的神启。[②] 从这一意义上来说,虽然奥尔顿未

[①] Thomas Carlyle, *Sartor Resartus*, London: Oxford University Press, 2000, 164.
[②] 乔修峰:《卡莱尔的文人英雄与文化偏至》,载《历史进程与文学嬗变:新世纪英语文学研究》,王守仁、陈兵编,南京:南京大学出版社,2014年,第111页。

能成为世俗标准中的"绅士",但他所作的这首诗却道出了人类作为命运共同体所面临的危机,并提出了解决困境的两个关键途径,即"人助"与"神助",以及两者的结合,这带有启示录般的意义。因此,小说中卡莱尔的化身——麦凯——对奥尔顿所说的那句看似漫不经心,实则为点睛之笔的祝愿实际上得以应验:"你是一个无冕英雄(unaccredited hero)。"(59)

显然,"冕"带有严格的等级划分意义。此外,"冕"是带有权力与荣耀色彩的"冠",容易让人联想到"桂冠诗人"(Poet Laureate),因此与小说副标题形成了默契的呼应。最后,在"冕"构成的表达中,"加冕"(coronation)是最为人熟知的,它所传达的文化意义——荣誉一定要通过某种官方的、权威的仪式认可——与小说中奥尔顿早期的心路历程暗合,又与他后期的意识觉醒之间形成了某种有趣的张力。

小说中奥尔顿最初的乌托邦梦想,是成为"绅士",即"得冕"。他视"诗人"为实现这一终极目标的中间跳板。然而,当他在诗歌上的天赋与努力得到认可后,由于财富、品味、相貌等多方面的限制,绅士之梦终成镜花水月。在猛醒之后,他才意识到,他的个人乌托邦悲剧,只是那个社会阶层分化的一个小小缩影罢了。他只有作为社会底层阶级的知识分子,即一个无冕英雄,用诗歌的语言揭露社会不平等的制度根源,痛斥腐败贪婪的当权者与为富不仁者,并对社会下层阶级的劳动人民进行启蒙与教育,才可能最终奏响一个**超越阶级利益的完美社会**的乐章。

第二节
乌托邦中的转型迷思与想象共同体:
从《埃瑞璜》到《重返埃瑞璜》

长久以来,塞缪尔·巴特勒的成名作《埃瑞璜》(*Erewhon*,1872)被视为对维多利亚社会的反讽，其手法被视为斯威夫特的巨著《格列佛游记》中惯用手法的延续。然而，由于作者采用了诸多巧妙的讽刺手法，读者"若偶一疏忽，就会迷惑不解"。① 通过对《埃瑞璜》中核心内容的分析，我们发现小说中许多看似讽刺的正话反说，恰恰是作者全新的共同体设计。因此，此书其实是一部描述未来社会愿景、建构共同体理想的正面乌托邦与讽刺乌托邦的合体，它奇特的内部结构在很大程度上造成了读者的误解，也招致评论者的指责。②

根据萨金（Lyman Sargent）的归类，乌托邦主义即是"社会梦想"，经过乌托邦的自身定义而不断地衍生与扩大。但凡详细描绘一个不存在于现实中的社会，并对社会架构中的各种细节做出说明的小说，即可称为乌托邦小说，其类型包括寄托美好社会理想的"伊托邦"（Eutopia）或"正面乌托邦"（Positive Utopia），描绘黑暗集权体制的"敌托邦"（Dystopia）或"负面乌托邦"（Negative Utopia），通过对幻想社会的描述讽刺现存社会的"讽刺乌托邦"（Utopia Satire），对公有制乌托邦社会理想本身进行质疑的"反乌托邦"（Anti-Utopia），描绘未来美好世界如何面对新问题的"思辨乌托邦"（Critical Utopia），等等。③ 长久以来，乌托邦小说与人类的共产主义理想有着明确的精神联系，因此似乎应归于着眼人类大同而非局限于民族想象的类型；但是，由于小说作者对未来社会的预想无不来自其所在国家、社会的现实，因此乌托邦小说恰恰可以成为国家与民族精神共同体想象的样本。乌托邦小说鼻祖莫尔的代表作《乌托邦》就是一例：它虽寄托了莫尔对人类社会美好的期望，但首先描绘了他心目中理想的英格兰共同体愿景。

自《埃瑞璜》问世以来，国外关于它的各类研究方向日益丰富，但是大都遵

---

① 塞缪尔·巴特勒：《埃里汪奇游记》，彭世勇、龚绍忍译，长沙：湖南人民出版社，1985年，前言第2页。本节中相关译文参考彭、龚版译文，有改动。
② See Lee Elbert Holt, "Samuel Butler and His Victorian Critics," *ELH* 8, no. 2 (June 1941): 146-159.
③ See Lyman Tower Sargent, "Three Faces of Utopianism Revisited," *Utopian Studies* 5, no. 1 (1994): 9.

循了一个基调,即"巴特勒不是先知……而是幽默家与批判家"。① 相形之下,国内对巴特勒的研究至今寥寥,且主要以他的自传体小说《众生之路》(*The Way of All Flesh*, 1903)为研究对象,针对《埃瑞璜》的研究不但数量很少,且大都带有传统的误读。

本节尝试在《埃瑞璜》与《重返埃瑞璜》(*Erewhon Revisited Twenty Years Later*, 1901)的基础上,以巴特勒自传长篇小说《众生之路》与后人整理的《巴特勒笔记》(*The Note-Books of Samuel Butler*, 有两册, 分别出版于 1919 年和 1934 年)以及他本人的科学论著为经, 以 19 世纪的哲学、科学、社会文化背景为纬, 捕捉《埃瑞璜》两部曲中构想的社会图景, 并借此透视英国在工业革命中、晚期种种社会思想矛盾引发的转型迷惘和焦虑。然而与传统研究的观点不同, 我们认为, 巴特勒在小说中的种种颠覆性设想, 并非以讽刺为刀笔来对社会状态进行单纯否定, 而是他在转型焦虑中力求突破, 借小说描绘英格兰的未来愿景, 亦即对共同体之应然的设计。

一、《埃瑞璜》描绘的世界

故事发生在 1868 年, 主人公"我"为到异域掘金, 漂洋过海, 来到一片遥远的岛屿。当地土人乔博克告诉"我"一个神秘国度的传说。为了在岛上寻找未

---

① 见 Herbert Davis, "Samuel Butler: 1835 – 1902," *University Toronto Quarterly* 5, no. 1 (October 1935): 21 – 36. 原句见第 32 页: "He was neither artist nor prophet, he was essentially humorist and critic." 该文对巴特勒的描述相当全面, 也意识到了巴特勒意图在文学中表达自己的科学探索, 但由于文章作者并不认可这种探索的价值, 也就未能深入研究其与小说深层设计的关系。其他近年涌现的巴特勒研究主要有: 约瑟夫·乔斯结合巴特勒在新西兰的移民生活, 从新西兰毛利文化中寻找小说文化源头的专著, 见 Joseph Jones, *The Cradle of Erewhon: Samuel Butler in New Zealand*, Austin: University of Texas Press, 2012; 扬·叶德热耶维奇对《埃瑞璜》与《重返埃瑞璜》中宗教内容的分析, 见 Jan Jedrzejewski, "Samuel Butler's Treatment of Christianity in *Erewhon* and *Erewhon Revisited*," *English Literature in Transition* 31, no. 4(1988): 414 – 436; 乔舒亚·A. 古奇对《埃瑞璜》中 19 世纪生物权力的探讨, 见 Joshua A. Gooch, "Figures of Nineteenth-Century Biopower in Samuel Butler's *Erewhon*," *Nineteenth-Century Contexts* 36, no. 1 (2014): 53 – 71; 苏·泽姆卡以刘易斯·马林(Louis Marin)的乌托邦定义对《埃瑞璜》进行的解读, 见 Sue Zemka, "*Erewhon* and the End of Utopian Humanism," *ELH* 69, no. 2 (Summer 2002): 439 – 472. 与萨金的传统乌托邦定义不同, 马林理解的乌托邦叙事无关理想中的完美社会及其正反形态, 而是对封闭观念体系的分化与冲击, 徘徊于认知的中间地带, 具有高度的不确定性。埃瑞璜世界文化色彩的多样性、多变性与《机器之书》对"人类"概念的延伸, 在泽姆卡看来正符合这种乌托邦的定义。泽姆卡对《埃瑞璜》的理解已超越了传统的"幽默家与批判家"认知, 且注意到了埃瑞璜世界中的乡村与田园牧歌式的正面乌托邦有关, 但未将巴特勒在"罪病倒置"章节的设计视为对应然社会的预言。

开垦的荒地,"我"跋山涉水,终于进入了传说中的国度"埃瑞璜"(Erewhon)。此地居民几乎个个体健貌美,一如奥维德笔下"黄金时代"中的人物。"我"因为一头金发、皮肤白皙而在当地备受青睐。但该国似乎仍停留在中世纪的文明阶段,习俗和法规迥异于常,并对一切机械物品极为恐惧。"我"随身携带怀表,竟因此锒铛入狱。身陷囹圄时,"我"与狱卒之女雅姆两情相悦,但"我"被王后召唤进京,只得与爱人惜别。在京城,"我"被指派入住富商诺思李博家中,转而对富商的二女儿阿罗温娜一见倾心。在此期间,"我"出入宫廷,拜访大学,进出银行,体察世情,所见所闻,令人咋舌。恰如维多利亚人之明奉基督,暗逐财富,埃瑞璜人家家户户暗中信奉幸运女神"尤迪戈",表面上却都是"音乐银行"的常客,多少拥有一些毫无流通价值的音乐银行货币;他们相信存在一个未生人的灵魂世界,未生人若为人类肉身所诱惑,投胎为人,就先得自杀——又因投生的未来全赖幸运主宰,自杀前需签署责任自负的文书;埃瑞璜的法院颠倒黑白,将病人加罪,而罪人却只需接受治疗;学校教育荒唐无稽,学生仅能学到辩术之类的口舌功夫,全无务实的精神与本领。在研究了古老文献《机器之书》后,"我"才明白,大约在四百年前,埃瑞璜曾经拥有比英国更发达的科技水平,却爆发了一次反机械主义的革命,一切与机器相关的技术与生产全面终止,整个社会退回了中世纪时的生存状态。"我"想尽办法要离开这里,终于在王后支持下,打破国民对机器与科学的恐惧与敌视,进行热气球升空实验,并借机同阿罗温娜坐热气球私奔,离开了埃瑞璜。此后两人几经周折,抵达伦敦,结为夫妇。几年后"我"将经历成书,流传一时,但阿罗温娜难以融入英国社会,留下一子后郁郁而终。

彭世勇和龚绍忍认为,"我"经历的是英国维多利亚时代真实社会现象的变体。① 而赵芳以"批判维多利亚时代"为小说的母题,认为巴特勒意图以多种写作手法来针砭时弊,并发掘其非理性的内涵。② 以上观点并未超出巴特勒同时代英国评论家们的见地。③ 当代研究者中苏·泽姆卡(Sue Zemka)敏锐

---

① 塞缪尔·巴特勒:《埃里汪奇游记》,前言第1—2页。
② 详见赵芳:《试析英国讽刺文学中的理性主义》,《湖北广播电视大学学报》,2015年5月第30卷第5期,第49—50页。
③ 巴特勒同时代的评论家类似的观点详见 Lee Elbert Holt, "Samuel Butler and His Victorian Critics," *ELH* 8, no. 2 (June 1941): 146-159。

地意识到该小说的前瞻性,但更多以对小说中各种文化相对主义、殖民主义的分析和对英国社会的影射来展现其呈现出的"观念的中间地带"。① 所有这些研究都有一个盲点,即忽视了巴特勒与文化观念史的互动。他通过抒发转型焦虑,以及重塑共同体,拓展并丰富了文化观念的内涵。如殷企平所说,19 世纪的文人们——从卡莱尔到莫里斯——给文化观念植入了新的重要内涵,即"对于机械式文明的焦虑",或因农业文明向工业文明转型而产生的焦虑。② 跟卡莱尔等人一样,巴特勒通过转型焦虑下的共同体形塑,也赋予了"文化"一词新的价值含义——我们以为,这才是巴特勒创作的初衷,而要发掘这一初衷,我们还得从小说中埃瑞璜人"对病与罪的观念"和"反机器主义"这两个重要设定入手。

英国进入维多利亚时代后,文学家和知识分子"继承了个人主义诗化情感的自然浪漫主义模型,但在 19 世纪早期激烈的社会变化前难以为继,尤其是从乡村到城市的人口迁徙,催生了工业革命发展中严峻的社会现实",③ 使得这一特殊时期既充满了转型焦虑,又夹杂着对未来社会复杂多样的憧憬。

埃瑞璜社会中的种种奇异现象固然有不少是对维多利亚时代的暗讽,但"罪病倒置"的伦理与"反机器主义"实乃巴特勒在达尔文"演化论"④ 的指引下,为英格兰共同体勾画的惊世骇俗之新型社会原则。无独有偶,同一时期在中国本土也出现了"乌托邦"叙事之重要著作《大同书》。⑤ 因其中包含了"举世一国""取消家族"等在当时过于离经叛道的设想,完稿后作者康有为常年未敢将之公开发表。拥有巨大社会影响力的康南海尚谨慎若此,文坛新人巴特勒就更需谨慎,因此他虽面对各种误解,却从未直接发声。于是,在幽默家与批判者的表象之下,隐藏着一位危险的先知。但在小说发表的年代,恰恰是迷宫

---

① See Zemka, "Erewhon and the End of Utopian Humanism," 439 - 472.
② 殷企平:《"文化辩护书"》,第 7 页。
③ Philip Davis, introduction to *The Victorians*, 3.
④ evolution 一词未见于《物种起源》全书,而是赫胥黎对之做出的总结。事实上,《物种起源》中的"演化"与赫胥黎笔下的 evolution 都包括生物的"进化"与"退化",应译为演化论。
⑤ 对《大同书》的成书年代说法不一。梁启超称,康有为在万木草堂授课期间(1891—1895)就已开始创作《大同书》,但仅私授陈千秋、梁启超等弟子。据各方考证,此书最早成书也应在 1892 年后,或说在 1902 年后,全稿直至 1935 年才得以出版,其中各种思想已无法与盛行的马克思主义抗衡,没有引起足够的重视。参见赵海虹:《乌托邦书写——从西方到中国》,《名作欣赏》,2013 年 10 月上旬刊,第 31—34 页。

般的颠倒逻辑掩盖了他真实的设想,使小说在大众的误解中收获成功。

二、罪(失德)与病(不幸)的倒置

关于病的看法最早出现在第八章。主人公身陷牢狱时,因衣着单薄而受寒,于是想借病情来获取狱卒之女雅姆的同情。没想到她不但没有加倍呵护"我",反而"勃然发怒,质问我存的什么心,明知自己处境堪虞,居然还敢提这样的事。……原来在埃瑞璜,无论生什么病都堪称罪大恶极……"①

同时,埃瑞璜人对犯罪的看法也与传统观念大异其趣。当"我"出狱之后,富商诺思李博发请帖邀"我"上门做客,而"我"听说他曾经挪用一大笔钱,就婉言相拒。翻译不仅以诺思李博的财富、家庭生活的富足和女儿的美貌来劝导"我",而且说"别人一定会因为我的态度产生疑惑,认为我的东道主患有黄疸病或者脑膜炎,或者是倒了霉运,我不去是怕传染的缘故"(Butler,1985,92—93)。秉持维多利亚主流观念的"我"无法认同这种价值观,于是辩白说,自己"不担心被传染,只是很看重自己的名声。如果我确定有谁诈骗了他人的钱财,一定会尽可能地远离他"(Butler,1985,93)。相反,如果这是个病人,或者穷人,"我"的态度便会有所不同。这种表态让翻译大吃一惊。他向"我"解释说,首先,贫穷的人在埃瑞璜会受到严厉惩罚,至于身体上的病患就更加糟糕:

> 个人在七十岁之前,如果多病,或偶有微恙,或身有残疾,他就要在本地人组成的陪审团面前接受审判。一旦定罪,他会受到公众的谴责,并根据病情论罪。……而伪造支票、自焚家宅、抢劫以及诸如此类在英国被视为犯罪的事情,则犯事者只会被送进医院,接受精心护理的公费治疗。(Butler,1985,102)

此外,家庭富裕的犯事者只需缴纳罚款,并请矫正师"治疗"后就可以重新得到社会的认可。

小说罪与病主题的高潮出现在第十一章的法庭审判中。法官宣称"幸运是人类唯一应予尊崇的对象"(Butler,1985,113),因此一个丧妻的男人受到

---

① Samuel Butler, *Erewhon*, London: Penguin Classics, 1985 [1872], 89-90. 后文出自此书的引文仅随文括注作者姓氏加出版年和页码,不再一一详注。

了责罚，甚至因他对妻子的爱，法官的量刑更重；幸而他事先购买的人寿保险增加了幸运指数，才让法官改判为三个月刑期或罚款。法庭上还有一位被叔叔骗走大笔财产的年轻人，他因"轻易上当"而被判向骗子监护人道歉，并遭鞭笞之刑。更惨的是一位肺结核患者，他被处以终身监禁并服苦役，而作此判决的法官给出了以下理由："让犯下如此滔天罪行的人逍遥法外决不可容忍。你和令人尊敬的人们交往会让那些身体欠佳的人更加大意，忽略各种疾病。……你可能说犯罪是你的不幸，我要说不幸才是你犯的罪。"（Butler，1985，116）

对于罪与病的颠倒逻辑是后世对《埃瑞璜》研究火力最集中之处。确实，颠倒逻辑是本书中最常见的手法，如"埃瑞璜"（Erewhon）一名就是"乌有乡"（Nowhere）颠倒后略加调整而得，书中人名"诺思李博"（Nosnibor）来自"鲁滨逊"（Robinson）的反写，"雅姆"（Yram）来自"玛丽"（Mary）的反写，等等。照此逻辑，埃瑞璜人将犯罪视为疾病，将疾病视为犯罪，这一直被看作对19纪末英国道德和法律的反讽。① 例如，阿米斯（Kingsley Amis，1922—1995）认为，这种违背人之常情的设计是讽刺当时的一种社会现象，即"僵化地听凭理性把我们带入冷酷与荒谬的境地"；② 又如，诺佛麦卡（U. C. Knoepflmacher）认为，巴特勒以这种极端的情节来"讽刺维多利亚人的伪善"。③ 拉斐尔（D. D. Raphael）则跳出了反讽说，认为"罪与病"情节背后有一套自洽的逻辑，"对伦理学做出了贡献"，但他认为巴特勒将"诈骗病"的产生归因于遗传和环境，其目标是要改良产生"诈骗病"的社会，④ 可见拉斐尔依然把巴特勒当作了社会道德家。

以上种种评论，无一不将"罪与病"一节作为巴特勒对维多利亚社会的批评，他的同代人中仅有莫里斯做出了正确的回应。⑤ 莫里斯在《乌有乡消息》中

---

① 塞缪尔·巴特勒：《埃里汪奇游记》，前言第2页。
② Kingsley Amis, afterword to *Erewhon*, by Samuel Butler, New York: New American Library, 1960, 236.
③ U. C. Knoepflmacher, *Religious Humanism and the Victorian Novel: George Eliot, Walter Pater and Samuel Butler*, Princeton, N. J.: Princeton University Press, 1965, 230.
④ See D. D. Raphael, "Can Literature Be Moral Philosophy?" *New Literature History* 15 (1983): 1-12.
⑤ 考虑到《乌有乡消息》发表的时间晚于《埃瑞璜》18年，以及《埃瑞璜》在伦敦出版时洛阳纸贵的盛况，莫里斯创作时很可能受到巴特勒的影响。

明确提出，未来的理想社会中"罪行仅仅被视为一种突发性疾病，无须设立刑法加以惩治"。① 小说中充满颂扬的笔调，非但不带任何讽刺意味，反而显露出莫里斯对未来人性的信心，相信犯罪者的自责与惭愧足以惩罚其过错；同时，在他以理想化的中世纪乡村社会为蓝本勾画出的新黄金时代里，人人身体健康，也就全然摆脱了疾病的困扰。与《乌有乡消息》的光明基调相比，《埃瑞璜》对"罪病倒置"的描述确实沿用了传统的反讽手法，获得了同时代读者的热烈反响。然而，《埃瑞璜》中的罪病倒置之反讽，仅仅是小说的表层含义；作者草蛇灰线的春秋笔法，不仅暗含挑战时代道德的深层意义，而且跟《乌有乡消息》异曲同工，都是在想象——莫里斯是在明示，而巴特勒是在暗示——未来的、理想的人类共同体。

古奇(Joshua A. Gooch)力图证明"贫穷与不幸"在"演化论"视角下可视为社会之病。他结合米歇尔·福柯(Michel Foucault，1926—1984)的"生命权力"说(Biopower)展开研究，提出"罪与病"一节是迄今对生命权力的生物学含义分析最透彻的篇章，"疾病之罪与犯罪之罪的倒置是因为前者威胁到整个种族的繁衍"。② 在他看来，埃瑞璜人讨厌贫穷，是因为贫穷是不幸的表现之一，而"幸运"(luck)在达尔文的演化论中具有举足轻重的价值，因此贫穷和不幸都受人鄙视。③《众生之路》第 57 章里的一个细节也可以帮助我们确定这一点：小说中作为正面人物代表的汤利出身良好，家境富裕，为人谦和有礼，乐于助人；就是这样一个好人，在"穷人是否可爱"的问题上却态度暧昧。当主人公欧内斯特向他感叹穷人如何可爱时，汤利仅勉强敷衍；而当欧内斯特追问"你自己是不是也很喜欢穷人"时，④ 汤利断然否认，令欧内斯特颇感意外。但是，这一细节的主旨并非为讽刺汤利的虚伪。《众生之路》后三分之一的故事明确揭示了创作者的真实观点：贫穷令人丧失尊严，不再体面，也就很难成为作者理想中真正的"绅士"(gentlemen)。克服贫穷的不利条件或可成就美德，

---

① William Morris, *News from Nowhere, or, An Epoch of Rest, Being Some Chapters from a Utopian Romance*, ed. Krishan Kumar, Cambridge: Cambridge University Press, 1995, 85.
② Gooch, "Figures of Nineteenth-Century Biopower in Samuel Butler's *Erewhon*," 54.
③ Ibid., 61.
④ Samuel Butler, *The Way of All Flesh*, New York: E. P. Dutton & Company, 1917 [1903], 287. 后文出自此书的引文，仅随文括注作者姓氏加出版年和页码，不再一一另注。

但是贫穷本身,依然是一种不幸。因此,虽然埃瑞璜社会对"贫穷"的憎恶是对英国社会中真实现象的类比,但作者的本意并不是为了针砭时弊。

在巴特勒被后人收集成书的两部笔记中,我们可以发现不少思想的片段,可证明巴特勒的真实想法:

> 一种行为是否会对身体造成伤害就是最安全的测试,让我们得以判断其是否道德。但凡它对健康无害,我们千万莫草率将之归作不道德的行为;而只要它对身体有益处,我们便可毫不犹豫地认为它是道德的。①

> 对于诚实、才能或道德的关注应当让位于对于健康和快乐的关注,后者才应当占据最高的地位。诚实是为快乐而设,而非相反。②

> 我们应当竭尽所能,活在他人之中,因为作为一个种群,我们的生命更有意义。就我看来,上帝似乎只在乎种群,毫不在意个体。当我们死亡之后,真正有意义的不是人们会说我们度过了怎样的一生,而是我们对别人、对整个种群的生命起到了何种影响。这才是我们真正的生命。③

从上文中显然可以发现功利主义的影子。功利主义沿袭英国哲学中经验主义的传统,认为伦理道德应当建立在趋乐避苦的本性和追求自我利益的基础上,因为这是人类经验所认可的,④ 并由此使每一个人也尊重别人的福利,进而"使一切思想、感情和行为都涂上为人类服务的色彩"。⑤ 这与巴特勒以种群利益为最大利益的观点息息相通,由此我们可以瞥见《埃瑞璜》中病与罪倒置的真实意义。

然而,上述古奇的研究在正确的基础上走向了相反的推定。他认为巴特勒在小说中描绘的新制度只体现了他对时代的矛盾思想——类似本节定义的转型迷惘,但并非作者正面构建社会的意图所在。此外,埃瑞璜社会用人类的

---

① Samuel Butler, *The Note-Books of Samuel Butler*, ed. Henry Festing Jones, London: A. C. Fifield, 1919, 26.
② Samuel Butler, *Further Extracts from the Note-Books of Samuel Butler*, ed. A. T. Bartholomew, London: Jonathan Cape, 1934, 23.
③ Butler, *The Note-Books of Samuel Butler*, 15.
④ 约翰·穆勒:《功利主义》,徐大建译,上海:上海人民出版社,2005 年,译者序第 7 页。
⑤ 同上,第 33 页。

法律来加强自然法则中的生存斗争,这被古奇解读为对英国社会乐见严刑酷法的嘲笑。如此一来,"疾病是罪"便成了对进化论中自然选择的讽刺,同时也是对功利主义的讽刺。①

情形果真如此吗?从巴特勒的私人笔记中,我们发现他这一时期的思想深受功利主义的浸染,埃瑞璜人对罪与病(不幸)的不同态度并非反讽;恰恰相反,巴特勒确实在某种程度上支持这种"埃瑞璜"道德,甚至将其作为一种新型共同体的伦理和法律。由于巴特勒的设想过于激进,有悖传统伦理,倘使没有他个人笔记的佐证,研究者很难想到"反话"其实是正说的。以自然规律铸就的社会道德与法律,恰恰是在"讽刺乌托邦"烟幕之下剑走偏锋的结果。一言以蔽之,《埃瑞璜》固然抨击了维多利亚社会中道德与法律的伪善,它暗藏的路径其实通向社会达尔文主义。②

三、《机器之书》对人类与机器关系的预言

《机器之书》(23—25章)是《埃瑞璜》一书中遭遇更大误读的核心部分。③ 小说中埃瑞璜在"我"到访前四百年左右曾经历过一场重大的变革。当时的埃瑞璜颇似维多利亚时代的英国,轰轰烈烈的工业革命改变了人们的生活,但随后机器主义者与反机器主义者之间爆发了一场内战,并以后者的胜利告终。《机器之书》这篇托言于埃瑞璜古代先知的雄文就是反机器主义者的檄文。

对这三章的理解不应脱离这样一个事实:《机器之书》很大程度上照搬了巴特勒 1863 年以笔名塞拉里厄斯(Cellarius)发表在新西兰《新闻报》(*The Press*)上的文章《机器中的达尔文原理》("Darwin among the Machines")。此文的灵感来自达尔文,后者提出"单一中心起源论",把地球上繁茂丰富的生命与地球生命之初的小小细胞连在了一起。巴特勒进而大胆预想:也许今天看

---

① Gooch, "Figures of Nineteenth-Century Biopower in Samuel Butler's *Erewhon*," 63.
② 亦见 Zemka, "Erewhon and the End of Utopian Humanism," 457。但是,与本节不同,泽姆卡虽然看到了背后的思想根源,但因为未能以巴特勒笔记为支持,他依然不敢推定作者在此书中的真实意图。
③ 巴特勒为《埃瑞璜》所作的第二版序言里提到,第一版问世后获得的反馈大多认为他以小说讽刺达尔文的演化理论,而这是一种令人遗憾的误解,因为他恰恰是受了达尔文的正面启发。见 Butler, *Erewhon*, 29-30。

来冰冷无生命的机器,有朝一日也会获得意识,成为智慧生命。《机器中的达尔文原理》的中心观点是:人类正在培养自己的后继者,机器有朝一日会取代人类的统治地位。① 《机器之书》扩充了巴特勒的旧文,更加详尽地用《物种起源》中的演化理论,尤其是"生存斗争"的观点来理解机器世界,声称虽然现阶段"它们是为满足人类的需求而存在并发展,不是为进化成比人更高级的生命形态"(Butler,1985,207),但是——

机器本身无法斗争,就让人去替它们斗争。只要他能充分满足这一需求,那就可以高枕无忧——至少他自己这么认为;倘若人没有尽最大的努力去推陈出新,让机器向前发展,他就会在竞争中落于人后;这意味着他将在很多方面厄运连连,甚至会遭遇肉体的自然淘汰。(Butler,1985,207)

于是,埃瑞璜的先知号召人们戒断自己对机器的需要,趁人机关系尚未发展到完全不可取代的境地,销毁所有的机器,以免未来成为机器之奴。在反机器主义的内战结束之后,除了博物馆的陈列物,所有的机器被悉数销毁,埃瑞璜国民的生活回到了中世纪。

无独有偶,莫里斯也在《乌有乡消息》中塑造了一个告别机器文明的社会,但变革的发生却是温和而理想化的:"人们以机器不能产生艺术品为理由,以艺术品的需要越来越大为理由,悄悄地把机器一架又一架地搁置起来",② 并在创造艺术品的劳动中感到了尊严与快乐。如果说莫里斯以美为追求,创造了乌有乡,并借此痛斥机器文明的各种弊端,怀念手工业时代工人有尊严、有乐趣的劳动生活,那么巴特勒的《机器之书》则深受维多利亚时代流行的科学思想,尤其是《物种起源》的启发,③ 以种群发展来看待整个机器与人类的未来:"当那个遥远的未来还只是地平线上的一个小点时,他就预见到了机器的

---

① Cellarius (Samuel Butler), "Darwin among the Machines," *The Press*, Christchurch, New Zealand, vol. 13 (June 1863). http://nzetc.victoria.ac.nz/tm/scholarly/tei-ButFir-t1-g1-t1-g1-t4-body.html (accessed April 15, 2014).

② Morris, *News from Nowhere*, 187.

③ 一个重要的事实是,虽然巴特勒中晚期开始反对达尔文思想,但在《埃瑞璜》成书的阶段,他仍是达尔文的信徒。国内外一些评论者以巴特勒后期反达尔文为依据,将《机器之书》视为反讽,忽略了作者的科学观经历的不同阶段。

进化终将进入超速发展的轨道。"①

20 世纪末、21 世纪初的美国经典科幻电影《黑客帝国》三部曲（*The Matrix trilogy*，1999，2003）中，未来人类成为机器的生物电池，只能在机器统治者为他们制造的神经幻觉中耗尽生命，这与巴特勒的想象遥相呼应。自信息时代以来，人类对互联网及智能手机等网络衍生品的黏着度越来越高，人类成为"在情感上依恋机器的蚜虫"（206）——这一预言某种程度上已经成为对 21 世纪互联网时代人类现状的生动描述。禁绝机器、回到想象中田园牧歌式的中世纪，这固然不具可操作性，但是在维多利亚中期，工业革命推动英国进入稳定发展轨道之时，巴特勒却已开始担心人类文明将寄生在机器和技术发展之上，日益有丧失其独特灵魂和精神力量的危险，这是一种难得的远见。

四、巴特勒颠覆了巴特勒

巴特勒除了将埃瑞璜作为英国维多利亚时代夸张、异化的镜像，对英国社会的种种弊端进行反讽或抨击之外，还在这片奇异的土地上寄托了自己对于人类未来的思考。不论是将生物世界的自然选择引入社会生活的司法制度，还是将人类的进化衍生到机器进化，进而产生危机意识并一举禁绝机器的《机器之书》，都堪称离经叛道。如此一来，倘若我们要将《埃瑞璜》中描写的世界作为英国共同体的代表，似乎绝无可能。但这并不能抹杀巴特勒在本书中所做的探索，因为关于英格兰共同体的想象从来就是多重的；即使是特立独行的声音，也有其具体的社会与思想源头。

在《物种起源》中，达尔文将马尔萨斯（Thomas Malthus，1766—1834）《人口原理》（*An Essay on the Principle of Population*，1798）中描绘的人类世界的生存斗争推演到整个自然世界。他提出，演化的方式是"自然选择"（natural selection）。巴特勒接受了达尔文的思想，但是，他的错误在于，为了否定维多利亚时期道德的虚伪性，他采用了貌似最客观、最符合演化规律的方式来提出人类社会的理想，却只是将人类降格为最基本的生物。赫胥黎在《演化论与伦

---

① Dorion Sagan, "Samuel Butler's Willful Machines," *The Common Review* 9, no. 1 (July 2010): 15.

理学》(Evolution and Ethics, 1893)一书中提出,达尔文向我们解释的只是宇宙伦理,鼓励生存斗争,而人类的伦理则要鼓励让"尽可能多的人适宜生存";人类社会与伦理的进步需要以伦理本性战胜宇宙本性,求得"中道"。① 而巴特勒当时就是赫胥黎笔下"我们时代的那些狂热的个人主义者,试图将宇宙之自然本性类推适用于人类社会"。②

虽然巴特勒将功利主义中"群体利益大于个体利益"的观念引入自己的共同体设计,却未能汲取穆勒对功利主义原则的修正观点——"功利主义道德标准的约束力也是人类出于良心的感情"。③ 于是,《埃瑞璜》中失去良知指引的"罪与病"理念在读者和评论者心中,激起了与作者的设计完全不同的反应:他们对这种颠倒体制的荒谬感到愤怒,进而视其为对维多利亚时代社会达尔文主义思想潜流的抨击。这恰与巴特勒的本意南辕北辙。

进入21世纪以来,各类科学成果日益向我们揭示,相对于残酷的竞争,孟子的"恻隐之心,人皆有之"原来也符合科学的描述。赫胥黎在人类历史中发现并呼吁人们追求的伦理,其实并非与"宇宙本性"相左,因为共情(empathy)不仅是人类,甚至是哺乳动物最基本的生物需求之一,④ 是演化为我们留下的能力,⑤ 是"自然交给我们的武器,它出于本能,能完善头脑的思考,并且久经演化的考验,证明了它对生存的价值"。⑥ 弗朗斯·德瓦尔(Frans de Waal, 1948—)通过灵长类动物的行为实验和研究告诉我们,只有人类(动物)之间的竞争与合作平衡发展,才能推动社会进入良性发展的轨道。⑦

由上可知,作为一种社会学或伦理学的设计,"以贫病为罪,以犯罪为病"

---

① 详见赫胥黎:《进化论与伦理学》,宋启林等译,北京:北京大学出版社,2010年。此译本可能考虑到国内"进化论"一词传播久远,影响巨大,因此依然将 Evolution 译作在中文里寓意进步与发展的"进化论"一词,容易引起误解。直接引用见该书第34页。
② 赫胥黎:《进化论与伦理学》,第34页。
③ 约翰·穆勒:《功利主义》,第28页。
④ 见弗朗斯·德瓦尔:《共情时代》,刘旸译,长沙:湖南科学技术出版社,2014年,第77页。
⑤ 赫胥黎:《进化论与伦理学》,第49页。
⑥ 弗朗斯·德瓦尔:《共情时代》,第250页。
⑦ 这一句可以看作弗朗斯·德瓦尔的核心观点。德瓦尔是荷兰著名心理学家、动物学家和生态学家,2008年加入美国籍,现为美国艾默里大学灵长类动物行为学教授、荷兰皇家艺术与科学院院士、美国国家科学院院士及美国艺术与科学院院士。《共情时代》为其代表作之一。

必然破产。晚年的巴特勒也意识到了其中的荒谬,转向了拉马克主义。① 不过,由于《埃瑞璜》是一部文学作品,而文学的多义性使小说在出版市场获得成功,浓郁的英式讽刺风格更使之增色不少,但这种成功多少是基于读者的误读。其实,"如果任何人真正接受了这本书中讽喻式的教导,他会发现自己在道德与智能上的双重迷失——只能无处可去(Nowhere)——正是到了埃瑞璜(Erewhon)"。②

不过,巴特勒并未在错误之路上一意孤行。创作中后期,他的观念发生了重大转变,在《重返埃瑞璜》中表现得非常彻底。

首先,《埃瑞璜》中的"我"在这部书中有了具体的姓名:欧内斯特·希金斯。欧内斯特与巴特勒两年后发表的自传长篇《众生之路》的主人公同名,这显然并非巧合。后文记录了作者真实的成长与心路历程,剖析他与父母的矛盾,坦陈他对维多利亚时代宗教、社会和教育问题的看法,探讨父母子女的关系,与《埃瑞璜》两部曲形成强烈的呼应关系。换言之,埃瑞璜世界男主人公的蜕变,影射了维多利亚时代后期英国的演变,同时建构了理想世界中的自己。

小说借欧内斯特与阿罗温娜之子约翰的口吻来转述父亲的故事。妻子离世后,欧内斯特返回埃瑞璜,发现当年他登气球升空的事件已经被视为奇迹,自己被认作"太阳之子"(Sunchild),人们为他设立神殿,每年举行仪式。"太阳之子"主义代替了"伊迪戈主义",机器也逐渐回到人们的生活中。他还发现当年的狱卒之女雅姆虽已嫁人,却为他产下一子乔治,并在新时代广受人民的爱戴。

由于埃瑞璜的新法律将任何外来者视为魔鬼,可以直接处死,因此欧内斯

---

① 在《物种起源》一书中,演化也包括了退化,不能保证生物一定从低级向高级发展,因此无法产生人类和人类社会必然从由低级形态发展到高级形态的推论;同时,导致演化发生的"变异"原因不明,只能归因于幸运,所以也就不能给社会提供真正的希望与理想。简言之,达尔文的"演化论"不是"进化论"。而真正的"进化论"提出者是拉马克(Jean-Baptiste Lamarck, 1744—1829)。拉马克认为,自然界的万物具有从简单到复杂的发展顺序,以"用进废退"和"获得性遗传的方式"演化;但之所以会如此,则是"造物主的安排",甚至是生物体想变得更完美的主观意志决定的。拉马克的论点在生物学上显然有重大缺陷,但因为进化论肯定了个体在进化中可以起到作用,而非寄希望于自然的盲选,于是从维多利亚中晚期到20世纪上半期,以萧伯纳为代表的英国思想家希望借拉马克思想作为建构社会理想的来源。

② "The New Gulliver," *The Spectator* 45(April 1872): 492-494. 原文匿名。转引自 Lee Elbert Holt, "Samuel Butler and His Victorian Critics," *ELH* 8, no. 2 (Jun. 1941): 149. 可见维多利亚时代的评论者也曾敏锐地发现《埃瑞璜》中体现的"转型迷惘",但对于其深层设计则未窥堂奥。

特冒充护林员,与发现他的两位教授汉克和潘科巧妙周旋。① 教授们猜到欧内斯特的真实身份后,设下圈套,一度险些将他送上祭坛。在即将落入死亡陷阱的那一刻,他被雅姆搭救,并与乔治相认,父子俩真情流露,相见恨晚。

欧内斯特再次离开埃瑞璜前,同乔治和唐宁爵士等国内的温和派政治家促膝长谈,恳切地表达了自己对埃瑞璜新社会的看法和建议,并与乔治约定一年之后在边境相见。

谁知天不假年,欧内斯特回国不久便因病过世,临终前他将再赴埃瑞璜的经历告知约翰。约翰代父践约,进入埃瑞璜边境,找到异母兄弟乔治,二人一见如故。乔治告诉约翰:父亲离开后,埃瑞璜的政治步入正轨,废弃的铁路线也重新开始运营,基督教传教士获准进入了埃瑞璜;国王放弃了锁国政策,取消了直接杀死外来者的命令,且愿意倾听他们的意见。兄弟惜别后,约翰回到英国,不久收到乔治辗转寄来的书信。信中交代,埃瑞璜向外部世界敞开大门后,遭遇更加复杂的政治局面,有被殖民的风险。此时乔治已经当了首相,他深感国家需要英国的帮助,自己也急需兄弟最直接的指导。约翰收拾行装,再次出发去帮助自己的兄长。

在续篇中,巴特勒一定程度上保持了原来的讽刺笔调,并试图探讨宗教的缘起及其对社会人心的作用,但更加能打动读者的却是脉脉的亲情与友谊。小说讽刺了转型后埃瑞璜社会中盲信盲从的众生相,尤其是汉克和潘科这两位别有用心的反面人物;但是全然正面的形象如雅姆、乔治以及找寻亲情的欧内斯特,都被塑造得有血有肉。在对新社会的描写中,原先残酷的"罪与病"的颠倒律法也不见踪迹。续篇以欧内斯特寻子之路以及如影随形的死亡威胁为主线,戏剧冲突更为激烈,情节扣人心弦,相比着重全面描写乌托邦社会样态、游记小说式的《埃瑞璜》,具有更高的艺术感染力。然而,由于对"太阳之子"的神化很容易被视作对耶稣基督"道成肉身"的映射与讽刺,② 小说一度遭遇出

---

① 两位教授的英文名字合起来正是 Hanky-Panky,英语口语中表示"愚弄、捣鬼、诈骗或其他不诚实的行为",与他们后来的言行相符,有象征意味。
② 《重返埃瑞璜》中种种热烈的"太阳之子"的崇拜活动确实可以对应《众生之路》中维多利亚时代的英国教会以耶稣复活的神迹衍生的各类宗教仪式。而《众生之路》中的欧内斯特似乎是反对仪式的,但他反对的并非仪式本身,而是人们一味追求仪式、舍本逐末反而忽略了信仰的核心问题。《重返埃瑞璜》中对"太阳之子"的崇拜确有明确的讽刺意图,但作者并未终结于讽刺,而是终结于宽容。因此我们认为,讽刺并非该文最重要的创作意图。

版困境,经萧伯纳的帮助才于1901年出版,获得了评论界的认可。

我们以为,《重返埃瑞璜》是对《埃瑞璜》的延续,但也是对前者的颠覆与反叛,原先残酷的生存律法被温暖的人类情感所替代。宽恕、亲情这些美好的人伦之情成就了新生的乌有乡。在小说中如雅姆、雅姆之夫、乔治、唐尼爵士这样的理想人物身上,展现了平和、中道的社会政治理想。如果说在《埃瑞璜》的讽刺笔调中隐藏着巴特勒年轻气盛时刻意要惊世骇俗的社会设计,《重返埃瑞璜》则是他成年之后,以勇气与真诚对他心目中的理想共同体做出的修正。面对"太阳之子主义"这样本可以成为讽刺对象的问题,作者借欧内斯特之口发声道:

> 我们的信仰为大家树立了一个人人都诚挚接受的理想,但它也会给我们灌输一些马车和神马的故事,而说到这些神迹,我们之间绝大多数人并未采信。……如果你不能完全弃绝我(太阳之子)的存在,就把我当成一根挂钉,将你们原本拥有的最好的伦理与思想观念都挂上来吧。①

此处巴特勒以"太阳之子"的信仰源流类比基督教信仰的确立过程,显然他本人并未采信基督教宣传的种种神迹,甚至认为许多同时代的英国人也并不相信。但是,他认为这些像埃瑞璜故事中"马车""神马"之类无法被理性接受的神迹并不是基督教本身应当被弃绝的理由,因为真正的信仰代表人们诚挚的理想,是稳定社会、引导人心的柱石。因此,他建议埃瑞璜人也不妨将"太阳之子主义"作为"挂钉"来凝聚传统社会伦理和思想观念的精华(Butler, 1917, 287)。

更晚创作的《众生之路》同样探讨过信仰与"神迹"的关系,记录了主人公欧内斯特,亦即巴特勒自己,由真诚信仰到彻底怀疑并推翻一切,然后接受一切,"找到了一切"的心路历程(Butler, 1917, 338)。欧内斯特本是一个单纯而虔诚的少年。他的牧师父亲、貌似虔诚的母亲以及教会学校中的老师,都将

---

① Samuel Butler, *Erewhon Revisited*, *Twenty Years Later*, *Both by the Original Discoverer of the Country and by His Son*, London: Grant Richards, 1901, 278 - 279. "马车与神马"原指欧内斯特乘热气球带女伴私奔的事件被神化后,人们传说他乘坐神马或驾驶空中马车升天而去,此处指基督教传统中宣传的种种神迹。

仪式与对仪式的笃信当作与宗教本体不可分割的一部分，因此十分依赖仪式的程式化流程，而忽略了真实的信仰与情感归依。正是他们的虚伪令欧内斯特对宗教产生了怀疑，一度认为倘若基督教的神迹被证伪，其宗教信仰的根基就会毁于一旦(Butler，1917，321)。① 后来，欧内斯特意外入狱，他在狱中经过透彻思考，认识到宗教的本质与核心作用其实无关神迹，同时宗教的真正作用，并非宗教所独有；"对基督教的归信或离心，最后都殊途同归，它们是关于名的争论，而非事的争议。实际上，不论是罗马天主教、英国教会，还是自由思想者，都有同样的标准，最后归于'绅士'(the gentleman)，一位最完美的圣人就是最完美的绅士"(Butler，1917，338)。

结合《众生之路》的呼应情节，我们得以更透彻地了解《重返埃瑞璜》中"挂钉"一节的真义——在此，极端主义的巴特勒已经隐退，而接受优良传统并信奉温和"中道"的巴特勒已然现身；他为埃瑞璜社会描绘的新愿景更趋和谐，更合乎道德。

借乌有之乡发声的政治预言家巴特勒在久经周折之后，终于彻底脱离了社会达尔文主义的残酷伦理，折返包容、平和的"中道"。《埃瑞璜》两部曲为我们提供了一个精彩的样本，见证了这位维多利亚时期的作家、思想者如何在社会转型期反复求索，最终走出迷惘、回归理性的共同体建构之路，同时为拓展文化观念的内涵做出了贡献。

第三节

《乌有乡消息》：文化与休闲

威廉·莫里斯在《乌有乡消息》中重提生活方式，以此介入了19世纪文化

---

① 原句为"If there was no truth in the miraculous accounts of Christ's Death and Resurrection, the whole of the religion founded upon the historic truth of those events tumbled to the ground." 某些研究者直接以此节证明巴特勒反对基督教，却忽略了欧内斯特晚期的重大变化。

批评语境。然而,对于他在这方面的贡献,学术界重视不足。例如,伊格尔顿在其专著《文化》中多处提到莫里斯对文化的贡献,但对《乌有乡消息》却只字未提。要理解莫里斯与英国文化观念史的互动,还得从《乌有乡消息》的副标题"休憩时代"(An Epoch of Rest)入手。

一、"休憩时代"的寓意

《乌有乡消息》的副标题颇有深意,但是许多学者却没有重视它,就连该小说再版时不少版本都删去了它。"休憩时代"蕴含丰富的文化命题。莫里斯用写乌托邦小说的方式拓展文化观念的内涵,即描述健康生活方式的愿景。在莫里斯眼里,健康的生活方式即艺术地栖居,或者说劳动/工作和休闲融为一体,没有分界线。提出这一愿景,是要化解转型焦虑,而产生这一焦虑的原因恰恰是生活方式出现了问题:工业文明让劳动者心手分离,审美体验客体化。莫里斯想象的以"休憩时代"为精神内核的乌有乡,不仅暗含了化解"转型焦虑"的努力,更是关于健康生活方式的构想、憧憬和愿望。文化怎样化解焦虑呢?莫里斯自有其答案:休闲与工作不分家,而且总有审美情趣贯穿其中。

莫里斯之所以要想象休闲的乌有乡,是因为英国人遭遇了休闲的异化。在《乌有乡消息》开篇,主人公盖斯特眼中的伦敦地铁俨然成了"敌托邦"的代名词,伦敦地铁是"文明强迫我们使用的……交通工具。当他(按:盖斯特)坐在那个装满了匆忙而怨愤不满的人群的……车厢时,他和别人一样,在闷热的空气中感到怨愤不满"。① 地铁象征的机械文明正是"转型期焦虑"产生的原因。如殷企平所说,"在过去的三百多年中,人类社会的头号变化,非工业文明的崛起莫属"。② 英国工业革命在维多利亚时期走向成熟,当时有不少人为拥有如下"时代精神"(Zeitgeist)而额手称庆:"我们搬走大山,并将大海变为通途;什么也阻止不了我们。我们向粗野的自然挑战,并用不可阻挡的机器,永远胜利地前进,并带着战利品满载而归。"③

---

① 威廉·莫里斯:《乌有乡消息》,包玉珂译,北京:商务印书馆,2012年,第4页。以下出自此书的引文只随文括注出处页码,不再一一详注。
② 殷企平:《"文化辩护书"》,第5页。
③ 肯尼思·O.摩根:《牛津英国通史》,王觉非译,北京:商务印书馆,1993年,第438页。

社会转型引起的焦虑，也是机械文明引起的焦虑。社会、经济和科技或因其盲目性而发展速度过快，导致新旧价值体系之间的脱节，即旧体制遭到了废弃，而新体制和新学说却尚未诞生。在机械主义的驱使下，人被"迅速致富"这一理念异化，对"不能有所成就"的恐惧程度不亚于下地狱；① 维多利亚人的生活方式是马修·阿诺德所言的"现代生活病态的匆忙"之写照。② 弗莱（Northrop Fyre，1912—1991）在《现代百年》（*The Modern Century*）中将对速度和效率的顶礼膜拜称为"进步的异化"："总有什么在催逼着你往前赶，越来越快，越来越快，致使你最终感到绝望。这种心态，我称之为进步的异化。"③ "进步的异化"带来的"现代生活病态的匆忙"，也就是休闲的异化。正是针对这种异化，莫里斯在他的乌有乡/乌托邦里描述了"休憩"的方式，这不失为一种文化策略。更确切地说，莫里斯用生动的文学图景跟约翰逊所说的"文化概念"形成了互动——两者都提供了一种"建设性愿景"：

　　文化概念对社会批评传统来说，起着中心作用。这一批评传统把艺术想象看作社会的道德力量，而且把它作为社会变革的根本性机制……在19世纪，文化概念大体属于文学知识分子的研究领域。当时对英国社会的不满、抗议和批判主要来自他们，并形成一种社会思想传统，而文化是他们用来表示这一重要传统的术语。社会潮流的走向让这些作家痛心疾首，而文化概念则表达了他们的痛苦，同时彰显了他们的社会关切，以及他们提供的**建设性愿景**。④

莫里斯无疑属于上举引文中的"文学知识分子"，而他的《乌有乡消息》则提供了有关健康生活方式的"建设性愿景"。须指出的是，莫里斯描述的愿景含有深刻的思考，涉及伊格尔顿后来所说的"文化三层面"，即"作为乌托邦思辨的文化"（culture as utopian critique）、"作为生活方式的文化"（culture as way of life）和"作为艺术创造的文化"（culture as artistic creation）。按照伊格尔顿的

---

① Houghton，*The Victorian Frame of Mind*，191.
② Altick，*Victorian People and Ideas*，97.
③ 诺斯罗普·弗莱：《现代百年》，盛宁译，香港：牛津大学出版社，1998年，第8页。
④ Lesley Johnson，*The Cultural Critics*，5.

解释，这三者必须结合起来，才能应对现代工业文明的失败。① 《乌有乡消息》所呈现的就是上述三个文化构型的有机结合：在"休憩时代"的乌托邦里，健康的生活方式意味着休闲与工作不分家，而且始终贯穿着审美情趣。莫里斯针对维多利亚人生活方式畸变的状况，努力寻找出路。在他想象的乌有乡中，工作、信仰和生活方式几乎被视为同一个概念。也就是说，工作包括了闲暇，两者互相交融。正如乌有乡里的百岁老人哈蒙德所说，"劳动的报酬就是生活"(118)。这句话有其深意，它呼应了马克思和恩格斯在《德意志意识形态》里的一段话："在共产主义社会里，任何人都没有特定的活动范围……上午打猎，下午捕鱼，傍晚从事畜牧，晚饭后从事文艺批评，但并不因此就使我成为一个猎人、渔夫、牧人或批评家。"② 当我们把马克思、恩格斯的理想跟《乌有乡消息》两相对照时，就会发现其间强烈的互文性。

莫里斯对休闲生活方式的想象还引申出另一个文化命题：人们该以什么样的方式劳动并休憩？在莫里斯看来，休闲即交织着审美情趣的劳动和休憩。工业文明让休闲伦理和审美趣味遭到漠视，这一点正是当年马克思所不齿的现象。按照马克思的说法，19世纪的西方人"把自己生来已有的权利局限在一碗汤上，而对于其他东西，我们似乎懒得去想它们，或者说，对之缺乏十分优雅的爱好。总之，在这个时期缺乏一种休闲哲学与休闲美学，休闲仅仅因为'工作'，因为'创造剩余价值'而存在"。③ 这一观点后来在雷蒙德·威廉斯那里得到了发展。威廉斯认为，文化作为一个民族整体的生活方式，与所在时期的艺术唇齿相依，而后者必然跟该时期普遍流行的"生活方式"紧密相连，其结果是审美判断、道德判断和社会判断都互相紧密地联系在一起。④ 不过，早在威廉斯之前，莫里斯就用文学语言表述了同样的观点。他倡导的审美趣味与工具理性主导的"文明"相对立，是对接与化解"转型焦虑"的一种文化反拨（reaction）和意识形态。在对以工具理性、客观知识主体论和鼓吹无限进步的宏大叙述为特征的现代价值体系的质疑中，莫里斯的创作孕育了独特的审美

---

① Eagleton, *The Idea of Culture*, 25.
② 马克思、恩格斯：《德意志意识形态》，北京：人民出版社，1961年，第27页。
③ 刘慧梅、张彦：《西方休闲伦理的历史演变》，《自然辩证法研究》，2006年第4期，第93页。
④ Williams, *Culture and Society*, 130.

趣味和审美判断。他笔下的"休憩时代"凸显了对美的诉求,旨在让审美体验回归生活,让生活成为艺术。更具体地说,乌有乡里的生活方式有赖于童明所说的"美学判断":"美学判断是比其他判断更复杂,也更高端的判断。它深入人生命的欲望,融炼感性、理性、意志力、想象力为一体,形成艺术感动(美),以此评判是非、善恶、高下。美学判断的复调使它优于理性判断的单调,它超然于功利目的,以生命的丰富多样为愉悦的根本,又反衬出道德判断的狭窄格局。"① 那么,这种美学判断是如何深入《乌有乡消息》的呢?

要回答上述问题,我们还得从"休憩时代"说起。"休憩"一词本身饱含审美意味,它不仅指向乌有乡居民的衣着和居所,更指向谈话方式。小说情节主要是在盖斯特与居民们苏格拉底式的对话中展开的——深度交流成为生活方式的一个必要条件,这一点寓意深刻。盖斯特所到之处,几乎都伴随着畅谈——休憩或休闲的一种形式——的画面,这呼应了休闲的原本意义。"休闲"(leisure)一词来源于拉丁语 licere,其引申意义为"自由"(to be free)。如刘慧梅所说,"休闲本身包含了两层基本含义:自由和自由时间,教育和智慧……这两层含义之间是相联系的,首先要有自由和自由时间,然后利用自由时间接受教育和获得知识"。② 乌有乡里的畅谈和亚里士多德的休闲观又形成互文。亚里士多德认为,在闲暇时间里人得以完善理性能力、语言能力和人际交往,从而完善人自身;"人的本性谋求的不仅是能够胜任劳作,而且是能够安然享有闲暇"。③ 休闲保证了人在健康生活方式的培育下全面发展,充盈的谈话就是一个例证:这种谈话充满审美情趣,或者说具有诗性特质。换言之,闲适的生活状态培育出诗性的交流方式,后者又营造出健康的价值氛围,从而形成文化生态的良性循环。在小说中,盖斯特的主要畅谈对象包括迪克、罗伯特、克拉拉和爱伦;几乎每谈一次,盖斯特对人生哲理的认识就会加深一次。例如,他在跟迪克和罗伯特的交谈中,发现他们都多才多艺,而且在他们的意识中,体力劳动和脑力劳动是不分家的。他们的审美主张并不停留在口头上,更多的是身体力行:迪克和罗伯特都是出色的船夫,但是他们还身兼数职,如

---

① 童明:《现代性赋格》,桂林:广西师范大学出版社,2008年,第72页。
② 刘慧梅、张彦:《西方休闲伦理的历史演变》,第91页。
③ 亚里士多德:《政治学》,颜一、秦典华译,北京:中国人民大学出版社,2003年,第256页。

迪克是打禾好手,而罗伯特则是优秀的织工和排字工,更是博学的数学家和史学家。又如,在跟克拉拉的交谈中,盖斯特意识到,乌有乡居民们对穿着比较讲究并非出于虚荣,而是为了跟季节合拍,跟大自然协调;用克拉拉的原话说,是因为"不愿意让明朗的天和花儿感到羞惭"(180)。这里面其实渗透着莫里斯的文化审美思想。换言之,莫里斯对美的定义"建立在对大自然的理解和尊重之上"。①

在莫里斯笔下,休闲、文化和共同体三者实现了对接。这一点在盖斯特初见百岁老人哈蒙德不久发出的感慨中可略见一斑:"讲到我自己,我这时正在使劲地望着他,那样子也许已经超过了礼貌的范围;因为他那张干苹果似的脸在我看来的确非常熟悉,仿佛我以前曾经看见过——可能是在镜子里看见过……"(69)哈蒙德之所以容貌不凡,之所以长命百岁,是因为"快乐产生快乐"(80)。据他自己说,他使用的很多生活物件都是祖辈留下的,代代相传的共同体记忆不但维系传统,也指向未来,而这一切都跟"休憩时代"有关。那么,这"休憩时代"总体上是怎样一幅图景呢?我们还是亲自去乌有乡里"看一看"。

二、"劳动的报酬就是生活"

上文提到,小说中哈蒙德强调"劳动的报酬就是生活",这诠释了莫里斯对"休憩时代"的理解:在休憩时代,休闲与劳动不分界限。船夫迪克对盖斯特说,劳动在19世纪变成异化的活动,在强迫性劳动的重压之下,一种独特的"休闲"应运而生,那就是好逸恶劳。按照林力丹的分析,对(强迫性)工作的冷漠是对劳动异化的执意对抗。② "强迫"二字让劳动的美感和乐趣尽失,好吃懒做、好逸恶劳在本质上同"休闲"背道而驰。在乌有乡,美丽的爱伦是"慵懒"的,但这和19世纪英国人的好逸恶劳截然不同,因为她"远不是娇弱无力,她的慵懒是一个身体结实、精神健康的人要休息时的那种慵懒"(239)。

休闲的文化生态让乌有乡的人们用心经营自己的生活,他们热爱劳动,并

---

① 殷企平:《"文化辩护书"》,第5页。
② Lin Lidan, "Labor, Alienation, and the Status of Being: Rhetoric of Indolence in Beckett's Murphy," *Philological Quarterly* 79, no. 2 (Spring 2000): 255.

享受劳动。盖斯特在乌有乡观察到,这里的妇女"都热心地讨论着一些生活琐事:天气啦,干草的收获啦,最近落成的房子啦,某种鸟儿太多、某种鸟儿太少啦,等等。而且她们在讨论这些东西的时候,不是空泛地、依照惯例地随便谈谈,而是具有——我敢说——真正的兴趣"(216)。哈蒙德告诉盖斯特:"我们所相信的是人类世界的连续不断的生活的巨流,我们个人经历的有限的日子,仿佛都由于人类共同生活的体验而慢慢丰富起来,因此我们是快乐的。"(167)爱伦还告诉盖斯特,她不喜欢到处搬家。爱伦的安居一隅是对"进步"话语的反拨——"一个人在一个地方安居,习惯于当地生活的一切习俗,觉得非常愉快,生活过得那么协调,那么幸福"(241)。书中抱持相同价值观的人物还有许多,如迪克就说:"只要一个人活着的时候是健康的、快乐的,我想那(按:指死亡)也没多大关系。"(64)

　　劳动和休闲的合二为一还体现在家务的管理上。管理家务在19世纪的"进步"妇女和支持她们的男人眼中不受重视,这种对妇女"莫大的解放"在百岁老人哈蒙德看来非常荒谬。哈蒙德对盖斯特说,19世纪的英国人认为,管理家务是一种无关紧要的职业,不值得重视,这种想法是错误的:"一个聪明的女人能把家务处理得井井有条,使得周围和她同屋居住的人都感到满意、都感激她,这对她是莫大的快乐。……所有的人都愿意接受一个漂亮的女人的使唤:不消说,这是男女之调情的一种最有趣的方式。"(78)哈蒙德还说,在19世纪,富人们认为自己很有教养,不屑于过问一日三餐从何而来,还认为这些琐碎低下的麻烦根本不配动用他们尊贵的大脑。哈蒙德调侃说,那些富人是无用的白痴,而他自己不但是个"文人",还是个相当不错的厨子(78)。

　　盖斯特在乌有乡行程的高潮,是观察人们晒干草。这是一项紧随季节变化而进行的活动,它虽然普通,却得到人们的热爱。究其实质,这是对生活的热爱,对家园的热爱。这在书中的叙述里随处可见,如盖斯特"看得出迪克和爱伦一样,以各自不同的方式热爱大地,在过去的时代很少人有这种心情"(263)。就如晒干草须遵循季节的自然节奏,哈蒙德的人生也是和四季变化交融的:"我是这四季变化的参加者,我亲身感受到快乐,也感受到痛苦。不是有人替我安排好四季的变化,让我可以自己成天吃喝和睡觉,而是我自己也参与这种变化。"(262—263)看到乌有乡居民对生活的归属感,盖斯特不禁感慨道:"一切都没有很大的改变,所不同的就是我们在那儿所碰到的人的样子;他们显得逍遥自在、怡然自得,这种心情也传染到我的身上,使我觉得这个美丽的古迹真正是属于我的。我过去所感受到的欢乐似乎和这一天的欢乐融合起来,使我感到心满意足。"(185)

闲适的生存状况让乌有乡的老人鹤发童颜、精神矍铄,他们看起来都比实际年龄年轻许多,而五十多岁的盖斯特却尽显老态。克拉拉对盖斯特说,他看起来显老的原因,是他最近一段时间一直在旅行,而且所到之处的主人似乎不太好客。因此她引用了一句谚语:"在不快乐的人们当中生活,人容易衰老。"(24)克拉拉所言的"不太好客",其实暗指机械文明里冷漠的灵魂。乌有乡里人人好客,闲适的文化让人们像艺术家一样富足地工作,满溢的幸福感让他们情不自禁地热爱生活。在莫里斯的休闲想象中,劳动已经变成一种愉快的习惯,人们之所以能在劳动中得到快感,是因为工作是由艺术家来完成的。这样一种劳动/休闲境界由百岁老人哈蒙德的一个生动比喻得以凸显,即"第二个童年"。我们以下将对此进行讨论。

三、在"第二个童年"里缔造美

小说中,哈蒙德把"休憩时代"命名为"第二个童年":"正是我们那孩子般的天真才会产生富于想象力的作品。在我们的童年时代,时间过得那么慢,因此我们好像要干什么都有工夫似的。"(131)正是在这种"慢"而"有功夫"的境界中,乌有乡居民们从事着具有审美意义的劳动,劳作的疲惫在不知不觉中减缓,艺术带给人希望、快乐和收获的喜悦。[①] 审美不仅体现于劳动过程,还体现于劳动产品:"你必须让你的产品既美观又实用,否则它一定失去市场。"[②] 在莫里斯对休闲生活方式的憧憬中,艺术情趣是道德的体现,是愉悦劳动的体现。他之所以将审美趣味提升到文化的维度,是因为机械文明扼杀了审美之为审美的意义和价值。他将人文精神的萎靡归因于机器大生产带来的人的物化以及心手分离。失去审美引导的工具理性过度膨胀,以暴虐的方式奴役心灵,人在生产活动中丧失主体性,手段升迁为终极目的。莫里斯的一只眼睛盯

[①] Morris, *News from Nowhere*, 156.
[②] Gillian Naylor, *William Morris by Himself*, London: Macdonald, 1988, 215.

着乌有乡蓝图，而另一只眼睛却盯着挣扎在机械文明中的维多利亚人。后者不停地奋斗，制造看似美丽的物件，但是他们所做的一切却未必有益于心智的培育。

这一切在伦敦首届万国博览会的展馆水晶宫(the Crystal Palace)得到了体现。1851年，在阿尔伯特亲王的支持下，许多代表先进文明的技术产品和装饰艺术从各国汇集到水晶宫展出。这水晶宫本身让英国人印象深刻："展览厅是第一座这样大规模地使用铁和玻璃的建筑物，也是第一座主要用预制件建成的如此规模的建筑物。展览厅在十七周内建成，全部是私人投资，占地面积相当于罗马圣彼得广场的四倍，在由三千三百根铁柱和两千三百根横梁组成的漂亮结构上，安装了八十万平方英尺的玻璃。"① 然而，莫里斯看到水晶宫里充斥着设计低劣、趣味低下的产品，一些生产者还将外形粗糙的工业品加上哥特式装饰纹、洛可可部件，希望能提升产品的"品味"。这些艺术与生产分离的乱象在莫里斯看来，完全失去了手工生产时代素有的整体、和谐、优雅而美观的美学传统，流水线产出的是既无传统依托，又缺乏时代特质的怪胎。拥有敏锐洞察力的莫里斯无法忍受这些怪异的视觉冲击，于是参观途中就决定打道回府。②

水晶宫象征着机械文明编织的神话，它让人们相信生活是可以控制的机器，社会中的一切物质和精神层面的问题，都可以通过技术加以解决；只要技术和物质进步了，只要生产持续发展，财富不断累积，任何社会问题都能迎刃而解。维多利亚社会更像是一个审美趣味式微的社会，美要么被束之高阁，要么沦为机械生产的怪胎，审美体验被客体化、他者化了。正是针对这种异化现象，莫里斯写就了《乌有乡消息》，其宗旨就是让审美体验回归生活：生活就是艺术，艺术就是生活。享受慢灵魂的乌有乡不同于行色匆匆的19世纪，乌有乡居民个个都是全才艺术家，他们的衣着得体而美丽，他们的居所实用而美观。可以说，这里的人同他们生活的环境已浑然一体。在盖斯特遇到的乡民中，清洁工鲍勃耐人寻味。他从事的工作本是低贱的，但他衣着华丽，可以同

---

① 马丁·威纳：《英国文化与工业精神的衰落》，第36页。
② Peter Stansky, *Redesigning the World, William Morris, the 1880s, and the Arts and Crafts*, Princeton: Princeton University Press, 1985, 4.

中世纪的男爵媲美。他的装扮并非源自奢侈的欲望，而是出于对美的热爱。他多才多艺，会划船，闲暇时间还喜欢写小说。盖斯特戏称其为"金光灿烂的清洁工人"(golden dustman)(28)。须顺带一提的是，鲍勃与狄更斯《我们共同的朋友》中的清洁工博芬形成了互文。

休憩时代的审美趣味还体现在对诗性语言的建构上，这和莫里斯眼中艺术的贫困形成了对照。他通过哈蒙德之口抨击了这种贫困现象：19世纪的英国普通人未能艺术地生活，"而人们对艺术又谈论得很多，在那个时代出现一种理论，认为艺术和想象的文学应该以当代的生活为题材。可是他们从来就没有这样做过，因为，即使作家假装要这样做，他也总是想方设法把现实加以粉饰、夸大或者理想化，设法使生活看起来很奇特。因此无论他表现得多么逼真，也总像是描绘古埃及的法老时代"(131—132)。与此相反，乌有乡里没有文豪，但这里的人语峰犀利，字字珠玑；他们是无冕的桂冠诗人，他们的生活本身就像诗，就是诗。盖斯特在这里感受到自然之美，因而他的语言也变得富有诗意，他的灵魂变得恬淡而纯净。久而久之，他禁不住发出这样的感叹："丁尼生在他的诗中说，仙境中永远只有下午；当他写这句诗的时候，他心中所想到的一定是像今天这样的下午。"(231—232)

"休憩时代"乌有乡是莫里斯对健康生活方式的乌托邦想象。在那样的生活里，休闲与劳动不分家，二者皆有审美情趣。莫里斯描绘平民大众缔造劳动之美的图景，其间渗透着质朴而深邃的文化遐思。这一美丽的图景，已不再是空想的乌托邦，因为它提供了许许多多的实践途径。我们不妨也像盖斯特那样，重温一下丁尼生的那首诗篇，并加以修改：仙境不止于午后，休闲当属乌有乡。

结　语

新意象·新领域·新境界

本卷各章的论证表明,维多利亚社会见证了英国文学和文化观念互动史上极其重要的一环。新的文化观念得益于文学家们上下求索而日臻成熟,催生了具有新内涵的小说、诗歌、戏剧和小品文。及至20世纪初,这种互动已蔚为大观,文化观念呈现出新意象、新领域、新境界这三大特点。

所谓"新意象",即文化观念的新内涵经由一些新的文学意象得到了表述。例如,从乔治·爱略特到马修·阿诺德,从查尔斯·狄更斯到乔治·吉辛,文人们的笔下都出现了理想"文化人"意象,既有发诸内心的优良品德,又有形诸行动的优雅/得体举止;尤其新颖的是"绅士"意象的转向,即新型绅士的出现,这在狄更斯的笔下最为突出。以《荒凉山庄》中的约翰·贾迪斯和艾伦·伍德考特为例:约翰是英国传统意义上的绅士形象,虽有良好的教养、品德和举止,但受其背后的阶级地位和经济基础所支配,因而并无新意;而艾伦这一形象则具有新意,他来自社会的底层,默默无闻,能从小事做起,潜移默化地影响社会,或者说"尽可能地服务于身边的人,然后努力让责任圈渐渐扩大,自然而然地扩大"。① 同样愿意从小事做起的绅士还有《我们共同的朋友》中的约翰·哈蒙和(雇工)博芬先生、《米德尔马契》中的威尔·拉迪斯劳、《阴影线》中的兰塞姆、《失去归属者》中的魏玛克以及《乌有乡》中的迪克和罗伯特等等。在这些"绅士"新意象的背后,是共同的文化/道德想象:共同的教养、共同的理想、共同的情操、共同的自我怀疑精神以及通过细小行动来实现道德担当的共同愿望。

所谓"新领域",指的是文化观念内涵得到了扩充,尤其是在不同内涵之间建立了新的联系。如上文所述的"绅士"新意象,就建立起了"道德情操""共同体形塑""财富界定""生活/工作方式""心智培育""秩序诉求""民族良心"和"乌托邦愿景"等诸多文化观念之间的联系。换言之,狄更斯等英国文人依靠

---

① Dickens, *Bleak House*, 104.

重塑"绅士"话语,重新建构了道德情操的内容,重新对共同体进行了想象,重新(在批判现有生活方式的基础上)憧憬了未来的生活/工作方式,重新表达了秩序诉求,重新培育了国人的心智,重新呼唤/锻造了民族良心。这一点又可以由艾伦这一新型绅士形象得到佐证:如本卷第三章所述,艾伦"工作量很大,报酬却很少",[①] 但是他觉得自己非常"富裕":"这一天下来,他又缓解了许多病人的痛苦,抚慰了困境中的同胞……这难道不是富裕吗?"[②] 他之所以感到富裕,是因为他向周围的人提供了服务(尽管这服务看似微小),并借此搭建了通向共同体的桥梁。显然,这里面包含着一个如何界定财富的问题:艾伦报酬很少,却感到富裕。这分明又涉及了文化观念的道德维度,而这道德内涵又蕴含着民族良心的基础,意味着对良好秩序、健全心智和美好生活的诉求。在维多利亚文学世界,艾伦并非孤家寡人,而是有许许多多的同调者,这在本卷所分析的内容里随处可以找到佐证。

所谓"新境界",则指英国文学家们在赋予文化观念新内涵时怀有的新理念、新立场和新的使命感。得益于维多利亚时期的文学话语,"文化"和"文明"的语义得以区分,唯"事实"独尊的机械文明受到批判,个人和社会相融合的理念得以传播,过去和未来共斟酌的道理得以扎根。换言之,文学家们采取了与"文明"决裂的立场,承担起了指引国人化解转型焦虑的使命,也就是文化建设的使命。在一个社会转型犹如漩涡的时代,文学作品为文人志士们提供了得以表达和释放焦虑的巨大弹性空间,使他们既豁达地迎接变革,又深刻地反思社会改革问题;既强调社会秩序和公共责任,又给予个体境况以充分理解和同情;既对科学进步脱帽致敬,又对自然奥秘怀抱敬畏,主张在变革与守成之间保持审慎微妙的平衡。我们可以从中看到一个以"同情心"为关键词的文化传统:从卡莱尔到穆勒,从爱略特到哈代,文学家们不断为"同情"这一术语注入了"共同承担痛苦"和"引发高尚行为"等新的意蕴,[③] 并促成一种"认识精神世界的重要方式"。[④] 正因为如此,文化观念升华到了一个新的境界。

---

① Dickens, *Bleak House*, 816-817.
② Ibid., 879.
③ Guth, *George Eliot and Schiller*, 146-149.
④ 高晓玲:《"感受就是一种知识!"——乔治·艾略特作品中"感受"的认知作用》,第6页。

文化既意味着现在与过去的沟通和对话,又意味着现在与未来的沟通和对话。本卷所解读的文学作品都可以看作这类对话。这种对话和沟通,一方面隐含着转型焦虑,另一方面充满着对愿景的向往。透过这样一幅幅愿景,我们可以看到一个贯穿始终的信念,即人类社会是一个有机体,历史的发展应该适应有机体生长的趋势,否则就难以让旧枝绽发新芽。就现实而言,维多利亚社会难免污浊,可是在文化层面,旧枝绽发新芽的景象已然呈现。林纾曾经赞扬狄更斯"以至清之灵府叙至浊之社会",[①] 这其实就是一种文化实践。我们所要强调的是,这种文化实践远非狄更斯一人所为,而是他和同时代许多文学家的共同实践。离开了这一实践的广度,就谈不上文化观念的新境界。

[①] 转引自陆建德:《海潮大声起木铎》,上海:东方出版中心,2017年,第42—43页。

主要参考文献

Achebe, Chinua. "Impediments to Dialogue between North and South." In *Hopes and Impediments* by Chinua Achebe. London: Heinemann International Literatu, 1988. 14-19.

Altick, Richard D. *Victorian People and Ideas*. New York: W. W. Norton & Company, 1973.

Anderson, Benedict. *Imagined Communities: Reflections on the Origin and Spread of Nationalism*. London: Verso, 1991.

Anger, Suzy. *Knowing the Past: Victorian Literature and Culture*. Ithaca: Cornell University Press, 2001.

Arbuckle, Gerald A. *Culture, Inculturation, and Theologians: A Postmodern Critique*. Collegeville: Liturgical Press, 2010.

Argyros, Ellen. *"Without Any Check of Proud Reserve": Sympathy and Its Limits in George Eliot's Novels*. New York: Peter Lang Publishing, Inc., 1999.

Arlen, Young. "Virtue Domesticated, Dickens and Lower Middle." *Victorian Studies* 39 (Summer 1996): 486-491.

Arnold, Matthew. *Selected Poetry and Prose*. Ed. Frederick L. Mulhauser. New York: Holt, 1953.

——. *Culture and Anarchy*. Cambridge: Cambridge University Press, 1960.

——. *Essays in Criticism: First and Second Series*. London: Everyman's Library, 1964.

——. "Stanzas from the Grande Chartreuse." In *The Poems of Matthew Arnold*. Ed. Kenneth Allott. London: Longmans, 1965. 285–294.

——. *The Complete Prose Works of Matthew Arnold*. Vol. XI. Ed. R. H. Super. Ann Arbor: University of Michigan Press, 1977.

——. *Poems of Matthew Arnold*. 2nd ed. Ed. Miriam Allott. New York: Longman, 1979.

——. *Culture and Anarchy and Other Writings*. Ed. Stefan Collini. Cambridge: Cambridge University Press, 1993.

——. *Culture and Anarchy*. Ed. Jane Garnett. Oxford: Oxford University Press, 2006.

Barton, Anna. *Alfred Lord Tennyson's In Memoriam*. Edinburgh: Edinburgh University Press, 2012.

Baum, Paull F. *Ten Studies in the Poetry of Matthew Arnold*. Durham: Duke University Press, 1958.

Beer, Gillian. *Darwin's Plots: Evolutionary Narrative in Darwin, George Eliot and Nineteenth Century Fiction*. 2nd ed. New York: Cambridge University Press, 2000.

Bentham, Jeremy. "An Introduction to the Principles of Morals and Legislation." In *Utilitarianism and On Liberty: Including Mill's "Essays on Bentham" and Selections from the Writings of Jeremy Bentham and John Austin*. Ed. Mary Warnock. Oxford: Blackwell Publishing Ltd., 2003. 17–43.

Berberich, Christine. "This Green and Pleasant Land: Cultural Constructions of Englishness." In *Landscape and Englishness*. Ed. Robert Burden and Stephan Kohl. New York: Rodopi B. V., 2006. 207–224.

——. *The Image of the English Gentleman in Twentieth-Century Literature: Englishness and Nostalgia*. Aldershot: Ashgate, 2007.

Besant, Walter. *The Pen and the Book*. London: Thomas Burleigh, 1899.

Bhabha, Homi K. "Introduction: Narrating the Nation." In *Nation and*

Narration. Ed. Homi K. Bhabha. London: Routledge, 1990. 1 – 7.

Birch, Dinah, ed. *Ruskin and the Dawn of the Modern*. Oxford: Oxford University Press, 1999.

Blamirs, Harry. *The Victorian Age of Literature*. Beijing: World Publishing Corporation, 1992.

Bloom, Harold, ed. *Matthew Arnold*. New York: Chelsea House Publishers, 1987.

Boasberg, James. "Chancery as Megalosaurus: Lawyers, Courts, and Society in *Bleak House*." *University of Hartford Studies in Literature* 21, no. 2 (1989): 38 – 60.

Bodenheimer, Rosemarie. *Knowing Dickens*. Ithaca: Cornell University Press, 2007.

Bossche, Chris R. Vanden. "Class Discourse and Popular Agency in *Bleak House*." *Victorian Studies* 47, no. 1 (Autumn 2004): 7 – 31.

Bradbury, Malcolm, and James McFarlane, eds. *Modernism 1890 – 1930*. Harmondsworth: Penguin, 1976.

Bradbury, Nicola. "Henry James and Britain." In *A Companion to Henry James*. Ed. Greg W. Zacharias. Chichester: Blackwell Publishing, 2008. 400 – 415.

Bradley, J. L., ed. *Ruskin: The Critical Heritage*. London: Routledge, 1984.

Brennan, Timothy. "The National Longing for Form." In *Nation and Narration*. Ed. Homi K. Bhabha. London: Routledge, 1990. 44 – 70.

Bridgwater, Patrick. *Gissing and Germany*. London: Enitharmon Press, 1981.

Briggs, Asa. *The Age of Improvement*, 1783 – 1867. London: Longman, 1979.

Brink-Roby, Heather. "Psyche: Mirror and Mind in Vanity Fair." *ELH* 80.1 (2013): 125 – 147.

Buckler, William E. *On the Poetry of Matthew Arnold: Essays in Critical Reconstruction*. New York: New York University Press, 1982.

Bunce, Michael. *The Countryside Ideal: Anglo-American Images of Landscape*. London: Routledge, 2005.

Burgess, Miranda J. *British Fiction and the Product of Social Order, 1740–1830*. Cambridge: Cambridge University Press, 2000.

Bush, Douglas. *The Note-Books of Samuel Butler*. Ed. Henry Festing Jones. London: A. C. Fifield, 1919.

——. *Further Extracts from the Note-Books of Samuel Butler*. Ed. A. T. Bartholomew. London: Jonathan Cape, 1934.

——. *Matthew Arnold: A Survey of His Poetry and Prose*. London: The Macmillan Company, 1971.

Butler, Samuel. *The Way of All Flesh*. New York: E. P. Dutton & Company, 1917.

——. *Erewhon*. London: Penguin Classics, 1985.

Butt, John, and Kathleen Tillotson. *Dickens at Work*. London: Methuen, 1957.

Cannadine, David. *Aspects of Aristocracy: Grandeur and Decline in Modern Britain*. London: Penguin Books, 1994.

Carlyle, Thomas. "Signs of the Times." In *Critical and Miscellaneous Essays, Collected and Republished*. Vol. 2. London: James Fraser, 1840. 262–294.

——. *Selected Writings*. London: Penguin Books, 1971.

——. *Sartor Resartus*. Berkeley: University of California Press, 2000.

——. *Sartor Resartus*. London: Oxford University Press, 2000.

——. *Past and Present*. San Bernardino, CA: Seven Treasures Publications, 2008.

——. *Past and Present*. Ed. Henry Duff Traill. Cambridge: Cambridge University Press, 2010.

Carroll, Joseph. *The Cultural Theory of Matthew Arnold*. Berkeley: The University of California Press, 1982.

Carroll, Joseph, et al. "Quantifying Tonal Analysis in *The Mayor of Casterbridge*." *Style* 44. 1/2 (Spring 2010): 164 – 188.

Cellarius (Samuel Butler). "Darwin among the Machines." In *The Press*, Christchurch, New Zealand, 13 June, 1863. http: //nzetc. victoria. ac. nz/ tm/scholarly/tei-ButFir-t1-g1-t1-g1-t4-body. Html (accessed April 15, 2014).

Chen, Jia. *A History of English Literature*. Vol. 3. Beijing: The Commercial Press, 1986.

Chesterton, G. K. *The Victorian Age in Literature*. London: Butterworth, 1913.

Chevalier, Antoinette Conley. *Vigilantes and Other Interstitial Agents: The Construction of the English Gentleman, 1865 – 1918*. Ann Arbor: Proquest Information and Earning company, 2003.

Cockram, Gill G. *Ruskin and Social Reform: Ethics and Economics in the Victorian Age*. London: Tauris Academic Studies, 2007.

Cockshut, A. O. J. "John Stuart Mill." In *Encyclopedia of Life Writing: Autobiographical and Biographical Forms*. Ed. Margaretta Jolly. London & Chicago: Fitzroy Dearborn Publishers, 2001. 604 – 605.

Coleridge, Samuel Taylor. *On the Constitution of Church and State*. London: Hurst, Chance and Co., 1830.

——. *Poets through Their Letters: Wyatt to Coleridge*. New York: Constable, 1969.

——. *Lectures 1795 on Politics and Religion*. Ed. Lewis Patton and Peter Mann. Princeton: Princeton University Press, 1971.

——. *On the Constitution of Church and State*. Princeton: Princeton University Press, 1976.

——. *Biographia Literaria, or, Biographical Sketches of My Literary*

Life and Opinions. Princeton: Princeton University Press, 1983.

Collie, Michael. *The Alien Art: A Critical Study of George Gissing's Novels*. Folkestone: Archon Books, 1979.

Collini, Stefan. *Matthew Arnold: A Critical Portrait*. Oxford: Clarendon Press, 1994.

Conrad, Joseph. "The Nigger of the 'Narcissus'." In *The Collected Works of Joseph Conrad*. Vol. Ⅲ. London: Routledge/Thoemmes Press, 1995. 3–173.

——. *The Shadow-Line*. In *Three Sea Stories*. Hertfordshire: Wordsworth Classics, 1998. 147–246.

——. *Typhoon*. In *Three Sea Stories*. Hertfordshire: Wordsworth Classics, 1998. 1–77.

Cook, E. T. *The Life of John Ruskin*. 2nd ed. London: George Allen, 1912.

Correa, Delia da Sousa. *George Eliot, Music and Victorian Culture*. New York: Palgrave Macmillan, 2003.

Cross, J. W. *George Eliot's Life as Related in Her Letters and Journals*. New York: Harper & Brothers, 1885.

——. *George Eliot's Life as Related in Her Letters and Journals*. Edinburgh and London: Blackwood & Sons, 1887.

Cross, Nigel. *The Common Writer: Life in Nineteenth-Century Grub Street*. Cambridge: Cambridge University Press, 1985.

Davis, Herbert. "Samuel Butler: 1835–1902." *University Toronto Quarterly* 5, no. 1 (October 1935): 21–36.

Davis, Philip. *The Oxford English Literary History: Volume 8: 1830–1880: The Victorians*. New York: Oxford University Press, 2002.

——. *The Oxford English Literary History*. Vol. 8. Oxford: Oxford University Press, 2004.

——. *The Oxford English Literary History: Vol. 8: 1830–1880: The*

Victorians. Beijing: Foreign Language Teaching and Research Press, 2007.

——. *The Victorians*. Beijing: Foreign Language Teaching and Research Press, 2007.

Deane, Bradley. "Imperial Boyhood: Piracy and the Play Ethic." *Victorian Studies* 53, no. 4 (summer 2011): 689-714.

Delany, Paul. *George Gissing: A Life*. London: Weidenfeld & Nicolson, 2008.

Demoor, Marysa. "'The Flesh-Tints of Rubens': Henry James's Contribution to the Construction of Englishness." *Nineteenth-Century Prose* 31, no. 1 (2004): 101-120.

Demorest, Marc. "Arnold and Tyler: The Codification and Appropriation of Culture." In *Culture and Education in Victorian England*. Ed. Patrick Scott and Pauline Fletcher. Lewisburg: Bucknell Review, 1990. 27-40.

Devereux, Cecily. "Tennyson, W. T. Stead, and 'The Imperialism of Responsibility': 'Vastness' and 'The Maiden Tribute'." *Victorian Newsletter* 93 (1998): 13-17.

Dickens, Charles. *The Letters of Charles Dickens*. Vol. 2. New York: Charles Scribner's Sons, 1879.

——. *Letters of Charles Dickens to Wilkie Collins*. Ed. Laurence Hutton. New York: Harper & Brothers, 1892.

——. *Our Mutual Friend*. London: Chapman & Hall, 1892.

——. *Dombey and Son*. Ed. Peter Fairclough. London: Penguin, 1985.

——. *Our Mutual Friend*. Ed. Adrian Poole. London: Penguin, 1997.

——. *Bleak House*. London: Vintage Books, 2008.

——. *A Child's History of England*. London: eBooks@Adelaide, 2014.

Disraeli, Benjamin. *Sybil, or The Two Nations*. Oxford and New York: Oxford University Press, 1981.

Dolin, Tim. *George Eliot in Context*. Oxford: Oxford University Press,

2005.

Draper, R. P., ed. *Thomas Hardy: Three Pastoral Novels*. London: Macmillan Education Ltd., 1987.

Dvorak, Wilfred Paul. "Dickens and Money: *Our Mutual Friend* in the Context of Victorian Monetary Attitudes and *All the Year Round*." Ph.D. diss. Bloomington: Indiana University, 1972.

Eagleton, Terry. *The Idea of Culture*. Malden: Blackwell, 2000.

——. *The Idea of Culture*. Oxford: Blackwell Publishing, 2000.

——. *The English Novel: An Introduction*. Oxford: Blackwell Publishing, 2005.

——. *Culture*. New Haven and London: Yale University Press, 2016.

Eliot, George. *The Lifted Veil*. Cleveland: The Burrows Brothers Company, 1888.

——. *The George Eliot Letters*. 9 vols. Ed. Gordon S. Haight. New Haven: Yale University Press, 1956–1978.

——. *Essays of George Eliot*. Ed. Thomas Pinney. New York: Columbia University Press, 1963.

——. *Daniel Deronda*. Oxford: Clarendon Press, 1984.

——. *Felix Holt, the Radical*. Harmondsworth: Penguin, 1987.

——. *Daniel Deronda*. Ed. John Rignall. London: Everyman, 1999.

Eliot, T. S. *Notes towards the Definition of Culture*. London: Farber and Farber Limited, 1948.

——. *Christianity and Culture*. San Diego: Harvest Books, 1960.

——. "In Memoriam." In *Tennyson In Memoriam: A Casebook*. Ed. John Dixon Hunt. London: Macmillan, 1970. 129–137.

Feltes, N. N. *Modes of Production of Victorian Novels*. Chicago: University of Chicago Press, 1986.

Fournier, Lucien Francis. *Charles Dickens and the Middle-Class Gentleman: A Study in the Correlation of Grotesque Satire and Sentimental

Idealism. Ann Arbor: University Microfilms, Inc., 1969.

Francis, Darwin. *Charles Darwin: His Life Told in an Autobiographical Chapter, and in a Selected Series of His Published Letters*. London: J. Murray, 1902.

Fromer, Julie E. *A Necessary Luxury: Tea in Victorian England*. Athens: Ohio University Press, 2008.

Fulweiler, Howard W. "'A Dismal Swamp': Darwin, Design, and Evolution in *Our Mutual Friend*." *Nineteenth-Century Literature* 49, no. 1 (June 1994): 50–74.

Gervais, David. *Literary Englands: Versions of "Englishness" in Modern Writing*. Cambridge: Cambridge University Press, 1993.

Giles, Judy, and Tim Middleton, eds. *Writing Englishness 1900–1950: An Introductory Sourcebook on National Identity*. London: Routledge, 1995.

Gilmour, Robin. *The Idea of the Gentleman in the Victorian Novel*. London: George Allen & Unwin, 1981.

Ginsburg, Michal Peled. "The Case against Plot in *Bleak House* and *Our Mutual Friend*." *ELH* 59, no. 1 (Spring 1992): 175–195.

Gissing, George. *The Collected Letters of George Gissing*. Vol. 3. Ed. Paul F. Mattheisen, Arthur C. Young and Pierre Coustillas. Athens: Ohio University Press, 1992.

——. *New Grub Street*. Ware: Wordsworth Edition Limited, 1996.

——. *The Unclassed*. Teddington: The Echo Library, 2006.

——. *Thyrza*. Brighton: Victorian Secrets Limited, 2013.

Glover, David. "Publishing, History, Genre." In *The Cambridge Companion to Popular Fiction*. Ed. David Glover. Cambridge: Cambridge University Press, 2012. 15–32.

Gohrisch, Jana. "Negotiating the Emotional Habitus of the Middle Classes in *The Mayor of Casterbridge*." *Thomas Hardy Journal* 28 (2011): 44–67.

Goldberg, Michael. "Shaw's Pygmalion: The Reworking of Great Expectations." *The Shaw Review* 3 (1979): 114-122.

Gooch, Joshua A. "Figures of Nineteenth-Century Biopower in Samuel Butler's *Erewhon*." *Nineteenth-Century Contexts* 36, no. 1 (2014): 53-71.

Goode, John. *George Gissing: Ideology and Fiction*. London: Vision Press, 1978.

Grob, Alan. *A Longing like Despair: Arnold's Poetry of Pessimism*. Newark: University of Delaware Press, 2002.

Grylls, David. *The Paradox of Gissing*. London: Allen & Unwin, 1986.

Guth, Deborah. *George Eliot and Schiller: Intertextuality and Cross-Cultural Discourse*. Hampshire: Ashgate Publishing Limited, 2003.

Halperin, John. *Gissing: A Life in Books*. Oxford: Oxford University Press, 1982.

Hammond, Mary. *Reading, Publishing and the Formation of Literary Taste in England, 1880-1914*. Aldershot: Ashgate publishing, Ltd., 2006.

Hanna, Mark G. *Pirate Nests and the Rise of the British Empire, 1570-1740*. Chapel Hill: University of North Carolina Press, 2015.

Hardy, Thomas. *The Life and Work of Thomas Hardy*. Ed. Michael Millgate. London: Macmillan, 1984.

———. *The Literary Notebooks by Thomas Hardy*. Ed. Lennart A. Bjork. Basingstoke: Macmillan, 1985.

———. *The Mayor of Casterbridge*. New York: Barnes & Noble Classics, 2004.

Harrison, Frederic. *John Ruskin*. London: Macmillan, 1902.

Harsh, Constance D. "Gissing's *The Unclassed* and the Perils of Naturalism." *ELH* 4 (1992): 911-938.

Harsh, Constance. "George Gissing's *Thyrza*: Romantic Love and

Ideological Co-conspiracy." *The Gissing Journal* 30, no. 1 (1994):
1–11.

Hartman, Geoffrey H. *The Fateful Question of Culture*. New York:
Columbia University Press, 1997.

Heady, Emily. "The Polis's Different Voices: Narrating England's Progress
in Dickens's *Bleak House*." *Texas Studies in Literature and Language*
48, no. 4 (Winter 2006): 312–339.

Heffernan, Julián Jimnénez. "Introduction: Togetherness and Its
Discontents." In *Community in Twentieth-Century Fiction*. Ed. Paula
Martin Salván, Gerardo Rodríguez, and Julián Jimnénez Heffernan.
London: Palgrave Macmillan, 2013. 1–47.

Heilbroner, Robert L. *The Worldly Philosophers: The Lives, Times, and
Ideas of the Great Economic Thinkers*. 7th ed. London: Penguin, 2000.

Henderson, Willie. *John Ruskin's Political Economy*. London: Routledge,
2000.

Henley, William Ernest. "Pro Rege Nostro." In "William Ernest Henley."
https://en.wikipedia.org/wiki/William_Ernest_Henley#cite_note-
15 (accessed February 14, 2017).

Hewison, Robert, ed. *New Approaches to Ruskin*. London: Routledge,
1981.

Hilton, Tim. *John Ruskin*. New Haven: Yale University Press, 2002.

Himmelfarb, Gertrude. *The Spirit of the Age: Victorian Essays*. New
Haven: Yale University Press, 2007.

Hollington, Michael. "Grotesque." In *The Oxford Companion to Charles
Dickens*. Ed. Paul Schlicke. Oxford: Oxford University Press, 1999.
264–265.

Holt, Lee Elbert. "Samuel Butler and His Victorian Critics." *ELH* 8,
no. 2 (June 1941): 146–159.

Honan, Park. *Matthew Arnold: A life*. New York: McGraw-Hill Book

Company, 1981.

Hornby, A. S. *Oxford Advanced Learner's Dictionary of Current English*. Oxford: Oxford University Press, 2010.

Houghton, Walter E. *The Victorian Frame of Mind 1830 – 1870*. New Haven: Yale University Press, 1957.

House, Humphrey. *The Dickens World*. London: Oxford University Press, 1960.

Huxley, T. H. "Agnosticism." In *Nineteenth Century Opinion*. Ed. Michael Goodwin. Harmondsworth, Middlessex: Penguin Books, 1951. 120 – 121.

Innes, Christopher, ed. *The Cambridge Companion to George Bernard Shaw*. Cambridge: Cambridge University Press, 1998.

Jackson, David H. "*Treasure Island* as a Late-Victorian Adults' Novel." *The Victorian Newsletter* 72 (Fall 1987): 28 – 32.

Jain, Sangeeta. *Women in the Plays of George Bernard Shaw*. New Delhi: Discovery Publication House, 2006.

James, Henry. *Hawthorne*. London: Macmillan and Co., 1879.

——. *The Ambassadors*. New York: W. W. Norton, 1964.

——. *The Portrait of a Lady*. 2nd ed. New York: W. W. Norton, 1995.

James, Simon. *Unsettled Accounts: Money and Narrative in the Novels of George Gissing*. London: Anthem Press, 2003.

Jean-Aubry, G. *Joseph Conrad: Life and Letters*. Vol. I. London: W. Heinemann, 1927.

Jedrzejewski, Jan. "Samuel Butler's Treatment of Christianity in *Erewhon* and *Erewhon Revisited*." *English Literature in Transition* 31, no. 4 (1988): 414 – 436.

Johnson, Lesley. *The Cultural Critics: From Matthew Arnold to Raymond Williams*. London: Routledge, 1979.

Johnson, W. Stacy. *The Voices of Matthew Arnold*. Westport and Connecticut:

Greenwood Press, 1961.

Jones, David Michael. "The Secret History of Romance Masculinity: The Byronic Hero and the Novel, 1814 – 1914." Ph.D. diss. Storrs: University of Connecticut, 2012.

Jones, Joseph. *The Cradle of Erewhon: Samuel Butler in New Zealand*. Austin: University of Texas Press, 2012.

Joyce, James. *A Portrait of the Artist as a Young Man*. New York: Oxford University Press, 2000.

Kahan, Alan S. Introduction. In *On Liberty by John Stuart Mill with Related Documents*. Boston: Bedford/St. Martin's, 2008. 1 – 15.

Karl, Frederick R. *A Reader's Guide to the Contemporary English Novel*. Beijing: Foreign Language Teaching and Research Press, 2005.

Keating, P. J. *The Haunted Study: A Social History of the English Novel 1875 – 1914*. London: Secker, 1989.

Kelsall, Malcolm. *The Great Good Place: The Country House and English Literature*. New York: Columbia University Press, 1993.

Kermode, Frank. *The Genesis of Secrecy: On the Interpretation of Narrative*. Cambridge, Massachusetts and London: Harvard University Press, 1979.

——. Foreword. In *Essays on Conrad*. Ed. Ian Watt. Cambridge: Cambridge University Press, 2000. Ⅶ–Ⅺ.

Kertzer, Jon. "Time's Desire: Literature and the Temporality of Justice." *Law, Culture and the Humanities* 5 (2009): 266 – 287.

Kiely, Robert. "The Aesthetics of Adventure." In *Bloom's Modern Critical Views-Robert Louis Stevenson*. Ed. Harold Bloom. Philadelphia: Chelsea House Publishers, 2005. 25 – 52.

Kim, Youngjoo. "Revisiting the Great Good Place: The Country House, Landscape and Englishness in Twentieth-Century British Fiction." Ph.D. diss. Ann Arbor: Texas A&M U, 2002.

Kingsley, Charles. *Madam How and Lady Why; or, First Lessons in Earth Lore for Children*, London: Bell & Daldy, 1870.

——. "Burns and His School." In *The Works of Charles Kingsley*. Vol. 20. London: Macmillan, 1885. 135 – 136.

——. *Alton Locke, Tailor and Poet: An Autobiography*. London: Macmillan, 1893.

——. *Letters and Memories*. London: Chesterfield Society, 1899.

——. *Novels, Poems and Letters of Charles Kingsley: Alton Locke, with a Preferatory Memoir by Thomas Hughes*. London: Co-operative Publication Society, 1899.

——. *Yeast*. London: Everyman's Library, 1976.

——. *Charles Kingsley, His Letters and Memories of His Life*. Ed. Frances Eliza Kingsley. Cambridge: Cambridge University Press, 2011.

Kitton, Frederic George. *Charles Dickens: His Life, Writings and Personality*. London: T. C. & E. C. Jack, 1902.

Knoepflmacher, U. C. *Religious Humanism and the Victorian Novel: George Eliot, Walter Pater, and Samuel Butler*. Princeton: Princeton University Press, 1965.

Kumar, Krishan. *The Making of English National Identity*. Cambridge: Cambridge University Press, 2006.

——. *The Idea of Englishness: English Culture, National Identity and Social Thought*. London: Routledge, 2015.

Latham, Jacqueline E. M. *Critics on Matthew Arnold*. London: George Allen and Unwin Ltd., 1973.

Leary, Patrick, and Andrew Nash. "Authorship." In *The Cambridge History of the Book in Britain*. Vol. 6. Ed. David McKitterick. Cambridge: Cambridge University Press, 2009. 172 – 213.

Leavis, F. R., ed. *Mill on Bentham and Coleridge*. London: Chatto, 1950.

——. *The Great Tradition: George Eliot, Henry James, Joseph Conrad*. New York: New York University Press, 1963.

Leavis, Q. D. *Fiction and the Reading Public*. London: Chatto, 1965.

Lefebvre, Henri. *The Production of Space*. Trans. Donald Nicholson-Smith. Oxford: Basil Blackwell, 1991.

Leonard, Deen. "Irrational Form in *Sartor Resartus*." *Texas Studies in Literature and Language* 5 (Autumn 1963): 438–451.

Levine, George. "*The Woodlanders* and the Darwinian Grotesque." In *Thomas Hardy Reappraised: Essays in Honour of Michael Millgate*. Ed. Keith Wilson. Toronto: University of Toronto Press, 2006. 174–198.

——. *Realism, Ethics and Secularism: Essays on Victorian Literature and Science*. Cambridge: Cambridge University Press, 2008.

Lewes, George Henry. *The Physiology of Common Life*. Edinburgh: Blackwood, 1859.

——. *The Problems of Life and Mind*. Vol. 1. Boston: James R. Osgood, 1875.

Lin, Lidan. "Labor, Alienation, and the Status of Being: Rhetoric of Indolence in Beckett's Murphy." *Philological Quarterly* 79, no. 2 (Spring 2000): 249–271.

Lucas, John. "Love of England: The Victorians and Patriotism." *Browning Society Notes* 17, no. 3 (1987–1988): 64–67.

Magnet, Myron. *Dickens and the Social Order*. Wilmington: ISI Books, 2004.

Magnus, Ankarsjö. *William Blake and Gender*. North Carolina: McFarland, 2005.

Maltz, Diana. *British Aestheticism and the Urban Working Classes, 1870–1900*. New York: Palgrave Macmillan, 2006.

Mandler, Peter. *The Fall and Rise of the Stately Home*. New Haven: Yale University Press, 1997.

Marroni, Francesco. "'Thyrza': Gissing, Darwin and the Destinies of Innocence." *The Gissing Journal* 34, no. 3 (1998): 1 - 29.

Marshall, Peter. *Demanding the Impossible: A History of Anarchism*. New York: PM Press, 2009.

Martin, Peter E. "Carlyle and Mill: The 'Anti-Self-Consciousness' Theory." *Thoth: Syracuse University Graduate Studies in English* 6 (1965): 20 - 34.

Maxiner, Paul, ed. *Robert Louis Stevenson: The Critical Heritage*. London: Rutledge, 1981.

McCann, Andrew. *Popular Literature, Authorship and the Occult in Late Victorian Britain*. Cambridge: Cambridge University Press, 2014.

Meckier, Jerome. "'Great Expectations' and 'Self-Help': Dickens Frowns on Smiles." *The Journal of English and Germanic Philology* 4 (2001): 537 - 554.

Mill, John Stuart. *Autobiography*. London: Penguin Books, 1989.

——. *The Spirit of the Age, On Liberty, The Subjection of Woman*. Ed. Alan Ryan. New York: Norton, 1997.

——. "The Spirit of the Age." In *The Spirit of the Age: Victorian Essays*. Ed. Gertrude Himmelfarb. New Haven: Yale University Press, 2007. 50 - 79.

——. *Autobiography*. Rockville: Wildside Press, 2008.

Millgate, Michael. *Thomas Hardy: His Career as a Novelist*. London: Macmillan, 1971.

Mischi, Julian. "Englishness and the Countryside. How British Rural Studies Address the Issue of National Identity." In *Englishness Revisited*. Ed. Floriane Reviron-Piegay. Newcastle upon Tyne: Cambridge Scholars Publishing, 2009. 109 - 124.

Moore, John D. "Emphasis and Suppression in Stevenson's *Treasure Island*: Fabrication of the Self in Jim Hawkins' Narrative." *CLA Journal*

34, no. 4 (1991): 346 – 452.

Moore, Lewis D. *The Fiction of George Gissing: A Critical Analysis*. Jefferson: McFarland, 2008.

Morris, R. J. "Samuel Smiles and the Genesis of Self-Help; the Retreat to a Petit Bourgeois Utopia." *The Historical Journal* 24 (Mar 1981): 89 – 109.

Morris, William. *The Collected Works of William Morris*. Vol. XXII. London: Routledge/Thoemmes Press, 1992.

——. "How I Became a Socialist." In *News from Nowhere and Selected Writings and Designs*. Ed. Asa Briggs. London: Penguin, 1993. 33 – 37.

——. *News from Nowhere, or an Epoch of Rest: Being Some Chapters from a Utopian Romance*. London: Cambridge University Press, 1995.

——. *The Earthly Paradise*. Vol. I. Ed. Florence S. Boos. New York and London: Routledge, 2002.

Naylor, Gillian. *William Morris by Himself*. London: Macdonald, 1988.

Neill, Anna. *Primitive Minds: Evolution and Spiritual Experience in the Victorian Novel*. Columbus: The Ohio State University Press, 2013.

Nemesvari, Richard. *Thomas Hardy, Sensationalism, and the Melodramatic Mode*. New York: Palgrave Macmillan, 2011.

Newman, John Henry. *The Scope and Nature of University Education*. Ed. A. R. Waller. London: Dent, 1903.

Newton, K. M. *Modernizing George Eliot: The Writer as Artist, Intellectual, Proto-Modernist, Cultural Critic*. London: Bloomsbury Academic, 2011.

Noimann, Chamutal. "'He a Cripple and I a Boy': The Pirate and the Gentleman in Robert Louis Stevenson's *Treasure Island*." *Topic* 58 (2012): 55 – 71.

O'Donoghue, Bernard. Introduction. In *The Cambridge Companion to*

Seamus Heaney. Ed. Bernard O'Donoghue. Cambridge: Cambridge University Press, 2009. 1 – 18.

Otis, Laura. *Literature and Science in the Nineteenth Century: An Anthology*. New York: Oxford University Press, 2002.

Pater, Walter. *Appreciations, with an Essay on Style*. Rockville: Arc Manor, 2008.

Perkin, H. J. *The Origins of Modern English Society, 1780 – 1880*. London: Routledge, 1969.

Perry, Seamus. *Alfred Tennyson*. Horndon: Nothcote House Publishers Ltd., 2005.

Philpotts, Trey. "Dickens and Technology." In *A Companion to Charles Dickens*. Ed. David Paroissien. Malden: Blackwell, 2008. 199 – 215.

Plant, Raymond. *Community and Ideology*. Abingdon: Routledge, 2009.

Poole, Adrian. *Gissing in Context*. Totowa: Rowman, 1975.

Pratt, Linda Ray. *Matthew Arnold Revisited*. New York: Twayne Publishers, 2000.

Raphael, D. D. "Can Literature Be Moral Philosophy?" *New Literature History* 15.1 (1983): 1 – 12.

Reviron-Piegay, Floriane. "Introduction: the Dilemma of Englishness." In *Englishness Revisited*. Ed. Floriane Reviron-Piegay. Newcastle: Cambridge Scholars Publishing, 2009. 1 – 26.

Rimmer, Mary. "Hardy, Victorian Culture and Provinciality." In *Palgrave's Advances in Thomas Hardy Studies*. Ed. Philip Mallet, London: Palgrave Macmillan, 2004. 135 – 155.

Robert, Knox. *The Races of Men: A Philosophical Enquiry into the Influence of Race over the Destinies of Nations*. New York: H. Renshaw, 1862.

Robson, M. Introduction. In *Autobiography*. By John Stuart Mill. London: Penguin Books, 1989. 1 – 23.

Roper, Alan. *Arnold's Poetic Landscapes*. Baltimore: The John Hopkins University Press, 1969.

Royle, Nicholas. *Telepathy and Literature*. Oxford: Basil Blackwell, 1990.

Ruskin, John. *On the Nature of Gothic Architecture: And Herein of the Functions of the Workman in Art*. London: Smith, 1854.

——. *Modern Painters*. London: J. M. Dent, 1907.

——. *Sesame and Lilies, Unto This Last and The Political Economy of Art*. London: Cassell, 1907.

——. *Time and Tide and The Crown of Wild Olive*. London: George Allen, 1907.

——. *"A Joy for Ever"; The Two Paths*. London: Oxford University Press, 1928.

——. *Unto This Last and Other Writings*. Ed. Clive Wilmer. London: Penguin, 1997.

——. *The Works of John Ruskin*. Ed. E. T. Cook and Alexander Wedderburn. 39 vols. London: George Allen, 1903 – 1912; reprint, Cambridge: Cambridge University Press, 2010.

Sagan, Dorion. "Samuel Butler's Willful Machines." *The Common Review* 9, no. 1 (July 2010): 10 – 19.

Said, Edward. *Culture and Imperialism*. London: Vintage, 1994.

Sally, Mitchell. *Daily Life in Victorian England*. London: Greenwood Publishing Group, 1996.

Salmon, Richard. *The Formation of the Victorian Literary Profession*. Cambridge: Cambridge University Press, 2013.

Sargent, Lyman Tower. "Three Faces of Utopianism Revisited," *Utopian Studies* 5, no. 1 (1994): 1 – 38.

Schlicke, Paul. "Great Expectations." In *The Oxford Companion to Charles Dickens*. Ed. Paul Schlicke. Oxford: Oxford University Press, 1999. 259 – 264.

Schumpeter, Joseph A. *History of Economic Analysis*. Taylor and Francis e-Library, 2006.

Scott-Kilvert, Ian. *British Writers*. Vol. IV. New York: Charles Scribner's Sons, 1981.

Selig, Robert. *George Gissing*. Boston: Twayne, 1983.

Severn, Stephen E. "Quasi-Professional Culture, Conservative Ideology, and the Narrative Structure of George Gissing's *New Grub Street*." *Journal of Narrative Theory* 40, no. 2 (2010): 156–188.

Shakespeare, William. *Hamlet*. In *The Complete Oxford Shakespeare*. Vol. III. Ed. Stanley Wells and Gary Taylor, Oxford: Oxford University Press, 1987. 1121–1163.

Shaw, George Bernard. *Plays by George Bernard Shaw*. New York: Penguin Group, 2004.

——. "George Bernard Shaw on the Unamiable Estella and Pip as Function of Class Snobbery." In *Charles Dickens's Great Expectations*. Ed. Harold Bloom. Philadelphia: Chelsea House Publishers, 2005. 47–52.

Sherburne, James Clark. *John Ruskin or the Ambiguities of Abundance*. Cambridge: Harvard University Press, 1972.

Sherwood, Marion. *Tennyson and the Fabrication of Englishness*. New York: Palgrave Macmillan, 2013.

Simpson, James. *Matthew Arnold and Goethe*. London: The Modern Humanities Research Association, 1979.

Sloan, John. *George Gissing: The Cultural Challenge*. New York: St. Martin's Press, 1989.

Smith, Adam. *The Theory of Moral Sentiments*. Ed. D. D. Rapheal and A. L. Macfie. Oxford: Oxford University Press, 1976.

Smollett, Tobias. *Adventures of Roderick Random*. Ed. Paul-Gabriel Boucé. Oxford: Oxford University Press, 1979.

Spencer, Herbert. *First Principles*. London: Williams, 1870.

──. *Essays on Education and Kindred Subjects*. Ed. Charles W. Eliot. London: Dent, 1963.

Stance, G. Robert. *Matthew Arnold: The Poet as Humanist*. New York: Gordian Press, 1978.

Stang, Richard. *The Theory of the Novel in England: 1850 – 1870*. New York: Columbia University Press, 1959.

Stange, G. Robert. "Expectations Well Lost: Dickens' Fable for His Time." *College English* 16.1 (1954): 9 – 17.

Stansky, Peter. *Redesigning the World, William Morris, the 1880s, and the Arts and Crafts*. Princeton: Princeton University Press, 1985.

Stecopoulos, Harilaos. "Henry James, Propagandist." In *Henry James Today*. Ed. John. C. Rowe. Newcastle upon Tyne: Cambridge Scholars Publishing, 2014. 71 – 86.

Stevenson, Charles L. *Ethics and Language*. New Haven: Yale University Press, 1945.

Stevenson, Robert Louis. *Treasure Island*. Boston: Roberts Brothers, 1884.

──. *Virginibus Puerisque*. New York: Charles Scribner's Sons, 1887.

──. *Essays by Robert Louis Stevenson*. New York: Charles Scribner's Sons, 1892.

──. *Essays in the Art of Writing*. London: Chatto, 1905.

Strachey, Lytton. *The Life of Queen Victoria*. London: Tauris Parke Paperbacks, 2012.

Stromberg, Roland. *An Intellectual History of Modern Europe*. Englewood Cliffs: Prentice-Hall, 1975.

Tate, George Allan, ed. *The Correspondence of Thomas Carlyle and John Ruskin*. Stanford: Stanford University Press, 1982.

Taylor, Peter J. "Which Britain? Which England? Which North?" In *British Cultural Studies: Geography, Nationality, and Identity*. Ed. David

Morley and Kevin Robins. New York: Oxford University Press, 2001. 127–144.

Tennyson, Alfred. *The Early Poems of Alfred Lord Tennyson*. London: Methuen, 1901.

——. "The Lady of Shalott." In *Poems of Tennyson*. London: Oxford University Press, 1913. 49–53.

——. *In Memoriam A. H. H.* In *Tennyson: A Selected Edition*. Ed. Christopher Ricks. Harlow: Longman Group Limited, 1969. 331–484.

——. "Locksley Hall." In *Tennyson: A Selected Edition*. Ed. Christopher Ricks. Harlow: Longman Group Limited, 1969. 181–193.

——. "Locksley Hall Sixty Years After." In *Tennyson: A Selected Edition*. Ed. Christopher Ricks. Harlow: Longman Group Limited, 1969. 640–650.

——. "Vastness." In *Tennyson's Poetry*. Ed. Robert W. Hill Jr. New York: W. W. Norton & Company, Inc., 1999. 549–551.

Tennyson, Hallam. *Alfred Lord Tennyson: A Memoir, By His Son*. Vol. I. London: Macmillan, 1897.

Teukolsky, Rachel. "Pictures in *Bleak House*: Slavery and the Aesthetics of Transatlantic Reform." *ELH* 76, no. 2 (Summer 2009): 491–522.

Thale, Jerome. "The Imagination of Charles Dickens: Some Preliminary Discriminations." *Nineteenth-Century Fiction* 22, no. 2 (September 1967): 127–143.

Thane, Pat. *The Foundations of the Welfare State*. 2nd ed. London: Longman, 2016.

Thomson, Alex. "'Dooty Is Dooty': Pirates and Sea-Lawyers in *Treasure Island*." In *Pirates and Mutineers of the Nineteenth Century: Swashbucklers and Swindlers*. Ed. Grace Moore. Farnham: Ashgate, 2011. 211–222.

Tindall, Gillian. *The Born Exile*. New York: Harcourt Brace Jovanovich,

1974.

Tjoa, Hock Guan. *George Henry Lewes: A Victorian Mind*. Cambridge: Harvard University Press, 1977.

Tocqueville, Alexis de. *Democracy in America*. Trans. Arthur Goldhammer. New York: The Library of America, 2004.

Tönnies, Ferdinand. *Community & Society*. Trans. Charles P. Loomis. New York: Harper Torchbooks, 1963.

———. *Community and Civil Society*. Trans. Jose Harris and Margaret Hollis. Cambridge: Cambridge University Press, 2001.

Trevelyan, G. M. "Macaulay and the Sense of Optimism." In *Ideas and Beliefs of the Victorians: An Historic Revaluation of the Victorian Age*. Ed. Noel Annan et al. London: Sylvan Press, 1949. 46–52.

Trilling, Lionel. *Matthew Arnold*. New York: W. W. Norton, 1939.

Trollope, Anthony. *Four Lectures*. London: Constable, 1938.

Tyndall, John. *Fragments of Science*. 7th ed. London: Longmans, 1889.

Vaninskaya, Anna. *William Morris and the Idea of Community*. Edinburgh: Edinburgh University Press, 2010.

Veblen, Thorstein. *The Theory of the Leisure Class*. Ed. Martha Banta. Oxford: Oxford University Press, 2007.

Waller, Philip. *Writers, Readers, and Reputations: Literary Life in Britain 1870–1918*. Oxford: Oxford University Press, 2006.

Walter, Scott. *Select Novels of Sir Walter Scott*. London: Baudry's European library, 1840.

Warnock, Mary. Introduction. In *Utilitarianism and On Liberty: Including Mill's "Essays on Bentham" and Selections from the Writings of Jeremy Bentham and John Austin*. Oxford: Blackwell Publishing Ltd., 2003. 17–20.

Waters, Karen Volland. *The Perfect Gentleman: Masculine Control in Victorian Men's Fiction, 1870–1901*. New York: Peter Lang, 1997.

Watt, Ian. *Essays on Conrad*. Cambridge: Cambridge University Press, 2000.

Webb, Beatrice. *My Apprenticeship*. Cambridge: Cambridge University Press, 1979.

Weber, Carl J. "Hardy and *The Woodlanders*." *The Review of English Studies* 15, no. 59 (July 1939): 330–333.

Weber, Max. *The Protestant Ethic and the Spirit of Capitalism*. Trans. Talcott Parsons. London: Routledge, 2001.

White, Andrea. *Joseph Conrad and the Adventure Tradition: Constructing and Deconstructing the Imperial Subject*. Cambridge: Cambridge University Press, 1993.

White, Paul. *Thomas Huxley: Making the "Men of Science."* Cambridge: Cambridge University Press, 2003.

Wiener, Martin J. *English Culture and the Decline of the Industrial Spirit, 1850–1980*. 2nd ed. Cambridge: Cambridge University Press, 2004.

Willey, Basil. *Nineteenth-Century Studies*. New York: Columbia University Press, 1949.

Williams, Raymond. *Culture and Society*. London: Chatto & Windus, 1959.

——. *The Country and the City*. New York: Oxford University Press, 1973.

——. *The English Novel: From Dickens to Lawrence*. London: Chatto & Windus, 1973.

——. *Key Words*. New York: Oxford University Press, 1983.

Wilson, William A. "The Magic Circle of Genius: Dickens' Translations of Shakespearean Drama in *Great Expectations*." *Nineteenth Century Fiction* 40.2 (1985): 154–174.

Wordsworth, William. "Lines Composed a Few Miles above Tintern

Abbey." In *The Norton Anthology of English Literature*. Ed. M. H. Abrams. New York and London: W. W. Norton & Company, Inc., 1986. 152-154.

Zeitler, Michael A. *Representation of Culture: Thomas Hardy's Wessex and Victorian Anthropology*. New York: Peter Lang Publishing, 2007.

Zemka, Sue. "Erewhon and the End of Utopian Humanism." *ELH* 69, no. 2 (Summer 2002): 439-472.

阿尼克斯特：《英国文学史纲》，戴镏龄等译，北京：人民文学出版社，1980年。

阿萨·布里格斯：《英国社会史》，陈书平等译，北京：商务印书馆，2016年。

埃德蒙·伯克：《法国大革命感想录》，载《埃德蒙·伯克读本》，陈志瑞、石斌编，北京：中央编译出版社，2006年，第136—226页。

埃里希·弗罗姆：《生命之爱》，王大鹏译，北京：国际文化出版公司，2001年。

艾瑞克·霍布斯鲍姆：《资本的年代：1848—1875》，张晓华译，北京：中信出版社，2014年。

安德鲁·桑德斯：《牛津简明英国文学史》，谷启楠、韩加明、高万隆译，北京：人民文学出版社，2000年。

拜伦：《拜伦诗选》，查良铮译，上海：上海译文出版社，1982年。

包斯威尔：《约翰逊传》，罗珞珈、莫洛夫译，北京：中国社会科学出版社，2004年。

本尼迪克特·安德森：《想象的共同体：民族主义的起源与散布》，吴叡人译，上海：上海人民出版社，2003年。

陈华文：《文化学概论新编》（第三版），北京：首都经济贸易大学出版社，2016年。

陈嘉映主编：《西方大观念》（第一卷），北京：华夏出版社，2008年。

陈礼珍：《文化、资产与社会流动：〈远大前程〉财富观再批判》，《外国文学》，2015年第1期，第148—156页。

陈召荣：《流浪母题与西方文学经典阐释》，北京：中国社会科学出版社，2006年。

程冷杰、江振春：《英国民族国家形成中的语言因素》，《外国语文》，2011年第

3 期,第 80—84 页。

程巍:《中产阶级的孩子们:60 年代与文化领导权》,北京:生活·读书·新知三联书店,2006 年。

达尔文:《达尔文自传》,曾向阳译,南京:江苏文艺出版社,1998 年。

大卫·萨克斯:《伟大的字母:从 A 到 Z,字母表的辉煌历史》,康慨译,广州:花城出版社,2008 年。

戴维·洛奇:《小说的艺术》,卢丽安译,上海:上海译文出版社,2010 年。

狄更斯:《老古玩店》,许君远译,上海:上海译文出版社,1980 年。

——:《远大前程》,王科一译,上海:上海译文出版社,2011 年。

——:《荒凉山庄》,主万、徐自立译,杭州:浙江工商大学出版社,2012 年。

——:《我们共同的朋友》,徐自立译,杭州:浙江工商大学出版社,2012 年。

丁宏为:《"最悲惨的时代"——丁尼生的黑色诗语》,《国外文学》,2009 年第 4 期,第 61—68 页。

——:《达尔文的冲击——略谈诺顿版 4〈丁尼生诗选集〉》,《国外文学》,2010 年第 4 期,第 64—72 页。

飞白:《诗海游踪:中西诗比较讲稿》,杭州:浙江工商大学出版社,2011 年。

冯友兰:《中国哲学简史》,涂又光译,北京:北京大学出版社,2013 年。

佛兰克·赫里斯:《萧伯纳传》,黄嘉德译,北京:团结出版社,2006 年。

弗朗斯·德瓦尔:《共情时代》,刘旸译,长沙:湖南科学技术出版社,2014 年。

弗里德里希·席勒:《审美教育书简》,冯至、范大灿译,北京:北京大学出版社,1985 年。

高晓玲:《"感受就是一种知识!"——乔治·艾略特作品中"感受"的认知作用》,《外国文学评论》,2008 年第 3 期,第 5—16 页。

郭家宏:《19 世纪末期英国贫困观念的变化》,《学海》,2013 年第 1 期,第 80—87 页。

哈维·马修:《19 世纪英国:危机与变革》,韩敏中译,北京:外语教学与研究出版社,2007 年。

荷马:《荷马史诗·奥德赛》,王焕生译,北京:人民文学出版社,1997 年。

赫·斯宾塞:《教育论》,胡毅译,北京:人民教育出版社,1962 年。

亨利·大卫·梭罗：《瓦尔登湖》，穆紫译，武汉：武汉出版社，2009年。

亨利·詹姆斯：《一位女士的画像》，项星耀译，北京：人民文学出版社，1984年。

——：《英国风情》，蒲隆译，北京：生活·读书·新知三联书店，2001年。

侯维瑞、李维屏：《英国小说史》，南京：译林出版社，2005年。

华兹华斯：《华兹华斯诗选》，杨德豫译，北京：外语教学与研究出版社，2012年。

黄梅：《推敲"自我"——小说在18世纪的英国》，北京：生活·读书·新知三联书店，2003年。

江上幸子：《当代中国的"主体妓女"表象及其夭折——探求于民国时期多种媒体中》，《中国现代文学研究丛刊》，2016年第1期，第133—145页。

卡莱尔：《文明的忧思》，宁小银译，北京：中国档案出版社，1999年。

——：《拼凑的裁缝》，马秋武、冯卉等译，桂林：广西师范大学出版社，2004年。

——：《论历史上的英雄、英雄崇拜和英雄业绩》，周祖达译，北京：商务印书馆，2010年。

——：《文明的忧思》，郭凤彩译，北京：金城出版社，2011年。

肯尼思·O. 摩根：《牛津英国通史》，王觉非译，北京：商务印书馆，1993年。

孔多赛：《人类精神进步史表纲要》，何兆武、何冰译，北京：生活·读书·新知三联书店，2003年。

雷蒙·威廉斯：《关键词：文化与社会的词汇》，刘建基译，北京：生活·读书·新知三联书店，2005年。

——：《文化与社会：1780—1950》，高晓玲译，长春：吉林出版集团有限责任公司，2011年。

——：《漫长的革命》，倪伟译，上海：上海人民出版社，2013年。

李靖：《诗性反思与心灵培育——金斯利文化反思的内涵和表现形式》，《解放军外国语学院学报》，2012年第4期，第107—111页。

——：《现实主义小说的越轨与金斯利的生命观》，《外语教学》，2014年第1期，第81—85页。

理查德·艾尔曼：《乔伊斯传》，金隄、李汉林、王振平译，北京：北京十月文艺出版社,2006年。

刘慧梅、张彦:《西方休闲伦理的历史演变》,《自然辩证法研究》,2006年第4期,第91—95页。

刘茂生、胡旦:《〈华伦夫人的职业〉的道德教诲与伦理表达》,《浙江工商大学学报》,2016年第4期,第15—20页。

刘若端编:《十九世纪英国诗人论诗》,北京:人民文学出版社,1984年。

刘守兰:《英美名诗解读》,上海:上海外语教育出版社,2003年。

鲁春芳:《哈代乡土情结的演变》,《外语教学》,2006年第3期,第90—92页。

陆建德:《麻雀啁啾》,北京:生活·读书·新知三联书店,2003年。

——:《自我的风景》,《外国文学评论》,2011年第4期,第186—195页。

——:《海潮大声起木铎》,上海:东方出版中心,2017年。

罗伯特·路威:《文明与野蛮》,吕叔湘译,北京:生活·读书·新知三联书店,1984年。

马丁·威纳:《英国文化与工业精神的衰落:1850—1980》,王章辉、吴必康译,北京:北京大学出版社,2013年。

马克思、恩格斯:《德意志意识形态》,中共中央编译局译,北京:人民出版社,1958年。

马克斯·韦伯:《新教伦理与资本主义精神》,郑志勇译,南昌:江西人民出版社,2010年。

马修·阿诺德:《友谊的花环》,吕滇雯译,北京:中国文学出版社,2000年。

——:《文化与无政府状态:政治与社会批评》,韩敏中译,北京:生活·读书·新知三联书店,2002年。

——:《文化与无政府状态》(修订译本),韩敏中译,北京:生活·读书·新知三联书店,2008年。

迈克·克朗:《文化地理学》,杨淑华、宋慧敏译,南京:南京大学出版社,2003年。

尼采:《悲剧的诞生》,杨恒达译,南京:译林出版社,2009年。

——:《查拉图斯特拉如是说》,杨恒达译,南京:译林出版社,2012年。

宁乐:《论〈华伦夫人的职业〉中薇薇的女性形象》,《戏剧文学》,2012年第

12 期,第 74—76 页。

诺斯罗普·弗莱:《现代百年》,盛宁译,香港:牛津大学出版社,1998 年。

浦兴祖:《西方政治学说史》,上海:复旦大学出版社,1999 年。

齐格蒙特·鲍曼:《共同体》,欧阳景根译,南京:江苏人民出版社,2007 年。

乔修峰:《卡莱尔的文人英雄与文化偏至》,载《历史进程与文学嬗变:新世纪英语文学研究》,王守仁、陈兵编,南京:南京大学出版社,2014 年,第 108—124 页。

——:《原富:罗斯金的词语系谱学》,《外国文学评论》,2014 年第 4 期,第 80—96 页。

乔治·爱略特:《亚当·贝德》,周定之译,长沙:湖南人民出版社,1984 年。

——:《米德尔马契》,项星耀译,北京:人民文学出版社,1987 年。

——:《织工马南》,曹庸译,上海:上海译文出版社,1995 年。

——:《弗洛斯河上的磨坊》,祝庆英、郑淑贞、方乐颜译,上海:上海译文出版社,1999 年。

秦文:《理智与情感的失衡——萧伯纳女性形象创作得失谈》,《戏剧》,2004 年第 3 期,第 25—31 页。

萨克雷:《名利场》,杨必译,北京:人民文学出版社,1957 年。

塞缪尔·巴特勒:《埃里汪奇游记》,彭世勇、龚绍忍译,长沙:湖南人民出版社,1985 年。

盛文沁:《19 世纪英国自由主义的"品格"论:以约翰·密尔为中心》,《学海》,2014 年第 1 期,第 177—184 页。

施瓦布:《希腊神话故事》,刘超之、艾英译,北京:宗教文化出版社,1996 年。

斯蒂文森:《金银岛 化身博士》,荣如德、杨彩霞译,北京:人民文学出版社,2004 年。

泰罗洛普:《如今世道》(上下),秭佩译,兰州:敦煌文艺出版社,1995 年。

特里·伊格尔顿:《审美意识形态》,王杰、傅德根、麦永雄译,桂林:广西师范大学出版社,2001 年。

提姆·特拉弗斯:《海盗史》,李晖译,海口:海南出版社,2010 年。

托·亨·赫胥黎:《科学与教育》,单中惠、平波译,北京:人民教育出版社,

2013年。

王佐良:《英国诗选》,上海:上海译文出版社,1988年。

——:《英国诗史》,南京:译林出版社,1997年。

威廉·科尔曼:《19世纪的生物学和人学》,严晴燕译,上海:复旦大学出版社,2000年。

威廉·莫里斯:《乌有乡消息》,包玉珂译,北京:商务印书馆,2012年。

吴春华主编:《西方政治思想史》(第四卷 19世纪至二战),天津:天津教育出版社,2005年。

希罗多德:《历史》,徐松岩译注,上海:上海三联书店,2008年。

萧伯纳:《萧伯纳戏剧选》,潘家洵等译,北京:作家出版社,2006年。

徐大同主编:《西方政治思想史》,天津:天津教育出版社,2005年。

徐江清:《亨察德的伦理悲剧——伦理视角下的〈卡斯特桥市长〉》,《外国文学研究》,2011年第2期,第45—51页。

亚里士多德:《政治学》,颜一、秦典华译,北京:中国人民大学出版社,2003年。

阎照祥:《英国政治思想史》,北京:人民出版社,2010年。

伊恩·布鲁玛:《伏尔泰的椰子》,刘雪岚、萧萍译,北京:生活·读书·新知三联书店,2007年。

殷企平:《小说艺术管窥》,天津:百花文艺出版社,1995年。

——:《阿诺德对消费文化的回应》,《外国文学评论》,2007年第3期,第16—23页。

——:《卡莱尔主义,还是基督教社会主义——从〈奥尔顿·洛克〉中的麦凯之死说起》,《外国文学》,2007年第4期,第41—47页。

——:《推敲"进步"话语——新型小说在19世纪的英国》,北京:商务印书馆,2009年。

——:《"文化辩护书":19世纪英国文化批评》,上海:上海外语教育出版社,2013年。

约翰·亨利·纽曼:《大学的理念:界定与诠释》,高师宁译,贵阳:贵州教育出版社,2003年。

约翰·罗斯金:《罗斯金散文选》,沙铭瑶译,天津:百花文艺出版社,1997年。

——:《现代画家2》,赵何娟译,桂林:广西师范大学出版社,2005年。

——:《芝麻与百合》,翟洪霞、余艳译,北京:外语教学与研究出版社,2010年。

约翰·密尔:《密尔论大学》,孙传钊、王晨译,北京:商务印书馆,2013年。

——:《论自由》,许宝骙译,北京:商务印书馆,2014年。

约翰·穆勒:《功利主义》,徐大建译,上海:上海人民出版社,2005年。

——:《约翰·穆勒自传》,郑晓岚、陈宝国译。北京:华夏出版社,2007年

——:《政治经济学原理》,赵荣潜等译,北京:商务印书馆,2009年。

赵芳:《试析英国讽刺文学中的理性主义》,《湖北广播电视大学学报》,2015年第5期,第49—50页。

赵海虹:《乌托邦书写——从西方到中国》,《名作欣赏》,2013年10月上旬刊,第31—34页。

周国平:《内在的从容》,沈阳:万卷出版公司,2009年。

——:《无用之学》,北京:北京理工大学出版社,2010年。

周倩倩:《论亨察德的伦理结问题》,《文学教育》,2009年第8期,第38—39页。

周向军、徐艳玲、高奇:《走进社会主义殿堂》,济南:山东大学出版社,2009年。

附录1 时代的标记

托马斯·卡莱尔

(1829年)

预言如若谈论过多,于国于民皆非幸事。快乐者心中拥有无数个当下,现实的恩赐足以使他感到欣慰;智慧者亦注重今朝,眼前的职责亟待他去履行。毋庸置疑,宏伟大业需要我们去做身边显而易见之事,而非去窥察远处模糊隐约之物。

> 昨日之事已知矣,
> 今日之事需珍惜,
> 静待明日之来临,
> 毋庸担心未来事。

但人的"理喻"之能事总会令其"瞻前顾后",不能容忍"无知的当下",一味沉溺于无谓的预测之中,这样做实际上毫无裨益。悲伤者很难相信灾祸已经到头,而野心家也不会满足当下的显赫,梦想着在未来的云幕上绘下更为辉煌的胜利。

国家倘若如此,情形只会更糟,因为预言家人数众多,他们相互蛊惑、相互印证,使得预言之火四处蔓延,扫罗王也不得不参与其中。而且,这种意念所产生的行为和反应会相互影响,不可思议。它会使少数人的偶尔谵妄变成多数人的精神错乱。人们不仅失去了理解能力,还丧失了身体感知;固执多疑之至的心不断熔化,与其他心一起作为燃料和祭品投入熔炉,在熊熊烈火中消逝。这尊贵强大的全体精神共振所显示的很少是亚伦神杖的真理与美德,更多的是魔法师魔杖的邪恶与愚蠢！这不禁让人感到痛心！没有哪个恶棍和疯子会这样做、这样想，可很多心智健全的人却奉之为大智慧。近代法国大革命中发生的一系列事件便是明证！简单地归咎于轻率、欠考虑，断不能开脱这样的罪责，也做不得满腔热情的借口。新英格兰的清教徒焚烧女巫，一连几个月与撒旦世界不可见的恐怖、可怕的幻觉以及惶惶不可终日的末日信徒们进行殊死搏斗；忽然间又意识到自己失之疯狂，于是乎痛哭流涕，祈祷悔悟，而那段晦暗的历史则变成一个可怕的梦魇始终挥之不去。

同样，古英格兰也有过这种疯狂与恐慌，尽管令人欣慰的是，它们与其他痼疾一样，近来已变得轻微许多，自提图斯·奥茨时期以来已基本消逝，没有造成人员伤亡，除了令受害人当时理性丧失外没有造成其他大的损失。然而，程度虽然减轻，病症却仍然反复出现，而且必定每隔一段时间就会发作一次，一如其他自然灾害。明事理之人的对策好比伦敦人面对他们的大雾——小心翼翼地走进摸索的人群当中，中午时很有耐心地打起灯笼，因为他们知道，太阳还在，而且总有一天会再次出现。这也是一个有充分根据的信念。近五十年来，有人不厌其烦地声言这个国家已像一条残破的船，正在快速下沉，然而时至今日，它依然完整，行驶自如。"险境"只是一种事物状态，我们早已目睹过千百次。就宗教教会来说，自我们有记忆时起，它就从未脱离过"险境"。

现在大家都意识到我们目前面临的正是这样一种险境，也知道事情何以如此。《公职人员宣誓条例》的废止以及《天主教徒解禁法》的颁布给它们的崇拜者带来难以言表的震惊。那些事情似乎是铁定的，不可撼动，如同世界牢固深厚的基础。可是，看啊，它们顷刻之间就消失了，他们再也不知道有其存在了！

我们尊贵的朋友把熟睡的利维坦(《圣经》中象征邪恶的一种海怪)误当作一座小岛；常有人让他们确信，不宽容是一头怪兽，并且只能是一头怪兽。于是他们在避风处停泊，舒舒服服地在它的鳞片下抛锚，满以为可以好好高兴一番，正像他们有那么一时真的高兴那样。不曾想他们的利维坦突然下潜；他们在时间的河流中无处驻足，只有随着它向前漂流，就像世界上其他的一切。这也不是什么骇人听闻的命运，他们除了理解、接受，别无他法，但他们一时间却难做到。他们的小岛没了，在翻卷的漩涡中沉没，如此一来这世上还剩下什么值得他们在意呢？虽然地球上各大洲仍然屹立，天空中北极星和其他指路星依旧朗照、恒久不灭，但这对他们来说又有什么意义呢？他们珍视的庇护所已然消失，他们无法心安。于是，在各种定期出版、终年不断的出版物中，每天都能见到最悲哀的预言：国王逊位；教会犹如寡妇，未得任何遗产；公共原则沦丧；个人失去诚信。简言之，社会在快速崩溃，一个彻底的邪恶时代已经来临。

在这样一个时期，我们可以想见，预言之风会愈刮愈烈。有的声言基督要来世上掌管一千年，有的则追随密尔宣扬功利主义。第五王朝之信徒依据《圣经》慷慨陈词，而功利主义者则紧步边沁的后尘。一方宣称最后一张封条必将在 1860 年撕开，另一方则向我们保证"最大幸福原理"能在更短的时间内建立地上天堂。我们太了解这些病症，不会认为有必要干预，或者认为干预一下也没什么坏处。时间会给双方带来宽慰，使之消停。对待这些所谓的预言以及其他声音的最好办法是像对待回声那样，如不予理会，它们很快会消散，在空中逐渐遁形。

与此同时，我们也承认，当前是一个重要的时刻——所有的"当前"都必定是重要的。我们所处的可怜的当前是两段无限漫长的时间的交汇点，时光如同水流从最久远的过去流来，又继续流向最遥远的未来。人类的确很聪明，能够真正辨识自身时代的标记，并根据对其需求和优势的了解，聪明地调整自己在其中的位置。就让我们冷静地环顾四周，看看我们当前复杂的局面，而不是无谓地眺望模糊的远处吧。也许，经过更加认真的检视，我们的时代不再会显得如此繁复，其独特的特点和更深层次的发展趋向也将更清晰地显现。由此，我们与它的关系，我们真正的目的和努力方向，或许也会变得更加清晰。

如果需要给这个时代冠以一个简单的称号，我们会乐于称它为机械时代，而非英雄时代、奉献时代、哲学时代或道德时代。这是一个全机械时代，由内而外处处诠释着"机械"一词的意义，用其完整、不可分割的力量，推进、指导并实践着"一切以终极目的为指归"这一伟大的艺术，不达目的誓不罢休。所有产品都不再是直接完成，不再依靠手工，而是按照规则或精心的设计来生产。最简单的工作，也需要些辅助和配套工具，巧妙地缩短其过程。古老的工作方法全受到怀疑，扔到一边。在各个方面，活生生的工匠被赶出工坊，以便给那些速度更快但无生命的家伙腾地方。纺梭从织工的指尖落到那些穿织更快的铁手指上。水手收起风帆,放下手中的桨,命令一个无比强悍、不知疲倦的"仆人"扑动蒸汽翅膀,驮着他乘风破浪。人类已经靠蒸汽越洋过海;伯明翰的汽轮"火王"已经造访美妙的东方;当年葡萄牙诗人卡蒙斯漂洋过海,一路吟唱;航海家瓦斯科·达伽马开拓好望角到印度的航线雷鸣电闪,如今若有哪个好望角的天才步其后尘,一定会被更为离奇的雷鸣所震惊。机械的进程没完没了,甚至连马儿也被卸去马具,取而代之的是成列的"火马"。不仅如此,我们还有高手能利用蒸汽孵小鸡,取代母鸡的地位!所有尘世以及一些非尘世的事情,我们都有机器和进一步的机械改进装置去完成:从切碎大白菜到把我们送入甜蜜的梦乡。我们移除山脉,将海洋变成畅通的公路,无可阻挡。我们与粗犷的大自然战斗,凭借所向披靡的发动机总是大获全胜,战果累累。

这显示了人类多么强大的力量啊,而且没有停歇的迹象!通过一定量的劳动,人们的吃穿住行表面看来变得多好,或者可以变得多好,这个想法委实美妙,由不得人不想。这一人类力量的增加会给社会体系带来什么样的变化,财富如何越积越多,同时又是如何聚集到人们手中,奇特地改变古老的关系,扩大贫富差距,这一切都将是政治经济学家们所要面临的一个问题,一个比他们以往曾经应对过的更为复杂与重要的问题。

不过,且将眼前这些问题搁置一边,让我们来看看这个时代的机械天才是如何渗透到其他领域的。机器如今不仅可以打理外部的、物质的东西,还能打理内在的、精神的东西。这里同样没有任何东西是自然自发的,也没有任何东西是采用传统的自然方法达成的。一切都有巧妙设计的工具、预先定制的器械,再也不由手工进行,而是由机器完成。于是我们有了用于教育的机器:兰开斯特机器、汉密尔顿机器、监测仪、地图与徽标。作为智慧与愚昧之间神秘对话的教学,不再是一个为达到教育目的,需要研究个体能力的不断微妙试探、不断改变手段与方法的过程,而成了一件保险、通行以及简单的事情,只消有个知识分子,通过适当的机械装置,就可以批量进行。我们还有宗教机器,所有能想象出来的种种宗教机器。我们的圣经公会宣称是一个更高层次、更神圣的机构,稍加探究却发现是一个彻头彻尾的世俗玩意儿,其运转完全是靠筹款、煽惑虚荣、吹嘘、玩弄阴谋与欺骗,是一部大有能教异教徒皈依之能事的机器。其他部门亦如是。任何一个人,任何一个社团,若有一句真话要说,一桩精神工作要做，他们断不会仅仅靠自然器官马上进行，而一定要先召开一个公共会议，委任委员会，发布意见书，共同进餐。总而言之，他们会建造或借用机器，靠机器来说、来做。没有机器，他们便会绝望无助，好似一群蹲在兰开夏郡中心的印度织布工人。再看看，每台机器还必须在社会的某些大潮中有它的传动力；我们的每一个派别——唯一神派、功利主义派、再洗礼派、骨相学派，一定要有自己的期刊——月刊或季刊；这些期刊要像风车磨坊，分布在平民区，为社会碾粉磨面。

就个人来说，同样，本身的自然力量起效用的很少。如今，即便最普通的事情，也没有人希望不借助机器而独立完成。他一定要拉上某个团体，用他们的牛来耕地。如今，比任何时候都突出的是："生存，就意味着与一帮人结合，或者自己组织一帮人。"哲学、科学、艺术、文学，统统依赖于机器。现在发现世界体系的，不是牛顿，不是他从一个掉落的苹果通过沉思默想而得来，而是别的什么人，在博物馆、科研机构里，在一大堆曲颈瓶、蒸馏器和电堆后面，命令式地"审问大自然"，但大自然慢慢吞吞，并不急着回答。缺失了拉斐尔、米开朗琪罗和莫扎特，我们现在有绘画、雕塑和音乐方面的皇家学院，通过它们，萎靡不振的艺术精神或许会得以加强，就像一个人吃到公共厨房更丰盛的饭菜一样。文学的情形也是如此，有主祷文街那样的出版运行机制、行业宴会、秘密编辑会议以及大量隐蔽的吹捧吆喝，不但书籍印刷由机器实现，撰写、销售在很大程度上也要通过机器。民族文化、各种各样的精神营养，都采用同样的管理模式。现如今，克里斯蒂娜皇后无须派人去请笛卡尔，腓特烈大帝也没有必要去找伏尔泰，费心地为他提供生活津贴，奉上恭维话。任何一位有品味的君主要想教导他的子民，只消增加新的赋税，用其所得来建立哲学研究所。于是便有了我们在所有都城都能看到的那些王室与皇家协会、图书馆、石雕陈列馆、工艺陈列室。它们就像筑造精美的蜂巢，被寄予厚望，人们期望那些分散的奇才高人会蜂拥而至，聚集酿蜜。同样，在我们之间，当有人认为宗教在衰落的时候，我们就只需投票同意购买价值五十万的砖块和泥灰来建造新的教堂。在爱尔兰，人们似乎还走得更远，弄出个什么"一周一便士炼狱社"！就这样，"机械天才"时刻站在我们身边，帮我们解决所有困难，度过紧急时光，用他那钢铁的脊背背负起我们所有的担子。

这些事情，我们在这里说得轻松，却意味深刻，表明我们的整个生存方式已经发生了巨大的变化。这样的习惯不仅控制我们的行为方式，还操控我们的思维与感受模式。不仅仅是手，人们的大脑和心灵也变得越来越机械。他们不再相信任何形式的个人努力和自然力量。不再追求内在的完美，而只顾外部的组合与安排、机构、章程等这样那样的机制。人们所有的努力、情感和想法，都放在机械上，因而具备的完全是机械特质。

　　这一机械化趋势在我们这个时代处处表现出来：在知识层面，看看它最喜欢研究的是什么以及这些研究是如何进行的；在实用层面，看看它的政治、艺术、宗教和道德；从整个源头到所有支流，物质活动、精神活动，一概如此。

　　就以这个时期欧洲的科学状况来说吧。众所周知，欧洲的形而上学和道德学正日渐衰落，而物理学却日益受到青睐。在大多数欧洲国家，如今已没有心智学这门科学，唯有关于物质的普通科学或专门科学还在或多或少地发展进步。最先放弃形而上学的是法国人，虽然他们近来装腔作势要恢复这一学派，但它却了无生气。玛勒布朗士、帕斯卡、笛卡尔以及费内龙的领域，如今只剩下库赞和维尔曼这两类学者。与此形成鲜明对比的是，在物理领域，专家名人数不胜数。在我们这里，心智哲学经过步履蹒跚的婴儿时期之后，还没有达到充满活力的成人期，就突然衰败，萎靡不振，最终随着最后一位和蔼可亲的导师斯图尔特教授的离世而消亡。除了德国，没有任何国家在心理科学上付出过决定性的努力，更不用说得到决定性的结果了。简言之，这个时代的科学就是物理学、化学、生理学，整个都是机械的。我们喜爱的数学——这一为其他这些学科所倚重的学问，如今也越来越变得带有机械特点。高层次上的卓越表现很少依靠自然禀赋，更多的是仰仗后天学会的使用机器的专业技能。我们不是轻看拉格朗日和拉普拉斯等人所取得的出色成果，但可以说，他们提出的微分和积分，不过是巧妙构建的算术磨坊，数学因子一放进去，就像磨面一样在隐蔽的地方磨出真实的产品，而我们除了持续摇动手柄外，无须付出其他努力。我们拥有比以往更多的数学运算，但是更少的数学智慧。阿基米德和柏拉图可能没读过天体力学，但整个法国研究院也没有从柏拉图"天行几何之道"这句格言中看到什么，认为它不过是多情而自负的吹嘘而已。

　　不仅如此，我们的形而上学，自洛克时代以来，就开始变成物质性的了；它不再是精神上的哲学，而是一门物质性的学科。一个突出的例证是洛克的随笔长期被认为是科学作品（这一评价其实也是基于此人身上可评估的特点），而这一不同寻常的评判总有一天会被认为是时代精神的奇妙写照。他的整个学说，无论是其目的和起源、方法和结果，都带有机械性。它不是心智的哲学，而只是对意识或观念起源的讨论，无论这两者还有别的什么名称；它是一部我们在脑海中所见事物的遗传史。必然性与自由意志，精神对于物质的重要或非重要的依赖性，人类与时空、上帝、宇宙之间的神秘关系等重大秘密在他的探究中都没有丝毫谈及，似乎毫不相关。

苏格兰最后一拨形而上学者们隐约知道，这里头很多东西都是错误的，但却不知道如何纠正。托马斯·里德学派也从一开始就走上了机械的道路，而看不见有别的路径。休谟当时从里德学派认定的前提下得出的奇异结论促成了这一学派。里德学派提出"本能"，就像释放了一条青红不分的看门狗，用它来防范休谟的结论。休谟牵着逻辑的链条，冷静地把里德学派以及世人一步一步拖向无神论与宿命论的无底深渊，里德学派则拼命拽着链条。但链条不知怎的就突然断了，于是无人再关心他们任何一方，一如无人关心哈特利、达尔文和普里斯特利当时在英格兰做什么一样。有人或许认为，哈特利的"震动"与"微振"已经足够具有物质与机械性，但我们欧洲大陆的邻居却更甚。他们的一位哲学家最近发现，"像肝脏分泌胆汁一样，大脑分泌思想"。这一令人瞠目的发现更由乔治·卡巴尼斯医生在他的《论人的肉体及道德之关系》中进一步完善和发扬光大。这最后一位探寻者——卡巴尼斯医生的形而上学哲学肯定不是虚无缥缈、毫无根据的。他用他的解剖刀和真正的金属探针把我们的道德结构摊开，然后用雷文虎克显微镜放大，用解剖吹管吹涨，把它展现给人们看。他倾向于认为，思想仍然由大脑分泌，但诗歌和宗教（这确实值得知道）则是"小肠的产物"。我们对这位博学的医生真是佩服得五体投地：他是带着怎样的科学家特有的寡淡走过这片神奇的土地却丝毫不感到神奇的啊，就像一位智者穿过某个沃克斯维尔游乐园般艳丽壮观的场所，那里的烟花、梯级小瀑布和交响乐使俗人迷醉，但是他看见的只是硝石、纸板和羊肠线。他的书也许可以被看作我们这个时代机械形而上学的终极结论。马蒂努斯·斯克里布莱拉斯说："正像烤肉用的炙叉旋转器能烤肉一样，人们的身体也能够思考。"但这仅仅是个说法,而卡巴尼斯医生却了不起,把它落在实处。借助它,纽伦堡人打算造一个由木料和皮革制成的人,"能像大多数乡村牧师一样具有思维能力"。雅克·沃康松确实制造了一只木头鸭子,似乎能摄入和消化食物,但是纽伦堡人的这个大胆计划还是留给更现代的艺术鉴赏家去欣赏吧。

知识两大范围的这种状况——外部的知识全靠机械原理来发展,内部的知识难免被抛弃,因为靠这些原理根本得不到结果——足以表明我们这个时代的知识倾向:都朝着那条探寻路线。

事实上,很长时间以来人们内心已经一直这么想,甚至也不时说出来:只有外部世界才有真正的科学;对于内部世界(如果有的话),唯一可行之路便是通过外部;简言之,不能用机械方法探究和理解的事物,就根本不可能去探究和理解。我们特别要说,这些知识倾向是我们这个时代的突出症状,因为主张总是加倍地与行动联系在一起,先是作为因,然后作为果。因此,总的来说,任何一个时代的思考倾向都能向我们最为鲜明地表明该时代的实际倾向。

例如,我们对机械所抱有的深厚且几乎是专一的信念在当今政治上最为显见。从本质来看,公民政府的确包含许多机械性的东西,因而必须得到相应对待。我们确实用平常的语言称之为社会机器,说它是一只巨大的工作轮,所有的私人机器都靠它带动,或者不得不按照它调整自己的运动。仅仅作为一个隐喻,这无关紧要。但在这里,如同在其他许多情况下一样,"泡沫会硬化成为贝壳",我们肆意引发的影子就可怕地站在我们面前,即便我们命令也不会离开。同时,政府也包括许多非机械性的东西,不能以机械的方式对待它。而这后一个事实,在我们看来,现如今的政治思考与努力却越来越认识不到。

不仅如此,从一开始,我们也许就注意到,人们对纯政治格局表现出极大的兴趣,这本身就是机械时代的标志。整个欧洲的不满都朝着这个方向。所有的文明国家都发出深切、强烈的呼喊——这个呼喊现在人人可见,一定也必将得到的回应是:给我们一个改革的政府!一个完善的立法结构,一个对行政部门的适当检查制度,一套司法上的明智安排,就是人们幸福所需。当今时代的哲人不再是苏格拉底、柏拉图、胡克尔或泰勒式的人物,他们教导我们美德的必要和无价,告诉我们幸福取决于精神,在于我们的内心,而非外在环境;今天的哲人们是史密斯、德洛尔墨和边沁之流,他们极力主张相反的东西,认为人类的幸福完全取决于外部环境,而且不仅如此,连我们内心思想的力量和尊严也是外部环境影响的产物。如果法律与政府有条不紊,我们就一切都好,其他事也会井井有条。反对这种观点的人,直言不讳也好,含蓄暗示也好,现在都很少见到。尽管人们在具体应用上意见可能完全不同,甚至怒目相向,但这条原则本身却为所有人认同。

这种结构设置上的完美似乎足以解决一切;为完成或确保这样的设置,两方面的人都提出同样机械与简单的办法。我们所关心的事不是人们的道德、宗教和精神状态,而是公共法律管理下他们的物质、实践和经济状态。于是,这种身体政治比以前任何一个时候都受到推崇,而精神政治则从没有像现在这样被轻视。爱国精神,无论是从高尚或慷慨的意义来说,还是就非动物本能的任何意义而言,或者仅仅是出于一种习惯,在这种改革或对改革的反对中都变得无足轻重。人人都只被自身利益所驱使。好的政府就是这些利益的平衡,只要目光敏锐,看清各方的切身利益,了解他们的欲求,其他一概不重要。对双方来说,它都是一部机器:对于不满者来说是一部"税收机器",对满意者来说是一部"获取、保护财产的机器"。它所承担的职责以及所犯的过错不是一个父亲的职责与过错,而是一个活跃的教区警察的职责与过错。

因此,只需要靠机器的状态——或原封不动地保持它,或对其进行改造,重新上油——作为社会生物的人就保证能得到救赎并不断提升。正确地设计法律体系,不用你再费气力,人们尊奉与向往的自由之神灵便会自动来到,在她具有疗治效果的羽翼下,所有的有害影响都会衰减,好的健康的影响会越来越扩大。不仅如此,我们对这一原则是那么一往情深,同时又令人奇怪地那么机械,竟专门在它的基础上出现一个新的行当,名为"法典化",或者简单地说就是编制法典法规。有了它,只要合理考虑一下,任何人都有一条明明白白的法规照应;相比之下,那些穿漆皮马裤的人反而不那么容易被法律关注,因为这些人无须先加管束。

对于生活在这一切当中,一再看到每个人的信仰、希望以及实践建立在这样那样的机械主义之上的我们来说,这很容易显得天经地义,似乎它从无可能是别的情形。然而,如果我们稍加回忆或思考,就会发现情况已经不一样,而且还可能会再次不一样。人们曾经认为,机械领域,即指政治的、教会的或者其他外部的机构，只包括——而且我们相信在任何时候它也只能包括——人类兴趣有限的一部分，根本不包括那些最高级的部分。

这里不妨卖弄一下学问。除了机械学之外，我们还有一门有关人类命运和本性的科学，叫作动力学。这门科学探究并实际应对人类原始且未加修饰的动力和能量，关乎爱情、恐惧和疑惑，关乎热情、诗歌和宗教等情感与精神的神秘本源，而所有这些真正至关重要，具有无限可能。前面那门科学实际只处理上述情感与精神的有限且加以修饰的发展方式，比如表现为希望得到回报、害怕受到惩罚这样的直接动机。

可以肯定，在过去的时光里，那些通常作为道德家、诗人、牧师等出现的智者，那些哲人贤士，他们在不忽略机械领域的同时，主要关注的是动力领域，致力于调节、增强并净化人们内心的原始力量，清楚那里面才是主要困难所在，也是他们能够提供最好服务的地方。但是我们这个时代却大不相同。那些以政治哲学家面孔出现的人完全只关注机械领域，成天忙着计算与评价人们的动机，极力要通过奇怪的核算、平衡以及其他调整损益的方式，使之符合自己的真正利益。然而不幸的是，这些相同的"动机"数不胜数，而且在每个人身上又各有不同，因此根本不可能得出真正有用的结论。虽然从社会和道德的角度来看，巧妙设计的机制为人类做出过不少贡献，但是我们不能就据此认为它是人类价值和幸福的主要来源。人类享乐、成就和财富的获取基于许多重要因素，这些因素将人类生活提升到如今这个高度；想想看，它们之中哪些归功于机制，或者说任何一类的机械，哪些归功于本能，即大自然赋予我们而且仍在不断赋予的无穷力量。比如，难道我们要说科学和艺术主要是归功于学校和大学的建立者吗？难道科学不是从罗杰·培根、开普勒、牛顿们晦暗的小房间里，从浮士德和瓦特们的工作间开始并发展起来的吗？从一开始，大自然就不时给我们送来一个天才精灵，他可以在任何地方，以任何伪装的形式出现。还有，难道荷马和莎士比亚是任何享有圣俸的行会成员，或者说他们能成为诗人是这些组织造就的吗？难道绘画和雕塑是通过机构的事先筹划并为此目的而创作出来的吗？不！自始至终，科学和艺术都是大自然无私赠予的礼物，是大自然主动馈赠的意想不到的礼物，甚至可以说是命中注定的礼物。从某种意义上说，它们是在自由的土地上、自然的阳光中自发成长起来的，不靠种植，不靠嫁接,甚至不会因为机构的栽培和施肥而生生不已或有所改进。一般来说,它们只从这些机构获得部分帮助,更多情况下倒反受其害。它们有自己的规矩,源于人类的能动天性,而非机械性特质。

让我们举一个至高无上的例子——基督教。根据任何一条有关基督教的理论,无论在信奉或不信奉它的人头脑中,它都被看成至高荣耀,或者说是我们整个现代文化的生命和灵魂。基督教是如何产生并在人们中间广为传播的?是通过机构、组织以及精心安排的机械体系吗?不是。相反,在所有带有此种目的的机构中,无论过去还是现在,人们都发现基督教的圣义无不在经历衰萎和腐朽。这种圣义发自人类神秘的灵魂深处,通过简单的、自然的和个人的努力,经布道宣讲而广为传播,像是一把圣火从一个心灵传递到另一个心灵,直至所有的心灵都得到净化启迪。它神圣的光芒照亮过人类黑暗的命运,现在依然在照耀,并且(像太阳和星星一样)永远光芒普照。这里依然没有机械主义;人类的最高成就完全是能动获得的,而非机械获得。不仅如此,我们还敢说,没有哪一种伟大成就,或人类的发展进步,是通过其他方式获取的。这看来也许奇怪,但如果我们在阅读历史时稍加思考,就会发现,对利润和损失的制衡从来没有对人类起过什么大的作用,利润和损失的前景计算也从未唤醒过人们内心深处无所不在的充分的努力。人们的这种努力并不会放在一个可见的、有限的目标上,而总是为了一个看不见的、无限的对象。十字军由宗教而兴起,他们的可见目标,从商业角度来讲一文不值。他们在想象中所展现的是无形的广阔世界,在它炽烈的光亮中,有形世界缩成了一幅小小的画卷。这次规模宏大的运动不是机械的,它的发动也不是通过任何机械手段。无须与另一长列现代机械在共济会酒馆里共餐,也无须就"既得利益"达成狡黠的和解,只消一个人发出激昂的声音,只消一个人双眼透出痴迷的灵魂,钢甲在身的粗犷欧洲就会在他的话语下战栗,随他征战东西。后来的每一个时代,情况仍然如此。宗教改革运动也是有一个无形、神秘而又理想的目标。诚然,事情的结果体现于外部事物,但其精神、其价值却是内在的、看不见的、无限的。我们的英国革命也是起源于宗教。过去,人们发起战争,并不是为了金钱,而是为了良知。不唯如此,我们的时代也完全一样。法国大革命本身也有更高层次的东西,不光是便宜的面包和人身保护法。这当中同样有一个理念,一种能动的而非机械性的力量。它是一场斗争(尽管失之盲目并最后陷于疯狂),一场捍卫权利、自由和国家的无限又神圣的天性的斗争。

因而,在任何时代,人类都会有意或无意地维护他与生俱有的神圣权利。大自然也会坚守她奇妙而无可置疑的法则,我们所有的体系和理论只不过是她不时冲积起来又涤荡一空的泡沫漩涡和沙洲。假如我们能把海洋抽干,把它变成一个个磨坊水池,假如我们能把重力装进一只只气体罐上市零售,那我们也许有希望用损益公式来理解人类灵魂的无限性,并通过核查、调节和平衡等方式,像管控专利机车一样来管控它。

不仅如此,即使就政府管理本身来说,我们是不是需要提醒人们,自由(的确,没有自由,所有的精神生活都成空谈)取决于无限复杂的影响,远非"民主利益"的简单扩张或缩减所能解决的问题?谁能"高高在上"说出这些影响是什么?它们深刻、微妙,牢牢纠缠在一起,难解难分,谁又能说出到现在为止它们究竟是些什么,又可能是些什么?因为人类不是机械的动物和产品,从一个更真正的意义上来讲,他们是机械的创造者和生产者——是高尚的人类创造出了高贵的政府,而不是相反。总的来说,机制机构是重要的,但不是全部。世界上最自由、最崇高的精神常常是在奇怪的外部环境下发现的:圣徒保罗和他的使徒弟兄们从政治角度说是奴隶,而古罗马著名哲学家爱比克泰德本身就是个奴隶。再说,我们不妨撇开骑士精神和宗教的影响,问一问:是哪些国家诞生了哥伦布和拉斯·卡萨斯?或者,撇开美德、英雄主义这些高标准不谈,只就能量和精神才能而言,又是哪些国家产生了科尔特斯、皮萨罗、阿尔巴以及希门内斯?十六世纪的西班牙人是欧洲最高贵的民族,这点恐怕无可争议,尽管那时他们有宗教裁判所和菲利普二世。如今他们的政府并未改变,却成了最低下的民族。荷兰人也保留了他们的旧宪法,但再也没有莱顿围困、沉默的威廉,甚至连艾格蒙特和德威特也没再出现。我们呢,变化也不小,但并没有产生本来应该产生的结果——两百年前,下议院议长屈膝跪拜女王伊丽莎白,甚至庆幸女王没抬脚踹他;但那时统治我们的是伯利男爵似的人物,而不是卡斯雷尔子爵的同类。他们的时代有莎士比亚和锡德尼,而我们的时代只有谢里丹·诺尔斯和博·布鲁梅尔。

这些事实以及类似的事实是那样熟悉,它们所宣示的真理那么显见,在过去的时代里得到如此广泛的奉行,假如我们对此还要反复强调,恐怕应该感到羞愧。当然,倘若对它们的记忆已全然消失,或者按最乐观的情况,淡化为一个式微的传统、一条毫无价值的实践原则而从不加考虑,那又另当别论。听凭我们的宪法制定者、统计学者、经济学家、公共社会的指导者、创造者和改革者们——简言之,各种各样的机械师们,下至修车工,上至法典制定者——大声鼓噪,眼见所有那些本该为诗歌、宗教和道德呐喊的所有传教士和教师几乎不发一言,我们或许会以为,人的能动本性从精神各方面来说已经死绝,或者已经至臻完善,老办法再也无法通行,只有在机械设计上人类尚存一线希望。

　　人类活动的这两个方面相互渗透,相辅相成,错综复杂,不可分割,定义它们之间的界限从本质上来讲几无可能。它们的重要性是相对的,即便在最明智的人看来,也会随着时代的不同而不同,会根据时代特别的需要与倾向而变化。同时,有一点看起来似乎非常清楚,那就是,我们只有正确地协调这两方面,有力地推进两者而不偏颇,才能找到我们真正的行动方针。过度地提倡内心或能动领域会导致懒散、空想与不切实际;而且,特别在未开化时代,会导致迷信与盲从,带来一连串人所共知的恶果。过度倡导外部呢,尽管现在看来害处更少,甚至一时还会带来许多明显的好处,但是从长远来看,弊端肯定不会更少,甚至更为有害,而且无法补救,因为它毁坏道德力,而道德力是所有其他力量的根本。我们认为,这是我们这个时代最大的特点。通过我们的机械技能,在外部事物的管理上我们超越了其他任何时代,这已成为人们的共识;但是,无论是从纯道德本性的哪个方面来讲,还是从灵魂和品质的真正尊严来看,我们可能都不如此前大多数的文明时代。

　　事实上,如果我们看得更深入一点,就会发现,人们对机械的信任已触及其根基,深入人类最私密、原始的信仰之源,并从那里生发出无数枝干,开花结果,而且是有毒的果实,其影响贯穿人们生命和活动的每个部分。事实是,人们已不再相信看不见的事物,只相信并寄希望于看得见的东西并为之付出努力。或者,换句话说,这不是一个宗教时代。只有那些物质的、即刻实用的东西对我们是重要的,神圣的、精神上的东西已无足轻重。美德那无限的、绝对的品质逐渐变成有限的、条件性的;美德也不再是对美与善的膜拜,而是对盈利的权衡。膜拜,从任何意义上讲,都已得不到我们的认可,或者被机械性地解释为对痛苦的恐惧和对快乐的期待。我们真正的神是机械。它为我们征服了外部的自然界,而且我们认为它还可以做其他任何事。从物质力量方面来说,我们是巨人;从一个比隐喻更深的意义上来讲,我们是提坦巨神,要把一座座山堆积起来,征服上天。

  这种强烈的机械特征在这个时代的精神追求和方法中清晰可见,它或许可以更远地追溯到我们精神实质本身的状况和主要倾向。比如,我们来看看"智力"在这个时代的普遍形式。"智力",这个人类所拥有的认知和相信的能力,现在几乎和"逻辑力"同义,或者仅仅是设计和沟通的能力。它的落实手段不是沉思,而是论辩。"因果关系"几乎成了我们看待自然并与之相处的唯一范畴。我们关于任何物体的第一个问题不是"它是什么",而是"怎么回事"。我们不再本能地要去理解并铭记什么是美好的、令人愉快的,而是作为旁观者去查究它是如何产生的,从哪里来,到哪里去。我们最喜爱的哲学家既没有爱也没有恨,他们站在我们中间既不是为了有所作为,也不是为了有所创造,而是作为逻辑磨坊,把所有做过的和创造出来的事物研磨出其真正的原因和结果。在亚当·斯密、休谟或是孔唐式人物的眼中,所有平静运行的事物都是正常的。依纳爵·罗耀拉的会规、约翰·诺克斯的长老制、威克利夫或亨利八世,不过就是众多的机械现象,它们要么由其他现象引起,要么又引发其他现象。

  当今使用浮华辞藻的人们与他们讨人喜欢的前辈大不相同。现如今有点小聪明的人主要吹嘘的是自己洞察力超绝、"身处真理之光中"等等,然而一经细查,却发现他不过是身处"壁橱式逻辑"的昏暗光线中,根本不知道世界上还有其他光亮可以容身,也不会用这束光线照察其他物体。惊奇心在全面消失:这是不注重培养惊奇心的必然结果。和任何一位小人物说起波澜壮阔的宗教改革,说起高大的路德,他便立马开始"解释":"时代的环境"是如何呼唤这样一个人物,发现他做好准备来做这件事;"时代的环境"又是如何创造、塑造并静静地推动他一路向前获得那样的结果。一句话,换上一位小人物,他也同样能功勋彪炳!因为,是"环境的力量"造就了一切,一个人的力量什么也做不了。然而,所有这一切都不过建立在一个隐喻之上。我们把社会看作一架"机器",并认为头脑与头脑相抗衡,身体与身体相抗衡,那么两个小人物或者至多十个人的心智一定会胜过一位伟人。多么荒谬！因为我们知道，一个明显且非常明显的道理是：头脑与头脑的抗衡完全不是这么回事；一个拥有大智慧、拥有至今无人知晓的精神真理的人，不是比十个，或者上万个不拥有这种智慧的人都伟大，而是比所有缺乏这等智慧的人都要伟大；他站在芸芸众生之间，具有超凡脱俗、天使般的力量，宛如一把来自天庭的宝剑，由上天锻造，尘世间任何盾牌、多少黄铜兵器最终都无法抵挡。

但是身处现在这个时代，我们很少想到这些。我们不是通过直视去欣赏、去观察，而是通过反射，看到的全是肢解的东西。在胡迪布拉斯骑士看来，每一块冰块的形成都一定有一个理由；和他一样，对所有凡人的和神圣的事物，我们都有自己的一套小理论。诗歌是天才之作，一直以来在各种意义上都被称为灵感，被认为神妙莫测，但如今也有了科学的阐述。高尚的韵律构建和其他石工技术或砌砖活一样：我们有关于它拱度、高度、倾斜度和落差的理论，而且这些好像人人都可以掌握。爱美之心，人皆有之，每个人都对智慧与美抱有深切、无限、难以言表的热爱，而我们所谓的"审美理论"却可以通过"联想"以及此类过程予以"阐释"，机械地展现清楚。如此我们还要说些什么呢？休谟写过一本叫作《宗教自然史》的书，在这一本自然史中就什么都包括了。离奇的是，在这个绝妙的问题上，众人与休谟的看法一致，那就是，不管他的"自然史"是对还是错，宗教一定会有一部自然史。这一点似乎得到所有人的认同，无论是神职人员还是世俗人士。休谟实际上把这种倾向看作病态，而我们却又视之为健康。这里面有一个区别，但在第一原则上，我们却是一致的。

对神学的质疑，也就是说我们在圣典问题上与教会持有异议，这种现象如今已经蔓延到何种程度，是一个极为重要的问题；若不"重要"，则此问题完全是一个几乎无法探究的问题。虽然我们每个人都看到这种质疑（这一点更为关键）在身边盛行，却几乎没有哪怕一点点的抗拒，甚至在布道台上也是如此。宗教在大多数国家，或多或少在所有国家都已经面目全非，或不再是它应有的模样——上帝虽然看不见，却是一切真善美的源泉，并在所有真善美中得以体现，令成千上万人发自内心地赞美；但如今宗教却蜕变为建立于盘算之上的一种精明、审慎的感觉，与其他所有事物一样，以权宜与实用为特征；通过它，些许的世俗享受可以换来远要多得多的天堂之乐。因此，宗教变成图利和获取报酬的手段；它不是敬畏，而是庸俗的期冀或恐惧。我们知道，很多人——我们希望是为数不少的很多人——依旧信仰宗教却完全出于不同的意义；倘若不是如此的话，那我们的情况就真是糟糕透了。但这就是我们时代的特征，如若不信，我们随便请一位性情平静、观察敏锐之人，不管他在这个问题上是同意还是反对我们的感受，问问他我们的观点总体而言是否有充分根据。

如果我们考虑文学的话，也可以发现同样的情况。和以前的任何一个时代相比，文学这种印成文字的思想交流，都没能像现在这样重要。我们经常听说教会处于危险之中，也的确如此——它处在危险之中却似乎还不自知：因为十一税安全保险，不出丝毫问题，而教会的功能又在被越来越多地取代。真正的英国国教现如今全赖报刊编辑们。他们每日、每周向人们传道，从各个方面辛勤地"执行教会的行为准则"，实施道德审查，给予道德鼓励、精神安慰和思想教诲，甚至对国王们本人也不吝规劝，还就战争或是和平有所进言，其权威，只有宗教改革运动的领导者和过去的教皇们才拥有。也许还可以说，这些新的传道者在个人性情上与古时候的托钵僧有几分相似：外表充满神圣的热情，内中却心怀诡计，一心渴望得到人间的好处。但是忽略这类人以及无数夸夸其谈、聒噪的水货人物，我们来看看更高雅的领域——文学，那诗歌纯粹的旋律与智慧所在（如果说还有这么一个地方的话）。自然天赋倒是不缺，一两个禀赋极高的人甚至在这方面能给我们带来一种优越感。但是他们唱的是什么歌呢？是门农神像在阳光初抚时吟诵的乐曲吗？是向我们的感官透露自然与人类灵魂深远、无限和谐的"清澈智慧"吗？呜呼，否也！它不是对美之精神的晨祷或晚祷赞美诗，而是铜钹齐鸣，众人喧嚣；当孩子们穿过火堆被献祭于摩洛神时，诗歌自身也无法欣赏隐形的东西。诗歌尊奉的神不再是美，而是力量的某种野蛮形象，或者我们将其称为一种崇拜物，因为真正的力量和美是一样的，对它的崇拜也是一首赞歌。柔和、静谧的阳光能够塑造、创造并净化万物，而呼啸的旋风——分裂和软弱的符号和产物——会一晃而过，被人遗忘。那些读过评论和诗歌的人们可以轻易判断出这种对力量最强者的崇拜在文学中流传有多广。我们赞扬一部作品，不会说它"真实"，而会说它"强烈"；对作品的最高评价是它"感染了"我们，"使我们震惊"。所有这些，我们清楚地看到，都是"最大限度的野蛮"；这不是高雅的表现，而是一种放纵的堕落。这种现象也同样在很大程度上表明,人类对真理坚不可摧的挚爱在这些人身上从来看不到;即便拥有拜伦那样的天赋,也不能永远诱使我们对之产生偶像崇拜;就连拜伦本人也开始被忽视与忘却,尽管他拥有塞壬般狂野的魅力。

让我们再来谈谈道德状况。同样,在这里,任何一个管理者都可以看到,物理的、机械的影响无处不在。我们经常听到所谓的"优良道德",对此,我们倒也希望表达我们的谢意。但同时,我们不得不承认,这种"优良道德",恰当地说应该只是"少犯罪",不是出于对美德的热爱,而是产生于监督制度的完善,产生于那更微妙、更强大的监督,即人们所说的"公众舆论"。看不到这一点,便是有眼无珠。公众舆论瞪着百眼巨人般的眼睛,比任何时候都更敏锐地监视着我们,而它"内心的眼睛"却好像睡意沉沉。在道德方面和在其他方面一样,我们看不到多少对无形的、神圣的事物的信仰,引导我们的是有形的、物质的考虑,而不是内在的、精神的因素。克己忘我,从任何真正意义上来说,都是所有美德的根源,如今却是少有地罕见:如此之罕见,以致绝大多数人即便在他们的抽象思维中想到,也是把它看作假想的怪兽。美德是快乐,是利益,不是天上虚无缥缈的玩意儿,而是尘世中实实在在的东西。品德高尚之人、慈善家和殉道者是意外,因为他们的"品味"本就如此!在各个方面,我们崇拜并追求权力,这也可以说是物质追求。如今已没有人真正热爱真理。真理应当受到无限热爱,但如今即便有人爱真理,也是有限地为爱而爱。不,恰当地说,他并不相信和了解真理,只是"想到",并且觉得"有各种可能"!他大声宣扬真理,带着它勇敢地往前冲——假如有一众人在背后欢呼的话;但他不时地向后看,只要身后的欢呼声一停,就停下脚步。事实上,我们具备的道德,是以"抱负"或"荣誉"的形式出现:金钱以及金钱的价值之外,我们唯一理性的福祉是名望。为了良心去死,不过是傻瓜的把戏。只有为"品行"而死——通过决斗,或者极端一点,去自杀——才是聪明人的选择。我们一个劲儿争论"环境的力量",实际上是抹去了我们自身的一切力量;大伙儿都被绑在了一起,统一着装,统一行动,就像大帆船上的桨手。这个或那个事也许对,也许不假,但我们却不能去做。多么神奇的"公共舆论力量"啊!我们一举一动都要按照它的指示,遵守它的规则,还要赚够一定数目的金钱,达到它期待我们拥有的"影响"的程度,不然我们就得不到应有的尊重,汹汹舆论便会向我们扑来,哪个凡夫俗子能有勇气面对这一切？就这样，虽然我们的公民自由越来越得到保证，但我们的道德自由却丧失殆尽。实际想来，我们的信条就是宿命论；手脚虽然自由，心灵却被戴上镣铐，比封建链条束缚得还要更紧。的确，我们可以说（不妨当一回哲学家）"机械法则的深刻含义沉沉压在我们身上"，在议事室，在市集，在庙堂，在社交火炉边，处处妨碍我们整个大脑的活动，让我们高贵的官能笼罩在一场梦魇之中。

我们意识到，这些黑暗的特征不仅属于我们这个时代，也多多少少属于其他时代。这种对机械论、对物质第一的信仰，在任何时代都是软弱和盲目不满的庇护所，是所有那些相信人的真善在外表而不在内心的人们的庇护所（任何时代总有许多这样的人）。我们还意识到，这种论调在我们身上体现得十分严重，但这只是画面的一半；整幅图画中除了黑暗的阴影，也有明亮的部分。如果说我们在这里主要只讨论前者，也请不要责备：总的来说，谈缺点总比吹嘘成就要更为有益。

话说回来，虽然所有这些流弊多多少少清楚地摆在面前，我们在任何时候也没有对社会的命运感到绝望。在这方面表现绝望，或者即便是颓唐，在任何情况下对我们来说都是没有道理的。我们坚信人之不灭的尊严，坚信人生在世所担负的崇高使命。不管哪个国家的具体情况怎样，不管忧郁的思索者们说些什么，一个笃定的事实是，任何时候，即便从赫拉克利德人和佩拉斯吉人的时代算来，人类的快乐和成就总的来说都是在不断进步。无疑，我们这个时代也在不断进步。它的不安、躁动、不满之中就蕴含着希望。知识、教育为最谦卑的人打开了眼界，使开始动脑筋思考的人越来越多。事情就应该是这样，因为不后退，不抗拒，坚定地努力前行，这才是我们生活的真谛。

毕竟，我们的精神疾病不过是观念上的；我们只是被我们自己锻造的铁链所束缚，而这些锁链，我们自己也能将其扯断。我们深深陷入对物理客体的屈从而不能自拔，这不是因为自然，而是因为我们看待自然的思维模式不明智。我们也不理解，人们眼下所缺少的，其实就是心灵、精神或身体层面上的内力，而这种内力，人们以前一直就具有。"人之初，唯有我。"那时世界呈现在人们眼前，尚未硬化成科学形状，是可塑的、无穷的、神圣的，就像呈现在亚当面前的世界一样。如果机械机制像一个玻璃钟罩，罩住我们，囚禁我们；如果我们的心灵朝外看到一个美好神圣的国度,去不了又渴望去,在罩内稀薄的空气中随时会丧命——可这钟罩不就是玻璃的吗,"只要勇敢地一击,钟罩就变成碎片,你也就得救了!"这种无形的世界也并不缺少,它就在我们的灵魂之中,而灵魂也还在。神明曾经现身过的神殿在颓败是吗?我们可以重新修缮,重新建造。我们祖先的智慧和英雄价值失去了,我们可以重新找回。对过去高尚的崇拜如今经常表现为一种浅薄的涉猎,但终有一天它会为全社会所效仿,到那时人类又会回到他曾有的状态,而且比过去更为高尚。这些,都不是幻想的白日梦,而是清晰的可能。不仅如此,它们此时甚至具有了希望的特质。我们在别国以及本国确实见到了这样一些征兆,一些令我们无限振奋的迹象:机械机制并不总是人类严厉的监工,而是总有一天会成为我们温顺的仆人,全面侍奉我们。一个崭新的、更加辉煌的精神时代即将到来。然而,我们目前的行为方式是无法让我们追求这一切的。

与此同时,外部世界正发生着巨大的变化,这一点毋庸置疑。这个时代已呈病态,混乱不堪。许多事情都已达到极致,正如一句明智的箴言所讲:"黎明之前最黑暗。"无论我们从哪里收集公众思想,不管是从法国和德国印刷的书籍中,还是从烧炭党的叛乱和其他政治动乱,如西班牙、葡萄牙、意大利和希腊等国家的动乱中,我们听到的声音都是一致的。所有国家有思想的人都在要求变革。整个社会组织中深深埋藏着斗争,那是新与旧之间无休止的剧烈碰撞。法国大革命并不是这种剧烈斗争的源头,而是它的产物,这一点如今已清晰可见。这两种敌对的影响力始终存在于人类事务之中,它们之间持续不断的相互交流决定着人类的健康和安全。两股力量经过一代又一代的积累,都发展到庞大的规模,而法国就是它们剧烈斗争爆发的现场。但最终的问题并没有在法国展开——不,在任何地方都还没有展开。政治自由是迄今为止这些力量努力的目标,但是它们不会也不能止步于此。人类依稀追求的目标是一种更高层次的自由,而不是简单地从同伴的压迫中解脱出来。人类所有恢宏的机构、坚定的努力和崇高的成就,都是这种更高远神圣的自由——"人类理所当然的侍奉"——的体现,是越来越接近这一目标的标记。

总而言之,当地球这个美妙的星球与它的伙伴们一起遨游在茫茫太空时,它所承载的美妙生命在上天的指引下也畅游在渺渺时光之中。眼下,我们的天文学告诉我们,它的运行轨道正朝着武仙座方向,这是个象征物理力量的星座,但这不是我们最迫切关心的问题。不管它去向哪里,浩瀚的天宇都在它周围。让我们对此满怀希望并坚信不疑。没有哪个聪明人会试图去改造一个世界,改造一个国家;除了傻子,任何人都知道,唯一实实在在的变革——尽管来得要慢得多——是从我做起,自我完善。

附录2　西　比　尔

本杰明·迪斯累里

（1845年）

第二册　第五章

"你靠着的这棵树可有年头了，"艾格蒙特边说边漫不经心地朝那个陌生人走去。陌生人抬头看看他，脸上没有一丝惊讶，答道："听说，修道士们最初来到这个山谷盖房子时，就是在这树的树枝下安营扎寨的。当时这树就是他们的家，直到他们用周围的木材和石块，靠自己的劳动和精湛艺术，建成了修道院。后来他们被赶了出来，修道院就成了这样。可怜的人啊！可怜的人！"

"他们不配继续拥有它，不然也不会失去他们的安身之所，"艾格蒙特说道。

"他们当时很富有的。我曾以为贫穷才是罪。"陌生人直白地说。

"但是他们犯了别的罪。"

"也许是吧，我们都有自己的弱点。但他们的历史是由敌人书写的；他们未经审判就被定了罪；人们经常为了他们而起来反抗；他们的财产也被瓜分了，而参与瓜分的就有那些举报他们的人。"

"不管怎么说，剥夺他们的财产给共同体带来了生气，"艾格蒙特道，"土地现在掌握在积极的人手里，懒人没有土地。"

"懒人就是指不劳动的人，"陌生人说，"不管他穿着修道士的衣服还是戴着贵族冠冕，对我来说都一样。我想总得有人拥有土地，尽管我也听说过反对个人所有权的论调。但不管怎么样，我是不反对地主的，只要他温和。大家都说，这些个修道士都是很随和的地主。他们的租金很低，当时却一直租给别人使用。租户们在租约到期之前还可以续约。所以那些修道士同时是精神和财富的拥有人。那个时候还是自耕农时代，先生，国家并没有分为主人和奴隶这两个阶层;在奢华和悲惨之间还有人的安身之处。那时,'舒适'是英国人的一种习惯,并不仅仅是一个英语单词。"

"你真的认为他们比我们现在的地主随和?"艾格蒙特问道。

"人性会告诉我们这一点,即便历史不承认。修道士们没有私人财产,也没有积蓄,所以死了之后也没有东西遗赠后人。他们一起生活,一起创收,一起开销。修道院本身也就是个所有人,一个不会死去也不会浪费的所有人。从这个意义上来说,农民有的等于是一位永生不死的东家,而不是一个严苛的监护人、一个令人难以忍受的承押人,也不是一个慢吞吞的衡平法院法官助理,这点是肯定的。庄园不用担心一连串的所有人变更,橡树也不用在挥霍浪费的继承人的斧头下吓得瑟瑟发抖。我们很自豪,仍然生活在一个由古老家庭组成的英国,尽管天知道,那样的古老家庭现在已经很难看到了。但人们还喜欢说,我们曾经庇护在他的羽翼下,之前在他父亲、他祖父的羽翼下。人们知道,这是恩泽。以前的修道院院长一直就是这样的。一句话,修道士们,无论在什么地方,都是那些需要救助、需要忠告、需要保护的人的庇护人。他们没有自己的烦恼,用智慧来指引那些没有经验的人,用财富来为苦难的人减轻痛苦,并且常常用自己的力量来保护那些遭受压迫的人。"

"你在用感情为他们的所作所为辩护。"艾格蒙特不为所动。

"这其实也是我自己的追求。他们是人民的儿子,像我一样。"

"我以前还以为这些修道院是后来发展起来的新贵族的度假胜地呢。"艾格蒙特说。

"只是不拿津贴而已。"同伴微笑着说,语气中并无不平,"话说回来,如果必须有贵族的话,我宁愿新加入这个群体的是修士和修女,而不是没有队伍的上校,或是名义上所谓的皇家宫殿的管家。牧师原本没有俸禄,假如现在他们可以领受供奉,那么这会带给他们什么好处呢? 不妨看一下。他无须和时下的牧师一样,把公共事务交托给一个人人都知道没有能力的人去办理,或者任命一个从没有见过战场的将军去指挥远征;也无须让一个连自身都管理不好的人去做殖民地的统治者,或让一个不中用的花花公子或讨人嫌的宠佞去做大使。没错,很多修士和修女也出身贵族。他们为什么就不能出生贵族呢? 贵族阶层曾有他们的份,尽管现在没有了。他们,和其他阶层一样,也曾受益于修道院。但修道院受到镇压的时候，那些戴主教冠的修道院院长，从名单上看，绝大多数都是来自平民。"

"得，在这些问题上，不管看法多不同，"艾格蒙特说，"有一点是无可争议的，那就是，这些修士都是伟大的建筑师。"

"啊！这你说对了，"陌生人哀怨地说，"世人要是知道他们失去的是什么就好了！我敢肯定，修道院解散前后的英格兰是什么样子，人们没有任何概念。嗜，先生，单单在英格兰和威尔士，就有多达三千所大小不同的这样的机构；我是说那些修道院、礼拜堂和小教堂，还有那些大医院。它们全都是漂亮建筑，其中许多可以说美轮美奂。平均每个郡至少有二十座像这座修道院一样的建筑；在我们这片大县区，这个数字还会翻番。它们分布之广，规模之大，景观之优美，比得上你们的贝尔沃城堡、查茨沃思庄园、温特沃斯庄园和斯陀园这样的建筑。试想一下，在这个县就有三十或四十座查茨沃思庄园，而且业主从不离开，那是什么效果！现在人们总是抱怨找不着人。这些修士却从不会不在。他们将收入都花在那些辛勤挣来这些收入的人身上。他们也自己动手盖屋建房，植树种粮，一如他们为子孙后代所做的一切：他们建的教堂成为主座教堂，他们建的学校成为大学，他们建的礼堂和图书馆成为王国的文书贮藏室；他们的树林、水域、农场和花园设计规划得大气磅礴，气势不凡，那样的规模与气势现在是看不到了。他们把这个国家装扮得漂漂亮亮，让人们为自己的国家而感到自豪。"

"可如果这些修士都是为大众做好事的人的话，那为什么人们不站出来拥护他们呢？"

"人们站出来了，但是太晚了。他们斗争了一个世纪，但是他们的斗争让他们损失财产，最终失败了。修士们在的时候，人们受到伤害时还可以依仗教会财产。现在一切都结束了，"陌生人道，"旅游者们来到这里，瞪眼看着这些废墟，对过往说三道四，自以为是。它们是暴力的产物，而不是时间的产物。是战争造成了这些废墟，是内战，是所有内战中最不人道的一次内战，因为它是针对那些不会反抗的人发动的。修道院被强占，被洗劫，被掏空，被战争工具捣烂，被火药炸毁。你或许还可以看到爆炸留在这里新塔上的痕迹。从来没有看到过这样的劫掠。一个世纪以来，整个国家看上去就像刚被无情的敌人侵袭过,比诺曼征服还要悲惨。英格兰也一直没有丢弃这一破坏的本性。我不知道教区联合济贫院会不会去除这一本性。济贫院现在终于在为人们建造一些东西了。经过三百年的风雨,监狱满员,刑具踏车也失去其功效时,给了我们一个修道院的替代物。"

"你在为古老的信仰唱挽歌。"艾格蒙特说,语气中带着敬意。

"我没把这个问题看作信仰问题,"陌生人道,"我是在将它视为权力问题,而非宗教问题。应当说,我是把它看作一个私人权利和公共幸福的问题。如果你认为合适,你可以像改变大主教信仰那样去改变修道院院长的信仰,但是你没有权力剥夺人们的私有财产,而且这些财产在他们的管理之下为共同体的福祉有过那么大的贡献。"

"说到共同体,"一个既不是艾格蒙特也不是陌生人的声音说道,"随着修道院的消失,英国曾有过的唯一一种共同体交往方式也消失了。英格兰如今已经没有共同体可言,有的只是聚集体,并且这种聚集体所处的环境只会使人们更趋分离,而不是结合。"

说这些话的是一个平静的声音,但很特别,是那种立马就能吸引人注意的声音:温和而又庄严,真挚而又冷静。这人本来一直跪在坟墓边,此时悄无声息地加入他的同伴和艾格蒙特的对话中,他的脚步声和说话声一样轻。他个子中等偏下,虽略显瘦削,但身材匀称;苍白的脸上带有几粒麻子,如若不是那充满智慧的额头和一双黑黑的大眼睛,绝对可以说相貌丑陋。那双黑色的大眼睛深邃敏锐,透出极高的悟性。他年纪不大,但已经有点秃顶;一身黑衣,但亚麻衣料已有点发白;胡须整洁;手套虽破旧得厉害,但精心缝补过。这一切都表明,尽管他穿的是褪色衣服,但这显然是为生活所迫,而不是不修边幅。

"你也在为那些逝去的灵魂唱挽歌。"艾格蒙特说道。

"我们生活的这个世界已经有太多东西需要挽歌,"年轻的陌生人说道,"我已顾不上为过去悲伤了。"

"但你赞同他们的社会道义,相比于现在的生活,你说你更喜欢它。"

"是的,相比群居,我更喜欢联合。"

"这倒是一个区别。"艾格蒙特若有所思地说道。

"一个共同体,只有具有共同的目标,才构成社会。"年轻的陌生人继续说道,"没有共同的目标,人们即使被拉在了一起,他们实质上仍然是孤立的。"

"城里人情况都是这样的吧?"

"到处都是这样,只不过城里更严重。人口密集意味着生存的竞争更加激烈,也使得各种因素接触太过紧密,结果必然是互相排斥。在大城市里,人们因逐利聚到了一起。即便是求财,他们也不是在合作,而是各自为政。还有就是,他们对邻居漠不关心。基督教教导我们要像爱自己一样爱邻居,而现代社会则不承认有邻居。"

"是啊,我们生活在一个陌生的时代。"艾格蒙特为同伴的看法感到惊讶,就随便感叹了一下,想借此普通的感叹来缓解内心的困惑。这种感叹往往说明当事人脑子混乱而又不愿承认,或者脑子乱得无从表达。

"婴儿刚开始走路时,也认为自己生活在陌生的时代。"同伴说道。

"你的推论是?"艾格蒙特问。

"推论就是,当前社会仍在婴儿期,刚刚开始摸索。"

"这是一个新的统治时期,"艾格蒙特说,"也许是一个新纪元。"

"我想是吧。"年轻的陌生人应声道。

"希望是这样。"年长的陌生人也迎合道。

"好吧,社会可能是在其婴儿期,"艾格蒙特浅浅一笑,说道,"但是,不管你怎么说,我们的女王统治着有史以来最伟大的民族。"

"哪个民族?"年轻的陌生人问道,"因为她统治着两个民族。"

陌生人顿住了,艾格蒙特也未作声,而是探询地看着他。

"是的,"停了一会,年轻的陌生人接着说,"两个民族。他们之间没有交流,没有共鸣;他们对彼此的习惯、思想和情感一无所知,就好像他们生活在不同的区域,或是居住在不同的星球上。他们接受不同的教育,吃着不同的食物,遵守不同的规范,并且管理他们的也是不同的法律。"

"你说的是……"艾格蒙特有些迟疑。

"**富人和穷人。**"

这时,天空突然泻下一片玫瑰色的光芒,洒满灰色的废墟,昭示太阳刚刚落山。从废墟上方空旷的拱门望去,灿烂的天空中孤零零地闪耀着一颗暮星。此时,此景,这庄严的沉寂和柔和的美景,使争论停了下来,双方都未再出声。

陌生人最后的话语在艾格蒙特耳边萦绕,万千思绪和情感充盈在他冥思默想的心灵。就在这时,圣母堂响起了圣母晚祷歌。只有一个声音,但音色甜美得不可思议,温柔而庄严,收放自如而又激动人心。

艾格蒙特从遐思中醒过神来。他本想说些什么,但他看到年长的陌生人从之前休息的地方爬了起来,眼帘低垂,双臂交叉抱在胸前,跪在地上。另一位陌生人则还是保持原来的姿势站着。

神圣的旋律停止了,年长的陌生人站了起来。艾格蒙特本来想问问如何解释这种甜美而又神圣的神秘感,可话到嘴边,他那一直注视着星光下空旷拱门的目光忽然瞥见一位女性的身影。从穿着看,她像是个出家之人,但又不太像是一位修女,因为她的面纱——如果真是面纱的话——垂在肩头上,露出一绺绺浓密的金色长发。强烈的情感使她面泛红晕,久久不散;那面庞虽然极其年轻,却高贵庄严得近乎神圣。乌黑的双眼,长长的黑睫毛,与如脂的肌肤和亮丽的浓发形成鲜明的对比,交相辉映,活脱脱一个倾国倾城、沉鱼落雁的美人形象。这一幕如此奇妙,艾格蒙特一时间有理由相信她是一位照亮这片天空的六翼天使,或是某位圣徒的幻影,徘徊在她被亵渎的神庙的废墟上。

附录 3　写于雄伟的夏特斯修道院的诗章

马修·阿诺德

（1855 年）

阿尔卑斯山的草甸细雨浸淫，
茂密的番红花随风摇荡，
圣罗兰过来的骡道蜿蜒前伸，
经过幽暗、早已废弃的铁匠工场。
过了桥，我们缓缓骑行，
穿过森林，上坡朝向山顶。

四周围，秋天的夜幕渐渐降临，
风越来越紧，抽打着雨水绵绵；
听！远处的下方，传来低闷的声音，
是"死吉尔"河溪发出抱怨，
林木间，湿漉漉的炊烟，
在沸腾的大锅上方盘旋。

幽灵般的白色水汽急速掠过
松树参差的石灰岩巉崖，
时而现身——时而被树木挡住！
停——乱云飞渡中什么在闪烁光华！
正是那一座座科瑞的房屋，

高高地隐在潮湿阴郁的山谷。

左边走！我们的向导吩咐；
往上依旧山路崎岖林木阻挡。
终于，环绕的树木隐身退后；
看！透过水淋淋的灰色暮光
是什么？尖尖的屋顶出现眼前——
莫不是法国国王的宫殿？

走近去，因为我们要找的就在这里！
下马，喝口水，就在近手
外边这屋等候，稍事休息；
然后走过草地到那大门口。
敲门；穿过小门！你就来到那
世界闻名的加尔都西会隐修院。

寂静的庭院，日夜不停
冰冷的喷泉玩耍嬉戏，溅入
它们冰冷的石凿水盆——
潮湿的走廊管自一旁注目！
走廊里，入夜，闪烁的白光下，身着
连头巾修士服的身影幽灵般掠过。

礼拜堂里，祈祷声传，
肃穆、袒露，没有琴声相伴——
会众们跪拜在地，发出忏悔的呼喊，
内心挣扎；起身站立，苍白的脸
高高仰起，向着天空，
圣体从一只手传到另一只手中。

附录3 写于雄伟的夏特斯修道院的诗章

每一个人接传后苍白的脸再度
埋进修士服的头巾。
单人小室——受难的基督
钉在墙上——地板为膝盖磨损——
木板床,是他们睡觉的所在,
也是他们死后的棺材!

书斋里珍藏着宗教卷册
不是为了满足教士的自豪,
不为罗马征程歌功颂德,
也不像我们为了消遣取笑!
描绘的是灵魂的内心纷争,
灵魂的血滴,死寂的人生。

花园里花草蔓生——然温意浓浓,
瞧,芬芳香草的花儿正在那绽开骨朵!
莽苍阿尔卑斯健壮的孩童
他们的文化正是会友们的关注;
人世间的所有事,只有那是他们的唯一,
普天底下的工作,唯有它是他们的心仪。

还有那些会堂,每一间都注定有过
它昔日迎送朝圣的住持,
来自英格兰、德国或西班牙等国——
都是我的先贤!我注视
寺院,凝望苦行的前辈!
——而我是谁?竟也来到这里?

严格的老师攫住了我的青春,

净化了它的信仰，修剪了它的激情，
指引我高空闪烁的真理之星，
嘱我凝视，神往憧憬。
即便此刻他们的低语还在刺穿幽昏：
你在这干什么，在这活的坟茔？

原谅我，心灵的大师们！
很久前就接受你们的训令
想那时是何等的愚钝、认命——
我来不是要做你们的敌人！
我来寻觅这些隐士，不是要表同情，
要诅咒和否定你们的真理追寻；

不是作为他们的朋友，或孩子，我声明！
而是作为遥远北方某个海滨
的一个希腊人，凝想他自己的神灵
肃然伫立，充满哀伤、敬畏、同情
在倒地的北欧古文石刻碑前——
二者同为信仰，又一样地烟消云散。

两个世界，一个已经死去，另一个
无力诞生，我彷徨其间，
总也找不到一处安身之所，
只有像这些隐士，孤苦等待，内心怆然。
他们的信仰，我的眼泪，徒作笑谈——
我来在他们身边不禁泪眼涟涟。

啊，就让我藏在你们深邃的幽暗中，
隐在你们神圣痛苦的肃穆所在！

用你们修士的身形,接纳我,把我围在当中,
直到我的灵魂重又归来;
直到我翻滚前思想得到自由,
不再时刻都在欺诈的束缚中恼火!

世人叫嚷如今你们的信仰
不过是一个逝去时代爆碎的梦想;
浅薄无知的人声言,我的忧伤,
只是废弃的主题,过去了的风尚——
仿佛这个世界曾经有过信仰
抑或浅薄无知之人有过忧伤!

啊,假如它已过去,那么拿走,
至少拿走那些不安,痛苦;
从此人们不再承受
这些过时的刺痛苦楚!
高尚的悲伤已经风过云消
啊,我们不必再顾自烦恼!

然而且慢——你们最后忧伤的一群——
假如你们不能给我们安宁
那就让我们跟最后这些仍抱有信仰的人
一起在这里寿终正寝!
沉默,当岁月在额上刻下深痕;
沉默——沉默是最好的途径。

阿喀琉斯在他的帐篷里沉思,
现代思想的国王们嘴唇紧闭,
他们一言不发尽管很不满意,

只顾等待静看将来如何来至。
他们有着过去人们曾有的忧伤,
但他们满足现状不再呐喊叫嚷。

我们航行的这个时间的海洋
我们的前辈们用泪水灌注,
他们的声音曾在所有人的耳边回荡
我们曾从他们有力的呼号中经过。
如今周围翻腾着同样的海浪,
但我们却一声不响,袖手一旁。

先人们的所有声响、呐喊
最终带来了什么好处?——
是他们的子孙得到更多的欣欢,
还是如今的生活更加幸福?
受难者已逝去,留下他们的痛苦——
折磨他们的剧痛并没有消除。

当初拜伦从欧洲到依杜利安海岸
昂着他高傲的头,蔑视贵冑,
以此消受他心底流血的盛典,
如今这样的痛楚何以默默忍受?
为何千万人把呻吟声一一细数,
全欧洲把他的哀痛甘心作为已有?

是什么造成这种现象,雪莱啊!当年
你在意大利温和蔚蓝的斯佩齐海湾,
绿树环绕,发出动人的呼喊,
是微风已将你的呼号吹散?

你的苦难的继承者们
焦躁的心短少了一拍搏动?

还是我们如今读起奥伯曼来
更轻松?! 那悲伤、严肃的作品,
跟我们讲述着你们如何在
枫丹白露孤寂的灌木林
或是阿尔卑斯雪山旁的木屋
躲开时代的风暴,藏起你们的头颅。

你们沉睡在寂静的坟茔! ——
这个世界,闲散的日子里
也曾经恩顾你们的悲情,
但如今早已将你们抛弃,如弃敝屣。
只有那千古无聊之徒打破你们魔咒;
但我们——我们对你们的故事一清二楚!

也许,多年后,有一个时代到来,
比我们现在幸运,呜呼!
没有艰苦,一个贤明的时代,
快乐而又不见轻浮。
世人们,啊,让我们加快这步伐;
但,等待时,允许我们的泪水抛洒!

允许我们洒泪! 我们敬畏
汝辈雷鸣般的欣喜;
你们为宇宙制定规律,
征服时空,可歌可泣!
那是你们生的骄傲,你们的无尽力量,

我们赞美,但这不是我们的向往。

我们就像某个古老寺庙
墙下树荫里长大的孩童根苗,
置身林间空地,早被忘掉,
外界也无人知晓无人看到。
深邃的绿林在周围波涛般翻滚,
而寺院,挨着的是一座座墓坟!

然而,小溪旁的那条路上
透过树林他们常常看到
有军队经过,沐浴着阳光——
旗帜、羽饰、闪亮的长矛!
雄赳赳踏上走向世界的征程,
走向生活,走向城市,走向战争!

透过树林,在另一方向,
远处传来阵阵号角声响,
那是清晨某个漂亮的森林小屋旁,
猎手们结合,猎犬吠叫正狂。
还有快乐的女士们,在绿色的林地;
欢笑声叫喊声——声声不息!

树木间不时有旗帜闪过
令他们热心沸腾眼光锁住;
微风送来号角声曼妙音符
也让他们惊奇好似着魔。
旌旗猎猎号角声声:
羞怯的隐士们,跟上我们!

哦孩子们,你们怎么答复?——
"行动与快乐,你们是要漫步
在这些隐蔽僻静的幽谷
召唤我们?——可你们来得已是太晚时候!
太晚,我们已不能响应你们的召唤,
我们的脾性早已不适应你们的公干。

"自打我们踱步在这阴暗的殿堂,
我们就目睹那些黄色的烛光,
希望的象征,照耀在坟茔之上,
在幽深、高高的圣坛上闪亮;
耳边不绝的琴声
带来另一个世界的声音。

"早早就被圈在这寺院的院场
终日冥想、阴影、祈祷伴随,
我们怎么能生长在其他地方?
怎么能在别处开花吐蕊?
——过去吧,旌旗,过去;停息吧,号角之音,
就让我们的荒芜之地保持平静安宁!"

附录4 诗歌研究

马修·阿诺德

(1880年)

"诗歌的将来不可限量,因为在诗歌——真正能担当起其崇高使命的诗歌——中,随着时间的推移,人类会找到更加可靠的依赖。现如今已没有哪一个信条不被动摇,没有哪一条曾被认可的教义不受到质疑,没有哪一个既定的传统不面临消亡的危险。我们的宗教以事实——或者说假定事实——的面目呈现;宗教将自身的情感附着于一个事实基础,而如今这个事实正在塌陷。但是,对于诗歌来说,思想就是一切,其余则均为幻影世界,也可以说是神圣的幻影。诗歌将情感附着于思想,思想即事实。今天,我们宗教最强健的部分就是它内部不自觉的诗歌。"

请允许我引用上述我曾说过的话,它说出了我的想法,而这个想法,在我看来,应该在我们心中并支配我们所有的诗歌研究。本书呈现给读者的,是诗歌的世界长河中我们这一条支流所流经的航道。我们所要做的就是追溯英国诗歌的源流。但不管我们是要像在这里所做的,仅仅跟随那构成诗歌大河的众多溪流中的一条,还是力求把握全部,我们的主导思想都应当是一样的。我们应当看到诗歌的价值,并且赋予其比我们通常所认为的更高的价值。我们应当想到诗歌能具有更多的作用,担负更崇高的使命,而那些作用和使命是人们到目前为止通常认为诗歌所不具备的。越来越多的人将会发现,我们不得不求助于诗歌来为我们解释人生,给我们宽慰,给我们支撑。没有诗歌,我们的科学将不再完整,大部分如今被我们当作宗教与哲学的东西将会被诗歌取代。我说了,没有诗歌,科学将不再完整。华兹华斯说得好,且很真实,他称诗歌为"一切科学面容上的强烈表情",没有表情的面容是个什么样?他还把诗歌称作"一切知识的呼吸与菁华",同样,说得多么好,多么正确!我们的宗教所做的,仅仅是展示人们心灵所依赖的信据;我们的哲学,则无非一味炫耀其对于有限、无限事物因果关系的推理;它们不过是知识的影子、梦幻与虚假的表现,除此之外,还能是什么?总有一天,我们会怀疑,自己怎么竟会相信它们,怎么会拿它们当真;而我们越是看到它们的空洞,就越会珍视诗歌所给我们带来的"知识的呼吸与菁华"。

但是,如果我们认定诗歌具有这么崇高的使命,我们就必须给诗歌设定一个高的标准,因为能完成如此使命的诗歌,必须是优秀的诗歌。我们必须使自己适应诗歌的高标准与严评判。圣伯夫曾讲过一件事。一天,有人在拿破仑面前称某人为骗子,拿破仑说:"你尽可以说他是骗子,但哪里没有欺骗?"——"是的,"圣伯夫回答说,"在政治方面,在驭人术方面,此话也许不错。但是在思想层面,在艺术方面,欺骗是行不通的,这正是思想、艺术的光辉与荣誉所在;人之高贵部分的不可侵犯性正在于此。"说得真好,让我们谨记。诗歌是思想与艺术的结合,正是因为这种光辉与不朽之荣誉,诗歌使欺骗无门可入,成为一个不受侵犯、不可侵犯的高贵领域。欺骗者,混淆或抹杀优秀和窳劣、合理与不合理或一半合理、真实与虚假或半真半假之间的区别。任何时候,如果我们混淆或抹杀这些区别,不管是有意还是无意,就是欺骗。就诗歌来说,更是如此,混淆或抹杀它们的做法是绝不允许的。因为在诗歌里,优秀和窳劣、合理与不合理或一半合理、真实与虚假或半真半假之间的区别这个问题至关重要。说它至关重要,是因为它所担当的崇高使命。在诗歌中,一如在既定条件下根据诗性真理和诗性美的法则对人生所做的批评中,我们说过,随着时间的推移,在其他补救办法都失去效用时,人类的精神仍将找到宽慰与支撑。这个宽慰和支撑的力量是与人生批评的力量成正比的,而人生批评的力量则又与诗歌传达的是优秀而非窳劣、是合理而非不合理或半合理、是真实而非虚假或半真半假成正比。

我们要的是最好的诗歌;最好的诗歌具有塑造我们、支撑我们、愉悦我们的力量,这是其他任何东西都做不到的。诗歌中最清晰、最深邃的意蕴,以及我们能够从中获取的力量和快乐,是我们能得到的最宝贵的益处。眼前这样的诗集就能给我们带来这样的裨益。然而,就这样一本诗集的性质以及编选方式来说,当中不可避免地会有一些东西模糊我们的意识,不太清楚我们所说的裨益究竟该是什么,从而分散我们对之追寻的注意力。因此,我们从一开始就应该将这个裨益时时放在心上,并在整个阅读过程中迫使自己不断回过头去瞻顾。

是的,读诗时,我们的脑海里对于何为"最好"——真正的出色,以及从中获得何种力量与快乐,应当始终有个清楚的意识,这个意识也应时刻主宰我们对于阅读对象的评价。不过,这一真正的评价,唯一真实的评价,如果我们不注意,就可能为其他两种评价,亦即历史的评价以及个人的评价所取代,而这二者都是靠不住的。一位诗人或者一首诗歌也许在我们看来具有历史价值,也许因为我们自身的原因对我们有着重要意义,也许真的对我们有意义。也许对我们来说具有历史的意义。一个国家的语言、思想和诗歌的发展过程是非常有趣的;若将一个诗人的作品看成这个发展过程的一个阶段,我们很容易高估它作为诗歌的重要性,殊不知实际上它本身并不怎样;我们可能在评论时使用溢美之词,一句话,过高地评价它。于是,我们在诗歌评判中,就会出现这样一个谬误——一个我们称之为"历史"评价所导致的谬误。再有,一个诗人或者一首诗也许因为我们自身的原因对我们有着重要意义。我们的个人喜好、兴趣与环境对我们判断一个诗人的作品影响很大,使我们过高地认定它作为诗歌本身其实并不具有的重要性,将自己一贯的喜好投射其上。在这里,我们还会过高地判断我们兴趣的对象,评价时使用一种非常夸大的溢美之词。于是,我们在我们的诗歌评判中有了第二个谬误的根源——我们称之为"个人"评价所导致的谬误。

两种谬误的出现都很自然。显然,一个人研究诗歌的历史与发展时,会非常自然地停下来关注那些曾经引人注目而如今却寂寂无闻的作家与作品,并且责怪大众粗心,指责他们只知屈从于传统和习惯,从本国诗坛的一个名家名作读到另一个名家名作,全然不知自己漏掉了什么、为什么会留下现有的,也不知道本国诗歌成长的全过程。法国人开始对他们的早期诗歌下功夫研究了,那本来是他们以往长期疏忽的;研究使他们对自己所谓的经典诗歌——17 世纪的宫廷悲剧——感到不满意。对于这种诗歌,佩利松早有责难,认为它纯属附庸风雅,缺少真正的诗歌特征,但它却统治了法国诗坛,仿佛它就是尽善尽美的经典诗歌似的。这种不满是自然的；然而，讽刺诗人克莱蒙·马罗的编辑、充满活力又很有造诣的批评家查尔斯·艾瑞克特说什么"笼罩在经典头上荣耀的云翳有如雾霭，威胁着文学的未来，历史对此也同样不堪忍受"，似又太过了。他接着说："它妨碍我们的视野，让我们只看到一点而不及其余，只看到终极的、独特的一点，即对一部作品、一种思想假想而武断的概述。它以光晕取代真实的面目，在本来有个实实在在的人的地方放上一尊塑像，将所有努力、尝试、弱点、失败的痕迹都对我们藏起来；它索求的不是研究，而是崇敬；它不向我们展示事情是怎样完成的，而是将一个样板强加在我们的头上。对于历史的研究者来说，这样制造经典名家的做法是尤其不能允许的；因为它把诗人从他的时代，从他的实际生活中抽剥出来，割裂一切历史的关系，用惯常的仰慕蒙蔽你，让你不知道如何批评，使人们无法对文学源头进行探究。它展现给我们看的不再是一个人，而是一个在他完美无瑕的作品簇拥下端坐的神，好比端坐在奥林匹斯山上的朱庇特；隔着这样的距离去看文学作品，年轻的学子几乎不可能相信它不是从神圣的头脑中蹦出来的东西。"

所有这些话都说得好，说得是，但我们还要区别对待。一切的一切取决于诗人经典性质的实际情况。如果他是一个可疑的经典诗人，我们来筛除他；如果他是一个假经典，我们来揭露他；但如果他是一个真正的经典，如果他的作品属于最最好的一类（因为这正是"经典"这个词真正的、正确的含义），那么我们要做的就是尽可能深刻地去感受和欣赏他的作品，去体会它们与所有未达到同样高水准的作品之间的区别。这才是有益的，这才是有建树的；这是能从诗歌研究中得到的大收益。所有干扰它、妨碍它的东西都是有害的。的确，我们必须睁开眼睛阅读我们的经典，而不是为迷信所蒙蔽；我们必须看到一个经典作家的作品什么地方不足，什么时候跌出最佳作品的行列，然后在这样的情况下进行评判，确定其适当的价值。然而这一否定性批评的用处并不在其本身，而在于它能让我们清晰地感知并深刻地欣赏真正优秀的作品。要追踪一部真正的经典里面的努力、尝试、弱点、失败，熟悉作者的时代、生平以及历史关系，如果不以这种清晰感知与深刻欣赏为目的，那不过是业余爱好。也许我们可以说，对于一个经典作家，我们知道得越多，就越能更好地欣赏；假如我们能活得和玛土撒拉一样长寿，所有人都头脑绝对清楚，意志坚定，这也许会是真的,因为它理论上说得通。但这里的情况又像我们学校的孩子学希腊语和拉丁语一样。我们要求他们打好深厚的语文基础,这在理论上是为了使他们能恰当地欣赏希腊语作家与拉丁语作家而做的准备工作。可以说,语文基础打得越坚实,我们就越能更好地欣赏作家。没错,假如时间足够,孩子们的心智不很快倦怠,注意力不耗竭;只是,实际情况是,学者们仍然在刻苦地研习语言,而对作家却知之甚少,更不要说欣赏了。诗歌研究中探索"历史源头"的学者也是如此。他应该因他的探究更加欣赏真正的经典,但往往却因此不能专心欣赏最好的作品,而把精力过多地放在次一点的作品上,并容易过高地评价这些作品,而他在次等作品上花的工夫越多,就越是容易对其评价过高。

汇编这样一部诗集,免不了要对历史源头与历史关系做一番追溯。自然,集子中选入的诗人是为那些十分赞赏他们的人准备的,而不是为了那些对他们没有特别喜爱的读者。同时,在专注于一个作家,将其予以展示的过程中,我们很容易会肯定和放大他的重要性。因此,在这本诗集中,我们肯定会常常受到诱惑,去采用历史的评价或个人的评价,而忽略真实的评价;然而,如果我们要想让诗歌使我们充分受益,我们就必须采用真实的评价。这个益处——清晰地感受和深刻地欣赏真正优秀的作品,诗歌中真正的经典——之大,我得说,我们把它作为我们研究诗人及诗歌的目的始终记在心上,把达到这个目的作为唯一的原则,这样做是完全正确的。这个原则,正如《模仿论》所说,不管我们读什么或去了解什么,我们都要始终回归它的身上。

在我们研究古代诗人时,历史的评价尤其可能影响我们的判断与语言;个人的评价则在研究同时代,或者至少是现代诗人时影响我们。归咎于历史评价的夸大之词也许本身性质并不那么严重。那些说法几乎进不了大众的耳朵,甚至也不总能影响沿用它们的文人,但它们会导致危险的语言滥用。正因如此,我们听到我们的诗人凯德蒙被比作弥尔顿。我已经注意到一位有成就的法国批评家对"历史源头"的热情。另一位知名法国批评家 M. 维代就法兰西民族早期诗歌的著名文献《罗兰之歌》做了评价。那的确是一份十分有趣的文献。上面说,当时吟游诗人达耶斐就与在黑斯廷斯的"征服者威廉"的军队在一起,他走在诺曼部队的前头,吟唱着"查理曼、罗兰、奥利弗,以及所有在朗塞沃战死的扈从";据称,在牛津博德利图书馆一份 12 世纪的手稿中保存有一首诗,就是《罗兰之歌》,出自一个叫"图罗尔德斯"或"泰罗尔德"的人之手,里面就讲到达耶斐吟唱这件事,甚至可能还保留了一些唱词。该诗清新有力,当然不是没有感伤。但维代并不满足于将其看作一份具有某种诗歌价值以及极高历史和语言学价值的文件;他从中看到一部宏大、美妙的作品,一座史诗天才的丰碑。他从总体设计上看到了宏伟的构思,从细节中看到质朴与伟大始终如一的结合;所有这些,他真诚地说,都是真正的史诗所具有的特征,将它与文学时代虚假的史诗区别开来。这让人想到荷马;人们赞扬荷马时常这么说,而这也说得恰当。更高的赞扬不大会有了,而这样的赞扬只属于最高层次的史诗而不是其他。那么,就让我们来看看《罗兰之歌》最精彩的部分。罗兰受了重伤,躺在一棵松树下,面朝西班牙与敌人——

> 他开始回想起许多事,
> 他的英勇所征服的土地,
> 和法兰西,还有他的家族传承,
> 以及他的君主,查理曼大帝,
> 正是他把他抚养培育。

我再强调一下,这是一部具有原始魅力的作品,有其无可否认的诗歌特质。它配得上这样的赞扬,而这样的赞扬也就足够了。现在来看看荷马——

> 如此她说;打那时起他们一直躺在
> 大地温柔的臂膀里,……

这里我们来到另一个世界,看到的是完全不同层次的诗歌;只有它才能真正配得起维代给予《罗兰之歌》那样的最高赞扬。倘若我们要让我们所说的话具有任何意义,让我们的判断具有任何实在性,我们就不能把那种最高的赞扬堆在档次很低的诗歌上。

的确,要弄清什么是真正优秀的诗歌,什么诗歌对我们最有用,也没有更好的办法,只消在脑海里记住大师们的诗行与用词表达,以其为标准衡量其他诗歌。当然,我们不是要求其他诗歌像它们一样,其他诗也许很不一样。但是只要我们足够老练,脑海里清楚地存有那些诗句与表达,我们将发现,它们是我们判断诗歌的品质究竟崇高与否的试金石,而且,还能让我们看到放在它们旁边进行比较的诗歌质量的优劣。这种做法屡试不爽。不长的段落,甚至单独一句诗行,将足以为我们效力。看看上面我从荷马那儿引的两行诗,那是海伦提到她的兄弟们时诗人的评述;——或者看看他下面的诗行:

啊,可怜的东西,我们为何把你们给了王者珀琉斯,
一个凡人,而你们是长生不死、永恒不灭的天马?
为了让你们置身不幸的凡人,和他们一起忍受痛苦吗?
《伊利亚特》第十七章,443—445

这是宙斯对珀琉斯的马儿说的一番话;——或者最后再看看他下面的诗句:

你也一样,老人家;我们听说,你也有过兴盛的时候。
《伊利亚特》第二十四章,543

这是阿喀琉斯对他面前的哀求者普里阿摩斯说的话。看看但丁那无与伦比的一行半诗句、乌格利诺精彩的话:

我没有哭,我的心就这样化成了石头。
他们直哭……
《地狱》第三十三章,39—40(田德望译)

看看贝雅特丽齐对维吉尔说的动人言语——

感谢仁慈的上帝,给我这样的心性,

> 使我不为你们的苦难所动，
> 而这跃动的烈焰对我也无可奈何。
>
> 《地狱》第二章，91—93

看看这简单却是完美的一行——

> 我们的安宁维系于他的意志。
>
> 《天堂》第三章，85

再看莎士比亚《亨利四世》中几行，写亨利王无法入眠，规劝睡神及早降临——

> 在高耸眩目的桅杆上
> 你都能封上水手的眼睛
> 让天风海浪做他的摇篮……
>
> 《亨利四世》下篇第三幕

还有哈姆雷特临死前对霍拉旭的请求——

> 倘若你曾爱我，
> 那就请你暂且牺牲天国之幸福，
> 留在这冷酷的世界里，
> 去忍痛告诉世人我的故事……

以弥尔顿那最具弥尔顿特色的诗行为例：

> 天使长的光芒虽然有所消减，
> 但仍闪耀于众天使之上，
> 他的脸上布有雷击的伤痕，
> 憔悴的双颊上盘踞着忧虑……

再加上这样的两行——

> 以及永不屈服、永不退让的勇气，
> 难道还有比这些更难战胜的吗？

最后我们以珀耳塞福涅被劫这一故事的华美结局为例，她的被劫：

> 使谷神切雷丝历尽千辛万苦
> 寻遍整个世界。

这些诗行，假如我们精妙运用，那么它们本身就足以让我们清楚而正确地判断诗歌的质量，使我们免于做出错误的估计，指引我们做出真实的评价。

我上面引用的这些范例相互间有很大的不同，但它们有一个共同点：具有最高的诗歌质量。假如我们为它们的魅力所彻底穿透，我们就获得一种鉴赏力，有了这个鉴赏力，不管什么诗歌放在我们面前，我们都能感觉到它到底是具备还是缺乏高的质量。批评家们花费很大气力，试图从抽象的东西中找出高质量诗歌的特点。实际上只消求助于具体的范例，效果更好；——拿出高质量，最高质量的诗歌样品，说：高质量诗歌的特点就在**这里面**。感受这些特点最好的方法就是阅读大师的诗歌，而不是批评家的散文。然而，假如我们一定要就其做一番评说，那我们也许要做的不是试图去指出那些特点是怎样以及为什么出现，而只要说明它们在哪里，在什么地方出现，这样可能更让人确信。它们就在诗歌的题材与内容里，就在诗歌的手法和风格里。二者——一方面是内容和题材，另一方面是风格与手法——在高品质的美感、价值以及力量方面都留下了标记与特征。但是，假如要求我们从抽象上界定这个标记和这个特征，那我们的回答必须是：不，因为那样做只会使这个问题更加模糊而不是清晰。这个标记与特征似是由那诗歌的内容和题材、风格和手法决定的，是所有与它在品质上相似的诗歌之内容和题材、风格和手法决定的。

也许，就诗歌的内容和题材而言，我们还有一点要补充。亚里士多德说得深刻，他认为诗歌之所以比历史优越，是因为它具有更高一等的真实与更高程度的严肃。我们就以他的话为指导,对我们上述所言做一点补充,那就是：最优诗歌的内容和主题之所以获得其特别的品质,之所以最优,是因为它们在一个显著的程度上真实而严肃。我们也许还可以再补充一点,也是本身不言自明的一点——就最优诗歌的风格与手法来说,它们特别的品质,它们的突出表征,来自它们的遣词用字和节奏韵律,后者甚至更为要紧。可是话说回来,尽管我们对优秀诗歌的这两种特征和要点进行了区分,但它们实际上是互相联系的,缺一不可。最优秀诗歌的主题和内容在真实与严肃方面要上乘,体现其风格和手法的用词与节奏也必须上乘,二者是断断分不开的。这两方面的优秀密切相连,并始终同步消长。如果一个诗人的主题和内容在真实与严肃方面诗品不高,那么我们可以肯定,他的风格和手法在用词与节奏上面也会缺少高质量诗歌的特征。相应地,如果一个诗人风格和手法在用词与节奏上没有高品质的特征,我们也会发现,他在主题和风格的真实和严肃上诗品也不会高。

说了所有这些,不过是些枯燥宽泛之言;它们所有的效力在于应用。我希望每一位诗歌的学习者去践行。自己应用了,脑子里印象更深,比我来操作要强得多。我也有我的局限,不能充分应用上面提出的这些一般性原则;但不管怎样,为了说明它们的重要性,并通过它们更坚定地建立一个重要原则,我将在下面的篇幅里以它们为参照,很快梳理一下就我所见英国诗歌发端以来的发展历程。

我再一次回到法国的早期诗歌,从源头上来说,我们的诗歌与它血肉相连。12 和 13 世纪——那是所有现代语言和文学的播种期,法国诗歌明显在欧洲占有统治地位。当时的法国诗歌有两大分支——奥依语诗歌和奥克语诗歌,二者当中,南部行吟诗人的奥克语诗歌因对意大利文学的影响有其重要性;现代欧洲,意大利文学率先真正奏响宏大音符,产生众多经典作品,可以但丁和彼特拉克的贡献为例。但在 12 和 13 世纪,法国诗歌之所以统治欧洲,还是因为奥依语诗歌,即法国北部的诗歌,今天的法语也源于此。12 世纪,这种浪漫诗歌的兴盛在英国,在盎格鲁-诺曼王的宫廷里,比在法国本身来得还要早,还要猛。但它不过是法国诗歌的兴盛;我们的本土诗歌形成时,实脱胎于此。12 和 13 世纪占据欧洲人心灵与想象的浪漫诗歌是法国的。骚塞说得是：

"它们是法国文学的骄傲,我们没有任何东西可以拿出来与之相比。"文学主题源头众多,但大众熟悉且欧洲人喜欢聆听的浪漫背景来源于法国。这构成了欧洲中世纪鼎盛时期法国诗歌、文学以及语言无可挑战的绝对优势地位。但丁的老师、意大利人布鲁内托·拉蒂尼,写他的《宝藏》用的是法语,其原因,照他自己的说法,是因为"这门语言是最令人愉悦的,也是大家普遍使用最多的语言"。同样,在13世纪,法国浪漫作家、特鲁瓦的克里斯蒂昂也曾声言骑士风度与文学属于他的祖国法国。他这样说:

  通过这本书你们会知道,骑士精神和文学最初闻名于希腊,后来传到了罗马,现在又来到法国。愿上帝准许它留在这里;愿它在此称心如意,愿吸引它驻留法国的荣耀永不会离开。

  然而如今它已彻底成为过去;法国浪漫诗歌内容厚重,风格有力,这在克里斯蒂昂的笔下得到公正的体现,但它已是明日黄花。我们只是出于历史评价的考虑,才能说服自己认为其中有的作品从诗歌角度看还算重要。
  但是到了14世纪,英国人出现了,他们是从这个诗歌传统中吸取的养分,通过这个传统学会了写诗,把这个诗歌中的词语、押韵、格律拿来为我所用;因为即便是意大利人用的诗节——乔叟是直接从意大利人那儿拿来的——根子也可能是在法国,受法国的启发。乔叟(既然我已提到他)令同时代人着迷,但特鲁瓦的克里斯蒂昂也是,埃申巴赫的沃尔夫拉姆也是。不过,乔叟的魅力是持久的;他在诗坛的重要性不需要借助于历史评价,是真正重要。他是欣喜与力量的真正来源,而这个源头仍在为我们汩汩流淌并且还将永远流淌下去。随着时间的推移,阅读他的人会比现在更广泛。他的语言给我们造成了困难,但同样,彭斯的语言也是,而且我认为在程度上丝毫不低于乔叟。对于乔叟,和对彭斯一样,这个困难我们要毫不犹豫地接受并予以克服。
  如果我们要问,乔叟的诗比浪漫诗歌好那么多,那到底优势在哪里——为什么从浪漫诗歌到乔叟,我们感觉突然进入另一个世界。我们将发现,他的优势既在于他诗歌的内容,也在于他诗歌的风格。他内容上的优势来自他对人生的洞见;他看人生视野宽阔,不受羁勒,简单清晰而又充满仁爱,这在浪漫诗人那儿是全然没有的。乔叟不像他们那样束手无助；他获得了一种特别的力量，得以用一个核心的、真正人本的观点审察这个世界。我们只要回顾一下《坎特伯雷故事集》的序言就知道了。德莱顿评论得好："俗话说，'这里应有尽有'。这一句话就足够了。"又说："他是现实智慧取之不尽的源泉。"正是通过对事物广泛、自由、正确的表现，诗歌，这一人生批评的最高艺术，才具有内容的真实，而乔叟的诗歌正是具有了内容的真实。

关于乔叟的风格和手法，如果我们先想想浪漫诗歌，然后再想想他臻于化境的用字遣词，他超凡脱俗的韵律流动，我们很难克制自己不予以十二分的赞美。他的语言无法抗拒；他的后来者说到他"字字珠玑"时欣喜若狂，也是情理之中的事。德莱顿认为我们的韵文最初变得精炼应该归功于乔叟；约翰逊找他的茬儿，说高尔的诗作也是韵律圆润，节奏舒畅，但这是完全没有说到点上。所谓韵文变得精炼，意义远不止于表面的语言特点。一个民族，也许诗作韵律圆润、节奏舒畅的诗人不乏其人，但仍可能没有真正的诗歌。乔叟是我们辉煌的英国诗歌之父；他是我们"未受污染的英语之泉"，因为他遣词用字明丽多姿，韵律曼妙灵动，由此开创了一个纪元，建立了一个传统。在斯宾塞、莎士比亚、弥尔顿以及济慈身上，我们可以看到对乔叟这种清丽文风与灵动韵律传统的继承；在这些诗人的身上，有时我们感受到的是他文风清丽这一美德，有时感受到的是他灵动的韵律。而这种美德是不可抗拒的。

虽然篇幅有限，我这里还是要寻找空间举例说明乔叟的这种品德，一如我在展示伟大经典的优秀品质时总要举例阐明那样。我想说，哪怕一行就足以证明乔叟诗歌的魅力；像这样的一行——

啊，坚守贞操矢志不移的殉道者！

在风范与韵律上就具有我们在浪漫诗歌里面所见不到的品质；——不过这么说并说明不了什么。准确地说，这种品质是我们在所有英国诗歌里面都见不到的，除了我上面所提到的乔叟传统的继承者们。然而，如果我们脑海里对乔叟诗歌的气质不是非常了解，单单一行诗还是太少；我们来观察一节。这节诗取自《女修道士的故事》,讲的是基督教孩童在犹太人区被谋杀的事——

> 我喉管完全割断,割到了骨头,
> 按照通常的情况,孩子回答道,
> 我该断气了,而且该断了很久。
> 但耶稣基督要显示他的荣耀,
> 让人记牢(你在圣书上能读到);
> 所以为了把圣母崇拜和颂扬,
> 我仍能把那歌唱得清晰响亮。

(黄杲忻译)

华兹华斯对这个故事进行了现代处理;若要感受乔诗的曼妙与轻灵,我们只要在读过乔叟之后看看华兹华斯对这节诗处理的前三行——

> 我想,我的喉咙被割到骨头,
> 孩子说,按照一般情况
> 我已一命呜呼,早就不在人世。

魅力不见了。我们常说,乔叟诗歌的清澄流动靠的是对语言自由随性的处理,这在现在已经是不可能。这个自由,彭斯也喜欢运用,那就是在像 neck、bird 这样的词后面加一个音,把它们变成双音节,让像 cause、rhyme 这样的词后面的哑音 e 发声,以此构造双音节词。没错,乔叟诗歌的流动是和这种自由联系在一起的,极大地受益于它,但我们不能说全是依仗于它。它依仗的是诗人的天赋。其他拥有同样自由的诗人就没有达到这种流动,彭斯本人也没有达到。再者,具有和乔叟相同天赋的诗人,如莎士比亚或济慈,尽管不具备这种自由,却也知道怎样实现乔叟诗歌所具备的灵动。

然而乔叟并不算是伟大的经典之一。他的诗歌轻松超越了天主教基督教世界的所有浪漫诗歌,使其黯然失色;超越了所有同时代的英国诗歌,使之相形见绌;也超越了它之后直至伊丽莎白时代的所有英国诗歌,令其望尘莫及。

它达到了内容上的诗歌真实,这一诗歌真实与风格上的诗歌真实自然而必要地结合在了一起。然而,我得说,乔叟不算是伟大的经典之一。他没有那些伟大经典的重点特征。至于他究竟缺少什么,只要提到基督教世界第一伟大经典的名字就行了,那就是乔叟出生之前 80 年就已过世的不朽诗人——但丁。这样的诗行——

> 我们的安宁维系于他的意志……

是远非乔叟所能企及的;虽然我们赞扬乔叟,但我们感到,这诗里所显现的特点是他所不具备的。也许我们会说,在英国诗歌的那个发展阶段,任何诗人都必然达不到这一点。这种情形倒是可能的,但我们要的是对诗歌做出真正的评价,而不是历史的评价。无论如何辩解,乔叟诗歌中缺少某种东西,而诗歌要归入最好最佳之类,这个东西就必须要具备。至于这个东西是什么,毋庸置疑,那就是希腊人说的至高至善的严肃性,亚里士多德将其作为诗歌最重要的品德之一。乔叟诗歌的内容、他看待事物的观点以及对人生的批评都视野广阔、思想自由、观察敏锐、心地仁慈,但却不具有这种高度的严肃性。荷马对人生的批评有这样的特质,但丁有,莎士比亚也有。正是这种特质为我们的精神提供了栖息地;随着我们现在的时代对诗歌的要求越来越多,这种为我们提供精神皈依的美德越来越受到高度重视。乔叟之后 50 或 60 年,一个来自巴黎贫民窟的声音,一生多次卷入骚乱又有案在身的可怜的维庸发出的声音,也曾具备过诗歌最重要的品质,他最精彩的片段(比如在《制盔俏女郎》的最后一节里)所具有的严肃性比乔叟所有的作品加起来都要多。不过,这种品德在维庸那里以及在和维庸相似的人那里是间断性出现的;伟大诗人的伟大之处,他们对人生的批评的力量,就在于,他们的这种品德是持续的。

因此,赞扬归赞扬,乔叟作为一位诗人,有他的局限性;他缺乏伟大经典的高度的严肃性,由此也就缺失了伟大经典品德的一个重要元素。不过,按照真正的评价——这是我们评价所有诗人时所必须遵循的标准,关于乔叟,我们要记住的主要事实是他的宝贵价值所在。他的诗作虽然不具有高度的诗歌严肃性,却拥有内容上的诗歌真实,与之相应的是其风格和手法的精巧。随着他的出现,诞生了我们真正的诗歌。

在这里,我们没有必要详述伊丽莎白时代的诗歌,也没必要去讨论这个诗歌在弥尔顿作品中的延续与结束。我们大家都对这一时期诗歌的评价达成了一致意见,都承认它是伟大的诗歌——我们最伟大的诗歌,而莎士比亚和弥尔顿则是我们诗歌的经典。真实的评价在这里是普遍接受的。接下来的诗歌时代,我们的评判出现了分歧,变得困难重重。如今,对于这个时代的诗歌已经有了历史的评价,可问题是,这个评价与真实的评价相吻合吗?

德莱顿时代,以及随后的整个18世纪,人们真心地认为产生了自己的诗歌经典,甚至以为在诗歌的成就上比前人更进一步。有人认为"英语诗歌的美妙之处我们的前辈从未能理解,也不曾付诸实践",德莱顿认为这一说法并不存在多大争议。考利则觉得乔叟的诗歌根本就没有什么。德莱顿倒是发自内心地欣赏乔叟的诗,并且像我们所看到的那样,竭力歌颂其内容,但对于乔叟诗歌精巧的手法和韵律,他所能说的只是"诗中有一种苏格兰味的原始的美妙,自然而令人愉悦,但不完美"。艾迪生想赞扬乔叟的节奏韵律,把它们与德莱顿的相比较。而整个18世纪,甚至一直到我们自己的这个时代,评论界对我们早期诗歌中好诗的赞许之词都一成不变,那就是,它甚至已差不多达到德莱顿、艾迪生、蒲柏和约翰逊的诗歌水准。

德莱顿和蒲柏就是诗歌经典吗?这样的历史评价(如此评价就是历史评价,而这样的评价由来已久,是不大会被轻易放弃的)难道是真正的评价吗?众所周知,华兹华斯和柯勒律治对此是拒绝的,但华兹华斯和柯勒律治的权威在年轻一代的身上并没有什么分量。很多迹象表明,18世纪及它的判断又在赢得我们的青睐。那么,18世纪受喜爱的诗人们是经典吗?

鉴于当前篇幅的限制,我们不可能在这里全面讨论这个问题。况且,不管怎么说,德莱顿和蒲柏都是文学大家,专断地对他们二位"不恭"——即便是看似不恭,哪个文人不心存畏惧?两人都是才华出众,而且其中一人——德莱顿——更是多才多艺。然而,如果我们要从诗歌中充分受益,我们就必须要有真正的评价。就因这一点,我想方设法,力图做出这样一种评价而又不至于触犯众怒。也许,最好办法是以中肯的赞扬开始,这也是比较容易的一种办法。

伊丽莎白时代荷马的译者查普曼在前言中发表这样的议论:"尽管真理赤

身坐在深深的穴洞里,以致从盖底斯到奥罗拉到恒河很少有人能探寻到她,我还是希望那少数的人将发现并确定,这就是她从黑暗中步入我们诗人的清晨之时,而我们的诗人即将用阳光笼罩他的神殿。"我们说,这样的文风实在让人难以忍受。弥尔顿写道:"时过不久,我就坚定地认为,一个诗人,只要不灰心绝望,觉得从此写不出值得赞美的事物,他就应该能写出真正的诗歌。"我们认为,这样的文风气势雄伟,却不免过时而读来不便。但当我们听到德莱顿跟我们说:"维吉尔创作时正值盛年,家境优裕,生活安逸,我着手翻译他所写的东西时已是桑榆晚景,贫病交加,天赋受抑,所写所作,很可能招致误解。"这时,我们不禁欢呼,我们在这里终于看到真正的散文,一种我们大家都很高兴去使用的散文——假如我们知道怎样去使用的话。然而,德莱顿是弥尔顿的同时代人。

但王政复辟之后,我们的民族到了迫切需要一种合适的散文文风的时候。同样,我们的民族迫切需要从清教徒时代对宗教的痴迷中摆脱出来。要实现这种摆脱与自由,不可能不额外出现一些否定意见,不可能不在某种程度上忽略和削弱心灵的宗教生活;而 18 世纪的精神历史告诉我们,这种摆脱与自由的实现也的确伴随着上述负面结果。尽管如此,我们的自由还是来到了;那种倘若任其继续必定有害并阻滞进步的成见消除了。对我们而言,这个时期的宗教如此,文学亦如此。必须要有一种恰当的散文风格;但要在我们当中建立这样的文风,不可能不对心灵的想象生活降下一点寒霜。一种恰当的散文文风需要如下品质:富有规律、前后一致、准确、平衡。文人也许受命运嘱托,有责任让他们的民族找到一种恰当的散文文风。因此,不管他们是写散文还是写诗,都必须突出地、几乎是排他性地专注于规律、一致、准确、平衡这些特点。而对这些特点的专注必然会在某种程度上造成对诗歌的抑制和禁声。

18 世纪是我们彪炳千秋必不可少的时代,是散文与理智的时代,我们将德莱顿看作这个时代强大而辉耀的创立者,将蒲柏看作其杰出的主教。就他们的使命与天命而言,他们的诗歌与他们的散文一样,是令人钦佩的。倘若你们要问我,德莱顿的诗——随便从哪儿择取——是不是不好?比如这两行:

> 不朽、不变的奶白色雌鹿,

草地上吃草,森林里漫游。

我的回答是:就一个散文与理智时代的开创者来说,他的诗令人钦佩。倘若你们要问我,蒲柏的诗——随便从哪儿择取——是不是不好?比如这两行:

我指向豪斯罗荒地,以及班斯特德丘陵地
你的羊肉就来自那儿,还有我的这些小鸡。

我的回答是:就一个散文与理智时代的杰出主教来说,他的诗令人钦佩。但假使你们问我,这样的诗是否出自对人生持有恰当诗性批评的人之手,他们对人生的批评是否高度严肃,或者,虽没有那种高度严肃,那么是否具备诗歌的博大、恣肆、洞悉、宽仁?假使你们问我,这些人诗里思想之于人生的抒发(若能做到,则无疑常常是强有力的)是不是强有力的诗性抒发?假使你们问我,这些人的诗歌是否具有这种恰当诗性批评的物质材料,或那不可分割的风格手法,他们的诗是否具有如下诗行的特征:

那就请你暂且牺牲天国之幸福……

或

难道还有比这些更难战胜的吗……

或

啊,坚守贞操矢志不移的殉道者!

我的回答是:没有,也不可能有;它们是一个散文和理智时代创立者们的诗歌。尽管他们能写诗,尽管他们可能在一定意义上来说是诗歌艺术的大师,德莱顿和蒲柏都不是我们诗歌的经典,他们是我们散文的经典。

格雷是我们那个文学和时代中的诗歌经典；格雷的地位是独特的，在这里需要说几句，以引起注意。他的诗作不多，影响也不大；不像有的诗人，生逢其时，产出既多，影响也大，又做到对人生有主见地批评。但他与伟大的诗人们生活一起；最重要的是，他通过不断学习与欣赏，和希腊诗人们生活一起，因此领悟到他们看待人生的诗歌观，掌握了他们的诗歌方法。这种观点和方法不是发自他自身，而是从别人那儿得来的；而且他也并没有予以自由而充分的运用。然而，相较艾迪生和蒲柏从不曾用之，格雷起码时而运用。他是我们诗歌经典中产出最少、也最薄弱的一位，但他是经典。

格雷之后，时近18世纪末，我们遇到彭斯这个伟大的名字。我们也由此进入对诗人的个人评价开始盛行，而要拿出对他们的真正评价却不无困难的时代。然而，尽管有这样那样的个人偏见、民族偏见的妨碍，我们还是力图对彭斯的诗歌作一个真正的评价。

根据其英语诗歌看，彭斯大体上属于18世纪，对我们来说并不重要。

> 瞧那恶棍**暴力**，坏事做尽毫不在乎，
> 在这堕落的时候欢欣鼓舞；
> 看那毫无戒备的**天真**沦为猎物，
> 任狡诈的**骗子**指出错误的道路；
> 微妙的**诉讼**全凭舌头翻卷
> 无论**对错**一样来把你吸干！

显然，这不是真正的彭斯，否则他的名字与名气恐怕早就消失。热恋克拉琳达的诗人希尔文达也不是真正的彭斯，但他这样跟我们说他自己："这些英国诗歌把我折磨死了。我没有像掌握我的本族语那样掌握这门语言。事实上，我想我的想法在英语中比在苏格兰语中更贫瘠。我曾试图用英语对《邓肯·格雷》进行修饰，但所能做的全是绝望的蠢事。"我们以英语为母语的人读彭斯，自然去读他用我们的语言写的诗，因为那样我们读起来容易，但在那些诗歌中我们没有读到真正的彭斯。

真正的彭斯当然在他的苏格兰诗歌里。我们不妨大胆地说，对于他的很

多诗,那些总是写苏格兰酒、苏格兰宗教以及苏格兰行为方式的诗歌,苏格兰人的评价容易带有个人色彩。苏格兰人习惯了这样一个苏格兰酒、苏格兰宗教以及苏格兰行为方式的世界;他们感到亲切,与诗人一拍即合。带着这样的情感,他们会去读像《圣集》或《万圣节前夕》。然而这一苏格兰酒、苏格兰宗教以及苏格兰行为方式组成的世界,在一位不带偏好的同胞读来,却对诗人不利而非有利,因为这本身就不是一个美丽的世界;而不可否认的是,一个诗人,只有描写美丽的世界,才对他有利。彭斯笔下充满苏格兰酒、苏格兰宗教以及苏格兰行为方式的世界常常是一个严酷、肮脏、令人反感的世界,即便是《佃农的星期六夜晚》中的世界也不是一个美丽的世界。无疑,一个诗人对人生的批评也许会具有这样的真实和力量,能战胜其世界,令我们愉悦。彭斯也许会战胜他的世界,而且常常真的战胜了他的世界,但我们要看到他是怎样以及在哪里做到这一点。我们说过,个人评价的偏见容易误导人,彭斯就是第一例。让我们来仔细看看他,他能经受住这样的审视。

　　许多彭斯的仰慕者会告诉我们,彭斯轻松、真诚、令人愉快,如下面这首诗所示——

> 美酒才是幸福!它的好处
> 超过一切学校!
> 它把才华点亮,叫智慧成熟,
> 将知识塞满我们的头脑。
> 不论是淡啤酒还是威士忌,
> 还是更带劲的烈性酒,
> 只要多喝就准保得力,
> 能使我们心灵目秀,
> 不论黑夜,或白天。

(王佐良译)

彭斯的诗歌里有许多这样的东西,这令人不太满意,但不是因为它们是酒神狂欢之诗,而是因为它们没有酒神狂欢诗的真挚(说句公道话,酒神狂欢之诗常常是有这股子真挚的)。诗里有一种虚张声势的东西,让我们感到诗人没有用他真实的声音跟我们说话,因而有一种从诗歌角度来说不完美的东西。

他的仰慕者们更有信心地告诉我们,当他的诗歌坚持伸张人的独立、平等、尊严的时候,我们便有了真正的彭斯——一位伟大的诗人,比如那有名的《不管那一套》——

> 别看君王至高无上能赐爵封号
> 什么侯爵公爵,头衔没完没了
> 只要正气在身,管他皇权龙袍
> 信义在胸,又怎能为官位折腰
> 管他这么着,还是那么着
> 什么尊荣显贵,不过是老一套
> 做人高风亮节,有尊严和自豪
> 这比爵位更崇高,不管怎么着。
>
> (晚枫译)

在这里,他们看到他宏大、真挚的笔触;更有甚者,当这位经世天才开始说教的时候(他常常可是无视道德的)——

> 正当爱情的神圣激情
> 尽可以放纵沉迷;
> 但绝不可沾花惹草到处偷腥,
> 尽管你知我知无人泄露秘密。
> 别以为此等事多一点也无妨,
> 深深隐藏也不打紧,
> 殊不知到头来它会硬化心肠,
> 麻木我们的感情。
>
> (王佐良译)

或者在一首更好一些的诗里——

> 只有制作我们的心的上帝,
> 才能最有力地考验我们:
> 他知道每根心弦能发多少音,
> 每条血管能载多少情。
> 那么在天平之前让我们住口,
> 因为我们无法把它摆平,
> 也许算得出人家干了什么,
> 却不知顶住没干的事情。

(王佐良译)

又或者在一首还要更好的诗里——一首他的崇敬者们会说无法超越的诗里——

> 为孩子和妻子
> 营造幸福温暖的家居生活,
> 乃人生之
> 真正悲壮崇高的感情。

彭斯的仰慕者们会对我们说,这就是你要的人生批评,这里就是将思想运用于人生的诗歌!毫无疑问,的确如此。这最后引用的几行诗的要义,几乎和色诺芬告知我们的苏格拉底全部教育的目标和目的相吻合。而且这一应用是有力的,它出自一位理解力超凡,同时(不消说)又堪称语言大师的人。

然而,从诗歌的最高成就来看,仅仅将思想有力地用于人生还远不够;这个应用还必须是在诗性真与诗性美之法则规定的条件下进行。这些法则,在诗人处理譬如这里谈到的问题时,确定了一个必要的条件,那就是高度的严肃性;这个高度严肃性来自绝对的真诚。正是这种来自绝对真诚的对高度严肃性的注重,给予但丁的人生批评和诗歌以力量:

> 我们的安宁寄寓于上帝的意志……

在我从彭斯那儿援引的诗节里能感觉到这种凝重吗？肯定没有；肯定，假如我们的感觉敏锐，我们必须看到，我们在那些诗节中没有听到真正的彭斯发自内心最深处的声音；他没有从那深处跟我们说话，他多多少少是在说教。缺了这种完满的诗性凝重，我们对此类诗节的欣赏必定减少，但我们可以得到补偿，那就是，对于那些体现出这种凝重的诗歌，我们会更加欣赏。

没有；和乔叟一样，彭斯缺少这种伟大经典的高度严肃性，与这种高度严肃性相一致的内容和风格在他的作品中也无从追索。只有沉浸于激情与忧伤之时才会触及这种品质，正如拜伦在《阿比多斯的新娘》中当作格言引用的那四句不朽的诗行，其深厚的诗性品质在拜伦本人诗歌中是见不到的——

> 若是我俩根本不曾热爱，
> 若是我俩根本不曾盲目地爱，
> 根本没有相逢，也就不会分手，
> 也就不会眼泪双双对流！
>
> （王佐良译）

然而如果需要整首诗都具有这种质量，彭斯是做不到的；《告别南希》中的其余诗句都是冗言赘语。

我想，我们可以这样对彭斯做出最为真实的评价：他的诗作具有内容的真实与风格的真实，但缺少顶级大师那种对高度严肃性的注重，或者说缺少他们那种诗品的优秀。他对人生的真正批评——当他作为一个纯粹的诗人说话时——是具有讽刺性的，不像如下这首诗：

> 万能的上苍，是你的伟力，
> 给我降下这些愁苦，
> 我并不因此动摇，磨难也是幸福
> 因为一样是上帝的意志！

更多的是:《对其余一切吹口哨》!然而我们可以说,像乔叟一样,对于他面前的人生与世界,彭斯的看法是博大、自由、敏锐、仁爱的,因此具有真实的诗性;他把所看到的付诸诗歌时,他的风格是与之相匹配的。但是我们必须同时看到他与乔叟的巨大差异。乔叟的自由在彭斯这里被大大加强,后者充满火热与放荡不羁的活力;乔叟的仁爱到彭斯这里深化成一种压倒一切的对事物的伤感——不仅是对人性的伤感,同时还有对非人性的伤感。乔叟风格的流动不见了,取而代之的是活力与无比的迅疾。彭斯具有更大的力量,尽管也许魅力相对要少。乔叟的世界比彭斯的世界更美丽、更丰富、更有意义;然而当彭斯的博大与自由尽情挥洒的时候,比如在《汤姆·奥桑特》里,或者更多地在那强大而辉煌的诗篇《快乐的乞丐》中,他的世界也许是真实的,但他的诗才盖过了它。在《快乐的乞丐》的世界里,展现的不仅仅是可怕与污秽,还有兽性;不过诗却是绝好的诗。它有广度、真实、有力量,能使歌德《浮士德》里著名的场景"奥尔巴赫的地窖"相形之下看上去虚假而平淡,只有莎士比亚与阿里斯多芬才能与之媲美。

  在这里,彭斯的博大与自由出色地为他所用,替他效力。还有一些诗和歌里,无限的淘气与智慧之上又加机敏,仁爱之外更添悲情,这时他的风格是无瑕的,全诗形成一个完美的整体,比如像那写给家被他毁了的老鼠的诗里,像在《邓肯·格雷》《汤姆·格伦》《郎吹口哨我就来》《往昔的时光》(这个单子还可以更长)这样的诗歌里;在这里,我们看到真正的彭斯,对于这个彭斯,真实的评价的确是很高的。他的诗作不是经典,没有伟大经典所具有的那种杰出的高度严肃性,也没有哪节诗上升到经典诗作达到的人生批评的高度,或体现经典诗歌的美德;但他却是一位杰出的诗人,他的内容完全真实,用真实的风格回应各类题材,给了我们十足的好诗。我们大家都有怜悯之心,也许最看重彭斯的地方往往就是他笔下那透彻心扉,有时几乎令人无法忍受的悲情;像在这样的诗里——

> 我们曾赤脚蹚过河流,
> 水声笑语里将时间忘。
> 如今大海的怒涛把我们隔开,

> 逝去了往昔的时光!
>
> （王佐良译）

这里,他显得是那么美妙而可爱。不过,至善至美的恐怕还是他那些更轻松、更犀利的名篇,它们令我们在诗歌欣赏上极为受益。对于受雪莱个人评价所误导的崇拜者来说——我们当中很多人一直是,现在是,并且将来还会是如此——我们最喜爱的就是那美妙的意境构筑,那由语词和意象构成的五颜六色的薄雾,那

> 强烈的虚空中尖塔般耸立的昏蒙——

最有益的莫过于去读最调皮、最精妙时候的彭斯。把《解放了的普罗米修斯》中——

> 来到黑夜和白天的边缘,
> 我的马匹全想休息;
> 大地却轻声地向我规劝:
> 它们该跑得比闪电更敏捷……
>
> （邵洵美译）

和《汤姆·格伦》的——

> 老妈成天吵不休
> 叫我当心年轻小伙;
> 说他们只会奉承欺骗我;
> 可汤姆·格伦又怎么说?

放在一起阅读,该多么有益啊！非常有益！

但当我们着手评判靠近我们时代的诗歌,如拜伦、雪莱以及华兹华斯的诗

时,我们就进入了争论激烈的领域,对这些诗歌的评价常常不仅是带有个人色彩的,而且带有强烈的个人色彩。从我的目的来说,拿出一个彭斯的例子——他是我们选入的第一个诗人,对他的作品的评价显然很容易个人化——指出怎样利用伟大的经典来作为一种试金石来纠正这种评价(就像我们先前用同样的方法纠正我们所遇到的历史评价一样),这就足够了。本诗集著名诗人与名篇荟萃,给我们提供了一个很好的机会,去矢志不渝地使我们的诗歌评价真实。我尝试指出一个帮助我们实施的办法并展示了运用之道,以便任何有兴趣的人自行实践。

  不管怎么说,我在这篇文章中强调了一个目标,文章结束时,请允许我再次重申,这个目标至关重要。我设计给出了通向这一目标的方法与评价,而在通往这个目标的过程中(如果确实能走通的话),它们一定会显示它们的全部价值,那就是,使我们清楚地感受以及深刻地欣赏诗中的极品,那真正经典的东西。我们常常听说,我们已经开启了这样一个时代,在这个时代里,我们会看到大量的普通读者和大量的一般性文学;我们经常听到,这样的读者不想,也没有能力品尝比这种文学更好的作品,而提供这种一般性的文学,正成为一种巨大而有利可图的产业。我则认为,即便好的文学在当今世界已完全失宠,它仍然大大值得我们去继续顾自欣赏。而话又说回来,它绝不会失去这个世界的喜爱,尽管表面看来人们对金钱看得重了;它绝不会失去它至高无上的地位。它必定为人喜爱并保持它崇高的地位,不是因为世人有意、自觉的选择,而是出于更深层的原因——人类自我保护的本能。

附录5　透　明　性

沃尔特·佩特

（1864年）

　　有一些超世脱俗的品性，这个世界能够予以评判。某些道德类型或道德范畴，世人会给予认可，认为归属这些类型的东西都有其存在的权利。圣人、艺术家，甚至耽于沉思冥想的思想家尽管遗世独立，但其工作——如果说他们真工作的话——依然顺应并借助这世界能量的主流。这些人常常很晚才得到承认，或者很少得到承认，抑或受到误解，但生活的格局以及人们的情感中总还给他们留下一席位置。一些狭隘不堪的教条理论家也能为之容受。似乎隐隐意识到自身的重疾和心灵的疲惫，人们欣然向那些能就这世界的病态提出理论之人求助。构成一个这样的范畴或类型需要品性具有一定的宽度与广泛性。还有一种品性既不宽也不广，罕见鲜有，但对艺术家来说却尤为宝贵，它近乎《神曲》里贝雅特丽齐身上所显现的最高道德魅力。它不以色彩的宽广或丰富吸引人的眼球，而以光的精妙的边界取胜，在那里，道德本性的各种元素精炼到了极致。它跨越而非追随世界生活的主流。这个世界感官不够敏锐，无法感觉到它那些倏忽明灭的色差，正是这些色差填补了迥然不同的品性类型之间的空白——它将道德世界的组织中在单个点上加快了的生活精准地传输到组织的各个方面！对于这种品性，世人在情感中还没为它准备好位置。这种没有色彩，也未分类的纯洁生活，世人既无法让它为己所用，也无法把它看成一种理想。

　　"简化自己，与自己同一"（"Sibi unitus et simplificatus esse"）是"效法基督徒"长期所做的斗争。它所形成的精神与将生活看作一种技能游戏的做法正好相反，后者是把事物与人当作获取或实现某种超越的标记或筹码。对任何一个事物，它力求看到其永恒的价值，对事物给自身生活格局可能带来的正面或负面影响绝不添加一分，也不少说一毫，是怎样就怎样。它是这样一种精神：如实看待外部环境的本来面目，如实看待自身的力量与倾向，意识到自己生活的既定条件，绝不因渴望变革或偏爱生活的某一方面，或因某种激情、某个看法而乱了心境。我们所指的这种品性之所以能够实现这样完美的生活，完全是天性使然，无须任何奋斗挣扎。不仅圣人，艺术家也是，还有沉思默想的思想家，尽管他们这些人在现实社会中有时免不了感到困惑、不快、身心崩溃，但他们都追求这种简单，至死不渝。萨伏那洛拉①脑海中这一追求与较低层次的实用目的一直在纠缠和冲突，罗莫拉②的创造者曾巧妙地描述过这些挣扎。语言表达是智性的功能，同理，艺术这一最高形式的表达就是智性的最高产物；那么这种对简单的渴望实质是此类品性的智性部分对自我的一种间接肯定。目的与行为上的简单可明确无误又巧妙地勾勒出一个人的品性。它是一种道德的生动表现，其中蕴含着智性的胜利。完美的智性文化以宁静为要，这种简单构成其显著特点。艺术家以及用艺术精神对待生活的人，只渴望向世界展示真实的自我。当他越来越接近完美时，外在生活的面纱由于不能简单表现内在而变得越来越薄。这种智力宝座是很少有人能坐上去的。如同宗教生活一样，这是世界的一个悖论，它否认人之一般生存的首要条件，暗中打乱事物自生自发的秩序。但我们面前的这一品性是这种宁静与简单的预言，它似乎来自天恩而非天性，也不是因为某种幸运降临，或碰巧因出生或体格带来的自然禀赋，可见它真真确确不超乎人的命运范围。如同内在生活的所有更高形式一样，这一品性是智性、道德以及精神因素的微妙融合与相互渗透。但是它最令人注目、最强有力的正是它智性与文化的一面。这是一种品味高尚的心智，内中为某种精神之光照亮。所谓品味，是一种不完善的智力状态，不过是一种贫瘠的文化。它是一种精神态度，是完美文化所反映的心智方式，体现为一种快乐的本能。一切诉诸感官与智性的事物，它都能巧妙地应对，这实际上是受到更高知性生活法则的引导，但尽管文化能够追踪那些法则，光靠品味却是察觉不到它们的。我们面前的这一品性中，品味从未失去它的指导

---

① 15 世纪后期意大利宗教改革家。——译者注
② 乔治·爱略特的历史小说《罗莫拉》的女主人公。——译者注

性,远不止是一种精神态度与方式。一股宏大的智性力量潜藏其中。这好像让人想起曾经启迪过人类心智后又被遗忘了的文化,仿佛前世某个启蒙哲学家的头脑转世轮回,又开始了它的精神之旅,而这回则具有了某种预见旅程各阶段情形的能力。它有着品味的清新,却没有它的肤浅;有着文化的广度与严肃,而没有它的紧绷与过度意识。这样一种习惯可以说成是心灵的渴望,是一种"要去了解的东西很多很多"的感受,是一种对不可企及之事的热望,而并不希望理解。其道德结果是一种心智的朴实或者完整,本能地喜欢直接与明晰,唯恐自己的混乱与缺乏透明清晰会从外部阻碍那尚未进入内心的光芒的传播。一个始终期待身边某处会有一道光亮显现的人,总会很奇怪地留意到天空哪怕最微弱的苍白。这种秉性的真诚,这种感受性,教授们常常是教不会的,它更多地来自天真而非智慧。这样一种品性如今就像古典时代的一处遗迹,偶然现身在我们陌生的现代氛围里。它有着老古董明白无误的光晕及其永恒的情状。也许,人们发现它几乎总是带有相应的外部相似性。这一品性模糊或者说被遮盖了的时候与乔治·丹东所提及的"隐隐的粗鄙行为"正相反,也是卡莱尔认为对真正的艺术兴趣来说必备的品性类型。正是全透明时的它,使得一切真正赋予生命的东西不知不觉地在既定的事物秩序中得以通行,毫不困难地识别它自身因素同那个秩序中更高因素之间的所有内在相似。然而进一步来说,它的渴望以及对于完美的自信使得它热衷于变革。革命者所以成为革命者,不是因为自我怜悯,就是为别人感到愤慨,要不就是对事物进步中起主导作用的暗流感同身受。之所以说我们面前的这个品性也具有革命者性质,是从个人价值,也就是生命的尊严这一直接意义上来看的;对希腊人来说,生命的尊严是上天的恩赐。一个人,如果他的个人生活已为本性所孤立与完善,他又怎么能看重来自偶然,或者来自习惯与传统的东西呢?革命常常是不敬的。那些从事革命的人不得不一而再、再而三地违反崇敬的本能。这是不可避免的,因为进步毕竟是一种暴力。但在这种品性中,革命性行为因为距离变得温和、和谐、顺从。它是一个沉睡了一百年的人的革命性行为。我们大多数人都因为环境的作用而变得中立了。对我等大多数人来说,在精神与智性生活中只被给予一次机会,而环境却阻碍我们敏捷地抓住那唯一的机会。我们天性中的那个幸福点迸发不出生命。我们的集体生活对我们每一个人的每一部分都施加同样的压力,几乎让我们所有人都沦落为平淡无趣的存在。另外一些人变得中立,不是通过抑制天赋,而是通过在它们中求得平衡。在这些人身上,所有的天赋、长处或想法都以"着调"为主导。世人很容易混淆这两种情况,从我们面前的这种品性中只看到冷淡主义。无疑,人类生活的主脉络几乎不能从它这儿穿过。世界的进步也不能通过它来取得。这不是路德或斯宾诺莎的外衣或外在形象,而是拉斐尔的。宗教改革与文艺复兴中的拉斐尔本身受到二者的启迪,但却不俯就任何一方,而是遗世独立,尽管从外表看他只是一个青年,几乎是一个婴儿,却让整个世界为之惊讶。希腊雕塑的美是一种无关性别差异的美;神祇的雕像更是没有性别的痕迹。而这里,正是有一种道德的无性,一种无能,一种品性的完整,似无成效,但却有其本身神圣的美与非凡意义。

世人一次又一次地对这种透明清澈的品性所显示的英雄精神、洞见与激情感到惊讶。诗歌和诗歌史曾梦想有一场人类危机,危机中必有一些受害者被送进坟墓。而他们就是人类陷于深幽情感时可能会选择遣送的人。"要我看,"卡莱尔在评论夏绿蒂·柯黛①时说,"假如她突然从僻静处冒出来,像一颗星星,光芒四射,残忍而可爱,半是天使半是魔鬼,一会儿闪烁,一会儿泯灭,光辉而完整,永远活在人们的记忆里,彪炳千秋,那又作何说!"

常常,这种品性宛如一缕芳香能在我们刚成年时就感觉到。之后,随着这个世界浑浊的空气逐渐侵蚀我们,它的气味慢慢消失了。也许,我们所有人身上都有过它散发的香气,在人生的每一个阶段都有它反复出现的时刻。可以肯定的是,对每一位有天赋的人来说,情况就是这样的。那是一线纯洁的白光,人们能从歌德芜杂丰富的天性中将它拆解出来。它是一个天然的预言,告诉人们下一代人为它的这些想法改变后,重抖精神,将会以怎样的面貌出现。有想法的人具有一种暴力,很难对付,让人觉得他们不可能成为具有广泛生命力的那种类型。社会不会去顺应他们的形象,除非竭力扭曲自己的真正秩序,而这样做是讨人嫌的。简言之,在这样的品性中,思想和想法仿佛因距离而变得温和、和谐,显得自然而迷人,绝无斧头与锤子的声音。

---

① 法国大革命时期人物,因暗杀雅各宾派领袖马拉而被送上断头台。——译者注

人们常常试图寻找一种品性作为生活的根本类型。哲学家、圣人、艺术家，无论他们哪一种，都不可能成为这种类型，尽管自然秩序本身让他们显得特别。书呆子、守旧者或者任何鲁莽与不敬的人也不可能是。而且这种类型还必须对社会现状感到不满。只有这里提到的品性够得上这种类型的标准。如果大多数人都是如此，这个世界必将得以重生。

附录6 道德骗子

乔治·爱略特

（1879年）

词义的降格，具有讽刺意味，一个熟悉的例子是"何为一个人的价值"，如今它的意思等于是说此人有多少钱财。但"道德"和"道德标准"这两词在流行或礼貌用语中词义遭到贬低，似乎带有更深的讽刺意味，且更令人感到悲哀。这些词被迫扮演的卑微角色让人想起那些异教神灵的命运；那些神灵，原本在人们眼中主宰着上苍与人类命运，现在却被降到了小鬼的地位，甚或沦为笑料，徒给大众提供娱乐而已。

我曾在一次商业纷争中和梅丽莎谈话，发现谈到加维尔·曼特拉普爵士碰到的不光彩之事时，她语带同情。那位曼特拉普先生在始新矿产公司以及另外几家公司中的行为遭到质疑，而那几家公司根本就是他为惩罚一些小商人的无知而巧妙策划出来的。因为这场不光彩的事情，这位有爵位的可怜人实际只能靠妻子卖掉一二十万统一公债过日子，生活相对黯淡。

"你的同情心肯定是选错了对象，"我说，对她很是怀疑，因为我愿意相信正确的道德判断是女人的强项（在我们的岛上这样的女人占大多数，大约能有一百万），而且我想她之所以这么看，也许有她没说出来的道理。"我倒认为你应该为曼特拉普的受害者惋惜——那些寡妇、未婚大龄女子以及辛苦工作的父亲们。曼特拉普急于发家致富，不择手段骗取了他们所有的积蓄，自己吃得好，睡得舒坦，还要在公众面前厚颜无耻地为自己辩护，随后又会去参加教区的共同忏悔，或许他以为自己是上帝眼里可接受的人，尽管体面人都拒绝与他打照面。"

"噢，关于那些公司的事儿，我知道，都很不幸。在商业活动中，人们会身不由己做很多事情，也许他也不知道结果会怎样。但加维尔爵士的钱还是用对了地方的，他是一个非常'有道德的'人。"

"你说的一个非常有道德的人是什么意思？"我问道。

"噢，我想这，每个人指的都是一个意思吧。"梅丽莎带着一丝责备的口气说，"加维尔爵士是一个出色的家庭男人——在这方面无可指责；而且在迪普托普他居住的地方也乐善好施。和巴拉巴斯先生全然不同，那位先生的生活——我丈夫跟我说——实在不像话，还和女戏子之类的人关系扯不清。我想一个男人，他的道德品行如何，对我们来说意味着很大的区别。我对巴拉巴斯先生没有同情，但我真的为加维尔·曼特拉普爵士感到惋惜。"

在这里我不想重复我当时对梅丽莎的回答，怕太唐突太冒犯。我的看法是，这两个坏家伙当中，加维尔爵士的危害更大，因为他的美德之名实际是一个欺骗装置的组成部分；也许我当时还暗示了，称这样一个人为"有道德"表明了人的愚蠢荒唐。事实上，我当时只是一时气愤，急着想开导她，可梅丽莎，一如有时候会发生的那样，注意到了我的愤怒，但对我的开导毫不领情，因为从此我便听她说我脾气暴，而且关于道德的观点不是太严谨。

但愿不使用完整意义的这种狭隘用词行为只局限于梅丽莎这样的女人。道德以及道德标准又称"伦理学"，如今已是一个被大加讨论的题目，它们真正的基础亦成为人们急切争论的问题；关于伦理学的最著名的书将伦理与政治科学，或者与讨论国家建构和繁荣的事结合在一起，成了我们大学里的一项主要研究；看到所有这些，人们也许认为，知识人士们有理由去避免对语言的歪曲运用，使其不至于沦落到谈论人生看法时超不出乡村八卦的地步。然而我发现，即便是我们国家以及外国令人尊敬的历史学家们，也会先揭露一个国王奸诈、贪婪、乐意对严重违反公正执法的行为网开一面的恶行，最后却总要为他说好话，说其品德纯洁无瑕；这等于让人们感觉在说，他既不好色也不堕落，不是那种典型的印度统治者的欧洲版本，没过着麦考利所描述的声色犬马的生活。我们有时被告知，这样的坏国王也信仰宗教，这就让我们得出这样奇怪的结论，那就是，一个人最严肃而广泛的责任完全在道德与宗教之外——前者在于不养情妇（也许酒也不喝得太多），后者在于和上帝达成某些仪式与精神上的交易，而这些交易蛮可以和对他人做出的最卑鄙的行为并行不悖。有着这样的分类，无怪乎——考虑到语言对思想的强大的反作用力——很多人对新近的科学与哲学消化不良，晕头晕脑，不去探寻社会责任的缘由；而且，因为自己无意去做伪证毁掉一个清白之人，也不为一己之利向我们的海军提供变质的腌肉，便不觉得有必要动脑子思考，追究为什么别人不应该这样做，同时，对于别人对这个"为什么"追究的所有答案倾向于表示不满意，以此衡量自己智力的微妙。实际上，当我们的习惯措辞将我们大部分的社会责任打上印记，变成与我们天性中最深的需求与情感不相干的东西时，大谈特谈什么伦理学理论是没什么用处的。大众语言的非正式定义倒是唯一的媒介，只有通过它，理论才会真正影响众人的头脑，甚至在那些名义上的知识人士中也如此。工作时间是每天最完整的一段时间。假如一个人把它都花在很有可能会导致广泛伤害与痛苦的无良公共事务或私人事务上，然后回家和妻子孩子一起进餐，珍爱家庭的幸福，如此便可称之为"道德"的话，那高谈伦理和神学的是非对错绝不是好征兆。

两性关系与基本的亲属关系是人之幸福感最深的根源，这个事实恐怕没有人会甘愿视而不见；但是如果就此将它们与道德画上等号，那等于说切断了情感的渠道，而两性关系与亲属关系正是通过这些渠道滋养了这种幸福感。这两者是一种敏感性的最初源泉，这种对他人诉求的敏感性正是所有社会的纽带。然而，因为它毕竟首先是一种私德的善，那就始终存在这样一个危险，即个人的自私性只会从中看到于己最有利的部分；正如知识、航海、商业以及所有本质上来说旨在唤醒人们互相依赖之意识从而让世界成为一个大社会的情况一样，它们同时又是自私、不公、战争和压迫的渊薮，一旦公众良心或者主流情感力量和舆论对大众福利所要求的东西坚持得不够一致和有力的话，它们便会起负面作用。妨碍公众正确判断的影响因素有很多，其中涉及褒扬与指责的词汇在语义上的降格，我认为值得每一个成熟的观察者为之抗议。有些词有自己的尊严，并以保留其尊严为其存在的资格条件；如若将这些词剥夺掉它一半的意义，那无异于让身体失去一半机能的人去达到他们健康而富于活力时曾经达到过的高危要求，或好似出售食物与种子却欺骗性地抽掉其中的精华：两种情况下都是本来应该让人大受裨益的东西即便没受到毒化，也被致命地削弱了。除非我们修改词典，找到"道德"以外的词来代指大众用法中人对人的责任,否则让我们拒绝承认这样的承包商有道德:此人为了自己发财,使用大型机器为应征入伍抗击入侵者的可怜士兵生产军鞋,战事凶险,生死难料,他却用纸板冒充皮革做鞋底。即便此人是世上最温柔、最忠诚的丈夫,我们也不能称之为有道德的人;相反,应把他叫作"恶棍",并认定,他所体验的家庭幸福让他不计后果、给别人带来痛苦的做法显得更加恶劣。让我们拒绝将任何在大事上全然以自我为中心的政治领导人视为有道德,即便这样的人在个人习惯上像罗伯特·沃波尔爵士一样不拘小节,心目中很能意识到公众利益,在宽宏大度、不偏不倚的外表下能抑制所有小小的冲动,我们也只能大胆地说他没那么不道德。新闻记者中有一类人,惯于不顾一切地报道伤害性传闻,靠此吃饭,暗示对手最邪恶的动机,到处发现并解读捕风捉影的事,娓娓道来,板上钉钉似的,用肆意妄为的文字挑起民族间的恶感,实际上其所书所言一如哑剧中国王的愤怒,空洞乏力,其效果如若不是令人生厌,也是荒唐可笑;即便我们在这些人当中发现有个人,此人在自己的圈子里整个儿就是仁慈的化身,一个弥合分歧的好手、消灾祛难的高人,我们仍要宣告他道德极其败坏,是国民团体中可怕毒瘤的祸根,正是这样的人将教育的渠道变成了滋生社会与政治疾病的污水沟。

反过来,我们可以看到狭隘使用"道德"这个词可能导致的坏结果。一个人一生中的很多行为会对他的公民同胞的生活状况,对在他周围成长的孩子将来成为什么样的人产生重大影响,而狭隘使用"道德"一词将这些行为的半数从其词义中剔除了出去。技艺精益求精,做任何事情都做到认真上心,好像接受了一起信托,不执行好就是失信,这是一种责任;这种责任如此重大,若是让它从人们的情感与实践中消失,那么,所有的制度改革都将无济于事,不可能创造出国家繁荣与国民幸福。我们是不是想看到公共精神渗透进社会的所有阶级,影响每个人的行为,以使个体的人不会把自己灵魂的拯救或别的任何私己救助当作漠视公众利益的借口?很好。但是那种草率对待自己养家糊口的工作的公众精神,无论这工作是拿泥铲、拿笔杆,还是做监督,那种哪儿出现社会或政治的风吹草动,哪儿就有这种公众精神的情形,对我们的人民却是十分有害的,其危害性可与任何一个恶魔所能发明出来的害人东西不分伯仲。教育培训的一个重要内容是传授与日常谋生的工作相关的专门知识、操作技术或其他技巧,通常伴随着快乐;而一个人的谋生工作也是他对社会财富的有效贡献,用来换取他自己应得的一份。但是这种做好自己本职工作,保证自己劳动的每一件产品都真正名实相符的责任,却不仅在大众语言中被排除在道德之外,而且公众教师们也很少坚持这一点,至少他们没有坚持追踪粗制滥造所造成的连锁反应——这是保证敬业精神唯一有效的途径。他们中有些人似乎仍在希望,一旦习惯了工作日制度,加上基督教的装点以及改进过的赞美诗集,工作态度自然而然会好起来;另一些人则显然寄希望于高谈日常的自我修养,或提高人们对错误情形的整体认识。于是马马虎虎、敷衍塞责地工作——从众所瞩目的高层到一般默默无闻的工人皆如此——就这样得以大行其道,没有人认为不体面与不道德,尽管社会上没有一个人不每日都在物质上和精神上深受其害,尽管它会致命地降低我们国家的地位,使我们的商业堕落。即便我们开放所有的市场并发现很多可用的煤层,也于事无补。

  不时会有一些谬论在演说和写作中变得颇为流行——它们就像一些古老的人体模型,丑陋得就像我们见过的那些亚洲神像,最是怪异,却在不同的时期大受吹捧,披着华丽的威尼斯绸衣,至于是不是有着一张人的面孔则无关紧要。我想有人也许把人们对"道德"与"道德标准"这些词的误用当作此类谬论的借口。一种谬论是,智性与道德之间有一种根本的、不可调和的对立。我这里不是指人人都知道的那个简单的事实陈述,即能力出众的人也有其道德缺陷,即便按照一般的标准来说也惹恼过公众的情感;而是指这样一个假定,那就是,即便最能干的知识人士,最出色的天才,也在实质上把道德看成一种堂皇的废话、枯燥的教条,认为它只不过是人类愚蠢的一种表现。我们生活的社会常常听到君王背信弃义,政客天良丧尽、谎话连篇,小人将手中的权力当作包庇袒护或发泄私仇的工具,制造商生产假货,商人经销无良种子,但他们却仍因"道德优秀"受到赞扬或同情。有鉴于此,我们开始理解对这种愚蠢的接受了。

  显然,如果道德仅仅是指这些社会有害分子表现出的所谓"体面"行为,那么我们可以说(而绝无轻浮之嫌),道德已与人类事务的主流无干,不过成了由它供水、没被它遗漏的小水道罢了。如果说大众的词汇用法中传递了这样一种荒谬的话,那么成箱的书籍中则一定从容贯穿着许多堂而皇之的无知,这种无知自认从知识界同仁学来了对人生的看法,而这一看法的鼻祖又来自莎士比亚的名言——

> 美即丑恶丑即美,
> 翱翔毒雾妖云里
>
> (朱生豪译)

——于是便很容易援引一些引人注目的谈话,不顾这些谈话千篇一律地颠倒了对原本应作为社会准则奉行的是是非非的所有判断。然而,让我们的惯常谈话赋予道德标准应有的全部含义吧,一如我们的行为。在所有的人类关系中,道德行为源自最完全的了解与同情——它因为对事物依赖关系更透彻的理解,对物质与精神两方面事实更细微的敏感而不断得以纠正和丰富。人类的命运是让人敬畏的,这个世界也因为职责与实际过程之间的关系才适合有修养的人居住;那些对人类命运不抱敬畏,对这种关系不理解也没有反应的人,却还被我们认为具有道德这种高级能力,这种荒谬之不可信,简直不言而喻。我们无须列举出那些不朽的名字来佐证,尽管人们通常不得不把他们拿出来当作知性与人杰的衡量标准。

假定一个法国人——我这里丝毫没有对伟大的法兰西民族不敬的意思,因为所有民族都有他们的寄生虫,也就是懒惰、饥饿的生命形式,通常典型地长着一个不成比例的吞咽器官——假定一个巴黎人拖着脚步走在林荫大道上,心里对一个成年人最该关心的大事与最深切的温情一无所知,躯体多多少少因放荡而变形,却在脑子里雕琢词句、韵律,吟诗作赋,内容就是莎氏那句名言的扩展,对得住贩卖所谓"阴曹地府的雏菊,贝尔泽布的欢乐"这类排比对偶之士所能配置的最昂贵的标题。这个假定的人否定构成一半人类历史基础的道德情感,漠视勤勉思考与生活的艰辛之作(殊不知,连他身上缀有蹩脚悖论饰品的薄纱般的精神外衣都有赖于此),却极可能将自己的这些作为看作天才的高贵——这种以形形色色的精神异化来自我加冕的情况我们见得多了;但鄙意以为,这样的人不能被用来证明道德上的愚蠢与微不足道的个人嗜好可以和我们的圣贤们宽广的眼界、明察秋毫的眼光相结合,即便是与他同时代的人也无法以他为例来证明这一点。无疑,现实中有各种变化了的人,一个后来变得令人感激有加、可尊可敬的人也许曾经有过在丑恶的地方沉沦的龌龊时光,但假使世代相传,说索福克勒斯或维吉尔曾经这样丢人现眼:那些神化他们,让我们永远铭记、崇敬、感激他们的作品没有美化卑劣,而是艺术性地包含了其时代的最高情感,我们当做何感想!

所有这些似乎都是反对梅丽莎认为加维尔·曼特拉普爵士具有良好道德而加以同情的理由。这些理由虽有些宽泛,但其中的关联,任何一个细心观察那些连接我们社会发展零散迹象的人,都不会看不到。

附录 7　富豪统治下的艺术

威廉·莫里斯

（1883 年）

你们完全可以认为，我到这儿来不是要就任何一个特别的艺术流派或艺术家进行批评，也不是要为任何一种特别的风格辩护，或就艺术实践给予任何指点，不管这种指点有多么宽泛。确切地说，我是要和你们讨论一个问题，那就是，要让艺术成为真正的艺术，成为所有人日常生活中的一种助益与慰藉，这里边存在哪些障碍。你们当中有些人也许认为这里边没有障碍，或者说障碍很少，很容易清除。你们会说，如今人们对于艺术历史的方方面面都已有很多了解，对艺术已有很高的品味，至少在文人雅士中如此；会说，许多有天分的人，以及为数不多的天才，在这方面取得了不凡的成就；会说，在过去的五十年中，艺术中还出现了类似新文艺复兴的运动，而这种复兴，甚至发生在人们最没有期望会产生变革的方面。一般来说，这都没错；我也很能理解这种情况使一些人感到满足，因为他们并不知道艺术的范围究竟有多广阔，它又是如何同社会的总体状况紧密地联系在一起，尤其是与那些靠体力劳动生存，也就是我们称之为工人阶级的人的生活紧密联系在一起。就我而言，我不能不注意到，在对近年来艺术进步的表面满足之下，许多有思想的人心中对未来的艺术前景抱有一种绝望之情；这种绝望在我看来是完全有道理的，假如我们就看一看目前艺术的状况而不去考虑其成因，也不考虑改变这些成因所可能存在的希望。好了，不兜圈子了，直截了当地说，让我们来想一想艺术的真正现状是什么。首先，我得请你们将艺术这个词的范围延伸一下，超越那些人们意识中认定为艺术品的东西，不仅包括绘画和雕塑，也包括所有家庭用品的形状、颜色；不但如此，甚至还包括耕地、牧场的布局，城镇以及我们各种交通干线的管理；

一句话，延伸到我们生活外部的各个方面。请大家相信，组成我们生活环境的每一件事物，要么丑陋，要么美丽；对我们来说，要么提升层次，要么降低品位；对制造者来说，要么是折磨和负担，要么是快乐和慰藉。那么，如今艺术在我们的外部环境中呈现出什么样的状态呢？我们的祖先数千年来历经种种冲突，不乏疏忽、自私，但给我们传下来一个依旧美丽的地球，我们是怎么对待它的？对于这点，我们该如何向我们的后人解释呢？

无疑这不是一个随意问问的问题；在牛津，置身于至少我们年长者对其充满爱意的景象与回忆之中，假如我说这个问题很可能看上去是个严肃的问题，我想你们也不会认为我仅仅是在玩弄辞藻。置身于我们的先人用希望建造起来的这些建筑之中，置身于他们打造得如此美丽的国家，如果有哪位斗胆说地球的美丽是一件无关紧要的事，那他一定是个头脑狭隘、心智不全的人。然而我要说的是，我们如今又是怎样对待地球的美丽，或者说对待我们称之为"艺术"的美呢？

也许我最好还是从你们比较熟悉的东西开始，即，艺术大致分为两种，第一种我们可以称之为心智艺术，第二种是装饰艺术。这里用这些词仅仅为了方便。第一种完全服务于心理需求；它所制造的东西不为别的目的，只是为精神提供养分，从物质需求来说，完全可以不要。第二种，尽管作为艺术很大程度上让心灵愉悦，却总不过是主要意在为身体服务的物品的一部分。此外，我还要说，历史上不乏缺少纯心智艺术的国家与时代，但却没有哪个国家和时代缺少装饰艺术（或者至少是矫饰）。再进一步说，在艺术处于健康状态的所有时代，两种艺术总是紧密联系；这种联系如此紧密，以致在艺术发展最繁荣的时代，高级艺术与低级艺术之间没有明显的分界线。最高的心智艺术除了旨在激发情感、培养心智外，还如人们常说的那样——悦人眼目。它对所有人都具有感染力，可达一个人的所有感官。另一方面，即便最卑微的装饰艺术也分享了心智的意义与情感，彼此互相融入，差别几乎不为人所察。简言之，最好的艺术家仍旧是个工匠，而最卑微的工匠同时又是个艺术家。如今情况已不是这样，文明国家过去两三百年来也已不是这个情况。心智艺术与装饰艺术被最鲜明的界限分开了，不仅以它们的名义生产出来的产品是这样，甚至连生产者的社会地位也是如此。那些从事心智艺术的人因为他们的职业成了专家或有身份的人,而那些从事装饰艺术的人则成了工匠,按周获取报酬,一句话,没有身份。

如今,正如我刚才所说,许多有天分的人以及为数不多的天才从事着心智艺术作品的生产,主要为绘画与雕塑。在这里或别的地方评论他们的作品不是我的事,但我今天讲话的主题使我不得不说,那些从事心智艺术的人一定要分为两个部分:第一部分是这样一些人,他们在世界上任何时代都享有很高的艺术声誉和社会地位;第二部分人身居"有身份的艺术家"之位,但完全是因为他们出生凑巧,或拥有产业,或具备生意习性之类的素质,与艺术天赋完全不成比例。这后一类人生产出来的作品尽管颇有市场,但在我看来对世界几乎没有什么价值,其地位既不高贵也无益于社会。不过话说回来,这事也不能怪他们大多数,因为他们毕竟往往还有一定的艺术天赋(尽管不算高),而且若从事别的职业可能还不会成功。事实上,他们是很好的装饰匠人,只是毁于一个制度,这个制度切断了他们同生产大众艺术的高手或低手合作的机会,迫使他们只好凭借个人的艰苦努力。

至于第一部分艺术家,他们当得起他们的地位,也通过他们的作品使得这个世界变得更加富有,但我们必须说,这样的人很少。他们凭着令人难以置信的辛劳、痛苦与焦虑,凭着必定会生产出有价值作品的心灵品质与意志力,成为艺术大师。然而,他们同样受到这个强调个人主义、阻碍合作的制度的伤害。因为首先,他们同传统隔离开来。那是多么美好的传统啊,它是几代人近乎奇迹般的技能积累,而人们发现自己没有付出却一同分享了。相反,今天的艺术家对过去的了解与认同,是完全通过个人最艰苦的努力获得的。如今这个传统不再存在,无法对他们在艺术实践上给予帮助;他们在竞争激烈、压力巨大的情况下,还不得不一切从头学起,而且是单打独斗。该传统的缺失还导致更严重的后果,那就是,使他们失去了能够认同并欣赏他们的受众。除了艺术家们本人,以及若不是缺少机遇与专业指导也会成为艺术家的几个人,今天的大众也缺少对艺术的真正了解,几乎也不存在对艺术的热爱。没有,他们顶多只是模模糊糊地抱有一些先入之见,而那些先入之见充其量不过是那曾经把艺术家与大众紧密联系在一起的传统的幻影而已。于是,艺术家们可以说是不得不用一种人们并不理解的语言表达自己。这也不是他们的错。假如他们像有些人认为应该的那样,尝试半路上去迎合大众,不顾一切代价去满足那些并不懂艺术的人模糊的先入之见,那他们就是在抛弃自己的特殊天赋,成为艺术事业的叛徒,而为这个事业服务原本是他们的职责与荣耀。他们没有选择,只有顾自做自己的事。现实让他们感到无助,过去给他们以激励却又让他们感到羞惭,甚至妨碍他们。他们只有天马行空、独来独往,就像一些掌握了某种神圣秘技的人,遗世独立,不管发生什么事,至少要竭尽全力不让它失去。毫无疑问,因为这种隔离状态,无论是他们的生活还是他们的作品都受到了伤害。但是人们受到的损失呢,我们又怎么衡量?他们当中生活和工作着这样一些了不起的人,而他们却对其成果一无所知,也无法得知倘若他们能够看到这些成果,那又将意味着什么!

在艺术繁盛健康的年代,所有人都或多或少是艺术家。也就是说,每一个完整的人与生俱来的爱美本能具有如此强大的力量,以致全体工匠创造美丽的事物已成为习惯,无须有意识的努力,而心智艺术家们的受众就是全体大众。如此,他们每个人都必定有希望得到真正的赞美与认同,而这正是所有施展想象并加以表现的人自然而然所渴望的;没有这种赞美与认同,肯定会在某种程度上对他们造成伤害,使他们变得难为情、过度敏感、褊狭或玩世不恭、愤世嫉俗,从而变得几乎一无是处。然而如今,正如我反复所说的那样,整个大众对艺术既不在乎也不了解,与生俱来的爱美本能总是受到遏制与挫败;其对于心智程度较低的艺术或者说装饰艺术所带来的结果便是,那种作为爱美之本能自发而广泛的表现已全然不复存在。事实上,如今手工制作的一切一看就很丑陋,除非特意费心去把它做漂亮;尽管也不乏声称专事家居或类似用品装饰的人尚未丢失艺术时代流传下来的习惯,但这也无济于事;因为这类根本无心给人提供任何愉悦的伪装饰是那样的卑劣和愚蠢,以致"室内装饰业"与"室内装潢商"这两个词如今已被赋予又一层意思,暗示着所有明智之人对这类玩意的深深鄙视。

这便是如今的装饰艺术。我这里还必须打断一下,请你们细想一下它曾经是什么样,以免你们思考得太过匆忙,以为它的衰落无关紧要。请你们想一想——不必回溯得太久远——想想君士坦丁堡索菲亚教堂庄严而精致的美,威尼斯圣马可广场金色的暮光,法国大教堂峭壁般的雕刻以及我们自己的教堂那精巧而熟悉的美,那就足够了。不仅如此,再到牛津的街道上走一走,看那店铺林立,生意兴隆,学院繁荣发展,一片喧嚣的背后还有什么存留下来而未受到破坏;或者哪天去牛津 20 英里之内的偏僻村庄与小镇逛一逛;你们肯定会看到装饰艺术的丧失对这个世界来说是一个巨大的损失。

由此,鉴于我们目前的艺术现状,我不得不断言,合作形式下的艺术已然消亡,如今仅仅存在于一些天才与人才有意识的努力之中,而这些人自身却遭到伤害与挫折,因合作艺术的缺失而得不到应有的认同。

再进一步看,对爱美本能的压制不仅毁掉了装饰艺术,同时也损害了心智艺术,而且给我们造成的伤害还不止如此。我想有一种心情至今仍不鲜见,我本人就有同感,那就是,一种热切的渴望,渴望什么时候逃离这个世界,投入自然的怀抱中去;不仅是逃离这个世界的丑陋与污秽,逃离艺术过剩的状态,甚至逃离一种严肃与秩序井然的艺术状况,甚至,不妨说,逃离那种好似伯里克利时代的雅典一样朴素得可爱的环境。我能深深认同一个疲惫之人只关心自个生活以及在与外部自然——乡村风貌、风与天气、一天的进程、动物的生命(不管是野生动物还是驯养动物)——的交流中只从自己角度考虑;深深同情人们为每日生计、休息以及简单无害的兽性快乐而终日奔波。然而,这种只对人的动物般生活所抱的兴趣如今对大多数文明人来说都已无法完全满足了。这种浪漫已然失去,各邦各国,纷纷攘攘,只在乡村生活中还能见到它的影子,如幻梦在那儿徘徊。依我看来,文明应就这一丧失对我们有所补偿。保持空气的纯净、河流的清洁,合理使用我们的草坪与耕地,使之始终看上去赏心悦目;允许平和友好的国民自由游历,去他们想去的地方,从而不去损害花园或麦田;不但如此,甚至这儿那儿神圣地留下一片荒地或山头,不围篱笆,不耕种,作为人类早期与自然艰苦搏斗的记忆:要求文明更多地体谅人的快乐与休息,以此帮助经常被她施加重活累活的孩子们,难道这样做过分吗?无疑,这不是一个不合理的要求。然而在现今的社会体制下,我们一丁点儿也得不到。大众艺术的缺失所造成的对美的本能的丧失实实在在地迅速摧毁着地球美丽的面貌,由此也剥夺了我们因这种丧失而可能获得的补偿。不仅伦敦以及我们其他的大商业城市一片污秽,邋遢不堪,缀饰着浮华、庸俗的丑陋补丁,明眼人看了就觉恶心;不仅英国所有的郡以及它们头顶上的天空消失在一层难以名状的污垢之下，而且那种在一个来自艺术、理性以及秩序时代的访客看来不啻是对脏与丑的钟爱的病症蔓延全国，每一个小集镇都尽可能抓住机会，效仿伦敦和曼彻斯特那种丑陋的壮观。还需要我和你们谈谈我们那些最美丽、最古老的城市周围铺展开的可怜郊区吗？还要我跟你们谈谈我们这个城市的迅速堕落吗？尽管它依然是座最漂亮的城市，一座只要我们稍稍有点常识，一定会把它连同它的郊区像最珍贵的宝石一样看待，不惜一切代价保护其美丽的城市。我之所以说不惜一切代价，是因为它并不属于我们，我们只不过是受托人，为我们的后代子孙托管而已。我活到这个年纪了，知道我们是如何对待这块宝石的——就像它只是公路上一块普普通通的石头，只配捡来砸狗。看看今天的牛津，对比30年前我第一次看到它的情景，想起这，我真诧异自己还能面对造访它的痛苦（除了这个词没有别的词可用了），甚至还有这么个荣幸今晚在这里对你们演讲。然而更有甚者，不仅城市对我们来说成了一个耻辱，连小城镇也成了笑柄；不仅人们的住宅低劣、丑陋得无以言表，就连牛棚与车马厩，不，就连最基本的农业用具，都概莫能外。即便是一棵树砍倒或被风刮倒后，种上的（如果会种的话）也是一棵更丑的树。总之，我们的文明如同一场日趋严重、毒害一天比一天更大的凋萎病在全国蔓延，所到之处，每一个变化从外部看都是朝更坏的方面发展。于是到了这步田地：不仅伟大的艺术家思想变得狭隘，而且他们的同情心也因隔离而冻结；不仅合作艺术陷于停滞，而且伟大艺术以及并不那么伟大的艺术都赖以生存的食粮也遭破坏；艺术之井在源头被下了毒。

有人认为，这些流弊之于文明的发展进步也是必要的，于是一切往好处想，对眼前一切尽量视而不见，并对眼下活跃的艺术生活赞美有加，对此，我毫不感到惊讶；但我认为它们并不是文明发展所必需的，而是文明某个阶段的伴随物，会随着时间的过去而变化，成为别的东西，就像以前所有阶段所经历过的那样。我同样认为，当今社会状态的本质特征是它摧毁了艺术，或者说毁掉了生活的乐趣；这一特征一旦消亡，人们天生对美的热爱以及极力想把美表现出来的渴望将不再受到压制，艺术将获得自由。同时，我不仅承认，而且要宣告（并认为最重要的是要宣告），只要当前生活手段之生产与交换中的这种竞争体制继续存在，艺术的堕落也必将继续下去；如果这个体制永远继续下去，那么艺术便在劫难逃，必将消亡；也就是说，文明将消亡。我知道，如今人们普遍认为，竞争机制，或者说"谁落后谁遭殃"的制度，是这个世界最新的经济制度；认为它完美无缺，因此达到了终极。无疑，公然对抗这种看法实在有些胆大妄为，而且听说最有学问的人也持这个看法。然而尽管我没有多少学问，但也知道宗法制度消亡后出现了公民与动产奴隶制度，该制度接下来又让位于封建主与农奴制，后又经过一定改良，其中市民、行会工匠以及工匠的出师学徒工发挥了各自的作用，最后又为所谓的自由契约所取代，也就是我们现在还在实行的这个制度。我愿意承认，自打有这个世界以来，一切事情都在朝着这个制度发展（既然如今它还在）；历史上发生的一切事件都是为了使这个制度永久持续下去，但那些事件的演变却让我无法相信这一点。

我是一个"社会主义者"，因此我肯定经济生活状态中的这种演变还将继续，无论人们设置什么障碍——殊不知，人都是有意无意只关注当前自我利益而不顾将来。我的看法是，人与人之间的这种竞争状态只能说是野蛮残忍，只有合作才具有人性。我认为，因为受到封建的人际关系以及行业工匠尝试联合的限制，中世纪时竞争不够充分，后来发生变化，变成19世纪完全的自由放任竞争，进入无政府状态并且力图继续保持这一状态，但却由此诞生了一种精神——一种建立在对抗基础上的合作精神，正是这种精神带来了先前人类境况所有的变化，并总有一天将废除所有阶级，呈现出确定与实用的形式，以合作取代与生活手段的生产与交换有关的所有竞争。我更加相信，这个变化从很多方面来说都是有益的，尤其是它将为艺术的新生提供一个机会。如今的艺术已经快要被只顾商业竞争的富翁们摧毁了。

我之所以对艺术抱有这一希望，完全基于我确信的这样一个事实——一个重要的事实，那就是，所有的艺术，即使是最高艺术，都受人类大众劳动条件的影响，标榜艺术——即便最高层次的心智艺术——可以独立于这些一般条件的任何托词都是徒劳而无益的；也就是说，声称建立在有限团体或有限阶级特殊教育或修身养性上的一切艺术都必定是失真和短命的。**艺术乃人于劳动中发现快乐的表现**。如果说这些不是罗斯金教授的原话，那么它们至少体现了他在这个学科上的教诲。这也是迄今人们道出的最重要的一个事实，因为，假如劳动的快乐通常是可能的，那么人们应允去进行没有快乐的劳动该是一件多么奇怪而愚蠢的事,而一个社会逼迫大多数人去进行没有快乐的劳动则又是多么可怕与不公平!因为所有诚实的人都必须劳动,所以它便成了这样一个问题:不是强迫人们过不愉快的生活就是允许他们过得不愉快。于是我对现代社会状况最主要的控诉是,它建立在缺少艺术或者说让大多数人不快的劳动之上。方才说全国面目从外部看都变得糟糕不堪,让我感到憎恶,那不仅是因为它给我们少数仍然热爱艺术的人带来不快,还因为,而且主要是因为它是一种痛苦生活的标志,反映出竞争的商业体制是如何把痛苦的生活强加在人民大众的头上。

任何一件手工艺品的制造都应该有它的快乐,这个快乐的基础是任何一个健康的人对健康生活的强烈兴趣。在我看来,它主要由三个因素构成:多样性、创造欲以及从其作品的有用性中感觉到的自尊;此外,还要加上与身体力量的巧妙运用伴随而来的神秘的身体快感。我想,如果这些因素的确,并且完完全全地伴随着劳动的话,我无须费太多笔墨去证明它们对于让劳动变得快乐具有很大作用。关于多样性带来的快乐,在座任何一位制作过东西的人(不管制作的是什么),都会记得第一件样品出来时带来的快乐。假如你们被迫就此照它的样子一成不变地一直做下去,当初的快乐会成为什么样呢?关于创造欲,如果没有你这样意在创造的工匠,有价值甚至杰出的作品就根本不会存在;一件在制造中需要你,没有人可以替代你的作品,你把它做出来了——难道我们有谁会不理解这其中的快乐?至于意识到自己的产品有用而产生的自尊会让劳动变得多么甜蜜,这一点无疑也同样不难看到。你要做一件东西不是为了满足一个或者一群傻瓜的奇思怪想,而是因为它本身就是好的、有用的,这种感受无疑对你完成当天的工作大有帮助。至于手工创作带给我们的说不清的感官快乐,说老实话,我相信它比大多数人想象的更有威力,能实实在在让人们心甘情愿地付出艰辛的努力。不管怎么说,它是所有艺术创造的根本;没有它,就没有艺术创造,哪怕是最蹩脚、形式最粗糙的艺术创造也无从谈起。

所以我要说,手工创作中这种由多种因素带来的快乐是所有工匠与生俱来的权利。缺少其中任何一个因素,他们便不成其为工匠;倘若完全缺失,就其工作而言,他们就成了——我不说"奴隶",这个词的意思还不够强烈——机器，或多或少能意识到自身痛苦与不幸的机器。

前面我诉诸历史，帮助阐明我的看法，希望构成当今劳动状况的体系能得以改变。现在我要拿出历史见证，说明劳动要有快乐这一主张建立在牢固的基础上，不是一种荒诞的梦想。商业体系发展起来之前，从存有进步希望的所有时期与国度留存下来的各种艺术都清楚地表明，快乐在某种程度上是始终伴随着艺术生产的，这一点，明眼人可轻易看到。这个事实，也许掉书袋来证明比较困难，但却是广泛研究过艺术的人所充分承认的。我们在艺术批评中常常碰到这样一些说法，说某个作品要不是太机械，或者若是注入感情，就成为艺术品了。这些说法准确地说出了艺术家们关于艺术标准的普遍认识，而这个标准，正是从健康艺术时代演绎而来的。这种机械的、没有情感的手工艺品是在相对接近我们的时代才出现的，而富豪统治下的劳动环境就是其得以立足的根源。

中世纪的匠人无疑在物质上常常遭受严重的压迫。尽管他所在的等级制在他与他的封建上层之间划了一条严格的分隔线，但二者的区分是随意的，并不是那么切合实际，并没有像如今一样把一个有教养的中产阶级人士——一个"君子"——和一个甚至可敬的下层阶级人士在语言、举止与思想上分开的那种鸿沟；对艺术家来说所必须具备的精神品质——灵性、怪想、想象——那时并不需要遭受竞争市场的碾磨，富人（或者竞争的赢家）也没强求只有自己才能拥有精神上的高雅。

当时手工艺的状况是，各种工艺被纳入不同的行会，严格划分人们的行业，并对行业之门谨慎守护；但由于行业之外行会之间的市场竞争很少——制作的物品首先供家庭使用，只有家庭使用过剩且靠近产地的物品才进入市场，或需要人在生产者与消费者之间奔波——行业内部很少分工，年轻人一旦成为一门手艺的学徒，就从头至尾学这门手艺，直到自然而然成为这门手艺的师傅。行会早期，很少有师傅是资本家，哪怕是小资本家，所以行业中没有等级划分，只有这个临时的等级。后来，当师傅们在某种程度上成了资本家，而徒弟们也像他们的师傅一样有了特权，熟练工匠阶层便应运而生，但似乎他们与行会贵族之间的分别仍然不过是随意的。简言之，在这一整个时期，劳动的单位是聪明的人。在这种手工艺体系下，人们的工作在速度要求上没有很大压力,而是可以慢条斯理、认认真真地做自己的事,为制造一件物品全身心投入,很多人至少大部分身心投入。这一体系根据工匠的能力开发了他的全部才智,而不是让他把精力集中在对付某一片面而琐碎的工作。一句话,这个体系不把匠人的身心交给竞争市场,而是允许他们自由得到人应有的发展。这个体系还没有学到这么一课——人为商业而生,而是单纯地认为商业是为人服务的。正是这一体系产生了中世纪的艺术,才智自由发挥、和谐合作,达到前所未有的顶点,而所有艺术,只有达到这个层次才能称得上是**自由的**。意大利文艺复兴时期人才辈出,群星灿烂,产生了大量的杰出作品,个中轻易可见这种自由的影响,以及它所带来的对美的广泛或普遍的意识。我们同样不能怀疑的是,这个辉煌的艺术是此前500年自由大众艺术结出的硕果,而不是同时期商业主义兴起的结果;因为随着商业竞争的发展,文艺复兴的辉煌以令人吃惊的速度很快衰败了,以致到17世纪末,虽然无论在心智艺术还是装饰艺术方面,一般货色或者说躯干还在,但浪漫或灵魂已然不再。文明的进程中,商业主义在快速聚集力量,在它的进逼面前,两大艺术一步步衰落,疾病缠身。家庭艺术或者建筑艺术日益成为(或成了)竞争市场的玩物,这个市场,所有文明人使用的物质制品现在都必须经过它。到此时,商业主义差不多已完全摧毁了前面说的以受过完整工艺训练的工匠为劳动单位的劳动手工艺体系,代之以——请允许我把它叫作——作坊体系;在这个体系中,手工艺劳动的分工分到了极致,制造单位不再是一个人,而是一群人,其中每一个成员都要依赖他的伙伴,单凭自己毫无用处。这种作坊分工体系,在制造者阶层的努力下,在不断扩大的市场需求刺激下,于18世纪趋于完善。如今,一些小规模以及家庭制造类行业仍然保留着这个体系,其身份地位,一如作坊体系兴起时期的手工艺体系,只是一种残存。在这种体系下,如前所述,艺术的所有浪漫消失殆尽,只剩下平凡无奇,因为,"制造的根本目的是制造物品"这样一个理念要与一个更新的理念作斗争,而后者已经获得完全的胜利,那就是,制造的目的一方面是为制造商谋取利益,另一方面则是为了工人阶级的就业。

商业本身就是目的,而不仅仅是一种手段,这个理念在18世纪,也就是作坊体系的特别时期,还没有完全发展起来,因此在那个时候,人们对物品的制造还仍旧抱有一些兴趣。这个时期的资本家兼制造商对生产出可以给自己增光的产品还抱有一定的自豪感。他们不会完全愿意为商业的迫切需要而牺牲自己的这种快乐。即便是他们的工人,尽管已不再是艺术家,却是自由的工人,因此在其从事的手艺上必定有自己的技术,虽然其技术不过局限于这门手艺的一个小小片段,而他们还不得不日复一日地辛劳,一辈子就干这一片段。

但是在新市场开放带来的更大的刺激下,在人的发明的推动下,商业在继续发展。人的才智造出了各种机器,现如今我们已不得不把那些机器看成产品制造必不可少的东西,而机器的出现又带来了与古老的手工艺体系完全相反的一个体系。古老的手工艺体系采取的是一成不变的保守的方法,因此制作一件物品,普利尼时期与托马斯·莫尔爵士时期所采用的方法并没有什么真正的区别;而相反的是,如今的制造方法不仅仅是每10年就会变化,而且每年都变。这样一个方法多变的事实自然为机器体系,或者说工厂体系的获胜帮了忙;在这个体系下,工场里机器一样工作的工人为实际的机器所取代,只剩下一部分操作工(这正是他们现在的称谓),而且这部分人的重要性正在日益降低,数量也逐渐减少。这个体系现在还没有完完全全地发展起来,因此在一定程度上作坊体系还在与机器体系并存,但前者正在快速而稳步地为后者所摧毁。当这一过程彻底完成的时候,有技术的工人将不复存在,取代他们的是听令于少数训练有素、极为聪明的专家,由大量男男女女以及孩子们照管的机器,而那些男女和小孩则既不需要技术,也无所谓智力。

意大利文艺复兴时期,艺术辉煌绽放,此一成就,是大众艺术的自然结果。这一点,即便文雅之士如今有时也不得不屈尊去留意。现在我要重复的是,上面说到的这个体系,差不多与那产生大众艺术的体系截然相反,因此它所产出的也是与古老的手工艺体系完全不同的产品。它带来的是艺术的死亡,而不是艺术的诞生。换句话说,它所带来的是生活外部环境的恶化,或者简单而明确地说,带来的是不快与痛苦。整个社会蔓延着这个不幸的诅咒:从穷苦的可怜人——关于他们的情况我们中产阶级人士还只是刚刚了解到,还天真地感到惊奇与震惊——从这些天性质朴,为了一处还不如狗窝的住所,一份还不如狗粮的食物而从不放弃希望,拼了性命挣扎活着的人,从他们,直到那些住着琼楼玉宇,享用锦衣玉食,接受昂贵教育,却除了把痛苦当作高雅艺术之外对生活毫无兴趣的文人雅士,概莫能外。

这么说来，艺术一定是出了问题，或者说生活的快乐在文明的屋宇里出了毛病。病因在哪？你们可能会说机器劳动是吧？可是，我曾经看到过有人引用一位古代西西里诗人的一段文字，诗人对水磨的发明，对由此把劳力从繁重的手推石磨中解放出来欣喜若狂。预见所谓的省力机器的发明，人们自然就会希望它能解放劳力，这再自然不过，因为尽管我前面说了，就有的劳动而言，艺术可以构成其中的一部分，这样的劳动应该有快乐伴随，但有人可能不赞成，会说，有一些必要的劳动本身就不快乐，还有很多不必要的劳动纯粹就是令人痛苦的。假如机器被用来最大限度地减少这样的劳动，那么创造性就会得到最大限度的发挥，基本上不会被浪费了。然而情况果真是这样的吗？环顾一下周围的世界，你们一定会和约翰·斯图亚特·穆勒一样产生怀疑，怀疑所有的现代机器是否真的减轻了一个劳动者的日常工作。为什么我们十分自然的希望会如此落空呢？无疑，那是因为事实上如今机械的发明，目的根本不是为了免除劳动的痛苦。"省力机器"这个说法是省略的，意思实际是指节省劳动成本的机器，而不是指节省劳动本身，省下来的劳动要花在照管机器上。我前面说过，作坊体系下，人们开始接受一个信条，如今这个信条已被普遍接受，尽管工厂体系目前还没有发展完全。简单地说，这个信条就是，制造的根本目的是获利；就产品来说，只要它们制造出来、定下某一价格有人买，只要工人为其生产拿到购买生活必需品与舒适品的钱（自然，能让他拿的越少越好），之后还能给雇用他的资本家剩下一些利润，那么去考虑它们对这个世界的用处是大一点还是小一点，是没有意义的。我不得不说，这个信条，即制造的唯一目的（实际上是生活的唯一目的）是资本家的利润以及工人的雇佣，是差不多所有人都信奉的。它必然导致的推论就是，劳动必然是无限制的，若是试图去限制它，则不仅愚蠢，更多的是邪恶，不管物品的制造和销售给社区带来多大的痛苦。

导致艺术得病的，正是这种为商业而商业，人为商业而存在而不是商业为人而存在的迷信，不是这个迷信偶然找来给自己帮忙的某些器械。我们一心追求利润和劳动雇佣，导致腐败堕落的混乱局面，还把这种局面说成是社会；若非如此，机器、铁路等诸如此类的一切——它们现在的确控制我们——本来是可以为我们所控制的。今晚我在这儿的任务，以及在所有其他地方的任务，就是要培养你们对这种混乱局面及其显见后果的不满。因为我实在认为,说你们对现状满意,比如说,对看到所有的美从我们美丽的城市消失感到满意,对这个糟糕国家的污秽,对科贝特所说的"头号肿瘤城市"——伦敦的惨状,对到处包围文明人生活的丑陋与卑劣,最后,对生活于那无可名状、令人恶心的悲惨状况感到满意,实在是对你们的一个侮辱。关于这种悲惨状况,眼下又有一些细节传来,仿佛不是我们这个国家发生的事,而是来自某个遥远的不幸国度。我们几乎没成想过会听到这些悲惨的细节,但我可以告诉你们,这种悲惨正是我们这个社会、我们的混乱局面所赖以生存的必要基础。

我也不怀疑在座的各位脑海里已经对纠正我们文明中这些缺陷(我们现在正是这么委婉地称呼它们)有了一些自己的想法,尽管这些想法还很模糊;而且,我也知道你们都对当今经济体系的准则,对现今的这个宗教(或许我可以这么说)非常熟悉,这个宗教如今已经取代了古老的宗教准则,即把对穷人的给予看作一种责任与福祉。你们当然懂得,一个朋友给一个朋友东西,给者和受者感觉都会很好,然而一个富人给一个穷人东西,却是双方都感觉不好;我想,这是因为他们不是朋友。一切的一切,我得说,我肯定你们所有人都抱有某种理想,向往一种比现在要好的状况——我是说,不仅仅是采用一些治标而不治本的暂时措施来治理我们文明的长久缺陷。

现在在我看来,我们这类人中思想先进的人,认为有可能实现而且有望实现的更美好时代的愿景大概是这样的:我们会有一个勤劳但又并不是很高雅的庞大阶级(否则这些人不会去做需要他们做的粗活),他们要生活得舒适(但不是指我们中产阶级的舒适),要接受一定教育(如果可以的话),而且不要过劳,就是说,不能像劳动者那样过度劳累——劳动者轻松日子的工作对高雅阶级人士来说也是相当繁重的。这个阶级是社会的基础,有它存在,高雅阶级的良心就不会感到困扰和不安。从这个高雅阶级当中,将产生劳工总管或统领(换个说法,就是放贷的),接着是人们宗教与文学良心的督管(牧师、哲学家、新闻写作者),最后(如果会想到的话)是艺术主管。这两个阶级(不管有没有第三个——其作用不是很清楚)会抱着最大的善意和谐共存,上面的那个阶级很自然地帮助下面的那个而自己不感到屈尊,另一方也不感到丢人;下面的阶级对自己的地位则非常满意,两个阶级之间不会有任何敌对情绪。然而,尽管下面这个阶级日子过得很惬意，也受人尊重（当然，即便这种乌托邦式的理想状态也无法摆脱个人与个人之间必定会有的竞争），而且面前还有更大的希望——每个人都有望升到上面的那个阶级，把实实在在的劳动丢到身后，政治上、议会里也不会说不上话——票箱面前人人（或者说几乎人人）平等（除非他们像买别的东西一样被人收买），但在我看来，这不过是中产阶级有关改良社会的自由理想，整个世界变成或大或小的资产阶级市侩，人人只顾自己，在商业竞争的统率下平心静气，心情舒畅，心安理得。

好吧，假如真能够这样，我也没什么可说，一点也没有。就我所知，宗教、道德、艺术、文学、科学在这种情况下也许可以繁荣，把世界变成一个天堂。可我们不是已经有所尝试了吗？君不见，多少人站上公众讲台时对这快速出现的好时光欢呼雀跃？可是在我看来，一个政治人物就一般话题对听众发表讲话时，只要他忘却党派政治，劳动阶级持续的繁荣与发展几乎总是被提及，甚至在他清楚记得党派政治时也少有不提。我也不是想要拿掉他们这个荣誉，但也得实至名归才是啊。我相信有很多人深深地相信已经实现这样一个理想，可是实际上他们并非不清楚现在我们离它还差十万八千里。我知道有人——都是些痛恨冲突、热爱和平、勤劳、和善而又没有野心的人，为了它牺牲时间、金钱、快乐，甚至摒弃偏见，可结果呢？相较改革法案时代，或者废除谷物法时代，他们离这资产阶级共和的理想近了多少呢？也许离一个大变化近了那么一点，就是，在自我满足的盔甲上多了一条裂缝，开始怀疑也许要革除的不是竞争性商业制度下那些意外出现的情况，而是这个制度本身。至于距离那种经过改革终而合乎人性、合乎体面的理想制度是否近了些，那就好比一个人站在草堆上离月亮近了那么点一样。我不想多谈货币工资问题，只想谈一谈富人与穷人之间那可怕的差距，它正是我们这个制度的本质。然而我请大家记住，逼至一定界限下的贫穷意味着道地的堕落和奴役，就这么简单。我见过一个财务统计报表，是富有的中产阶级当中有希望的一员做的，上面说，一个英国工人家庭的平均年收入是100英镑。我不相信这些数字，因为我肯定里面有通货膨胀的水分，也忽略了大多数工人的危险境地。然而除去这，我请大家也不要为这些平均数字所蒙蔽，因为至少它们因付给特殊地方的特殊类别工人的高工资而虚高，因在生产制造区工厂工作的家庭中母亲的作用被忽视而掺了水（这在我看来是最最可怕的一种习俗）；还有其他一些类似的情况。如此算来，一般工人究竟能拿到多少工资，只有你们自己去调查才能知晓了。但即便如此，也不是问题的关键所在。在我看来，千千万万辛劳的人平均一年的收入只有100英镑，而成千上万不用辛劳就拿到十倍的人却还认为自己穷，这不会让我感到舒服。更有甚者，成千的壮汉等在波普拉码头的入口处，一等就是大半天，就为了能有机会被雇走几个，拿到一点可怜的工钱；还有全国大部分地方的农场工，一周只能挣到十个先令，即便是农场主也觉得问题很大。有这种事情存在，还谈什么平均工资！假如平均数能让我们满意，为什么又只止于劳动阶级？为什么不把所有人都包括进去，从威斯敏斯特公爵一直往下，然后大唱赞歌，为英国人民的收入欢欣鼓舞？

去它的平均收入，还是让我们来看看一般人的生活和他们的苦难，努力了解它吧。我要你们注意的就是这点。因为，尽管你们也许对部分资产阶级或激进的理想有那么些了解，但请记住，竞争的体系下会有，并将永远有不可告人的丑事。我们也许，不，我们已经设法造就了一大批徘徊在中产阶级边缘的小康之人，如成功的手工艺者、小商人等等；可我得顺便插一句，虽然这类人本质是好的，却并不会对我们的文明增添荣耀，因为尽管就食物来说他们过得挺自在自得，却住得不像样，没受到什么教育，奴颜媚骨，愚昧迷信，谈不上理性的愉悦，更没有任何美的概念。不过这个就不说了。也许我们大可以在比例上增加这类人的数量而不导致我们这个体制发生大的变更，这我不管，但在这个阶层下现在还有，并且将来还会有另一个阶级；只要我们处于"不顾他人，只顾自己"的专制暴政之下，这个阶级就不会消除，这个阶级就是"受害者阶级"。现在，重要的是，我要大家不要忘记他们（实际上，在未来的几周内我们也不可能忘记），也不要拿什么平均数安慰自己，因为要知道，富人的财富以及小康人士的舒适是建立在那个没有尊严、没有回报、承受着无谓痛苦的群体之上的。有关这些人的痛苦，我们最近听到过一些，很少一些，但不管怎么说，我们知道这是个事实，并且只能拿希望宽慰自己，心想，假如我们注意一些，勤勉一些（实际上我们很少这样），也许可以大大地减少这种痛苦。我们的文明吹嘘什么教义完美、道德高尚、政治格言响亮，我请问大家，这样的希望能和它相配吗？有的人构想出另一种希望，面前看到的是一个大家都好、没有任何一个阶级会长期落魄的理想社会——这种念想,你们不觉得荒诞又丑陋吗?有一点我想让大家记住,这个赤贫的最底层阶级就像一道深渊横亘在整个劳动阶级的面前。整个劳动阶层,不管平均收入如何,过的是朝不保夕的生活;但凡有哪些富人在生活的游戏中遭遇失败,富有不再,但凡有哪些小康人士不幸栽了跟头,再度过上依赖性的生活,艰辛度日,都会把劳动阶级中的人拖下地狱,万劫不复。我希望很少有人——至少在这里很少有——会如此安慰自己的良心,说劳动阶级生活不节俭,不计后果,他们的沦落是自找的。无疑,有些人会这么想,高级斯多葛派哲学家在劳动者中确实不如在小康和富有人士中常见。但我们清楚地知道,贫苦大众是怎样在苦苦挣扎,生活节省得在旁人看来似是堕落本身,他们天性也热爱欢笑和快乐,但这一切也无法阻止他们掉入深渊。是不是这么回事!我们来看看,我们本身这个阶级当中,周围就有许多人并不是因为自身的过错而在生活中遭遇失败,而且很多失败者甚至比成功者更显得有价值;说实在的,我们这个无限制竞争的制度就像是一场战争,战斗中,人们所能携带的最好武器就是铁石心肠与无所顾忌。正因为如此,出现这种情况也是意料之中了,难道我们看到所有这些,还会否认这一点吗?实在地说,要实现这样一个自由理想,即把我们目前的制度进行改良,使之进入一个阶级优势差异适度的状态,是不可能的,因为这个制度说到底不外乎是一场持续的、无法平息的战争;一旦战争结束,我们现在所理解的意义上的商业也就终结了,而那些要么本身毫无用处、要么只对奴隶和奴隶主有用的堆积如山的货物也就不会生产了,艺术将再次被用来决定什么东西有用,什么东西造出来没用,因为那样的话,任何不能给制造者与使用者以快乐的东西都不会被制造,而制造的快乐必定会在工人的手中产生艺术。于是,艺术便将被用来确定什么劳动是浪费的,什么是有用的。眼下,劳动的浪费,正如我前面所说,从来没人给予考虑;只要一个人辛勤劳作,他就被认为是有用的,不管他在辛劳做什么。

我现在要告诉大家的是,竞争性商业的本质就是浪费,这种浪费来自竞争的混乱无序。不要被我们富豪统治社会表面的有序所欺骗。更古老形式的战争和它一个样,表面看,宁静而井然有序:部队沉着坚定的行进多么整齐、令人宽慰,军士的表情多么恬静而受人尊敬,大炮多么干净锃亮,杀人武器的仓库多么整洁,副官与中士的书籍看上去多么无辜;不仅如此,整个为毁灭与抢掠而建立的秩序却弄得安然平静、有条不紊,仿佛就是良心的象征;殊不知,这不过是假面而已,背后隐藏的是毁坏的庄稼地、燃烧的房舍、残缺的尸体、可敬之人的英年早逝以及荒凉的家园。所有这些,这些展现给我们待在家里的人看的文明军人的表象,这种秩序与清醒持重所带来的结果,经常被灌输给我们,而且是那样地具有说服力,迫使我们不得不去考虑它们;经常拿来给我们看的是战争辉煌错误的一面,而且不断地给我们看,生动有加。然而我要说的是,竞争性商业也戴着这样一个面具,端庄有序、可尊可敬,国家之间和平共处,友好往来,岂不幸哉,等等。而实际上,其所有的精力,整个的精确组织就为了一件事,那就是,夺走别人的谋生手段。为了这,其他什么事都可以做,别人是死是活,那可不管;就像在铁与火的战争中,唯一的目的是摧毁敌人,其他都得让路。至少从一个方面看,竞争性商业比古老形式的战争还要坏:战争起码还打打停停,它却是持续不断,从不停息;它的领袖与头头们总是不厌其烦地宣称,只要这个世界还存在,它将一直持续下去,它是人类创造家园的终极意义和全部意义。有诗歌这样描述:

> 人群浩如繁星,却为了他们
> 沉沦于无尽无望的苦难:
> 他们虚度时光,并不自知:
> 他们开动绞盘,鱼肉众生。

(改译自王佐良译文)

什么能够推翻这样一个可怕的组织呢?它本身既强大,又深深地扎根于偏执褊狭者的自私、愚蠢和怯懦之中;它本身是那样强大,它所造成的混乱无序又牢牢地围护着它,使得其更加坚固,足以抵御外来的进攻。没有什么可以做到,除了对这种混乱无序的不满,以及随后将从这种不满中产生(不,实际上已在产生)的一种秩序,一种原本是这一体系内部组织一部分,却注定要摧毁这个体系的秩序。只有这样才有希望,因为,产业主义的充分发展——从古老的手工艺到作坊体系,再到工厂和机器体系——尽管剥夺了工人们所有的劳动快乐,以及他们在劳动中出人头地、出类拔萃的希望,却同时把他们锻造成一个伟大的阶级,又凭借其单调生活的压迫和强制,迫使他们感到必须为自己的利益团结起来,以对抗资产阶级的利益;整个文明的过程中,他们都一直在感到自身作为一个阶级崛起的必要性。如我前面所说,他们不可能和中产阶级融合,造就温和的资产阶级社会所具有的那种广泛统治;尽管有些人做过这样的梦,但总的来说不可能,因为不管他们中可能会有多少人摆脱自己的阶级高升,这些人马上就成了中产阶级的一部分、资本的拥有者(虽然资本不是很大)以及劳动的剥削者;而且,后面还有一个更低的阶层,他们在自己的挣扎中会把那些竞争的失败者拖落到他们当中;这种竞争失败致贫的过程如今在加速,因为大工厂与大商场在飞速发展,正在消灭剩下的那些可能希望当小老板的人苦心经营的小作坊以及规模更小的零售商摊铺。于是,意识到自己不可能作为一个阶级上升,而竞争,作为生存的必须,又自然压制着他们,他们便开始寻求联合,认为这是必然趋势,一如资本家指靠竞争一样。正是在他们身上(如果不在任何别的地方),升起了终结阶级落泊的希望。

　　这种希望正朝着中产阶级蔓延,正是抱着这个信念,我现在站在你们面前,恳请你们接受它,确信,只有它得到实现,另一个希望——艺术的新生以及资产阶级真正变得高雅才有可能。当下,这个还不具备,大家只要看看我们(甚至是我们当中富有的人)周围的环境,看看那令人痛心的肮脏与卑劣就一清二楚了。我知道,有些人,对他们来说,消除这种阶级沦落可能不是他们所希望的,而是他们惧怕的。这些人可能会这样安慰自己,觉得这种社会主义的玩意儿是种空想而又吓人的东西,至少在英国是这样;他们认为无产阶级没有希望,因此只有在这个国家安安静静地躺着。在这个国家,商业主义飞速发展并且几乎已经发展完成,已经粉碎了下层阶级联合的力量;在这里,它实际的联合体,即工会,最初是为了工人阶级作为一个阶级的进步而建立,如今已经变成被中产阶级政客为党派的目的握在手里任意操纵的保守团体,甚至成为阻碍性团体;在这里,城镇以及制造区的面积从全国范围来说已经那么大,其居民已不再是由农民构成,而是城镇人与城镇人的后代,他们的体格正一年不如一年地衰退;最后一点是,在这里,教育是那样地落后。

　　也许,英国的工人阶级大众没有希望;也许,暂时压着他们、不让他们翻身不难，甚至很长一段时间压住他们亦非难事。如果有人希望情况可能会是这个样，我得坦率地说，那是卑劣的，因为它建立在这个阶级落泊潦倒的可能上。这是奴隶主或者奴隶主的食客们所期望的。然而我相信，即便在英国的工人阶级中，希望也在不断增加；无论怎样，你们可以肯定一点：至少有了不满。难道我们看不到那不公与痛苦，对此会有怀疑吗？或者我们当中会有人满足于每周 10 个先令养家，住在难以形容的污秽之中却还要为此付出好住所的价格吗？难道各位怀疑，在我们的生存挣扎之中，假如有时间，我们应该审视某些人的权益吗？那些人，自己富有而舒适，却让我们活得艰难，还借口这是社会所必须，这有道理吗？跟你们说，不满多着呢！在座的各位无疑有许多人认为，这个世界上必定还有比为赚钱而赚钱更好的事情，这里我不妨号召所有这些人行动起来，帮助教育民众，把这种不满变成希望，变成要求，要求建立一个新的社会。我之所以这样做，不是因为对这种不满感到惧怕，而是因为我本人就怀有不满，并渴望公平。

然而，如果在座的各位当中有人对当前到处存在的这种不满感到害怕，我也不能说你们没有道理。其实我在这里给大家说的不过是改造性的社会主义而已，外面还有其他自称为社会主义者的人，他们的目的可不是改造，而是摧毁。这些人认为，当前的现状太可怕，无法忍受（说实在的也的确是），没有别的办法，只有不惜任何牺牲予以不断的打击，摇撼这个社会，直到它最后摇摇晃晃，颓然倒塌。难道你们认为，与这样的教义进行斗争，不靠摧垮，而是通过给不满提供改造与变革的希望，不值得去做吗？同时，大家一定要知道，尽管这个变革的日子也许会耽搁很久，但它最终必定会到来。中产阶级总有一天会意识到无产阶级的不满，而在那之前，其中有些人会因热爱正义或洞察事实，业已抛弃他们的阶级，把自己的命运与劳动人民拴在一起。剩下的人，一旦其良心苏醒，将面临两个选择：要么摒弃其道德（尽管它七分是假，三分是真），要么让路。无论是哪种情况，我都相信，变化一定到来，而且没有什么能够真正阻碍这样的新生。但我清楚地知道，在此之前，中产阶级在教育民众对付这种不满时会作出较大努力——或者是平和的，或者是暴力的。阻碍这个新生，谁都不知道我们会卷入什么样的暴力，甚至可能会抛弃我们中产阶级引以为豪的道德；推进它，全身心为之奋斗，直至真理获胜，我们还需要怕什么呢？至少我们没有参与暴力，我们没有实施暴政！

　　这里我得再次说，如今事情已经到了这一步，我们当中至少对正义的热爱（哪怕是假装）是那样常见，中产阶级已无法让无产阶级继续遭受资本的奴役——只要他们在这方面真正有什么动作，不管发生什么，都会以他们自己（中产阶级）的彻底没落为代价。我禁不住希望，在座的诸位有些人已经对自觉维护非正义所导致的败落之阴影感到了惧怕，渴望逃离济慈所谓的半带无知特性的暴政，这个暴政，老实说，就是常见的富人统治状态。对于这些人，我最后还有一两句话要说，我请求他们摒弃自己的阶级自负，把他们的命运与劳动人民结合在一起。也许他们当中有些人出于对组织，一句话，对不切实际（这在英国非常普遍，在高素养的人当中更普遍，并且——请原谅我这么说——在我们古老的大学中最为普遍）的恐惧，不会积极促进他们所信仰的事业。既然我是社会主义宣传团体的一员，我谨在此真挚地请求你们当中同意我观点的人积极地帮助我们——可能的话，用你们的时间和才能来帮助，如若不行，至少可以用你们的金钱。既然我们看法一致，请不要置身事外、远离我们，因为我们还没学会文质彬彬、言语优雅，而且，我们甚至没有那种行动谨慎小心的智慧——竞争性商业长期的压迫已经把我们身上的这些品质完全击碎了。

　　生命短暂然艺术无涯，让我们至少在生命终结之前做点什么。我们追求完美，但却找不到完美的途径来实现它。然而，有些人的目标是对的，他们的办法是诚实而可行的，如果我们能和他们联合起来，那就够了。跟你们说，在此斗争的岁月，如果我们一起等待完美的联合，那么我们就什么事都还没做就魂归西天了。现在就帮助我们吧，你们命好，生来就聪明、高雅；在朝着事业成功迈进的平凡事务中你们帮助我们，让我们逐步获得你们出众的智慧、过人的高雅，反过来你们也可以从那些不那么聪明与高雅的人身上受益，像他们一样散发出勇气与希望。记住，我们向那可怕的自私组织发起进攻，能够使用的只有一件武器，那就是**联合**。是的，它应该是鲜明的联合，一种我们在与其他对这一事业敌对或漠视的人混合一起时可以感受到的联合。有组织的手足情谊是打破无政府状态富豪统治魔咒的法宝。一个人头脑里有某个想法时，有被认为是疯子的危险；两个人有同一个想法可能被视为愚蠢，但基本上不会被当作疯癫；若有十个人有同一个想法，他们会开始行动；若有一百个人，他们会被当作狂热者而引人注目；若有一千个人，则社会开始颤抖；若增加到十万人，则会引发战争，这项事业就会胜利在望，触手可及。为什么只能有十万人呢？你们和我看法一致，是我们来回答这个问题。

附录8 《晚期和早期抒情诗集》：我的辩解

托马斯·哈代

（1922年）

接下来的诗作差不多有一半是最近几年写的。其余的要早些，以前几部诗集出版时，考虑到一次给予读者的已经够多，特别考虑到战争期间有太多牵心的事，所以一直让它们躺在手稿里没拿出来。然而，读者在本集中看到的更早时期的诗作却是以前结集时忽略了的。它们虽然青涩，却有着一种如今可望而不可即的清新，似乎足以弥补原有的稚嫩，故而收录于此。其中有的诗注明了创作日期，有的写于何时则无从知晓了。

一个维多利亚中期开始创作的诗人，中间有些年也没发表过什么像样的作品，如今在新乔治亚时期倒要发行这样一本东西，似乎有必要说几句辩解或解释的话。不管怎样，读者可以确定的是，他们看到的是一本新书，尽管诗人对于这么晚才拿出来不免感到十二分犹豫。不过，再三的实际原因——其中包括认同我作品的一些名家一再要求，好几首诗作已经偶然得以面世，而几十首其他的作品多年来却一直闲置一旁——使我不得不这么做，虽然作者本不太情愿再度引起人们对它们的关注，自知其作品并非广受欢迎，常有这儿那儿的一些实用主义人士对之侧目而视。

我不知道是否有必要对本书的内容多加谈论，尽管有人如此建议，按理说应该遵循（这些建议随后会提到）。我相信那些真正喜欢我的诗歌的读者——对这些读者来说无须拿出通行证——会喜欢这样一个新的分册（也许是最后一本），一如他们喜欢我在此之前的所有诗集。而且，就不太友好的人士来说，尽管本诗集确实很混杂，但就我看来，它在技巧或者传达的思想上很少，或者根本没有被认为是专断或者让女子学校不安的东西。即便如华兹华斯在《〈抒情歌谣集〉序》中所说,这样的读者会假设"一个作者一旦着手写诗,就有了一个正式的约定,即,他将满足社团的某些已知习惯:他不仅由此告诉读者书中将会读到哪类想法和说法,还要知会他们哪类会被小心地排除在外",他们也看不到这样的东西。

不过,有一点倒是真的,集子中一些严肃、积极与不加掩饰的描写和那些被动、轻松以及也许更接近刻板口味的传统的东西穿插在一起。因为,我清楚地知道,在试图解释或者宽宥社会上邪恶的存在以及对不负责任的行为惩罚上的不一致时,一个思想家如今这个时候比以前更不该,而且实际上也不太被允许把自己头脑里对在这个宇宙生存的看法全说出来。尽管如此,明白人却很清楚,一味地抱着某些古老的崇拜不放,认定它们就是美,就有用,从而不允许任何"顽固的质疑"与"茫然的担心",那势必导致思想的僵局,直至陷入瘫痪。海涅差不多一百年前就说过,灵魂有它自己永恒的权利,它不能因条规条例而变得晦暗,也不应为钟乐所催眠。而今天被人称为"悲观主义"的东西(正如本节作者前面提到的),事实上不过是这种对现实的探索过程中产生的"质疑",是改善灵魂,也是改善肉体的第一步。

二十多年前我发表过一首诗(创作的时间更早),名字叫《在黑暗中》,里面说过一番话,如果允许我引用的话,不妨让我再重复一遍:

若要更加美好,必须正视丑恶。

就是说,通过探究现实,并随着考察一步步达到坦诚的认识,着眼于能够取得的最佳结果;简言之,就是进化改良主义。然而,它却被称作悲观主义;冠以这样一个称谓,个中含义谴责有加,于是许多人视其为某种有害的新东西(尽管它由来已久,基督教里就有,甚至贯穿于希腊戏剧之中);该话题也就绝口不提,当作聊发善心,给它留点体面,似乎进一步的谈论根本没有必要。

令人高兴的是,尚有一些人感到这种利未式训诫回避的做法——天哪——绝不是一劳永逸地解决问题的办法,感到在我们这个过早遭罪的世纪那些混乱的年代里就世界现状进行探讨实际上大有必要,感到那样做是为了修正而不是发疯。展望未来,这些为数不多的人一致坚持认为:不管人类以及与其休戚相关的动物种族在地球资源枯竭抑或毁灭之前能否幸存,不管这些物种在那结局到来之前是否消亡并为其他物种所接替,只要这一天还未来到,生活在这个地球上的所有动物——会说话的也好,不会说话的也好——其痛苦都应该通过仁爱控制在最小,而仁爱借助科学知识发挥作用,受到有机生命那一点点自由意志的驱动。据猜测,当那能使"云彩浮于空中"的巨大力量——有意识的也好,别的也好——正好处于均衡状态的时候(这种时候可能常有,也可能不大常有),有机生命是拥有那么一点自由意志的。

这个问题就讲到这里,结束前,还有一件事我想再说一下。我有一位朋友叫弗里德里克·哈里森,他在最近的一篇文章中对我大加指责,严厉地声明"这样的一个人生态度不是我的态度"。此话干净利索地总结了那些所谓乐观主义者们的辩解,说得肃穆有加,颇为自得,但在我看来对上述提及的"态度"并不具有毁灭性的打击(其实那所谓的"态度"也就是一些若即若离的感受,我甚至都从未整合过)。无疑,它显示了一个人们太常犯的谬误,这种谬误在逻辑学上很常见。另外还有一个无所不知的评论家(好像是位年轻的罗马天主教徒),在其文章中大举其例,拐弯抹角,旁敲侧击,说什么"哈代先生拒绝劝慰","想法阴暗,问题严重",等等。当一个实证主义者和一个天主教徒看法一致的时候,其中必有高妙之处,足以让一个诗人警觉。然而……啊,但愿能这样!

我本不愿在这个场合或者任何其他地方谈到这种针对个人人身的、随意的批评指责——它们确实是随意的、不加思考的——但有那么两三位朋友认为,我似乎该站出来说几句,不然的话,这样的批评,或者更确切地说,这样的诘难,还会反反复复、不断出现。为满足他们的愿望,我还是这么做了。毕竟,就这方面而言,一个要探询的严肃且真正文学的问题是:对于构成梦想基础的东西,打造者是否可以不考虑习惯与期待,而致力于诗歌真正的作用,亦即思想之于人生的抒发(此乃马修·阿诺德耳熟能详的说法)?这更有点此类诗歌所谓的"哲学性"——通常被斥之为"怪异"。任何作者,不管是谁,只要朝着此"哲学"方向进行这样的思想抒发——这一方向的抒发尤为必要——冷言冷语便会铺天盖地地朝他压来,而舆论的仲裁者们一般都是谴责个性。在他们看来，思想就是怪物，只有被嘲笑的份；他们的热望与马斯希尔山上雅典探索者们的希求全然相反，不仅一听到某件新事物面部表情就僵硬起来，就连听到用新术语重新讲述旧事物时也是如此。因此，假如我下面的谈论中有此类东西显得"怪异"，假如其中有什么在过分乐观的大人们看来"离奇古怪"，对当下这个最最美好的世界大为不敬的话，我表示道歉，但却别无办法。

这种分歧（尽管暂时感觉有趣，要说不令人痛心与沮丧那是矫情），无疑有时可能现于浅表——作家与读者从不同的角度看待同一事物，但更明显的情况（如前所说）则是在做出严肃努力的时候，而努力的方向则正是作为一个诗人应尽的职责所在，即思想之于人生的抒发。我以上所引用的权威都肯定这样一种职责，并认为没有哪个好的评论家能够否认这一点，虽然如今这样的权威已被认为过时，甚至可能被视为狭隘。随便说一句，就这方面而言，可能有人会精明地猜到，名作家在做出他们的推荐时，也许没有看到其负面效果，那就是，冷落打击了那些热衷自己高标准实践的人，忘记了吉尔·布拉斯与主教在一起的难堪经历。

前面已经讲了很多很多，但这里还要再说几句。就诗歌汇集来说，有一种可能性我记得还没有提及。我要说的是，像当前这样一本诗集以及以前与它同类的诗集，把各种不相关的，甚至不和谐的诗作放在一起，具有各种不同的特点；有的诗创作年代相隔很久，却也在这里面对面，这样的书不免让人感到小小的震惊。一个古怪的结果是，一首写戏剧性轶事、带有讽刺幽默初衷的诗作（如《皇家赞助者》）跟在一首口吻严肃的诗歌后面，读来却是失败，笑点在那儿，但笔者编辑时却未注意到调子的突然变化，因此和作者一起发笑而不自知，其实真正该笑话的应是这样的编排。我承认自己没有恰当地预见到这种可能性，没有预见到读者可能注意不到调子的改变。不过话说回来，倘若按照循序渐进的调子来安排诗集的主题，困难恐怕太大，而关联的缺失几乎是无法避免的，因为诗集努力传达的东西太多样化了。我只有指望修养好的读者自己去捕捉那正确的基调了；他们感觉敏锐，不消半句耳语就可以揣度出来，他们的直觉完全能抵御所有不合理的情况。至于对那些不太敏感的人，假如声簧片连续不停地吹奏但主音却不和谐，连个十六分音符的休止都不给，从而使他们的思绪脱轨、错过邻近两首作品中其中一首作者的目的和意思的话，我对此深表遗憾。

朋友提请我注意的有关个人的几个问题终于说完之后，本诗集序言的直接目的我就不谈了，晚期抒情诗是怎么样就让它们怎么样吧，这里只想稍稍离题，谈一些更一般性的考虑。当今，英国诗歌的前景岌岌可危，任何一个关心诗歌生存与活力的文人都不能不忧心忡忡。事实上，如今几乎每一首现代诗歌的诞生与阐释都处在危险与伤害之中，情景之可怕，犹如风大浪高的湖面上雪莱的一只纸船。往前看，也看不到多少希望，除非人们的倾向得以改变。实际上如今所有的艺术、文学以及"高级思想"无不如此。究竟是因为不久前战争的黑暗疯狂把年轻些的人的品味糟蹋了，还是所有阶层的人都变得自私而又不以为耻，或是因为知识增长过多同时妨碍了智慧的成长——"蛮横的刺激后丢人的渴望"（这里不妨再引用一下华兹华斯），还是因为别的什么原因，就不得而知了，我们现在似乎面临一个新**黑暗时代**的威胁。

像许多被粗暴对待的作家一样，我曾经认为，就文学而言，攻一点而不及其余，这样的批评是无力或者有害的。譬如，对个人进行讽刺，对诗歌以及类似作品的当代评价缺少整体考察，对作品的觉知受后生评论者的影响，对某一见解的观察太拘于细节，好像这些人养成了这么个习惯，只会去细察工具的痕迹而对建筑的本身却视而不见，只听到音调的吱嘎，却对全谐和音充耳不闻，夜间打着个灯笼走了一遭，就来评判一个地方的景致。换言之，无外乎玩弄那种老把戏，偏偏挑出一首诗或一个剧中最差的一行或一段作为样本，殊不知（或者说明明知晓而装不知）柯勒律治早就说过，单单一首诗作，不管多长，不能够也不应该代表所有诗作；一本书，作者写作的时候做梦都没想到的意思，却硬要从书中读出来。关于这，我可以一直说下去。

不过，现在我不认为这种暂时的阻碍是危害的根源，因为这些失职与无知，尽管好几代以来也许已经扼杀了一些真正的诗人，却好比打落的树叶，下个星期的风一来就会四处飘散，和它们的作者一样在文艺界再也听不到。不，我们可以坚信，一定是有提到过的更深层次的原因。

不管怎么说，诗歌，一般意义上的纯文学，以及宗教——我这里包括宗教，因为诗歌与宗教肌肤相亲，或者更确切地说，相互调制，实际上，二者是一回事，不过是称谓不同而已——这些东西是精神以及感情生活的可见标记，它们像其他东西一样,应该不断行进,不断改变、发展,尽管在当前,人们对恩多女巫的信服正在取代对达尔文理论以及"会让你自由的真理"的信奉,人们的思想似乎如前所述正在后退而不是前进。当然,我说得有些笼统,应该排除许多孤立的人士,同样还要排除各种教派中一些可敬的小团体中的人士,也许还要算上自家的一块——英国国教——几年前还没人指望那里会有什么进步,但如果我们看得没错,按照致希伯来人的睿智书信建言来检视,还是能有证据表明他们"去除了那些动摇了的东西"。殊不知,曾几何时,具有历史影响而又威严的罗马宗教等级制度本来可能成为未来的宗教,却因举措失当而错失良机。是时,一小群新天主教徒为了延续罗马宗教等级制度而进行着努力;他们将进化论的法则用到自己的信仰中,与现代科学联手,在英国人对礼拜改革本能地产生犹豫的时候从侧翼给他们以打击(我当时满以为能看到那场侧翼行军,有千百万不可知论者聚在那儿等着成为其信徒);打那以后,我们不妨试问一句,在这个国家,除了教堂,还剩下哪个英国机构具有足够的尊严与立足点,有着古老社团的那种力量以及那种建筑魅力,可以将国人道德的碎片拼接起来呢?

宗教必须保留,除非这个世界消亡;同样,除非这个世界消亡,必须要有完全的理性。也许,通过诗歌的融合效果(有位思想非常正统的英国诗人曾将诗歌定义为"全部知识的呼吸与精妙精神;科学的激情表达"),实现宗教与这种完全理性之间的联合。希望渺茫,抑或仅仅是个梦想,但是,正如康德所说,前进从来不是直线的,而是在一个环形的轨道上发生;如果他说得不错,就前面所说不祥的后退来说,我们可以以退为进,后退一步以便纵身一跃。再说一句,我对此不抱希望,尽管我所敬重的叔本华、冯·哈特曼以及往后的哲学家,直至爱因斯坦都睥睨天下,对此希望有加。不过,没有人敢预言。这些日子,由于身体、年龄以及其他意外事件的缘故,我没有涉足批评研究与文学界——

> 在这里,我们一群年轻的朋友
> 曾就精神与艺术展开过辩论。

(不妨在这自由诗流行的世纪引用丁尼生的诗句)。因此,我不能像以前那样了解现在的情况怎么样,上述局限也颇让我无法知道今后的发展。

感谢《泰晤士报》《双周刊》《水星报》以及其他期刊的编辑与拥有人,有些诗歌曾经在他们的刊物发表,承蒙他们慨然同意,这些诗歌得以在结集中与读者再次见面。

索　　引

A

阿尔梯克（Altick, Richard D.） 8, 23, 267

阿吉罗斯（Argyros, Ellen） 226

阿诺德（Arnold, Matthew） 3—8, 10, 12—17, 21, 23, 26, 34, 39, 41, 51—57, 59—65, 71, 78, 79, 100, 131, 133, 143, 144, 151, 164, 169—171, 173—178, 180—182, 185, 205, 211—213, 225, 237, 239, 241, 251—257, 262, 263, 268—271, 276, 279, 281, 307, 318—320, 322, 340, 341, 345, 348, 355, 390, 401, 431, 433, 461, 470, 530

　《怀念〈奥伯曼〉的作者》（"Stanzas in Memory of the Author of 'Obermann'", 1849） 13

　《海斯湖的小船》（"The Hayswater Boat", 1849） 52, 57, 59, 62

　《博卡拉那病了的国王》（"The Sick King in Bokhara", 1849） 13

　《纪念诗》（"Memorial Verses", 1850） 35

　《埃特纳火山上的恩庇道克利斯》（"Empedocles on Etna", 1852） 13

　《吉卜赛学者》（"The Scholar-Gipsy", 1853） 13, 52—54, 56, 57, 62—64, 177

　《写于雄伟的夏特斯修道院的诗行》（"Stanzas from the Grande Chartreuse", 1855） 52, 57, 59, 61, 62, 65

　《拉格比小教堂》（"Rugby Chapel", 1867） 13

　《文化与无序》（*Culture and Anarchy: An Essay in Political and Social Criticism*, 1867—1869） 13, 15, 16, 54, 56, 78, 164, 171, 174, 177, 180, 181, 239, 251, 253, 269, 307, 322

阿契贝（Achebe, Chinua） 303

艾略特（Eliot, T. S.） 33, 94, 101, 148, 187, 225, 226, 230, 233, 254, 263, 335, 402, 429

爱略特（Eliot, George） 7, 10, 14, 15, 21, 23, 33—51, 83, 223—227, 229—236, 243, 247, 250, 256, 279, 330, 401, 402, 432, 496, 500

　《智性的进步》（"The Progress of the Intellect", 1851） 45

　《女性小说家的愚蠢小说》（"Silly Novels by Lady Novelists", 1856） 46, 51

　《安提戈涅及其道德寓意》（"The Antigone and Its Moral", 1856） 44

　《德国生活自然史》（"The Natural History of German Life", 1856） 37, 46

　《揭开的面纱》（*The Lifted Veil*, 1859） 46

　《弗洛斯河上的磨坊》（*The Mill on the Floss*, 1860） 41, 247, 432

《织工马南》(Silas Marner, 1861) 42,144,432
《激进分子菲利克斯·霍尔特》(Felix Holt, the Radical, 1866) 35,38
《米德尔马契》(Middlemarch, 1871—1872) 42,47,161,187,229,247,250,401,432
《丹尼尔·德隆达》(Daniel Deronda, 1876) 15,223,225—227,229,230,233,234,236
安德森(Anderson, Benedict) 95,112,334—336,338,340,428
安杰(Anger, Suzy) 237
奥斯汀(Austen, Jane) ⅱ,15,83,290,305,337
奥蒂斯(Otis, Laura) 237,242

B

巴顿(Barton, Anna) 104—106
巴克利(Buckley, Jerome Hamilton) 346
《青年时代:从狄更斯到戈尔丁的教育体小说》(Season of Youth: The Bildungsroman from Dickens to Golding, 1974) 346
巴特(Butt, John) 114
巴特勒(Butler, Samuel) 17,18,361,372—376,378—388,432
《机器中的达尔文原理》("Darwin among the Machines", 1863) 381,382
《埃瑞璜》(Erewhon: or, Over the Range, 1872) 18,372—374,378—388
《重返埃瑞璜》(Erewhon Revisited Twenty Years Later, 1901) 18,372—374,385—388
《众生之路》(The Way of All Flesh, 1903) 374,379,385—388
《巴特勒笔记》(The Note-Books of Samuel Butler, Ⅰ, 1919; Ⅱ, 1934) 374
鲍曼(Bauman, Zygmunt) 207,208,432
暴民(mob) 36,37,39
比尔(Beer, Gillian) 242
《达尔文的情节》(Darwin's Plots: Evolutionary Narrative in Darwin, George Eliot and Nineteenth Century Fiction, 2000) 242
边沁(Bentham, Jeremy) 22,24,25,29—31,364,437,442
变革 35—38,45,51,52,212,238,239,246,248,251,340,345,361,381,382,390,402,429,453,454,496,497,507,525
波德斯纳普信条(Podsnappery) 11,69,112
伯吉斯(Burgess, Miranda J.) 305,306
伯克(Burke, Edmund) 37,325,326,428
《法国大革命感想录》(Reflections on the Revolution in France, 1790) 37,428
博雅教育(Liberal Education) 240
不可知论(agnosticism) 248,249,533
布尔沃-利顿(Bulwer-Lytton, Edward) 103
布鲁玛(Buruma, Ian) 160,433

C

财富 8,9,13,14,74,76—81,88,117,125,134,141,143—146,148,150—170,174—178,180—182,185,188,190,193,206,211,215—217,220,223,254,255,301,323,354,363,365,370,372,375,377,396,401,402,428,438,444,455,456,504,521
成功 13,78,116,136,151—156,161—163,176,190,198,199,204,205,207,215,217,231,294,321,352,363—365,370,377,385,509,521,522,526
成熟期 3,4,6,312

程巍 123,429

冲突的普遍性（universality of conflict） 40,43,44

传奇 52,102,103,204,290,292,299, 301—303,339,347

D

达尔文（Darwin, Charles） 42,43,46, 102,107,169,241,242,244,260,364, 376,379,381—384,388,429,441,533

 《物种起源》（On the Origin of Species, 1859） 46,242,260,376, 382—384

 《达尔文自传》（The Autobiography of Charles Darwin, 1887） 43, 429

达克（Duck, Stephen） 362

道德 13,14,17,29,37,40,41,43—45,47, 48,51,62,89,92,95,112,124,144,145, 149,151—155,159,160,165—169, 185—192,194—196,201—203,205— 210,212—215,217,218,220,226,241, 244,259,287,291—293,296,304,311, 315,318,324,325,330,335—337,339, 340,342—358,361—363,366,378, 381,383—385,388,390—392,395,401, 402,431,437,440,441,443,444,447, 450—452,489,495—498,500—506, 520,521,525,533

道琳（Dowling, Linda） 345

 《查尔斯·埃利奥特·诺顿：十九世纪美国的改革艺术》（Charles Eliot Norton: the Art of Reform in Nineteenth-Century America, 2007） 345

德瓦尔（De Waal, Frans） 384,429

 《共情时代》（The Age of Empathy, 2009） 384,429

狄更斯（Dickens, Charles） 6,7,10—14, 16,23,69—74,76—82,99—101,112— 120,122—129,138,143—148,150— 156,161,162,169,186,187,191,192, 225,245—247,279,291,311,363,368, 397,401,403,429

 《老古玩店》（The Old Curiosity Shop, 1840—1841） 245,429

 《董贝父子》（Dombey and Son, 1848） 145,162

 《荒凉山庄》（Bleak House, 1853） 7,13,112—114,117,118,120—124, 126,145,401,429

 《艰难时世》（Hard Times, 1854） 6,7,145,152,162

 《小杜丽》（Little Dorrit, 1857） 145,161,191

 《远大前程》（Great Expectations, 1861） 7,13,143—155,161,346, 363,429

 《我们共同的朋友》（Our Mutual Friend, 1865） 7,11,69,71,74, 76,79,145,152,162,191,397,401, 429

迪思累里（Disraeli, Benjamin） 10,113, 123,191,368,455

 《西比尔》（Sybil, 1845） 10,368

敌托邦（Dystopia） 373,389

蒂洛森（Tillotson, Kathleen） 114

丁尼生（Tennyson, Alfred） 8,12,13, 99—111,138,244,245,259,397,429, 533

 《一切都不会死去》（"Nothing Will Die", 1830） 244,245

 《夏洛特女士》（"The Lady of Shalott", 1832） 101

 《洛克斯利厅》（"Locksley Hall", 1842） 109,110

 《悼念》（In Memoriam, 1850） 12, 104—106

 《国王田园诗》（"Idylls of the King", 1859—1885） 102,103

《大空无》("Vastness", 1885) 107—109,111

《六十年后的洛克斯利厅》("Locksley Hall Sixty Years After", 1886) 110

杜尔凯姆(Durkheim, Émile) 101,138

镀金时代(the Gilded Age) 344,345

E

恩格斯(Engels, Friedrich) 18,112,391,431

F

凡勃伦(Veblen, Thorstein) 161—163

《有闲阶级论》(The Theory of the Leisure Class, 1899) 161

反乌托邦(Anti-Utopia) 366,367,373

非利士人(Philistines) 164,174,175,255,318

费边主义(Fabianism) 211

讽刺乌托邦(Utopia Satire) 373,381

福柯(Foucault, Michel) 379

负面乌托邦(Negative Utopia) 373

富尔韦勒(Fulweiler, Howard W.) 74

G

《改革法案》(Reform Bill) 35,38

改革文化(Culture of Reform) 35

歌德(Goethe, Johann Wolfgang von) 5,224,492,498

葛德汶(Godwin, William) 306

高雅文化传统(the genteel tradition) 345,356

工业革命 5,7,23,56,60,87,88,92,100,101,103,119,212,243,307,363,367,374,376,381,383,389

工作福音(the Gospel of Work) 14,151,185,209—214,216,218—220

功利主义(Utilitarianism) 25,188,269,317,318,364,380,381,384,434,437,439

共同体(community) 9,11—13,16—18,43,59,61,65,69,71,81,83—85,87,91—93,95—97,99—106,108—124,126—139,143,185,189,190,194—196,199,201,202,206—210,223,237,238,251,252,257,260,262,263,279—281,284—289,329,334—336,338,340,361,362,367—370,372—374,376,379,381,383,384,387,388,393,401,402,428,432,455,458

古奇(Gooch, Joshua A.) 373,379—381

H

哈代(Hardy, Thomas) 7,12,13,15,16,99,101,128—131,133—139,223,251—253,256,257,259—263,402,431,528,530

《卡斯特桥镇长》(The Mayor of Casterbridge, 1886) 13,128—131,133,135,136,139,251

《林地居民》(The Woodlanders, 1887) 15,16,251,253,254,257,260—263

《苔丝》(Tess of the d'Urbervilles, 1891) 323

哈登(Harden, Edgar F.) 341

《亨利·詹姆斯年表》(A Henry James Chronology, 2005) 341

哈勒姆(Hallam, Arthur Henry) 104,106

哈特曼(Hartman, Geoffrey H.) 5,21,254,533

《文化的重大问题》(The Fateful Question of Culture, 1997) 254

豪斯(House, Humphrey) 73,292

赫胥黎(Huxley, Thomas) 41,42,50,237,241,248,249,376,383,384,433

《科学与文化》("Science and Culture",

1880) 241
《演化论与伦理学》(*Evolution and Ethics*, 1893) 383
黑迪(Heady, Emily) 114
《黑客帝国》(*The Matrix*, 1999) 383
华兹华斯(Wordsworth, William) 29, 31, 42, 43, 48, 104, 105, 110, 236, 240, 243, 244, 430, 470, 482, 484, 493, 529, 532
怀特(White, Andrea) 304
回归诗(the poetry of returnings) 107
霍布斯(Hobbs, Thomas) 38, 161, 311, 428
霍布斯鲍姆(Hobsbawm, Eric) 38, 161, 428
霍顿(Houghton, Walter E.) 11, 53, 71

J

机械时代(mechanical age) 10, 19, 40, 41, 43, 211, 280—283, 286, 288, 306, 437, 442
吉辛(Gissing, George) 7, 14—16, 185, 196, 200, 223, 263, 264, 267, 268, 276, 279, 302, 303, 314, 315, 320, 321, 323, 326, 401
　《失去归属者》(*The Unclassed*, 1884) 16, 314, 321, 326, 401
　《瑟尔萨》(*Thyrza*, 1887) 15, 263—265, 268
　《新格拉布街》(*New Grub Street*, 1891) 14, 196, 197
家中天使(angel in the house) 40
健全理智(right reason) 239
江上幸子 216, 430
焦虑(anxiety) 4—6, 9—12, 14, 16—19, 21—23, 25—28, 30, 33—35, 40, 43, 45, 48, 51, 52, 59—63, 65, 69, 87, 92, 99, 111, 133, 143, 145, 155, 156, 175, 181, 185, 191, 196, 211, 223—225, 243, 244, 248, 267, 279—281, 283, 322, 329, 337,

340, 361, 362, 367, 374, 376, 389—391, 402, 403, 509
教化(culture) 48, 50, 51, 165, 271, 291, 311, 312
教育体小说(Bildungsroman) 346, 347
阶级 12, 18, 36, 38—40, 70, 71, 84, 85, 87, 89—91, 93, 103, 112, 113, 115, 116, 120, 122—125, 130, 144, 146—150, 152—154, 156, 160, 175, 176, 190, 193, 194, 198, 199, 211, 212, 223, 231, 252, 253, 264, 267, 268, 275, 285, 315, 317—319, 323, 335, 336, 344, 362, 363, 365—367, 369—372, 401, 429, 503, 507, 513, 515—517, 519—522, 524—526
金斯伯格(Ginsburg, Michal Peled) 74
金斯利(Kingsley, Charles) 3, 6, 7, 14, 16, 17, 27, 78, 79, 185, 211, 212, 279—289, 291, 302, 361, 362, 364, 365, 367—369, 430
　《英格兰的工人们》("Workmen of England", 1848) 368
　《奥尔顿·洛克》(*Alton Locke*, 1850) 17, 18, 283, 361, 370
　《酵母》(*Yeast*, 1851) 281, 285, 286
　《向西去啊!》(*Westward Ho!*, 1855) 16, 280—286, 289, 291
进步 11, 23, 36, 37, 43, 44, 48, 51, 78, 89, 100, 108—111, 113, 151, 152, 174, 177, 182, 188, 195, 211, 225, 241, 244, 249, 250, 271, 283, 304, 306, 307, 314, 323, 337, 358, 364, 365, 369, 370, 384, 390, 391, 394, 396, 402, 430, 440, 445, 452, 485, 497, 498, 507, 512, 515, 524, 533
精神共同体(community of spirit) 201, 238, 373
决定论(determinism) 368

K

卡莱尔(Carlyle, Thomas) 3—6, 9, 10, 14, 16, 23, 28—30, 33, 38, 40, 41, 60, 64,

65,76,78,79,100,101,112,120,138,
143—145,151,162,167,169,173—176,
180,185,187,191,196,209,211—214,
217,218,225,251,267,280—283,306,
365,370—372,376,402,430,432,433,
435,497,498
 《时代征兆》("Signs of the Times",
  1829) 9,40
 《拼凑的裁缝》(Sartor Resartus,
  1833—1834) 9,10,283,365,430
 《过去与现在》(Past and Present,
  1843) 9,191
康拉德(Conrad, Joseph) 7,16,94,279,
303—309,311,312,314
 《"水仙号"上的黑家伙》(The Nigger
  of the "Narcissus", 1897) 16,
  304,305
 《台风》(Typhoon, 1902) 304,305,
  307,308,310—312
 《阴影线》(The Shadow Line,
  1916) 304,305,307,308,311,312,
  401
康有为 376
 《大同书》(1935) 376
考克舒特(Cockshut, A. O. J.) 22
柯勒律治(Coleridge, Samuel Taylor)
24,29,30,43,224,225,242,243,263,
272,296,307,369,484,532
 《沮丧颂》("Dejection: An Ode",
  1802) 24
 《文学生涯》(Biographia Literaria,
  1817) 243
科学 26,29,41,42,45—51,57,60,79,
107—110,112,157—159,164,167,168,
185,192,218,237—244,248—250,255,
256,260,283,285,288,306,334,336,
368,373—375,382,384,402,428,429,
433,439—442,444,449,452,470,501,
502,520,530,533
克莫德(Kermode, Frank) 208,304

空想社会主义 18,369

L

拉马克主义(Lamarckism) 210,384
莱尔(Lyell, Charles) 242
兰登(Landon, Philip) 114
兰福德(Langford, Paul) 11,144
劳工阶层(working classes) 35,38—40
理性 6,7,25,29,32,33,36,38,39,41—
44,48,49,96,188,195,205,215,219,
220,225,242,250,265,267—272,275,
276,280,281,283,286,294,364,375,
378,387,388,391,392,395,434,436,
451,512,521,533
利维斯(Leavis, F. R.) 167,185,205,
227,233,234
 《伟大的传统》(The Great Tradition:
  George Eliot, Henry James and
  Joseph Conrad, 1948) 227,233,
  418
利维斯夫人(Leavis, Q. D.) 205,418
良心(conscience) 15,17,32,81,89,234,
306,329—332,335—338,340,348—
350,354—356,358,384,451,502,519,
522,523,525
列文(Levine, George) 237,241,260
刘易斯(Lewes, George Henry) 45,50,
146,147,155,249,250,373
 《日常生活的生理学》(The Physiology
  of Common Life, 1859) 249,418
 《生命与精神问题》(The Problems of
  Life and Mind, 1875) 45
卢克莱修(Carus, Titus Lucretius) 211
卢梭(Rousseau, Jean-Jacques) 211,333
陆建德 186,187,195,225,325,403,431
罗布森(Davidson, Rob) 25,29
 《大师与掌门:亨利·詹姆斯与威廉·
  豪威尔斯的文学批评》(The Master
  and the Dean: the Literary
  Criticism of Henry James and

William Dean Howells，2005）356

罗曼司　305—307

罗斯金（Ruskin, John）　3—6,8,13,14,23,78—80,101,103,124,138,143,151,156—159,161—170,176,177,185,187,191,212,219,225,259,267,271,272,276,279,307,329,432,434,513

 《金河王》（*The King of the Golden River*，1851）　14

 《艺术的政治经济学》（*The Political Economy of Art*，1857）　158

 《给这后来者》（*Unto This Last*，1862）　13,151,157,158,165

 《芝麻与百合》（*Sesame and Lilies*，1865）　8,13,151,163,271,272,329,434

 《野橄榄花冠》（*The Crown of Wild Olive*，1866）　166

 《报以灰尘》（*Munera Pulveris*，1872）　8,13,151,157,169

洛奇（Lodge, David）　265,429

M

马克思（Marx, Karl）　18,112,370,376,384,391,431

马蒙泰尔（Marmontel, Jean-François）　27,28

麦考莱（Macaulay, Thomas Babington）　78,108

曼德勒（Mandler, Peter）　82,91

蒙昧（stupidity）　47,48,193

孟子　384

米歇尔（Mitchell, Sally）　364

民族良心（the conscience of the nation）　9,17,96,327,329,330,336,337,339,340,361,401,402

莫尔（More, Thomas）　369,373,517

 《乌托邦》（*Utopia*，1516）　369,373

莫里斯（Morris, William）　3,4,6—8,14,17,18,23,78,79,87,101,103,104,138,139,143,151,185,212,219,225,259,283,361,376,378,379,382,388—391,393,395—397,433,507

 《吉尼维亚的自辩及其他》（*The Defence of Guenevere and Other Poems*，1858）　103

 《乌有乡消息》（*News from Nowhere*，1890）　18,283,378,379,382,388—392,396,433

穆勒（Mill, John Stuart）　5,7,10,11,15,21—34,39,42,79,143,158,159,165,167—169,240,251,266,380,384,402,434,518

 《时代精神》（"The Spirit of the Age"，1831）　34,169

 《政治经济学原理》（*Principles of Political Economy*，1848）　158,165,168,434

 《论自由》（*On Liberty*，1859）　34,169,240,434

 《自传》（*Autobiography*，1873）　7,21—30,32,34,190,194,195

N

奈保尔（Naipaul, V. S.）　ⅹⅹⅰ,ⅹⅹⅱ

纽曼（Newman, John Henry）　169,239,240,251,288,433

诺克斯（Knox, Robert）　367,448

 《人类之种族》（*The Races of Men*，1862）　367

诺瓦利斯（Novalis）　5,224

P

佩里（Perry, Seamus）　106,107

平庸的斑点（spots of commonness）　49

Q

浅表性知识（superficial knowledge）　240

强健的基督教信仰（Muscular Christianity） 288,367

乔伊斯（Joyce, James） 17,329,358,431
　《一个青年艺术家的画像》（A Portrait of the Artist as a Young Man, 1914—1915） 329,358

情感　7,15,25,27,28,30—33,41—44,47,48,58,76,86,91,92,95,96,104—106,135,152,153,160,165,168,170,176,192,200,201,218,219,225,226,230,232,245,250,252,271,321,335,337,338,342,344,358,368,369,376,383,387,388,432,440,444,459,460,470,488,495,498,502—506,508,515

情感结构（the structure of feeling） 92,95,96,148,189,239

琼斯（Jones, Howard Mumford） 344
　《能量的时代》（The Age of Energy: Varieties of American Experience 1865—1915, 1970） 344

去人性化（dehumanization） 41

全面知识（universal knowledge） 240

R

热尔韦（Gervais, David） 70,72,112
　《文学英格兰：现代作品中"英格兰特性"的不同版本》（Literary Englands: Versions of "Englishness" in Modern Writing, 1993） 70

人民诗人（the poet of the people） 362

S

萨金（Sargent, Lyman） 373,374

萨克雷（Thackeray, William Makepeace） 7,17,124,329—340,432
　《名利场》（Vanity Fair, 1847—1848） 17,161,329—333,335,337—340,432

塞尔（Thale, Jerome） 74

赛义德（Said, Edward） 303

社会达尔文主义（Social Darwinism） 244,364,381,384

舍伍德（Sherwood, Marion） 99,100,102,111
　《丁尼生与英格兰特性的编造》（Tennyson and the Fabrication of Englishness, 2013） 99

绅士　18,38,70,113,123—127,146—151,153,155,156,188,193,213,240,242,251,259,287,290,292,294—296,298—301,352,361—363,365—367,372,379,388,401,402

深切感受力（sensibility） 229

盛文沁　25,432

石黑一雄（Ishiguro, Kazuo） XXⅱ

史蒂文森（Stevenson, Robert Louis） 7,16,103,279,290—297,299—302
　《金银岛》（Treasure Island, 1883） 16,289—303

适者生存（survival of the fittest） 41,244,317,364

司各特（Scott, Walter） 31,291,293,302,305,368
　《艾凡赫》（Ivanhoe, 1819） 368

思辨乌托邦（Critical Utopia） 373

斯宾塞（Spencer, Herbert） 240,241,244,248,249,317,325,364,429
　《什么知识最有价值?》（"What Knowledge Is of Most Value", 1857） 240
　《第一原则》（First Principles, 1862） 248
　《进步：其规律与起因》（"Progress: Its Law and Cause", 1891） 249

斯蒂芬（Stephen, Leslie） 167

斯密（Smith, Adam） 24,79,158,160,168,370,448
　《道德情操论》（The Theory of Moral Sentiments, 1759） 160,168

《国富论》(The Wealth of Nations, 1776) 24,79,158,168
斯摩莱特(Smollett, Tobias) 305
斯特纳(Sterner, Douglas W.) 345
《文化的传道士：马修·阿诺德与亨利·詹姆斯研究》(Priests of Culture: A Study of Matthew Arnold and Henry James, 1999) 345
斯威夫特(Swift, Jonathan) 373
《格列佛游记》(Gulliver's Travels, 1726) 144,373

T

汤因比(Toynbee, Arnold) 216
特雷西(Tracy, Robert) 114
特罗洛普(Trollope, Anthony) 7,14,185—187,190,192,193,195,196,319,337
《我们如今的生活方式》(The Way We Live Now, 1875) 14,185,187
滕尼斯(Tönnies, Ferdinand) 101,133,138,139,200,201,238
《共同体与社会》(Gemeinschaft und Gesellschaft, 1887) xiv
廷德尔(Tyndall, John) 242,243,249
同胞感(fellow feeling) 226
同情心(sympathy) 13,15,33,34,40,43,45,48—50,154,193,225—233,235,236,250,263,322,402,500,512
托科尔斯基(Teukolsky, Rachel) 114
托克维尔(Tocqueville, Alexis de) 159,160,362
《美国的民主》(Democracy in America, 1835—1840) 159
《旧制度与法国大革命》(The Ancient Regime and the French Revolution, 1856) 362

W

瓦特(Watt, Ian) 304,311,313
完美 16,41,42,45,53,64,83,90,95,101,124,135,164,187,188,220,239,247,251—254,258,263,267,276,281,304,333,351,356,357,367,371—373,384,388,440,443,473,477,484,489,492,496,497,513,521,526
完整性(totality) 239,247
威廉斯(Williams, Raymond) i,ii,ix,xix,3,12,88,92,129,148,170,189,224,269,279,281,307,321,391,430
《关键词：文化与社会的词汇》(Keywords: A Vocabulary of Culture and Society, 1983) 3
威斯敏斯特评论(Westminster Review) 46,50,240
韦伯(Weber, Max) 101,138,161,212,217,431
韦伯夫人(Webb, Beatrice) 160
维多利亚时代 8,11,12,23,34,35,38,40,45,53,90,100,123,143—145,148,149,151,155,160,161,166,209,210,215,218,223,237,238,242,243,245,248,251,259,267,293,330,332,366,375,376,381—386
文化 3—9,12—18,21,23,25,26,31—34,37,51,52,54—57,59,62—65,69,71,72,78,79,81—88,90—94,96,102,104,105,109,112,113,120,123,124,131,139,141,143—153,155,156,164,167,169—171,174—179,181,182,185,186,189,190,192—197,199,201,203,204,206,208,209,211—213,215,219,221,223—225,230—232,234,238,239,251—263,267—271,274,276,279—281,283,285,287—291,296—298,301—304,307,311—316,318,319,322,323,325,326,329—338,340—346,348,350—358,361—363,365,367,371—

374,376,388—393,395—397,401—403,428—433,439,445,463,496,497

文化观念　1,3—9,14,16,18,21,22,25,32,34,52,61,99,143,144,156,164,170,185,187,195,196,208,209,211,224,234,263,302,314,315,329,340,361,362,367,376,388,389,401—403

文明　4—10,14,15,21,23,33,52,56,60,64,76,78,79,85,88,108,109,113,118,120,151,160,164,173—177,179—182,189,191,194,223—225,262,263,269,280,283,285—287,289,292,293,298,304,318,325,335,342—358,367,375,376,382,383,389—391,395,396,402,430,431,442,447,508,511—513,516,518,519,521,523,524

文人（man of letters）　3,4,6,7,11,14,16,17,21,34,69,76,78,99,101,138,156,169,196,198—209,223,224,237—241,243,244,248,250,251,279,311,316,334,337,371,376,394,401,402,432,474,484,485,507,517,532

文人英雄（the hero as man of letters）　251,371,432

文学　1,3—5,8—12,15—18,21,22,25,31—33,42,52,56,57,60,70,74,82—84,86,87,91—94,96,99,100,102,103,126,129,130,143—146,151,152,155,158,164,167,170,175,179,182,185—188,190—194,196—203,206,207,216,218,219,223—225,230,233,237—239,241—244,248,252,254,262,263,267,268,271,272,275—277,279,281,283,292,293,300,302,303,305,306,314,316,318—320,329,330,332,336—341,343,344,347,355,358,361—363,370,371,373,375,376,385,390,391,397,401—403,428—434,439,450,453,473,475,479,480,484,485,487,494,519,520,530,532,533

乌合之众（brutal rabble）　37,39
乌托邦（Utopia）　9,17,18,283,359,361—369,372,373,376,381,386,389—391,397,401,434,520
乌托邦大同世界（Pantisocracy）　369
无冕英雄（unaccredited hero）　361,372
伍尔夫（Woolf, Virginia）　225

X

席勒（Schiller, Friedrich von）　5,33,224,226,236,429
下层中产阶级（lower-middle class）　365
现代化范型（modernization paradigm）　21
现代性焦虑　4
萧伯纳（Shaw, Bernard）　8,14,146,185,209,210,213—215,218—220,384,387,429,432,433
《华伦夫人的职业》（*Mrs. Warren's Profession*, 1894）　8,14,209,210
心智培育（the cultivation of the mind）　9,15—17,221,223—225,227,231—236,238,243,248,250—252,261—263,265,270—272,274,276,279,325,329,361,401
新门派小说（the Newgate novels）　339
新英格兰的良心（the New England Conscience）　348
新英格兰文化　348,351
幸福焦虑　10,21,22,25,28,33
熊彼特（Schumpeter, Joseph A.）　168
炫耀消费（conspicuous consumption）　163
雪莱（Shelley, Percy）　29,65,254,262,466,493,532

Y

亚里士多德（Aristotle）　211,212,392,433,478,483
演化论（Evolution）　244,376,379,383,384

伊格尔顿（Eagleton, Terry） 3—5,130,
  131,224,234,303,366,389,390,432
    《审美意识形态》（The Ideology of the
      Aesthetic, 1990） 366,432
    《文化的观念》（The Idea of Culture,
      2000） 4,224
    《文化》（Culture, 2016） ii,5,303,389
伊托邦（Eutopia） 373
艺术福音（the Gospel of Art） 14,151,
  185,219
殷企平 3,5,14,16,23,25,56,78,79,139,
  151,175,185,188—190,209,211,212,
  219,225,281,283,306,370,376,389,
  393,433
    《推敲"进步"话语——新型小说在
      19 世纪的英国》（2009） 23,433
    《"文化辩护书"：19 世纪英国文化批
      评》（2013） 3,433
英格兰特性（Englishness） 9,11,12,67,
  69,70,72,73,78,81—96,99,102,113,
  123,185,186,196,329,368
英国状况（Condition of England） 120,121
约翰逊博士（Dr. Johnson, Samuel） 300,
  330—334,336—338
    《英语大辞典》（A Dictionary of the
      English Language, 1755） 330—
      332,337,338
    《志业徒劳》（"The Vanity of Human
      Wishes", 1749） 336

Z

责任 16,36,38—40,44,45,51,69,128,
  154,165,170,175,191,194,208,211,
  212,241,248,269,292,294,297,299—
  302,313,325,329,348,356,357,375,
  401,402,430,485,501—504,519,529
责任焦虑 35

泽姆卡（Zemka, Sue） 373,375,381
詹姆斯（James, Henry） 7,12,17,69,
  82—89,91,93—96,186,292,301,329,
  340—349,351—358,361,430
    《霍桑》（Hawthorne, 1879） 87
    《大使》（The Ambassadors, 1903）
      17,340—342,344—349,351—358
    《一位女士的画像》（The Portrait of a
      Lady, 1881） 12,82—84,86—88,
      92—96,341,346,354,357,430
    《英国风情》（English Hours, 1905）
      82,83,86,94,430
整体性 64,239—241
正面乌托邦（Positive Utopia） 18,373
政治经济学 18,24,30,121,156—160,
  164—169,239,306,438
知识共同体 223,237,238,251
知识话语 151,167,169,238,241,242
秩序 9,16,17,37,39,51,87,91,93,109,
  110,130,133,170,193,277,279—291,
  297—307,310,311,313—315,317,318,
  320—326,329,344,345,347,357,361,
  401,402,496—499,511,512,523
转型焦虑 4,9—12,14,16—19,21,22,26,
  27,33,34,52,60,61,63,87,99,143,
  185,211,223,225,267,279,329,361,
  362,374,376,389,391,402,403
转型时代（the age of transition） 34
庄园（the country house） 12,82—96,
  255,285,338,456,457
自为（class-for-itself） 370
自我意识（self-consciousness） 22,28,29,
  347,348,357
自在（class-in-itself） 28,29,258,369,
  370,395,521
自助（self-help） 363—365,370,371
总体性知识（general knowledge） 240,241